U0641428

眈眈
无双局

桩桩 著

III

北京联合出版公司
Beijing United Publishing Co.,Ltd.

目录

第四十五章
锦衣莫琴

　　天蒙蒙亮的时候，林一川和谢胜如往常一般早起，正打算去林子里打拳时，他忽然看到了燕声。

　　燕声平时都待在国子监外，等闲不会偷偷溜进来。林一川正诧异时，燕声就憨憨地笑着道："雁行回来了，说家里有急事，请少爷无论如何都要想办法回府一趟。"

　　雁行素来心细谨慎，林一川不知道到底出了什么事，便和谢胜说自己家里有急事，要装病回去一趟。谢胜听他如此说，心里也就有了数，说会帮他请假。林一川径自去了医馆。

　　自己一个好好的御医，被皇上一道旨意调来国子监，就是给这些孩子专门开病假条来了？方太医心里不痛快，就写了一张突发痢疾的假条，扔给了林一川，板着脸道："拿走，拿走！"

　　接了假条，林一川很没骨气地朝后院张望了下："小穆的腰好些了吗？"

　　穆澜整晚未回，方太医正提心吊胆，听到林一川询问，立时吹胡子瞪眼："你走不走？不走就把假条还回来！"

　　林一川悻悻地揣着假条溜出了国子监，带着燕声骑马回到林家宅子。雁行候在内宅二门处，望着林一川直笑。

　　"什么事这般急？"林一川最担心的就是扬州家中的老父亲，在看到雁行的笑容后，他先松了口气。

　　"燕声，关了院门你就守在这里，谁也别让进。"吩咐完燕声，雁行扯着林一川往屋里走去，边走边道："少爷，这回我不担心了，你的运气真好呢。"

林一川不以为然地问道："什么好事？"

"穆公子是女人。"雁行笑眯眯地站在房门外不动了，朝里面努嘴道："你进去瞧瞧就知道了。"

林一川停住了脚步，盯着雁行道："穆公子是女的？你怎么知道？"

"她受伤了嘛，自然要脱了衣裳给她治伤，这一脱……"雁行咽下了后半句，很想给自己一嘴巴，"才脱了一半……"

林一川已经开始磨牙了。

"得，少爷早就知道了啊。"雁行讪讪地比画了下，"就看到这么小一块，她的肩受了伤，我发誓。"

林一川突然笑了："等我看过她再和你好好聊一聊，想说什么，提前先想好。"

主仆二人相处十年，素来心有灵犀，雁行马上明白了林一川的意思。他是怎么遇到受伤的穆澜，这件事该怎么解释？

林一川推门进屋，见穆澜浑身湿透地躺在床上，身上横七竖八地胡乱缠了些白布，模样凄惨无比，他转身就骂："你就这样给她治伤的？"

"我只给她简单包扎了下，死不了的。"雁行脸上的酒窝更深了，"机会啊，少爷。"

"叫个机灵点儿的婢女来。"

雁行摇了摇头道："这宅子里能真正守口如瓶的，只有我和燕声。"

想起回来时看到街上搜查的官兵与东厂番子，林一川马上明白了雁行的意思。昨晚有大事发生，穆澜伤成这样，连郎中都请不得。

"我知道了。"林一川走进房间，听到身后雁行又来了句："少爷，你得对人家姑娘负责。"

"滚！"

听到林一川开骂，雁行拍拍胸口松了口气。

屋子里静了下来，林一川听到自己咚咚的心跳声。他的目光掠过穆澜苍白如纸的脸，手轻轻地触碰上她的脸——触手冰凉："小穆，雁行说你不会死，你就一定无事。"

他没有忸怩作态，镇定地解开了穆澜的衣襟。

待收拾妥当，已近午时了。林一川点燃一炉安神香后就出了房间，雁行正站在银杏树下笑眯眯地望着他。

　　林一川走到树下，笑道："说吧。"

　　"我一回来就发现她倒在墙根下。"

　　"这么巧？"

　　"可不是嘛！"

　　林一川没有再追问下去："我早就知道她是位姑娘，不说破自然有不说破的道理，你现在将她带回来，你让我怎么办？"

　　"一直没说破，岂不憋得很难受？总要找个机会捅破窗户纸，现在这样不是更好吗？不过，少爷，你可要想好了，你别忘了那枚白色的云子。接手这位穆……姑娘，就等于接了个大麻烦。"雁行以前就提醒过林一川，穆澜极有可能是刺客珍珑，想和她在一起，不是一般的麻烦。

　　林一川轻叹："雁行，人心不由得自己。将来你遇到自己喜欢的姑娘，你就明白了。"

　　穆澜睡了很久，也许是累了，累得连思维都停止了，她睡了一个白天，连个梦都没有做。她醒来时，看到如豆灯火和趴在灯火旁睡着的林一川，脑子里仍是一片空白。承尘上熟悉的彩绘藻井、精工雕琢的拔步床，眼熟得很呢。最近每次受伤或晕倒，醒来后都是躺在林家宅子里。林一川怎么办到的？昨晚他也去下水道里溜达了？

　　穆澜掀开薄被看了一眼，自己穿着宽敞轻柔的亵衣，她又伸手在腰间摸了摸，伤口都已被处理好了。上次在这里沐浴时用的澡豆好像就是现在闻到的味道。她往旁边案几上扫了眼，有叠放整齐的夜行衣、斗篷、内甲、革囊、武器，搜刮得还真是干净。她轻轻地掀开被子，小心地想要坐起来，却牵动了伤口，让她忍不住嘶了声。

　　林一川像只警觉的猫，眼皮噌地就睁开了，正好看见穆澜以肘撑着身体，掀开被子想要下床，于是他问："想喝水还是想出恭？"说话间，他已走到床边。

　　"口渴。"

　　林一川从暖套里拎出茶壶倒了杯水，一手扶住她的脖子，一手将冒着热气的水送到了她嘴边，极自然地说道："亏得有你师父给你做的这件内甲，否则你早就没命了。没伤到筋骨，还算幸事。"

穆澜喝完一杯水，感觉舒服多了，很配合地接话道："算我倒霉。若换成冬天那件厚甲，最多受点儿皮肉伤。对了，麻烦你帮我弄身衣裳来，我换过后就回国子监医馆躺着，也免得引人怀疑。"

没有一个字提到那挺括的内甲是干什么用的，也没有一句话问是谁给她脱衣洗澡、包扎伤口的，更没提昨天晚上她做了什么惊天动地的事，竟引得东厂和五城兵马司全部出动搜捕。林一川仔细推敲、精心准备的各种应对硬是一句都没用上。

"外头现在已宵禁，巡逻盘查很紧，不如等天亮后开了坊门再回。"

穆澜想了想，又躺下了："也好。"

见她闭上眼睛真打算继续睡，林一川不淡定了，这是什么态度？她到底怎么想的？怎么一点儿不吃惊？一点儿也不害怕？你一直在我面前扮男人，如今被我戳穿了，你总得表现出点儿什么，说点儿什么吧？林一川的心口像被棉花堵住了，这种使不上劲儿的感觉真是难受。

这时，穆澜又加了把火："大公子也去歇着吧，我的伤无碍了，你不用守着我。"

他又不是抹布，用完了就可以扔。一声"大公子"，拉开了他们之间的距离，也彻底惹恼了林一川。好吧，你不吃惊也就算了，可你连声谢谢都没有。林一川又忘了每次都被穆澜气得堵心跳脚的事，所有准备好的话全忘了个干净，来了句"狠"的："小穆，人多嘴杂，所以……你的衣裳是我换的，伤口也是我给你包扎的。你放心睡吧，这里很安全。"说完，他目不转睛盯着她。

"嗯。"

就"嗯"？一个字？林一川气得窝火："你就没别的话跟我说？"

穆澜睁开眼睛，揶揄道："你打算告密揭发我？"

"那我还救你干吗？"

"你想听我说什么？"

揣着明白装糊涂啊？林一川不干了，坐在床边道："你是个姑娘！我帮你换衣裳，清理包扎……"

"江湖儿女，不拘小节，帮着清理下伤口就要以身相许，那是戏文里才有的事。"

林一川恼羞成怒："谁要你以身相许了？我的意思是，你居然是女人！你就不打算和我解释解释？"

穆澜慢吞吞地问道："你才知道吗？"

一层绯色浮上了他的脸，她居然早就知道自己知道她是姑娘！那她是不是早就明白自己对她的心思？她怎么能这样？装糊涂、装不懂，冷眼看着自己跟个活宝似的……他憋着不敢说，她却早就看出来了！她一直在看戏偷着乐？实在可恶！

一时间，林一川羞愤交加，脸色变来变去，噎得不知道该如何回答。

"你既然不提，我自然也不会解释。"穆澜淡淡地说道，一层悲凉浮上了心头，"你知我身世，知我性别，知道我的事情太多，大恩不言谢。"

林一川回过神儿来，他以为她不知道他知道，生怕说破了，她会拒自己于千里之外。然而她知道他知道，他不提，她怎好和他说？只以为自己的嘴要严，对她也要守口如瓶，那么他又有什么好生气的？

想明白了这些，林一川的话就顺溜了："大恩不言谢，将来你可要记得报恩。"

穆澜上下审视着他，提醒道："你从前不是口口声声地说，应承了我师父，会保我性命吗？"

我就占不到你一点儿便宜是不是？林一川真给气乐了："穆澜，你对我就没有一点儿真心吗？"

"有啊，换作从前，我早杀你灭口了。"

还饶他一命，他该行大礼谢她的不杀之恩？气得林一川跳起来骂道："你这个白眼儿狼！"

"现在才知道啊？"穆澜面不改色地说道，"早说了让你离我远点儿。"

"明天一早你就赶紧滚蛋！"林一川气得拂袖就走。

"记得帮我买身衣裳。"

"凭什么？"

"你要我穿夜行衣出门？被逮着的话，我可不经打，会直接供出是你救了我。送佛送到西，我平安回到国子监，和你就没关系了。"

林一川用手指点了点她，黑着脸走了。

穆澜苦涩地叹了口气，但愿林一川这次真被气着了，再也不搭理她。她心里清楚，下水道里最后和她打斗的人不是林一川。既然她被送来林家，那这人必定和林一川有关系，会是谁呢？

穆澜勉强坐起了身，从革囊里取出一个木制的小弥勒佛像。这个小佛像只有拳头大小,是她幼时随母亲去寺里烧香,见雕得精巧可爱便买了下来,拿回家后送给了父亲,从此就被父亲一直摆在书桌上。她的记忆没有错,只不过,当时她看见的不是父亲往那本《黄帝内经》里藏"银票",而是父亲将一团物事塞进了佛像中,之后又用蜡将佛像底部封上。

父亲的书已经全都被换过了,穆澜之所以记得那本《黄帝内经》,是因为她儿时淘气,曾在书的内页上画了只蝴蝶,可库房的那本书里却没有,也许他们都认为父亲书房里的书最为重要。她在库房里待的时间很长,将油纸包着的纸随意地缝进了那本书中,然后给了穆胭脂。

库房里,母亲那些不值钱的粗布衣裳没有被换掉,而这个在街边小摊儿上买的佛像因为太不起眼儿,就和她幼时的玩具放在了一起。她拿起匕首捅开佛像底部的蜡团,从里面掏出了一张纸。父亲熟悉的笔迹映入了眼帘,这是一纸脉案。照例,太医为贵人们诊脉开出的药方,都会保存在太医院中,而这张药方却被父亲藏了起来。

"仁和二十六年十月初八,奉旨入坤宁宫请平安脉⋯⋯脉如行云流水,母子康健。"

这是十八年前的事,那一年,先帝元后因难产而死。穆澜疑惑地想,父亲不是在十年前因为重病的先帝开了虎狼之药而获罪?为何他藏起来的这张药方是十八年前的?如果说他诊错了,十八年前就该获罪了。

"既然你们很害怕父亲吐露秘密,那我就一定要揭开这个秘密。"穆澜想起户部的围剿,想起穆胭脂给自己的背后一刀,整个人又燃起了熊熊斗志。

她将佛像与脉案重新放回了革囊里,这时门突然被推开,林一川虎步生风地走到床前。穆澜第一时间缩进了被子里,闭上了眼睛装睡。

其实,她也很累。虽然没有伤到筋骨,但失血过多让她感到分外疲倦。她打定主意要冷脸对待林一川,被他瞧出来装睡又如何?只会把他气得更厉害。她的身份太过危险,她不想连累林一川,不想让他为自己涉险。

穆澜虽闭着眼睛却没有失去感觉,她感觉到林一川的气息迎头罩了下来,不得已,她又睁开了眼睛。林一川俯下身来,双手撑在她的身侧,居高临下地望着她。

穆澜顿时感觉自己就像被老虎按在爪子下的兔子,浑身不自在。她挑起了眉,讥诮道:"大公子这是恼羞成怒,想要霸王硬上弓吗?"

他就知道，她嘴里不会有一句令他舒坦的好话。林一川调整了下动作，微微眯了眯眼睛。他的手不轻不重地按着被子，确定不会碰着她的伤口，也不会让她有挣扎的余地。

穆澜蓦然发现自己像一只刚露出脑袋的蚕，只能眼睁睁地瞧着林一川的脸离自己越来越近，隐隐猜到了他的心思，她气急败坏地低吼道："我就当被狗咬了！"

林一川堵住了她的嘴，含混不清地说："你可以咬回来，我不介意。"

他的吻很温柔，噙着她的唇轻轻地吻着她。他闭着眼睛，虔诚而专注，温暖的气息让穆澜的心都在颤抖，她也闭上了眼睛。

感觉到穆澜的放松，林一川小心翼翼地说："小穆，不要喜欢无涯了，你现在不喜欢我不要紧，我疼你就好了。"

这句话让穆澜鼻腔深处涌出浓浓的酸意，眼泪顺着眼角滚落出来。

"要不，我借我的背给你，你哭够了就再也不会哭了。"林一川真的背转了身。

穆澜大口地喘着气，瞪着他的背咬牙切齿地说道："我就喜欢无涯，我就喜欢他！林一川，你对我再好都没有用！"

林一川背对着她坐着，听了她的话，他悄悄攥紧了手艰难地说道："他就那么好？"

"他生得如谪仙般美貌，他尊贵不凡，他当然好！"

林一川霍然转过身："你脑袋被门夹了，还是被驴踢了？你明知道和他不可能！"

穆澜冷冷地看着他："我和他不可能就该喜欢你？"

"你养母不要你，朝廷要杀你，我都不怕。无涯如果知道你是池起良的女儿，他还会喜欢你吗？"

"就算他不喜欢我了，我还是喜欢他。"

林一川凝视着穆澜平静无波的眼神，苦涩地扯了扯嘴角："我就是想知道，你有没有对我动心过一点点。现在我知道了，你从来都没有喜欢过我，你喜欢的人一直是无涯。你喜欢他，他也喜欢你。我本想凭着对你的心还能和他争一争，但你与他两情相悦，我这颗心也就不值什么了。"

穆澜微微转过脸，一种无奈又锥心的酸痛感让她的眼睛慢慢湿润起来，眼泪渐渐盈眶，顺着眼角无声地滑落在枕头上。

"从认识你开始，你不是想方设法地从我这里骗银子，就是狠踩我的痛脚。诓我去给杜之仙清理猪圈，不拿话来恶心我你就不痛快。你怎么可能会喜欢我呢？是啊，是我自己犯贱。明明你都叫我离你远一点儿，我却自己送上门来任你踩躏。除去你家与皇家的纠葛，无涯确实好，往街头一站，就能引得满京城的姑娘尖叫，是个女人都会喜欢他。我自出生后就只是扬州首富家的儿子，而他自出生后便坐拥江山，我确实比不得他。小穆，你这样聪明，喜欢他就喜欢了呗，不过将来要懂得怎么放下才好。"林一川说完，也没看穆澜，起身便走了。

"林一川。"听到穆澜叫他，林一川的背僵了僵，她接着说，"林一川，你没有比不上无涯。"

他蓦然转身。

穆澜冲他笑了笑："我先喜欢上了他，对不起。"

沉默了许久，林一川扯了扯嘴角："我知道了，以后我不会再纠缠你了。"

门被他轻轻拉拢阖上，他背靠着房门站着，仿佛听到了穆澜的叹息声。刹那，脑中跳出了与穆澜在扬州初识的画面，那样鲜活的穆澜，让他怎么舍得放下？

雁行站在院子里的银杏树下同情地望着他。林一川走到他面前，面无表情地说道："吩咐燕声收拾收拾，回扬州。"

雁行扑哧笑出了声来："少爷，你活像在外头受了欺负，然后哭着回家找爹的小屁孩儿。"

像戳破了一个泡泡，林一川一脚就踢了过去。

雁行噌地就绕到了树后："照我说，不喜欢最好，那可是个大麻烦！"

"你怎么救到她的？你昨晚在什么地方？也去户部库房偷东西了？"林一川边追边问。

"你真当我是燕声，是你林家的奴才？小爷我可是跟你从小到大同门学艺的师哥！"

"你打得过我吗？"

"打不过我也是你师哥！"

两人从院中直打到后花园，林一川骑在雁行身上举起了拳头："服不服？"

"服！我服行了吧？别把我揍成阴阳眼，我还得出去见人呢。"雁行喘着气不动了。

林一川翻了个身，躺在了他旁边的草地上："师哥，你没把捡到那枚白色云子的事说出去吧？"

"为了你的心上人，连师哥都叫了。我的大少爷，你有点儿出息行吗？"

见林一川扭过头瞪自己，雁行没好气地说道："放心吧，说出去她就死定了，我晓得轻重。"

两人安静地望着被雨水洗过的夜空，漫天的星辰嵌在深邃的天幕上，像一个个未知的谜，似乎穷尽目力也找不到星星的确切所在。

雁行轻声说道："你回扬州也好，最近京城风起云涌，水已被搅浑了。"

林一川扯了根草叶打着结："我想回去多陪陪我爹。杜之仙当初说过，只能延命，不能根治。回家尽孝，国子监不会不允，先休学吧。"

"是该回去了。"雁行想着指挥使令自己待在林家的目的，叹息了一声。

穆澜睡得很沉的时候，听到了敲门声，她睁开眼睛，看到了沉沉的夜色。

雁行端着衣裳走了进来，态度很是恭谨："穆公子，我家少爷觉得你天明再回国子监会比较打眼，还是现在动身比较好，小人就在外头候着。"

他放下衣裳就出去了，穆澜也打算早点儿回国子监医馆。昨天白天不在，昨晚又没有回去，万一有人来医馆打探，只怕方太医会应付得很难。她换好衣裳出了门，却没有看见林一川。一辆马车已驶进二门等候。穆澜走动时看不出她受了伤，但腰间的伤口仍传来阵阵疼痛。

"有劳了。"她上了马车后便躺下了。

雁行亲自赶车，路上偶尔遇到巡城的士兵，穆澜都留心听着外面的动静，很诧异那些士兵没有搜查就放行了。她突然想到林一川有锦衣卫的腰牌，是靠着这个一路通行无阻的？

到了国子监外，雁行掀开车帘道："我送你回医馆。"

雁行带着她越墙而入，穆澜注意到他的轻功不错……他完全避开了她肩上的伤和腰上的伤——他知道她伤在何处。而且，雁行的个头与昨晚下水道里的来人差不多……能救走自己，又将自己送到林一川家中，不让消息外泄。是他吗？穆澜挑了挑眉。

两人进了医馆后院的厢房后，雁行也没作声，只是抱了抱拳，笑得颊边的酒窝很深。

"昨晚谢谢你。"

雁行眨了眨眼："外头太乱了，穆公子安心养伤要紧。"说罢，他就走了。

这是在提醒她最近安分些？穆澜觉得林一川这个小厮说话语带双关。她在床上躺下，平安回来，安心养伤要紧。只是，穆胭脂得了那"东西"，会让自己安心养伤吗？

东厂在户部设伏，五城兵马司围了六部所在，紧接着的全城搜捕，因为动静太大，已传进了宫里。早朝时，不用无涯开口，谭诚便禀道："皇上，东厂发现十年前谋害先帝的前太医院院正池起良一案中有漏网之鱼，昨晚潜进户部偷盗池家被查抄的旧物，东厂已照会刑部发了海捕文书。"

池起良？无涯记得他。如果不是他胆大妄为煎了那碗虎狼之药，父皇也不会骤然驾崩。这是他初登帝位后，第一个愤怒得想杀的人。无涯清楚地记得，当时母后悲痛欲绝，而自己则气得大吼："这等逆臣通通该杀！"

"朕当时年幼，却也记得抄斩池家一事是东厂督办的，怎么还有漏网之人？"

"当年东厂仔细核对过名册，确定无一人逃脱。但此人冒险进户部盗窃池家旧物，哪怕不是池家的人，也必定与池起良谋害先帝一案有关，臣请旨重新核查。"

"准了。"

散了早朝，无涯没有坐步辇回宫，而是沿着宫墙缓缓行走着。

"秦刚，龚指挥使真的没有插手？"

秦刚虽然是锦衣卫，可他更重要的身份是禁军统领，他也很疑惑："臣将户部老库增派禁军一事禀报给了指挥使大人，但他并没有多说什么。臣猜想，锦衣卫恐怕仍在隔岸观火。"

隔岸观火也是好事啊，无涯想。龚铁如果与谭诚一样迷恋权势，那就是前狼后虎，再加上朝臣势力，只怕他就应付不过来了。

眼下无涯顾不上龚铁，他想起了早朝时谭诚奏报之事，蹙眉叹道："池起良那时任太医院院正也有二十年了。他当年瞒着太医院改了药方，喂了父皇一碗虎狼之药。方太医曾为他辩解道，先帝一直用的是太平方，太过保守，以致病情毫无起色。池起良医术精湛，许是想剑走偏锋，以虎狼之药治好先帝。只是此方太险，又用得急，没有经过众御医辨证。而先帝缠绵病榻已久，终是没能扛住药力。也许，池起良并非存心谋害。"

秦刚也为池起良感到惋惜："无论如何，先帝都是因他那碗药才驾崩的。"

"也正因为如此，池起良谋害先帝罪名确凿。"无涯话锋一转，"既然罪名确凿，纵然池家还有人活着，还能翻了此案不成？朕疑惑的是谭诚大动干戈，真是出于对先帝的一片忠心？皇叔今天仍然没有来上朝，五城兵马司配合东厂进行了围捕。你去见见礼亲王，问问他的意思。"

"是。"

禁军护卫宫城，而五城兵马司护卫京畿，这两处兵力一直隶属皇上。礼亲王自先帝在位时就为五城兵马指挥司，无涯从来没有怀疑过他对自己的忠心。无涯心里清楚，许家是外戚，而谭诚谋权，宗室不会偏向这二人。礼亲王很少上朝，一直不偏不倚地保持着中立。对东厂多有忍让，谭诚反而无从下手，反倒便宜了无涯。

看了眼天色，无涯去了后宫——许久没有去看核桃了。既然和穆澜挑破了留核桃在宫里的用意，无涯心里就少了顾虑，兴致勃勃地去了。才进了永寿宫，就听到里面脆脆的说笑声，无涯不由得莞尔，摆手止住了宫人的通报，悄悄走了进去。

锦烟正在和核桃聊天儿："……穆公子突然跃上了墙头，吓了本宫一跳，他生得可真俊！"

知道是穆澜，核桃与有荣焉："可不是嘛，我就没见过比少班主更俊俏的人了！"

"少班主？你认识他？"

"我和她自幼一起长大。"

无涯站在门口，听着核桃兴致勃勃地讲述着穆家班里的趣事，他忍不住想起去年端午在扬州码头初遇穆澜的情景。

"穆公子已经进了国子监，可再不是杂耍班的小子。等他将来有了功名，本宫便叫皇兄赐婚！"锦烟毫无羞涩之意，拉了核桃的手道，"月姐姐，你已经是皇兄的人了，可不能再想着穆公子！我待你好就是！"

无涯啼笑皆非，又满心不是滋味，难不成这两个丫头还想和自己抢穆澜不成？他听着里面传来的打趣声，摇了摇头退了出去。

他又去了慈宁宫，想娶穆澜，就得为邱明堂正名，这件事还是提前和母后商议一下为好。

日头毒，无涯走得急，额头沁出了一些汗。许太后心疼地亲自掐了帕子给他擦拭，埋怨道："皇上为何不坐步辇？梅青，把早晨煮好的酸梅汤端来，午膳做清淡些，别忘了做皇上爱吃的水八仙。"

许太后的连声吩咐让无涯心暖，他握住了母后的手道："母后最好了。"

"你呀！"许太后执着他的手坐下，嗔道，"万寿节就快到了，都二十一岁的人了，该立后了。"

无涯笑道："儿臣不是已经下旨命礼部选秀了吗？待明年开春，秀女进宫，儿臣就立后。"

"还有大半年呢。"许太后有些等不及了，"你大婚后，哀家想抱上孙儿，还得等一年。"

"母后，儿臣有一事相求。"无涯扫了眼在屋里侍奉的人，梅青知趣地领着宫人们退下了。

屋里只剩下母子二人，许太后拍了拍他的手道："什么事还要避人耳目？"

无涯握紧了许太后的手，轻声说道："儿臣心中已有皇后人选。"

许太后震惊了："你……你有心仪的姑娘了？是哪家的闺秀？"

"她本是前河南道监察御史之女。"无涯轻声将邱明堂案告诉许太后，"母后，邱明堂是给杜之仙背了黑锅，才获罪罢官的。不给他平反，她就没有资格参加选秀。"

"这，这……"许太后瞠目结舌，儿子居然看上了罪臣之女！"那是先帝在时判的案，怎么好改判？杜之仙虽死，名望却尚在。你父皇爱惜他的名声，才让邱明堂替他背了黑锅。你若将这案子的内情大白于天下，岂不是不孝？"

"谁说要翻案？过了仲秋八月节，就是儿臣的生辰，儿臣想那时大赦天下。像邱明堂这等只是贬官之罪的人，都列在赦免之中不就行了？没有人会注意到名单中还有一个已过世十年的小小御史。"

"这法子倒也可行。"许太后松了口气，对穆澜生出了些兴趣，"不过，这皇后人选非比寻常，母后要先见一见那位邱家姑娘。若不讨哀家欢喜，哀家可不答应。"

许家没有适龄之女，无涯又瞧不上许家推选的官员之女。谭诚就算不争后位，也会插手妃嫔人选。邱家姑娘无权无势，进了宫唯一的倚靠就只有自己。皇上心仪于她，就算谭诚安排了妃嫔，她们也得不到皇上的心。许太后心思转动，觉得无涯能有这样一位皇后，其实也不错。

"儿臣谢过母后。她心地善良，母后一定会喜欢她的。等大赦之后，儿臣就安排她进宫。"无涯眉开眼笑道。

许太后略有些吃味，但瞧着无涯这般欢喜，她也欣慰不已："母后就你一个儿子，只要那邱家姑娘性情温婉大方，能担得起一国之母，母后定让你如愿。"

"母后！"无涯感动地将脸贴在她的膝上。

在宫里生活了几十年，许太后见多了尔虞我诈，权势倾轧。史书中前朝多少位太后为了掌权，最终和皇帝离心，可她和皇帝却有着非比寻常的亲情，这让许太后分外骄傲与满足。她一向不插手前朝诸事，而在这紫禁城的后宫中，谁又敢轻慢她半分。说到底，后宫的女人能倚仗的男人从来都只有一个，那就是皇帝。

夜深了，谭诚盯着棋盘，始终无法静心，他扔了棋子去了花园。

夏虫在夜里轻鸣着，一树树白色的曼陀罗花静静开放。他站了许久，忽然哂然一笑，转身进了书房。推开书柜，进了密室，关闭的门隔开了虫鸣声，谭诚坐了下来，给自己倒了一杯酒。屋顶嵌着的明珠与琉璃交相辉映，柔和的光将墙上挂着的画卷照得纤毫毕见。

画卷上画着一名骑白马的红衣少女，少女身材曼妙，红裙与长及臀部的黑发被风吹得飘荡起伏。明明面容瞧着美丽温柔至极的女子，手中却挥舞着一根银色的长鞭。马四蹄奔腾，她似要策马踏云飞上空中。画师技艺高超，将少女的高贵气度与潇洒劲儿画得入木三分。

"我一直都觉得你还活着。"谭诚慢慢地饮着酒，微笑着望着画卷上的少女道，"是人就有弱点。我查遍了，唯独没有找到那根银丝惊云鞭。尸体可以是假冒的，银丝惊云鞭却仿造不出来，你太喜欢皇上令工部给你打造的生辰礼了。"

说完这些话，谭诚就没有再出声。他将一壶酒饮尽，深望了画像一眼，便离开了密室。

只躺了两三天，方太医就让穆澜身上的伤收口结痂了。只要不剧烈运动，伤就能慢慢养好。而她躺床的这几天，差不多也是坠马闪腰后要休养的时间。穆澜收拾停当，正打算和方太医告辞回宿舍，一阵整齐走进医馆的脚步声让她蓦然一惊。

方太医比她要镇定："东西在后院最末一间厢房的地板下面。"

穆澜的眼瞳收缩了下，方太医的神态就像在对她交代后事一般，是她连累了方太医。作为池家的"漏网之鱼"，她进户部库房找池家的旧物，与池家交情匪浅的方太医就引起了东厂的注意。没等她开口，院子里已进来一队东厂番子。方太医整了整衣袍，越过穆澜走到了门口，对她道："莫冲动。"

穆澜收回了想要拉住他的手。

"梁大档头，今天怎么有空来这儿？"方太医淡淡地和领头的梁信鸥打招呼道。

"有些事想请教方太医。"梁信鸥和气地笑着，看向了厢房里的穆澜，"穆公子也在啊？"

方太医回过头对她道："每天贴一张膏药，用完了再来医馆取。"

"穆公子受伤了？"梁信鸥的目光闪了闪。

穆澜笑道："前几天上骑射课坠马闪了腰，学生告退。"

她出了厢房，朝方太医和梁信鸥拱了拱手，便绕过番子们慢吞吞地离开。

梁信鸥回头望着穆澜的背影想，真巧啊。

"梁大档头请。"方太医请梁信鸥进去说话。

"不必了，还请方太医随本官走一趟。"梁信鸥将对穆澜的疑惑按下，就将方太医带走了。

看着方太医被带走，穆澜的眉紧紧蹙在了一起。

"小穆！"许玉堂叫着她的名字，朝她走了过来，"正想去医馆瞧瞧你，养得差不多了吧？"

许玉堂突然来看自己？穆澜感觉他有话要对自己说，便敷衍地答了句："还行，就是不能太使力，免得弄成习惯性扭伤。"

说话间，许玉堂的手拍在了她肩上。他想表达亲昵，却让穆澜疼得脸色一白，咬紧了牙。她轻巧地甩开他的手，望着渐行渐远的那一行人道："刚才东厂来人将方太医带走了，这事……"

许玉堂果然被引开了注意力，低声说道："估计是与前几天户部库房盗窃案有关。方太医与池家交情莫逆，这么多年来，他一直因池家而备受打压。东厂应该只是带他去问问话，你莫要担心，还有皇上在呢。"

方太医是她父母的大媒，这次他被东厂带走，恐怕是要被当成引池家漏网之鱼上钩的诱饵了。虽然如此，但她也不能不去救。现在唯一能救方太医的只有无涯。穆澜垂下眼眸，无涯在知道方太医是因为池家的事才被东厂带走后，他还会救方太医吗？

许玉堂见左右无人，轻笑着道："后天休沐，你去绿音阁，有人找你。"

是无涯找她。穆澜点了点头道："好。"

两人走回擎天院，经过谭弈的宿舍时，看见林一鸣正和谭弈坐在回廊上喝茶。看到穆澜，林一鸣夸张地叫了起来："小穆，你的腰好了？"

一听林一鸣的声音就知道他不怀好意，穆澜笑道："多谢一鸣兄关心。"

林一鸣唰地抖开扇子，不无得意地笑道："我伯父病重，堂兄休学回家侍奉去了，你可知道？呀，等到来年他再回国子监，就得叫我一声学长了。"

他终于回扬州了，这样也好。穆澜故作好奇地问道："林一川休学回扬州了？也对哦，你伯父病了，他得回去接手林家产业，估计不会再回国子监读书了。"说罢，她就走了。

林一鸣愣了半晌，转头问谭弈道："谭兄，你可是答应过我，林家的产业归我的。"

"放心吧。"谭弈不紧不慢地喝着茶，想着心事。户部库房被窃的那晚，穆澜坠马闪了腰躺在医馆里。林一川那天晚上还在国子监，第二天就遣了小厮，说家中老父病重，欲办休学回家侍奉。自己亲眼看见，穆澜不像是假装。但他们俩怎么一块儿"有事"呢？这也太巧了吧？他放下茶盏道："我有事出去一趟。"

几天没回去了，谭弈越想越不对劲儿，他风风火火地赶回了东厂。谭诚此时正在独自对弈，谭弈知道他的习惯，没有急着开口，站在旁边等待着。

一枚黑子落下，谭诚喃喃念了个人名："灵光寺。"

他继续落子，嘴里念着："苏沐、林一川、穆澜、陈瀚方。"

谭诚从棋盘上拈走数子："苏沐、林一川、穆澜。"

这是从灵光寺到国子监有交集的几个人。

数枚棋子又落在棋盘上："侯庆之、应明、穆澜、林一川、谢胜。"

之后又拈走两子："林一川、谢胜。"

"应明、穆澜。"

这是与侯庆之有关的两个人。

谭诚停了下来，又念了这两个名字两遍，抬头看向了谭弈。

"义父，您这是？"

谭诚将棋子扔回棋笥中，淡淡地说道："不到休沐日就回来了，有什么事？"

"义父，孩儿想起了一些事，前几天户部库房失窃后，第二天林一川就请假回了扬州。而当时穆澜坠马闪了腰躺在医馆里，虽然穆澜坠马是孩儿亲眼所见，但还是觉得太巧了。"

"方太医、穆澜。"谭诚念着两人的名字，微微笑道，"是啊，是太巧了。实则虚之，虚则实之。本以为是枚放在明面上的棋，却总觉得这枚棋走的路子太不寻常。"

谭诚的话听得谭弈一头雾水。

"继续盯着就是。"

谭弈急道："义父难道不怀疑穆澜和林一川？"

"小鱼、小虾捞之何用？且等着看吧。"谭诚并不解释，随口将谭弈打发走了。

第四十六章
真相近在眼前

到了休沐这天，穆澜一早就离开了国子监，才出了集贤门，就看到六子戴了顶草帽缩坐在门口，看见她后立刻惊喜地冲她使了个眼色。

在户部库房里，穆澜将一张用油纸包着的白纸塞进了那本《黄帝内经》的书页中，还以为她能沉得住气，不再找自己了。讥讽的笑意从穆澜眼中一闪而过，她慢吞吞地朝着云来居走去，路过一个馄饨摊儿时，她停了下来："老板，一碗馄饨，多加香菜！"

不多时，一碗热气腾腾的馄饨送了过来，穆澜用勺子舀了个馄饨，吹着气，待凉了，和着半勺汤送进了嘴里。天气太热，半碗馄饨下肚后，她的额头已沁出了一层细汗。

"来碗馄饨。"

随着沙哑的声音，穆澜身边坐下一个戴着斗笠的男人。

穆澜舀着馄饨，吹着气，轻笑道："大热的天，您不怕热出一身痱子？"

戴上面具，穆胭脂又化装成了面具师傅。薄底靴外套着双厚底鞋，改变了穆胭脂的身高，加了棉垫的肩与宽大的衣裳改变了她的体形，连双手都掩在宽大的袍袖中。正因为如此，穆澜才被她骗了十年。

"那晚发生的事情，我可以帮你查。"穆胭脂明白穆澜的性情，也没有说过多的废话。

哪晚？父亲给先帝喂下虎狼之药的那个晚上吗？现在去查？十年时间都没查出来，现在就能查出来？穆澜心里讥讽着。她咽下最后一个馄饨，端起碗把剩下的汤喝光，数了铜板放在木桌上："东西已经被你拿走了，我没有利用价值了，没什么可以和你交易的了。"

"那东西是这个？"穆胭脂将一张白纸放在了木桌上。

白纸已经不再是纯白色，看起来用火烤过、用药水泡过，很是折腾了一番。穆澜压住心中的笑意，瞥了眼那张白纸道："那就是早被调了包，是个陷阱呀。你如此看重那东西，能说说是什么吗？我也很好奇。"

"客人，请慢用。"摊主将煮好的馄饨端了过来，收走了铜钱，朝穆澜笑道，"慢走。"

穆澜站了起来。

"在宫里你还能找谁？找小皇帝询问？你不怕他知道你是他的杀父仇人之女？"穆澜充耳不闻，抬脚便走，身后又传来穆胭脂极轻的声音，带着淡淡的悔意，"等了这么多年，突然找到了想要的东西，不免心急。"

这是在向自己道歉，后悔不该从背后捅她一刀？捅了她一刀，切断了所有的母女缘分，还能厚着脸皮重新来和自己谈交易，果然对她没有一点儿感情呢。穆澜笑了起来，眼角却有泪流出。她的脚步没有停，身后的声音如游丝般钻进了她耳中："东厂带走了方太医，接下来，他们很快就能从宫里找到池霏霏。"

从宫里找到池霏霏？池霏霏明明就是自己，那被找到的人会是谁？穆澜转过了身。

穆胭脂正将一勺馄饨送进嘴里，赞着摊主道："好手艺！"

穆澜走了过去，坐下道："老板，再来一碗，多加一勺虾皮！"

几不可闻的轻笑声响起，穆澜不用看，也知道穆胭脂很满意自己此时的态度。

"核桃没有池家的记忆。"

穆胭脂慢悠悠地说道："你难道不知道江湖中有催眠之术？也许哪天晚上我进宫一趟，对她用上一用，也许她就会在某天和小皇帝用膳时，屏退左右，行刺小皇帝。"

行刺皇上，核桃会死，死之前还会在东厂里受尽折磨。穆澜提醒自己不能被穆胭脂牵着鼻子走，她压着心里的愤怒，笑着从摊主手中接过第二碗馄饨："皇上知道冰月姑娘本名叫核桃，来自穆家班。"

如果穆胭脂敢这样做，东厂紧接着就会查封收养核桃的穆家班，穆澜不相信穆胭脂会想这么快就暴露在东厂面前。

"杜之仙送来的孩子，我自然要收留，他可是闻名天下的大儒，江南鬼才呀。"穆胭脂笑了起来，"我如何敢得罪我儿子的先生？我一个大字不识的妇人，如何知晓帮他养的是罪臣之女？"

斗笠遮住了穆胭脂的大半张脸，穆澜只看到她向上翘起的嘴角。所有的罪名都可以推到老头儿身上，反正是死无对证。就算东厂查到穆胭脂，她早有准备，又能查到什么？

"舍了核桃，掩饰你我的身份，让东厂以为抓到了池家的漏网之鱼，引开他们的视线，这办法不错吧？不过，你能放下她不管吗？"

穆澜不得不佩服穆胭脂的心计，苦笑着妥协："你查到那晚的事，我就把东西给你。"

"说不定我看到你爹藏起来的东西，我就能查到那晚发生了什么事。"

绝不能现在就将那张药方交给穆胭脂，这是筹码。穆澜笑了笑道："核桃对你来说只是一枚闲棋，只要我能把她弄出皇宫，你放过她，我就把东西给你。这样，你我都放心不是？"

"你师父说的没错，你这孩子就是心太软了。这碗馄饨，我请客。"穆胭脂达到目的，数了两碗馄饨的钱放在桌上，悠然离去。

穆澜再没了胃口，她起身离开，六子已经牵着那匹白马山茶走了过来，殷勤地说道："客人，这是您寄放在本店的马。"

山茶见了穆澜分外亲热，用头蹭了蹭她。穆澜这才想起，那晚去松树胡同，将马寄放在了车马行。穆胭脂将这匹马领了回来，她也知道这匹马是无涯送给自己的，她又在打什么主意呢？穆澜如今对穆胭脂有点儿草木皆兵的感觉，她没有多说什么，翻身上了马，朝琉璃厂的绿音阁奔去。

绿音阁里今天没有其他的客人，秦刚带着人坐在大堂里，见穆澜来了，很客气地引她进去，同时低声说道："反正有东厂的人盯着，干脆包了这里，还能清静些。穆公子，请。"

秦刚引着她走到假山下，就停了下来。穆澜拾级而上，春来看见她后，一张小脸都笑成了一朵花，弯着腰为她打开门道："主子，穆公子来了。"在她进去后，门又轻轻关上了。

无涯已按捺不住，大步走到她面前："听说你坠马闪了腰，好了吗？"说着，他的手就伸了过来，穆澜挡开了他的手，闪身避开："已经好了。"

无涯低下头看着自己的手，心隐隐抽痛起来，她真的不喜欢自己了吗？可他明明已经跟她解释得很清楚了，他和核桃之间清清白白。

自己明明已打定主意要斩断这段情缘，但无涯黯然的神情仍让穆澜心里抽痛。人生若一直如初见，该有多好。她情愿一生做天香楼的冰月姑娘，不问他的来历，不问他的身份，只当他是萍水相逢的无涯公子。只是，回不去了。

"无涯，我们回不去了。"

无涯盯着摆放在墙根处的冰盆，袅袅升起的凉气仿佛是从他心底冒出来的，他不禁打了个寒战。

"回不去便无须回头，和我一起往前走就是。"无涯不想再和穆澜讨论两人的身份差别，他是皇上，他说行就一定行。

无涯不会懂得，她有多么无奈。穆澜深吸了口气，认真地说道："无涯，我们之间断无可能，你放手吧。"

"我不会放手！"无涯握住她的手，急切地说道，"你为什么就不能信我一回呢？"

我相信你的感情，却不相信我们能在一起啊。穆澜眼里噙着一丝悲伤。长痛不如短痛，当断不断，反受其乱。与其将来无涯知道真相后痛苦不已，更难以原谅自己，不如现在就硬下心肠。

"我早就说过了，我已经不喜欢你了。"

我不会相信。无涯摇着头道："你敢对天发誓说你心里没有我？"

是她对不起无涯，这一生，她谁也不会爱了，看着他幸福就好："我发誓，若我对你还有情，就叫我一生孤苦……"

无涯心头大恸，转过头吼道："不要说了！"

自从她进宫见了核桃后，就对他冷淡起来。如今，她想都没想就发下誓言。他明明解释过了……不，她不是不相信，是真的……不喜欢他了。

无涯惨然地笑了起来："知道今天我约你来，是想对你说什么吗？我打算八月节大赦天下，你爹邱明堂会在赦免名册之中，你就不再是罪臣之女。"

穆澜心中一颤，没想到无涯肯为她大赦天下。可大赦天下，能赦免背了黑锅的邱明堂，却赦免不了谋害先帝的前太医院院正。她低下头，长睫掩住了眼里的痛楚。

他思前想后，想到了借万寿节大赦天下，考虑到朝中格局，努力在谭诚与许家之间寻找那一线机会。母后再宠爱他，也会站在许家的角度思索他需要娶一位怎样的皇后。正因为如此，在双方的博弈中，他就有机会娶一个娘家没有权势的皇后。辛苦权衡之下，他看准了这个机会，并且得到了母后的首肯。他是这样高兴，兴冲冲地约她来相会，想打消她所有的顾虑。她却对他说，她不喜欢他了。

"我去求了母后，她答应了，说想见你。我原打算过了生辰，大赦天下后，就带你进宫去见她。"

太后若知道她是池起良的女儿，会恨不得将她千刀万剐吧？穆澜的头脑渐渐清明起来。

心似双丝网，中有千千结。自从找回记忆后，穆澜就知道，这是她和无涯之间的死结。

"对不起……"

"我不想听！"无涯打断了她的话，核桃是她心里的一根刺，那么，他就把这根刺从她心里剔除，他抬起她的脸，认真地说道，"美人如花，各尽妍态。如果我想要美人，还怕找不到吗？穆澜，你还不懂我吗？将来，我再不会让你误会。这样还不行吗？"

穆澜突然很想告诉无涯实情，那时，他纵然下不了手杀她，也会断了对她的这份感情。然而话到嘴边，她却说不出口。知道她是邱明堂之女，无涯就想到了大赦天下，他在努力为他们的将来披荆斩棘，她却又将一重山横在了他面前——无涯深情的凝视让她无地自容。

"我没有你想的那么好，将来你会遇到更好的姑娘。"

"穆澜！"无涯低吼出声，他咬牙切齿地望着她，被她一盆盆冷水浇得浑身冰冷，他拉着她就往外走夫，"我这就带你进宫，国子监再没有穆澜这个人。"

穆澜用力甩开他："无涯，你冷静一点儿！"

"我没法儿冷静！我与核桃清清白白，你为何就不肯信我？就因为她，你就变了心意拒我于千里之外？穆澜，你可有良心？"然而在穆澜再次开口前，无涯突然害怕了，他从来没有这样心慌过，他快速地说道，"仲秋是杜之仙的祭日，我下旨命你回扬州祭祀。你我都静一静吧，我希望你回来的时候……你能告诉我你的心意。"

穆澜没有作声，回扬州祭祀老头儿也好，她心里有太多的谜，也许哑叔能给她答案。

见她没有再说绝情的话，无涯暗暗松了一口气，他转移了话题道："你不用担心方太医，前几天东厂查一桩旧案，与方太医有些瓜葛，他们没有为难他，询问完就会放他回去。"

听到"旧案"二字，穆澜挑了挑眉。东厂在查池家的漏网之鱼，无涯竟说得如此轻松，显然他是支持东厂的。当初他年纪虽小，但也恨着父亲吧？一想到此处，穆澜的心情越发黯然。

"既然你和核桃清清白白，我想这次回扬州带着她一起离开。"

无涯不由得失笑，若不放核桃离宫，倒像是他心虚似的。他想了想，放柔了声音说道："现在让她离开，会引起谭诚的怀疑。等明年春季选秀，再让她失宠，到时候我会寻个理由送她去寺里修行。"

"我要带她一起离开京城！"穆澜猛地提高了声音。

无涯愕然地望着她，渐渐地，他的眼神变得宠溺："好，你不想让她留在宫里，我来想办法。"

这样的无涯让穆澜没了脾气，她垂眸说道："既是下旨，你素来对师父尊敬有加，不如让素公公陪我回去，也免得令东厂起疑。"

好办法！无涯心里突然闪过一个念头，素公公服侍了三代帝王，对自己忠心耿耿。也许，他能做些安排："好，我该回宫了，我等你回来。"

送走无涯，穆澜拿出穆胭脂之前给她的荷包，望着上面的丹桂出神。方太医很明显知道丹桂意味着什么，却不愿告诉自己。那位服侍了三代帝王的素公公是否也认识这枝丹桂？奉旨回扬州祭祀的路上，自己要怎样做才能撬开素公公的嘴，打探到先帝驾崩时的情形？

皇上赐下祭品，令杜之仙的关门弟子穆澜回乡祭祀。

穆澜启程时，方太医已经从东厂出来，回了国子监。去了趟东厂，方太医又添了一些白发。穆澜感觉到了他的欲言又止，她没有拿出荷包逼方太医。方太医府上还有一百来号人，他能替自己保守住秘密，已是再造之恩，穆澜平静地辞行。

许玉堂、谢胜和应明几个人不容穆澜推辞，一直将她送到了京城外的码头。码头依旧热闹非凡，空地上有摆摊儿的、耍杂耍的，还有聚拢着看热闹的百姓。

听着不时传来的叫好声，穆澜想起了年初进京时的穆家班。

那天因为许玉堂和谭弈相约绿音阁斗诗，奔去看热闹的百姓连赏钱都没给，她和林一川气急败坏地去看万人空巷与羞杀卫玠……

许玉堂不经意地用胳膊肘撞了下穆澜，笑道："小穆，你定要给我们带江南的好酒回来。"

顺着他的目光，穆澜望向对面的酒楼。临江一面的雕花窗户大敞，无涯正看向她，穆澜心里又是一叹。她冲许玉堂等人抬臂作揖告辞，行礼的方向却是面向无涯。

此一别，便再无相见之日。穆澜默默地向无涯告别，她负了他的情意，还骗他、利用了他。在她心里，池家被灭门的真相、核桃的性命安全，都重过儿女之情。带走核桃，她在京城便再无牵挂。再回京城，她将是潜入黑夜的影子，而不会是无涯希望看到的邱家姑娘。

也许是直觉，无涯隐隐感觉到不安，他目送着穆澜登上官船，问侍立在侧的秦刚："安排妥当了？"

"主子放心，冰月姑娘扮成宫婢已悄悄被送上了船，随行护送的禁军都是可信之人。"秦刚低声答道。

无涯眺望着站在船头的穆澜：答应你的事我已经全做到了，你莫要负我。

"回宫。"

船扬帆起航，渐渐驶离了码头，这时，一匹快马伴随着叮当的铃声出现在码头。看到船正驶离，丁铃自马上一跃而起，轻飘飘地落在了船上。

素公公吓了一跳："丁大人这是？"

丁铃眯缝着小眼睛，用袖子擦着汗，大大咧咧地上前见礼："素公公，本官正好要去江南办事，请允本官搭个顺风船。"

船已离岸，丁铃要赖在这里，就肯定赶不走。素公公无可奈何，只能吩咐人去给他准备房间。

穆澜看了眼河道上川流不息的船只，和丁铃见过礼后就回了自己的舱房。关了房门，她望着从床上跳起来的核桃灿烂地笑了起来。

"少班主！"核桃快走了几步，扑进了穆澜怀里，"你不怪我了？我不是故意要让你误会我和皇上……"

"傻丫头。"穆澜拍了拍她的背安慰着她。核桃什么都不知道，只因着与自己的情分，就成了穆胭脂要挟她的筹码。

穆澜扶着核桃坐下，认真地问道："核桃，我再问你一次，你是否真喜欢他？"

"我没有！"核桃急得想要站起来，她委屈地想，我自是知道你与皇上两情相悦，难道你还不信我？

穆澜按着她的肩，轻叹道："我只担心你其实是愿意留在宫里的，而我却曲解了你的心意。"

如果核桃真对无涯有了感情，祭祀完老头儿，她会让核桃随素公公回宫。如果核桃不愿，她会帮她脱离穆胭脂的掌控。时至今日，穆澜再也不会相信穆胭脂。

核桃感到一阵心酸，她知道自己喜欢错了人，但她也绝不会去抢穆澜的心上人。她扭过头，眼泪就涌了出来。

"核桃，你是我在这世上唯一的亲人了，我没有不信你。"穆澜扳过她的脸，轻轻地给她拭干眼泪，"从现在起，你要记清楚我所说的话。"

傍晚，船靠了岸。

船舱里闷热不堪，穆澜与素公公在甲板上纳凉。丁铃不知从哪儿找了把大蒲扇，用力地扇着风也坐了过来。

"素公公年事已高，这趟差事辛苦了。"穆澜沐浴后换了件浅色的大袖深衣，腰间丝绦上那只深蓝缎子、绣着金黄丹桂的荷包极为醒目。

"是啊，是啊，公公都这般年纪了，该留在宫里享福才是。"丁铃很是好奇，插嘴问道。

"咱家年纪大了，也许这是最后一次出宫了。官船平稳，沿途风光秀美，有何辛苦？"素公公淡淡地答道，一眼都没瞧穆澜腰间的荷包。不过寒暄几句，素公公就回房歇着去了。

方太医对这只荷包的态度甚是怪异，穆胭脂又道这只荷包能引得宫里老人们相认。素公公怎会不认识？可他却没瞧一眼。

"穆公子，这只荷包是情人送的？本官记得穆公子似乎并不喜欢佩戴这些饰物。"丁铃摇着蒲扇和穆澜搭讪道，"本官眼力过人，从前见穆公子，从未发现你身上佩戴过任何东西。"

穆澜蓦然惊醒，丁铃都能注意到这只荷包，她又故意穿上浅色衣衫以让这只荷包更加醒目，素公公怎么会连一眼也不瞧？反过来想，素公公是否知晓得更多？

她笑着解释道："天太热，放些薄荷在身边提神醒脑倒也不错。"

丁铃瞧着左右无人，便将脑袋朝穆澜凑了过去："你说在灵光寺梅于氏房中看到了线索，是什么？"

宫里没有于红梅这个人，灵光寺和苏沐案就断了线索，丁铃这段时间郁闷得不行，突然接到穆澜送来的信，这才急着赶了过来。

穆澜懒洋洋地说道："到了扬州，我就告诉您。"

丁铃不解道："为什么要到扬州才能告诉我？"

穆澜看了眼他腰间悬着的金铃笑了起来："丁大人心细如发，办案如神。有您在船上，惧于您的威名，那些宵小之辈也不敢轻易造次，这条船定能平安到扬州。"

"原来你是诳我来当保镖的啊？"丁铃疑惑地望着穆澜，心想，穆澜的功夫不弱，还需要自己保护？这是官船，船上的禁军有好些个熟面孔，一看就知道是秦刚的心腹——禁军是保护素公公的，那穆澜想让自己保护谁？

穆澜突然说起了自己的经历："我自幼是在船上长大的，曾沿着这条大运河演杂耍卖艺求生。船对我来说，就像是家。"

丁铃愣了愣，眼角的余光瞥到了正在甲板上纳凉的船工，心头微凛。难道穆澜看出这些船工有异？他的小眼睛精光闪闪，穆澜几不可见地颔首。与丁铃不同，她上船后溜达了一圈，就感觉到了异样。

丁铃试探地问道："你？"

穆澜连林一川都没有告诉过，她曾经进过梅于氏的厢房。如果不是接到她的信，丁铃也不会知道。但凡知道一点儿关于灵光寺梅于氏案的人都已经死了，山西于家寨甚至被烧成了白地。难道对方发现了，所以也想对穆澜下手？

对方的目标自然不会是她。宫里知晓旧事的老人不多了，素公公在宫里，对方不好下手。出了宫，素公公就成了目标。穆澜想起素公公方才说，这也许是他最后一次出宫了，素公公难道也知晓这趟差使会有危险？

穆胭脂与老头儿当初想尽办法送自己进国子监，是为了陈瀚方正在寻找的东西。而陈瀚方恰巧遇到梅于氏被杀，又踩糊了梅于氏临终前画下的血十字。

同时穆胭脂又极想得到父亲藏起来的东西。两件事一联系，穆澜感觉灵光寺一案和池家灭门案有关系。

船上她要保护的人有两个，她既要防着有人想杀素公公灭口，还要防着穆胭脂会趁机劫走素公公与核桃。她分身乏术，思考再三后，就引了丁铃上船，但她想从素公公处打探的事情绝不能让丁铃知晓。穆澜望向了自己的厢房，以丁铃的能力，保护核桃绰绰有余。

"试问南京至北京，水程经过几州城。皇华四十有六处，途远三千三百零。水驿站六十里一处，官船昼夜不停，最多只能行一百二十里。以我对大运河的熟悉，出了通州，沿途停靠的水驿站中，险处也不外几个地方。"穆澜随手拈起盘中的瓜子，边说边在桌子上摆放着。

丁铃用蒲扇柄挠了挠头，他还记得最初是秦刚向自己力荐的穆澜。他去国子监查苏沐案，当时穆澜极为低调，在自己面前毕恭毕敬。他的注意力几乎全被林一川吸引了去，怀疑穆澜藏拙，却也没有过多关注此人。被穆澜一封信引上了船，不仅没拿到他信中的线索，还成了他请来的保镖。当保镖也无妨，总得让自己清楚想要袭击天使与官船的人是谁吧？动机与目的又是什么？

"本官可不想稀里糊涂地被你当枪使。"丁铃心想，这么容易就被你牵着鼻子走，也太没脸了。

"丁大人在山西不也一样稀里糊涂地被人一路追杀？受了一身重伤也没查到对方是谁。"

丁铃险些跳起来，瞬间就想到了一个人："林一川告诉你的？"

穆澜"嗯"了声。

"泄露机密，按规当……"

不等丁铃气呼呼地抬出锦衣卫的规矩，穆澜已打断了他的话："若我猜得不错，想对天使不利的人，也许和当初追杀大人的是同一批人。"

"你怎么知道？！"丁铃顾不得骂林一川了，小眼睛里瞬间有两簇火苗燃烧了起来。那些人当初是为了阻挡他查梅于氏和于红梅案，现在又为了什么？为了穆澜信中的线索？

"宫里没有于红梅这个人，素公公服侍过三朝帝王，他老人家平时几乎不出乾清宫，这次奉旨去扬州，不就等于给了对方机会？"

丁铃不会轻易被穆澜牵着鼻子走，他马上反驳道："本官没记错的话，去

026

年杜之仙过世，素公公就曾奉旨去扬州祭奠，顺便宣旨赐你进国子监，可是一路平安！"

"那时候梅于氏还活得好好的，丁大人也没查到山西于家寨。"穆澜笑了笑，语气平常地说道，"素公公一直平安，也许对方也想从他嘴里听到些什么。他只要一天不说，就能保一天性命。但如今大人已经查到了于红梅，还心急火燎地追赶这条船，而船上又有素公公在。对方也许会认为，丁大人是为了向素公公询问宫中旧事而来，正好一锅烩了。"

丁铃终于气得跳了起来。他想破口大骂，又顾忌着船上的眼睛。左右看了又看，还是觉得不保险。他心里又憋得难受，于是指了指穆澜，跃下了船。穆澜笑了笑，跟着他一起跳下了船，轻飘飘地落在了码头上。丁铃也不言语，引着穆澜直走到偏僻的河滩上，回头一掌就拍了过去。

他确信自己就算破口大骂也无人听见，就边打边骂："你引老子上船，想让老子当保镖就算了，还拿老子当诱饵？"

穆澜也不还手，仗着轻功好避开了他的攻击，慢条斯理地回道："丁大人若是不愿意，那就算了呗。"

丁铃夹带着怒气的攻击连穆澜的衣角都没碰到，那双小眼睛都快瞪出来了。他遇上的都是些什么人啊？林一川武艺虽高，轻功却不如自己，可他的轻功在穆澜面前简直就像小孩子打闹！丁铃气得收了手："不打了，不打了！你给本官说清楚，本官就恕你无罪！"

穆澜诧异道："在下说得还不清楚？"

丁铃呆了呆，穆澜的分析不无道理。对方一旦发现自己有可能从素公公处打听到于红梅，当然会痛下杀手，可他怎么就觉得憋得慌呢？

"你信中说在梅于氏房中看到了一些东西，是什么？"

"先前不是和大人做过交易了？只要大人同意保护一个人，她安全了，我自然会告诉大人。"

丁铃恨恨地说道："本官自会保素公公……"

"不是保护素公公，是藏在我舱房里的一个人。"穆澜轻声说道，"还请大人下船带她走陆路。"

让他保护另一个人走陆路？丁铃马上明白了穆澜的心思。官船行驶在运河上，停靠水驿站目标明显。可是既然知道也许能在素公公处得到与于红梅有关的消息，丁铃怎么舍得离开。

"帮我保护好她，我替大人向素公公打探于红梅的事，大人还能知道我在梅于氏房中看到了什么。这笔交易，是您赚了。"

好像是他赚了。丁铃眼睛一瞪："本官怎么知道你说的是不是真的？本官是不是被你利用了，到头来只是白忙一场？或者，你打探到于红梅的事，回头又来要挟本官！"

穆澜哼了声道："我若不给大人写那封信，您恐怕还在家里挠墙郁闷憋得慌呢。"

这倒也是。最后，丁铃不情不愿地还是应了。望着穆澜先行回船的背影，丁铃望向天空出了会儿神。这个穆澜不低调则已，一出手怎么就把自己吃得死死的呢？

天微亮，官船扬帆离开了通州。除了穆澜，暂时还没有人知道船上少了两个人。她站在船尾，望着运河上的三艘商船轻叹。昨天离开京城时还只有一艘船尾随，今天在通州就又多出了两艘船。穆胭脂的珍珑势力再大，也越不过朝中那些人。

素公公装作不认识荷包上的绣样，这就表明，他不会轻易吐露自己所知道的秘密。穆澜很担心在知晓真相前，素公公就被灭了口。她打定主意后，走到了素公公的舱房外，恭敬地求见。既然素公公装傻，那她就直接挑明了吧。

素公公刚起床，正用着一碗素粥，他的脸有点儿浮肿，眼袋干瘪地挂在眼睑下。看得出来，他昨晚并没有睡好。船才离开通州，穆澜就迫不及待地求见。那只绣着金黄丹桂的荷包浮现在素公公的脑海中，让他心情复杂至极。

杜之仙的关门弟子啊……他早该想到，抱病离仕归隐的杜之仙不会无缘无故地收一个无关紧要的人当关门弟子。这个穆澜的真实身份会是什么呢？年轻的皇上极看重穆澜，他可知道这个穆澜也许是有心接近？

素公公想起了十年前的那场动荡。那个春季死的人实在是太多了，血腥味数月不消。他知道，只要自己一开口，平静了十年的朝廷又将掀起一场腥风血雨。只要一想起当年的那些场景，素公公就忍不住打了个寒战，深深地叹了口气。他将粥碗推开，再无任何胃口："咱家晕船，身体不适，请穆公子回去吧。"

小太监出了舱门，婉拒了穆澜的求见，她解下荷包托小太监带给素公公："在下随先师学了一点儿皮毛，配了些提神醒脑的药，还请公公收下。"

嗅着荷包里散发出来的清凉之味，素公公长叹了一声，过去的事就让它过去吧，如今万民归心，皇上性情温和、勤政爱民，又何必再起事端？

　　素公公的态度让穆澜一点儿招都没有，她一直防着对方出手，如今却有点儿盼着对方出手了。

　　船过徐州后，天气突变，云层堆积，天地一片昏暗。风搅动着河水掀起了波浪，眼见一场暴雨将至。船工请示护卫的禁军统领后，将船驶向岸边停靠。

　　河岸左侧吕梁山巍峨耸立，此处已快至徐州府的边缘，是与淮安府的交会之地。船寻了处河弯停靠，上方的山崖似鹰嘴外探，峭壁之下形成了天然良港，是暂避风雨的好地方。

　　船刚靠岸落锚，雨点就落了下来，这场意外到来的暴雨打乱了穆澜的计划。

　　穆胭脂要趁机劫走素公公，穆澜则想黑吃黑，利用穆胭脂的人马抵抗想杀素公公灭口的人，抢先从素公公嘴里撬出乾清宫里的往事。

　　出行前，她和穆胭脂商议过，如果有人想杀素公公灭口，有几处绝佳的动手地点，其中一处是在下一个水驿——吕梁洪。而此时船停靠的地方离水驿尚有几十里的距离，这意味着穆胭脂提前布置的人手没用了。

　　从京师一路尾随他们的三艘船在离官船不远处也陆续靠岸躲避风雨。观测着地势，穆澜的心开始往下沉。她无法确定那三艘船中是否有穆胭脂的船，单凭官船上的禁军，力量太过单薄了，更何况她早已看出船上有两名船工行迹可疑。

　　狂风怒号，天空仿佛漏了个大洞，大雨瓢泼似的浇了下来。天色昏暗，悬挂的灯笼被吹熄了烛火。远远望去，这座山崖下的船只随浪起伏，像水里的暗礁，变成了几团暗影。

　　秦刚选出来的下属都是禁军中的好手，已然生出了警觉之心，将素公公的舱房围了起来。

　　穆澜进了船舱，脱掉蓑衣，提着一盏灯笼沿着高而窄的楼梯进了底舱。

　　船靠岸后，船工们无事可做，大都回了大通铺的舱房里喝酒打牌。穆澜对船只构造极为熟悉，径自绕过舱房，来到了货舱。里面传来隐约的咚咚声，穆澜停住了脚步，昏暗的灯光照出一片水光，已有水从货舱底下漫了进来。许是听到她的靴子踩出的水声，里面的声音消失了。

　　不出所料，潜在船工里的奸细果然选择在无人的货舱里动手脚。船才靠岸，他们就已经开始凿洞沉船。看来，今晚一场恶战在所难免。

穆澜噗地吹熄了灯,走进货舱,里面黑得伸手不见五指。安静的货舱里传来了微弱的呼吸声,前方货物后面有一人,右侧也有一个人。穆澜脚步移动,靴子无可避免地踏出了水声。

一缕劲风从她的右侧扫来,她侧身避过,同时反手一刺,黑暗中就响起一声惨呼。声音如指路明灯,藏在她后面的人用力将一包货物扔向了她,接着就抽刀直刺过来。货物砸落在地,发出沉重的响声。那人甚是聪明,将刀横着贴地挥舞,想砍中穆澜的腿,手里的长刀蓦然沉重,竟是被穆澜踩住了刀身。那人果断弃刀,又掏出一把匕首往上刺去。就在这一瞬间,他听到风声从头顶掠过,还没等他反应过来,只感到脖子微凉——已被穆澜一刀割了喉。他双膝一软,跪在了积水中。

穆澜将灯笼点燃,货舱里又亮起了火光,她看也没看死在地上的那两个人,在角落处找到凿开的洞后,她从箱子里拿出宫里御赐的锦缎将洞口紧紧塞住,又移来一只箱子压在了上面。

这时,船突然猛烈地晃动起来,穆澜差点儿栽倒,她心里大惊,难道尾随他们的船竟是扮成商船的战舰?穆澜飞快地跑了出去,下了锚停靠的官船简直就是活靶子。船不停地晃动着,等她奔到甲板上时,官船上的炮也响了起来。

隔着风雨,隐约能看到对面有艘船上炮火冒出的光。一闪之后,官船四周的河水被炮弹激起冲天的水柱,掀得船身摇晃不已。

头顶突然响起一声呼啸声,穆澜刚抬起头,就看到桅杆被炮弹击中,咔嚓一声就断裂了,笔直地砸了下来。

"闪开!"她大喊了一声。

甲板上的禁军纷纷躲避,桅杆却不偏不倚地砸中了船头的大炮。官船哑了火,对方立刻开始强攻,一群黑衣蒙面人攻上了官船。禁军在船舷处站成长排,力阻着黑衣人登船,因居高临下倒也占了不少便宜。

天色已经完全黑了下来,对方仍不断地朝着官船开火,又一发炮弹落在了官船上,砸出了熊熊火光。这条船保不住了,穆澜想都没想便直奔素公公所居的正舱而去。

形如鹰嘴的峭壁上,穆胭脂带着人站立在风雨中,一动不动。

李教头低声说道:"东家,官船已经起火了,是否叫兄弟们动手?"

李教头居高临下望去,借着官船上的火光,他看得极为清楚,官船上的禁军支撑不了多长时间了。

穆胭脂从一开始走的就是陆路，带着人马沿着大运河尾随着官船。官船靠岸躲避风雨，她就带着人从山道登上了河湾上方的峭壁。穆胭脂居高临下地观察地形后，认定这里是动手的最佳地点。她望着河湾里一左一右停靠得甚远的另外两艘船，摇了摇头道："局势不明。"

那两艘船一点儿动静都没有，仿佛河湾中相互开炮的两艘船与他们无关一般。

李教头不禁有些急了："官船的炮已经被砸没了，对方再开几炮，官船就会被轰成碎渣子了！"

"再等等。"

穆胭脂也不知道自己在等什么，她总觉得那两艘船太过安静了，现在火炮冲天，如果那两艘船真的是商船，哪怕风雨中只有一线生机，也不敢再继续停留。

雨哗啦啦地下着，穆胭脂知道此时的大运河已是浊浪滔天。兴许那两艘船真的是因为风雨太大而不敢起航，所以只能老实地停在原地吧？不过，她仍然决定再等一等。

黑衣人的攻势太猛，已有人攻上了甲板。穆澜奔到舱房门口，看到两名禁军紧张地握着刀尽职地守在门口没有离开。

这时，又一发炮弹落在了甲板上，穆澜就地打了个滚，抬头时看到门口的那两名禁军已被炮火掀翻。舱门仍然紧闭着，她爬起来一脚端开了舱门，提刀冲了进去："素公公！"

正舱颇为宽敞，里间卧房里传来素公公的声音："咱家好着呢。"

穆澜松了口气，她关上舱门，又上了闩，才走进里间，只见从床底下露出两张脸来——素公公和服侍他的小太监裹着被子趴在床底下，正仰着脸望着她。

"穆公子，你也进来躲躲吧，不会有事的。"素公公居然冲着穆澜笑了起来，笑得满脸褶子都变成了道道深壑。

穆澜半跪了下去，一拳就将小太监揍晕了。

素公公愣了愣，叹了口气道："那些事都已经过去了，如今天下太平，皇上又是个明君，穆公子何必一定要追寻往事，再掀腥风血雨？"

雨声太大，隔着舱门，穆澜隐隐听到似有枪声响起——对方连神机营的火枪都搬出来了。敌人若真攻上了船，就算她功夫再好，也将插翅难飞。穆澜心急如焚，她没有时间再和素公公绕圈子了。

第四十七章
死亡遮掩不了秘密

　　素公公躲着穆澜，穆澜却将那只绣着丹桂的荷包硬送到了他的手里。怪不得杜之仙会收穆澜做关门弟子，他早该想到，杜之仙怎么会收一个杂耍班的小子做弟子。那穆班主的救命之恩，怕也是杜之仙设计的吧？

　　他望着穆澜叹息道："咱家什么都不知道。"

　　穆澜很佩服自己，在如此紧张的情形下，她还能和素公公斗心眼儿："在下还没开口，公公就说不知道，您怎么知道我想问什么？"

　　素公公瞟了眼被穆澜一拳打晕过去的小太监想，若不是为了那些秘辛，你又何必将他打晕？

　　"素公公，船上起火了，在下带您先离开。"

　　把自己带走更方便逼问吧？素公公摇头道："外面太乱，一动不如一静。咱家老了，不打算逃了。"

　　穆澜耐着性子劝道："好死不如赖活，您是钦差天使，在下可不想祭祀师父的同时又多祭一个人。"说着，她朝素公公伸出了手。

　　素公公干脆挑明了道："那只荷包上的绣样咱家认得，咱家服侍过三朝帝王，能活到现在只明白一件事，在宫里头最要紧的就是闭紧嘴巴。穆公子，你甭想从咱家嘴里打听到什么。你还年轻，有大好的前程，深受皇上器重，何必一定要活在仇恨之中？"

　　穆澜恨不得将卷成蚕蛹样躲在床底下装死的素公公直接拖出来。两人的目光对视了会儿，她看明白了素公公平静的眼神中所表达的意思。用强是万万行不通的，服侍过三朝帝王的老太监有他的骄傲，但她已经没有更多的时间与机会了。穆澜瞬间心意已定，跪下朝素公公行了大礼，额头磕在地板上发出咚的一声，吓了素公公一跳。

穆澜抬起头，已将捡来的长刀压在了素公公的脖子上。

"你，你这是……你杀了我吧！"素公公视死如归地闭上了眼睛。

穆澜冷静的声音在素公公的耳边响起："素公公，我只想知道先帝驾崩前夜，家父为何会给先帝熬一碗虎狼之药？您当时在乾清宫里服侍先帝，还望您告知实情。是池家罪有应得，还是另有内情？您告诉我，我会给您一个痛快。您不说，我也会给您一个痛快。"

不论素公公说与不说，知晓了她是池起良的女儿，他都不能再活着。

素公公惊得猛地一抬身，穆澜以为他想抹脖子自尽，瞬间将刀撤开，谁知素公公根本没有扭脖子就刀的想法，只是脑袋撞到了床板上。他"哎哟"了声，捂住撞疼的脑门儿，偏着脸看着穆澜道："前太医院院正池起良是你爹？"

他万没有想到穆澜竟然是池起良的儿子。不对，池起良没儿子！只有一个闺女。素公公望着穆澜，"啊"地张大了嘴巴。皇上知道吗？一个姑娘竟进了国子监当监生！还是自己亲自去扬州颁的旨！素公公倒吸了口凉气。戏弄皇上、祸乱朝纲，这是死罪啊！

素公公以肘撑地，噌噌噌地从床底下爬了出来，他也没起身，就坐地上看着穆澜："池起良没儿子！"

穆澜连眼皮都没眨，直接解开了高领对襟盘扣道："我是池家独女——池霏霏。那天是我六岁生辰。我出生的时候，也是个雨雪天。我爹进宫的时候说过，一定会赶回来给我过生辰。第二天他真的回来了，回来和全家一起赴死。"

穆澜露出的脖颈光滑纤细，没有喉结。

穆澜真的是池起良的女儿！素公公艰难地咽了口唾沫。他清楚地记得十年前的那个晚上，一场雨雪从入夜开始便不停地下着，冻得人直哆嗦。他将宿在值房的池起良召进了乾清宫，并守着池起良在乾清宫里煎了那碗药，也是他亲自服侍先帝喝下。池起良出宫后，他才命人将先帝驾崩的消息传了出去。

穆澜扣好领间的盘扣，静静地望着素公公："我只想知道真相，我爹为何会给先帝熬一碗虎狼之药，如果家父是罪有应得，那我绝不复仇。"

刀剑相击的声音近在咫尺，然后又消失了，最后连打斗声都没有了。只有一个可能：官船上的禁军都殉职了。

素公公突然推了穆澜一把："你快走！莫要再管我这个老东西！"

穆澜愕然，继而惊喜交加："公公，您愿意告诉我了？"

就在这时，舱房的门被大力撞开，有人走了进来。穆澜霍然起身，提刀挡在了素公公身前。既然素公公改了主意，她拼死也要一战。当来人绕过隔扇的瞬间，穆澜就一跃而起，手中长刀狠狠劈下。一把雁翎刀险险架住了她的刀，但来人被她的刀势劈得跌坐在地。

两人一照面，都是一惊，穆澜翻身退开："秦刚？"

"好险！"秦刚吓得吼了起来，"小穆，你看清楚人再出手行不？差点儿把我劈成了两半！"

秦刚喘着粗气，却没再说什么，起身站到了一旁。身穿细鳞锁子甲的无涯满脸焦急地出现穆澜面前，他急步走向她："你可有受伤？"

"无涯？"她没眼花吧？无涯怎么会出现在徐州地界的运河上？

"禀皇上，船快沉了，请尽快离船。"外面响起了一个声音。

"先离开再说！"无涯一把拉住穆澜的手就往外走，"秦刚，你扶素公公速速离开。"

"皇上！"

听到素公公的声音，穆澜心头一紧，她蓦然回头，看到素公公端正地朝无涯拜伏着。穆澜低下头看着被无涯紧握的手，深深呼吸着。如此也好，素公公说出自己的身份，她就能堂堂正正地问个清楚明白。

"公公这时候还行什么礼？朕毫发未伤，赶紧离船！"无涯快速地说道。

"老奴要叩别皇上了。"素公公抬起头来，一根尖锐的木刺瞬间刺进了他的腹部，鲜血染红了他的衣襟。

"素公公！"舱房里的人都吓了一跳。

刚才还好好的，怎么会这样？！素公公为什么要自尽？他是想替自己保守秘密，还是想守住那个晚上的秘密？无涯的意外出现，素公公突然选择自尽，让穆澜感觉心像被一只大手捏住了，几乎都快喘不过气来了。

无涯脸色大变，松开穆澜快步抢到素公公面前，一把将他抱了起来："您忍一忍，朕会治好您，走！"

无涯抱着素公公大步走了出去，秦刚赶紧拉了把穆澜："走啊！"

穆澜这才回过神儿来，突然想起了什么，道："床下还有人！"

她走回去，一把将被自己打晕的小太监从床底下拖了出来，秦刚赶紧上前帮忙。二人扶着小太监走出船舱时，甲板已经开始倾斜，大火熊熊燃烧着。外面站着一队士兵，领头的看到秦刚他们出来后，摆手道："走！"

雨已经小了，峭壁上，穆胭脂一行人还未离去。亲眼看见那两艘安静停在雨夜中的船突然吐出炮火，直接将开炮的船轰得粉碎，李教头不禁有些后怕，他佩服地望着穆胭脂道："东家料事如神。"

雨水顺着斗篷滑落，被打湿的鬓角贴在穆胭脂的脸上，她像一尊没有感情的雕像，看起来平静得没有半点儿情绪起伏，只有她自己才知道，心里的怒火都快要把她烧炸了。

"直隶水师，神机营。"穆胭脂长长地叹了口气。

年轻的皇帝竟然在暗中拥有了军队的支持。她没有想到，看来谭诚也没有想到。那两艘看上去与商船一般无二的船，其实是战舰，而小皇帝就藏身在船上，一路上没有露出半点儿端倪。如果不是她谨慎多疑了一些，她的下场会和那些袭击官船的黑衣人一样，被年轻的皇帝一锅端了。如果素公公是诱饵，那么小皇帝知道了多少？穆澜呢？她是否也投向了小皇帝，故意布下这个陷阱来引自己上钩？

"白眼儿狼！"穆胭脂从牙缝里冷冷挤出这句话，她看了眼河湾上那两艘完好的船，带着人遁入了黑夜。

这场暴雨下到半夜，声势渐弱，如丝般淅淅沥沥。

穆澜在甲板上站得久了，一摸脸，已是一片水渍。她强力将自己的双脚钉在舱门外，才没有立刻逃进滔滔的大运河中。

随行的太医正在对素公公施救。老太监的力气太小了，胡乱弄了根木刺，没有立刻将自己刺死，他有足够的时间将一切都告诉无涯。

一件披风搭在了穆澜的肩头，令她不禁僵直了背。换上天青色大袖深衣的无涯像极了儒生，穆澜不禁想起他身着铠甲的模样。若非这张脸，她真以为自己认错了人。她记忆中的无涯是初遇时的青青翠竹，是绿音阁里烹茶的绮绮幽兰，是天香楼中的静美明月。今晚一战，刷新了穆澜对无涯的认知，令她生出几分惶恐，隐约感觉到两人之间无形的距离。

无涯细心地给穆澜系着披风的带子，望了眼河湾里举着火把正在清扫战场的士兵，对她的沉默有了几分了然："生气我瞒着你？还是气我动手迟了？"

穆澜还不曾想过这些问题，她摇头道："我没有生气，见着你很吃惊倒是真的。"

"只是吃惊没有惊喜吗？"无涯低下头在她耳边轻轻说道。

上了这艘船后，她就一直站在舱房外，连衣裳都不肯去换。等他快速处理完事情，去了甲胄，她仍然沉默地站在这里。

"真没生气？"无涯目光一扫，秦刚很自觉地打了个手势，禁军齐刷刷地转过身，背对着他们。他靠近穆澜，借着披风与身形的遮挡，从后面抱住了她，低声地向她解释道："雨太大，神机营的火枪就成了烧火棍。那些士兵怎敌得过对方百里挑一的好手？强攻的代价太大，我也急得很，好在你没有受伤，不然，我真的会后悔。"

"我真没生气，若是对方胜了，我还不知道能不能活着。"穆澜轻巧挣脱了他，眸光闪了闪道，"我是在想素公公的伤势。"

"御医正在救治。"说起素公公，无涯也有些黯然，"临行前我就叮嘱过他，藏在舱房中最是安全，没想到他仍然受了重伤。"

临行前无涯就做出了安排，难怪素公公和小太监会不慌不乱地裹着被子藏在床底下。穆澜"哦"了声问道："你怎么知道官船会遇袭？"

"素公公告诉我的，他这一生服侍过三朝帝王，谭诚最想要他的命，他愿意以身为饵出宫去扬州，定能诱得谭诚出手。而我，太需要拿住谭诚的把柄。"无涯望着滔滔运河，讥讽地笑道，"说来你许是不信，谭诚把控朝政，却从来没有落下一点儿不臣之心的把柄。就连上次押送侯继祖失利，也亲自领了二十廷杖。这个机会，我等了很久。"

想定谭诚的罪，太难。纵然被谭诚气得火冒三丈，无涯也只能忍着。这次全歼对方，擒了活口，从那艘扮成商船的战舰查起，就像牵出了一根藤，可以顺藤摸瓜。

穆澜想，幸好和穆胭脂约定的接应地点不是在这里。她虽然已经与穆胭脂决裂，却并不希望无涯此时将穆胭脂一伙一网打尽，她还有太多的谜没有解开，穆胭脂还死不得。或许，她的心底始终还有着另一个穆胭脂的存在——那个大大咧咧的粗鄙妇人，随时挥着鸡毛掸子追着她揍的母亲。

"皇上！"舱房的门开了，御医急步走了出来，冲着无涯深深作揖。

无涯和穆澜同时转过身去。

"臣以银针刺穴暂时帮素公公止住了血，但素公公年事已高，恐受不住拔出木刺之痛。"御医欲言又止。

无涯走了过去："拔了木刺，有几成把握可以救活他？"

御医苦笑着摇头："素公公似有话想对皇上说。"

这是不成了。无涯大步走向了船舱："朕去瞧瞧他。"

穆澜跟在无涯的身后走到了舱房门口，她却又停住了脚步。看天意吧，素公公如果告诉了无涯她的身份，她也不用再藏着掖着了。

素公公躺在床上，胸口微微起伏着。他努力地睁着眼，当看到年轻的皇上坐在了床榻旁，欣慰地笑了起来："老奴令皇上失望了。"

他说话的精神劲儿令无涯一怔，无涯望向了御医。

"老奴有话想对皇上说，就求林太医给老奴喂了碗提神的汤药。"素公公微笑着说道。

房里服侍的人默默退了出去，无涯握住素公公的手，眼睛渐渐地红了："幼时朕去乾清宫玩儿，常调皮地乱跑，公公总是着急地跟在朕的身后叫'太子殿下！殿下，别摔着了'！"

"皇上那时可爱极了。"素公公拍了拍无涯的手，"老奴若能再多活几年，也许还能瞧着皇上的小殿下出生。"

"是朕动手晚了！朕对不住您，您本该在乾清宫荣养，却还要为朕筹谋。"无涯黯然地说道。

他是不能活了，素公公想起那些往事，心里叹息着，轻声说道："皇上终于长大了，经此一役，老奴也可以放心去服侍先帝爷了。"

"朕情愿您好好的。"

对无涯来说，素公公更像自己的长辈，他情愿再耗上几年，他的羽翼总有更丰满的时候，谭诚也总有老去的时候，他真不想看到素公公离他而去。

"皇上很喜欢穆姑娘？"素公公的眼神是这样慈爱，无涯点了点头。原来皇上早知道了，素公公心里又是一叹。

"十年前，先帝的痰疾又犯了，气都喘不过来，脸憋得涨紫。先帝太过痛苦，吃着太医院的药也不见缓解，池院正便冒险熬了服药。"素公公瞥了眼胸口没有拔掉的木刺，轻声说道，"但先帝还是没能熬过药效，撒手去了。"

无涯突然有一种冲动："您要不忍一忍？或许还有一线生机？"

他想说的可不是自己，皇上的看重让素公公心里感激无比，他怜惜地望着无涯道："皇上，池院正还有个女儿。"

无涯愣了愣。池起良纵然是好意，但先帝终究是被他那碗虎狼药害死的。无涯以为自己了解了素公公的心意，沉默了下道："当年太后伤心欲绝，而朕又年幼，认定是池起良害死了父皇，便抄斩了池家满门。现在回想，池家有池起良一人获死罪便可，其家人可判流刑。如果他的女儿真的活了下来，朕不再追究便是。"

如果皇上不喜欢穆澜，这便是最好的结果了。素公公轻叹道："池起良的女儿，就是穆澜啊。"

无涯霍地站了起来。"怪不得……"他喃喃说道。

素公公一句话就挑破了穆澜的真实身份，也拂开了蒙在无涯心头的那层迷惑。

怪不得穆澜对他的态度忽然变得冷淡，怪不得她说他们之间是不可能的，怪不得她说不喜欢他了，怪不得她说她恨他……原来，她早就知道了。

十岁时父皇驾崩的记忆是那样鲜明深刻，无涯记得那天清晨，他尚未睡醒，谭诚就带着人进了东宫。一片慌乱中，他被套上了孝服，谭诚握着他的手说："皇上驾崩了，咱家奉娘娘懿旨接殿下去乾清宫。"

他有点儿疑惑，昨天他还去给父皇请安了呢。他知道父皇已经病了很久，然而只隔了一晚，父皇就去了？他甩开谭诚的手就往乾清宫跑去，任他们在身后叫着、追着自己，也不搭理。他一口气跑进了乾清宫，母后哭得两眼通红，发髻散乱。她的手抓得他的胳膊很疼，她的眼神像淬火的刀，闪着青幽的光："无涯，你是皇上了，你要为你父皇报仇！"

父皇去了，母后的眼泪还没擦干，他就已经坐在金銮殿上接受群臣的朝拜。

太医院御医们的证词、母后的痛苦、父皇嘴角未拭尽的血渍，让他毫不犹豫地在抄斩池家的圣旨上用力盖下了玉玺——是他命谭诚去办的。

那时候，穆澜才六岁，她怎么活下来的呢？

无涯怔然地站着，他想起了端午节的那天晚上，他与穆澜相约在什刹海的岸边，他告诉她，他查了先帝的《起居注》，她的母亲可能是在骗她。穆澜脸色大变，绝尘而去。

是那天晚上她母亲告诉她的吧？她好几天都没有回国子监，他以为她是因为发现自己所做的一切根本就不存在，所以受打击了，消沉了。他没有逼她，只愿她想明白之后，按他的安排选择一个合适的时机，再寻个周全的借口，平安地离开国子监，从此抛弃监生穆澜的身份。

他真是可笑，还筹谋着借自己的生辰大赦天下，好让她以邱家姑娘的身份进宫。他还去求了太后……她不过是在冷眼旁观，像在看一个笑话吧？

她为什么不直接告诉他呢？他连她女扮男装进国子监都默许了，难道还会因为她是池起良的女儿，就斩草除根杀了她吗？她有什么错呢？十年前，她不过是个六岁的女童。她为什么不多信任他一点儿呢？还是因为她恨上了他？恨他下旨抄斩了她全家？

"皇上……"素公公清楚地感觉到精神开始渐渐衰退，他让御医给自己熬的汤药用的就是当年池起良的那张方子，他知道自己撑不了多久了。

无涯机械地转过头看着他。

"老奴也是才知道的，她求老奴告诉她先帝驾崩的那晚，池院正为何会开出那张方子。"素公公轻声解释道。

穆澜想知道，他也很想知道。

"素公公，当时你在乾清宫服侍父皇，那晚，池起良是怎么瞒过你给父皇喂下那碗药的？"

这个问题很多年前就有人问过了，素公公依然还是那个答案："药是老奴亲口尝过的，药中无毒。先帝犯了痰疾，池院正说在药中添了几味化痰的药。"

池起良做了二十年的院正，从未犯过错，素公公尝过药，自然也就信了。

无涯的眸子渐渐变得清明起来："也就是说，池起良开的那碗猛药，也是为了父皇的病情着想？"

"是。当时先帝病情发作得太急，没有时间召集太医们辨证药方……但先帝还是没能抵抗住药力。"素公公的语气里有些无奈。

当时就算不开那张方子，池起良也会担负救治不利的罪责。他那么做，也是医者仁心，却出现了最不好的局面——先帝没能扛住药力。

以池起良的所作所为，虽为事急从权，但先帝亦因他的那碗药才猝然离世，他罪无可恕。全家处斩是重了点儿，但放在当年的情况，也在情理之中。

"那该怪谁呢？"无涯喃喃出声，他不觉得当年的自己做错了。

那是穆澜错了吗？她也没有错，可是她想知道的真相只是如此。他不能求她不恨自己，若她……一股锥心的疼让无涯拧紧了眉。

"皇上，老奴不行了，老奴想见见她。"素公公说。该为皇上做的，他已经做了。皇上大了，自有决断。

素公公只想见见穆澜，无涯沉默地走出了舱房。灯笼的光映出了如丝细雨，笼罩在穆澜的周围。她身后是重重夜色，仿佛只要她转身，就会融进这黑夜里，让他再也找不到。无涯听到了自己平静的声音："素公公想见你最后一面，你去吧。"

穆澜从他身边走了过去，无涯突然抓住了她的手。千言万语堵在他的喉间，但他终究什么都没说，又慢慢松开了手。他用尽力气才让自己显得平静："别难过。"

穆澜不知道该说什么才好，素公公捡了根木刺自尽，是为了安她的心吗？还是说，素公公如此维护自己，就证明了父亲本无罪？

房中燃着数支蜡烛，明亮的光线更映得素公公脸色灰败难看。那根木刺扎在他的腹部，也扎进了穆澜的眼中。她有些不忍去看，迟疑地在床前停住了脚步。

"过来，小姑娘。"和皇上说了半晌的话，素公公的精神已经不行了，他朝穆澜伸出了手。

穆澜坐到床边，握住了他的手："您这是何苦？"

素公公轻声叹息道："孩子，你爹……做御医不容易。这事不是皇上的错，君臣有别啊。"

谁都没有错，错在君臣有别。穆澜闭上了眼睛。

"咱家当年人微言轻，没能救得了你父母家人，如今咱家自尽谢罪……你不要恨皇上。当年他也有丧父之痛，不过也才十岁。"

他自尽，是为了谢罪？而不是为了让她安心，他会替她守住身世的秘密？穆澜睁开了眼睛，眼神有些古怪："皇上知道我的身份了？"

素公公又是一叹："皇上心里也不好受。好孩子，你与皇上有缘无分。"

"错在池家是臣，命不好。是命，不是我们的错。所以，我与无涯最好相忘于江湖？"穆澜悠悠说道。

不等素公公开口，穆澜笑了起来："师父一直赞我聪慧过人，说只要我肯用心，很少有我识不破的局。"感觉到素公公的手哆嗦了下，她的眼神变得冰冷起来，"您找了根木刺，想让所有人以为您是意外受重伤。我原以为公公这样做是想宽我的心，为我守住身世的秘密。既然您告诉了皇上我的身份，那我就不得不怀疑，您为何还要自尽？"

素公公的嘴唇翕动了一下，脸上那层灰败的死气更重了。

"您以为两边说和，让皇上觉得当年对池家做得过了，皇上就不会再斩草除根；让我以为父亲罪有应得，便会感激皇上的不杀之恩。当年之事就此揭过，然后皆大欢喜？"穆澜笑着，眼里浮起水汽，"谭诚为何会一直留着你这个老东西，还让你活了十年？真以为您在乾清宫他就下不了手啊？他是不是以为……所以投鼠忌器？"

素公公的双眼蓦然睁大，他颤抖着，呼吸变得急促，瞪着穆澜拼命地喘着气——他眼里的生气一瞬间突然消散。穆澜合上了他的眼皮，轻声说道："您用死亡编了一个故事……差一点儿，我就被您骗了。当年您没为父亲说过话，今天也不会为了我去自尽。您宁死也想保护的人只有无涯，您效忠的人是皇上。所以我不会放弃，我一定要弄清楚那天晚上到底发生了什么事，谭诚和穆胭脂想从我父亲那儿找到的东西究竟是什么。"

她起身走了出去，出了舱房，她没有看到无涯，没来由地松了口气。也许无涯此时与她是一样的心情，都不知见着对方该说些什么。

因为无涯的离开，秦刚和随行的林御医也放松了几分，站在甲板上闲聊着。不到三十岁的林御医在太医院里算是极年轻的一辈了，连方太医都没能在太医院里混出头来，更甭说从年龄到资历到背景都无过人之处的林御医。可也正因为他在太医院里并不受重用，才恰恰成为无涯想用的人。

两方交战，伤亡最重的是秦刚的那些下属。而参战的士兵一人未殒，只有十来个人受了点儿伤。林御医此时就派上了用场，秦刚见过下属被处理过的伤势，对他甚是感激。

皇上是如何收服林御医的，秦刚并不知晓。锦衣卫的职司不同，他负责宫城值守和贴身保护皇上，不像锦衣五秀所在的缉捕司，最喜欢打听各种隐私、秘密，包括皇家秘辛。秦刚抱着一个很朴素的想法——这位林御医参与了皇上生平的第一次战斗，不是自己人也要变成自己人，与他交好准没错。

穆澜耳力好，还未走近，就听到林御医感叹道："素公公本可以搏一搏活命的机会，他老人家却愣是怕自己挺不过，再也醒不来，坚持饮了那碗回春汤。他似早料到此行凶险，提前将一服药带在身边，否则我还真找不齐全那些药材。"

回春汤是医者的隐晦说法，穆澜听杜之仙说过，濒死之人服下这服药，能让人暂时忘记病痛，在短时间内精神焕发。但来得快，去得也快，药效一过就再无生机。这服药也是虎狼之药，稍有不慎，便能让患者立刻七窍流血而亡。万一被病患家属反诬，只怕跳进黄河也洗不清。医者爱惜名声，所以轻易不会开这回春汤。而即使要开这药，医者也会根据病患的情况对药材各有增减，素公公为何敢肯定他配的回春汤不会让自己立时暴亡？

秦刚见穆澜过来冲自己摇了摇头，知道素公公已经去了，他叹了口气，朝两人拱了拱手，径自去向皇上禀告了。穆澜趁机向林御医问起了素公公服的药方。

"下官也没有看到药方，煎药时下官甚是好奇，辨出了几味药材。有两味药材减了剂量，还有几味烈性的药材被换成了温和的药材，想来开这张药方的人医术定极为高明。"

穆澜心头一震，想起了父亲给先帝煎服的那碗药。她曾向方太医打听过药方，方太医并不知晓，只说药方早就被封存于内廷，想来能记全方子的人只有当年被叫去做证的太医院现任廖院正和徐院判。

这两人都是谭诚的人，若是动了，势必会打草惊蛇。穆澜不动声色地和林御医攀谈道："家师爱好医术，在下耳濡目染也有几分好奇，可否分些药渣儿与在下？"

林御医顿生知己之感："下官也舍不得扔掉，只是药材研得过碎，依稀辨得出几味药，却不知其分量。穆公子若有所得，定要告诉下官。"

"一定，一定。"

正寒暄时，秦刚匆匆过来，朝穆澜拱手笑道："穆公子，皇上召见。"

穆澜远远看了眼间灯光亮起的舱房，该来的总会来，该面对的总会面对。她笑着向林御医两人拱手告辞，走了过去。

为掩人耳目，无涯这次没有带春来出宫，站在门口值守的是两名禁军。穆澜站在门口，听一人进去禀告后，请她进去。

无涯站在窗前，灯光将他的身影拉出了一道长长的阴影。房门隔开了河湾里士兵清理战场的呼叫声，屋里安静异常。穆澜在他身后站定，沉默地陪着他望着夜色里滔滔奔流的大运河。

"恨我吗？"

"我不知道。"穆澜真不知道。

在灵光寺时，穆胭脂就提醒她，救无涯会让她后悔。当时的她斩钉截铁地告诉穆胭脂，冤有头债有主，十年前的无涯只是个十岁的小男孩儿，就算他的父辈是陷害邱明堂的幕后黑手，他却没有做错什么，她分得清楚。

后来穆胭脂又说过同样的话，讥讽她爱上了年轻的皇帝，所以置家仇于不顾。她心里仍有一个声音在为无涯说话，十岁登基的孩子知道他手中的玉玺有多重吗？

她对无涯恨不起来，然而，幼时的记忆已经于无形中隔在了她与他之间。她想，至少她的梦已经醒了，回不去了，这世上再也没有天香楼的冰月姑娘和无涯公子。无涯却不知道，他不明白她的心情，依然费尽心思地做着迎她入宫的梦。穆澜想，无涯的梦现在也醒了吧？

她不知道，这个答案让无涯心里又暖又酸。他上前一步，握住她的手在桌旁坐下，诚恳地说道："穆澜，我与你说说我知道的事情。"

明知拦在两人之间的那道无形鸿沟，无涯却选择了坦然面对。不论他心里掀起了多少风浪，他仍然是她喜欢的那个无涯。穆澜深吸了口气，微笑道："好。"

她浅颦微笑依然炫目动人，这个笑容让无涯懂得了她的心意："不管……我先说吧。"

不管是否因此相忘于江湖，他们依然爱着对方。

无涯松开了手，给穆澜倒了杯茶，缓缓说道："池起良身为太医院院正，负责帝后的脉案。先帝开春痰疾严重，有好几次都喘不过气来，差点儿就去了。池起良宿在宫中值夜两天两夜，最后一晚，卯初时分，先帝再次犯病。他一时情急，就改了药方，想用猛药与金针刺穴，逼先帝咳出胸口的瘀痰。结果药下去不等他施针，先帝便去了。之后，他趁着乾清宫混乱，宫门已开，遮掩着逃出了宫。巳初，池起良逃回池家，半个时辰后，东厂便赶到了池家。"

穆澜正想开口，无涯温和地用眼神制止了她，继续说道："从卯初到巳初，最初的一个时辰里宫里一片混乱。我记得，是谭诚提醒了太后，然后就召来了当时任院判的廖院正与徐院判。我坐在乾清宫中，听两人讲述太医院用的太平方和池起良用的药方。素公公做证，池起良改了药方，给先帝用了猛药。太后震怒，命人去找池起良问话。这时，朝臣进宫，后一个时辰中，我登基为帝。

然后便发现池起良已逃出宫去，百官皆惊。后来……是我亲自下的旨意。"

听到最后一句话，穆澜仍哆嗦了下。她就算能理解，也不可能再和无涯在一起了。

穆澜平复着心情，又揭开了记忆中那血腥的一幕："那天是我六岁的生辰，我知道父亲已经进宫两天了。他答应过我，我生辰那天，他一定会回家。那天清早，下着雨雪，我穿上了母亲做的新衣新鞋，等着爹爹回家一起吃午饭。我和核桃捉迷藏，躲进了父亲的书房……"她没有继续说下去，停顿了一下，又说道，"时间上对得上，大概是巳中吧，东厂的人就冲进了家里。"

无涯不知道该说什么才好，接下来的事他可以想象得到："东厂回来复命，说并未逃脱一人。"

"他们将奶娘的女儿认成了我，我再醒来时，已经是晚上了。后来我就被师傅救走了，再后来我失去了这段记忆，跟着穆家班沿着大运河卖艺度日。"

穆澜没有说救她的人是穆胭脂。

穆澜能有一身好武艺，能拜杜之仙为师，能女扮男装进国子监，是因为救走她的人、养大她的人都与十年前的那场朝廷动荡有关。无涯此时不想去细究那些人的心思，他望着穆澜轻声问道："你可还有疑虑？"

"有。"穆澜讲了素公公饮下的那碗提神的回春汤，"如果我父亲给先帝服下的药是回春汤，而并非化解先帝瘀痰的猛药呢？"

无涯喃喃地说道："我去请安探病时，大多数时间父皇都在昏睡中。就算是醒着，开口也难以成句。他总是和蔼地望着我，会对我笑一笑。偶尔开口，也不过两三个字。"

如果那碗药是回春汤呢？照穆澜的说法，饮下那碗药，能让人暂时忘却病痛，精神如常人一般。就像他亲眼所见，受了重伤之后仍然精神如常的素公公。是父皇不顾性命也要保持清醒吗？那么，池起良极可能是奉旨熬了那碗药。那天晚上究竟发生了什么事？

穆澜接口说道："素公公是自尽，他想用死掩盖那天晚上发生的事情。"

"好。"无涯一口应下，"我会查清这件事，给你一个交代。"

该说的都说了，房中又安静下来。穆澜垂在桌下的手握紧成拳，随后又松开，再握紧。蜡烛突然爆出一朵灯花，噼啪的细碎响声让她回过神儿来。她站起身，深深揖首："多谢你。"

无涯扶住了她的胳膊，他舍不得放手。

"皇上，此一别，山高水阔，您多保重。"

这是穆澜第一次叫他皇上，无涯脑中嗡的一声响，动作却已快过了大脑，他伸手一拉，用力抱紧了她："如果……如果你爹是冤枉的，我定替他昭雪。你答应我，我们一起面对好不好？如有一分可能，你都不要弃了我。"

穆澜的脸抵在他的胸口，情绪突然爆发出来："你为什么不审一审就下旨杀我全家？为什么不审一审？"眼泪疯狂地涌了出来，她揪着他的衣襟哭得像个孩子一样。

"是，是我做得不好。"无涯没有辩解，没有为当年才十岁的自己争辩。他心里充满了悔意，如果当时他能冷静一点儿，该有多好。

时光无法回转，他回不到十岁登基那天，他无法改变自己下旨命谭诚抄斩池家满门的事实。如果真有隐情，如果池起良只是奉旨行事，他一定会为池家昭雪，还池家一个公道。

无涯捧着穆澜的脸，穆澜泪眼婆娑地望着他，他从来没有看到过这般伤心的她。恳求她给他时间，让他查清真相的话，他再也说不出口。他只用眼睛看着她，盼着她能明白他的心意，盼着真相查明的那天，她能原谅他，能摒弃心里的那道坎儿，重新回到他身边。

他不用问她是否还喜欢着他，他已不必再问。无涯噗地吹熄了蜡烛，一把抱起了穆澜。

窗户大敞着，雨已经停了，一轮明月从被雨洗后的夜空里探了出来，静静地照着相拥在窗前的两人。

河风吹拂着，大运河无声地向南流着，一片灰白的亮色出现在天际。

无涯低头看着穆澜，她似是睡着了，他将她抱了起来，送到了床上，又小心地给她盖好被子。他站在床前看了她许久，才转身离开。门轻轻关上的声音传进了她的耳中，她翻了个身，一滴泪顺着眼角滑落。

她真的睡着了，醒来时，从窗户照进的阳光刺眼得很，她抬起胳膊遮住了眼睛。安静地躺了会儿，穆澜利索地坐了起来。

收拾停当，她打开了房门，门口站着一名禁军，是当初随官船出发的人之一。穆澜记得他的脸。

"穆公子，船现在已进了淮安地界，我叫人给你打洗脸水去。"

无涯已坐着另一艘船北上，留下这艘船送穆澜回扬州。按照无涯的安排，素公公将身体不适，在扬州病逝，没有发生过河湾的那场战斗，一切如常。只是穆澜，将不再回国子监。

祭祀完杜之仙后，她便要脱下这身男装，世间再无穆澜此人。

船上的火炮已用篷布遮盖了起来，风将船帆吹得鼓胀。迎着阳光，船顺着大运河继续南下。

一南一北背道而行的两个人，没有再对彼此表白承诺，心却前所未有的贴近。

第四十八章 金瓜武士

初秋时节，太阳并未退去多少热度，依旧让人眼晕地挂在天上，好在有竹棚遮阴、河风吹拂，等在码头的一众扬州官员也没有吃多少苦。皇上爱重杜之仙，要为他办周年祭。素公公因年老体弱，病逝于镇江。杜之仙的关门弟子穆澜虽然无官无职，但她是代天子祭祀，扬州城的官员们自然不敢怠慢，早早地就在码头候着了。

这些官员心中都有算计，有的盘算着，穆澜十六七岁就已经进了国子监，受皇上爱重，将来必前途无量。现在打好交道，提前抱上大腿，以后何愁京中无人？而投了谭诚的官员则早得了信儿，盯紧穆澜的一举一动。

在众人的翘首以盼中，脸色蜡黄、身子单薄如纸的穆澜扶着一名禁军的手下船见礼。穆澜的礼数甚是周到，说的话也让官员们心中熨帖。见他说话都喘气，靠人扶着才能站稳，众官员安排好的接风宴只能作罢，匆匆安排马车迎了使团进驿站休息。

扬州的百姓都知道杜先生的关门弟子奉旨回来办周年祭，皆好奇地站在路边看热闹。

队伍进城，从老四海楼下经过，林一川此时正坐在二楼吃着点心饮着茶，目光不偏不倚地落在了被禁军簇拥着的那辆马车上。

雁行给他倒了杯茶，也给自己倒了一杯，小酒窝深深地嵌在脸颊上，微嘲道："少爷如今越发稳重了，若换作从前，早带着家里的马车去码头接人了。"

"朝廷使节，还轮不到本公子这个白身去接。"林一川望着马车走远，夹

047

了个蟹黄包子吃了起来。

雅间的门关着，雁行靠着窗户，一副主子派头，但他丝毫不怕会被人瞧见，只顾着撩拨林一川："修家、田家、朱家……去的商户不比官员少啊，人人都想抱穆公子的粗大腿，咱林家不去不好吧？"

林一川懒得和他绕圈子："她不喜欢我，你希望我在众目睽睽下犯贱去？杜先生周年祭后，她回她的京城，与我再无关系。"

这时房门被敲了两下，燕声回来了，他进门开口的第一句话就是："少爷，穆公子病了！风吹都要倒似的，全扬州的好郎中都被知府大人叫到驿站为穆公子瞧病去了！"

雁行扑哧笑出了声来，林一川才抬起的屁股又坐了回去："知道了。"

燕声愣了半晌："少爷，您不去探病啊？"

雁行笑得肩头直颤："燕声，你回府告诉老爷一声，包些药材补品给穆公子送去。白天人多，晚上少爷自会去的。"

脑袋一根筋的燕声明显忽略了雁行后半句话的意思，回府办事去了。

"晚上我也不会去。"林一川狠狠地咬下了半个包子。

"真不去？"

"不去。"

"这人嘛，总有生病的时候，我看穆澜这次弄不好真病了。上次她伤得很重，这么热的天，别是伤口发炎了吧？"

林一川啪地放下了筷子，讥讽道："没听到吗？皇上喜欢她，全扬州的好郎中都被知府大人请到驿站去了。我去做什么？我又不是郎中！"

雁行笑眯眯地说道："少爷可以为人家包扎伤口嘛。"

林一川的耳根顿时红了："别胡说。"

雁行大大咧咧地坐了下来："小师弟啊，你觉得穆澜和皇上真有可能在一起吗？"

林一川想都没想就答道："没可能。"

"对嘛，她是池起良的女儿，就算皇上肯纳她为妃，太后又会答应吗？就算太后答应了，穆澜又会真的忘记池家宅子里那满院子的血？从前她喜欢皇上，是因为那时她还不知道自己是池起良的女儿。以穆澜的性子，你觉得她现在还会喜欢皇上？穆澜这次回扬州祭祀杜之仙，至少要盘桓一两个月。近水楼台先得月，你不如把人先抢过来再说。"

不对呀，雁行怎么鼓励他和穆澜接近呢？林一川清楚地记得，在发现那半枚刻有"珍珑"字样的棋子后，雁行是反对他和穆澜在一起的。离开京城回扬州，雁行也很赞同。怎么现在他的态度就变了呢？

林一川一本正经地说道："师哥，我回扬州后就不打算再和她有什么交集。对了，今天老爷子不是约了官媒登门？回府去瞧一瞧，看她又荐了哪家的姑娘。媒婆把林家的门槛都踩薄了几寸，我爹可一直盼着我成亲呢，我可不能不孝。"说罢，他也不吃了，兴致勃勃地要回府去见官媒。

两人上马回府，路过驿站时，看到驿站门前停着好多马车、轿子，不用问就知道都是去看穆澜的。雁行又提醒林一川道："好歹也同过窗，少爷可真绝情啊！"

"本少爷这是有自知之明，穆澜是不错，但麻烦也多啊。她就算不喜欢皇上了，可皇上若仍喜欢着她，少爷我还是惹不起啊。你家少爷我还是觉得娶个温柔贤淑的女子做林家大少奶奶更合适。"林一川说完就听到雁行牙疼似的吸着凉气，不禁挑了挑眉。他此时已能肯定雁行让自己再接近穆澜是另有目的。雁行的态度是从什么时候发生变化的呢？林一川悠然地骑着马，心里不停地回忆着雁行的言行。

应该是半个月前，京中传来消息，穆澜奉旨回扬州为杜之仙办周年祭。接到消息后，他和雁行喝酒时，他告诉雁行，穆澜是池起良的女儿。难道雁行的神秘身份与皇家有关？他想通过自己从穆澜那里得到什么呢？

林一川回了府，接连两天都在家笑呵呵地见媒婆，硬是没去驿站见穆澜。他发现雁行的话更多了，燕声这傻子更是被雁行指使着，一天几报穆澜的病情。

又过了两天，燕声又打听到新的情况："穆公子心心念念着杜先生，打算三天后就举办周年祭，今天穆公子已离开驿站回竹溪里林家老宅去了。"

雁行马上催促林一川去竹溪里："杜先生的周年祭，林家可不能怠慢了，不然要被人戳着脊梁骨骂林家凉薄了，皇上的面子总得给吧？"

当初杜之仙救了林大老爷，杜之仙死后，林家为他张罗着办了丧礼。如今皇上又命穆澜回来为杜之仙办周年祭，林家这时候若再没动静，的确说不过去。

"雁行，你办事周到，这事就交给你了，周年祭那天我会去。"林一川拿话堵了雁行，转身又会媒婆去了。

雁行也不生气："放心吧,少爷,小的一定会办得周到妥当,叫人挑不出错来。"

他拉着燕声就走了,林一川怎么听都觉得雁行语带双关。他干脆不想了,等着看雁行如何办得周到妥当,叫人挑不出错来。

穆澜是懒得与官员们打交道才故意装病,但怎奈扬州官员们这般喜欢献殷勤,驿站里每天都是人来人往,她琢磨着穆胭脂也应该等急了,这才借着给杜之仙办周年祭的借口,在仲秋节前三天回到了竹溪里。

熟悉的景色一入眼,她就生出鸟归巢般的眷恋。

随行的禁军不多,只有八人。去年借着祭拜杜之仙,竹溪里成了结识友人、姑娘觅才子的场合。当时在宅子外面的竹林里搭起的竹棚并没有拆掉,收拾了一番,禁军就住了进去。

穆澜借口三天后祭祀师父,梵香净心,关门谢客。

"还是回家好。"穆澜洗去脸上的"病容",吃着鲜美的竹笋炖鸡,发出了由衷的感慨。

哑叔慈爱地望着她,示意房间已经打扫干净。

"哑叔,它的主人我已经见过了。我的那位养母大人,原来就是面具师傅、珍珑的珑主。"穆澜从脖子上取下那枚被削去一片的棋子吊坠,推向了哑叔。

当初哑叔将这枚吊坠悄悄给了她,他就一定知晓内情。她相信,哑叔知晓的内情不止这么一点儿。她之所以会顺了无涯的心意同意回扬州,是为了顺手将核桃捞出宫,再引出素公公,同时也是为了祭拜师父,找哑叔弄清楚心里的谜。解铃还须系铃人,老头儿在竹溪里隐居十年,只有回到这里,她才能知道老头儿对她的真实心意。

哑叔拿起了那枚棋子吊坠,又推回穆澜的手边,示意她留着。

通过哑叔的比画,穆澜明白了他的意思,她哈哈大笑起来:"我与穆胭脂现在势如水火,将来我还能拿着这枚吊坠求她帮我一次忙?哑叔,人心是会变的,尤其是女人心,海底针哪!"

哑叔急了,又一通比画。

"哎哟,有求必应?那老头儿干吗不拿这枚吊坠求她放过我啊?"看着哑叔不停比画的手势,穆澜冷笑着回应,"他到死都没用过这玩意儿,我也用不着!"

哑叔沉默了一会儿,居然又比画起来。

这一通比画把穆澜逗笑了，哑叔居然告诉她有备无患，不用白不用。她想了想，又将吊坠重新挂回了脖子上："行，听您的，说不定今晚就能派上用场。"

今天她回到了竹溪里，穆胭脂早就等急了吧？也许今晚，她就会现身。

阳光灿烂的秋日午后，穆澜坐在杜之仙常坐的池塘平台边，对岸的那株丹桂已经被移到了杜之仙的墓旁。但她仍望着那个方向，仿佛那株丹桂还在。哑叔端着佐酒的小食放在了案几上，他注意到了穆澜的目光，不禁想起杜之仙去世前的情形，眼神随之变得黯然。

穆澜拈起一条油酥小鱼儿嚼着，又饮了一口酒，喃喃地说道："哑叔，我去过京城松树胡同了，我都想起来了。"

哑叔一动不动地跪坐在旁，并不吃惊。

穆澜冲他笑了笑："原来您也知道。"

也许是回到了杜宅，面前是待她温暖慈祥的哑叔，所以穆澜的心情很放松。她一瓶接一瓶地饮着酒，清亮的双眼渐渐浮起了一些醉意。

她像是在说别人的故事，没有半点儿伤心的模样："……我受伤逃进了下水道，勉强能站直身体。都说往伤口上撒盐疼得很，没腰的污水刚好浸到我腰间的伤口处，疼得我都没了力气。我一直防着穆胭脂，转身的时候想，说不定我想错她了呢？我好歹把那本书给了她，我们做了十年的母女，最差的结局也就是她扔下我，让我自生自灭吧？她还是捅了我一刀……我明明是防着她的，但我都没有避开，不是因为我受了伤比平时迟钝，而是我也在算计。如果我真避开了那一刀，我担心避不开她致命的第二刀。老头儿常说我聪慧，她真被我算准了，没有杀死我，可不就让我活下来了吗？"

她从怀中拿出一个信封随于扔在了案几上，打了个酒嗝儿："她应该庆幸没有当场杀了我。可不是吗？她啊，只拿到了一张白纸，一张白纸啊！哑叔！哈哈！我在库房里时就多了个心眼儿，调了包。真的在这里！她养了我十年，就为了这个！我现在要毁了它！里面的内容，以后天底下就只有我一个人知道了！我要她着急……我偏不告诉她！要不，也让她等上个十年八年再告诉她？"

穆澜大笑着，醉意上涌，她将信封撕成了两半，站起身踉跄着朝着池塘扔去。许是她大醉手中无力，信封又极轻，所以飘落在了平台边缘。穆澜双腿一软，扑通倒在了平台上，闭着眼睛就睡了过去。

哑叔默默地将信封捡了起来，撕成两半的信封里露出白色的纸边。哑叔将信封放进了怀里，他拿起旁边的披风搭在了穆澜身上，而后安静地离开。待回到房中，哑叔关了房门，将信封拿了出来。他的手指颤抖起来，力地咽了口唾沫，将信纸抽了出来。他展开信纸，只见上面工整地写着："祭酒大人……"

这是封写给国子监祭酒陈瀚方的信，哑叔愣住了。门在这时被砰的一下推开了，穆澜满身酒气地靠在门上，还在往嘴里倒着酒。哑叔转过身，挡住了桌上的信。

穆澜手里拎着酒瓶，一边往嘴里倒着酒，一边自顾自地说道："哑叔，您一直跟在老头儿身边，您说他是真心疼我，还是和穆胭脂一样？收养我、教导我，就为了把我当成一枚棋子用？我想不起六岁前的记忆，就是一把用得顺手的刀。我恢复了记忆，就可以让我去找到我爹藏起来的东西？穆胭脂装了十年的面具师傅，老头儿装了十年的和蔼可亲，不累啊他们？"

哑叔猛然抬头看向了穆澜，似是震惊于穆澜对杜之仙的不屑语气，渐渐地，一种叫作悲伤的情绪布满了哑叔那张沟壑纵横的老脸。

"回到竹溪里，我就像回到了家。这十年，您待我不比老头儿差，我把您当亲叔一样看待。"穆澜拿着酒瓶摇了摇，里面已经没酒了，她举起酒瓶用力地朝院子里摔去，而后摇摇晃晃地走向自己的房间，"别挡了，我都看到了。今天我才知道，原来您的主子是穆胭脂。告诉她，八月十五的晚上，我在老头儿坟前等着她。这两天莫要来找我，我想清静清静。"

哑叔沉默地站着，良久，他转过身，将信重新装进信封里。他叹了口气，走到床前，弯腰从床底下拖出了一口箱子。他吹去箱子上的浮灰，骨节分明的手掌贴在了箱盖上，轻轻地摩挲着。

穆澜住在后院竹林旁的厢房里，她每天不是睡觉，就是坐在池塘边喝酒。哑叔负责三餐，她照样吃得很高兴。哑叔没有解释，穆澜也不提那封信和穆胭脂。

周年祭前一天的傍晚，雁行来了，送来了祭祀所用之物，还带来了四十九名和尚与四十九名道士。杜宅前的空地被林家雇来的人搭起了宽敞的竹棚，林家的管事指挥着人布置起来，其场面不亚于杜之仙过世时的丧礼。

雁行看了眼人声鼎沸、灯火通明的场面，上前拍响了杜宅紧闭的黑漆大门。依然是哑叔开的门，他站在门口对雁行打着手势，告诉他，穆澜谁都不见。

"我家少爷是真有事要找穆公子。哑叔，通融通融？"雁行说着就要往里闯，哑叔伸出手拦住了他。

雁行盯着面前蒲扇般的大手，看了很久："哑叔，您老的手生得好啊！一看就是双能开碑裂石的好手。"

哑叔瞳仁微缩，足下却如钉子般，半分不让。

雁行只得摆手放弃，笑道："好吧，那就请您转告穆公子，四月初二，有人在淮安山阳县看到了一个人，一个本不该还活在世上的人。"说罢，他就转身离开了。

哑叔站在门口，沉默地望着雁行提着盏灯笼，走过喧闹的人群，走向了竹林深处。

堂屋的桌上摆放着今天的晚餐，穆澜懒洋洋地出来，隔着院门也能听到外面的喧嚣。明天办周年祭祀礼，今晚杜宅外不热闹是不可能的。她没当回事，掀开了盖在饭菜上的纱罩。

"有点儿丰盛啊。"穆澜没有为杜之仙守孝食素的念头，可今晚却多出了两道大菜。一盘竹笋炖鸡，一盘桂花八宝鸭。她走到厨房外张望了下，厨房里没有人。穆澜皱了皱眉，这时候哑叔居然不在家？难道是去找穆胭脂了？她扯了扯嘴角，就回堂屋吃饭去了。

除了杜宅外，整个竹溪里都沉浸在了安静的夜色中。风吹竹摇，浓墨淡影的竹海像浪涛翻涌。在这一片竹浪中，竹枝上挂着的灯笼像镶嵌在天幕中的星星，格外醒目。

一个高大的身影走进了朦胧的灯光中，他穿着一身黑色的战甲，面容被战盔遮住了。他手里提着一对柄长七尺、锤形椭圆的立瓜重锤，威武如黑暗之神。

伴随着一声轻笑，粗壮的楠竹上飞身掠下身穿紧身武士服的雁行。他抱着剑笑望着来人，啧啧赞道："谁又能想到，昔日的金瓜武士陈良竟然隐居在扬州乡下，成了杜之仙身边的哑仆。能与您一战，晚辈荣幸之至。"

粗糙的大手缓缓推起面甲，露出哑叔那张沟壑纵横的老脸。此时他的眼神不怒自威，双锤往地上一顿，发出沉重的闷响声。

"老夫也未曾想到，侯继祖竟然还认得老夫。"他乍然开口，声如洪钟，惊起了林中归巢的飞鸟。

雁行吓了一跳："你居然没有哑？"

"十几年不曾开口了。"哑叔叹了口气，似在慢慢适应着，说话极慢，"老夫声音过于响亮，为掩饰身份，只好装聋作哑，你究竟是何人？"

一面锦衣卫腰牌出现在雁行的手中："锦衣卫莫琴。山阳县河堤决口，是您老锤坏的吧？传闻金瓜武士一锤之力能达千斤，我猜……用了十锤？"

哑叔轻叹："想当年，先帝赞老夫为'天下第一力士'，赐了老夫'金瓜武士'之名……如今老了，竟然用了三锤。"

三锤就将青石砌成的河堤凿开一个大缺口，这是何等的力量。哑叔却甚是遗憾，可以想象当年力盛之时他的威风。

"毁了河堤，水淹山阳县，多少百姓流离失所，你这个丧心病狂的老东西！今天小爷先收了你，再揪出你身后的人！"雁行拔剑出鞘，剑身柔软，晃动间掠起一片银光。

"龚铁手下没人了？竟叫些小孩子来送死！"

"送死"二字震得雁行耳膜嗡嗡作响，他不由得惊觉，眼神微眯："佛门狮子吼？"

哑叔的一双铁锤似狂风急浪挥向了雁行："老夫于偏僻处动手毁堤，不过是叫水冲进县城淹了低处的房舍，那就叫可怜？我陈氏九族死了一万四千三百八十七人！谁来与他们偿命？！"

十多年不曾开口，一开口，声声震得雁行心头狂跳不已。他察觉到自己犯了一个错，轻视了哑叔的武力。

他的软剑走的是轻灵路子，不敢与之硬碰硬。他的身体迅疾斜掠而起，剑身啪地横击在铁锤上，借力想再跃开，然而手上一沉，剑竟被铁锤牢牢吸住。就在他愣神儿间，身体已被哑叔猛地挥了出去。锤身传来的力量让雁行狠狠地撞在了竹子上，猛地喷出口血。

劲风袭来，雁行才跃起，那根碗口粗的楠竹就被一锤击得噼啪裂开。竹身柔韧，哑叔手中的铁锤被弹起，他就势一甩，铁锤呼呼飞向了空中的雁行。这时，清脆的铃声响起，一枚金铃带着链子从林中飞出缠住了雁行的腰，将他扯了进去。铁锤重重地砸在了柔软的土地上，激得泥土飞溅。

与此同时，黑暗的竹林深处弩弓的机栝声响了起来，弩箭嗖嗖不绝地射向了哑叔。

"哎哎，留活的！"竹中响起雁行的叫声。

"打废了再说！命大就还给你！"

"说得轻巧！不是你的案子，你就随便整！"

"老子不救你，你早被砸成了肉泥，还查个屁！"

林中的争执没有停，弩箭也没有停。哑叔挥动铁锤带起呼呼风声，将射来的箭皆砸落在地。弩箭射完之时，他虽未中箭，却耗力不少，喘起了粗气。

林中埋伏的锦衣卫终于冲了出来。铃声清脆响动，哑叔挥锤相击。丁铃猛地拉住了金铃，链子与铁锤纠缠在一起，绷得笔直。

一道剑光划破了黑暗，雁行的柔剑瞬间刺出，就在这瞬间，哑叔弃了铁锤，伸手握住了雁行的剑。平滑的剑身被他的手掌捏得变了形，雁行不禁目瞪口呆。他还来不及弃剑，连人带剑就被哑叔挥舞起来，直接将攻来的锦衣卫撞翻了一片。

"妈的！这老怪物！"丁铃在哑叔弃锤之时摔倒在地，他边骂边从腰间解下短弩，扣响机栝，三支小箭嗖地射了出去。

哑叔身形高大，一手挥舞着雁行，一手拍开一支射来的弩箭，另外两支却扎进了他的甲胄里。他松了手，雁行执剑落在了地上。哑叔没有理会他，低头看了眼扎在身上的弩箭，握着尾端用力拔掉，仿佛身上只是扎进了两根小刺一样。

"上！"丁铃和雁行再次组织锦衣卫攻向了他。

哑叔的一双手掌如金石般坚硬，近身便是一掌，骨骼断裂的脆响声与锦衣卫的惨叫声不绝于耳。半个时辰后，这片竹林已四处是血。锦衣卫一行二十人，还活着的包括丁铃和雁行在内，只剩下了三个人。

"我说，你不停地吐着血，蒙着面巾舒服吗？"丁铃的金铃已经断成了两截儿，他把铃铛塞回腰间，从地上捡了把雁翎刀，边打边调侃着雁行。

雁行笑道："听说你二十七岁了还没娶媳妇儿，我怕你看了小爷的脸会被迷得走不动道。"

"莫琴，都到这份儿上了，你还扮什么神秘？得空老子真把你的身份查出来，你信不信啊？"

二人说话间，剩下的那名锦衣卫又攻了上去，哑叔接连两掌打在了他的身上，他在临死前突然死死抱住了哑叔的手。丁铃的刀、雁行的剑，顿时找到了机会，一刀从哑叔胸口掠过，一剑刺进了他的腿。

"去！"哑叔声如洪钟的声音响起，丁铃的脑袋被震晕一下，接着就被哑叔提起的锦衣卫尸体撞飞了出去。雁行抬起脸，就看到一只大手折断了他的剑，还来不及反应，哑叔已拔出了腿上的剑向他刺来，他避无可避。

眼前有剑的清光闪过，雁行像看到了一片清凉的湖水，他脑中跳出一个念头，他好想喝水。他闭上了眼睛，等待那片清凉淹没自己。那片银色的清光也映入了哑叔的眼帘，他听到啪的一声轻响，手里的断剑竟被削去了一截，胸口被踢中，哑叔踉跄着后退了两步。

来人已挡在了雁行身前。

哑叔咳嗽了两声，血腥味在嘴里蔓延着。他取下沉重的战盔，顿时觉得轻松了一些，不禁深深吸了口林间的新鲜空气。

丁铃不知道自己断了几根肋骨，他趴在地上，忍着痛冲来人叫道："兄弟，金瓜武士陈良活的值五千两！死的值一千两！只要你出手，就抱上锦衣卫的大腿了！"

来人黑衣蒙面，眸子深沉如夜。他回头看了眼身后挣扎着站起来的雁行，声音有说不出的怪异，一听就是捏着嗓子装出来的怪音："锦衣卫？报上名号来！"

雁行愤然回头，丁铃已经举起了自己的腰牌："锦衣卫丁铃！他是莫琴！听说过吧？我们是锦衣五秀！"

"原来如此，失敬，失敬，好粗的大腿！"

丁铃大喜，就凭这人刚才出手的那一剑，拿下陈良不在话下。

那人头一昂："你求我啊！"

丁铃被噎得一愣，雁行已笑了起来，边笑边咳。血早浸湿了他的面罩，让他难受至极，他吃力地伸出手来扯了扯那人的衣襟，刚想说话，胸口忽然传来一阵刺痛。

"我就当你求我了啊！锦衣心秀丁铃趴在地上求我，这个面子得给！"来人怪声怪气地笑了起来，提剑就走向了哑叔。

雁行分明听见他哼了声，苦笑着，懒得再动，就坐在了地上。

谁他妈求你了？还趴在地上求你？哪儿冒出来的王八羔子？丁铃没看到雁行的小动作，他只想站起来，却使不上劲儿，气得两眼发黑。

哑叔缓缓弯下腰，捡起了地上的铁锤，大喝一声就朝来人冲了过去。他的动作已然变得迟缓，来人轻松避开，剑撩起一片清光将哑叔笼罩在内。

丁铃松了口气，他能看出这一剑分别刺向了陈良的四肢，很明显是想断了陈良的四肢筋脉。能捉活的了，丁铃笑了起来。忽然，一道光闪过他的眼眸，就像流星划过天际。那道光一闪即逝，却无伤人之意。数声轻响，击在了剑上。丁铃连对方的身影都没瞧见，就看到执剑的男人愣在原地，而哑叔却飞了起来，高大的身躯像纸鸢一样被扯着飞进了竹林中，瞬间消失不见。

"你还愣着做什么？！追啊！"丁铃急得大叫了起来。

那人只看了眼哑叔消失的方向，大步走向丁铃，朝他伸出了手。

"几千两银子都不要，你傻了吧？"

丁铃以为他是伸手来扶自己，就也伸出了手。忽然，一只拳头在他眼前放大，没等他再开口，那一拳下去，就将他揍晕了过去。

拉下蒙面巾，林一川拉起了丁铃骂道："话痨！"

他走到雁行面前，也不说话，拽着他的胳膊将他拉了起来，扶着他朝林外走去："想好怎么跟我解释，再开口。"

雁行苦笑着，终于把浸透了血渍的蒙面巾给拉了下来。

月亮渐渐升起，月光惨淡地照着这片林间空地，幽幽的桂花香在空气中似有似无地飘浮着。桂树下是杜之仙的坟茔，旁边不知何时已挖出了一个土坑，里面放着一口棺材。

穆澜扶着哑叔，让他靠着桂花树坐下。

"我不行了。"哑叔的声音不再响亮，血从他的甲胄里不断渗出，渐渐浸入了泥土之中。

穆澜突然很伤心，饭桌上多出来的两道大菜让她很是不安，这是她最爱吃的两道菜，每次吃的时候都会称赞哑叔的手艺。她吃得心烦意乱，逛到老头儿坟前，看到多出来的土坑与棺材时，她知道一定是有事发生了。等她闻声找到竹林深处，正好听到丁铃与黑衣人的对话。

先帝在位时，曾三次征北。北方的游牧民族擅长马战，其中在最出名的一次战役中，敌方的一支精锐骑兵冲破了中军防线，直奔先帝御驾。金瓜武士陈良挡在御驾前面，一声巨吼就吓惊了对方的战马，又一双重锤击飞了对方五匹战马，从而解了先帝之围。陈良经此一战名扬天下，被封为天下第一力士。陈良已经成了一个传说。

陈良是先帝元后的娘家陈氏之家臣。十八年前，陈良因酒后执锤冲进皇城犯禁，被下了诏狱，后来就在狱中自尽谢罪了。穆澜如何也没想到，这个传说中的勇士会是哑叔。

听到哑叔开口，穆澜也是一愣，继而释然，她只叹了句："什么都是假的啊。"

她记忆中慈祥的哑叔、疼爱她的师父、粗鄙的母亲，都戴着一副假面具。她知道此时在哑叔生命快要走到尽头的最后，她最该问的是他们的目的。然而她半跪在哑叔面前，问出的却是她最关心的事情："老头儿是疼我的吧？您也是疼我的吧？"

哑叔对她露出了慈爱的笑容："傻孩子，你师父自然是疼你的。他有苦衷，常说最对不住的人就是你了。"

压在穆澜心里许久的石头因为哑叔的这句话被挪开了。不管哑叔说的是真是假，她都选择相信，相信老头儿不会只利用她。她心里酸楚不已，伸手握住了哑叔的手："我知道，您也是疼我的。可是她为什么那么恨我？你和老头儿都疼我，为什么还是选择了帮她？为什么？"

她，自然指的是穆胭脂。

"明天晚上，你亲口问她吧。"哑叔有些艰难地说道，他抽搐了下，握着穆澜的手渐渐变得无力。

穆澜知道他已经不行了，语速不由得加快："哑叔，十年前我爹为什么会给先帝喂下回春汤？你一定知道，你告诉我！我爹藏了张脉案，是先帝元后的脉案，我给你就是，你告诉我为什么！"

"不重要了……"哑叔的声音渐弱。

穆澜伏到了他嘴边，听到他气若游丝地说道："隐姓埋名，走吧……别再问了。"

她还有无数的问题，她想知道师父死前拜的女子是谁，她想知道他胸口的丹桂刺青到底是什么，她一定要知道池家被灭门的真相。

穆澜望着哑叔闭上的眼睛，狠狠地捶着地，放声痛哭："死也不告诉我，哑叔，你不是疼我的吗？你这个骗子！你明明可以说话，明明可以告诉我！你们都是骗子！"

月光从她头顶的丹桂树上洒落下来，照在了哑叔苍老的面容上。

城门已关，但对林家人来说，这并不是问题。林家的马车悄悄进了城，驶进了一座普通的宅院。林一川将被揍晕的丁铃扔进了一间厢房，而后径自进了正房。这是气极了，雁行苦笑着慢吞吞地跟着进去了。

他吃力地脱了衣裳，身上是一片片的青肿，还受了点儿内伤，但只要养一养就好。想起丁铃趴在地上起不来的模样，雁行不禁笑了笑。可这一战却是脱力了，他有些口渴，见林一川正坐在桌旁喝茶，便讨好地笑道："少爷，赏小的一碗茶喝吧？"

"别叫我少爷，当不起！今晚我若不跟着你，大概明早就该替你收尸了。"

雁行掏出锦衣卫的腰牌扔到了桌子上："你早就知道我另有身份，时不时会离开林家独自行事，但你也从没问过我啊。我是锦衣五秀的莫琴，又不是东厂的大档头，你板张死人脸给谁看哪？"

"你还好意思说！"林一川狠狠拍了下桌子，震得茶壶都跳了起来，他指着雁行骂道，"我六岁学艺遇到你时，你才八岁，就有心接近我。出师后你没地方去，说做哪行都是赚钱养家糊口，还不如给我当保镖。你跟着我来了我家，硬要扮成我的小厮，还跟我说这样方便暗中保护我！后来你时不时就要出去一趟，只说有事要做。我信任你，所以从来都不问你做什么去了。没想到东厂想谋我林家产业，你们锦衣卫也不是什么好人，多少年前就把你这颗钉子埋进了林家！亏得我多了个心眼儿，没把林家的所有产业都交给你去打理，不然早就易主了吧？你自己说，你坑了我多少银子！"

"锦衣卫俸禄低，你给的月银虽然高，但也有不凑手的时候。这些年我陆续从各种账上一共挪用了七百二十三两银子，今晚死了二十名弟兄，官家只有一百两抚恤银，我自己再给他们每人添二百两，需要再向你借四千两。一共欠你四千七百二十三两。那七百多两的欠条已经打好，就在我房间的枕头下面。而那四千两嘛，我帮你瞒下穆澜是珍珑的消息，还免了你挨八十大板，就当是报酬如何？"雁行不紧不慢地说道。

林一川掏了掏自己的耳朵，难以置信道："这么清廉？"

雁行脸上酒窝隐现："可不就是嘛！"

十来年就挪用了七百多两银子，林一川无语了，随后他突然反应过来："国子监绳愆厅假打的八十大板是你说的情？"

"师哥对你好吧？"雁行脸上的酒窝更深了。

林一川哼了一声，但仍感憋得慌："银子的事就算了。你老实说，为什么要跟着我来林家？还有，你在对穆澜打什么主意？锦衣卫盯上她了？"

"哎哟！"雁行从旁边的医箱里拿了瓶药酒，抬手去揉后背的青肿，疼得他叫了一嗓子。

"装什么装！"林一川骂了一声，抢过药酒倒了点儿在手心里，"趴着！"

雁行趴在床上，忍受着林一川大力揉搓的疼痛，讥笑道："只要与穆澜有关，找你讨多少银子都会给是吧？"

"反正你知道她的身份，爱抓不抓，我一两银子也不会给！"

话虽是这样说，林一川的眼里却有着深深的忧虑。雁行虽暂时瞒下了穆澜是刺客珍珑的事，但如果他哪天上报的话，东厂也迟早会知道，那穆澜就危险了。

"穆澜杀的是东厂的人，和锦衣卫没有关系。"

所以雁行一定会继续隐瞒这件事，林一川不禁暗松了口气。

雁行继续说道："不过，她是池起良的女儿，就和锦衣卫有关……哎哟，你轻点儿！"

他疼得扭过头瞪着林一川。

"不说清楚我现在就弄死你！"林一川放轻了手劲儿，没好气地说道。

"池起良是国医圣手，曾救过我家指挥使老娘的性命，指挥使一直觉得亏欠池家，对当年池家的事也心有疑虑。那晚东厂在户部老库房设伏，指挥使就打发我去看看情况，没想到让我误打误撞救了穆澜。当时我并不知道她是池起良的女儿，还以为她是受珍珑指使的呢。后来你告诉了我穆澜的真实身份，正巧穆澜要回扬州祭祀杜之仙，我家指挥使就命我接近穆澜。我觉得这个差使还是你做比较合适，这不就撺掇着你去找她嘛。"

林一川停了下来，有些兴奋地问道："龚指挥使觉得池家灭门案另有玄机？"

如果真是这样，穆澜岂不就多了一个强有力的帮手？对方是能与谭诚对峙的锦衣卫指挥使啊，这对穆澜来说应是极好的消息。

"不过，穆澜和哑叔的关系却又令人疑惑。沾上陈家人，可是大麻烦。"

方才在竹林里，林一川听到丁玲说哑叔是什么金瓜武士，他对这个并不了解："金瓜武士是什么人？你们二十二个人，竟然在他手下死了二十个人。"

雁行简单说了下陈良的生平，林一川惊了："怪不得这么厉害，你怎么怀疑到哑叔的？"

"其实今晚我也只是布了个埋伏，并不十分肯定。"侯庆之是林一川的同窗舍友，那件案子林一川也参与了进来，雁行就不再隐瞒，"还记得你交给锦衣卫的那只玉貔貅吗？我奉命查侯继祖案，本想拿着玉貔貅套套侯继祖的话，谁知他竟然告诉我，他怀疑毁了河堤的人是金瓜武士陈良。根据他的描述我画了幅肖像，越看越觉得像哑叔。今晚我去杜家一试，果然将他诱了出来。"

林一川理了理思绪："哑叔是先帝元后娘家的家臣，早该死了，却逃出了诏狱，藏在了杜之仙身边。他毁了河堤，引出淮安府库银调包案，是想嫁祸东厂。陈家在先帝元后逝世后就渐渐衰落，后来好像是绝了香火，就没了。但也没有听说过东厂抄过陈家，除非有我不知道的隐情。"

"一个望族突然生不出儿子，绝了香火，族中之人病逝亡故，然后一个家族就没了，这正常吗？"雁行慢慢说道，"从先帝元后难产去世后，陈家就从皇戚望族渐渐衰落。到十年前先帝驾崩，陈氏妻族虎丘蒋家和王家，一夜就被灭了门。至此，陈氏九族不留一人。用了八年时间，不动声色灭了陈氏九族，厉害吧？"

林一川不禁觉得瘆得慌："九族不留一人？"

九族是父族四、母族三、妻族二，也就是说所有与陈氏有姻亲的家族在八年中全部死绝了。

"哑叔说得更准确，陈氏九族死了一万四千三百八十七人。"

"东厂干的？所以珍珑杀东厂的人，哑叔毁河堤嫁祸东厂？"

雁行叹道："珍珑必与陈家人有关。"

林一川疑惑地道："池家也是陈家的姻亲？"

"那倒不是。"

两人心有灵犀，不约而同想到了同一个点上："池起良与陈氏灭族有关系。"

那么穆澜是否知道呢？

雁行瞥了林一川一眼道："今晚救走哑叔的人，你敢说没有怀疑她？"

"我走了，丁铃那儿你自己想法子应付。"林一川抬腿就走，"祭祀礼上，我会探探她的口风。"走到门口，他又回头冷笑道，"你还没有说为什么会跑到我林家来，想好了告诉我。"

雁行翻了个白眼，他以为林一川已经忘了那个问题。

第
四
十
九
章

灭
族
之
痛

　　关门弟子奉旨祭祀，恐怕杜之仙生前也没有想到，他会有这等殊荣吧。没有身份的人只能遥遥地在杜宅前磕头上香，而后山竹林里的墓碑前早已站满大小官员、书院山长与名士，扬州学政念着无涯御笔亲书的祭词。

　　杜之仙的墓旁又添了新坟，听闻哑叔自尽殉主后，扬州知府抚须长叹："义仆也！"

　　穆澜只管来了个"伤心欲绝，伏地痛哭"，然后挨个儿还礼，唯唯应是，感激至无言……最后摇摇晃晃，悲痛得被人搀回了房中休息，连陪坐素席都躲了。

　　靠着林家管事左右调度、迎来送往，祭祀礼终于顺利办完。送走众人，穆澜也歇够了，就去寻了禁军领头的人，将从家里翻出来的银子收拢了下，给了他们每人二百两，只道自己还想再多陪陪师父，就不和他们一起回京。早得了皇上的旨意，穆澜又出手大方，禁军们归心似箭，高兴地当即收拾行李告辞离开。

　　随着杜家管事带着杂役们离开，杜宅里只剩下了穆澜一个人。她站在黑漆木门前，看着夕阳染红的林梢出神。成群的麻雀落在宅前空地上啄食着石缝间残留的米饭，叽叽喳喳闹个不停。

　　林一川就在这时来到了杜家，远远看到穆澜后，他停住了脚步。纵有夕阳的光落在她的脸上，也掩不住那身白色孝服中透出的孤寂之意。他的心被微微扯了下，有点儿疼。

　　见到林一川来，穆澜并不吃惊，她朝他笑了笑："你家的管事很能干，多谢。"

"我想这时候该清静下来了，就代家父来给先生上炷香。"解释完，林一川又觉得自己有点儿傻。其实他想问她伤好了没有，是不是真病。她好像瘦了，脸色也有点儿憔悴。唉，怎么就问不出口来呢？他有些酸酸地想，反正她也不喜欢自己。她也没问他回扬州后过得怎么样……

穆澜陪着他去了后山墓地，极自然地问道："你爹身体还好吧？回来后过得怎么样？"

林一川险些被自己的口水呛到，清了清嗓子道："还好。"

一个有心事，一个想装点儿风骨出来，就此没有了话可说。

到了坟前，林一川注意到旁边的新坟，不禁想到了哑叔，明知故问道："这是……"

"哑叔随师父去了。"穆澜平静地答道。

"哦，义仆！"林一川看到了新立墓碑上刻的字。

穆澜眼中闪过一抹嘲意，昨晚救走丁铃和另一个锦衣卫的不就是他？他装着不知情，她自然也装着不晓得。

夕阳渐渐沉进了山后，光线越来越暗，再过片刻，夜色就将吞噬这里。今夜，穆胭脂将应约而来。穆澜垂在袖中的手捏紧成拳。今晚，穆胭脂会用什么办法从自己这里得到父亲留下的那张脉案？她得到脉案后，自己这枚棋子再不拿掉，就会坏了她的局。穆胭脂一定会杀了自己。今晚，她会单独前来吗？

京中护送她来的禁军已经走了，哑叔也死了，现在整个杜宅里只有她一个人。晚风吹拂起她孝衣的袍角，林一川不禁想起池家废宅里那个柔弱的穆澜。他看到坟边搭了个草棚，意识到穆澜是想在此守坟，不由得脱口问道："你会不会做饭？"

林一川突如其来的话让穆澜呆了呆："我不饿。"

"你打算在这里住上些时日再回京城的话，那我遣个厨娘过来。就让她住在外面，也不会打扰到你。"

谁知道她还能不能活到天明？别再害了无辜才好。

"不用。"

穆澜的拒绝在林一川的意料之中，那么每天叫城里的酒楼做好再送来？不行，太远了，饭菜送来后也不好吃了。要不在竹溪里外做好再送来？这主意不错。

天又黑了几分，穆澜笑着对林一川说道："天快黑了，你还是早点儿回城吧！

我想一个人陪陪师父和哑叔。"

林一川正绞尽脑汁地想着怎么给穆澜送饭，突然就听到穆澜赶他走。人家想要一个人待着，合情合理，他还能厚着脸皮留下来？他尽量自然地说："那我走了。"

穆澜含笑颔首，却没有让他一个人离开，而是陪着他出了杜宅，送他上了马，还顺手递了个松枝扎成的火把给他："天黑林密，照照路。"

天黑林密，那为什么不留我在杜家住一晚？院子里有的是空房间。林一川心里腹诽着，手却已接过了火把："有什么事你就来找我。"

"好。"穆澜朝他挥手。

林一川举着火把催马踏上了出竹溪里的小道，他想起去年跟着穆澜进竹溪里，一路被她折腾，情不自禁地笑了起来。

穆澜跃上了房顶，望着火把的光在幽暗的竹林间穿梭远离，她得意地笑道："林一川，你可千万别回头，你以为我递火把给你就为了让你照明用？"

火把的光渐行渐远，意味着林一川离杜家也越来越远。穆澜穷尽目力，直到再也看不见林中那点火光才从房顶上跳下来。倦鸟已归林，秋虫的鸣叫声偶尔在墙根下响起，穆澜闩好大门后，就进了杜之仙的卧房。

烛光映着面前的铜镜，映出穆澜秀美的眉眼，她已经换上了去年的那身衣裳，裙子是春天柳树初绽新叶那种像绿雾般的色泽，褙子是迎春花最柔嫩的黄。她抚摸着褙子襟口一簇簇用金线绣的丹桂想，穆胭脂会不会吓一跳？

她打开了杜之仙给她准备的匣子，将里面所有的首饰都戴在了身上。收拾妥当，她拿起那幅雪梅图去了墓前，点起四周的灯笼，她进了草棚，添炭煮茶。

晚风吹动，竹叶沙沙作响，穆澜微一偏头，就看到了穆胭脂。

穆胭脂在哑叔的坟前停了下来，手抚摸着碑上的"义仆"二字，敛襟行礼。看到碑前的香炉后，她拈起香点燃插进了香炉里，又拿起酒洒在了坟前。

"昔日金瓜武士，死得无声无息。蛮夫之勇，愚蠢至极！"

"我一直不明白，像你这么狠毒的女人，老头儿和哑叔为什么还会甘心受你驱使。"穆澜冷冷地说道。

穆胭脂转过身，望向从草棚中走出来的穆澜。离得近了，灯光耀得穆澜衣襟上用金丝绣就的簇簇丹桂流光溢彩，穆胭脂有片刻的恍惚。

她认得这条裙子！穆澜的指甲掐进了肉里，她哗地抖开手里的雪梅图："这幅画，您可还记得？"

白雪之中，一树红梅点点怒放。雪梅图上题着一句诗：如今香雪已成海，小梅初绽，盈盈何时归？

穆胭脂移开了目光，脑海中响起一个声音："不说也罢，我见你收轻雪时身姿盈盈，我便叫你盈盈可好？这一世便只有我如此叫你。"

银鞭突然出手，将穆澜手中的画抽得粉碎，穆胭脂冷眼看向穆澜："穿一身过去的衣裳，弄一幅过去的画，你觉得对我有用吗？"

过去的衣裳？过去的画？至少都是你熟悉的，又怎会没用？

穆胭脂深吸了口气道："东西在哪儿？"

穆澜将画扔丢，拍了拍手道："你为我解惑，我把我爹藏起来的东西给你，如何？"她进了草棚，正好水沸："边喝茶边聊？"

穆胭脂沉默了下，坐在她对面道："你想知道什么？"

穆澜执壶点茶，茶沫翻涌，一树牡丹幻生幻灭。黄衫绿裙，手法优雅。穆澜如画的眉眼令穆胭脂再次恍惚起来，她闭了闭眼，再睁开时，眼神又变得清明起来。

"穆澜，你的心太软，到现在你还不肯死心？还以为我的心依旧有柔软的时候？"

杜之仙缝制的衫裙、细心保存的旧画、点茶的技艺，穆澜并不否认，她仍盼着穆胭脂看到这些时，心能柔软一点儿，说的话能多几分真诚。真的没有用吗？穆胭脂的心里除了仇恨就再没有别的感情了吗？

"如你所愿，我与你说个故事吧。"

穆澜精神一振。

"就从那幅画说起吧，那是二十一年前的事了。杜之仙名扬京师，以少年状元之才做了翰林。那时他年少英俊，才华横溢。如今京城的万人空巷、羞杀卫玠，放在昔日的杜之仙身上，毫不为过。京中名门闺秀、青楼花魁无不为之倾倒。礼亲王家的小郡主为他茶饭不思，杜之仙不胜其烦，借回扬州探亲之机躲出了京城。他甚爱梅花，那一年邓尉山的梅花开了，杜之仙就于山下结庐，一住便是月余。扫雪煮茶，佐酒赏梅，过得好不惬意。后来，他于山中遇到一位美貌的姑娘，两人互引为知己，倾心相爱。杜之仙立誓非她不娶，他不知她的姓名，不知她的家世，只唤她为盈盈。相约三年后京城相见，娶之为妻。"

如今香雪已成海，小梅初绽，盈盈何时归？

踏雪煮酒，相遇佳人。穆澜终于懂了这句诗的意思，师父年轻时竟有这样一段情缘。

"三年后，他真的在京城再次见到了她。八月桂子飘香，宫中夜宴，他随侍君侧。她就站在丹桂树下，穿着件浅绿的衫裙、鹅黄的褙子，像枝头簇簇怒放的丹桂。那时，他才知晓，他倾心爱慕的姑娘是皇后娘娘的小妹。那时，皇后娘娘已有八月身孕，少女进宫陪伴姐姐生产。少女与他相约，待娘娘产下小殿下后，再由皇后娘娘赐婚。"

穆澜扬了扬眉，没有打断穆胭脂的话。她想起京中传闻，皇后乃难产而亡，难道是这场变故导致了后来的一切？

"皇后娘娘产期临近，少女当时年纪尚小，从小万事顺心如意，哪知宫廷诡谲，轻易受了他人挑衅。娘娘护妹心切，随之动怒，动了胎气，继而难产身亡。先帝震怒，将少女逐出了宫，少女也一直认为是自己的错。陈良一直视皇后为天人，伤心之下，酒后执锤冲进皇城要保护皇后娘娘顺利生产。虽然他有万夫难敌之勇，却也敌不过千军万马。他被抓后，下了诏狱。陈良有个双胞胎弟弟，生下来却是个傻子。陈家偷梁换柱，将他救了出来。陈良一夜白发苍老，从此闭嘴不言，后来才跟在杜之仙身边。"

穆胭脂定了定神，语气平淡至极："皇后的小妹认定都是自己的过错，愧疚之余要为姐姐守孝一年，自然不能再履行与杜之仙之约。那一年陈家接连发生怪事，家里人接连死亡，少女心里也起了疑。她仗着一身武艺，诈死离家，藏在杜之仙的家中。那时，他已入阁。以他文渊阁大学士的身份、江南鬼才之能，少女完全相信他。然而整整三年，杜之仙不仅没能查出真相，反而查出了陈家姻亲贪墨卖官。少女亲眼看到他拟的条陈，亲眼看到陈家一族又被抄家灭门，从此与他恩断义绝。先帝病重之前，杜之仙幡然醒悟，可悔之晚矣。后来，他便辞官归隐。先帝驾崩后，对方再不隐忍，直接抄斩了陈氏最后两门姻亲：蒋家与王家。至此，陈氏九族尽亡。杜之仙找到少女，愿以余生助少女查清当年之事。"

穆澜听到此处便明白了："那个少女是你？老头儿那么疼我，对我愧疚着，为我费心安排，却依然要照着你的意思，将我送进国子监，只因他负你在前。哑叔唯你之命是从，是因为你是他的小主人。"

穆胭脂没有回答她的话，继续说道："皇后的小妹知道有人在对付陈家，怀疑皇后姐姐难产而死另有内情，她花了八年的时间，却什么都没查到。这时，先帝病重，被池起良喂了碗虎狼之药，池家随即被抄斩了满门。她只觉得奇怪，以池起良的医术，不至于如此冒险。她去了池家，只救走了失去幼时记忆的你。从此，她带着池起良的孤女漂泊江湖，隐姓埋名。杜之仙倾力相助，江南鬼才确实并非浪得虚名，他查这件事的法子和少女截然不同，他查到了如今的太后，也就是当年的许贵妃，她的身边死了一个宫女。"

"于红梅？"

"梅青和梅红是许贵妃当年身边的侍女，如今宫里却只见梅青不见梅红。"穆胭脂讥讽地笑道，"查当年皇后难产，毫无线索，查梅红却是简单了许多。于红梅是作为采女进的宫，还未来得及在掖庭上册，就被先帝遣到了许家侍奉许贵妃，并改名为梅红，第二年就随许贵妃进宫服侍，所以谁都不知道她原名叫于红梅。梅红失足坠井身亡，在宫里是极小的一件事情，谁都没把她和先皇后想到一处。正因为如此，对方才没有刻意抹去梅红的存在，这反倒让我们查到了另外一件事。梅红坠井前曾经离宫，去了一趟国子监。一个宫婢，怎么会去国子监？国子监是否有人知晓内情？后来的事你都知道了。如今，我的故事讲完了，你爹藏起来的东西呢？"

然后，对方也发现了于红梅还有个姑姑藏在灵光寺；发现丁铃和林一川在查于红梅，才有了对他们俩的追杀。于红梅，也就是梅红，定然知晓当年内情。而陈瀚方，究竟是怎么认识于红梅的？于红梅坠井前去了国子监，一定留了什么东西给他。陈瀚方在查，对方盯着陈瀚方也在查。

穆澜总算把这些疑问弄明白了，那父亲又涉及了多少呢？她默默地将脉案拿了出来："其实您早可以告诉我这一切，何必呢？"何必一味地利用她，还想杀了她。

"十月初八……母子康健。"穆胭脂眼神变得冰凉一片。

"有什么特别之处吗？"

穆胭脂望着她，缓缓说道："先皇后正是于十月初八那天难产身亡，你爹进宫看平安脉，却说母子康健。"

穆澜平静地说道："也许是父亲诊脉之后，先皇后才动了胎气，才会难产身亡。"

"那他为何要将这张脉案藏起来？杜之仙推测，极可能你爹给先帝喝的并非化痰的药，而是回春汤。你也知道回春汤的作用。先帝强提精神，想做什么？你爹只藏下了这张脉案吗？"

穆澜点头道："我只找到了这个。"

穆胭脂盯着她的眼睛看了半晌，也没有看出半点儿端倪，遂站起身来道："也许只有等陈瀚方找出从红梅留下的东西，才能解开当年的谜了。穆澜，你想查清你爹当年给先帝开回春汤的原因，我们的目标一致，无须再斗了。我今晚并没有拿到东西就杀你的想法，你不必如此戒备于我。"

穆胭脂飘然而去，那张脉案被穆胭脂弃在桌子上，并没有带走。穆澜看着它，一时间心惊肉跳。穆胭脂并不重视这张脉案，哑叔临死前，她曾拿给哑叔看，哑叔说不重要了。

她摊开手掌，掌心里全部是汗，难道父亲还藏着别的东西？穆胭脂如此恨自己，可从她的那一番话里却找不到恨自己的原因，她说的故事绝不是全部。

"今晚你不想杀我，是因为没拿到你真正想要的东西吧？那会是什么呢？"穆澜陷入了沉思。

这一夜，京城明月高悬，宫中设了夜宴。

太后兴致颇高，特令命妇携闺中女儿一同赴宴。所有人心知肚明，礼部已经发文，令各地选贡采女，明年三月入京。眼看过了中秋就是万寿节，太后娘娘这是想提前看看朝中大臣家的千金。宴会因多了闺中千金，显得热闹异常。

"多少年没这般热闹过了。"高居于凤座上的许太后示意梅青斟酒，虽然她已有了几分醉意，却仍兴致勃勃地欣赏着满殿佳丽。

"娘娘，最后一杯了，可不能再饮了。"梅青笑着低声提醒她，往杯中倒着酒。

许太后转动着龙泉白瓷酒杯，看着上面漂浮着点点桂花，轻笑道："一年中我只有仲秋才会饮一回桂花酒，当年我真是厌极了这丹桂的味儿。"

梅青微微一怔，什么话都没有说。

"那个邱明堂家的姑娘，你可寻找到了？"

梅青回过神，轻声说道："找到了，在蜀地老家，已遣人护送进京，大概这几天就该到了。"

许太后笑着摇了摇头道："皇上也不知怎么认识的邱家姑娘。罢了，且不必声张，给他一个惊喜吧。"

前朝的夜宴是男人的世界，谭诚气定神闲地赏着歌舞，目光从对面坐着的胡牧山脸上移过，望向了宝座上的年轻帝王。

谭诚微微欠身，向皇上敬酒，引来了所有朝臣的瞩目。

"皇上前些天身体不适，去了行宫养病，咱家前去探望，却没有见到皇上。"

"朕身边的人拦得了别人，却拦不住公公。朕微服私访去了，公公来行宫见朕，自是见不到的。"无涯爽快地笑了起来。

谭诚没有想到皇上竟直接承认了，不免有些惊讶，也笑道："那皇上可有收获？"

"见见市井百态，总觉得鲜活无比。下次朕再微服出宫，公公与朕一起去吧。"无涯热情地邀请谭诚道。

"咱家遵旨。"

这一场君臣对话很和谐，首辅胡牧山离两人最近，听得十分清楚，忍不住插话道："皇上该不会是去了淮安巡视山阳县的灾情吧？"

谭诚的眼神闪了闪，等着无涯回答，无涯笑道："朕倒是想去，可惜朝政繁忙，只在直隶转了几天，胡首辅怎么会以为朕去了山阳县？"

胡牧山愣了愣，拱手道："皇上关心侯继祖案，臣才有此猜测。如今工部已重新调集河工修补了河堤，户部的赈灾米粮、银两皆已发放。入冬前，新建的房舍就能够完工，山阳百姓不会流离失所。"

"办就好。"无涯夸了一句，命人给胡牧山斟酒。

夜宴散去，群臣陆续离宫。胡牧山刚走到丹桂树下，就被谭诚叫住了。两人沿着宫墙慢慢走着醒酒，谭诚微笑着问道："首辅大人很关心皇上的行踪啊。"

"皇上去了行宫养病，人却不在行宫，难道公公就不关心皇上微服去了什么地方？"

谭诚悠然地说道："听说江南水师在洪泽湖剿湖匪时，有一艘战舰和七十六名官兵失踪了？"

胡牧山心头一紧，面上毫不在意地说道："洪泽湖长年有湖匪出没，估计是被湖匪劫了，内阁已命兵部遣兵彻底清剿湖匪了。"

谭诚冲他微笑道："哦。但愿还能找到那艘战舰以及舰上的官兵，若实在找不到，我东厂可以帮着找一找。"

"那本官就替兵部谢过公公了。"胡牧山惊疑不定道。

"谢什么？你能入阁，当上首辅，是咱家力荐的，大人别忘了谁是你的主子就好。"谭诚拍了拍胡牧山的肩，拂袖而去。

心怦怦跳得急了，胡牧山捂着胸口靠在宫墙上，入夜的风穿巷而过，他听着呜呜的风声，心里寒意渐起——谭诚竟然知道了，细密的汗从他额头沁了出来。他又想起那人的承诺，想起皇上对谭诚的厌恶，渐渐平静了下来。

在这场权力争夺中，东厂已成众矢之的，是艘快要沉没的船，他早已打定了主意，就不会再和谭诚一条船了。

他想起了那条在徐州境内消失的船，会是谭诚所为吗？不，不，谭诚哪怕知道也不会插手，那么，会是什么人能将整艘战舰包括舰上的七十六名官兵全都弄得不翼而飞？什么人有这样的能耐？会是离开行宫微服私访的皇上吗？他怎么可能有这样的力量？还有素公公，他究竟是受伤而死，还是真的病重亡故？是不是该叫人去挖了他的坟看一看？

胡牧山怀着一颗纠结的心赶回了家，急切地进了小书房。穿过秘道，他走进了那间屋子，看到站立在书架旁翻阅书册的男人后，他迫不及待地上前见礼："承恩公！"

许德昭放下书册，转过身道："何事这么急？连衣裳都没换就过来了？"

胡牧山擦了把额头上的汗道："谭诚知道我命令江南水师秘密调用一艘战舰的事了。"

"胡首辅，你这样子还像首辅大人吗？"许德昭略带嘲讽地看了他一眼，负手走到长长的书案前坐下，翻开了一本卷宗。

被许德昭的镇定安抚了情绪，胡牧山渐渐平静下来，坐到了他身旁。

许德昭倒了盏茶给他，温和地说道："谭诚知道了又怎样？他能怎样？这件事的重点不在于谭诚是否知道，而是让战舰和七十六名官兵消失的那个人是谁？"

"会是皇上吗？"胡牧山忐忑不安地问道。

"是皇上又怎样？"许德昭笑着拿起桌上的茶盏，摆下一只后道，"谭诚，他掌控欲太强，皇上想集权，最想弄死的人是他。现在皇上最信任、能依靠的人是谁？"他摆下了第二只茶盏，"他的亲舅舅，我。如果是皇上所为，他最希望私调战舰的人是谁？"他又将第三只茶盏放下，笑了笑道，"谭诚。"

胡牧山恍然道:"就算不是谭诚,皇上也希望是他。只有这样,才能公开定谭诚的罪,可是我那封写与江南水师的信……"

"人已经死了。战舰失踪的消息传来时,收信的人就已经死了。"许德昭从案宗里拿出一封信,递给了胡牧山。胡牧山看到这封信后,立刻起身朝许德昭弯腰揖首。许德昭一把扶住他道:"首辅大人客气了。"

两人重新坐定,许德昭翻开案卷,在写有素公公名字的地方画了个红圈。他提笔在卷宗上新写下"穆澜"二字:"杜之仙的这个关门弟子与素公公一起回的扬州,留不得了。"

卷宗上的人名密密圈满了红圈,许德昭盯着陈瀚方的名字,最终仍是没有落笔。

仲秋月圆,但对太监来说,身体有了残缺,就再无团圆之意。回到东厂,见到谭弈,谭诚心里终于有了几分暖意。父子俩重摆了酒席,赏起了明月。

谭弈每年仲秋都会陪着谭诚饮酒赏月,他从心里崇拜感激着义父。没有谭诚,也许他就是生活在陌巷中的人,为三餐温饱辛苦奔劳。可相处了十几年,他仍然看不懂谭诚,他甚至很好奇,去了势的太监还会有男女之情吗?因为每到仲秋,谭诚总会在酒后去密室,陪着密室里那幅画像中的少女一整晚。

这个秘密是他小时候发现的,正因为那时他年纪小,谭诚只是轻罚了他。很多时候,谭弈也很怕谭诚,年幼时的惩罚看上去并不严厉,却令他记忆深刻。

薛锦烟的父亲殉国后,谭诚奉旨接她进宫。回宫途中,谭弈成了薛锦烟的小玩伴,他很喜欢活泼可爱的薛锦烟。回到京城后,因为意外闯进了谭诚的密室,谭诚便罚他十年不能再与薛锦烟见面说一句话。

"每个人心里都有一处地方,是别人碰不得的。"

谭弈刚开始还不太明白,但随着年龄增长,他懂了。他很怕在这十年里薛锦烟会忘了自己,更怕在自己还没有能力向皇家提亲时,她就已经嫁给了别人。直到谭诚承诺他,薛锦烟除了他,谁都不能嫁。恩威并施,让谭弈永远记住了教训。纵然他心里再好奇,也永远不会再多问一句关于画中少女的事。

谭诚今晚很放松,大概是酒饮得多了,他的话也多了些:"咱家找了十八年,终于找到她了。"

她?会是画中的那个少女吗?谭弈不敢问,又为谭诚倒了一杯酒。

"都说如今的太后娘娘是京中第一美人，其实十八年前，先帝元后的小妹陈丹沐容色要远胜于她。那天也是仲秋，她进宫陪伴孕中的先皇后，她穿着件浅绿的衣裙、鹅黄的褙子，站在丹桂树下，随侍在先帝身边的群臣还有咱家都以为看到了月宫嫦娥下凡。知她习武，先帝命工部为她打造了一根银丝乌云鞭，还赐了她一匹雪里白驹。后来她换了身红裙，在校场上试鞭……便是你瞧到的那幅画。整个校场空寂无声，她夺去了所有人的目光，像太阳一样耀眼。"谭诚微微笑着，"就算后来咱家被她抽得遍体鳞伤，心里却也是欢喜的。"

谭弈目瞪口呆。

"咱家一直认为她不可能死，直到珍珑的出现，一定是她，穆胭脂。"

"穆胭脂？"谭弈失声惊呼，"这，这……义父，不可能吧？"

穆家班所有人的画像谭弈都见过，他真的无法将义父形容的画中少女和穆胭脂扯到一块儿去。

"咱家特意见过穆澜，与她长得一点儿都不像。以前见过她的人很多，胡牧山曾去穆家面馆吃过一碗面，亲自看了她一眼，也说丝毫不像。咱家当时以为自己怀疑错了。"谭诚轻叹道，"她要查当年之事，要为陈家报仇，咱家认为她不会大张旗鼓地回京。没想到，她竟以一个杂耍班班主、一个小面馆妇人的身份出现。若穆家面馆现在还开着，咱家可能还是不会怀疑到她。可如今除了她，咱家想不到第二个人了。"他似明白了谭弈的心思，吩咐道，"不要动穆澜，也不用去找，因为有人比咱们还着急。她们都会回到京城来，咱家只需等着就是。"

谭弈迷迷糊糊地听着，并不清楚个中缘由。但他有些兴奋，义父说穆胭脂就是珍珑的珑主，那么穆澜也一定与珍珑脱不了干系。

"今晚酒饮得多了，和你说那些陈年旧事你也不明白。说说胡牧山吧，阿弈，你打算怎么办？"

谭弈精神一振："胡牧山这根墙头草，暗中投靠了承恩公，为许家效力，他的背叛不能饶恕。"

谭诚温和地说道："还记得朴银鹰吗？"

谭诚知道朴银鹰被皇上收买后，仍让他去扬州当了回诱饵，证实了珍珑的行动路线。谭弈习惯性地思考了会儿才答道："胡牧山还有利用价值？义父要等个合适的机会，让他死前再为我们用一回？"

"承恩公杀了江南水师的人，拿回了胡牧山的信，同时栽赃给咱家。其实他应该杀了胡牧山才对。胡牧山活着，才是他们私调水师、战舰的最好人证。"

谭弈迟疑地问道："义父，为何您明知道皇上调了直隶水师和神机营，却不告诉许德昭，由着他们去送死？这样一来，皇上的权力只会不停地增长。"

"皇上一直认为朝中许家势弱，咱家权倾朝野，所以一直在扶持锦衣卫对付东厂。他认定私调水师的人是咱家，等到将来他发现自己的亲舅舅在暗中的势力已经能随意调动军队，首辅大人投靠的主子其实也是他亲舅舅，咱家却是清清白白的，你说那时皇上会怎么想？太后娘娘只要还活着，他就不可能杀了许德昭。那么，他唯一能做的，就是继续让咱家牵制许德昭。咱家什么事都不用做，就能得到最大的好处。"谭诚举起酒杯，轻洒于地，"若非咱家保着，素公公早就死了。许德昭只能趁着素公公出宫时对他下手，可惜又少了一个可以拿捏许家的人。等到皇上坐实了许德昭的罪，许德昭就该来和咱家言和了。"

也不管谭弈听明白了多少，谭诚再无谈下去的兴致，便摆手让他退下了，而后自己独自进了密室，望着画卷上的红衣少女出神道："虽然你如今面目全非，但咱家还是很期待再见到你。"

如今形势变了，许德昭开始不停地出手，锦衣卫对于红梅案的调查迟早会查到许德昭，东厂已从中渐渐抽身。看着皇上、锦衣卫和许德昭相斗，谭诚只觉得隔岸观火，做最后得利的渔翁实在不错。

无涯今晚也难以入眠，他万万没有想到，最关心他微服出巡去了何地的人竟然是胡牧山，而谭诚显然并不知道胡牧山会问出那样一句话。胡牧山难道不是谭诚的人吗？去江南水师调查的人还没有回京，他一时间竟有些拿不准是否是谭诚所为了。

宴罢后，他同样选择走路回宫，借着秋风的凉意醒着酒，一遍遍地思索着，却突然瞧见御医背着医箱跟着小太监匆匆走过。

春来得了他的眼色，上前打听后回来禀道："太后娘娘酒后吹了风，身体有些不适。"

"去慈宁宫。"

无涯素来孝顺，当即转了方向，带着御医一起去探望太后。

因酒后吹了风，许太后有些发热之症，但并无大碍。无涯坐在榻旁小心为她理了理被子，起身要走的时候，突然听到许太后嘟囔起来："梅红，哪来的桂花香？永和宫里不许栽丹桂，叫人伐了。"

梅红？无涯蓦然回头。

"奴婢在这儿呢。"端着药碗的梅青不动声色地上前，命人扶起了太后，细心喂着她汤药，"娘娘，以后可不能再多饮酒了。"

是他听错了吗？无涯淡淡地吩咐道："好生侍奉太后，若病情有异，随时叫人来乾清宫回禀。"

"是。"梅青笑着应下了。

出了乾清宫，无涯问一直跟在身边的春来道："方才太后叫的是梅青还是梅红？"

春来挠了挠头："太后娘娘说得含糊，奴婢只听见一个'梅'字，应该叫的是梅青吧？慈宁宫里没有叫梅红的人呢。"

不，他没有听错，是梅红。无涯越发肯定。他记得丁铃查苏沐案和梅于氏案时查到了山西于家寨，后来又进宫查一个叫红梅的采女，但掖庭名册上并无此人，线索也就断了。灵光寺服侍梅于氏的小沙弥曾经说过，当房外的红梅开了时，她开口喊过梅红。当时众人都认为她是说梅花红了，后来查到红梅时，又认为她是在喊于红梅的名字。难道梅于氏叫的梅红，就是母后嘴里的梅红？

"明天叫秦刚来见朕，不，不用了。"无涯感觉自己接触到了揭开于红梅案的线索，他又改了主意，轻声吩咐春来，"你私底下去查一查，太后宫里是否曾经有个叫梅红的宫女。记着，要暗查。"

春来愣了愣："秦统领也瞒着不说？"

事关太后，无涯斩钉截铁道："所有人。"

年轻皇上的逼视目光让春来吓了一跳。他记起在梅村那晚，站在黑暗中的皇上散发出的威严，他的后脖子顿时凉飕飕的，颤声应道："奴婢明白。"

第五十章
就此两清

江南的秋染黄了银杏树，风一吹，林家老宅里的那两株高大的银杏树投在地上的斑驳树影就晃动起来，如蝴蝶飞舞。林一川望着树下的一池静水，不禁想起那两尾老龙鱼，心里便止不住对东厂的恨意。

林大老爷裹着薄毯窝在躺椅上，贪恋地晒着秋日的阳光。他伸出手，看着掌心那片晃动的树影想，杜之仙为他偷回了一年多的命，该知足了。他笑眯眯地望着长身玉立的儿子，清了清嗓子叫他道："一川哪，你挑中哪家姑娘了？宋媒婆说起修家四姑娘时你没反对，我也觉得那姑娘不错。时间虽然赶了点儿，但以林家和修家的财力，在年前完婚倒也不显得仓促。"

"修家四姑娘……爹，她是不是过于精明了点儿？"林一川被老父亲的话扯回了思绪。他之所以会见媒婆也不外是想安老父亲的心。又因同在扬州城，他也不好胡乱挑剔媒婆介绍的姑娘。就算相不中，也不能坏了与别家的交情。宋媒婆说起修四姑娘时，他笑着没吭声，怎么就叫没有反对了？

他走到躺椅旁替林大老爷拢了拢薄毯，笑道："爹，修家的五位姑娘哪个是省油的灯啊？听说这位四姑娘能双手打算盘，你不怕我娶了她，将来林家的产业都被她算成了自己的嫁妆？她实在太精明了！"

林大老爷悠悠地说道："城西钱家大姑娘，你说她性子太柔弱，做不了林家的当家主母。城南苏家二姑娘，你说她太瘦，担心生不出儿子，无法给林家开枝散叶。城东李家七姑娘，你又说人家生得还不如你好看，让你实在提不起兴致。可城北修家四姑娘肥瘦皆宜，是出了名的美人。修家有六个儿子，想必四姑娘也不会生不出儿子来，现在你又嫌人家算盘打得太好、人太精明，怕被她算计了家产去。苏扬两地知根知底、门当户对的姑娘都被你挑了个遍，你究竟看上谁了？难道要娶个公主才满意？"

"您还别说，宫里头适龄的公主还真有一位，我还就真没看上她。"林一川想起了锦烟公主，不屑地撇了撇嘴。

林大老爷一巴掌拍在他头上："公主殿下都看不上，反了你了！"

只这么一个动作，林大老爷就喘了起来。林一川赶紧抚着他的背帮他顺气，掩下了眼里的伤心。杜之仙当初说父亲最多还能再活两年，转眼就已过了一年半，父亲真的时日无多了。

他越是这样想，就越是难过自责。他当时怎么就晕了头，离家去京城待了半年？林一川跪在林大老爷面前，把脸贴在了他膝上："爹，您想看到我成亲，您喜欢哪个，我娶了就是。"

"那也得你喜欢才行，娶个不喜欢的有什么意思？"林大老爷心里熨帖，笑了起来。

听到老父亲这样说，林一川心一横道："那些姑娘都只见过一两回，现在还谈不上喜欢，成亲后相处久了，也许就喜欢了。爹，您娶了二十几个姨娘，虽说是为了生儿子留后，可娶回家相处久了也会喜欢上的吧？我娘是不是最得你喜欢？因为她生了我？"

林一川两岁时，母亲就病逝了。他是独苗。林家并不缺奶妈仆妇，所以他也不至于在母亲病逝后，就变成没人疼的孩子。他对母亲的记忆仅限于林大老爷找画师画的那幅画像，逢年过节便敬香祭拜，他心里对早逝的母亲便也有了孺慕之情。

"爹请了江南最好的画师给你娘画了像，你可别忘了她。"林大老爷轻声说道。

"那自是不能的。"林一川随口答道，他怎么可能忘记呢？心里浮现出穆澜的身影，他心里又是阵阵难过，突然就下定了决心，"要不，就娶修家四姑娘吧？赶一赶，十月就成亲，没准儿您还能看到孙儿出世呢。"

如果他努力点儿，哪怕看不到孙儿出世，能看到儿媳怀有身孕，父亲也能安详地走了。

林大老爷几乎同时下了决心："不着急。"

父子俩同时改了主意，说的话自然也是相反的。

林一川心想穆澜反正不喜欢自己，而自己就一个爹，总不能因为自己便让老父亲走得不安心吧？他抬头望着父亲苍老的脸认真地说道："就娶修家四姑娘吧，林家当家主母精明一点儿也能帮儿子一把。"

林大老爷越听越心疼，摇着头不肯答应："没有杜之仙，我也争不来这一年半载。生老病死我早已看开了，纵有金山银海也买不到心头所好。你随便娶个不喜欢的，只为宽我的心，又有什么意思？你爹我去了地下，还要操心你过得好不好，那不如不娶。将来娶个喜欢的，有了儿子来坟前告诉爹一声，就行了。"

这一席话说得林一川眼睛都红了，他越发坚持："娶了说不定就喜欢了，就修四姑娘吧，回头我就叫人去张罗。"

林大老爷瘪着的嘴撇了撇："你给爹说实话，你这样挑肥拣瘦的，是不是因为有心上人了？听燕声说，你喜欢一个少年……若真是喜欢，那还真不能娶修家的姑娘。寻个小家碧玉不介意的，别薄待了人家。该有的礼数都全了，生个儿子留个后，给人家一个念想就行了。我林家的家主喜欢男人又怎么了？挣这么多银子还过得不高兴，有什么意思？"

谁喜欢男人了？林一川涨红了脸，气得不行。他脑子里现在只有一个念头，就是把燕声抓过来揍得连他爹娘都认不出来。

"我儿子难道还不能喜欢男人了？"林大老爷哼了声，拍了一下扶手，拍出了昔日横霸大运河生意的威势。

"谁说我喜欢的是男人！"林一川跳了起来，大声说道，"爹，您甭听燕声胡说八道！"

林大老爷眼睛一亮："真的？"

很明显，老父亲说那些话都是为了宽自己的心，林一川显得越发难过："真的，我喜欢的是个女子！"

"哦，是哪家的姑娘？"林大老爷的声音都有点儿颤抖了，他探起身道，"喜欢就娶了！"

"她喜欢别人。"

林大老爷看着自己这个玉树临风的儿子像只鹌鹑似的垂着脑袋，意气风发道："有钱难买心头好，那是因为出的银子不够！砸钱！砸到她喜欢的男人愿意离开她，砸到她喜欢、她家人同意为止！"

林一川听得瞠目结舌，林大老爷不屑地喊了声："老子二十几个姨娘都是买来的！生不出儿子也没见哪个过得不高兴！我儿子好不容易喜欢了，那就得是我儿子的！"

林一川扑哧笑出声来，他真被自家老爹这股子恶霸劲儿给折腾出了几分激情来，脑袋一热便叫道："爹，你等着，我去把人抢回来！"

皇上又如何？你能嫁他吗？他一鼓作气跑出了家门，骑着马奔竹溪里去了。

望着儿子跑得没了影儿，林大老爷轻声叹息，拿起个铃铛摇了摇，一名青衣管事悄然出现在他身后。

"老二最近如何？"林大老爷问道，他嘴里的老二指的就是林二老爷。

"二老爷没什么动静。"

没有异动？林大老爷蹙紧了眉："都晓得我命不长了，太平静反而令老夫不安，盯紧点儿。"

"是。"

"林安，我交代的事都办妥了吗？"

林安微笑道："老爷放心，都妥当了。"

院门口传来管家的声音："老爷，二老爷来请安了。"

林大老爷挥了挥手，林安悄无声息地离开了。他望向院门，就见林二老爷满面笑容地走了进来，抬手作揖道："大哥今天气色不错啊。"

"你放心吧，一川不是没良心的人，你只要安分些，他就能让你们父子俩一辈子吃喝不愁，富贵一世。"林大老爷毫不客气地说道。

"瞧大哥说的。"林二老爷从旁边桌上拿起茶壶倒了杯热茶，恭敬地递给林大老爷，"我怎么就不安分了？"

"甭以为抱上了东厂的大腿就能打家业的主意，你们父子俩的心眼儿加起来也算计不了东厂，只会白白给人当了枪使。东厂的胃口是整个林家，你填不满的。"

在东厂手里分碗汤喝，也比在林一川手里抢残羹冷炙强，好歹是自己当家做主！林二老爷心里冷笑着，见左右无人，凑近了林大老爷说道："大哥，一鸣好歹是你的亲侄儿，总比疼一个外人强吧？"

林大老爷一杯茶就泼到了他脸上："说不来人话？！一川也是你的亲侄子，他是外人？若不是看在过世的老太爷、老太太的面上，老夫早就逐了你这个亲兄弟出门了！"

林二老爷毫不在乎地抹去了脸上的茶水，阴狠地说道："这么多年了，小弟就是不信他是你的崽儿！摸了灵光寺的五百罗汉壁就有了林一川？大哥您怎么不把二十几个姨娘都送去摸个遍？也不至于只有他一根独苗！我再不济，也实实在在地生了三个儿子！四郎如今也有五岁了！大哥您甭装，小弟我找了这么多年，手里有证据！"

林大老爷眼睛微眯，林二老爷吓得嗖地往后跳开："你也甭想杀我灭口，我死了还有我媳妇儿，她没了还有一鸣，还有他的两个弟弟，你杀得完吗？"

"杀你灭口？岂不是显得老夫心虚？"林大老爷继续晒着太阳，"你继续折腾吧，我死了，一川就是家主。我能忍你，只因你是我同胞兄弟，一川能不能忍你，我就管不着了。"

无数次的试探挑衅，得到的都是同样的结果，林二老爷脸上又堆满了笑，恭恭敬敬地告辞道："明天我再来给大哥请安。"

明天他又会换了花样来挑衅一番，林大老爷对这样的情形已经司空见惯，只由得他去了。

林大老爷微眯着眼望着满树被太阳照得金黄的银杏叶出神，林安悄无声息地来到他的身边，欲言又止。看穿了林安的心思，林大老爷叹了口气道："他是我一母同胞的亲兄弟，一鸣弟兄几个也是我的亲侄儿。一川能镇得住他们，没有什么可担心的。"

林一川因心中涌起的热血纵马出城直奔竹溪里，在杜家门口下了马，两步迈上台阶，将黑漆大门上的门环叩得咚咚作响。

"穆澜！穆澜！"他叫了一会儿，黑漆大门却仍然紧闭着，没有任何动静，他又扬声朝里面喊道，"小穆，你不是在洗澡没听见吧？那我翻墙进来了！"

他正作势要跳，身后便传来了穆澜的声音："什么事急得要翻墙？"

林一川转过身，心怦怦直跳。只见穆澜穿着件葛布短褐，发髻毛毛糙糙的，和农家小子一样。她腰间别着把柴刀，背着个竹篓从山坡上下来。她脸上挂着懒洋洋的笑容，经过林一川身边时拍了拍他的肩："你好口福啊，我抓了几只竹鸡，又捉了条蛇，正好炖锅鸡蛇羹。"

"你不会还没吃饭吧？"林一川下意识地望了望日头，才发现早已过了午时。

穆澜进了家门，把背篓放在厨房外面道："如果你是从家里过来的，你也没吃呢吧？"

他还真忘了吃午饭。林一川心想来得早不如赶得巧，自己还没尝过穆澜的手艺呢，他笑道："是啊，我也没吃呢，我等着尝你炖的鸡蛇羹。"

"你不嫌弃就一块儿吃呗！"穆澜这次倒没有再使唤他，她利落地烧了一锅水，将两只竹鸡去了毛，又将蛇剥了皮冲洗干净，拿菜刀斩成小块，一并扔进了锅里。随后又切了两根鲜笋放进了锅里，盖好锅盖炖着。她洗了手，抬头看到林一川扶着厨房门，一手指着炖着鸡、蛇、竹笋的锅抖个不停，忍不住好奇地问道："怎么了？"

"你就是这样做鸡蛇羹的？"林一川的手无力垂下，"鸡拔了毛就完事了？你不剖洗内脏的？"

"哎哟，我忘了！"穆澜飞快地掀开锅盖，拿起漏勺将肉块、笋块全捞进了簸箕里，认真地用筷子在肉块里挑了起来。

林一川看着她将挑出的竹笋、蛇肉、鸡肉扔暗器似的利落地扔回锅里，不禁抚额："你住这儿都是自己做饭？"

"对啊，我又没马，进城买菜太远了，懒得走路。"

林一川果断地握住她的手，不让她再挑拣下去："你以前没做过饭？"

穆澜拍开他的手，鄙夷地反问道："难不成你做过？"

"君子远庖厨！"林一川当然没有下过厨做过饭。

穆胭脂从穆澜小时候起就将她当成男孩子养，让她跟着杜之仙学文习武，自然也没有学过做饭。想起从前，穆澜的目光黯淡了一些，瞪着林一川道："找我什么事？说完自个儿回去吃。"

一句话不对就又赶他走，若换成是无涯，估计她早鞋底抹油跑城里殷勤买吃食去了吧？她的这句话让林一川心里翻涌个不停，心思转了又转，他开始下套了："我可没嫌弃的意思，今天这顿饭我请你去外面吃行不行？我有事要找你帮忙。"

穆澜留在竹溪里着实想清静几天，自己做的饭菜也只图个饱而已，她也不想勉强自己再炖这锅鸡蛇羹了，利落地问道："什么事？"

林一川没有开口。

"说呗，要我帮你什么忙？"穆澜不耐烦了，"都饿着肚子呢，究竟什么事？"

"小穆。"林一川有些感慨，"你现在都不问我要银子了。"

从前都是要给钱她才肯帮自己。林一川很想问穆澜，你现在对我是不是也不一样了？

"你帮过我不少，我帮你也是应该的。怎么，不让你花银子，你还不习惯了？"

那么我对你有意，你是不是就能也对我有心呢？这个问题林一川仍然只敢在心里问。

见他只望着自己不吭声，穆澜诧异了，伸手在他眼前晃了晃："林一川，你遇到什么难事了？"

可不是难事吗？自己一鼓作气跑到竹溪里来想求亲，可这会儿已经说不出口了。林一川垂头丧气地道："算了，小穆，这事你也帮不了我。走吧，我有马，带你进城吃饭！"

穆澜拉住他的胳膊道："烤竹鸡我还是会的。要不，烤着吃吧？看你这么急，就别赶去城里浪费时间了。"

她从背篓里将剩下的三只竹鸡拎了出来，拔毛、开膛、剖腹，洗干净后，又从厨房里抱了柴出来，就在院子里架起火盆烤起了鸡来。

"说吧，什么事为难成这样？"

林一川望着穆澜翻烤竹鸡的熟练手法，突然明白过来，她常年在外面行走，所以才学会了烤鸡。看来这烤鸡她也是吃腻了，才会想着下厨炖锅汤来喝。他有些怜惜地望着她，眼神闪了闪道："我爹他……你知道的。"

穆澜的动作顿了顿。她当然知道，老头儿曾经说过，林大老爷最多能延命两年。林大老爷是去年端午看的病，如今已过了一年又入了秋，已是过了近一年半的时间。她不知道怎么安慰林一川，就将烤好的一只竹鸡取了下来，掏出匕首唰唰地将鸡肉切进了盘子里，又拿了双筷子递给了林一川。而她自己取下另一只烤竹鸡，直接啃上了："万事都先填饱肚子再说。"

她知道他爱洁，所以给他的是削成肉片放进盘子里的，自己却直接拿着烤鸡啃。林一川简直受宠若惊，一时间心情激荡至极："小穆，你对我真好。"

穆澜被他火热的目光盯得抬不起头来，敷衍道："快吃吧！凉了就不好吃了。"

她不肯正视他，林一川瞬间就明白了，她只是在同情自己。同情也罢，反正你不讨厌我就行。今天父亲的一席话让林一川的思想彻底换了个弯，反正穆澜和无涯之间隔着家仇是绝无可能的，难道她还打算一辈子都不成家了？

他夹着鸡肉大口吃着，鸡皮焦香，又因刷了蜂蜜而带着甜脆，且肉嫩多汁，还真是好吃。见他吃得香，穆澜笑了笑，心情也跟着好转。两人风卷残云把三只竹鸡吃了个干净，穆澜又倒了两杯茶，二人坐在院子里的瓜蔓架下晒起了太阳。

"我的医术不行，但我曾经从师父那儿学了套针灸之法。要不，我去看看你爹？兴许能让他好一点儿。"

穆澜之语正中林一川下怀，他笑道："那再好不过，我本来就是想请你去瞧瞧我爹，你总归是杜先生的关门弟子。"

穆澜叹了口气道："你也别抱太大的希望，待我换件衣裳后，咱们就走。"

等她收拾妥当，两人便回城去了林家。进了银杏院，穆澜望着坐在夕阳下的林大老爷，不由自主地就想起了老头儿，一时间怅然地站在了那里。院门在她身后关上了，银杏院里显得安静异常。林大老爷回头看了眼穆澜，又看了眼满脸阳光的儿子，想起了燕声说起的那个少年。

林一川低头假装给父亲拉着毯子，哼哼道："我喜欢的……就是她。她是女扮男装，杜之仙的关门弟子，叫穆澜。"

林大老爷脸上的笑容如菊绽放。

"大老爷安好。"穆澜中规中矩地上前见了礼，随意瞄了林大老爷一眼。上次她跟着老头儿来林家时，林大老爷还躺在房中。她也是第一次看见林家大老爷，有些诧异于林大老爷的苍老。她在心里默默算了算林大老爷的岁数，心想林一川还真是林大老爷的老来得子，又是独苗，怪不得被宠上了天。

只见穆澜眉眼如画，散发的英气将属于姑娘家的柔媚全抹去了，如果不是儿子道出真相，林大老爷还没看出来眼前这个十六七岁的俊俏少年其实是个姑娘。他心里暗赞杜之仙真是好手段，将女徒弟调教得不输男娃。儿子的眼光还真是不错。他转念又想，穆澜女扮男装接了圣旨进了国子监，已经是犯了欺君之罪，若想帮儿子把人抢回家做媳妇儿，得先把这个麻烦解决掉。林大老爷一时间想得远了，神情就显得有些恍惚。

穆澜仔细看着，就看到林大老爷的眉宇间蒙着一层死灰之气。她心里暗叹了口气，微笑着道："在下想替老爷子把把脉。"

她从医箱里拿出脉枕垫在林大老爷的腕下，手指搭上了他的脉。

见穆澜正静心诊脉，父子俩便眉来眼去地无声交流着。

林一川："人我已经带来了，您砸多少银子能把人弄过来？"

林大老爷示意儿子离开："放心，放心，花银子就能办妥的都是小事情。"

林一川一步三回头："行不行啊？别最后砸到自己的脚上！"

林大老爷不屑地移开了眼睛。

"大老爷。"穆澜诊完脉，见林一川已经出了院门，心知林大老爷是有话要对自己说，她先说了自己的诊断，"您需要静养。"

林大老爷的脉象实在太弱了，已是油尽灯枯。穆澜即使医术浅薄，也知道回天乏术。如果林大老爷安心静养，或许还能撑到老头儿说的两年之期。但如今看来，一入冬林大老爷的身体状况就会急转直下，活不长了。

穆澜的意思林大老爷已经听明白了，他请穆澜坐下，微笑着道："生死有命，杜先生能为老夫多挣回一点儿寿数，老夫已经知足了。"

他多挣了一年半载的寿命，老头儿却折了几年的寿，早早地就去了。穆澜想起去年背着老头儿离开，老头儿用命换来林家对自己的承诺，一时间感慨不已。求来一个不可知的承诺，真的划算吗？哦，还有林家捐给淮河灾民的三十万两银子。

她突然想起抹喉跳御书楼的侯庆之，难道毁河堤的是哑叔？老头儿借着淮河泛滥，在修河堤前就已先把银两挪了过去？当时她赶到竹林深处时，并没有听到哑叔与莫琴的对话。此时一联想，感觉自己猜得大概不会有错。老头儿做事一向深谋远虑，他说将来林一川没准儿能救自己一命，这难道会是真的？

"穆姑娘。"

"啊？"穆澜条件反射一惊，听到"姑娘"二字，猛然警觉起来。

杀气！林大老爷虽然不会武艺，却也感觉到了穆澜身上散发出来的危险气息。他笑道："你不用紧张，杜先生去年医治老夫时，就告诉老夫了。"

老头儿说的？穆澜看似平静地坐着，心里却百般不是滋味。老头儿做什么事都瞒着自己，他究竟想了些什么？

林大老爷继续圆着谎："去年杜先生提了两个条件：三十万两赈灾银和我林家将来要保你一命。你女扮男装进国子监做监生，乃是犯了欺君大罪，我林家虽然不是官宦人家，但替你换个身份的能力还是有的。"

知晓穆澜是女扮男装后，林大老爷自然就想起了去年杜之仙提出的要求。穆澜犯了欺君之罪，林家要想法子给她换个身份，悄无声息地消了这场祸事，想必这就是杜之仙所求之事吧。

杜之仙隐瞒穆澜的事情太多，眼下她看林一川，无论如何都想不到他将来能怎么保自己一命。林大老爷误打误撞的理解，反而让穆澜相信了。

"不知穆姑娘现在有何打算？"

她是一定要回京城的。无涯希望她像素公公一样，来个伤心欲绝，抱病身亡，如此就能消了她女扮男装进国子监当监生的欺君之罪。他希望穆澜能换个身份隐居在某处安心等待，把查明真相的事情都交给他去办。

穆澜原也在考虑是否隐于黑暗中，暗中查案，然而穆胭脂讲述的故事让她发现，盯着陈瀚方也许是另一条获知真相的途径，如此一来，以监生的身份回国子监是最好的选择。她这次回国子监，将比之前更为凶险。一旦身份暴露，无涯就保不住她了。

此时的穆澜并不知道谭诚已经猜到了穆胭脂的身份，她只有些无奈地想，无涯知道自己再回国子监后，定会气死。可是她又有什么办法呢？素公公自尽，用性命编织谎言，还有谁能知晓当年宫中发生的事情？太后身边坠井的梅红是揭开所有谜底的唯一线索。

"十月我就要回国子监了，如有所需，穆澜不会客气，在此先谢过老爷子了。"穆澜理所当然地接受了林大老爷的好意。

林大老爷愣了愣，怎么和他想的不一样呢？难道眼下不是脱离穆澜这一身份的最好时机吗？难道当初穆澜不是因为皇上的一纸圣旨被迫女扮男装进的国子监？她冒死也要女扮男装，这可不是砸银子就能解决的事情，很明显还有他不知晓的内情。林家是答应过杜之仙，哪怕倾尽家财也要保穆澜一命，然而却没有答应让整个林家上千口人都给穆澜陪葬。

真是可惜了，林大老爷心里暗叹，就没有多说什么，他拿了枚戒指递给穆澜："只要是林家商铺，你尽可凭此信物随意调动金银。"

除了无涯在宫里帮她查探，与她抱着同一个目的的穆胭脂或许也会伸出援手，穆澜的力量其实很单薄。她没有客气，谢过林大老爷便收下了戒指。

林一川一直在院外转着圈，早已等得不耐烦，终于等到穆澜出来，他快步迎了上去："怎么样？"

穆澜很无奈地道："吃好、喝好，安心静养便是最好。"

"我明白。"

见林一川黯然，穆澜也无话可安慰他："我就先回去了。"

谈了半天，砸钱留人就砸出这么个结果？穆澜的平静让林一川终于忍不住了："我爹和你说什么了？"

穆澜抬手给他看戴的戒指："大老爷很大方，给了我这个。"

父亲一出手果然就是大手笔！可是穆澜波澜不兴的，别是赔了夫人又折兵吧？这也太亏了！林一川怀疑穆澜并不知道这枚戒指的价值，便提点了一句："林家在京城的产业也值个千百万两银子。"

老头儿的命换来了这个？穆澜心念转动，便明白了林大老爷的意思。她不肯放弃穆澜监生这个身份，林大老爷就用这个对换了当初对老头儿的承诺。不是林家不肯保她一命，是她自己要去送死。她看了眼手上的戒指想，她原本就没有要连累林家的意思，能调动的金银如果有用，她会用的。

"我与林家两清了，林家不再欠我一条命。"

当初林大老爷病重，眼见快不行了，林一川连扫猪圈这种事都做了，总算求来了杜之仙出手医治父亲。为此，林家付了三十万两银子，让杜之仙用以淮河赈灾。林一川还亲口承诺，将来穆澜若有难，林家哪怕倾家荡产也会保她一命。

现在穆澜说两清了，林一川一把握住了她的手，盯着那枚戒指道："你是说，我爹用这枚调取金银的信物抵销了那个承诺？"

不然呢？就林一川的说法，只京城一地的产业就值个千百万两，而这枚信物能调取所有林家商铺的金银。穆澜缓缓地说道："这枚信物当得起'倾家荡产'四个字，自然就两清了。我拿了这个，林家就不再欠我一条命。"

父亲是怎么想的，林一川此时已管不着了，他只觉得心痛。从此与穆澜再无干系，一刀两断，这样的念头让他的心就像破了个洞，空落落的。他不想与她再无干系。

林一川盯着穆澜认真地问道："你真的决定收下，不反悔了？"

池家灭门案一天不翻案，父亲谋害先帝的罪名一天不昭雪，她就是漏网的罪人之后。一旦身份暴露，无涯纵想保她，也拦不住太后想要她的命。如果东厂知道她就是刺客珍珑，也会全力缉捕。她不能再和林家扯上关系，若哪天被她连累，也许扬州首富林家会和池家一样，被抄家灭门。满地血腥、遍布尸首的画面浮现在穆澜的脑中。林一川对她的好，她心里都清楚。他救过她无数次，她无以为报。既然林大老爷用家业对换承诺，她当然要接受。

穆澜灿烂地冲林一川笑道："我已收下了这个，林家承诺我师父的事就此作罢，绝不反悔。"

"哦。"林一川的笑容一点点扬起，示意穆澜看他的手，只见他的手指上也戴着一枚嵌蓝宝石的戒指，"这块宝石来自大食国，绝对仿冒不了，所以当初就做成了一对。林家家主与主母一人一枚。你收下这个信物，就表示你同意嫁给我，做林家的主母。既然你绝不反悔，我自然也不会辜负你。"

什么？穆澜的下巴都快惊掉了。

林一川握着她的手凑到了嘴边，响亮地亲了一口："想哪天过门？"

"喂！你别胡说了！"穆澜用力想甩开他的手，偏被林一川握得死紧，她又气又急道，"林一川，你又不是不知道，沾上我是会要命的事！你别只顾着自己，林家家大业大，可有上千号人呢！你想让他们都因为你成为朝廷钦犯？"

"小穆，你是不想连累我，所以才会拒绝我？"

她是不想连累他，也因为她先喜欢上了无涯。穆澜低下了头："我不想骗你。"

林一川的手无力地松开了，穆澜拍了拍胸口："这里先有了一个人，就没有空余的位置别人了。"

林一川扯了扯嘴角，他心里也因为先有了她，才再也容不下别人。他真的不明白："你认识我在先，为何你心里先有了他？"

阳光已经西移，将两人的身影投射在地上，拉出极长的阴影。

"是在灵光寺。"穆澜曾回想过千百遍，是什么时候对无涯动的心？这时，她心里总会冒出在灵光寺他们从水潭中游上岸后，无涯抢先一步拦在她身前的情形，"他不会武功，甚至知道有刺客是冲他而去，他也知道我的武艺远胜于他，但他还是拦在了我身前说'别怕'。我当时觉得很好笑，却也被他感动了。"

林一川想起和雁行在罗汉壁的峭壁上不眠不休的两天两夜，鼻腔微酸，他别开了脸，微嘲道："他身份尊贵，人又儒雅俊美，还有男儿气魄，自然容易让你心动。"

不，不是因为无涯的身份。她觉得无涯正直得有点儿傻气，甚至傻得很可爱。在知道他的身份后，她又觉得他很可怜。他是皇上，他不能喜欢一个少年，他想赶她走，结果在国子监的御书楼中邂逅时，他仍冲动地对她说，我喜欢你。

后来，因为核桃的出现，他明明认出了她却没有说破，生怕说破后，她就消失了。他小心翼翼地让她落泪，在她的生命中，初识情滋味，就夹杂了太多的酸楚与小小的甜蜜。有了这种体味，别人对她的好就失了滋味。

穆澜的笑容里浮着难以述说的悲伤。南北背道而行的船载着她与无涯天各一方，那晚无涯恳求她，哪怕一分可能都不要弃了他。他们彼此间的缘分是那样虚无缥缈，无涯若觉得有可能，他就不会求她。她若觉得有可能，就不会哭着说当年你为何不查一查就下旨杀了她全家。

"我和他之间隔着我池家几十条人命，当时他也只是个刚丧父的十岁孩子，我能原谅他，却越不过我的父母亲人的命。只能说我与他有缘无分，但我心里只有他。也许他身为皇上，将来会有三宫六院七十二妃，但我只要知道他心里也只有我就好。"

待她查出真相后，给家人一个交代，给自己一个交代，她就会远远离开，寻个安静的地方平静度日。

林一川心如死灰。穆澜正要取下那枚戒指，他握住了她的手："你收着吧，刚才的话是我随口胡说的。林家不再欠你一条命，你若还了我，我依然会遵守对杜先生的承诺。"

他望着穆澜背着医箱离开，连多说一句话的力气都没有了。他站了很久，直到身后传来一声叹息。他转身看到父亲不知何时站在了院门口，他默默地上前扶着父亲回屋坐下。

"我都听到了。"

林一川将薄毯搭在父亲身上，然后"嗯"了声。

"一川，爹可以砸进去整个林家能调动的银子，却不能把上千条人命也砸进去。"

"我知道。"

"爹走后，你就是林家的家主，感情用事是撑不起这份家业的。"

林一川恼火地望着父亲："不是已经没了吗？"

林大老爷悠然地反问道："真没了？"

林一川怒道："真没了！林家这么有钱，要什么样的女人没有？您买了二十四个姨娘，我以后会买一百个！保证个个都过得开开心心……"他没有再说下去，轻轻抱住了父亲，"您多陪我些日子吧。"

等父亲走了，他的心就真的空了。偌大的林家除了自幼相伴的雁行和燕声，他真的只剩下银子了．

第五十一章
刺杀公主的局

清静了些时日，穆澜这些天都埋头于整理杜之仙和哑叔的遗物。坐在装好的箱子上，她突然笑了起来："从前在穆家班进赌场，都还要靠核桃的那二两私房银子当本钱。"她抬起手，指间的蓝宝石戒指深沉如海，"现如今，林家的大把银子随便调取，老头儿的家底也够丰厚的。"

这么有钱，她是不是该对自己好一点儿？自己下厨做的菜真是难吃得要死。她只想在这个暂时的清净之地多待些日子，一旦离开，她面临的又将是刀光剑影。但她又不想进城。她心里对林一川始终有份愧疚，把人家的心意拒绝得那么彻底，总不能真去林家铺子取银子花吧？典当杜之仙的那些字画、文房四房，她又舍不得。

横竖她也住不了多久了，就随便弄点儿吃的吧，清煮竹笋也不错。于是她就出了房间，去了前院厨房，隐隐听到外面有动静。穆澜沉默了会儿想，穆胭脂可不会任由她在这里躲轻闲，来的会是什么人呢？她收拾了下，打开了大门。

杜家宅子对面的竹棚并没有拆掉，竹林中有青烟升腾，隐隐飘着一面蓝色店招。穆澜心中诧异，便走了过去。

"穆公子想吃点儿什么？小店虽是新开张，掌勺师傅却是雅颂居做了三十年的大厨。天上飞的、水里游的，只要您点得出，小店就做得来。"雁行一身跑堂小二的打扮，边给穆澜让座，边拿起桌头搭着的白布巾麻利地将凳子和桌子擦了一遍。

穆澜一时间真不知道该说什么才好。

"茶是蟹龙珠，扬州名茶，您尝尝。"雁行已倒上一杯茶殷勤地放在了桌子上。

澄清的茶汤，清香扑鼻，穆澜坐下，无奈地说道："雁行，你家少爷这是……"

"这是生意。这片竹林当初就是林家的，养了十年，如今这里环境清幽。有道是好酒不怕巷子深，我家少爷觉得在这儿开间酒楼，定能吸引文人雅士前来。你瞧，往前可遥望一代大儒故居，左有浅溪叮咚，右有林木森森。比坐在闹市之中，充耳只闻车马声，低头就见贩夫走卒不知高雅了多少倍。您说是吧？"

穆澜听着雁行不歇气地夸着这块风水宝地，不知怎的，她很想一拳将他脸颊上那对深深的酒窝给打没了。

"价格贵吗？"

雁行脸上的笑容更深了："茶水免费，饭菜不贵。您瞧水牌，明码标价，童叟无欺。"

穆澜抬起头，看到竹棚的檐下真挂着一溜儿写有菜名的水牌，一律十个大钱。

"两菜一汤、一碗米饭，随意配菜吧。"

"好嘞！蟹粉狮子头！拆烩大鱼头！金葱砂锅炖野鸭汤！碧粳香米饭一碗！赶紧上嘞！"

十个大钱一个菜，米饭一文钱。就雁行报的菜名，少说也得要一两五钱银子。而林一川的感情，又岂止是用银两就能够算清楚的？穆澜心里叹息着。也许她吃得高兴，林一川会好受一点儿吧。

横竖就她一个客人，菜很快就上了桌，穆澜拿起筷子就吃。

雁行满面笑容地恭立在旁："菜可还合您的胃口？"

"味道不错。"转眼间一个狮子头已经下了肚，穆澜实话实说。

雁行见她真是吃得香，就有些不平衡了，将布巾往肩上一搭，望着天说："我家少爷自从知道某人不会下厨做饭后，心疼得要命，回到家就四处重金聘大厨，都等不及重新修建一处房屋，只将这废弃的竹棚简单布置了一番，就让开张了。"

他低下头时，发现桌上的一盘狮子头已经没了，鱼头被啃了一半，穆澜正舀了碗汤喝着。

砰！雁行一巴掌拍在桌子上。

穆澜喝完汤，数了二十一文钱放在桌上后，起身便走。

他这是在对牛弹琴，白说了啊？一点儿表示都没有？她的心是铁打的？雁行大怒道："姓穆的！你给我站住！"

穆澜回头道："铜子儿数目不对？"

雁行将布巾一扔，捋起了袖子："忘记说了，要和小爷打一架，这笔账才算得完！"

清水般的剑光从他手中一闪而逝。剑风很细，像捏着瓷片从水面上掠过，转眼间已到了穆澜的面门前。穆澜跃起避过，几个腾挪之后，已与雁行一起进了竹林深处。

"那晚在下水道里的人真的是你？"穆澜试出雁行的身手后便停住了。

雁行冷笑道："如果不是林一川，你此时已在锦衣卫的大牢里了。"

锦衣卫？穆澜上下打量着他，心里已经猜到了个大概："你是锦衣五秀里的哪一位？"

锦衣卫的腰牌被雁行拿在手里道："莫琴。"

对于锦衣五秀，除了丁铃，穆澜对其他四人一无所知。雁行轻易吐露身份，有什么目的呢？他跟在林一川身边太久，看来他早就知道了她的身份。

雁行讥笑道："穆澜、池霏霏、刺客珍珑，都是你吧？这么多年来，你过得倒也辛苦。"

他果然已经都知道了，那为什么没有告发自己呢？穆澜望着他道："找我打架，不只是想替林一川出气吧？"

"你爹池起良是国医圣手，曾经救过龚指挥使老娘的性命。指挥使大人对池家灭门案一直心有疑虑，他可以帮你。你不用怀疑，若我想要卖了你，就凭我知道的这些，东厂早来抓人了。"

也就是说锦衣卫会知晓她的身份，完全是因为雁行这个内奸告的密。这是陷阱还是机会？穆澜没有因为雁行的这几句话就相信了他："替我谢过龚指挥使，我自己会查。"

如果龚铁真想替池家查明真相，那么不管自己是否与他合作，他都会去查。或许，那位指挥使大人另有目的呢？

他就知道穆澜没这么好应付，雁行也无奈得很。池家只剩下了穆澜一人，当时她才六岁，池起良会让一个六岁的小姑娘知道吗？他在心里将龚铁骂了个无数遍，见穆澜不置可否，只能提醒她道："既然有人想让素公公死，而他临终前是与你在一起，对方本着宁愿错杀一千，也不放过一个的心思，绝对不会放过你。所以呢，我家……少爷千叮咛万嘱咐，一定要让我保护好你！"

派他来的人绝不会是林一川，穆澜心里有数，她突然问道："你是锦衣五秀，为什么从小就待在林一川身边？"

自从身份暴露后，雁行早就料到穆澜也会问这个问题，便笑眯眯地说道："东厂想让林家当钱袋子，可锦衣卫也穷啊。只是我家指挥使大人深谋远虑，打的是亲情牌。"

穆澜正要离开，忽然脑中灵光一闪："你家指挥使恐怕不只是为了报恩，才想查池家灭门案的真相吧？"

雁行满脸无辜道："不是每件事都那么复杂，充满了阴谋诡计。"

"既然想让我当诱饵，明天我去吃饭，看来不需要再打一架付账了。"穆澜说完转身就走了。

真他妈的聪明！不好骗啊！雁行心里腹诽着，高声叫道："错过我家少爷，你会后悔的！"

万寿节时，年轻的皇上终于在谏纳采选秀的内阁条陈上盖了印，百官大喜。皇上以宫中数年未有喜事为由，下诏大赦。各州府接到礼部行文，皆为来年纳采选秀张罗了起来。皇榜四处张贴，衙役鸣锣相告。

冲着穆澜有杜之仙关门弟子的名头，扬州知府令衙役给她送来了一份誊写的诏令。上面清楚地写着死罪者改流刑，还特别列出了一批犯官名单，尚在狱中或流放边关的均予以赦免。穆澜在名单末尾看到了邱明堂的名字。

她的手指从邱明堂的名字上滑过，心情有些复杂。杜之仙对邱明堂怀有内疚，便借她的手替邱明堂翻案，可谓一举两得。她将誊写的诏令在杜之仙的坟头烧了，想必老头儿泉下有知，也可以心安了。

秋风吹得池塘中的残荷轻摇，一条小水蛇飞快地游过水面，划起一条浅浅的水痕。穆澜坐在平台上饮着酒，她记得那天藏身在池中荷叶下朝平台上偷窥，难得地看到老头儿换了身崭新的衣裳，雪白的宽袍绸衫，袖口与衣摆绣着金黄色的小簇丹桂。穆胭脂优雅地煮着茶，说起了翻案一事。

"当时他们已经发现了我，后面的话是故意说给我听的。"此时回想起来，穆澜很肯定穆胭脂后来说起翻案昭雪是有意为之。她想起穆胭脂和杜之仙告辞时行的礼。穆胭脂跪伏着行了个大礼，老头儿慌忙去阻拦，直说使不得。

穆澜越想越觉得奇怪，穆胭脂行大礼谢老头儿什么呢？谢他筹谋划策，帮她查灭陈氏九族的真凶？老头儿不是欠了穆胭脂的吗？帮她不是理所当然吗？以穆胭脂的性情，用得着行跪伏大礼？

回到杜之仙的书房，穆澜再一次环顾着这间屋子。那些字画、书籍、古玩都收进了箱子，每一件她都重新检查过，确定没有夹藏。以杜之仙的老谋深算，他既然真心疼爱自己，帮着穆胭脂又觉得对不住自己，他不可能不给自己留封书信什么的。

"哑叔……"穆澜恍然大悟，她怎么把哑叔忘了呢？老头儿死后的确留了封书信交代后事从简，那么他一定另留有书信说别的事情。是哑叔藏起了那封信吧？哑叔临死也没有提起半个字，那封信会不会被他截下来交给了穆胭脂？

穆澜冲进了哑叔的房间，哑叔房中的布置更为简单，床底下的那口箱子早已被她拖了出来。箱子里原先装着一套盔甲，已随哑叔葬了。穆澜后来去寻过那对铁锤，已经被人收走，大概是落了锦衣卫手中。她把那口空箱子劈成了碎片，什么都没有发现后，终于放弃了。

那封信真的被穆胭脂拿走了？那老头儿一定还留了什么东西给她，穆澜越发肯定。她冷静下来，重新又翻找整理起两人的遗物。

门环突然被人叩得咚咚作响，穆澜想起雁行的提醒，心里生出一丝警觉：那个想杀素公公灭口的人不会放过自己。她知道锦衣卫想抓活口，这是另一条新冒出来的线索，她不介意当诱饵，但她并不想让送上门来的线索落在锦衣卫手中，来人是对方派来的杀手吗？她前去开了门。

"穆公子！"欢快如百灵鸟的声音清脆悦耳，伴随着声音，一道烟霞般的身影映入穆澜的眼帘。锦烟公主高兴地跳下马车，噔噔就跑到了穆澜面前。

"公主殿下？"穆澜惊得下巴都快掉下来了，回过神儿后又赶紧行礼。

"免礼！"锦烟公主摆了摆手，抬脚就越过门槛往里走去，"这就是杜之仙的宅子啊？甚是清幽啊！"

穆澜又不能拦着她不让进门，心里暗暗叫苦，这小公主怎么跑这里来了？门口停着三辆马车、一队士兵，随侍的大乔、小乔正呼喝着让人往下搬公主的行李。

穆澜有些意外道："殿下，您不会是想住在这里吧？"

"对呀。"锦烟公主站在院中，好奇地望着院里杂草疯长的菜田，"这里看起来很好玩啊！"

一点儿也不好玩！锦烟公主的意外到来让穆澜警惕起来，活泼可爱的小公主会被什么人利用了呢？想到对方要杀自己，而宅子里又多出了个小公主，穆澜就头痛不已，她微笑道："殿下怎么来了扬州？"

　　"新任扬州总督昔日是本宫父亲麾下大将，他赴扬州上任，太后娘娘恩准本宫随他一起来扬州游玩。"

　　太后？想杀素公公的人如果是太后，那么当年先帝元后难产就一定有猫腻。穆澜不动声色地试探着薛锦烟："太后娘娘对殿下宠爱有加，竟允了殿下离京游玩。"

　　"太后娘娘才不肯呢，她被本宫缠得烦了，好不容易才松了口。"锦烟公主东瞅西瞧，看什么都感觉新鲜，"本宫住哪间房啊？"

　　穆澜一口回绝道："这里并不安全，殿下还是回总督府吧。"

　　"但你可以保护我，对不对？"锦烟公主水灵灵的眼睛扑闪着望着穆澜，脸颊上浮起了浅浅的红晕，"你在马场上救人时，功夫那么好，保护我肯定没问题。"

　　穆澜顿觉头大如斗："这里简陋，不如住在总督府里舒适，我陪殿下游玩就是。"

　　"本宫累了，今天就先住在这里。大乔、小乔，赶紧收拾房间啊！"锦烟公主生怕穆澜再反对，直接做出了决定。

　　想杀素公公的人究竟是不是太后？穆澜心里盘桓着这个问题，而她也根本拦不住锦烟公主。穆澜心念一转，没有再坚持。她倒想看看，对方想用什么法子弄死自己。她指了外院的厢房给大乔、小乔和八名侍卫住，又腾出了后院自己的房间给锦烟公主住，而她自己则搬到了哑叔房中。之后，一行人浩浩荡荡去了竹林里的饭馆用餐。

　　和聪明人打交道就是省心，穆澜和雁行眼神碰了碰，雁行就懂了。杀手是藏在婢女、侍从中，还是想利用小公主对穆澜出手？两人不动声色地观察着。雁行进厨房传菜，他突然想到一个问题，如果小公主在杜家出个意外，穆澜会因保护公主不利而获罪。一旦穆澜获罪入狱，想要她死易如反掌，难道对方的目标是锦烟公主？偷了个空，雁行写了"目标许是公主"一行字在掌心，亮给了穆澜看。

　　这也并非没有可能，一个外姓公主的性命在对方眼中或许并不重要，今晚又将是一个无眠之夜。穆澜看懂了雁行的意思，她抬头望向天空，铅灰色的云层沉沉坠在天际，一场秋雨即将到来。

入夜之后，一场秋雨淋漓落下，杜宅如飘荡在波涛之中的一叶轻舟。又一阵风吹过，悬在大门檐下的灯笼晃了晃，烛火噗地被风吹灭了。后院，穆澜的住处依旧亮着灯，灯光将屋中人影清晰地投在了窗户纸上。三男一女，正在打马吊，出牌的动作、细碎的笑声都表明四个人玩得甚是高兴。

夜色渐深，大乔、小乔与穆澜退出了房间，锦烟公主将穆澜送到了门口，兴致依然不减，约她明天继续玩牌，随后两名婢女连忙端来热水服侍锦烟公主歇息。路上大乔打了个哈欠，小乔正向穆澜讨教打马吊的诀窍，说笑间，三人已出了月洞门，之后就回了前院各自的房间。

渐渐地，杜宅各个房间的灯陆续熄灭，大家都进入了梦乡。穆澜跃上房梁，怀里抱着老头儿的一把长剑。她低头看了眼垂下帷帐的床，闭上了眼睛。后半夜风雨更急，打得竹叶沙沙作响。秋雨将夜色染得更加漆黑，杜宅后院灰白的院墙上闪过六道黑影，他们借着雨声遮掩悄无声息地潜进了宅子。

后院一排三间厢房，穆澜将房间让给了锦烟公主。隔壁一间是她的书房，尚空的一间房由公主的婢女住着。一个黑影在锦烟公主住的房间外停了下来，往门上倒了点儿油，挑开门闩后，开门时没有发出丁点儿声音。他在门口站了站，看到拔步床踏脚板上睡着个值夜的婢女，长长的头发露在了被子外面。他朝身后打了个手势，又有两个穿夜行衣的人潜了进来。他上前一步，朝着婢女一掌劈了下去。

就在这时，婢女翻了个身，身上盖着的被子突然掀起，蒙在了黑衣人的身上，随即一掌劈下，蒙在被子里的黑衣人顿时瘫软了身体。变故在瞬息之间，跟进房间的另外两个黑衣人不过才愣了愣神儿，脑后突然生风，几乎没有任何抵抗就被击昏了过去。

林一川望着被打晕的三个人，喃喃说道："不是吧？这么轻松？"

丁铃将假发扔在旁边，得意扬扬地说道："本官计划严密，设计巧妙，敌人自然不堪一击。"

林一川嗤笑道："丁大人如此厉害，还来林家找我帮什么忙？以您的功夫擒下这三个小蟊贼轻而易举嘛。"

"我要知道来的是这种厖货，还真不会去找你。"

绑好三个黑衣人，两人隐在窗边望了出去，前院一片平静。又等了一会儿，还是没有任何动静。

"怎么会一点儿动静都没有？"丁铃诧异地说道。

"你看着这三个人，我去瞧瞧。"

林一川冒雨冲出了房间，过了月洞门，前院依旧很安静。他偏过头一看，发现哑叔的房间门虚掩着，里面飘出一股属于迷烟的异香。他轻轻推开房门，朝里面张望了下。地上躺着三个黑衣蒙面人，看来已被穆澜解决掉了，他低声喊了声："小穆？"

房间里没有动静，他又奔向住着侍卫与大乔、小乔的房间。推开侍卫住的房间，扑面传来一股异香。林一川知道对方定是使了迷香，见侍卫们横七竖八地昏睡着，他便将门窗打开。他又去了大乔、小乔的房间，两人一样被迷晕了过去。

雨哗哗地下着，整个院子安静得如一片死寂。林一川不禁打了个寒战，穆澜去哪儿了？他飞快地跑回了后院。

"大乔、小乔和侍卫都中了迷烟，三个黑衣人倒在穆澜房中，但她人不见了？"丁铃挠了挠头，突然叫了声，"坏了，这六人太厖，我俩和穆澜都对付得轻轻松松，该不是对方看破了咱们的计划吧？林一川，你家小厮行不行啊？别没见着莫琴，就把公主弄没了！"

接到莫琴的计划，丁铃便去找林一川帮忙，傍晚时分几人就潜进了杜家后院。打完马吊后弄晕了婢女和锦烟，雁行就带着锦烟离开了杜家去找在外面接应的莫琴，而丁铃和林一川则藏在公主房中守株待兔。

雁行还没有让丁铃知道他的身份，林一川直想笑："我那小厮武艺好人聪明，定能将公主平安交到莫琴手中。"

丁铃又道："穆澜难不成追人跑出去了？他轻功真好，一点儿动静都没听到。"

这时，从门缝透进来的光亮了亮，两人同时跑到门口一看，只见远处有一道烟火闪过天际，又迅速被雨水浇灭。

"坏了，真中了调虎离山之计。你把人弄醒看着这几个人，我先去看看！"林一川叫了声，冲着饭馆的方向急奔而去。

"这些厖货有什么好看管的！"丁铃气得一跺脚，追着林一川去了。

竹林中的饭馆被嗖嗖的箭射成了竹筛子，竹棚前的空地上，穆澜持剑而立，雨水与射来的弩箭被她挥剑劈得粉碎。她身后竖着口烧水做菜的大铁锅，漏下的箭矢打得铁锅当当作响。

"你与总督府真的约好，发出信号后他就会带兵前来解围？"穆澜守住了一轮箭雨，握剑的虎口已经被磨破，流出了血。

雁行的声音从铁锅后面响起："张总督昔日是薛大将军的麾下，锦烟公主是薛家唯一的血脉。我送信与他时，总督府的兵马早已出了城。为了放对方入套，他们才没有靠近竹溪里。一旦看到信号，他们定会火速赶来。"

穆澜望着竹林中影影绰绰的人影，心直往下沉："我还能撑一会儿，你受了伤，带着锦烟先走，免得总督府的兵马还没赶到，咱们就撑不住了。"

"好。丁铃和林一川看到信号后，很快会赶来与你会合。"雁行当机立断，背起昏睡中的薛锦烟，往竹棚后面跑去。

箭雨顷刻又至，穆澜持剑开路，护着雁行杀出了一个口子。她一剑砍翻了一个人，手腕一抖，钢丝直勒住冲向雁行的人，那人瞬间就被抹喉，她目送着雁行背着薛锦烟潜入了沉沉雨夜。当她再转身，已身陷重围。丁玲和林一川奔出杜宅时，一拨箭雨让两人措手不及。站在大门外，已能听到林中饭馆方向传来的打斗声。

"这是被包围了？什么破计划！"丁铃倒吸了口凉气。

林一川此时心急如焚，懒得再讥笑丁铃："走后院！"

他们二人退到后院，刚越过院墙，就又遇到了阻击。雨夜掩饰了对方，也掩护着林一川与丁玲借林木遮掩突围。他们绕了一大圈，又沿着溪水逆流而上，到了竹林中的饭馆时，天已经蒙蒙亮了。这里没有围攻，也没有打斗，饭馆所在的竹棚已被烧成了灰烬，现场却没有看到一具尸首。

"林一川，你觉不觉得有种很熟悉的感觉？"丁铃喃喃地问道。

"于家寨！"

两人围着四周寻找着痕迹，却什么都没有发现。

林一川疑惑道："雁行、锦烟公主还有小穆都去哪儿了？总不会被对方抓走了吧？"

一滴血滴到了丁铃脸上，他抬起脸，看到粗大的楠竹上空有一片黑影："上面好像是个人！"说着，他便跃起，抱着竹子往上蹿。

楠竹太高，林一川提着剑仰望着，不多时就听到丁铃的惊呼声："穆澜？"

林一川心头一悸，看着丁铃抱着穆澜飞身跃下。他抢上前看到穆澜苍白如纸的脸，一时间竟有些害怕起来。

"还有气。"丁铃探了探穆澜的鼻息说道，身边站着的林一川扑通坐在了地上，丁铃诧异地看着他，"你和穆澜的感情还真是好啊，竟被吓成这样！"

林一川抹了把额头上沁出的冷汗："你放心，你若死在我面前，我的腿绝不会软！"

"本官也不稀罕！"丁铃回了句，检查起穆澜的伤势来。

穆澜此时浑身湿透，一身黑衣破了数道口子，一时也不知道她到底伤在何处。丁铃想都没想就去脱她的衣裳，林一川一把打开了他的手："回去再说。"

林一川俯身抱起穆澜时，心情分外复杂，他有些自责，不过是前后院的分别，他怎么就不如穆澜警觉，竟没有觉察到外面的动静呢？现在看来，对方的布置相当周密，围着杜宅不攻，只遣了六个厖货过来拖延时间。对方是想先对付饭馆里的雁行，再来杀他们三个人，只是对方没有料到穆澜动作如此迅速，且又熟悉地形，轻易就赶到了饭馆增援雁行。

回到杜家，丁铃没费多少时间就找到了药材，嚷着冲进了房间："幸亏杜之仙会医术，宅子里药倒是不少……"

"药拿来，你出去！"林一川伸手拉过被子盖在穆澜的身上，回头喝道。

丁铃的眼睛素来敏锐，一眼就瞥见了从被子下面露出的瘦削白皙的肩和精致的锁骨。他心里咯噔了下，用胳膊环住了自己的胸夸张地叫了起来："林一川，你断袖啊？"

"断袖也瞧不上你！"

药瓶被丁铃当暗器使，嗖地扔了过去："本官是你上司！没大没小！"

"滚！"

丁铃砰地拉上了房门，他回过头看了眼，嘿嘿地笑了起来，核桃那臭丫头虽然嘴巴毒，眼光却不怎么样嘛。

雨过天晴，林间的鸟儿并不知晓昨日的雨夜里发生过什么，又快活地叫了起来。丁铃心情愉快地吹起了口哨，腰间的金铃随着他的步子叮当作响。

林一川发现穆澜只是受了些皮肉伤，因脱力才昏迷过去，不禁松了口气。他万分感谢杜之仙给穆澜做的内甲够坚韧，抚摸着内甲上横七竖八的划痕，他能想象到昨晚穆澜的险况。

"只要你活着，别的我就什么都不想了。"他往门口看了眼，忍不住低下头亲了亲穆澜的脸，唇角翘了起来，"睡吧。"

林一川出了房门，见丁铃已将薛锦烟带来的人弄醒了。听说公主殿下遇袭失踪，大乔、小乔不禁吓得面如土色，带着众侍卫朝着总督府就去了。林一川看了眼留下来的那两个惶恐的宫婢，吩咐她们去烧水做饭，随后搬了张椅子守在了穆澜房外。丁铃见了又是一笑。杜家安静了下来，两人开始分析昨晚的事情。

"如果能逮到个活口，或是弄到具尸体，就好办了。"丁铃很遗憾地说道。那六个不堪一击的黑衣人竟然是临时从江湖上寻来的，身价才一百两银子。

林一川这时得了空，便开始讥讽道："丁大人，您不是说您的计划很周密吗？怎么我觉得对方完全了如指掌呢？"

"算了，本官不想再替莫琴遮掩了，这破计划是他弄出来的，换成本官，何至于此啊！"丁铃痛心疾首地骂道，"若不是看在他救了我的分儿上，我会替他扛锅？他就等着指挥使大人的斥责吧！"

"哦？是莫琴救了你？"林一川当时让雁行自行处理，没料到他还瞒着丁铃。

"说好找张总督出兵围捕刺客，人影都没见着，莫琴这个人在我们锦衣五秀中最是奸猾，他定是发现战局不利，不想涉险，所以临阵脱逃了！指挥使大人不知被他蒙骗了多少年！"丁玲正说着时，外头突然响起了甲胄碰撞声与马嘶声，丁铃一下就跳了起来，"我就知道，官兵哪儿比得上训练有素的江湖高手，定是总督府的兵到了！"

领兵的是名副将，带着大乔、小乔和侍卫们一同进了宅子。

大乔、小乔已经哭了起来："你们来迟了一个时辰，公主殿下早被人掳走了！"

那名副将甚是恼火："你们锦衣卫定的计策是要放对方进竹溪里，我等哪儿敢离得太近。一夜未睡，看见信号后冒雨赶了十里路。锦衣卫的人呢？难道连一个时辰都扛不住？"

围捕金瓜武士陈良时，锦衣卫死了二十个人，只剩下丁铃和莫琴两个人。临时调人来不及了，只得向总督府求援。听着副将的抱怨，丁铃却不好意思说锦衣卫只有两个人，只得硬着头皮说道："本官乃锦衣卫丁铃，锦衣卫已经追踪刺客去了，现在最重要的是找回公主殿下，劳烦将军速速回禀总督大人。"

"哦，原来是神捕丁大人！"听到丁铃自报名号，副将的脸色缓和起来，说话也客气了，"丁大人可知晓刺客是什么人？本将军也好回禀总督大人，商议对策救回公主殿下。"

丁铃却不能告诉他，怀疑是火烧于家寨的人干的，丁玲打了个哈哈道："将军请暂且先回去吧，本官的下属正在追踪。"

"暂时也只能这样了，本将军且留一队士兵助丁大人查案。"副将点了一队士兵留下，随后带着人马就走了。

丁铃将这名副将一直送到门口，见留下来的那队士兵整齐地守在杜家门口，他多看了两眼，便返身回了宅子。

大乔、小乔忍不住追着他哭开了："丁大人，这可怎么办才好？"

"放心吧，天底下还没有我丁铃查不出来的事。公主殿下只要无性命之忧，定会寻回来的。"丁铃宽慰了大乔、小乔两句，便匆匆去找林一川了。

两个人就坐在穆澜屋外的房檐下，院子里一览无余。林一川笑道："这样说话比在房中更稳当。"

"可不是。"丁铃瞥了他一眼道，"你该不是故意坐在这里的吧？"

林一川没有回答，轻声问道："丁大人目光如炬，看出来了？"

丁铃很是惊奇，道："你也看出来了？"

林一川点了点头："亏得昨夜一场雨，留下不少脚印。"

没有尸首，饭馆被一把火烧了个干净，竹林中泥地上的脚印却很清晰，士兵们穿的都是兵部统一供给的厚底布靴，踩在泥地上的脚印太一致了。清晨雨停，竹溪里的地上还没有干，那名副将带来的士兵在杜宅外也留下了清楚的脚印，和两人在林中发现的脚印一模一样。

"莫琴这次是把计划送进贼窝了，本官只是不明白，张总督对过世的薛神将敬仰有加，却为何会对薛家唯一的血脉下手？"

林一川轻叹道："薛锦烟三岁时，薛大将军夫妇因抗敌殉国，至今已经过去了十三年。时间长了，人心是会变的。"

丁铃笑道："不管怎样，咱们总算逮住这条线索了。"

一方总督是重臣，定是对方心腹，不会轻易被灭了口。于红梅这边断了线索，丁铃颓唐了许久，好不容易揪到了新线索，他立时觉得昨晚的冒险值了。他突又想起莫琴，低声咒骂道："老子现在明白了，莫琴定也是发现了张总督有异，就干脆舍了锦烟公主查案去了。他为了功劳连公主的性命都不管，太不要脸了！

一川，你那个小厮和公主同时失踪了，你觉得他俩是落在张总督手上，还是逃走了？"

林一川往房中看去："小穆兴许知道，她素来机灵得很。"

雨模糊了穆澜的视线，一道道黑影从树后面冲出来，林木深处仿佛打开了通向地狱的门，狰狞的厉鬼接连不断、争先恐后地杀向人间。唯一的阻碍是面前身材清瘦的少年，每次挥剑，必然收割一条性命。穆澜不知疲倦地一次次跃起，避开刺来的长矛、劈下来的刀光。她的身边躺满了尸体，她突然感到心悸。

被雨水与黑夜遮掩的血色突然鲜明地呈现在她的眼前，一低头，脚边躺着的人变成了母亲的脸。穆澜手中的剑脱手飞出，她闭上了眼睛，手腕抖动间，细长的钢丝刺向高大的楠竹，带着她离地飞起。她在黑暗的竹林中疯狂地奔跑，只想远远离开那处鲜血淋漓的地方。她终于没了力气，趴在柔韧的竹枝间只想睡过去。

可记忆在睡梦中并未中断。四周是这样的黑、这样的安静，她听到脚步声响起，模糊地想，父亲回来了。她看到父亲匆匆走进了书房，弯着腰背对着自己。她欢喜地走到了父亲身后，想吓吓他。无涯突然出现在父亲身边，他面无表情地挥起了刀。

"无涯！"穆澜吓得大喊出声，她一激灵就睁开了眼睛，心怦怦地急跳着。

房门在这时被人推开，穆澜呆愣地望着站在门口的林一川。只见他手里端着碗鸡汤，香气溢满了房间。

林一川尴尬地站在门口，他推开门的时候，正好听到穆澜在叫无涯的名字——他怎么就没能再晚一步推开门呢？

穆澜抹了把额头上的冷汗，下意识地看了看自己。

"是锦烟公主的婢女帮你换的衣裳。"林一川定了定神笑着说道，他走到床边，将鸡汤递给了她，"鸡汤也是公主的婢女炖的。"

"哎哟，林大少爷还有做好事不留名的时候啊？"丁铃端着碗鸡汤靠着门框咻溜喝着，毫不客气地戳穿了林一川的谎话，"穆澜，你赶紧尝尝林一川的手艺。本官真没想到林家大少爷居然会炖鸡汤，味道还真不错！"

林一川的手抖了抖，将鸡汤放在桌上，转身就开始捋袖子："和伤员抢鸡汤，你还要不要脸？"

丁铃端着碗转身就跑："穆澜一个人也吃不完一整只鸡不是？本官就舀了一碗！你当本官没喝过鸡汤？不过，扬州首富家的大公子炖的鸡汤还真是好喝啊……"

"叫你得意……你看我不把你揍得连黄水都吐出来……"

两人在院子里闹腾的声音渐去渐远，穆澜望着桌上的鸡汤出了会儿神儿，之后就端了过来，忍不住也笑道："林一川会炖鸡汤？"

鸡汤被林一川细心拂去了浮油，加了枸杞，带着股淡淡的甜香味。穆澜一口气喝完，周身暖意融融。她捧着汤碗，想起梦里的情形，眼里刹那变得湿润。外面的两人没打闹一会儿，就想起正事来了，又回了穆澜的房间。林一川瞄了眼被穆澜喝完的碗，嘴角不禁向上翘了翘。

丁铃抢先开口问道："穆澜，还没顾得上问你，昨晚到底怎么回事？"

"昨晚进我房间行刺的三个人功夫太差，我觉得不对劲儿。雁行将锦烟公主藏在饭馆里，潜入宅子偷袭的人却只是三脚猫的功夫。如果对方想借此拖延时间麻痹我们，雁行和公主就危险了，所以我就直接去了饭馆。可能是我对地形比较熟，绕了宅子外面的埋伏。当我赶到饭馆时，雁行已受了伤，我掩护他带着公主先走，以他的身手，我想锦烟公主应该无恙。"

丁铃赶紧向穆澜印证他和林一川的发现："袭击饭馆的人，你可有什么发现？"

"对方来了大概百来个人，用的是制式刀矛弓箭。当时下着雨，天又黑，雁行和公主逃走后，我只顾着脱身，并没有仔细查看。不过，来的人中没有几个高手，否则我也逃不了。"

听见用的是制式武器，丁铃哼了声道："果然和本官猜的一样！"

林川对穆澜简单说了对脚印的判断，穆澜倒吸了口凉气："怪不得对方对我们的情况了如指掌，但张总督怎么会对锦烟公主下手？"

丁铃冷笑道："人心不古呗！"

如果幕后的人也是在山西追杀丁铃和林一川的人，那么，张总督可是条大鱼。一个念头飞快地从穆澜脑中闪过，薛大将军难道也和昔日的陈家有关系？

丁铃接着说道："莫琴一直没有现身，他一定能找到雁行和公主。怀疑归怀疑，终究没有证据，还是等莫琴的消息吧。"

莫琴？丁铃还不知道莫琴就是雁行？穆澜古怪地看向了林一川，两人目光相碰，林一川就转了头："你先好好休息。如今已打草惊蛇，对方暂时不会再有什么动作，且等着吧。"

"好。"穆澜应道，拉过被子闭目休息。

丁铃眼睛微眯，从昨天到今天，穆澜不问一句核桃，她什么意思？难道她根本没有发现什么线索，不过是在利用自己？一定是这样！丁铃大怒，他恶狠狠地瞪了穆澜一眼，心想反正人现在在我手上，我还怕你？他扯着林一川就出去了。

穆澜睁开了眼，笑了笑。锦烟公主在杜家出了事，追究起来，她脱不了干系。丁铃平安到了扬州，核桃自然也平安无事。有丁铃保护着核桃，她还有什么不放心的？眼下最重要的事情是安全找回锦烟公主。穆澜陷入了沉思，好不容易逮住了张总督这条线，她绝不能轻易放弃。

穆澜又睡了一个白天，再睁开眼时，眼神清亮无比。她翻找出新的内甲换上，将房间布置了下，便悄然离开了宅子。她前脚刚走，丁铃和林一川也起来了。

"我去总督府探探，你留在杜家守着穆澜。"

林一川"嗯"了声："你当心些，探不到消息也别惊走了鱼。"

"本官还用你叮嘱？"丁铃走之前，犹豫了下，从怀里掏出一只荷包递给了林一川，"我所有的积蓄，你先帮我拿着。如果我出了事，你帮我给一个人。"

"该不是你攒了多年的老婆本吧？"林一川打趣道。

丁铃白了他一眼："走了！"

林一川记下了丁铃说的地址，将荷包抛了抛，笑着摇了摇头。

第五十二章
夜　窥

夜色渐深，扬州都督府里灯火通明，仆妇们里外忙碌着，知名的郎中被悉数请进了府。

总督夫人急步进了正堂，总督张仕钊噌地就站了起来："如何？"

"殿下只是受惊过度，没有受伤，才饮了药歇下了。"张夫人已上了年纪，疲倦不堪地在一旁坐下道，"只是护送殿下前来的那个小厮伤得有点儿重，不过性命倒也无碍。"

"万幸！"张仕钊长长地松了口气。

张夫人遣退仆妇，没好气地抱怨道："太后娘娘也不知是怎么想的，怎就应了这小祖宗出京玩耍？幸得那林家小厮忠心，护得公主平安回来。她若有个万一，薛家军的那些将领还不知道会如何怨怼老爷。"

"住口！怎可非议太后娘娘？"张仕钊低声斥了夫人一句，又轻叹道，"太后娘娘信任本官，这才将公主殿下托付给本官照顾，这段时间就辛苦夫人了。明儿一早命人去竹溪里将公主的随从都叫回来。我去见幕僚，今晚就在书房歇了。"

"老爷。"张夫人叫住了他，低声说道，"锦烟活泼好动，妾身又不能总拘着她不让她出府，您还是想办法让她起程回京吧。妾身担心，对方明里行刺公主，其实是冲着老爷来的。"

"我心里有数。"张仕钊说罢就离开后院去了内书房，幕僚和领兵去竹溪里的副将已等候他多时，见到他后，皆起身见礼。

"都坐吧。"张仕钊摆了摆手，望向自己的心腹，"首尾可收拾干净了？"

副将点了点头道："大人放心，动手的不是咱们的人，他们不过是借了军中服饰混在咱们的队伍中出城去了竹溪里。现在所有的尸首都烧成了灰烬撒进了大运河，余下的人也已经登船离开了。"

张仕钊"嗯"了声，揉着额头道："去了一百五十名军中精锐，却还是让林家一个小厮护着薛锦烟逃了，穆澜虽受了伤却也没死，这事办的……当年薛家军里无人知晓内情，薛锦烟那丫头怎会无缘无故地问起当年薛神将夫妇殉国之事？"

幕僚轻声说道："依属下看，公主殿下年纪渐长，在船上问起老爷当年旧事，未必就是起了疑心。她不过是仰慕父母，恰逢老爷又是薛神将麾下爱将，她询问老爷也在常理之中。"

"就算是无心一问，却仍然让本官心惊肉跳，不得安宁。"张仕钊长叹道，"那丫头倒也命硬。当年先帝心伤薛神将殉国，将她接进宫中封了公主，昨晚她又逃过一劫，难不成真的是薛神将夫妇在天有灵？"一时间，他东张西望，竟有些坐立不安起来。

"大人莫要这样想。"幕僚宽慰他道，"昨夜之事，起因来自锦衣卫察觉到了京中有所行动。我们想要顺水推舟，来个一石二鸟，既能除掉薛锦烟，又可替那位贵人办妥了事情。但如今公主殿下已经平安回了总督府，我们是不能再妄动了。不如早点儿送她回京，让京中贵人想办法替大人拔了这根心头刺。"

张仕钊"嗯"了声，叮嘱副将道："既然咱们没有露出破绽，锦衣卫丁铃若有所求，就尽量满足他，莫要让丁铃看出破绽，对我们生疑。"

"卑职明白。"

副将走后，张仕钊命人置办酒菜，与相伴几十年的幕僚对饮。

"自锦烟丫头在船上问起岩城一战，本官几乎夜夜难眠。过了十四年，本官仍然不知道当年所做之事是错还是对。"张仕钊对着当年为自己出谋划策的幕僚，借着酒意舒缓着紧绷的神经。

幕僚替他斟着酒，温声劝道："当年之事又怎怪得了大人？薛家与陈家是世交，薛神将掌控着二十万兵马，京中贵人又如何放心让他手握兵权？大人若不应了京中贵人所求，又怎能保得住妻小平安？"

"是啊，既然已经做了，哪还容得了本官此时后悔。"张仕钊笑了笑，望着幕僚道，"你在本官身边待了近三十年，心里可还想着你在京中的那位主子？"

幕僚一惊，摇着头笑了起来："大人原来一直知晓。属下自办了那件事后，在大人身边已经三十年了。如今天下太平，属下只想在大人身边安享晚年。"

主仆二人的目光对撞着，终于化为相知的一笑。

"这天下，怕是太平得太久了。"张仕钊饮下酒道，"虽应了京中那位贵人所求，可本官也不愿办糊涂事。杜之仙的那位关门弟子怕是从素公公处听到了些什么，才惹来杀身之祸。"

"那位贵人太过谨慎，身在局中看不透啊。"

幕僚的一句感慨引来张仕钊的不解："这是何意？"

"大人您想，当年素公公随侍在先帝病榻前，就算先帝真留下了遗旨，素公公却为何瞒了这么多年仍不开口？自然是他拥戴皇上，不愿朝廷动荡。他病死时又怎会告诉杜之仙的关门弟子？所以属下才会说，京中的贵人是身在局中，迷了眼睛。"

"穆澜的身边有锦衣卫丁铃和莫琴在，咱们就静观其变吧。"

书房里的对话悉数被穆澜听得真切，眼前的迷雾仿佛伸手就能拂开，又似少了一个契机。她正要起身离开，竟看到屋脊的另一端也有个身影冒出了头来。两人听得认真，竟然都没有发现对方的存在，一时间竟在屋顶上相看无言，谁都不敢动。这时，院门外匆匆进来一名管事打扮的人，他来到了书房门口，轻声禀道："大人，东厂来人了。"

房门开合，穆澜和那人同时又伏下了身子。东厂一行六人已走进了院子，张仕钊站在屋檐下，惊疑不定地望着来人。斗篷的帽子被掀开，张仕钊只感到眼前一亮，由五名东厂厂卫拱卫的年轻男子面容英俊无比，张仕钊心里一惊，已拱手笑道："谭公子。"

谭弈拱了拱手："总督大人。"

来的是谭弈？他不在国子监，跑扬州来做什么？屋脊那端的黑衣人显然也极为好奇，身体略略抬高了些。

谭弈身后的李玉隼蓦然感觉到来自屋顶的窥视，他霍然抬头："什么人？"声音刚起，他人就如鹰隼般朝屋顶掠去。

难道刚才与幕僚的对话悉数被听了去？张仕钊大惊，怒喝道："来人！围了总督府！保护殿下！"他只一句话就咬死屋顶之人是行刺锦烟公主的刺客。

丁铃没想到东厂来人中竟然有武艺最高的李玉隼，他暗骂一声，朝穆澜藏身的方向飞奔而去。

"你大爷的！"穆澜气得不行，朝着另一个方向急掠。

"抓住那两个刺客！"

总督府里一片沸腾喧嚣，驻在府里的亲兵追着屋顶上的两人包抄而去。谭弈和东厂五人已经飞上了屋顶，紧咬着两人穷追不舍。

穆澜回头一看，那个黑衣人竟然紧跟在自己身后，轻功还不弱的模样，心里又一阵痛骂。她顾不得许多，朝着树木多的后院急奔而去。总督府前院宽敞，还辟出了练武场，走正门无疑是给人当靶子。丁铃也是这样想的，于是跟在穆澜身后往后院跑去。

张仕钊是领过兵的大将，向来以兵法治府，看着人往后院逃去，当即传令住在后院的家人悉数集中于正房夫人处，随后领着人就往后院去了。

穆澜奔过一道屋脊后，往下一跳，顺着两屋之间的缝隙钻到了后墙根下。她正紧张地想着脱身的办法，一条黑影忽然出现在她的面前。丁铃也瞅见了这处缝隙，跟着下来了。穆澜一拳就揍了过去，交手才两个回合，两人几乎同时住了手，贴在了墙根下。在他们的头顶，几道人影嗖嗖越过。

"就在后院里，围住了搜！"失去了两人的踪迹后，李玉隼站在屋顶上叫道。

墙根下的阴影中，穆澜和丁铃瞪视着对方，又不敢动手，一时间竟僵持起来。然而时间不等人，等到总督府被围成铁桶一般，挨着搜查，他们谁也跑不了。穆澜身上虽然带着伤，但她自信以自己的轻功和手段，没有对方拖着，还是有机会逃走的。她低声说道："各走各的道，别再跟着我。"

她的声音压得很低，丁铃却还是听了出来，他蓦然放松，一屁股坐在了墙根下，伸手把蒙面巾扯了下来："你怎么跑来了？"

看到丁铃的脸，穆澜更生气，一脚就踢了过去："你暴露了往我这边跑什么？不要脸！"

"现在想法子脱身要紧。"丁铃自知理亏，苦着脸硬受了她一脚，"我有办法。"

穆澜冷笑道："你别告诉我顺着后花园的小湖走水渠出府。"

她能想到的，别人自然也能想到，东厂的人又不是傻子，张仕钊也不是蠢货。

他们不能暗中逃走，势必要有一人折腾出动静来引开追兵，至于"诱饵"能否逃脱，那只能看天意和运气了。丁铃的小眼睛滴溜溜地直转："核桃还在我手里呢。"

他竟在这时用核桃要挟起穆澜来。

"锦衣卫和东厂都一样无耻。"穆澜咬牙切齿地骂道。丁铃脸皮厚,任由她骂:"反正你身上带着伤,肯定打不过李玉隼。就算你失手被擒,我还能利用锦衣卫的身份营救你不是?"

"如果张总督和东厂知道偷听的人是锦衣卫,我想那位神秘的京中贵人首先想的会是和锦衣卫握手言和,联手将薛神将殉国的真正原因、素公公隐瞒的秘密,还有灵光寺一案悉数压下来。"穆澜冷冷地说道,"官官相护,利益均分,所以丁大人,我倒觉得你去引开他们才是最好不过。"

穆澜的一席话说得丁铃语塞,她的分析不无道理,对方会以为逃走的人也是锦衣卫,杀了自己根本没用。

"不入虎穴,焉得虎子。丁大人与他们握手言和,说不定还能探得更多的线索。"穆澜又补了一句。她是绝计不能落在对方手中的,她没有锦衣卫撑腰,她知晓的秘密越多,死得就越快,而丁铃还有与对方周旋的本钱。

"说得也有些道理。不过,你告诉我,那天你在灵光寺的梅于氏房中看到了什么?"丁铃拿定了主意,也要讨些利息。

穆澜一开始并非有意瞒着林一川,只是当时她还没来得及说,穆胭脂就意外出现,让她以为梅于氏的死和陈瀚方有关。另外,那时的她对林一川还没有像现在这般信任。后来发生的事情一件接着一件,叫她应接不暇,这条线索就一直没有说出去。

她用手在空中画了个"十"字:"梅于氏死前在地上画了这么个符号,后来进去的人多了,也许是在无意中把这个符号踩模糊了,所以就无人发现。我也懒得多事,就没有说。"

"十"字?这是什么意思?丁铃揪起了头。

"丁大人,您再想下去,我们谁都走不了了。"

两人同时被擒,对方会无所顾忌,直接杀人灭口。

丁铃回过神儿来:"如果有万一……"

穆澜正等着他说出核桃的藏身地点,丁铃却不说了。他想到托付给林一川的事,凭什么现在就要告诉穆澜?他话锋一转,改了主意:"万一本官真被人灭了口,她也会没命,你别浪费了本官为你争取的机会。"

丁铃说罢顺着墙根跑了,不多会儿,穆澜听到远处响起清脆的铃铛声。丁铃嚣张地折腾着，吸引着总督府里的追兵。她集中注意力，朝着清静处奔去。为了让对方看到自己逃走，给丁铃留下生机，穆澜直奔后花园的围墙处，一跃而起。

两个身影伴随着冷笑声响起："声东击西，也骗得了我？"

李玉隼与谭弈的刀同时砍向了穆澜，刀势凌厉，封住了穆澜的去路。她知道如果被逼翻下墙头，再被缠住脱身就更难了。她躲开了李玉隼，打算硬扛下谭弈的一刀，只要出了总督府，就算受了伤，她也有把握仗着轻功逃离。就在这时，一把剑从黑暗中刺出，逼得谭弈回刀架住。刀剑相撞的瞬间，那人喝道："走！"

是林一川？穆澜来不及多想，借着这个空当嗖地跃出了围墙。

李玉隼大怒，跟着就要追去，林一川的攻势突然变猛，剑光直刺向谭弈的面门，逼得李玉隼回身相救。林一川转了个身，一脚踹在谭弈的后背，借势离开了。

"别追了！对方夜探总督府，和东厂没有关系。"李玉隼接住了谭弈，心里庆幸他没有受伤。对方的功夫并不弱于自己，就在这愣神儿的工夫已消失得无影无踪。意外撞见对方夜探总督府，他们出手阻拦只是本能，而拦不住，于东厂也无损失。

李玉隼望向总督府的内宅，听着清脆的铃声，这时才反应过来被围攻的人是谁："可惜梁信鸥没来，否则丁铃落在他手上，可有好戏瞧了。"

"路上接到消息说公主昨晚遇刺，今晚丁铃就夜探总督府，难不成他怀疑张仕钊贼喊捉贼？如果是这样，公主不能再留在总督府了。"谭弈回过神儿来，也没心思再追了。

"公子，我们去看看情况再说吧。"

两人朝着内宅打斗最热闹的地方去了，丁铃已被团团围住，张仕钊此时根本没有生擒他的意思，可又碍着有东厂的人在，一时间心里后悔万分，不该借酒与幕僚说起当年秘辛。

看到李玉隼与谭弈过来，丁铃马上叫了起来："误会！别打了！本官乃锦衣卫丁铃！"

锦衣卫丁铃！丁铃亮明身份，张仕钊愣住了。逃走的那人如果也是锦衣卫，杀了丁铃也无济于事，张仕钊心思百转千回。可就算锦衣卫知晓了薛神将因陈家之事殉国，又能怎样？坐在龙椅上的皇上还能为陈家喊冤不成？想到这里，他心里的惶恐渐渐消散，冷着脸讥讽道："丁大人当我总督府是自家的后花园，想逛就来逛吗？"

"哎哟，总督大人误会了！"丁铃一把扯下蒙面巾，喘着气叉着腰说道，"本官本来是想来打听一下公主的下落，却听说公主已平安回了总督府。本官想着刺客或许会卷土重来，这才藏在暗中，想来个守株待兔。本官料事如神，刺客还真的来了，正打算擒下他时，没想到李大档头也发现了刺客。本官来不及解释追着刺客到了后院，没想到竟被大人当成了刺客。真是大水冲了龙王庙，一家人自己打了起来，倒叫刺客趁机溜了！"

丁玲的一番话说得滴水不漏，张仕钊的目光闪了闪，那人如果不是锦衣卫，又会是谁呢？

李玉隼冷笑道："丁大人这是在责怪东厂横插一脚，放跑了刺客？"

"本官没这意思。"丁铃的小眼睛在东厂诸人脸上转来转去，嘀咕道，"李大人若能晚一点儿出声，也许本官就抓到他了。"

李玉隼大怒道："我看你和那黑衣人就是一伙的！"

丁铃昂起了头："我还觉得东厂来得太巧了呢！"

"今夜本官这总督府倒是热闹，东厂和锦衣卫都来了。"张仕钊打断了两人的话，目光却望向了谭弈，"丁大人是来守株待兔擒刺客的，那么，东厂又为何而来呢？"

"总督大人，"谭弈上前一步道，"淮安府河堤被毁时，有人看到是一高大老人手执铁捶击毁了河堤。有此神力者，只有当年死在诏狱的金瓜武士陈良。据知情者的回忆画出的画像，与杜之仙身边的哑仆面容相似，此哑仆在杜之仙周年祭前已自尽，东厂要开棺验尸查证其身份，如果其身份属实，杜之仙和其关门弟子穆澜都脱不了干系。请总督大人速速发兵，围了竹溪里，缉拿陈良的同党穆澜。"

丁铃心里咯噔了一下，当初莫琴杀了侯继祖，就是想遮掩陈良的身份。他正好南行出京到扬州，莫琴就传信约他暗捕陈良。陈良死后，指挥使大人下令隐瞒这件事。查无对证，东厂就休想从侯继祖案中脱身。

以前丁铃不知情，暗捕陈良失败后，莫琴才告诉他，穆澜是池起良之女。指挥使大人怀疑先帝临终前曾有遗旨，素公公不说，那么唯一的知情人就只有池起良。池家满门被抄斩，只剩下了穆澜，她绝对不能落在东厂手里。

"既然东厂办侯继祖案，本官就不妨碍诸位了，告辞！"丁铃想走，张仕钊却拦住了他："丁大人，公主殿下昨天去竹溪里想要小住两天，可晚上就遇刺了，本官怀疑穆澜是勾结刺客的内奸。公主遇刺案是由锦衣卫负责，大人便与我们一起出发去竹溪里吧。"

张仕钊的话一时间叫丁铃难以推脱，他只得寄希望于穆澜没有翻越城墙回竹溪里，而是选择在城里暂时藏身。等竹溪里传来动静，穆澜自然就不会再回去。

商议停当，张仕钊唤来副将点兵，一行人连夜出城赶去了竹溪里。

总督府里渐渐平静下来，后院客房的房门被人轻轻推开。雁行挣扎着走出了门，强撑着翻墙出了总督府，消失在夜色之中。

察觉到无人追来，穆澜在幽深的巷子里停住了脚步，裂开的伤口传来阵阵痛楚。她靠着墙滑坐在地上，满脑子都是总督张仕钊与其幕僚的对话。她总算明白先帝驾崩前，父亲擅改药方配了一服回春汤的用意了。先帝一直服着太平方延缓着性命，无涯说过，那时候他去给先帝请安时，先帝卧榻不起，说话已经吃力。那碗药不是父亲的本意，他不过是遵从了先帝的意愿，煎了碗回春汤让先帝忘却病痛，强聚精神。

生命逝去前的最后一段时间，一个帝王能做什么呢？自然是写下遗诏。父亲何罪之有？

"宁可错杀一千，也不放过一个。"穆澜喃喃地说着，心里一片悲怆。不论父亲是否知晓先帝留有遗诏，池家都会被冠以谋害先帝的罪名。父亲返家不过半个时辰，抄斩池家满门的旨意就到了。侍奉在乾清宫里的素公公是最后看到先皇咽气的人，他瞒下了这件事。在太后、皇上与百官指责父亲谋害先帝时，他缄默不言，眼睁睁地看着池家被满门抄斩。

穆澜明白了，素公公认出了荷包上的绣样，以为她是陈家后人，所以就算刀架在脖子上，他也视死如归。当她透露了自己真正的身份后，素公公才会显得那样震惊。所有人都认为先帝驾崩前如有遗诏，则必在素公公手中，他的沉默也让对方迟疑了。也或许是素公公久居乾清宫，让对方找不到机会下手。然而她夜入户部库房翻找池家旧物，终于让对方坐不住了。素公公出使扬州，为无涯做了回诱饵，当素公公知道她是池起良之女时，他愧疚不安。他自尽不仅是为了谢罪，还是想借一死瞒过她，保住那晚的秘密。穆胭脂找的不是那张脉案，而是先帝的遗诏。雁行指望着她和锦衣卫合作，为的也是那道或许存在的先帝遗诏。

有人为了保住权力害怕那道遗诏出现，想隐瞒所有的秘密；有人为了先帝元后，为了陈家拼命想要拿到那道遗诏，池家不过是他们眼中不值一提的牺牲品。池家人的命就不是命？穆澜笑了起来："我真好奇，如果有遗诏，上面会写些什么？"

素公公死不开口，池家也只剩下她一个人，如果先帝真把遗诏真给了素公公，他这么多年三缄其口，就算有，也定然被他毁了，她又上哪儿找去？

穆澜想起素公公临终前，自己看穿了他的想法，所以故意用话诈他："谭诚为何会一直留着你这个老东西，还让你活了十年？真以为您在乾清宫他就下不了手啊？他是不是以为……所以投鼠忌器？"

谭诚以为素公公手里有什么东西，所以才会投鼠忌器。穆澜现在懂了，那东西便是先帝的遗诏。如果素公公真的已经毁了它，就不会在听到自己诈他的话后惊恐不安，一口气没缓过来就去了。遗诏必在父亲手中，或者父亲知晓放在什么地方。难道是交给了红梅，让她带出了宫？陈瀚方在寻找的东西也是这道遗诏？

在她思索间，风声与脚步声在耳边忽然响起，她猛拍地面，借力跃起，回头时，一道剑光已到了她面门前。穆澜抬手用匕首架住了剑，一股力量从剑身传来，她的手因为酸软无力，匕首叮当一声掉在了地上，剑停在了她的咽喉处。

"大公子，你赢了。"穆澜认出了林一川，说着弯腰去拾自己的匕首。

林一川拉下了蒙面巾，恼怒地说道："就你这状态，也好意思去总督府听壁角？你能不能不这样冲动？"

穆澜被他说得讪讪无语。

"伤口裂开了？"

"都是皮外伤，不碍事的。"

昨晚为了掩护雁行和锦烟公主逃走，她打得脱了力，身上大大小小伤了十余处，林一川对此再清楚不过。他收了剑，在她面前蹲下："别逞强了，上来吧，我背你。"

"我能走的。"

林一川扭过头看着她，眼眸深得像化不开的夜色："或者，你喜欢我抱你？"

穆澜低下头，趴在了他背上。他脚步轻盈地穿过街巷，穆澜发现方向不对："去哪儿？"

林一川没好气地说道："回林家，你别指望我会背着你翻城墙走二十里路回竹溪里。"

"丁铃还在总督府，你不担心他？"

"我们逃走了，他就不会有事，张总督不敢和锦衣卫正面起冲突。你若倦了，就趴我背上睡吧。"

"林一川，"穆澜轻声说道，"我这样对你，真是不公平。"

"我愿意。"

穆澜眼睛微热，把脸靠在了他背上："你以后不要再管我的事了，池家灭门大概是因为有人疑心先帝驾崩前留下了遗诏，我要找到那道或许存在的遗诏，看看上面写的是什么东西，能让我全家为它赔上性命。穆胭脂在找它，锦衣卫也在找它，还有想毁了遗诏的人也在找它。我是一个人……你家老爷子都明白的，你明白吗？"

先帝遗诏？林一川深吸了口气，这可真是会要命的事！他想起了年轻的皇上，无涯已经亲政三年了，如果那道遗诏对无涯不利，穆澜该怎么办？她说她是一个人，以她的聪慧，她早就想到了吧？她怎么就偏喜欢无涯？林一川心里升起阵阵怜意："我知道，小穆，以后我只能在暗中帮你了。"

他知道事关皇权，仍然说要在暗中帮她，穆澜闷闷地"嗯"了声。

林一川轻车熟路地翻墙回了家，放下穆澜时，发现她已经睡着了。他犹豫了下，抽开了她的衣带。穆澜的眼睫颤了颤，依旧一动不动地闭着眼睡着。林一川解开她身上的内甲，瘦削的身体上几乎缠满了白布，裂开的伤口沁出片片血迹。新旧伤痕纵横交错，林一川不忍细看，飞快地帮她处理着伤口。他眼前浮现出穆澜炫目的笑容，越想越难过。自从她找回记忆后，那样的笑容就少了。

他拉过被子盖在了穆澜身上，突然说道："甭装睡！你的身子都被我看过无数遍了，你好意思去喜欢别人吗？"

一抹绯色迅速浮现，染红了穆澜的脸，林一川看到后，翘了翘嘴角："你给我听清楚了，无涯不可能让你幸福，我绝不会让你再继续喜欢他。"说罢，他就出了房间。他想明白了。他见不得穆澜受伤，也不想让自己难受，就只能顺着自己的心意把她的心抢回来。

扬州总督张仕钊集结人马，与东厂六人和丁铃一起深夜出城，赶往竹溪里，队伍整齐的脚步声与马蹄声踏破了城里的安静。

趁着队伍集结，雁行悄悄离开了总督府。他没有出城，而是径自回了林家。他翻墙落在院子里，看到正房回廊上坐着的人是林一川时，心里的那口气就松懈了下来，一下子坐在了地上。

在他翻墙而入时，林一川已站了起来："雁行？"

雁行冲着他直笑："我就猜到是你。"

林一川上前将他扶了起来："我才知道昨晚你将公主送回了总督府，你怎么跑回来了？"

"等会儿再说，穆澜在这儿吧？"

"嗯。"

听到林一川肯定的答案后，雁行整个人都软了，吊在林一川的胳膊上道："赶紧着，送我回总督府，路上跟你说。"

林一川犹豫地往穆澜所住的房间看了一眼。雁行马上反应过来是自己没想周全，若林一川送自己回总督府时，穆澜离开林家偷跑回竹溪里就麻烦了："东厂知道了陈良的身份，张仕钊带兵去竹溪里了，丁铃也被裹胁着一同前往。穆澜被东厂通缉了，她不能再回去了。"

一直担忧的事情终于发生了，林一川反而有了一种石头落地的感觉。穆澜还想回国子监，但这太危险了，他一直都劝不住，现在好了，她必须弃了穆澜这个身份。

"你先歇会儿，我去同她讲。"林一川扶着雁行在厅里坐下，径自去了房间。

房门被推开的瞬间，穆澜潜意识里的警觉就让她醒了。林一川扫了眼床头，发现叠得整齐的衣裳里少了一套中衣。穆澜在他出去后，已经拿来穿上了。就知道她在装睡！他有点儿好奇，自己说那番话时，穆澜在想什么？

"醒了？"林一川装着不知道，在床边坐下道。

穆澜以为林一川是端了药进来，眯了眼，却没看到药碗，她拉了拉被子："有事？"

"嗯。"林一川点了点头，"小穆，我有个问题想问你。"

穆澜别开了脸："大公子，若你还纠缠我喜欢谁，就不用问了，我没心思。"剪不断，理还乱，她是真不想再和林一川讨论儿女私情了。

"我知道，你现在就想找到那道或许存在的遗诏，弄清楚池家被灭门的真相。"林一川话锋一转，"如果你身份暴露，被东厂通缉，你是不是不想连累我？"

穆澜回头认真地看着他道："这是自然，你救了我无数次，如果连累你，害得你家破人亡，我会愧疚一辈子。"

"我就想知道这个。"

突然返回房间就想问她这个问题？什么意思？穆澜一时间猜不到林一川的心思，眼里装满了疑惑。林一川冲她笑了笑，一把掀开了被子。

"不要脸！"穆澜大怒，扬手就是一巴掌，但手腕瞬间就被林一川攥住了，他从桌上拿起腰带利落地将她绑了个结实："东厂已经发现了哑叔的身份，去了竹溪里掘坟辨尸，同时要缉捕。小穆，你这身份不能再用了。我知道你一定会离开林家，不想拖累我，但现在藏在林家才是你最好的选择。"

这一天终于来了，穆澜愣了愣神儿，就挣扎起来："我又不是傻子！自然知道先藏在你家，你绑着我做什么？"

林一川拿起外袍裹在她身上，将她抱了起来："我怕你跑了呗，换个地方让你好好养伤。"

他可真是……穆澜心里五味杂陈，只得随他去了。

林一川抱着她进了后院。为了方便他习武，后院被布置成了练武场，墙边有一座用太湖石砌成的假山，蜿蜒细水绕着假山与回廊流淌而过。院墙逐渐升高，在顶端又砌了一间屋舍。江南庭院十步一景，曲水回廊极为常见。明明不大的地方，却是曲径通幽。

林一川抱着穆澜弯腰走进了假山，按了机关，一块假山石无声打开。他抱着穆澜顺着台阶走了下去："小穆，这是我林家最隐秘的私库，你可别见财动心，将我的老本都卷了去。"

知道他在开玩笑，穆澜忍不住就想刺他："回头我就把林家铺子里所有的现银全部提走，试试你家老爷子给我的信物管不管用。"

"随你意，只当是我给的聘礼了。"林一川笑了起来。

穆澜顿时无言以对。

台阶的尽头是间石屋，里面放了些箱子。林一川放下穆澜后，动作迅速地移了几只箱子拼在一处，之后便出去了："你歇会儿。"

石屋并不大，穆澜待在里面并未觉得气闷。她环顾四周，发现唯一出去的通道就是进来的那道铁门。她听到了林一川的足音，有些诧异这间深入地底的石屋设计得如此精巧，竟能听到外面的声音。

不多时，林一川抱了东西回来，将被子铺在了箱子上，又抱着穆澜躺下，戏谑地说道："以你贪财的性子，睡在千万两银子上面，伤一定好得很快。"

"现在可以放开我了吧？"穆澜被他折腾得没了脾气，"有这么好的藏身

114

之处，我伤还没好，不会跑的。"

林一川俯身望着她笑道："亲我一下，我就给你松绑。"

"别蹬鼻子上脸！"穆澜怒了，"林一川，你信不信我喷你满脸唾沫！"

林一川大笑道："你也有被我气得半死的时候？"说着，他在她脸上亲了一口，就站直了身，"我说话算话，我亲你一下也算。"

不等穆澜开骂，他已退到了门口："小穆，有消息我会告诉你的，你且安心住在这儿。"

铁门被关上，穆澜清楚地听到了上锁的声音。她张了张嘴，最终却只是一声叹息。她扭过头，看到自己武器、衣裳都搁在了旁边。穆澜拿起匕首割断了腰带，也没想着要去弄开门，拉过被子就躺下了。

一时了无睡意，穆澜思索起东厂缉捕自己的用意，只是因为识破了哑叔的真实身份？她完全可以托说不知情，但进了东厂大狱，会被戳穿女子身份。女扮男装奉旨进国子监成为监生，这才是死罪。林一川藏着她没关系，只要不被人发现就行，他还真不怕被自己拖累。他已经这样做了，再想无益。

穆澜想到了穆胭脂，东厂缉捕自己，首先会缉拿穆家班里的人。穆胭脂已离开京城，东厂抓了面馆里的人吗？林一川怎么知道张仕钊和东厂的人赶去了竹溪里？是谁来报的信？丁铃？不会是他。她和林一川离开总督府时，丁铃还身陷在里面，也不知道他锦衣卫的身份能否瞒过张仕钊。以为锦衣卫偷听到了昔日薛神将殉国竟与陈家有关的秘密，灭了陈氏九族的京中贵人大概会和锦衣卫妥协吧？张仕钊会放过丁铃吗？对了，是雁行报的信。他将锦烟公主送回总督府后，就留在了那里养伤，总督府今晚的动静应该没有瞒过他。

东厂去了竹溪里后，发现自己和林一川都不在，肯定会来林家。如果他们怀疑林一川，会不会借机抄了林家？林一川会怎么应付过去？封闭的空间里异常安静，穆澜脑中乱糟糟地冒出了各种念头。她偏过脸望着箱子上燃着的蜡烛，脑子里突然跳出林一川说过的话，心里生出一股烦躁："狗拿耗子，多管闲事！好好当你的富家公子不行吗？"

无涯的身影又跳了出来，他是否知道东厂缉捕自己的事呢？如果知晓先帝或许留有遗诏，池家满门是为了那道遗诏才被东厂抄斩，他真的会为池家昭雪翻案吗？究竟先帝临终前强聚精神想做什么？真有遗诏，又会藏在哪里？在一片繁杂的思绪中，穆澜不知不觉地睡着了。

第五十三章

布　网

　　与此同时，竹溪里的杜宅被火把映得通明。大乔、小乔和随行侍卫听到公主已平安回总督府后，皆满面喜色，一刻也不愿在杜宅多待。张仕钊也不想他们留在杜家，就命手下将他们送回了总督府。一时间，杜宅只剩下总督府的士兵与东厂、丁铃数人。

　　连夜围住了竹溪里，本以为缉拿穆澜十拿九稳，却扑了个空，这让东厂的几个人心里都窝着一团火，谭弈冷冷地望向丁铃："丁大人，您确信离开杜家时，穆澜还在这里？"

　　还好穆澜没有回来！丁铃高兴得在心里直唱歌。他拎起房间里换下的血衣，一本正经地翻看了会儿道："行李未动，可见只是凑巧离开。本官深夜走时，还探望过穆澜，她当时正在屋里睡着。林家大公子也在房中休息，公主殿下的随从都能做证。"

　　怎么两个人都不见了？难道穆澜知道东厂前来抓她？不应该啊，在总督府里说了这件事情后，丁铃就没有离开过他们的视线。张仕钊调兵时也无异样，难道真的只是凑巧离开？

　　谭弈想到了护送锦烟回总督府的雁行，就想起了林一川，翻墙逃走的两人会不会就是林一川和穆澜？他们也跟着丁铃去了总督府？看来张仕钊和刺杀锦烟的确有关系。他竟然要杀薛锦烟？谭弈此时看张仕钊的眼神更加冷了。

　　好在锦烟已平安回到总督府，现在并无危险。谭弈心里盘算着日后再算这笔账，就把心思放在了正事上："东厂已发出海捕文书，穆澜跑不了的，先开棺验尸吧。"

哑叔的坟很快被挖开了，士兵撬开棺木，众人一眼就看到哑叔身上穿的那套黑色甲胄。

火把将坟地照得通明，棺中尸体的面目已经变形。张仕钊以袖掩鼻，指着棺中的尸首说道："先帝亲征时，本官乃是薛神将身边的一名副将，曾亲眼见过金瓜武士陈良，当时他就穿着这身甲胄。"

一名东厂番子走近棺木，仔细辨识了一会儿肯定地说道："公子、李大档头，此人确是陈良无疑。据案卷记载，他当年护卫先帝时，击退了敌人数匹马，手臂因用力过猛，曾折断过。"

谭弈用脚踢了踢倒在地上的墓碑，讥诮道："好一个义仆！我不信杜之仙不知其身份，穆澜必是他的同党！"

想起往事，谭弈恨不得把所有的罪名都钉死在穆澜头上，他随口说道："难道说公主殿下前来竹溪里小住，是发现了她与陈良的秘密，这才遇刺？"

妈的！这是要将穆澜置之死地啊！穆澜在国子监把谭弈往死里得罪过？丁铃瞥了眼谭弈想，谭诚的义子这手仇恨拉得不错啊。

"经谭公子这么一说，本官也觉得有几分可能。"张仕钊巴不得有人扛锅，马上表示赞同。

丁铃心里凉飕飕的，觉得穆澜背的锅实在太多了，他必须保住穆澜。她是否与陈良勾结毁了淮安府河堤尚是未知，但若扣实了行刺公主的罪名，还真不好为她脱罪。丁铃的小眼睛精光四射，沉着脸说道："谭公子没办过案子，事情一码归一码。没有证据，可不能胡乱猜测。本官可担保穆澜不是行刺殿下的刺客，此事说来话长。锦衣卫奉旨调查国子监监生苏沐案和灵光寺老妪被杀案，穆澜是两案的知情者。在查案的过程中，锦衣卫发现有人欲杀穆澜灭门，这才请了总督大人发兵配合围捕刺客。公主殿下不过是凑巧来了竹溪里……说到这里，本官有一事不明，总督大人既然知晓锦衣卫的计划，为何还同意锦烟公主来竹溪里小住？大人不怕殿下会有闪失吗？"

张仕钊冷笑道："本官接到锦衣卫的计划后，为防消息走漏，一直留在总督府衙门调兵遣将，等候消息，并不知晓公主殿下当天就来了竹溪里小住。后来接到锦衣卫莫琴传书，说公主去了竹溪里。为防打草惊蛇，他会将公主殿下悄悄带离杜宅，藏于竹林之中，以保殿下平安。结果刺客围攻的地方却成了竹林中的饭馆，难道锦衣卫是有意让殿下成为诱饵的？"

就是相信你绝不会害锦烟公主，才把计划告诉了你……张仕钊倒打一耙，险些把丁铃气得吐血，他凉凉地说道："是啊，刺客是如何知道公主殿下没有在宅子里，而在林中饭馆的呢？知晓计划的人并不多，该不会是总督大人一时不察，让刺客探知了计划吧？"

"计划是锦衣卫制订的，谁知道这计划是不是被你们锦衣卫泄露出去的？莫琴在计划中说定会保公主殿下平安，结果锦衣卫就来了丁大人与莫琴二位。本官甚是后悔，为何要盲目相信锦衣五秀的能力！"张仕钊毫不客气地说道。

因为暗捕陈良死了二十个兄弟，时间紧急来不及调集人手，否则会向你求援？丁铃知晓真相，却又一字不能说，郁闷得直想挠墙，只得退让道："锦衣卫人手不足，这才向总督大人求援。锦衣卫难道没有保护好公主吗？殿下如今已平安回到了总督府！计划是否泄露，刺客究竟是何人，大人请放心，锦衣卫一定会查个水落石出！"

张仕钊甩袖子冷笑道："本官拭目以待！"

"两位大人莫再争了，眼下公主殿下平安无事，至于刺客嘛，总会被抓到的。"谭弈上前打了圆场，话锋马上又转到了穆澜身上，"陈良跟在杜之仙身边十年，他是击毁淮安府河堤的真凶，这点毋庸置疑。抓住穆澜，也许就能破了淮安府三十万两库银调包案。沈郎中在朝会上撞柱身亡，侯庆一抹喉跳了御书楼。东厂因护送侯继祖不利，我义父自请受了二十廷杖。这件案子东厂是一定要查到底的，谁敢阻挡东厂缉捕穆澜破案，休怪我东厂不客气！"

李玉隼等五个人的目光森森望向了张仕钊和丁铃。

张仕钊当然不愿意再扯回公主遇刺一事，点头同意："眼下缉捕穆澜才是要事。"

丁铃却道："穆澜是否与陈良同谋参与了淮安府库银调包案和毁河堤案，找到人才能证实。陈良跟在杜之仙身边十年，面容大变，还扮成哑仆，见过他的人都没有识破过他的身份，也许他连杜之仙都瞒过了呢？"

"杜之仙已经死了。陈良当初如何瞒天过海逃出诏狱，我们不得而知，因为他现在也死了。穆澜就是破案的关键！丁大人所有的疑问都只能在抓到穆澜后才能查清。"谭弈冷冷地说道，"穆澜如今不见踪影，看来只有离开杜家的林一川最为清楚。总督大人，还请紧守城门，全城搜捕穆澜。丁大人，林一川和他的小厮是你请来援手的，想必您和林大公子交情莫逆，可否和在下等人同去林家一趟？看看那位林大公子是否回了家？万一他发现了穆澜和陈良的关系，被灭了口也说不定。"

但愿穆澜没有和林一川在一起，否则林家就完了。丁铃一口答应下来，兴许他跟去林家，还能通风报信。

天色已渐明，一行人匆匆回城。丁铃心里焦急万分，一路问候着莫琴的祖宗十八代。这等紧要关头，莫琴竟然两天两夜未曾露面了，他死哪儿去了？

高大的砖砌门楣上挂着黑色的匾额，飘逸地书写着三个字：无逸堂。白色的院墙顺着门楼朝两边延伸，乌瓦白墙连绵不绝。粉墙后郁郁葱葱的大树不知长了多少年，在秋季呈现出斑驳绚丽的色彩，沉静而不失雅致。

林家早已接了信儿，黑漆大门大敞，两排灰衣乌帽的仆役鱼贯而出，躬身相迎。

林二老爷早饭用了一半，就整衣出迎，此时正满面红光地站在大门口陪着总督张仕钊、东厂、丁玲一行人。儿子能抱上谭弈的大腿，林家二房有了东厂撑腰，林二老爷今天格外精神，微躬着身陪着他们进了宅子，往东院正房行去。

谭弈很满意林二老爷的态度，故意问道："无逸堂可是取自《尚书》中'君子所其无逸'这句话？"

"谭公子真是学识渊博，见解不凡哪。"林二老爷一记马屁拍了过去，"我林家虽是商贾人家，家训却是子孙不可图安逸，勿忘上进，因而这老宅取名'无逸堂'。"

谭弈笑道："一鸣在国子监极为勤奋。"

听他赞扬大儿子，林二老爷乐开了花儿："犬子能跟在公子身边，定会受益非凡。"

这马屁拍得丁铃都听不下去了，小眼睛滴溜溜一转，脱口就是一句："林二公子是挺上进的，进了国子监，答题时已不会再写满篇正字交卷了。"

总督张仕钊未到扬州赴任前曾在京中盘桓了些时日，关注着皇上的一举一动，因而听说过国子监入学试的趣事，一时被丁铃逗得笑了起来："原来满篇正气的监生是林家二公子。"

林二老爷却觉得儿子机灵无比，心想总督大人都晓得儿子，也不枉自己给儿子取名为'一鸣'了，他便谦逊地说道："大人谬赞了！"

他是在夸林二公子吗？纵是行伍出身，不如文官那般斯文讲究，张仕钊也被林二老爷的厚脸皮惊得不知如何接话。

谭弈笑了笑接过话来："二老爷，府上大公子与在下是同窗，他不在家吗？"

丁铃心头微紧，林一川如果不在家，他极可能和穆澜在一处，东厂硬把他和穆澜拉扯为同党就麻烦了。

"在家，在家，只是住处离得远了些，老夫便先出来迎您。"林二老爷生怕谭弈不高兴，马上替林一川想了个理由。他正说着时，林一川就从穿堂里走了出来，一身素缎锦裳，显得神采奕奕。林二老爷立马摆出了长者的威仪，催促道："大侄子，还不赶紧见过谭公子和总督大人、丁大人。"

谭弈虽顶着谭诚义子的名分，可如今也只是个白身，林二老爷却肆无忌惮地把他排在了总督张仕钊和丁铃前面。东厂诸人倨傲地昂起了头，张仕钊的脸色沉了沉。

"见过总督大人、丁大人，诸位大人里面请。"林一川只当没听见，抬臂揖首，往旁边让出了道。丁铃松了口气，笑嘻嘻地开口道："总督大人，请。"他有意无意地将东厂诸人拦在了自己身后。

就算给谭诚面子，张仕钊也是一府总督，若让谭弈走在前头，他丢不起这个脸。见林一川尊重、丁铃识趣，他心里舒服起来，先行一步迈过了穿堂的门槛，丁铃紧随其后也进去了。

林一川陪着两人往里走去，回过头对谭弈抱歉地笑了笑，像是在解释，又像是在赔罪。林二老爷以为自己看懂了，小声地解释道："总得给张总督和锦衣卫几分薄面，咱们是自家人，公子莫要多心。"

"也是这个理儿。"谭弈"嗯"了声，也不着急进去，他在穿堂前站定，左右四顾，欣赏着林宅的风景，"这宅子景致不错，以后来扬州倒是可以在此小住几日，那块山石感觉有点儿突兀，移走了种株芭蕉却是应景。"他一副已把林家当成自家园子般的口气。

林二老爷点头哈腰，马上说道："回头我就命人移走山石，种株芭蕉。"

谭弈满意地迈进了穿堂。

进了花厅，东厂诸人落后一步进来，抬头一看，总督张仕钊被让在了上首右位，下首坐着丁铃。谭弈代表着谭诚，想都没想就往上首左边行去。张仕钊不禁又黑了脸，这谭弈不过是个白身，仗着是谭诚的义子，就想和一府总督平起平坐？他的主子可不是谭诚。

忙了一个通宵，又是东厂的案子，张仕钊早已疲倦不堪，只等问完话就打道回府："谭公子、李大档头，都入座吧。"他竟以主人的口气指着对面下首的座位招呼了起来，这让李玉隼的目光略微变得凌厉。

"诸位请坐。"林一川不凑巧地拦在了上首左边的座位前，请东厂诸人坐下，有意无意地朝谭弈使了个眼色。

早知道就不让张仕钊一起过来了，谭弈心里有些后悔。张仕钊大小也是扬州总督，论阶品，压在所有在场人之上，又不是投靠东厂的人，还真不好与他计较。谭弈在左边下首坐下，李玉隼等人却没有入座，而是站在了他身后，拱卫着他。

林二老爷择着谭弈下首坐下，林一川也坐在了丁铃下首。张仕钊的目光闪了闪，看来京中那位谭公公的义子将来会是东厂最有实权的人了。

众人坐定，饮了热茶，吃过点心，张仕钊便开门见山地问道："林大公子可知道穆澜下落？"

"穆澜？她不是在竹溪里杜先生的家中养伤吗？"林一川吃惊地反问道。

丁铃笑着帮忙问道："大公子离开杜家时，她还在？"

"是啊，我离开时，她还在房中睡着呢。在下因念着家父病情，家中琐事又多，也帮不上丁大人的忙，就先回家了。"林一川答得滴水不漏。

能陪着东厂一行人来林家，张仕钊已给足了面子。东厂要抓人，关他什么事，当即便起身道："穆澜是东厂要抓的人，有什么需要本官帮忙的，谭公子尽管言声，本官先走一步。"

见林一川应付自如，丁铃也就不担心了。他被东厂盯了一个晚上，还要寻思怎么才能和菓琴接上头，便打了个哈欠也道："侯继祖的案子不归本官管，穆澜与陈良是否同党，也不归本官查。本官尚要去总督府求见公主殿下，了解行刺详情，先行告辞。"

"丁大人，我那小厮若是伤势不重，就请送他回林家休养。"林一川适时地补了一句。

丁铃笑道："雁行忠勇可嘉，本官会为他请赏，告辞。"

待丁铃走后，花厅中只剩下林一川、林二老爷与东厂六人。李玉隼上前一步，倨傲地说道："还不过来与公子见礼！"

林二老爷已经站了起来，只等着与林一川一起上前行礼。

林一川在国子监时就和自己作对，在林家因着张仕钊和锦衣卫丁铃在，他不好同林一川计较，现在花厅中没了外人，谭弈就等着看骄傲的林一川如何在自己面前软了膝盖。他优雅地摇着扇子笑道："照理说，我与大公子是同窗，见面打个招呼互行常礼便可，不过现在我却是代表着我义父前来，林家投了我东厂，大公子该行什么礼，心里可清楚？"

投了东厂，便要视东厂为主人。林家人见着东厂来人，需行跪礼叩拜，否则就是背主不尊。林家敢吗？

"一川，还不过来向谭公子行礼！"林二老爷赶紧说道。

众目睽睽下，林一川缓缓站了起来，笑容从谭弈的脸上绽开。

"送客！"

堂中众人一时没反应过来。

谭弈唰地收起了折扇，冷冷地望着林一川："大公子莫不是忘了林家的主子是谁了？"

"普天之下，莫非王土；率土之滨，莫非王臣。"林一川睥睨着东厂诸人，冷笑道，"若说主子，林家自然是奉皇上为主。林家跪天地君亲师，就是不跪东厂！"

刀离鞘而出，因摩擦带出刺耳的声音，李玉隼等五人的刀齐齐指向林一川。林二老爷吓得瘫坐在地上，林一川这是在干什么？激怒了东厂，抄了林家怎么办？他怎么敢说这种话？来的人可是谭诚的义子啊！

"想在林家杀人？"林一川拍了拍手掌，花厅的窗户噼里啪啦地被推开，脚步声整齐地响起，林家护卫出现，将花厅围了起来，数十张强弓对准了厅堂。

"林一川！"李玉隼从来没见过敢在东厂面前如此嚣张之人，怒喝着林一川的名字，"我看你是活腻了！"

谭弈站起身道："林一川，你可知道背叛东厂的后果？"

"怎么着？就凭你们六个人就想抄了林家？要抄家拿圣旨来，有吗？"

林一川的话气得谭弈指着他的手指直发抖。

林一川沉色喝道："知趣的话就自己走，不知趣的话，就给我打出去！"

花厅四周的护卫喊声如雷："是，少爷！"

"好，我们走！林一川，你给我等着！"谭弈脸色铁青，拂袖就走。

李玉隼经过林一川的身边时停住了脚步，轻声说道："林大公子，勇气可嘉。"

林一川笑了起来："李大档头，走好。"

东厂六人含怒离开，林二老爷险些哭了起来："林一川，你这是要害死林家啊！"

"也是啊，我怎么就这么冲动呢？"林一川在林二老爷身边蹲下来，和气地说道，"我亲自进京去给谭公公跪着赔罪，二叔觉得如何啊？"

"对，对，去向谭公公赔罪，你赶紧进京向谭公公赔罪去，不管花多少银子都要平息了东厂的怒气！"林二老爷像捞到救命草似的，拉着林一川的胳膊直晃。

"若是谭公公原谅我了，谭公子也就不好再追究了是吧？"

"对，对，去求谭公公原谅。"

林一川摇了摇头，一把甩开了林二老爷："就二叔这厌样，还想当林家家主？啧啧。"说罢，他扬长而去。

花厅外的护卫也跟着散去，不知是哪个护卫嗤笑出声，林二老爷总算回过了神儿，忙不迭地从地上爬起来，跳脚大骂道："林一川，我要问问你爹去！我要开祠堂！你忤逆不孝！"

对着谭弈和东厂众人嚣张了一回，堵在林一川胸口的那团郁气终于一消而散，然而，他并没有感到轻松。林家若真有底气，先前东厂梁信鸥不过是只身前来，也就犯不着对他低头了。树上的银杏叶被又一年的秋风吹得黄脆，树下的池水依旧清澈见底，但少了那两尾龙鱼，就少了几分灵动。

"一川，你不是这样鲁莽的人，可是想好对策了？"坐在椅子上的林大老爷裹紧了薄毯。秋风渐冷，他也更加虚弱，那张遍布深壑皱纹的老脸上蒙着垂暮般的颜色，已然混浊的眼睛遮住了心思，看不出他的真实想法。

"嗯。"林一川点了点头，"今天来家里的东厂中人，包括谭公公的义子谭弈都很吃惊，事实也是如此。林家就算拉来锦衣卫也无法对抗东厂，林家于谭公公来说，不过是蝼蚁般的存在。"

这是实情，那么，他为何不服软，甚至还表现得极其嚣张？林大老爷想起儿子宰杀龙鱼时的委屈与愤怒，不觉叹了口气道："韩信当年都能忍受胯下之辱，林家也可只当跪了尊庙里的泥菩萨，图一时痛快有什么用？"

"谭弈受不起。"林一川轻蔑地说道。他打小锦衣玉食，要星星给月亮，十六岁便掌了林家南北十六行，论傲气，他不输王侯。士可杀不可辱，让他跪谭弈还不如杀了他。事情已经做了，人也得罪死了，该想的是解决的办法。林大老爷的思维已转到如何平息东厂怒气的操作上："我吩咐人明早就动身进京，人命不如银子值钱。谭公公揉捏林家，不过是想要钱罢了。"

"爹，先别急，我是另有考虑。"林一川这时才发现老爷子误会自己了，便轻言慢语地解释道，"东厂想纳入囊中的并非只有扬州林家，谭弈只是一名义子，尚未掌东厂实权，李玉隼也只是十二大档头之一，若跪了他们，林家便真要被谭公公看低了，谁会在意一只钱袋的喜怒颜面？"

林大老爷听后若有所思。

"我与谭弈素无仇怨，进京时，他来家中拜访，先拉拢的人也不是我，而是林一鸣，这是一种警告。如果只为了林家的产业，东厂大可以直接除去我们父子俩，扶了二叔当家主，但他们为什么不这样做？因为谭公公知道，林家交到二叔手上，不出两年，林家就再也控制不了漕运，谁不眼馋这条流淌着银子的大运河？江南商贾必群起攻之，东厂再眼馋银子，也没那么多精力去一一笼络全江南的富商。谭公公今年才四十八岁，听说身体康健，如无意外，能活个二三十年甚至更久。他不想竭泽而渔，他需要的是一个有能力长久掌控漕运的人为他效力，这省事多了不是？"

林一川冷静的分析让林大老爷微微露出了笑意，他颔首道："接着说。"

"咱们暗中转移的产业终究是有限的，林家不能丢了漕运，和东厂虚与委蛇势在必行。既然如此，我就要让那位谭公公欣赏我、重用我，扶持我成为他在江南最得力的人。跪了一个尚无实权的义子和一个大档头，我还能在东厂诸人面前挺直了腰吗？谭公公从乾清宫的小太监到权倾朝野只用了十来年的时间，他的眼界必然不会低，只要给予他应有的尊重，在他人面前狂傲些又何妨？他能容人。"

"话说得倒是不错。"林大老爷微眯着眼睛看着玉树临风的儿子，心里满意至极，嘴里却揶揄道，"那你是打算进京在谭公公面前跪上一跪了？不是硬气地说只跪天地君亲师吗？"

"爹！"林一川恼了，"你儿子是为了林家忍辱负重！有你这样拆台的吗？"

林大老爷放声大笑，笑过之后他正色问道："想为林家博一个长久富贵，并非一蹴而就的事，你已经同意答应那位的要求了？"

"嗯。"

"我已经把林家交给你了，你想怎么折腾都行。"

父子俩的对话就此结束，林一川小心地送精神倦怠的父亲回房，而后告辞离开，还未出门，就听到老爷子在身后嘀咕："给穆家姑娘的银子是你从小到大攒的私房钱，就算会竹篮打水——一场空，我也不心疼。"

林一川恨恨地回头道："老铁公鸡！"

东厂走后，穆澜悄悄住进了后院假山上面的两间亭阁中。这里是林一川的书房，陈设疏朗大气。

林一川亲自提着口大箱子进来时，穆澜穿着件青色的宽袍正靠着罗汉榻看书。她看得认真，神情很是恬静。这样安静的穆澜是林一川不熟悉的，他心里惴惴不安起来，想到了暴风雨前的平静。他当时凭着一口气噼里啪啦地说了一通，可穆澜毕竟是个女子，瞧着平静，心里该不会早烧得火旺了吧？回想自己从前初认得她时，就被她耍得团团转，林一川越想越觉得有可能，便脱口说道："小穆，要不和我打一架？谁赢了谁说了算。"

穆澜放下书，诧异地望着他："谁得罪你了？这么想挨揍？"

前一句话也就罢了，听到她后面的这句话时，林一川又开始感到憋屈了："说得好像我打不过你似的？"其实不是打不打得过的问题，他是男人，绝不能被她看扁了。

"我记得去年陪师父来问诊……"穆澜慢悠悠地说着。当时，她欲阻止杜之仙耗费精神为林大老爷行针，冲出厢房后，一拳将林一川揍了个眼冒金星。

"我还记得在灵光寺的禅房里……"两人大打出手，好好的禅房打得一片狼藉，林一川的裤子都被穆澜撕成了破布。

林一川大怒道："那是我没提防！你还好意思说，装着不会武艺！你还真以为比我强呢？"

穆澜手腕一抖，银光闪烁了下，她挥了挥衣袖，桌旁的蜡烛就断成了两截儿："我练的是杀人的技艺，不是花拳绣腿，真当我是耍杂耍的？"

谁花拳绣腿了？要不是我，你不知道死多少回了！林一川不服气地和她争辩了起来。瞧着穆澜和他斗嘴时的灵动模样，心里却渐渐欢喜起来。

"好了，我不和女人计较！"

"女人怎么了？我和你有什么不同？"林一川偃旗息鼓了，穆澜反而计较了起来，她看到林一川的目光往她胸前一掠，顿时大怒，却轻蔑地说道，"还能看掉一块肉去？以为小爷我看《烈女传》长大的？被人摸了手，就要砍了自己的腕子？"

她的意思是当他说话是放屁？她被看光摸遍了，还想着别的男人？林一川感觉不能再忍了，上前一步咬牙切齿地说道："这么不在乎啊？不在乎的话，你敢亲我吗？"

如果可以从头再来，在凝花楼里他绝对会毫不犹豫地亲下去。

这样的场景他不知在心里想了多少遍：他双手撑着榻，脸离她那样近，如同当初在凝花楼里一般。她那淡粉色的唇看起来太诱人，林一川很想不顾一切地低下头去，他却硬生生地控制住了自己。那双清亮的眼睛眨了眨，又眨了眨。她睫毛轻颤，他的心也跟着轻轻颤抖起来，仿佛在悬崖边徘徊。

四目相对，似是极为漫长，不过一瞬而已。林一川直接放弃了，他站直了身，很是随意地拂了拂衣袍："东厂的海捕文书已经贴在城门口了，你得换身份了。"

他打开衣箱，从屋顶的明瓦投下来的光照在那些鲜亮的衣裳与首饰上，穆澜微怔之后就明白了林一川的意思，东厂尚不知晓她是女子，这是最好的伪装。

"我答应过你，不会不辞而别。"穆澜把目光从那些衣裳和首饰上收回来，重新拿起了书卷。

他心潮澎湃，她心如止水，这就是落花有意，流水无情吗？林一川自嘲地笑了笑道："我会带人来教你如何梳妆。"然后，他就出去了。

门被轻轻地关上，穆澜放下手中的书卷，怔怔地坐了会儿，手指轻轻地按上了自己的唇，一丝悲伤浮上了眼眸。

第二天林一川带着个婆子再来时，书房里已空无一人。衣箱里少了一些衣物、首饰，平躺着一封信："衣裙、首饰我都用得上，就不客气地拿走了。我素来喜欢银子，你家的信物我自然也会用的。勿念。"

林一川手抖得信纸哗哗作响，气过后就笑了："我长这么大还没被人算计着白占便宜过，穆澜，你给我等着！"

第五十四章
登闻鼓响

屏风轻薄的纱面上绣着一丛牡丹，苏绣的精湛技艺让谭弈觉得他和锦烟公主之间像是真的只隔着一丛牡丹。牡丹栩栩如生，屏风那边的锦烟公主却似在雾中。透过如雾般的屏风，他看到一道银红的身影，看到薛锦烟戴着一顶珠玉花冠，冠旁的钗随着她的动作摇晃出一些碎金的影子。这一切都太模糊，让谭弈恨不得上前一脚将屏风踹翻在地。

薛锦烟并非皇家宗室血脉，若无太后和皇上宠着，她这个公主也不过就是个名号罢了。她出宫到了扬州，私下对总督张仕钊夫妇皆以叔姨相称，就不太讲究规矩。原可以不设这扇屏风，可谁叫来拜见她的人是东厂的番子呢？薛锦烟下意识地就命人设了屏风，她可不想看到东厂番子凶狠阴冷的脸。

"这叫什么话？若非穆澜拼死相护，本官能否逃出生天还未可知！穆澜护驾有功，本宫要重赏于他！"锦烟公主虽然天真了些，但人又不傻，听见谭弈的话总有意无意地往穆澜身上引，她立时就怒了。倒不是她有意维护穆澜，当时她昏昏沉沉的，却也隐约听到了一些声音。她本以为是在做梦，被雁行弄清醒后，她就知道了事情的缘由。

谭弈本想把行刺的罪名一并安在穆澜身上，但被锦烟公主一番夸奖肯定后，他就知道心思落了空。薛锦烟一如既往地维护穆澜，这让他的恨意更深。

"穆澜是淮安府库银调包案、毁坏河堤案的案犯同党，就算她救公主有功，也掩盖不了他这些罪行。如今东厂已发下海捕文书，全国缉捕穆澜，殿下莫要被他骗了。"谭弈不和薛锦烟争论穆澜是否与刺客勾结，直接抛出了她被东厂缉捕的事实。

锦烟公主瞪着屏风那头长身玉立的谭弈，气得涨红了小脸儿。早听说东厂惯于指鹿为马、陷害忠良，果真是阴狠恶毒。像穆澜这般优雅俊俏的公子，怎么可能去毁坏河堤，置百姓于不顾？她突然想起来了，来的这个人名字挺耳熟的："你叫谭弈？"

谭弈那叫一个激动，她想起来了吗？当年是他随义父一起从边关接她回京。他迅速回道："正是。"

大乔、小乔在旁边小声提醒着，锦烟公主明白了："哦，原来你就是京中那位羞杀卫玠的解元郎啊。"

这话就让谭弈不好意思说"正是"了，他谦逊地答道："臣自觉学业不够扎实，是以未能参加会试，如今在国子监读书。"

他也是国子监监生？锦烟公主知道谭弈是谁了。许玉堂经常进宫，她唤他为许三哥，两人关系不错。她还听靳小侯爷说起过，谭弈和许三哥不对付。原本京中就一个万人空巷，但谭弈进京后，便多出了个羞杀卫玠。他为什么要和许玉堂作对呢？自然是不服气那句万人空巷呗。

锦烟公主马上想到了穆澜那如画的容貌、斯文优雅的气质，她觉得自己懂了，许三哥是太后的亲外甥，他都敢对付，何况是没有根基、背景的穆澜呢？谭弈嫉妒穆澜长得漂亮，又是杜之仙的关门弟子，于是就利用东厂的手段栽赃诬陷穆澜，这也太不要脸了！她越发鄙夷起谭弈来。

"撤掉屏风，本宫也想见识一番谭公子是如何羞杀卫玠的。"

那层隔在两人之间的雾被轻易拂开，谭弈的心狂跳着，他深吸了口气，挺直了脊背，目光平平望了过去。她娇嫩得像新绽放的玫瑰，翘起的唇角显得那样任性。谭弈微笑着想起小时候的薛锦烟，那时的她也是这样，嘴角翘起时，就是刁蛮任性的时候。

"谭公子的容貌的确能羞杀卫玠呀。"

谭弈的耳根不禁红了，她也觉得自己生得好看？他有些不好意思看她，就悄悄移到了旁边。

锦烟公主歪着头瞅着他，的确高大英俊，但许三哥要甩他一条大街，穆澜更甩他一城墙："卫玠若知道后世有个容貌不过尔尔的男子就敢和他相提并论，躺棺材里怕也要再羞死一回！"

厅堂中落针可闻，谁都没想到公主竟然会这样说谭弈。大乔急得额头上浮起了一层细汗，小乔都快哭出来了，附耳对锦烟公主道："他是谭公公的义子，殿下好歹要给谭公公面子。"

提起谭诚，锦烟公主就忍不住打了个寒战，她抚额摆手道："本宫乏了，退下吧。"

谭弈怔立当场，老半天才反应过来，他被薛锦烟嫌弃奚落了，她为了穆澜竟当众羞辱自己！他心里的嫉恨瞬间翻江倒海。想起义父曾经的许诺，谭弈板着脸睃了一眼薛锦烟，而后沉默地行礼告退。

锦烟公主悄悄把目光从手掌下移了出来，看到谭弈与李玉隼出了厅堂，便快活地站了起来："总算走了！快去竹溪里告诉穆公子一声，东厂要抓他！"

"殿下，穆公子定早逃了。"大乔、小乔真为自家殿下的智商着急。

"也是哦。"锦烟公主想起了雁行，"把那个小厮叫来。"

"殿下，雁行为护驾受了重伤，正在养伤呢，叫人抬他过来也不太好。"

还护驾呢……锦烟公主哼了声，便往外走去："本宫亲自去探望他！"

那晚雁行报完信儿后就被林一川悄悄送回了总督府，这几天总督张仕钊、谭弈、李玉隼，还有丁铃轮番盘问，都没有从他那儿问出更多有用的信息。他只说，自己得了自家少爷吩咐，在饭馆里保护锦烟公主。后来，一大群刺客突然出现，然后穆澜就来了，让他护着公主先逃。他担心公主安全，藏到城门关闭时，两人才进了城，直接就去了总督府。雁行很老实地告诉所有人："全扬州城怕是只有总督府才是最安全的地方，小人连林家都没敢回。"

总督张仕钊很满意雁行的回答，更满意雁行不居功，急于回林家养伤的举动。

当锦烟公主带着大乔、小乔和侍婢来到总督府外院的客房时，总督府的仆从正打算抬着雁行离开："禀殿下，总督大人嘱我们送雁行公子回林家养伤。"

"先下去吧。"锦烟公主斥退左右后，迈进了客房，大乔、小乔刚跟上来，就被她一眼瞪了回去，只好讪讪地守在门口候着。

锦烟公主走到榻旁，看着雁行脸上的那对酒窝就气不打一处来："为了救本宫，伤得这么重，本宫该如何赏赐你呢？"

"小的不过是林家的一个小厮，救殿下也是应有的本分，小的不敢留在总督府以殿下的恩人自居。"雁行一如既往的谦卑。他心里苦笑道，如果不是那晚硬撑着回林家报信儿，也不至于现在真起不了身了。

锦烟公主飞快地往门口望了一眼，大乔、小乔老实地守在门口处，她便肆无忌惮地用力掐住了雁行胳膊上的伤处："本宫真是感激你的救命之恩……不如赏你进宫继续护卫本宫如何呀？"

想让他当太监？这个刁蛮恶毒的丫头！雁行疼得眼前发黑，他本能地挥起胳膊，将锦烟公主甩在了床榻上。不等她叫出声来，他已用手掌捂住了她的嘴，附耳说道："在下是殿下的救命恩人，殿下怎么也要装出副感恩的样子，是不是啊？"

锦烟被他压得动弹不得，双脚乱蹬，眼里已经冒出了火来。

"在下并不图殿下报恩，殿下若不想那晚之事传扬出去，也莫要再找我的麻烦，行吗？"豆大的汗珠从他额头冒出，滴在了锦烟的脸上。他脸上的酒窝消失不见，取而代之的是扭曲的表情，吓得她惊恐万分，使劲地眨巴着眼睛。

雁行松开手，复又躺了回去，喘着气闭上了眼睛。锦烟公主飞快地从床上爬起来，她实在气不过，就一拳打在了雁行胸口的伤处，噙着眼泪飞快地跑了出去。

"公主！"大乔、小乔见她发髻有点儿散乱，惨白着脸冲出来，吓得赶紧追了过去。

"赶紧把他送走！让他死在外头去！吓死本宫了！"

听到公主的话，随侍的人与总督府的人这才反应过来，小殿下是被雁行的伤势吓坏了。总督府里的人赶紧应了，嘱人抬了软轿过来。

"这个仇小爷记下了。"雁行从剧痛中缓过气来，将锦烟公主落在被子上的一支簪子拾起藏进了袖里，任由总督府的人抬着自己离开。

在竹溪里公主遇刺，黑衣人夜探总督府，扬州州府衙门隐约知晓了一些风声。总督张仕钊并没有照会衙门，官员们也巴不得躲得远远的，免得被牵进这些是非中。扬州城老百姓的生活更是丝毫没有受到影响，街上依然熙熙攘攘，人们继续喝早茶、泡澡堂。城门依时开合，只是门洞处多了些士兵，对照着海捕文书上的画像盘查着进出城门的人。城门洞旁边的墙上新贴出来一长排画像，爱看热闹的百姓蜂拥而至。

"去年端午节走索夺彩的穆家班竟然是江洋大盗！"

"怪不得穆家班杂耍功夫那样好，原来如此。"

"以穆家班少班主那手走索的功夫，飞檐走壁也不在话下嘛。"

"可不是！淮安府三十万两库银竟然悄无声息地就被调了包，厉害呀！"

"可恨！盗了银子竟然还把河堤毁了，我有个亲戚就是山阳县的，去冬水退后，新修的房子又被冲垮了，一大家子栖身在窝棚里，那叫一个惨啊。"

老百姓凭借着想象，七嘴八舌地议论着淮安府库银被盗案。

穆澜戴着帷帽站在人群中，穆胭脂、李教头、周先生还有自己都画了个八分相似，一看就是东厂的手段。除了他们四个，并没有通缉穆家班的其他人。如果他们毫不知情，哪怕已经在京城被一锅端了，也许仍有活命的机会。穆澜不能肯定东厂是否会斩尽杀绝，事到如今，只能听天由命了。

"东厂办案！闲人回避！"一声高呼伴随着马蹄音朝城门飞驰而来，城门口的老百姓纷纷退到了路边，守城门的士兵听到呼声，赶紧让开了。以谭弈为首的东厂六人迅疾奔出了城。薛锦烟已经启程回了京城，东厂六人在扬州城多停留了半个月，终于还是走了。穆澜一直留在扬州城中，就等着谭弈和李玉隼等人离开。

夜至，秋雨绵绵落下，又添了一分寒意。入夜之后，人们都躲进了温暖的屋内，不愿意再出去吹冷风淋雨。借着夜色的遮掩，穆澜轻车熟路地潜进了总督府。总督府后院正房屋内的灯火已经熄灭，檐下的灯笼在凄风苦雨中轻轻摇晃着，照着昏暗的回廊。穆澜轻巧地从屋顶翻身跃下，双足钩在了斜撑上，以倒挂金钩挂在了半空中。她将手中的匕首插进了窗户的缝隙里，就在这时，她感觉到了异样。她停了手，手指沾了点儿口水在窗户纸上捅出了一个小洞，悄悄往里看去。房门悄无声息地被推开，一个黑衣人闪身而入，门口还晃动着一个身影——来了两个人，一个进去，另一个在外面望风。

门开合间卷进一股凉风，总督张仕钊蓦然惊醒："谁？！"

不等他起床去摘床头悬挂的宝剑，黑衣人手中已挥出一道银光卷住了他的脖颈，将他扯下了床。同时被惊醒的张夫人吓得正要大喊，一把匕首准确地插进了她的喉咙。张仕钊奋力地拉着脖颈处的银鞭，脸憋得通红，只能拼命地张着嘴想多吸得一点儿空气。

穆胭脂朝穆澜所在的地方看了一眼，淡然地说道："既然来了，就进来吧。"

撬开窗户，穆澜无声地跃进了房间。

来人能悄无声息地潜进后院，没有惊动外间守夜的婢女，瞬间就杀死了夫人，可见其武艺高强且心狠手辣。看到又进来一人后，张仕钏绝望了。他停止了挣扎，憋出了一句话："你们要什么？"

当年薛神将夫妇抵御北方游牧民族入侵时，双双殉国，很显然是张仕钏从中做了手脚。穆澜前来，是想问清楚张仕钏对于先帝遗旨的猜测，以及他背后的主使之人。自己是偷听到的，那么穆胭脂呢？她是怎么怀疑到张仕钏的？

"我记得，当年你只是一个普通的士兵，薛大将军见你作战勇猛，就将你选入了亲卫营，从此一路指点提携，你可还记得他的知遇之恩？"穆胭脂清冷地说道。

摔倒在地上的张仕钏明白了，他惶恐地望着穆胭脂喃喃地说道："那晚是你在偷听。"

"不用偷听，是你心里有鬼，薛锦烟住进了你的府邸，日夜在你面前出现，但你太心急了，在竹溪里竟将对方的人马悉数引去刺杀薛锦烟。若非如此，我会与常人一样，怀疑谁都不会怀疑到你。"

穆澜听明白了，穆胭脂太清楚薛将军与陈家的关系，所以张仕钏稍露出破绽，穆胭脂马上就开始怀疑薛大将军夫妇殉国应该另有隐情。

"是啊，我心里有鬼。"张仕钏用力捶着胸口，藏在那里的十来年的秘密已成了心结。纵然他仕途平稳，已做到了一府总督，但薛锦烟的到来、她的几句无心之问轻易就让他寝食难安。他惨笑起来，"不错，如果不是大将军，我张仕钏不过还是军中的一个粗鲁汉子。凭借着军功，如果没有死在战场，或许现在能做到百夫长。可我又有什么办法？我的妻儿均在京中，张家三代单传，我只有一个儿子。为了他的平安，让我做什么我都愿意。当年，是老夫将城防布军图泄露给鞑靼人的，薛大将军夫妇苦战之时，老夫晚了一个时辰才前去救援。"

穆胭脂的话语中带着一丝颤音："所以薛将军夫妇战死殉国，你却成了逆转局势击溃敌军的英雄。"

"老夫不想当什么英雄，只不过想我妻儿平安罢了。"说到这里，张仕钏奋力扭过头，当看到死在床上的夫人时，心里悲愤莫名，"她手无寸铁，并不知情，你为何如此心狠手辣？"

"一代神将，领着薛家军驻守边关抵御靼靼人三十年，是谁心狠手辣？为了除掉与我陈家交好的他，险些让全城百姓跟着陪葬！"穆胭脂大怒，绞紧了手中的银鞭，"张仕钊，你死有余辜！今天我要用你的首级祭薛将军夫妇。"

张仕钊的喉咙被渐渐勒紧，求生的欲望让他挣扎着叫道："有人指使……我……"

"等一等。"穆澜拦住了穆胭脂，"难道你不想知道谁是主使之人？"

"我知道，只有我一个人知道。"张仕钊迭声说道。

穆胭脂冷笑道："你以为这样就能保你的狗命？"说话间，她手中用力，张仕钊头一歪就没了气。

一府总督就这样死了，穆澜虽不会同情张仕钊，她心里却窝着一团火："我说，你陈家的事牵连了多少人？你心里清楚你的敌人是谁，我池家满门也是几十条人命，再瞒着我有意思吗？"

穆胭脂收回鞭子，淡然地望向穆澜："还猜不到吗？我姐姐难产身亡，陈家渐被灭了九族，谁得到的利益最大，谁就是我的仇人。"

真的听到穆胭脂亲口说出来时，穆澜仍然深吸了口气："许家？谭诚？"

"如同张仕钊一样，获得利益的人，或主谋或帮凶。"穆胭脂的目光再次变得凌厉至极，"我和你师父一直怀疑你父亲那晚给先帝服下回春汤后，先帝回光返照写下了遗诏。我盼着有一天你能想起六岁生辰那天发生的事情，盼着也许你能知晓一二。但你最终找到的，不过是一纸脉案罢了，你想查的池家灭门真相大抵便是如此。"

池家满门的性命，不过是被殃及的池鱼小虾？"以你的说法，池家是被无辜牵连灭了门……可你做了我十年母亲，为何恨不得我去死？"穆澜逼视着穆胭脂。

"对我来说，你已无用，自然要灭口。"

"事到如今，你的话我还能信？"穆澜讥笑道，"我一定会找到遗诏，池家的人不能白死。"她越窗而出，消失在夜色中。

天亮后，扬州府炸开了锅。总督张仕钊夫妇的尸体被悬在总督府衙门外，尸体旁边飘荡着一幅血书，悍然揭开了他昔日通敌害薛大将军夫妇殉国的秘密。

消息速传至京城，满朝震惊。

对关外的鞑靼人来说，每年最难过的日子是初春时节。冬雪未化，过冬的牧草已尽，牛、羊与人都处于极度饥饿的状态，每年春季侵略边关打草谷就成了他们解除危机的唯一办法。

仁和三十三年冬天，鞑靼人突然聚兵六万挥师南下，五万重兵包围了净州城。此一役中，素有神将之称的薛家军主帅薛明义夫妇以身殉国，薛明义被追封为宣威大将军，其膝下唯一的女儿薛锦烟被接进宫中封为公主，由太后亲自抚养。有百胜枪威名的净州守将谢英战死后，被追封为昭勇将军。后来，薛明义的副将张仕钊领兵救援，将鞑靼人赶回了草原，因功受封为正五品武节将军。

世嘉三年，张仕钊赴扬州仅上任两个月，就被刺杀于总督府内，悬尸于众。丈余宽的血书揭了薛大将军殉国一战的肮脏内幕，举国哗然。

天刚蒙蒙亮，鹅毛大雪依旧漫天飞舞，大臣们早已进了宫门去上早朝了，朱雀大街上几乎见不到行人，红色的宫墙下，守卫的禁军如雕像般肃然静立。天地沉静之时，一个年轻的男子手持一杆铁枪，搀扶着一名妇人缓缓走向了宫门。被冻得手脚冰冷的禁军们早已看厌烦了空旷寂静的景致，不由自主地对这两人生出了好奇。那妇人行至宫门前静立了片刻，接过了儿子手中的铁枪，吩咐道："胜儿，去吧。"

谢胜朝母亲深深揖首，深吸了口气，大步走向了一侧的登闻鼓。

他要击登闻鼓？！禁军们吓了一跳，目光齐刷刷地随着谢胜移动。上下三代帝王，设立在宫门外的登闻鼓就从来没有被人击响过。

"咚！"第一声鼓就在所有禁军的震惊中沉闷地响起，谢夫人利落地往雪地上一跪，手中铁枪用力戳下，激起点点飞雪。

"咚咚咚咚……"飞雪之中谢胜脖子上的青筋凸现，鼓槌使得如风车一般，密集的鼓点震得禁军们战栗不已。

登闻鼓响了好一阵儿，终于有人反应过来，大叫道："登闻鼓响，速报！"

金銮殿上，文武百官正在热议着张仕钊之死与血书揭露事情的真假，咚咚的鼓声就悠悠地随风传了进来。百官惊怔，没有反应过来这鼓声是从何而来。

"登闻鼓！"无涯蓦然反应过来，直接从龙椅上站了起来，厉声喝道，"何人击响了登闻鼓！"

"登闻鼓"三个字一入耳，百官皆色变。谭诚微眯了眯眼，似笑非笑地望向了礼部尚书许德昭。二人目光相触，许德昭面无表情，执着朝笏的手指轻轻点了两下，转过头望向了殿外的飞雪。谭诚眉心微微一蹙又散开，就收回了目光。

传报的禁军赶到，听说是母子二人跪宫门击鼓，妇人手中还持有一杆铁枪，鸣冤之人与军中有关，百官不禁想起了刚才争论不休的张仕钊陷害薛大将军一案。

登闻鼓响，冤民申诉，皇帝必须亲自审理。无涯缓缓坐下："传。"

太监尖厉的声音将皇上的旨意一重重传到了宫门外，半个时辰后，谢胜母子已立在丹陛下。谢夫人轻轻地将铁枪递与一旁的禁军，在百官的注目中缓缓进殿。谢胜却跪在了殿外，等着挨八十廷杖。若百姓只为走失一头牛也来击登闻鼓，皇上也要亲审，那皇上就等着天天听鼓响为民申冤，不用办别的事了。是以，开国之初就定下了击登闻鼓者必受八十廷杖的律令。

廷杖若要人命，一杖就足够了。谢胜是谢英独子，谢夫人宁可让谢家绝后，也要击鼓喊冤，百官佩服的目光悉数落在了这个妇人身上。

"是谢英夫人！"武将之中尚有人识得她，惊呼出声。

无涯望着跪伏在殿前的谢氏，渐渐找到了关于百胜枪昭勇将军谢英的记忆。眼前的妇人穿着臃肿的青布棉衣，头上简单地包着条帕子，如同一介普通民妇，神情却十分凛然。无涯对跪在殿外的谢胜也有了记忆，国子监入学试上，谢胜带着铁枪进场，死不离手，当时他尚不知谢胜就是谢英的儿子。

无涯心里有了数，却问道："击登闻鼓喊冤当受八十廷杖，谢英将军仅有谢胜一子，谢夫人可知？"

"纵然谢家绝后，臣妇也要喊冤！"谢夫人斩钉截铁地答道。

记得了谢胜是何人，无涯便有心救他一命，温和地说道："谢将军乃朝廷忠良，谢胜杖刑先押后。谢夫人有何冤屈，竟然击响了登闻鼓？"

高坐在龙椅上的年轻皇上的温和态度，瞬间让谢大人泪如雨下，她从袖中拿出状纸高举过头，大声说道："臣妇有冤，十二年前臣妇的夫君谢英死得冤枉！薛大将军夫妇死得冤枉！净州战死的六千官兵死得冤枉！"

果然是为了净州一役，薛大将军夫妇殉国一事鸣冤，百官的议论声嗡嗡地响了起来。状纸上的殷红字迹已然泛黑，一看便是许多年前写就的。无涯看完，俊美的脸上浮现出难以掩饰的惊愕与愤怒，他将状纸递给了在一旁侍候的秉笔太监："念！"

"仁和三十三年十二月初九，鞑靼集兵六万入侵……"秉笔太监的声音响彻安静的金銮殿，将那一年净州保卫战的故事缓缓陈述于文武百官面前。文官们感慨不已，武将们压抑不住地愤慨、悲伤。

状纸念完，金銮殿下一片寂静。状纸写得很详细，将薛大将军行军布防一一道明。鞑靼人突然聚兵六万，只有一万人佯攻大同方向，做出南攻中原直逼京师的模样，而五万重兵却直奔只有八千守军的净州。鞑靼人分明是得了情报，知晓薛大将军夫妇去了净州巡视，他们重兵包围净州就为了除掉薛家军的主帅。净州一战，薛大将军夫妇殉国，守将谢英战死，八千守军仅余两千残弱兵力。而张仕钊领的援军不过两万，却击退了五万鞑靼人。

从前以弱退强的战役，却是一场合谋害死薛家军主帅的阴谋。悬挂在扬州总督府衙门外的血书，道出张仕钊出卖情报，引鞑靼人围攻净州的事实，这和谢夫人的状纸所写相合。

此时，已无人再怀疑张仕钊陷害薛大将军一案的真假，张仕钊夫妇被杀，说不准便是哪个将士的后代为报仇所为。现在人已经死了，这案子也破了，余下的不外是多罗列些张仕钊的罪名，告慰净州死去的将士罢了。文武百官无人有异议。

"薛家军驻守边关三十年，鞑靼人畏其神勇，不敢擅自入关。自薛大将军战死后，鞑靼人日渐张狂，边关哪一年没有战事？好一个为了博军功陷害主帅的张仕钊！好一个以弱胜强保住净州城的武节将军！"无涯气得一巴掌重重拍在了案几上。

张仕钊是谁荐往扬州的？大臣们的目光望向了兵部尚书。

"臣识人不明，被张仕钊蒙蔽，臣惭愧！"兵部尚书跪伏于地，声泪俱下道。

内阁首辅胡牧山出列进谏："兵部尚书荐人不当，理应革职查办。"

扬州总督是肥缺，兵部尚书是否是张仕钊的同党还待查，是否收受贿赂也待查，革职查办理所当然。无涯厌恶地看了眼抖如筛糠的兵部尚书："拖下去！"

许德昭望着涕泪交加、高呼皇上开恩的兵部尚书，被禁军拖出了殿堂，眼皮不禁跳了跳，他攥紧了手，心像被割了一刀。他的心思迅速转到了另一个问题上，该荐谁接替兵部尚书一职，填了这个己方阵营的空缺？

"礼亲王暂代兵部尚书。"无涯开口说道。

礼亲王是皇上的皇叔，兼着五城兵马指挥司一职，百官的目光下意识地在殿中寻找着，不觉一惊，少有上朝的礼亲王今天居然在殿中。

皇上自亲政以来，这是头一回在殿上直接任命官员。谭诚的眼中闪过一道锐利的光芒，朝己方官员望来的数道目光轻轻摇了摇头。皇上想要兵权，得从自己亲舅舅的手里抢，许德昭的人都没有开口，他着什么急呢？他还从来没有听说过掌了五城兵马司，捏着京师安全的指挥司能同时兼任兵部尚书的。

许德昭看了眼内阁首辅胡牧山，由他开口驳了皇上最适合不过，然而胡牧山却没有注意到许德昭的暗示，他正和百官一起惊诧地望着意外上了朝的礼亲王。

须发花白、精神却依旧矍铄的礼亲王已出列跪下："臣领旨。"

此时胡牧山的视线才转了过来，瞬间明白了许德昭的意思，顿时懊恼不已。许德昭不由得气结。

无涯不动声色地拿下了兵部尚书，心情不禁大好。他宣了谢胜进殿，笑着望向谢氏母子道："首恶张仕钊已经伏诛，此案也已真相大白。谢夫人卧薪尝胆，其子谢胜也勇气可嘉。念在谢英将军仅此一子，谢胜击登闻鼓所受廷杖改为二十，世袭昭勇将军一职，国子监毕业后即赴净州从军。望尔子承父业，为国出力不堕乃父威名。"

"臣必不负皇上圣恩！"谢胜得知只受二十廷杖，还能袭父职从军，激动得连连叩头。这是多好的皇上，值得他以死相报。

将来军中又多了一个忠心自己的将军，无涯微笑着朝春来使了个眼色。春来明白，这二十廷杖可不能将年轻的昭勇将军打坏了，他便跟去了殿外监刑。

众人本以为此事已圆满结束，谢夫人却再次拜伏于地："皇上，据臣妇所知，张仕钊并非为贪军功，而是受人指使。臣妇母子不求恩赏，只求彻查此案，找出那幕后主使之人！"

百官哗然，无涯也极为惊诧："谢夫人此话从何说起？"

谢夫人从袖中又拿出一封书信呈了上去："张仕钊身边有一相伴三十年的幕僚熟知内情，已悉数招供，臣妇也是得了一封书信才知晓内情。此人目前已经押解进京，望皇上令大理寺彻查！"

有了人证，自然要查。竟然还有幕后之人主使张仕钊陷害薛大将军夫妇，会是什么人呢？大臣们再次议论起来。殿中两道目光再次相碰，谭诚与许德昭沉默相望。

满朝文武谁和薛大将军有仇呢？又能指使得动张仕钊？此人必然位高权重。

无涯不禁睃了谭诚一眼，难道是手握二十万重兵的薛明义不肯投靠东厂？如果真是谭诚，那就再好不过了。无涯当即命令大理寺刑部调遣人手，前往谢夫人所说地点接人证入狱。

"皇上圣明！"谢夫人与谢胜大喜过望。

"朕将亲自祭天，告慰薛大将军与冤死的将士们！"三朝未曾响起的登闻鼓多像他的胜利鼓声，无涯很满意今天早朝谢夫人母子的到来，命谭诚留下后，便宣布退朝。

皇上独留下他，是为了其宠爱的杜之仙关门弟子穆澜？还是为了绊住自己，顺利地将张仕钊的那位幕僚送进大理寺的大狱？谭诚披着大氅，从番子手中接过才加了炭的小铜壶，面带微笑伴着无涯欣赏着冒雪怒放的蜡梅。

年轻的皇上站在梅树下，面容俊朗如玉，眼中仿佛只有这一树虬枝苍劲的梅花。雪花片片如鹅毛飘落，不多时就堆砌在肩头，无涯伸手拂去，赞叹道："此梅开得极有精神，如果换成一株红梅，想必更为夺目。"

谭诚眼里飘过一丝了然，年轻的皇上终于查到了蛛丝马迹。

红梅，于红梅……谭诚脑中浮现出许太后为贵妃时身边那个模样秀美的女官梅红。一个曾经被他忽视了十几年的人，从年初起就唤起了他的记忆。灵光寺老妪被杀、国子监监生苏沐意外死亡，都不曾引起他的重视。梁信鸥和师弟丁铃较劲儿，曾经求助他去查丁铃意外从京城消失的缘由，他当时推测出丁铃正在调查苏沐案，也许是离京去了苏沐老家，他并没有把那件案子放在心上。不同于丁铃在迷雾中辛苦地一点点查找线索，谭诚本就是知情人，一点即透，山西于家寨的大火更是将他眼前的迷雾烧了个干净。

梅红失足坠井身亡，谭诚并不怀疑她死得蹊跷，这深宫里太过机灵的人命总是不长。十八年前先帝元后难产身亡时，宫里头死的人可不止一个梅红。但一个死了十八年的女官，连她痴呆的姑姑也要灭口，谭诚这才惊觉，当年的事尚有许多的隐情。他心里轻叹，当年的自己还是太年轻了。

藏身在国子监的杀手花匠老岳被丁铃找了出来，当场自尽，谭诚的目光也同时被引向了国子监。当他的目光聚焦在国子监时，他再次注意到了穆澜，杜之仙的这个弟子几乎无处不在。灵光寺里有他，苏沐被杀时他在国子监，花匠老岳的暴露是被他和林一川发现的，侯庆之最后见过的人里也有他。

自从猜出穆胭脂也许就是当年先帝元后的妹妹陈丹沐，谭诚就隐约猜到了穆澜进国子监的用意。难道十八年前对自己隐瞒的秘密就藏在国子监里？谭诚已经将国子监梳理了好几遍，但至今也没查到国子监里的哪个人和十八年前的梅红有瓜葛。宫里不会有于红梅的存在，梅红却没有被湮灭痕迹，因为她太过瞩目，如果连档案都查不到，这样的欲盖弥彰反而会引起别人的疑心。

皇上是瞧着这个名字和红梅相似，才会疑心两者是同一人，还是已经从许家得到了答案？他为什么不直接去问许德昭甚至是太后，却来问自己？谭诚心里闪过各种猜测，话锋突然就转到了太后身上："太后娘娘也极喜欢梅花，最倚重的女官是梅青姑姑。"

君臣二人的目光碰在了一起，无涯自然地接过了话去："仲秋时太后偶感风寒，朕去探望，无意中听见她念叨着'梅红'这个名字，从前在太后身边服侍的还有一名叫梅红的女官？"

无涯离开那株梅树，缓缓走向御书房。谭诚落后半步跟着，听见皇上随意地问道："宫里的老人不多了，公公在宫里头已待了三十几年，应该还记得那位梅红姑姑吧？能让太后一直惦记不忘，她是个什么样的人？"

谭诚想了想说道："太后娘娘进宫时从家中带了两名侍婢过来，一位是现在的梅青姑姑，另一位就是意外坠井的梅红姑娘。咱家记得梅红姑娘生得秀美，眼睛很灵动，一看就是个机灵人儿，只可惜意外坠了井。太后娘娘对她深为倚重，才会思之不忘。"

"公公相信她真是意外坠井？"

谭诚似笑非笑地望着无涯："这宫里头的事谁能说得清楚呢？"

无涯心中一跳，他从太后嘴里听到梅红后，不由自主地就想起了那个神秘的于红梅。他令许玉堂在许家暗查，竟然找到了一位回家荣养的老仆。虽然已经是二十几年前的旧事，但许家的那位老仆依稀还记得，当年随太后进宫的两名贴身侍婢，一人是许家的家奴叫梅青，另一人则就是梅红。

当年先帝与太后在什刹海相识相恋，太后进宫前，先帝曾从采女中指了个机灵的人去许家服侍太后，为两人鸿雁传书，这个机灵的小宫女便是梅红。那位老仆已记不清梅红的本名，只记得她是山西人。至此，无涯便明白了为何掖庭中没有于红梅的档案。她进宫后就被先帝送到了许家服侍太后，掖庭便勾掉了她的名字。再进宫时，她已经成了梅红。再查掖庭宫女档案，便知道梅红在十八年前就意外坠井亡故了。

无涯进了御书房，脱了氅衣，给谭诚赐了座："十八年前宫里发生了一件大事，梅红也在这一年意外坠了井，她的死跟先帝元后难产有关吗？"

　　这问题问得太直白，令谭诚微微一愣："皇上，十八年前咱家还只是乾清宫素公公手下的一名小太监。"

　　当年素公公手下的一个小太监如今已经权倾朝野，连内阁首辅都要礼敬他，谁又敢小觑他半分？无涯心里越发忌惮谭诚，笑容里带着些许的压力："谭公公现在是司礼监掌印大太监兼东厂督主，还有什么事情是东厂也不知道的？"

　　"灵光寺一案是锦衣卫在办，东厂不便参与。"谭诚明白了皇上的意思，他微微欠身回绝了皇上，并将话题引开了，"说起案子，咱家正想回禀皇上，淮安府河堤被毁案已经破了。"

　　"朕听说了，是十几年前诈死逃出诏狱的金瓜武士陈良所为，听说东厂已经赴扬州确认了他的身份？"

　　"开棺掘坟后，里面的人正是陈良，他还穿着先帝御赐的那身黑光铠甲。他扮成哑巴，藏在了杜之仙身边。又因白了头发，让他比实际年龄老了二十来岁，是以一直无人识破他的身份。咱家有理由怀疑杜之仙及其关门弟子穆澜，以及他所在的穆家班都是陈良的同伙。东厂已发下了海捕文书，缉拿其余党归案，以查清三十万两被调包的库银下落。"

　　谭诚望着皇上暗想，就算你想宠信穆澜，以来拉拢推崇杜之仙的文臣仕子，可穆澜的嫌疑就摆在这儿，即便你是皇上，又能如何？

　　"朕正想和公公说说这件案子。陈良乔装易容连杜之仙都瞒过了，更何况穆澜只是杜之仙的弟子，他们不过都是被陈良蒙在了鼓里，穆澜并非陈良同党。"无涯的语气分外肯定。

　　谭诚只是一笑："可惜的是穆澜在扬州失踪了。陈良身上有多处伤口，他并不是自尽殉主，而是被人杀死的。当时杜宅之中只有他和穆澜两个人，怎知不是分赃不均或是被穆澜杀了灭口？与此同时，穆家在京城的面馆也已关了门，人去屋空，穆澜和穆家班的嫌疑显而易见。穆澜不归案如何能知晓他不是陈良的同党？"

　　"朕说她不是。"

　　皇上罕见的坚持并没有让谭诚松口，他平静地望着皇上，等待着皇上给出一个能说服自己或者能说服朝臣的理由。谭诚的有恃无恐再一次让无涯愤怒了，还以为他是那个亲政之初处处被人掣肘的皇上？他微笑着，手指轻叩着书案，说出了一个地名："三条巷芝兰馆。"

谭诚垂下了眼睛，他与许德昭联手钓珍珑，调包了淮安府三十万两库银。因库银上面有户部的银戳，想要融了这批银子并非短时间就可以办到。所有的银子都是由许德昭的人运走的，可没想到许德昭把这批库银运进了京城，就放在三条巷芝兰馆——他的私宅里。

"早朝的时候禁军奉旨查抄了芝兰馆，已经找到了那三十万两库银。"无涯目不转睛地望着谭诚。

皇上以为那是他的私宅？谭诚终于明白皇上今天留下自己的用意了，是为了盯着他，好让禁军成功查抄芝兰馆。

无涯又说道："宅子的主人与穆澜无关，此案到此为止。"

皇上能查到芝兰馆，就能查到宅子的主人，皇上此时没有捅破是自己的亲舅舅，谭诚自然也不会揭穿，他站起来躬了躬身道："既然如此，咱家这就命人撤了海捕文书，侯继祖案就算破了。皇上若无其他事，咱家告退了。"

一句都不问宅子的主人是谁，谭诚心里也有数吧？无涯暗中磨牙，却也因谭诚的退让松了口气。穆澜是再不能用这个身份了，她一定会用别的身份回到京城。

门外的雪越来越大，冬天已经来了。等来年开春，各地的采女就将云集京城，穆澜会来吗？

第五十五章
真假库银

　　雪下得太大，天寒地冻的清晨，街上几乎见不到行人。早朝的时候，整齐的脚步声踏破了三条巷的宁静。秦刚亲自率领禁军前来，他抬眼看清楚门楣上的"芝兰馆"三个字后，挥了挥手，禁军就像出柙的猛虎一般冲进了这间藏在巷子里的娼寮。

　　尚在睡梦中的姑娘们吓得尖叫起来，老鸨更是气得脸色发青，可根本拦不住四处乱搜的禁军。老鸨眼风一扫，盯住了刚迈过门槛的秦刚，三步并作两步走了过去："大人，我这芝兰馆是私宅！就算是宫里来的禁军，若说不出个缘由，妾身便是去敲登闻鼓，也要讨个公道！"朝廷律令对擅闯私宅者惩罚极重。

　　听到连宫里的禁军都不怕，秦刚来了兴趣："妈妈年纪大了才开了这家芝兰馆？"

　　"像我们这样的女人，有这结果已是不易。"老鸨忍了口气，不知何时像捏了张银票塞在了秦刚手里，"还望大人指点小妇人一二，这大清早的……"

　　秦刚极自然地收了银票，朝里面望了望，低声说道："您这里可有密室暗道？"

　　老鸨呆了呆："大人这是何意？"

　　"你老实说了，也免得我这些弟兄还要辛苦寻找。"秦刚说着在院子里闲逛了起来。

　　老鸨的眼睛乱瞟着，当看到门口守着的禁军时，心里生出阵阵绝望，信是递不出去了。她心里尚存着一丝侥幸，只看这些兵有没有那本事找出密道来。

　　因是私家妓馆，所以芝兰馆并不太大，两进的院子，还带了个后花园。禁

142

军很快就搜完了，一无所获。老鸨见此也有了底气："大人，妾身做的是正经生意，不过就是靠着两个女儿挣些辛苦钱罢了。"

秦刚看了眼后花园，默想了下方位，他返身进了第二重院落的正房。和别人家的布置差不多，正房三间，中间是堂屋，东西为厢房。西厢房外靠墙接了间耳房做浴房，为方便送水，浴室里有一道小门。推开这道门，秦刚噗地就笑了起来："这心思还真够巧的。"

门外竟然还有一重院落。秦刚回过头，老鸨已瘫坐在了地上。

离三条巷不远的芝麻胡同，今早也同样热闹。大理寺刑部的衙役领了旨意围住了这里的一家客栈，在掌柜、伙计和住店客人惊诧的目光中，从上房的床底下拎出个人来。相伴张仕钊三十年的幕僚被捆得如粽子一般，六扇门的衙役顺利地将人带走了。

然而就在衙役将幕僚带出旅店的瞬间，对面屋顶上出现了一个黑衣人，连珠箭让衙役们措手不及，等到拨开箭雨后，发现幕僚的脖子上中了一箭，已经瞪着眼睛死了。

谭诚刚回到东厂，还没顾上用午饭，谭弈又过来了。消息传得太快，国子监的监生们罢了课，抬着孔子像去了宫门跪着请愿，要求彻查陷害薛大将军一案。

"义父，孩儿是去还是不去？"谭弈心里纠结万分。

"去。"谭诚拍了拍他的肩道，"领头的可是许玉堂？"

"正是。"答了这句话，谭弈顿时反应过来。不是国子监得到的消息太快，而是许玉堂早得了消息，知晓谢胜母子今天要去敲登闻鼓。

"你先去吧。"谭诚打发走义子，平静地对着棋枰陷入了思索中。

直到现在，谭诚终于明白，皇上是有备而来。谢夫人应该早就进了京，今早敲响登闻鼓，是皇上一手安排的。所以几乎从不上朝的礼亲王今天上朝了，顺利捞走了兵部尚书一职。

皇上已不耐烦再等下去了。谭诚得出了结论，不禁有些感叹。年轻的皇上开始露出锋芒，借薛大将军一案开始收权。皇上是如何查到芝兰馆的呢？谭诚想到了这个问题。他把玩着棋子，突然想到了一个人，想起了首辅家后花园中春日里开得灿若云霞的辛夷花。

他扔掉了棋子，不禁感慨万分，原来每年皇上去折辛夷花，不过是趁机在私下里与胡牧山见面，他还真小瞧了这位首辅大人。有这么一位迎风三面倒的首辅大人在，皇上能查到芝兰馆还真是小事一桩。

六扇门在客栈遇袭的消息此时也传到了东厂，谭诚并不感到吃惊。一个幕僚的话根本无法坐实幕后指使人的罪，所以杀张仕钊带着幕僚进京的人才会在六扇门衙役带走他时，直接射杀了他。这在外人看来，明显是杀人灭口，也间接坐实了京中有人暗中指使张仕钊出卖薛大将军一事。

为薛大将军报仇的人会是谁呢？谭诚的脑中直接跳出了穆胭脂的名字："珍珑局，这步棋走得真是极妙。"

谭诚大概有些了解年轻的皇上的愤怒了：亲舅舅调包了库银中饱私囊，不仅如此，有胡牧山做内应，皇上大概更愤怒于自己的亲舅舅竟敢私自调动军队，所以他借薛将军案夺了兵部尚书的位置。

"还是太年轻了。"谭诚叹了声。

等皇上查出许德昭就是那个幕后指示张仕钊的人，除薛大将军夫妇是为了灭掉陈氏一族，他会如何面对呢？还会继续铁面无私吗？谭诚觉得接下来有趣了。

国子监的监生们去宫门跪着请愿了，宫里的锦烟公主大概也闹腾起来了，要安抚镇守边关的薛家军，此案必会查个水落石出。

"监生跪宫门？"谭诚心神一颤，手中的棋子落在了棋枰上，"好棋，一子吃掉一片的好棋！"

接二连三的变故让许德昭措手不及，听说带头跪宫门请愿的人是自己的儿子许玉堂，正在用饭的他马上放下了碗筷，吩咐夫人道："替我更衣，我要进宫。"

许德昭赶到宫门时，雪地里黑压压地跪满了监生。他看了跪在前头的儿子一眼，正打算进宫时，宫门忽然大敞，明黄的罗盖陪伴着皇上的步辇来到了宫门前。

当监生们看到明黄的衣饰出了步辇，踏雪来到面前时，都吓了一跳，皇上竟然亲自来了！监生们感动得忘记了风雪，伏地三呼万岁。无涯望向许玉堂，表兄弟俩默契地交换了个眼神。

无涯温言说道："诸位都是未来的国之栋梁，若冻坏了还如何为国效力？薛将军一案，朕已令三司彻查。"

宫里已抬来了大桶新煮好的姜茶，分发至监生手中。许玉堂举碗高呼："皇上圣明！"呼声响彻天地。

谭弈默默地看了眼皇上，他知道，自己进国子监想掣肘许玉堂，阻拦皇上收拢人才的计划，轻易就被年轻的皇上打破了。他做了那么多努力，拼命拉拢举子监生，都及不上许玉堂在大雪天领着众人在宫门前一跪，皇上走出来说上几句话所产生的影响力。

学得文武艺，卖与帝王家。皇上的平易近人与温言鼓励，瞬间就收了监生们的心。

许德昭目瞪口呆地望着这一幕，脑中突然想起谭诚曾经说过的话，幼鹰向往着飞向蓝天。此时的皇上还是那个连下道圣意都举步维艰的皇上吗？他的目光落在了皇上身边的首辅胡牧山身上。首辅大人今天一改往日唯唯诺诺的神色，目光清明地正视过来。

原来是他！怪不得皇上会查抄芝兰馆。许德昭深吸了口气，神情重新变得镇定起来。

随着国子监监生们散去，无涯一手安排的大戏渐近尾声。

无涯早就瞥见了坐着红呢大轿赶来宫门的许德昭，如往常一般微笑着招呼他道："天气这般寒冷，还折腾舅舅又跑来一趟，舅舅大概连午饭都没有用好，那来陪朕用一点儿吧。"

听到这声"舅舅"，许德昭有些愣住了。他一直以为胡牧山虽明面上投了东厂，暗地里却是自己人。今天他才恍然大悟，这位首辅大人和皇帝外甥配合着演了数年的戏，胡牧山骨子里早就是皇上的人了。既然如此，想来皇上对他做的一些事也都有了数，为何还要叫自己一声舅舅？是碍着没收拾完东厂，还是给太后娘娘面子，或是还有用得着自己的地方？

许德昭又听到无涯吩咐胡牧山道："户部得了三十万两库银，这年节倒是好过了，不过要辛苦胡首辅与内阁众位爱卿居中调停了。"

胡牧山恭敬地应了，揖首送皇帝的步辇回宫。许德昭也重新上了轿，轿子经过胡牧山身边时停了停，他面无表情地说道："首辅大人真是好手段。"

想起许德昭的一些事情，胡牧山心里叹着气，面上却是云淡风轻："十几年前本官尚未入阁时，承蒙太后娘娘所请为太子师，自是要尽一尽老师的本分，事情总有个先来后到不是？"

这是说早在皇上还是太子时，两人就勾搭上了，许德昭险些气得吐血。这根墙头草左飘右飘，得了自己的信任，又得了谭诚的力荐，倒是飘荡得自在。若非两边都靠着，他胡牧山现如今只怕还在翰林院当着两袖清风的翰林。如今，他不过四十多岁就入了阁成了首辅，却将自己和谭诚卖得一干二净，还好意思讲先来后到？许德昭唰地摔了轿帘："启轿！"

目送着许德昭离开，胡牧山只是摇了摇头："皇上忍得了你揽官夺权，却忍不了你三次调用军队。谭诚那老阉狗倒是奸猾，从不碰这条底线。"

许德昭随着无涯进了乾清宫，御膳房送了锅子来，切得如纸般薄的肉片在奶白色的汤中滚了两滚，裹了蘸料入口，鲜香无比。相比无涯的好胃口，许德昭吃得不紧不慢。等无涯放下筷子，他也停了下来。接过帕子擦脸，又漱了口后，他发现就连近身侍候的春来也退下了，偌大的殿里只留下了他和无涯两个人。知道皇上要兴师问罪了，许德昭气定神闲地等着。

从三条巷芝兰馆里抄出三十万两库银，只这一条，就足够许德昭死上一回，承恩公府满门被流放了。没有伏地请罪求饶，而是镇定地等着自己开口……许德昭摆出的姿态让无涯感到有些不对劲儿。他的亲舅舅已跋扈到如此地步？难不成他以为这江山竟是姓许不成？他真以为自己不敢杀他？无涯的眼神冷得如冰："这里只有我和舅舅。"

正因为是舅舅，他给他一次自辩的机会。

"淮河年年泛滥，去年冬季户部拨了三十万两银子给淮安府，命他们赶在春汛前修好河堤，但库银还没有出户部就已经被调了包。"

"你说什么？！"无涯惊得站了起来。

许德昭怜悯地望着年轻的皇上，心里叹了句，还是太年轻了："皇上，您在三条巷芝兰馆里找到的那三十万两库银，是假的。那三十万两银子虽然能从账目上看到出了户部，拨去了淮安府，事实上那批银子一直留在户部的库房内，一两也不曾动过。"

如同被一桶冰水从头浇下，无涯今天所有的满意与兴奋都消退得干干净净。许德昭敢这样说，就一定是真的。因为这件案子，侯继祖一家三口都死了，工部都水清吏司郎中沈浩一头撞死在了金銮殿上，满朝震惊，国子监也闹腾得沸沸扬扬……他为什么要这样做？

无涯缓缓坐下，不过片刻就恢复了平静："就为了一个淮安知府的位置，便陷害侯继祖？"

许德昭摇了摇头，微笑道："三十万两库银被调包后，侯继祖并未声张，且如期修好了河堤。如果不是金瓜武士陈良凿开了山阳县所在的河堤，谁会知道库银失窃？朝廷只知道侯继祖如期完工修好了河堤。他所筹到的银两，都是老夫借商家之手给他的。换句话说，淮安府的河堤是许家出钱修建的。如果要说陷害，想陷害他的人不过是陈良一伙人罢了，老夫还没把这点儿银子放在眼里。"

许德昭默默地想，如果没有被你查到的话，户部被藏起来的那批银子就能调运出来了。不过，损失了二十万两银子，就能把皇上的气焰灭了，也是值得的。想必谭诚也不会介意他那十万两银子没了。经此一事，让胡牧山彻底暴露，也不见得是坏事。

"三十万两库银就算造假，也要花费大笔银子，您这么做又为了什么？"无涯彻底冷静了下来，带着讨教的语气问道。

许德昭的神色变得严肃起来："皇上可知珍珑？"

"去年有一名刺客杀了东厂六人，每每都会在现场留下一枚刻有'珍珑'二字的棋子。"

东厂因为此事被锦衣卫嘲笑讽刺，至今也没有抓到刺客挽回颜面。最初东厂是有心隐瞒，但架不住锦衣卫当笑料传开，无涯也就知道了。

"珍珑不是一个刺客之名，而是一个江湖组织。这个组织的首领布下了一个棋局，取名珍珑，自然是狂妄地认定无人能破。金瓜武士陈良便是这珍珑局中的一枚棋子。"

无涯注意到说起珍珑时，许德昭的神情瞬间有些扭曲，带着种仇恨同时也有着恐惧。他在害怕什么呢？怕珍珑的刺客会杀了他？

"这是一场局，淮安府库银被调包，能做这件事的人必定位高权重，还有什么人比东厂更合适呢？刺杀东厂中人，杀了一个，还会再补上一个。珍珑想对付东厂，就一定会在这件事情上做文章。但河堤何等重要，即使为了诱珍珑上钩，也不能拖延了河工，是以侯继祖是一定会借到银子的，而当他奔走于商户四处筹银之时，风声就传了出去。河工银子重新被筹齐，河堤如期完工。为了把这件事捅出来，对方只有一个办法毁坏河堤。"许德昭说到这里，满脸遗憾，"东厂沿河设伏，想要破坏河堤并非易事。而陈良力大无穷，盖世无双，几锤

147

下去就凿开了河堤，避开了东厂的眼线。事后根据线索画像，才确定他就是在杜之仙身边服侍的哑仆。"

舅舅为了破获珍珑组织，竟然和谭诚联了手。那是个什么样的组织，让这两个人不惜搞出这么大的动静布出这样的一个局？无涯满心不解。

"皇上，若是普通的江湖杀手组织自然无须如此重视，但如果这个组织布下的珍珑棋局是以江山为枰，这局棋谋的是天下呢？"

如今除了北方的鞑靼人不肯诚服，年年侵扰边境，但自从先帝北征之后，这二十年来一直都没有大的战事。江南纵有水患，朝廷也总是及时拨银赈灾。朝廷治下虽谈不上河清海晏，却也无内患。突然听到有人想谋取江山，无涯觉得不可思议。

"昔日陈皇后难产身亡，陈家却认为是有人害了她，金瓜武士陈良更是手持铁锤闯入宫禁，因此被下了诏狱。陈家虽渐渐衰败，陈家后人却一直没有忘记复仇。谭公公已经查明，珍珑的首领是昔日陈皇后的亲妹妹陈丹沐。哦，皇上应该知道她，她就是穆澜的母亲、穆家班班主——穆胭脂。她以沐为姓，胭脂是丹朱之意。"

"穆家班班主？穆澜的母亲？先陈皇后的妹妹？"无涯以为自己听错了，一时间心乱如麻，"朕需要静一静，你先退下吧。"

许德昭也不多说，起身行礼告退。

"淮安府的河堤是许家出钱修建的，舅舅真是大方之人。"无涯想起许德昭的话，如莲花般静美的面容浮现出一丝玩味的笑容。他打开案几上的一只锦盒，里面放着两枚雪白的银锭，一锭是监生侯庆之存放在钱庄里的，另一锭是今晨抄查芝兰馆后，秦刚送来的。

无涯拿起一枚银锭在手里把玩着，他很想知道，如果他没有抄了芝兰馆，这批银子是否会和户部里的那三十万两库银再调个包。听到外头小太监禀道许玉堂到了，他把银锭放了回去："传。"

不多时，许玉堂踏进殿中，解下皮毛大氅给春来，兴高采烈地朝无涯行了礼："皇上，今天的事，我办得还不错吧？"

"若提前知道许家玉郎要冒雪跪宫门，不知将有多少京中闺秀会奔去采买毛皮给你赶制护膝了。"无涯戏谑地说道，随手将那只锦盒拿过来递给了他，"事办得不错，赏你了。"

"谢皇上赏赐。"许玉堂喜滋滋地接过盒子，手上便是一沉，不由得生出几分好奇，"让我猜猜皇上赏的是什么？红木匣子，皇上赏了我一方砚台？"

无涯笑而不语。

入手有点儿沉，不是砚台是什么？许玉堂嘀咕道："该不会是金银吧？"

"猜对了。"

许玉堂打开锦盒，看到里面放着两枚五十两一锭的元宝，便气不打一处来："表弟，你也忒小气了，一百两银子就把我打发了！"

"一百两？"无涯似笑非笑地望着他，轻轻摇了摇头，"它值三十万两。"

"三十万两？"许玉堂正想说你哄鬼去吧，脑中突然闪过侯庆之抹喉自尽跳下御书楼的事，他的脸色就变了，"这就是淮安府被调包的三十万两假户部库银？案子破了？"

无涯的手指轻敲着案台："你想听案情的真相，还是想听东厂在结案卷宗上写的'真相'？"

"自然是真实的案情，侯庆之与小弟也有过数月同窗之情，现在回想起当时他自尽跳楼的那一幕，仍旧心惊肉跳。"许玉堂正色说道。

"三郎，如果这个真相牵涉你的父亲，你还想知道吗？"

与父亲有关？许玉堂愕然望着无涯。他比皇上大一岁，自幼进宫伴读，两人从小一起长大，长得也有几分相似。许玉堂对无涯的性情多多少少了解几分，看到他唇边那若隐若现的笑容、探究的眼神，许玉堂只感到手中捧着的锦盒顿如千斤重。如果库银调包案真和父亲有关，那这两锭假库银就是对他的试探了。许玉堂合上了锦盒，摇头道："我不想知道了。"

一旦知道，他就要在皇上和父亲两者中选择一方，可手心手背都是肉，纵然父亲枉法，那也是他爹。而无涯，他一直视为亲兄弟，他愿意用一生去忠心地辅佐他。

无涯轻轻叹了口气，他也很为难。他继位时才十岁，母后只是宫中妇人，不通政事。他虽然没有兄弟，却有好几位皇叔。先帝一去，分封在外的皇叔进京哭灵时，没人把他当回事，幸好任宗长的礼亲王坚定地站在了他的身后，但孤儿寡妇想要保住皇权并非易事。

先帝驾崩那一年的年前薛大将军夫妇殉国，军中无主将。二月里先帝驾崩后，鞑靼人立时发兵，一直攻到了大同府，离京城不过数百里。龙椅上坐着的是才十岁的小皇帝，朝臣的心就全乱了。

谭诚亲自带人赴边关接回了薛锦烟，舅舅凭着自己是礼部尚书，舌战群儒，力排众议，这才封了建朝以来头一个外姓公主。薛家军军心振奋，这才齐力将鞑靼人赶回了草原。

十岁的他只知道用心刻苦学习，放权给东厂，信任舅舅。他登基那年朝廷换了很多大臣，谭诚的东厂抄斩了许多世家大族。只要对他稍有异心的，都除去了。这些事都是老师胡牧山后来告诉他的。然而十年后，不论是谭诚的东厂，还是舅舅许德昭似乎都忘记了，他不再是那个十岁的小男孩儿。十年中，他们手中的权力越来越大，且都不舍得放手了。

许玉堂是跟他从小一起长大的玩伴，他应该相信他。

"不是你想的那样。"无涯思忖良久，决定告诉许玉堂，许玉堂闻言，眼睛一亮。

无涯微笑着将许德昭说过的话原原本本地告诉了许玉堂，只省去了穆家班与穆澜之事："念在你父亲只是为了破获珍珑，库银未失，且许家还出了三十万两银子修河堤，这件案子就此结了。陈良已死，东厂结案的卷宗上也会把罪名悉数推到他身上。这就是两种真相。"

轻易调包三十万两户部库银，这么大的事情，父亲和谭诚瞒着皇上就办了。反之推想，父亲和谭诚可称得上肆意妄为，打着为皇上除去隐患的旗号办事，可事实上根本就没把皇上放在眼里。且这样的臣子，哪个皇上能容忍纵容？把罪名悉数推到一个已经死去的陈良身上，当庭撞死的沈郎中是白死了，一任知府也因此丧命，他们都是朝廷命官啊。皇上顾念旧情，难道就不会愧对这两位臣子？

今天皇上压下了这件案子，若父亲再不放权，仍然在皇上的眼皮底下嚣张，皇上再好的性子也会被悉数磨光。天家无父子，更何况许家只是外戚。许玉堂越想越怕，起身向无涯恳求道："皇上，我大哥已经娶妻生了两个儿子，二哥也已成婚生了一女。大哥、二哥外放多年，母亲思念不已，一直想让他俩回京。父子三人同朝也不妥当，父亲操劳一生，也该含饴弄孙，享享儿孙之福了，我这就回家劝他致仕。"

你父亲私调山西府驻军灭了于家寨，私调京畿守卫营烧毁驿站，私调江南水师刺杀素公公，哪一桩比私自调包户部库银罪名小？如果许德昭愿意致仕交权，辅佐自己对付谭诚，那么他就既往不咎。这是对许玉堂最小的伤害，也是对太后最小的伤害了。但是许德昭肯吗？想起许德昭今天的态度，无涯心里叹息着。

"皇上！"

对上许玉堂恳求的目光，无涯心中一软，表兄还是忠心于他的，且让他试试吧，这也是许德昭最后的机会。无涯亲自扶着许玉堂起来，笑道："三郎，朕盼着你从国子监毕业，做朕的左膀右臂。"

"三郎绝不辜负皇上！"许玉堂激动不已，"您等着我的好消息把！"

又送走一个，外面的天色渐渐暗了，风雪肆虐着天际，无涯揉起了眉心，感到有些疲倦。

春来吩咐人重新上了热茶，小声说道："几位大人已经进了宫，正在御书房外候着。"

无涯重新打起了精神："摆驾。"

到了夜里，雪落得更急了。松树胡同靠近池家宅子的一户人家的门房中坐着两个人，炉子上烫着酒，炕桌上的下酒菜只两样：油酥花生米和老字号马家酱肉。分量很足，满满两大盘。

那两个人中，一人团脸，满是和气，像个养尊处优的富家翁，正是东厂十二飞鹰大档头之一的梁信鸥。另一人脸瘦，长着三角眼，蓄着山羊须，一副门房打扮，他是东厂另一位飞鹰大档头——曹飞鸠。

梁信鸥很难相信人，但和曹飞鸠私交不错。两人于雪夜里窝在这处民居的门房里饮着酒，说话也少了几分顾忌。

"快十一年了，我记得很清楚，当年我带人抄斩池家满门时核对过人数，确实不曾漏过一人。"曹飞鸠用留得极长的小指指甲挠着发痒的头皮，发着牢骚，"别说人了，池家养的鸡都不曾漏过一只。"

自从发现池家内院洒满鲜血，出现人迹后，池家的案子就又回到了曹飞鸠手中。紧接着就发生了穆澜夜闯户部老库房逃走的事，从那晚之后，曹飞鸠的日子就变得单调难过。东厂买下了这间紧邻池家的宅子，并安排人作为新住户搬了进去，曹飞鸠就扮成了门房，日夜盯着池家废宅。在他的记忆中，池家绝对没有人还活着，但一天没破获珍珑，他就得在这儿守着。

"办法虽然笨了点儿，但也不失为一个好法子。"梁信鸥提着锡壶给他倒了杯酒，和声说道，"督主的判断不会有错，穆家班在京城开面馆，池家就有了动静。穆家面馆关了,穆澜去了扬州,池家就再没了动静。他在扬州失踪,照公子和李玉隼推断的日子看,他应该早已到了京城,说不定池家马上就又会有动静了呢,且等着吧。"

曹飞鸪往窗外看了眼,那方向是胡同对面的人家。他咻溜一口干完杯中酒,斜睨着梁信鸥道:"老梁,方太医那老头儿还是不肯说?"

"要说到和池家关系最密切的人,就是那位方太医了。上次请他进东厂,本想逼他开口,可方太医脾气硬,年纪又大了,督主怕他有个闪失,反而会断了线索。且皇上亲自过问,咱们又没有证据,只得先把人放了。如今发了海捕文书,虽说撤了,但穆澜还是有嫌疑。我们就悄悄绑了方太医的孙子,这下,他不招也得招了。"

"池家真有后人?"曹飞鸪急声问道,若当年真漏了一个,他捅得篓子就大了。

"方太医咬死说没有见过池家还有人活着,但是他招供说,锦衣卫曾找过他,问的也是池家的事,还出面保过林一川。"

曹飞鸪哼了声道:"老子就知道锦衣卫没闲着,龚铁老儿瞧着万事不管,当咱们督主就真不提防着他?那林一川到底什么来头?"

"你莫要管林一川。"梁信鸥想起谭弈和李玉隼在扬州的遭遇,不禁有点儿同情林一川了,他抛开这个,缓缓说道,"督主却得到另一个消息,倒是与你这边的情况合得上。前几天对面那来京城游历的刘家表少爷,从肤色、体貌看,曾在沿海待过一段时间,他极可能就是锦衣五秀里去福建查海商勾结的曹鸣。"

听到曹鸣的名字,曹飞鸪兴奋地搓了搓手:"如果真是他,这日子倒好过了。我闷在这里好长时间了,就怕没动静啊。"

梁信鸥笑着和他喝了个对杯,两人的话题渐渐地扯远了。

穆澜伸出手,鹅毛般的雪落在了手上,有这样的大雪遮掩,就算在院子里留下了足迹,也会被掩盖得干干净净。借着院中积雪反射的微光,她又一次走进了父亲的书房。书房的书架上空空如也,积着厚厚的灰。靠窗的桌子断了条腿,斜斜地倒着。屋里能搬走的值钱东西早就被搬空了,她也不知道为什么,回到池家,第一个想来的地方仍然是这间书房。

先帝如果留有遗诏,照理说应该是交给素公公,父亲最多是知情者,所以才会被灭了口。而素公公宁死不说，那么，唯一的线索就在陈瀚方手上了。但回到京城，穆澜仍然忍不住来了池家。她站的地方是那天她藏身的小书柜，目光移过去时，仿佛又看到了父亲的袍角与背影，他弯着腰在做着什么。穆澜回忆着，手往前伸着，姿势如那天一样，想要从身后扑过去抱住父亲吓他一跳，紧接着外面就响起了脚步声。

穆澜下意识地闭了闭眼，仿佛那刀光直刺向了自己的眼睛。她摇了摇头，睁开眼，硬逼着自己再一次回忆着，一个影子从她脑中蹦了出来。寒风中，她的后背硬是沁出一层冷汗。父亲头颅落地时，看到了她，他的眼神陡然亮了，他的嘴唇还在动。他是想叫她的名字，还是想叫她躲好不要怕？

记忆被穆澜硬生生地从脑海里挖了出来，血淋淋地摆在她眼前。

她想起来了，父亲被砍死后，有人走了进来。他穿着石青色绣云纹的曳撒，随后弯下腰摸遍了父亲全身，连官服的袍角都没有放过。父亲穿着紫色的官服，腰间系着嵌银凸纹金花的腰带。细节在穆澜的眼中一点点地放大，那条腰带上的金色凸花裂了道口子。

"是，裂了道口子。"她喃喃说着，确定了这件事。

腰带很厚，沿着边缘被割开，藏块绢绫绝无问题。父亲带着腰带里藏着的东西，回家后直奔书房，将它取出来……穆澜上前两步，走到了当时父亲站立的地方。她记得当时父亲弯着腰在做什么，是在整理书案上的书？她蹲在了地上。青石板的地面上原先铺着块地毯，早被掀到了一旁，变得破烂不堪。

穆澜想象着父亲的动作，拿出匕首将地面的青砖撬了起来。青砖下是沙土，穆澜不由得暗骂了声："笨！"如果父亲动了地上的青砖，别人会看不出来？既然能想起有豁口的腰带，父亲应该藏了什么东西吧？

穆澜将青砖放回去，顺手拍了拍身上的沙土。她的动作停滞了下，父亲当时弯着腰是在拍打衣袍上的沙土吗？那他是把东西埋在了别处？她快步走出书房。是了，这么重要的东西，父亲不会随便藏在书房这么显眼的地方。他回到家中，藏东西也需要避人耳目，那会藏在哪里呢？

雪铺了满院，一片冷冷清光，废弃院落里安静得让穆澜只能听到自己的呼吸声。那些儿时快乐的回忆与此时对应，浓浓的孤寂感让穆澜鼻头微酸。她摇了摇头，将伤怀抛之脑后，思忖起院中的布置。

父亲的内书房是单独辟出的小院，院子平时只有老仆显伯一人打理，院门一关就是独立空间。小院中，因正房是书房，故又单独辟出一间设有床榻的房间，以便父亲歇息。两侧厢房是研药、熬药的地方。家中人少，母亲也极少进来。也因为如此，幼年的她和核桃玩捉迷藏时，最爱躲藏的地方就是这里。她总是趁着显伯不备溜进来，让胆小的核桃不敢进来寻她。

墙角种着株金银花，长了几十年的老藤还在，攀在院墙上，只等春来抽发新叶。穆澜记得，绿叶繁茂时，老藤的绿荫密密匝匝，能遮住自己小小的身影。

"那块砖……"穆澜喃喃念着，脚步不受控制地走了过去。院墙墙根处有块砖能抽动。墙是用砖横、竖相砌的，砖横放、竖放时都拥有一定的厚度，这样就留下了一定的空间。幼年的她曾经把这里当成自己的宝库，父亲是知道的，却默契地在母亲面前为她保守了秘密。

穆澜钻进老藤下，摸到了那块活动的砖。她的手指有点儿颤抖，定了定神，才将青砖抽了出来，伸手进去摸索着。指尖碰到了一个硬物，穆澜的眼睛有点儿湿润，这里竟然真的藏有东西。

她见过这只匣子，质地为金丝楠木，埋在地下可百年不腐。当初母亲送了父亲一方砚台，就是用这只匣子装着。父亲取出砚台后，用它装了别的东西并埋在了地下。记忆在此刻变得更为清晰，穆澜含泪想了起来，父亲当时在书房里弯腰拉开了抽屉，将那方砚台放了进去。

打开匣子，里面放着一张折叠起来的纸，是上好的宣纸，触感绵软，经年不脆。穆澜又将砖放回了原处，捧来浮雪抹在砖缝中，随后转身离开。

她没有时间慢慢处理掉自己留在院中的痕迹。这么大的雪，只要今夜无人，明天一切就会被雪遮盖，了无痕迹。东西已经到手了，就算被人发现，又有谁知道在她手中呢？

穆澜留恋地看了眼院子，走进了风雪之中。她走后没多久，池家后院对着的巷子里闪出一道黑影。穆胭脂轻盈地翻墙进了池家，她一直在等穆澜。池家前面是松树胡同，池家是胡同尽头的人家，后院对着一条小巷。很多年前，穆胭脂就买下了巷子里的几座宅子。

飘落的雪还没有完全遮盖穆澜的脚印，穆胭脂顺着脚印望向了墙根处的金银花藤。她迟疑了下，点燃了灯，提着小巧的琉璃灯仔细搜索了起来。

远处的院墙墙头悄悄探出了脑袋，看到池家院子里有光影闪烁，又飞快地缩回了头。

　　雪花纷纷扬扬，无声地将御书楼的屋脊、飞檐染上了一层雪白。守卫的禁军此时正缩在门房里取暖，御书楼大门紧闭，只有悬挂在檐下的两个大红灯笼在寒风中微微晃动着，像两只眼睛默默注视着冒雪而来的人。

　　陈瀚方不知在楼外站了多久，远处巡夜更夫敲击竹梆的声音惊醒了他。他缓缓低下头，扯了扯嘴角，苦涩地笑了笑，习惯地走到御书楼前，今夜却迟疑地停住了脚步。十八年了，他心里生出股浓浓的倦意，第一次止步不前。

　　当年于红梅出宫来国子监找他，没等到他回来就走了。一个月后，他才打听到于红梅失足坠井身亡的消息。"红梅，如果你在天有灵，为何不托梦于我？"陈瀚方黯然神伤。

　　国子监不允许女人进入，于红梅只能扮成监生进入，是什么事让她要如此冒险？

　　今上亲政后才移了许多珍本书籍到御书楼，又遣了禁军来守卫，而当时的御书楼只是国子监的藏书楼。他当时负责学生的借阅登记，于红梅假扮监生进了藏书楼时他正好有事离开。不过半个时辰，于红梅却都等不及，他回来时只见到她留下的那句诗："遥知不是雪，为有暗香来。"

　　这句诗是他握着她的手，一笔一画教她写的。诗句咏梅，含有她的名字，她很喜欢。

　　于红梅来得蹊跷，又死得太过突然。而那时，宫里也正好发生了一件大事：陈皇后难产身亡。陈瀚方敏锐地认定，她来找自己并留下了这句诗，不仅仅是想表达对自己的思念。究竟她想告诉自己什么呢？这么多年来，他的眼前如同蒙了一层纱，模模糊糊看不清楚。他虽然猜到了与宫闱秘事有关，却不知晓真相。诗里的玄机他猜了这么多年仍然没有悟出来。

那句诗是夹在一杂书里的，他那时正在整理书籍，案头放着一摞杂书，写下诗句的纸就夹在其中一本书中。案头的杂书全被他拆个遍，书中故事他更烂熟于心，但并没有找到什么有价值的东西。他猜想于红梅也许是把什么东西藏到了杂书中，于是这些年他将御书楼里所有的杂书都拆翻了一遍，但毫无所得。

随着先帝驾崩、许氏掌权，他沉默地将事情埋在了心底。于红梅服侍过的许氏已经贵为太后，她的儿子登基亲政成了皇上，谁会为了一个小小女官的死亡去冒犯太后娘娘呢？想要查出真相替于红梅讨个公道，难如登天。

雪越下越大，弥漫在天地之间，眼前的御书楼变得更加模糊。陈瀚方真想伸出手挥开这片飞雪，看清楚于红梅坠井死亡的真相。一把伞悄无声息地出现，为他遮住了风雪，陈瀚方浑身一抖，蓦然从神思缱绻中清醒过来："谁？"

身后的人露出清美如画的容颜，唇边浮现的浅浅笑容暖到能融化冰雪，却让陈瀚方心底生出一丝寒意，继而警觉万分。

穆澜奉旨南下祭祀杜之仙，与之随行的素公公却病逝在路上。她到扬州后，锦烟公主在竹溪里遇刺。东厂发出海捕文书，以行刺公主的罪名缉捕穆家班的所有人。没过多久，又因有锦烟公主做证非穆澜所为，东厂就撤销了海捕文书。紧接着新任扬州总督夫妇被杀，血书揭开当年薛神将夫妇殉国的秘密。前几天昭勇将军遗孀谢夫人携国子监监生谢胜击登闻鼓喊冤，国子监监生跪宫门请愿更闹得整个京城沸沸扬扬……这些事仿佛都与穆澜有关。在这雪夜里，她突然出现在御书楼外，由不得陈瀚方不警觉。

"更深雪紧，祭酒大人还要去御书楼修书吗？"穆澜的目光沉静而明亮，稳稳地举着伞。

"修书"二字一入耳，陈瀚方的瞳仁便猛然收缩，他在暗中一直窥视着自己？并且知道自己钉书的缘由？

穆澜柔声说道："遥知不是雪，为有暗香来。在下以为雪中红梅最是美丽。"

先说修书再道红梅，隐藏了多年的秘密一被触动，陈瀚方便呼吸一窒。梅于氏被割喉的惨状瞬间出现在他的脑海中，他有些慌张地朝左右张望了下。

"煮茶赏梅，品酒聊诗，方不负如此雪夜。"

赏的是于红梅，聊的还是于红梅。穆澜的声音比风还轻，却带着雪的冷冽，陈瀚方哆嗦了下。

火红的炭火舔着壶底，沸水翻滚着，氤氲的水汽模糊了对面穆澜的眉眼。

陈瀚方努力找寻着自己对穆澜的印象，骇然发现他们最初的见面竟然是在灵光寺梅于氏被杀的现场。是巧合，还是从那时起，穆澜就已知道了自己的秘密？

陈瀚方清楚，出身杂耍班的穆澜身怀功夫，自己却手无缚鸡之力，在这没有其他人的院子里，自己想杀他灭口绝无可能。穆澜来找自己到底有什么目的呢？如果他是对方的人，为何不去揭露自己？可如果不是敌人，他又是谁？陈瀚方不动声色地倒茶，心里有些无奈，自己根本没有选择。

十八年前于红梅意外坠井，十八年后梅于氏被割喉杀死，看到凶手作案的苏沐被砸死在国子监的小树林中，擎天院的花匠老岳就是凶手，但他潜伏在国子监里十年，为的绝不是初进国子监的苏沐。难道对方知晓于红梅当年来过国子监，却不知道她来寻的人是自己？所以才令老岳假扮花匠潜伏在国子监？

陈瀚方细思之下只觉恐惧至极，一旦被暗中的那双眼睛察觉到自己和梅于氏姑侄的关系，那下一个死的人一定是自己。

穆澜用手掌缓缓转动着热乎乎的茶杯取暖，心里也在思索着。她前来找陈瀚方，何尝不是一种赌博。思来想去，除了陈瀚方，她无处借力。

"在下自幼随穆家班行走江湖，听过诸多奇闻逸事。"穆澜轻呼了口气，慢悠悠地说道。

这个故事必和于红梅有关，陈瀚方心里轻叹，没有阻止穆澜说下去。穆澜瞥了他一眼，能隐忍十八年，于红梅必是陈瀚方的执念。有此执念，甚好。

"每隔三年的春闱会试，天下举人皆会赴京赶考。路遇红颜知己，互订鸳盟，许下终身，是说书人最爱讲的传奇香艳故事……"随着穆澜轻柔的话语，陈瀚方的思绪飘荡开去。

那一年他进京赶考，病倒在城外的雪地中，是进城卖绣品的梅于氏姑侄救了他一命。落魄的少年举子与救他性命的豆蔻少女相逢，在他养病期间，二人两心相许，订下了终身。他如愿以偿高中进士，于红梅却成了采女被送进皇宫，高高的宫墙隔开了两人。宫中生存不易，两人默契地将恋情压在了心底，并约定当于红梅二十五岁被放出宫后，他就娶她过门。

许太后进宫之前，于红梅被先帝遣至许家的时候，两人还有机会偷偷见面，而自她随许太后进宫之后，两人见面的机会也就少了。他只能等她到了岁数平安出宫，但终未等到。

听着穆澜说着故事，陈瀚方不紧不慢地吹了吹茶杯上的水雾，闲闲地呷了口茶。纵使他心里再紧张，也不想轻易表现出来，被穆澜牵着鼻子走。

没有人知晓国子监的祭酒大人为何会和早逝的女官梅红相识，他与梅于氏姑侄唯一的交会点只有山西运城，那是陈瀚方当年进京赴考的必经之地。穆澜所讲的故事只是猜测，陈瀚方听着故事毫无反应，她并不知道自己是否猜中了真相。

"一入宫门深似海，两人不得已将恋情深藏于心。书生并未辜负女子，中了进士为官后，仍信守誓约，等待她年满出宫。然，等来的却是她在宫中意外坠井的消息。"

仿若被针刺了下，陈瀚方竭力地想控制自己，可握茶杯的手却因为过于用力暴出了青筋。穆澜看在眼里，暗松了口气，虽不全中，但也猜了个大概吧？

事情已经过去了那么多年，她想要取得陈瀚方的信任并不容易，她继续说了下去："当年，许贵妃受宠远胜陈皇后，于是先帝先有了庶长子，但遗憾的是终非嫡子。彼时陈氏一族为百年世家，与世家联姻者众，势力盘根错节，族中子弟与姻亲入仕者不知凡几，且与掌有二十万大军的薛大神将乃通家之好。且恰陈皇后有孕待产……"穆澜顿了顿，看向陈瀚方，"如陈皇后生下嫡皇子，不论先帝有多么宠爱许贵妃，这嫡皇子长大后都会被立为太子。"

纵然心里猜测了千百遍，可这些话一入耳，仍让陈瀚方感到震惊。他眼中浮现出浓浓的悲悯："可惜，自古女人生产皆是如过鬼门关，半数女子都因生产而亡。"

见他接话，穆澜莞尔道："世家千金虽也是平凡女子，然宫里有御医照拂，自是不同。据脉案记载，陈皇后生产当天，太医为其诊脉是……母子康健。"

既然太医为陈皇后诊脉时母子尚康健，那为何陈皇后会突然生产，又继而难产？陈瀚方放下了茶杯，沉默不语。

"就在陈皇后难产身亡的第二天清晨，许贵妃的亲信女官梅红出了宫。黄昏时分，她来过一趟国子监，然后又回了宫。可仅过了三天，梅红就在宫里意外坠井身亡。对，我说的书生痴等的那个女子便是这位梅红姑姑。她原籍山西运城于家寨，本名叫作红梅，经采选进了宫。她的姑姑因思念侄女来到京城，后来嫁到了京郊梅家村，被人称为梅于氏。梅于氏命不好，没多久就守了寡。也就在红梅坠井死亡的那段时间，梅于氏不知为何变得痴傻，幸而被一自称远房侄儿的亲戚怜悯送到了灵光寺奉养。十八年过去了，梅于氏已经老迈，却被人残忍地割喉杀死。梅于氏侄并无什么亲戚在京城，送她去灵光寺的人应该是那位信守誓约的书生。他高中之后入仕为官，步步高升，如今，他已成了国子监的祭酒大人。"穆澜说到这里便打住了。

杯中的茶已经渐冷，穆澜的话让陈瀚方明白了一件事，她知晓得足够多，容不得他再装作不知情。他反问道："为何猜到是我？"

穆澜笑了笑道："当日在灵光寺中，大人听见苏沐的叫喊声赶来，在您与随行的两个人一同走进梅于氏的房间探查之前，在下其实先到了一步。林一川去追凶手，在下一时好奇，便进屋看了一眼。后来皇上来了，大人回复详尽至极，却唯独没有提到梅于氏死前曾回光返照，头脑突然清醒时竭力写下的那个血字。当时在下以为那个血字是在无意中被踩模糊了，所以您并未注意到。后来在国子监的入学礼上苏沐死亡，被揪出的凶手是花匠老岳。很明显，老岳在国子监已当了十年花匠，他的目标自然不会是刚入学的苏沐。接下来，在下偶然发现大人每天夜里都会在御书楼中修订杂书……再等到大人以那句咏梅诗出题，在下自然就猜到了。"

被穆澜一一说中，陈瀚方的眼神恍惚起来："送姑姑进灵光寺奉养的那年，我在她的屋外种下了一株红梅。梅树长得极好，花开似火，分外繁茂。见梅思人，让我年年心痛如绞。"

穆澜轻声问道："梅于氏临终前画下的血'十'字，是大人擦去的吧？"

"我乍见姑姑被割喉惨死，不免心惊胆战，只匆匆瞥了姑姑留下的字迹一眼，来不及多想就把它踩模糊了，以免……被人得到线索，查到梅于氏姑侄与我的关系。"陈瀚方不再否认。

"大人认为那个血'十'字是梅字的起笔？"

陈瀚方黯然道："是。"

所以陈瀚方来不及思索，就踩糊了那个血字。穆澜解去一个疑团，继续问道："大人夜里修订杂书，是想找到于红梅留下的东西？想知晓她坠井死亡的真相？"

陈瀚方苦笑道："是。"

许是与陈皇后难产有关的东西，所以于红梅才被灭了口。他想找到于红梅留下的东西，那是她死前留给他的唯一物事了，已成了他入骨的执念。

穆澜意味深长地说道："许太后身边的贴身女官本来有两位，而梅青依然活得好好的。"

陈瀚方一愣，心跳不禁加快，梅青应该也是知情者，却仍活着，可于红梅为何会被灭口？而且，对方连已经痴傻的梅于氏都不放过。

"为何？"此话一出口，陈瀚方就大大地喘了口气，身体不自禁地向前倾，死瞪着穆澜。

穆澜却反问他："许贵妃已贵为太后，她的儿子是当今圣上，大人就算知道了真相，又能如何？"

就算他猜到了于红梅坠井或许与陈皇后难产而死有关，他又能怎样？就算许太后真的为了儿子的皇位害得陈皇后难产，又杀了知晓内情的于红梅，难道当今皇上会因此去惩治自己的亲生母亲？那也不免太过幼稚天真了。一名小小的女官，卷入诡谲的后宫争斗，又如何能万全地保住自己的性命？只能怨于红梅命不好。

陈瀚方颓然地靠坐在椅子上，心里的那股不甘心与愤懑无从发泄，忍得眼圈都渐渐红了。

"那天和灵光寺的小沙弥静玉聊天儿，他说红梅绽放时，梅于氏常对着满树梅花念叨着'梅红'二字。早春时节，游人如织，不知情者听见也以为她说的是梅花红艳。而有心人却对'梅红'二字甚是上心，所以梅于氏才招来了杀身之祸。"穆澜轻叹了口气，"所幸人过留名，雁过留声，在下查阅了灵光寺的布施簿，发现梅于氏被杀之前，正巧承恩公府的老太太曾带着女眷去灵光寺上香，布施了百斤香油。"

果然是许家！陈瀚方紧紧地攥紧了拳头。他不能说于红梅无辜，但已然痴傻的梅于氏确实是枉死。许家凭什么这般狠毒？他心头突然一跳，盯着穆澜道："你究竟是何人？为何要追查梅于氏姑侄的事情？"

穆澜沉默了下，抬手抽掉束发的白玉簪，黑发如瀑般散落披在了肩头："我原姓池，前太医院院正池起良之女，大人如今可信我了？"

清美如画的少年因长发披肩显露出只属于女子的秀美，陈瀚方霍然站起，颤抖着手指指向穆澜："你……你是女子？！"

一个女子竟然女扮男装进了国子监当监生！这可是抄家灭族之罪！陈瀚方震惊得脑袋一片空白，瞬间他又回过神儿来，穆澜竟然是池起良的女儿！十年前，太医院院正池起良因谋害先帝，全家皆被抄斩。穆澜为何会追查梅于氏姑侄的事情？难道当年许太后谋害陈皇后的事情，池起良也是知情者？先帝驾崩后许家才敢对池家动手？

穆澜麻利地将头发绾起束好，淡然地说道："我与大人一样，都是许家眼中的漏网之鱼。花匠老岳潜伏在国子监十年，难不成大人以为许家并不知道你和于红梅的关系？"

对方知道却没有杀死自己，只在暗中监视，对方想要从自己这里得到的不外是于红梅留下的东西。陈瀚方怔了半晌才慢慢坐下："原来如此。"

"大人是否悟出了那句诗的深意？"

"当年她没有等到我回来就离开了，我并没有见到她。她只留下了那句诗，夹在了一本杂书中。许是她也没什么东西可留，这句诗……便是她留给我的念想了。"

除了那句诗，他找了近十九年，可是一无所获。因为自己没有找到，所以许家才会派人暗中监视自己，否则他早已和梅于氏姑侄、苏沐一般的下场了。他没有找到，所以才活到了现在，陈瀚方不禁苦笑。

穆澜陷入了沉默，有两种可能：一种可能是于红梅来寻陈瀚方，苦等不至，她因为不方便将什么东西或书信放在显眼处，于是写下一句诗暗示陈瀚方，于是陈瀚方拆遍了国子监御书楼里的杂书；另一种可能是于红梅预知了危险，只想再见陈瀚方一面，苦候不至，只得留下见证两人爱情的诗句以表心迹。

陈瀚方猜不到于红梅留诗的用意，在考六堂监生时竟然以此诗句为题，想寻得一丝灵感。这么多年来他都没有找到，大概是永远也找不到了。

自己冒险过来，与陈瀚方坦诚相见，却无法从他这里得到于红梅留下的线索，穆澜只能长叹许家人的运气实在是太好了。既然已经找到陈瀚方，用人不疑，穆澜下定了决心，她的身体微微前倾，轻声说道："于红梅出宫那晚，带走了陈皇后死后生下的皇子。在下斗胆猜测，她留给大人的东西，应该是皇子的下落。"

陈瀚方失声惊呼："你是说红梅她……她救了皇子？！不是……不是说陈皇后母子都死了吗？嫡皇子还活着？这，这……怎么可能？"

当年的许贵妃若在陈皇后生产时算计了她，不说产房中有医婆、宫婢围绕，外面还有太监、妃嫔、禁军，于红梅怎么才能将活着的皇子从众人的眼皮底下偷走送出宫去呢？陈瀚方难以想象，他一个劲儿地摇头："不可能。"

"这是我父亲留下的。"穆澜心里泛酸，从怀中拿出在池家废宅找到的书信，递给了陈瀚方。上等的宣纸，纸张微微泛黄，用工整的馆阁体细细写下了当年之事——

那一年的春天来得特别晚，早春二月，柳枝梢头只长出米粒大的芽苞，未化的雪被宫婢清扫到路的两侧，在寒风中结成了冰碴儿，稍不留神儿便会足底打滑。今天早起又下雪了，雪被寒风卷起，密集如雨。池起良顶着风雪进了宫，陈皇后产期将至，就算天上下刀子，他每天也要进宫为皇后诊脉。

"池院正辛苦了。"坤宁宫前守卫的禁军统领似笑非笑地跟他打着招呼。

这个禁军统领大概是新调来的，眼生得很。这个念头一闪即逝，池起良随和地笑了笑，示意随行小吏出示宫牌。验过宫牌入内禀告后，前来引路的竟然是乾清宫的太监谭诚——素成素大总管的徒弟，池起良不免有些惊诧。

谭诚才二十岁出头，五官清癯，他身上并没有太监特有的那种阴鸷气息，反倒是书卷气甚浓。只是他的眉弓略高，眼神显得格外深沉，总让人猜不透他的心思。池起良对他的印象不坏，却也难生出亲近之意。

二人行至中途时，谭诚对他轻声说道："皇后娘娘生产在即，忧思过重，难以展眉。皇上国事繁忙，令咱家前来侍候。池院正当为皇上分忧，多劝慰皇后娘娘开怀才是。"

皇上膝下当前只有一子，皇后即将生下嫡子，皇上自然无比重视。遣了乾清宫的大太监来侍候皇后，这代表着皇上的态度，池起良心里甚是宽慰。他很同情陈皇后，皇上偏爱许贵妃，许贵妃在两年前就生下了庶长子。而中宫的皇后娘娘却一直膝下无子，纵然出身百年世家，可面对许贵妃时，皇后娘娘总是显得底气不足。去年秋天，皇后不知何故抛却了世家千金的矜持，冲进养心殿和皇上大吵了一架，皇上一怒之下令陈皇后在坤宁宫静养待产。明白人都知道皇后是被变相禁足了。

陈家心疼皇后娘娘，陈老太爷特意从苏州老家赶来京城，扯着皇上叙家礼，以长辈的身份讨来了进宫探病的机会，却被皇后娘娘安抚了下来。皇后娘娘懂事，皇上的怒气平息了些，便前往坤宁宫探望，皇后娘娘却犟着性子冷面相对，让皇上下不来台，皇上便再没有进过坤宁宫。

　　孕妇多思，陈皇后心情郁结也在情理之中。所有人都想着，只要陈皇后生下嫡子，帝后自会和好如初。是以陈皇后虽然失宠，分例却并未少半分。许贵妃是聪明人，干脆以皇后奉旨静养为由，省了每天去中宫的登门请安，以免皇后有个意外，惹火上身。贵妃不去，其他妃嫔也不敢来，坤宁宫渐渐变得冷清。

　　身为太医院院正，开解皇后是应有之责，池起良点头应下。

　　挺着大肚子的陈皇后斜倚在榻上，容色憔悴。池起良细心地把完脉，心里松了口气，告诉皇后道："皇后娘娘，孕中最忌心焦多虑。皇后娘娘产期在即，只要宽心待产，会平安产下皇子的。"

　　平安生产？会吗？陈皇后轻轻地抚摸着肚子，眉峰不禁又蹙紧了。这孩子还未出生便不得皇上喜欢，真是命苦。许氏新贵，陈氏屡受排挤，将来她的嫡子争得过贵妃的庶长子吗？忧心忡忡的陈皇后叹了口气，望向谭诚道："这几日风雪交加，陛下的身子可还好？"

　　谭诚躬身答着话。皇后娘娘身边的女官向池起良递了个眼色，随后就陪他去偏殿写脉案。写好的脉案一式两份，一份上呈御览，一份由太医院留存。就在池起良回到府中的当晚，宫中来了人，称陈皇后突然发动，临盆在即。池起良惊疑不定，明明白天他替皇后诊脉时情形还尚好，怎么就提前发动了呢？他匆匆进宫，坤宁宫已戒备森严，产室里传来陈皇后的尖声惨号，太监、宫女跟没头苍蝇似的乱窜着。

　　春寒料峭，皇上已感染风寒数日，他吩咐了谭诚守在坤宁宫，有消息速传。坐镇坤宁宫的是许贵妃和一众妃嫔。在这样的情形下，皇后突然提前生产，是巧合还是有人谋划？池起良无从判断，他心里生出了不祥的预感。

　　廖院判迎了上来，低语了一句："皇后娘娘气闷，令园子献了几盆梅花，皇后娘娘修剪花枝时不知何故竟摔倒了，肚子疼痛不已。皇后娘娘已经进产房两个时辰了，一点儿动静都没有。下官为皇后娘娘开了汤药镇痛，只能缓解一时，情形不太好。"

　　以廖院判的医术，开了镇痛的药，也说情形不太好，皇后娘娘生产必已是凶险至极。池起良锁紧了眉："知道了。"

　　见到池起良，许贵妃并没有多问，而是直接吩咐他去会诊："池院正赶紧和太医们商议出个办法来才是。"

池起良看不出许贵妃是真心替皇后着急，还是在隔岸观火，见过礼就去了。还没进产房，医婆已冲到了他面前，惶恐地说道："皇后娘娘难产了！"

池起良不由得深深地喘了口气。

"大人，恐怕要决断了。"廖院判轻声说道。

子时的夜晚无比寒冷，雨雪、阴寒扑面而来。池起良站在产房外，听不到里面皇后娘娘呼痛的声音，他明白，当他走进产房时，他就要当机立断该保住皇后还是保住皇子。只是这样的决断，他如何敢去做？池起良不由自主地望向谭诚，谭诚的话让他心安下来："咱家会亲自回禀圣上。若情况紧急，还请池院正斟酌。"

这样的话，让池起良分外感激，既没有让他擅自做主，又给了他事急从权的许诺。他朝谭诚深深弯腰揖首，而后毅然走进了产房。垂地的帷幔中飘出浓浓的血腥味，医婆、宫女惶恐地退到了帷帐外面。

"皇后娘娘，臣池起良请脉。"池起良磕头行礼，正要起身把脉，眼前的帷帐在女官的尖叫声中被掀开。本已昏死故去的皇后娘娘竟然醒了，她死死揪住了幔帐，身体半撑在床沿上。池起良目瞪口呆，陈皇后的眼里燃着两簇火苗，疯狂得令他心悸。

"保住这个孩子，池院正，本宫信你！哪怕本宫死了，你也要让这个孩子生下来……"

池起良细细品味着皇后娘娘的话，后颈的汗毛因为恐惧直竖起来，他很想说不至于此，可对上皇后娘娘的眼神，他却说不出话来，一时间心乱如麻。没等他回过神儿，面如白纸的皇后娘娘又倒了下去，产室里再次响起阵阵的尖叫和哭声。

池起良猛地上前翻动着皇后娘娘的眼皮，皇后娘娘的瞳孔已放大，双眼皆失去了光泽。他紧张得太阳穴突突地跳动着，身体里血液奔流，一双手却出奇地稳定，他迅速地将金针扎进皇后娘娘的体内，足足忙活了一盏茶的工夫，可皇后娘娘却再无反应。

"迟了。"池起良喃喃地说着，缓慢地取出了数根金针，木然而立。

皇后娘娘难产，母子皆亡的消息传了出去，坤宁宫里顿时哭声大作。许贵妃与两位品阶高的妃嫔进来看了看陈皇后的遗容，许贵妃拭泪道："回禀皇上吧。"

闻听噩耗，皇上晕厥了过去，一众御医生怕皇上出事，又匆忙赶去乾清宫。本该池起良这个院正领头，但他出了产室后肚子不太舒服，就由廖院判领头前往。许贵妃暂代六宫之权，下令将坤宁宫所有侍奉皇后的宫女、太监全部赶去偏殿看管了起来。

　　宫门尚未开启，坤宁宫里只剩下一队禁军守着宫门。黎明前最后的黑暗时分，坤宁宫里死气沉沉。寒风将重重幔帐吹得隐隐起伏，九重花树上的铜油灯被吹熄了一大半，产房里的光线更加幽暗。陈皇后尚未移进棺木，只是换上了大礼服躺在床上。她身上搭着锦被，双手平静地交握着，满头的青丝铺在明黄绣凤的枕头上，宛如尚在睡梦之中一般。

　　安静的宫殿内突然有了动静，一个人影紧贴着墙根小心地进了产房。昏暗的灯光映出池起良紧张的脸色，他没有离开坤宁宫，而是趁着混乱躲在了茅厕中。他的心狂跳着，掀开了床榻前的帷帐。

　　"皇后娘娘，臣下冒犯了。"池起良低语了一句，伸手掀去了锦被。他搓了搓手，稳定地从陈皇后身上又取出几根金针。他紧张地听着外面的动静，用力揉搓着陈皇后的穴位。离天亮只有两个时辰了，天亮之前若不能成功，被人发现他尚在坤宁宫，他的下场不言而喻。

　　一炷香后，池起良抱出了一个满身血污的婴儿。他俯身吮去孩子口鼻间的污渍，婴儿像猫一样呜咽出声。他大口喘着气，欢喜地溢出了眼泪。

　　池起良在进入太医院之前，曾路遇一刚死亡的孕妇，他成功接生了她足月的孩子。进入太医院后，他仕途顺利，步步高升，直到成为院正给帝后看脉时，陈皇后才告诉他，他为之接生的那名孕妇乃是陈氏族人。池起良这才明白自己从小小的御医做到了院正，一帆风顺的仕途背后有着皇后娘娘和陈氏一族的鼎力相助。

　　皇后娘娘临死前曾说，哪怕她死了，也相信他能让这个孩子生下来，他就明白了皇后的意思。他便冒险一试，以金针封穴，但心里并未抱有太多的希望，然而皇子命大，终是活了下来。

　　"小殿下，臣这就抱你去见皇上。"池起良豁出去了，父子情深，他相信皇上会认这个孩子的，也会饶恕自己对皇后娘娘的冒犯。不，哪怕是死，他也认了。

　　这时，外面传来了响声，池起良吓得冷汗涔涔，他望着手中的婴儿不知该如何是好。池起良心一横，便将他放进了皇后裙底。如果被人发现，也可以以皇后逝前他滑出产道为由。只盼着来人还尚存良心，能将小皇子平安出世的消息传至皇上耳中，他也就能避过为死后的皇后接生的危险了。遮掩了痕迹后，池起良钻进床榻下躲了起来。

"娘娘当心脚下。"梅红一只手提着食盒，另一只手抬高了灯笼，晕黄的烛光映出了许贵妃美艳的容色。

来的是位娘娘？能让守坤宁宫的禁军放行，如此轻松就进入坤宁宫的，只有许贵妃。池起良一愣之下顿时紧张起来。许贵妃育有大殿下，陈皇后难产而死，她是获利最大的人。许贵妃平时很是受宠，风头并不输皇后，如果被她发现了孩子，她会抱着小殿下去面圣吗？

池起良此时后悔晚矣，只攥紧了拳头暗下决心，如果许贵妃要伤害小皇子，他就冲出去拼了！

烛光映着一双缀珍珠、银丝绣蝠凤头鞋停在了床榻前，梅红上前掀起幔帐的一角，许贵妃只看了眼陈皇后的脸，就示意梅红将幔帐放下："不看了，省得这张脸成为本宫的梦魇。"

陈皇后身着大礼服，身上搭着锦被，以至于许贵妃并没有发现陈皇后腹部的异常。小小的婴儿不知是睡过去了还是怎的，竟乖得一声不吭，但池起良依旧紧张得不敢有丝毫松懈。他只听见外头传来一声轻叹，许贵妃轻声开口道："皇后，你怎么能生下皇子呢？我儿居长，岂能被皇后生的嫡子压过一头？你若没有怀上孩子，或许就不会死了。你怀上龙裔想和本宫斗，却连累你的儿子连天日都不曾见就闷死在腹中，你可后悔？"

池起良心头一紧，陈皇后难产亡故果然另有蹊跷。

许贵妃又道："你莫要怪我，天底下哪个母亲不为自己的儿子着想？贫家儿女为争家产都要打个头破血流，更何况我们身在皇家，争的是这万里江山。"她沉默了一会儿，再次幽幽开口，"你陈氏一族是百年世家，看不起我许氏新贵。我得陛下宠爱，早两年顺利生下大殿下，你却满心怨恨，道我狐媚。皇上即便再宠爱于我，对你却依然敬爱有加。当初我怀大殿下时，皇上恩准每月可让家人进宫探访。而当你有了身孕后，皇上却让你妹妹进宫陪伴。皇上知她习武，不仅送她大宛进贡的汗血宝马，还命工部为她打造称手的兵器。皇上这是爱屋及乌，我便是个瞎子也能瞧出皇上对你的好。一个小小安排，轻轻挑拨，你就疑心皇上企图染指你妹妹。皇后啊，是你自己心中有鬼，你害怕皇上真喜欢上你那漂亮的小妹吧？这可怨不得我。就算如此，皇上命你禁足时，却也遣了谭诚入坤宁宫侍候……他待你倒是一片真心，只可惜谭诚是我的人，皇上又怎会听到你的思念之语？赏梅时绊倒你的人，也是我的人。只要你提前生产，你就定会难产，这宫里头想让人生不下孩子的法子可多的是。皇后，你莫要怪我，我绝不能让我的皇儿输在庶嫡之别上。你，和你腹中的孩子，都亡于我手，亡于你瞧不起的许氏之手。你若想报仇，便来寻我，我等着。"

池起良捏紧了拳头，怪不得皇后会难产。谭诚！他竟然分辨不出谭诚的忠奸。

寂静的殿堂里回荡着许贵妃轻而愉悦的笑声，池起良不寒而栗，此时他只盼着许贵妃莫要发现自己和孩子，赶紧离开。

"梅红，还记得我吩咐你办的事吗？"许贵妃问道。

"娘娘，如今不是正好？奴婢觉得，觉得会不会画蛇添足了？"梅红颤声劝道。

许贵妃冷冷地说道："不如此，就不能让皇上对陈氏一族生厌！本宫如何能争得过一个死人？一个死人，只会让陛下后悔不该禁足皇后，不该冷落了她，只会让陛下日夜后悔追思。我一定要把她从陛下心中连根拔除。怎么，你这是不愿？"

梅红扑通跪了下来："奴婢不敢！"

"起来吧。"许贵妃亲手将她扶了起来，柔声说道，"你是陛下赐给我的丫头，跟在我身边多年，我自然信你。"

池起良正猜测着许贵妃想让女官做什么事时，又听到许贵妃低声说道："你办完事从西角门离开，我已经把人调开了。天快亮了，陛下苏醒过来定会询问生产详情，来坤宁宫见皇后最后一面。记住，你最多只有半个时辰。"

梅红颤声应下："是。"

陛下传召之前自己要迅速赶至才不会让人生疑，池起良同样心急如焚。他心中记下了西角门，只盼着许贵妃和梅红能早点儿离开。许贵妃出了大殿，独自留下了那个叫梅红的女官。梅红似是要做极隐秘的事，殿外的人都离开了，整座坤宁宫静得可怕。

"皇后娘娘，奴婢给您磕头了。奴婢不愿意，却不敢不听贵妃娘娘的吩咐。求您宽恕奴婢，奴婢会祈祷皇后娘娘早登极乐！"梅红的头磕在青砖上，咚咚作响。

池起良眼见着粉色绣梅的鞋走近了床榻，他猛地伸出手握住了梅红的脚脖子，便是用力一拉。

"啊！"梅红失声惊呼，摔倒在地上，厚厚的毛毯分散了她摔倒的声音，不等她再出声，池起良已爬出了床底，压在她身上捂住了她的嘴。梅红惊恐地瞪大了双眼，手中的食盒摔倒在一旁，盖子掉落，露出一团血肉模糊的物事。

"说，许贵妃要让你做什么？你若敢喊叫，我保证有人来之前就能掐死你。"池起良一手掐着她的脖颈，低声逼问着。

梅红认出他是太医院院正池起良，眼里不禁泛起了泪光，瞥向食盒的方向，哆嗦着说道："贵妃娘娘让我将剥了皮的狸猫的尾……尾巴……放……放进去，自有人会来……拿走去呈给皇上。"

池起良倒吸一口凉气，这是想让皇上以为皇后怀了个怪胎。这意味着许贵妃一定会让皇上遣人来查验，只需从皇后的裙底捡出那截尾巴，皇后就成了妖孽，也就不会再有人继续仔细检查皇后的身体。

"大人饶命，奴婢为了活命，也是被逼的，奴婢也不愿意诬陷皇后娘娘。"梅红颤声讨饶，眼泪哗地淌了下来。

他该怎么办？皇子已经生下来了，绝不能继续留在此地。杀了梅红，抱走孩子，皇上能相信他是在皇后死后为她接生的吗？他不能杀了梅红，他要她做证人。

"你做人证，随我去见皇上。我实话告诉你，皇子已经生下来了！如此，将功赎罪，你或许还可以活命，否则我现在就掐死你。"池起良威逼道。

死去的皇后娘娘生下了皇子？池院正莫不是疯了？梅红像看白痴一样看着他，心里紧张地想着退路。此时，池起良已不便当着梅红的面再掀开皇后的裙子。他撕下自己的内衫塞进梅红的手里："去把皇子抱出来。"

梅红迟疑了下，轻轻掀开皇后裙子的一角。当看到满身血污的婴儿时，她震惊地哆嗦了下。皇子真的生下来了！她的心咚咚地狂跳着，手忙脚乱地抱出皇子，并小心地裹好。

小小的婴儿沉睡着，长长的睫毛盖在粉嫩的脸上，可爱极了。梅红的脸上显出一抹温柔，她不禁轻轻摇晃着孩子。

池起良看在眼中，继续说道："只要你做证，看到皇子平安，皇上也一定会饶恕你。"

梅红能得到先帝的赞赏，遣去许家侍候许贵妃，进宫之后又得许贵妃宠信，成为她身边的两大女官之一，梅红的胆大心细、为人机敏可见一斑。此时静下来一想，她就摇头反对池起良的意见："池大人，皇后娘娘过世时，贵妃娘娘已经安排医婆去了乾清宫面圣。皇上刚闻听皇后娘娘怀的是怪胎，您就抱着这孩子去面圣，谁会相信皇后娘娘死后还能生下孩子？"

"可是这孩子明明就是……"池起良闭上了嘴。他既然能为刚死的孕妇接生，可为何不在皇后娘娘过世时就全力施为，偏要藏起来，等到夜静无人时才动手？

梅红继续说道："就算奴婢愿意做证，可您为皇后娘娘接生时，奴婢一直在贵妃娘娘身边侍候，奴婢的话也无法证实这孩子就是皇后娘娘所生。所有人都目睹皇后娘娘难产，孩子亡于腹中，又有谁会相信您的话呢？"

池起良苦笑道："为刚死去的足月孕妇接生，本来就靠运气，谁也不知道孩子是否还活着。"还因为皇后娘娘当时的神情，让他直觉地认为有人不想让小皇子活着。

梅红的话点醒了池起良，他若抱着这个孩子去面圣，先不说能不能见到皇上，就算见着了，贵妃也绝对不会让皇上相信这是皇后的亲子，还会反诬自己违禁潜入坤宁宫抱一个婴儿来混淆皇室血脉，这个罪名足以诛灭池家九族。池起良此时才发现，自己之前想的，先偷偷为皇后娘娘接生，若生下来的是死胎便罢了，若胎儿还活着再告知皇上的想法实在天真了。

"池大人，贵妃娘娘给我的时间不多，她的人很快就会来乾清宫。若发现皇后娘娘腹中没了孩子，再发现咱俩出现在乾清宫……咱们根本等不到见到皇上就会死！池大人，该怎么办？"

如果许贵妃的人前来查验，发现皇后腹中已无胎儿，定会封闭宫禁搜索。一旦被人发现自己违禁留在坤宁宫，便是死罪。池起良当机立断道："这孩子，只能偷偷送出宫去，交到陈家人手中。他本就是捡来的一条命，只能等将来再想法子为他明证身份。我们先离开这里要紧。"

梅红将婴儿小心地放进食盒里，目光落在了地毯上那截血糊糊的猫尾上。池起良压低声音威胁道："你敢动心思我现在就杀了你！"

"不，不，奴婢不是想加害小皇子。"梅红突然下定了决心，"奴婢想带着小皇子逃出宫去。奴婢就算留下来，可知晓了这天大的秘密，也难免有一天会被贵妃娘娘灭口。这宫里，奴婢实在不想再待了。大人，您是想保皇后娘娘清白，还是想保住小皇子的性命？"

　　池起良被她说得愣了一愣，随后目光落在了那截猫尾上，这才反应过来。许贵妃的毒计是想让皇后娘娘变成妖孽，彻底受先帝嫌恶。已经换上大礼服的皇后娘娘，不会再重新换衣着装，只要前来察验的人看到这截被剥皮的猫尾，就不会再仔细检查皇后腹中是否还有孩子，小皇子也就安全了。反之，皇后娘娘腹中胎儿消失的秘密就保不住了。他心一横，便跪下朝皇后娘娘行了大礼："皇后娘娘，为了小皇子，臣冒犯了！"

　　为了保住这个孩子平安生下来的秘密，想必皇后娘娘宁可遭受污名也在所不惜，不会怪罪于他的。池起良快速布置好，就和提着食盒的梅红朝西角门狂奔离开。

　　许贵妃就算想杀人灭口，也不会让梅红死在坤宁宫。西角门果然虚掩无人，两人刚离开，碰撞得哗啦作响的甲胄声就在夜色中响了起来，一片火把包围了坤宁宫。没过多久，谭诚捧着一只盒子从坤宁宫里走了出来，他的脸被灯火映得分明，夜色里传来他淡然的声音："皇上口谕，坤宁宫人侍奉不周，全部处死！"

　　躲在黑暗宫墙外的池起良与梅红听着坤宁宫中隐约传出的哭叫声，面白如纸。

　　漫长的一夜过去了，天空浮起了鱼肚白，宫门缓缓开启。皇上卧床不起，池起良已站在乾清宫的偏殿中，混在焦头烂额的御医里讨论着皇上的药方。

　　梅红凭借许贵妃宫里的腰牌带着孩子出了宫。

　　有心注意许贵妃宫中情形的池起良，在数天后听到了梅红坠井身亡的消息。他不禁胆战心惊，却意外平安无事，只是再没有了那个孩子的消息。那个孩子是死是活，他并不知晓，也不敢打听。

　　陈皇后怀的是怪胎，难产身亡的秘密虽被皇上掩盖了过去，却从此厌了陈氏。一年后，皇上立了许贵妃为后，陈氏一族渐渐式微。

　　池起良记下了这件事情，将秘密埋在了心底。

　　"大人年轻时的恋人、我的父亲、我池家满门，都死于同一个秘密。"穆澜眼中飘浮着愤怒与悲哀。

　　两行清泪滑落，陈瀚方闭上了眼睛。十几年来，他日夜所思之困惑，如今悉数释疑。他不难猜测出，当年于红梅带着小皇子出宫后，便不打算再回去。

不出意外，她后来定是被许家人找到了。许家为掩人耳目，又将她擒回宫里，推进了井中。他突然感到胸腔里的心像被一股力量挤压着，心紧绞痛之时恨意顿生。是许太后杀了他的女人，是许氏一族毁了他的幸福。陈瀚方抬头注视着穆澜："池院正想让梅红抱着皇子去陈家，可她是许贵妃的人，陈家人不见得会相信她，所以她出宫后定为皇子另寻了个地方安置。我想，她只有一个去处。"

"可惜梅于氏痴傻了，她身边也没有孩子。那孩子到底是死是活，我们也无从知晓。"穆澜并不纠结这件事，她盯着陈瀚方道，"前情往事大人都已知晓，大人会出卖我换取平安富贵吗？"

如果没有梅于氏姑侄，他早成了黄土下的白骨。陈瀚方的目光清正而平和："你来找我，定有所求。"

自己总算没有找错人，否则她只能杀陈瀚方灭口。穆澜心头的一块石头落了地："在下，只想求一个公道！"

为何凶手能高高在上安享荣华富贵，父亲忠心耿耿，冒险为死去的陈皇后接生皇子，依先帝之意熬煮回春汤，到头来池家满门无辜却惨遭灭门？她要求一个公道！

第五十七章
家主之争

　　进了腊月，眼瞅着年关将至，江南扬州的林家老宅却难见半分喜庆。穿着青布厚袄的下人纵然在做事，却也忍不住要朝银杏院的方向瞅上几眼。一入冬，林大老爷再次卧床不起。郎中说林大老爷已经时日无多，林氏族人在二老爷的陪同下频繁出入银杏院。下人们的心里都想着同样的一个问题，大老爷过世后，林家主事的人还会是年轻的大公子吗？

　　林一川坐在银杏院里假山上的归来亭顶上，他坐得极其闲适：双腿随意搭在斜瓦上，身体往后仰着，胳膊肘撑着屋脊，仿佛在欣赏着风景。

　　亭下，燕声抱着剑缩着脖子，时不时吸吸鼻子，跺一跺冻僵的脚。雁行不阴不阳地说少爷喝点儿冷风，心里会舒服点儿。燕声却不想跟着雁行躲在屋里取暖，这种时候他怎么能不陪着少爷呢？燕声只盼着银杏院里的客人赶紧走，少爷就不用在亭顶继续吹风，他也能进屋去暖和暖和了。

　　风卷走了浮雪，露出的青黑色屋脊像一笔笔墨痕，安静地勾勒出一幅水墨长卷。林家庭园真美！这么美的地方怎么就涌来一堆讨人厌的苍蝇呢？林一川无声地叹了口气，眼角余光扫到有人影出没，便随手从身边捏了团雪，朝着正院屋脊上的浮雪砸了过去。

　　"啪！"轻响声过后，瓦上的浮雪簌簌落下，刚好落在才走出正房的林二老爷父子身上。

　　冰冷的雪落进了脖子里，冻得林二老爷哆嗦了下，转头大骂道："怎么不把雪扫干净？我大哥还没死呢！"

落后一步的林一鸣拍落肩头的雪，眯着眼转头扫视着回廊上垂手站立的下人，哼了声道："我大伯父还没死呢！这些刁奴就如此懈怠！这银杏院没个长辈撑着，规矩都散漫了。"

　　随后，步出正堂的林氏族人纷纷点头应和起来。林二老爷听着恭维声，又高兴起来，拱手道："天寒地冻，还劳烦各位前来探望我大哥，请去花厅饮杯热酒暖暖身子。"

　　说着，他就呼喝着下人去备酒席，俨然摆出了一家之主的架势。林一川瞧着，只感觉心被掐了一把，疼得蹙紧了眉。我爹还没死呢，轮得到你们父子俩口口声声地咒他死吗？他抓起身边的雪，左右开弓朝林一鸣砸了过去。

　　"哎哟！哪个王八蛋敢打本少爷！"林一鸣连续被砸了三四个雪团，狼狈得抱头人叫。

　　林二老爷定睛一看，还没等他开口，眼前忽然影子晃动，林一川已跃下归来亭，站在了他面前。他伸手一指，未出口的骂声变成了无奈："一川哪，你都十九岁了，怎么还这么顽皮？"

　　顽皮？林一川直想翻白眼。他十岁起跟在父亲身边见林家管事，十五岁接触林家生意，那时就不知道"顽皮"两个字怎么写了。

　　有位年长的老者将拐杖往地上重重戳下："你不在你爹床前侍候，却还有心情玩儿雪砸你兄弟，真是太不像话了！"

　　林一川惊喜地躬身行礼："哎哟，是九老太爷啊！前些天听说您儿子赌输了两百亩地，您被气得下不了床，那可是您家最大的一块良田呢。侄孙正想着去看您，您就来了，想必我二叔已经帮着您将那两百亩地赎回来了？"

　　九老太爷面色一僵，轻咳了几声掩饰着，林二老爷笑着扶住他："同宗同族，自当守望相助，怎能让祖业落于外人之手。小事一桩，不值一提。"

　　这一番话让族人夸起了林二老爷，九老太爷僵硬的脸也缓和起来。

　　林一川心底嗤笑着，一步又迈到了林一鸣身前："我只想和一鸣开个玩笑，没想到一鸣正好把脸凑了过来……来，让堂兄看看，你伤着没有。"

　　这是开玩笑？林一鸣把脸凑了过去，讽刺地道："幸亏堂兄是开玩笑，否则弟弟的这张脸可就毁了。"

　　啪！啪！林一川的手拍在林一鸣的脸上发出脆响，林一鸣的脸迅速转红。他目瞪口呆地看着林一川，一时间没有反应过来。他还敢打他？！林一川拍了他的脸几下，叹道："还好，还好，脸皮够厚，没有毁容，否则各位长辈就都要责怪一川了。"

林一鸣大怒，正想回骂时，却被林二老爷拦住了。父亲的眼神让他瞬间反应过来，他哼了声，心想等再过些日子，看你还怎么嚣张跋扈。这么一想，他竟然隐忍了下来："九老太爷、各位叔伯莫要放在心上，这边请。"

他风度翩翩地请了林氏族人去吃酒席，只当林一川不存在——林一鸣难得稳重，此时连袖角甩动的幅度都仿佛在告诉林一川，人家正骄傲着、得意着，可为什么呢？——就是不告诉你。直把林一川看得翻了个白眼，他把头斜斜抬起，只用眼梢去瞅林一鸣那讨嫌样了。

这时跟在后面的林二老爷帮儿子又补了一刀，他经过林一川身边时，一片真诚地说道："一川哪，二叔并非想抢这家主之位，只是祖宗的规矩在那儿，你莫要以为二叔是趁火打劫。等你及冠，这家主之位还是你的。"说罢，他负手迈步，带着二房的下人就离开了。

呼呼呼——拳脚在空气中打出数道风声，想象着林二老爷父子在拳下的惨样，林一川憋闷的胸口总算轻松了不少。不知何时，雁行出现在他面前，手中提着一个食盒。林一川接过来，语气轻快地叫了声："爹，儿子给您买了老四海的早点——您爱吃的煮干丝！"

林大老爷虚弱地躺在床上，瞧着儿子进来，唇边溢出了一抹笑容。

父亲枯瘦如藤，面色蜡黄，眉宇间的那层灰蒙蒙的死气显而易见。林一川心里又难受起来，耷拉着脑袋走了过去，叫了声："爹。"

"林家祖宗积下的产业太大，怕被不肖子孙败了家，的确定了条规矩，家主需及冠之后才能担任，免得年纪太小，撑不起偌大的家业。林家数代也没有像老夫这般，年近花甲才得了一幼子。"林大老爷顿了顿，逗着儿子，"你二叔请了族中的长辈抬出这条规矩，你就怕了？不过一年而已，难不成你此前的布置还掣肘不了你二叔？怕他成了暂代家主，将来就夺不回这家主之位了？"

"就算二叔真成了家主，我也照样能把家主之位拿回来！"林一川冷哼道。

林大老爷笑道："有这自信，先前垂头丧气作甚？"

不过是想着你病重，怕你突然就不在了。林一川故意撇嘴道："不能现在就把二叔父子轰出去，憋得慌呗。"

林大老爷不禁放声大笑，才笑了两声，就猛烈地咳了起来，慌得林一川忙给他抚背顺气，好一阵儿，林大老爷才喘着气缓过来。林大老爷感觉到了身体的力不从心，他是真的不行了。他望着林一川，心里涌出阵阵不舍："一川哪。"

"我在呢。"林一川给他掖了掖被角，握着父亲枯藤般的手道，"您睡会儿，我在这儿守着您。"应付完那堆苍蝇，父亲应该很累了。

林大老爷确实疲倦至极，却害怕一闭眼就再也醒不过来，他望向隔扇外垂手肃立的青衣管事，嘶哑地唤了他一声："林安，你过来。"

林安沉默地走到床前，掀袍跪了下去。

"磕头吧。"

"是。"

若不是握着老父亲的手，林一川差点儿跳了起来。最得父亲信任的人竟然是年轻的三等管事林安？他紧抿着嘴，生受了林安的大礼。

林大老爷去了件心事，便松手闭上了眼睛："爹睡会儿。"

林一川放下了半边帐子，又看了眼林安，便默默地退到了外间。他坐在厅堂正中的罗汉床上，林安恭敬地垂手站着，他仔细地打量着林安。在他印象中，林安是前年才提拔到银杏院的三等管事，在银杏院的一群管事中并不怎么出色，可今天留在内堂侍奉父亲的人却是林安。前年？林一川心中微动，这么说，林安是父亲当时病倒之后才到银杏院的？

"大公子，小人的父亲是思危堂的堂主。"

林安的这句话让林一川扬了扬眉。林家产业大，明面的生意由各处掌柜管着，暗中则建有思危堂，专事监督之职。思危堂的人都是家奴，一代传一代，世代忠于林家。燕声的父亲也是思危堂的人。所以林大老爷信得过燕声，自幼就让他陪在林一川身边。

林大老爷从思危堂中选中了林安，让他忠于林一川。这意味着林安将来也会从其父亲手中接管思危堂。

"去查查二老爷最近除了联络族人，还做了什么？"林一川也没客气，直接下了令。

"天寒地冻，二老爷除了去几位老辈家中拜访，少有出门。二公子自京中回来后就常去凝花楼喝花酒，楼里新来了位娇容姑娘，极得二公子喜欢。"

林安随口就报出二房父子的行踪，听上去倒也没什么异常，可林一川却冷笑道："林一鸣前些天去城外赏梅，出了城就去了码头，在一艘商船上盘桓了半日。"

一抹亮色从林安眼中闪过,他像是才想起一般,抱歉地说道:"公子提起,小人也记起来了,那是十天前的事。那艘船是从京城来贩货的商船,船上有一人与来过林家的谭弈谭公子长得颇为相似。"

等他说起,林安才似突然记起,这位未来的思危堂堂主虽然磕头认主了,却也有傲气。他要看自己是否真有本事做得了林家的家主,林一川看明白了林安的试探,却懒得和他较劲儿,思忖道:"九老太爷等族中长辈这几天突然前来探望父亲……拿出条祖宗规矩逼着父亲让二叔暂代一年家主,选的时机倒是不错,看来东厂是有备而来,他们定是要扶二叔做傀儡了。"

年关前各处产业已经交账封了账本,没有留给林一川半分拖延交账的理由。在林一川的手中,去年各处的账目清清楚楚。这时候林二老爷出来暂代家主,清闲自在得很呢。

主仆二人交换了下眼色,均明白各自的想法。京中有人撑腰出主意,所以二老爷才选了个这么好的时机开始行动抢夺家主之位。

林一川有点儿心疼,苦恼地说道:"钱多了扔水里砸得水花都响,打狗都心疼,因为扔的是肉包子啊。"

林安的嘴角抽了抽,心想天底下的财主果然都一样吝啬,扔只肉包子打狗都舍不得。

林家能动的金银早就被父亲和自己转走了,为防东厂察觉,南北十六行的生意并没有停,但柜上的流水只能勉力维持运转。林二老爷一旦接任了家主之位,南北十六行的生意就算转移不走,也仍然是一大笔产业。再加上林家摆在明面上的铺面与田庄,由不得林一川不心疼。

想让东厂一口汤都喝不着,绝无可能,但哪怕让东厂夺走一家铺子、一亩田,林一川也觉得愤怒不舍:"尽力而为。"

"是。"

"江南的冬天比北边风景好。"谭弈紧了紧皮袍,悠然叹道。

竹溪里的竹林、松柏依旧苍翠,竹叶像一叶叶小舟托着白雪,白绿相间,分外精神。谭弈和梁信鸥不请自来,命人在池塘边的平台上搭了个草棚,正在煮酒赏雪。

"杜之仙的宅子前院像村居,后院却布置得很清雅。冬季这一池残荷也颇有雅趣,墙角老梅开得很精神,只是对面那块像是缺了点儿什么。"谭弈随口说道。

梁信鸥指着对面空出来的一块地道:"公子好眼力,下官记得那处原来种着一株丹桂,后来被移到杜老头儿坟头去了。"

"原来如此。"谭弈点了点头,又有些好奇,"杜之仙从前不是喜欢梅花吗?据说他年轻时常去苏州虎丘的香雪海小住,只为欣赏十里梅花怒放的盛景,为何穆澜不将墙角的那株老梅移到他坟头去?"

发现穆胭脂就是陈丹沐之后,梁信鸥对这件事便也猜了个大概,他叹了口气道:"没想到杜之仙对陈皇后竟这般尊敬,陈皇后的闺名中含有'丹桂'二字。陈皇后难产去世后,许贵妃就做了皇后,许家权势渐重,陈家自然就……嘿嘿……杜之仙为内阁大学士时,因证据确凿曾亲手督办了几起与陈家有关的抄家案子,后来疑心是咱们东厂陷害陈家,他就闹到了圣前。先帝大怒,改抄家为抄斩,杜之仙从此郁郁寡欢,后来他母亲去世,他干脆抱病辞了官。估计杜之仙一直觉得愧对陈皇后,所以才令穆澜在他死后移丹桂到坟前。从前连督公都不解,杜之仙为了报恩竟然收了一个杂耍班的小子为徒。现在才弄明白,穆胭脂就是陈皇后的亲妹妹陈丹沐,她的儿子,杜之仙自然会倾力栽培。这也是他冒险藏匿金瓜武士陈良的原因。"

谭弈恍然大悟,想到穆胭脂就是珍珑组织的首领,不免有些兴奋:"那穆澜既是穆胭脂的儿子,自然也与珍珑脱不了干系,为何义父又将捉穆澜的海捕文书撤了下来?"

梁信鸥不予置评:"督主定有他的考虑。"见谭弈悻悻然,他便出声安慰道,"就算撤了海捕文书,穆澜也再出不了头,又如何有资格与公子相争?"

穆澜当然无法和自己相比,只是一想到锦烟公主对穆澜的爱慕,谭弈就恨不得将穆澜拎到锦烟面前,当着她的面将穆澜踩到泥里。可惜穆澜和穆胭脂如今皆已销声匿迹,珍珑组织也蛰伏起来不见踪影。谭弈只得暂时将嫉恨压在心底,转了话题:"咱们来扬州也有七八天了,林一川的爹还能撑多久?我还想赶回京城陪义父过元宵节。"

梁信鸥微笑道:"林大老爷已是强弩之末,不过是在拖时日罢了。"

想起与林一川的过节,谭弈便一口饮尽杯中酒,冷哼道:"本公子已经等不及看这场大戏了。"

腊月二十九，雪终于停了，冷冽的风吹走了阴沉的云，露出如洗的碧蓝天空。天气晴好，阳光温暖，林家老宅东院又战战兢兢地迎来了新的一天。大老爷今天精神不错，东院所有人都在想，或许，大老爷能平安度过年关了。

林一川并不认为父亲的病会就此好转，父亲意外精神焕发总让他想到"回光返照"这四个字。他整理着父亲的衣袍，小声地劝道："要不，您就别去了。"

隔着黄花梨雕花隔扇，正堂里细细碎碎的笑声隐隐传来。他的二十几位姨娘都来了，他这一生能拥有这么多美丽的女人，林大老爷唇角绽放出一抹林一川看不明白的骄傲笑容。

窗户上蒙着的透明鲛绡将院子里的风景映入林大老爷的眼中，仍有些许枯黄的叶顽强地立在枝头。林大老爷觉得自己就像这院里的银杏树，经历了发芽、抽叶、挂果的灿烂一生，是时候该叶落归土了。

腊月二十九，开祠堂祭祖，林大老爷明白，这将是他最后一次带领族人走进那座高大幽深的祠堂。能在临死前告祭先祖，他也再无遗憾，他微笑道："走吧。"

雕花隔扇被下人推开，林大老爷坐在轮椅上笑容满面地出现。

"给老爷请安！"盛装打扮的姨娘们齐声给林大老爷请安，姹紫嫣红一片，好不热闹。

"好，好。"林大老爷笑得满脸的褶子都舒展开来，他瞅着年纪最小的姨娘，招手叫了她过来，拉着她保养得白嫩的手看了又看，呵呵笑道，"当年老爷我就是瞧中了你这双手，哎哟，怎么还戴着这只红宝石戒指？给老爷我哭穷呢？一川哪，把我给姨娘们备的礼物拿过来。"

林一川笑着捧过一只木匣，里面一片灿烂。林大老爷亲自从里面挑了枚点翠镶红宝石花形的戒指给那位姨娘戴上，笑吟吟地看了又看："好看！"

林一川给姨娘们使了个眼色，姨娘们笑着围住了林大老爷："老爷可不能忘了妾身……"

一时间屋中好不热闹，林一川瞅着这个场面，忍不住眼睛就湿了。这样的日子，还能有多久呢？姨娘们热热闹闹地服侍着林大老爷，还没用完早饭，林二老爷就带着全家过来了。

林二老爷瞅着大哥戴着顶银灰色的貂皮帽，着一身深红绣蝠的锦袄，精神焕发，他也分外高兴："大哥今天的气色真好啊！"——大哥精神劲儿十足，应该能去祠堂了。

林大老爷看见林二老爷全家，就搁了筷子，意味深长地说道："蒙二弟关心，误不了祭祖。族人都来了吗？来了就过去吧。"他没有和林二老爷坐下来闲谈的兴致。

"都到了，哪儿敢让大哥久等。"林二老爷想着今天的大事，恨不得马上开了祠堂，他伸手就去扶林大老爷。林大老爷却在这时转了个身，让林二老爷的手落空了，林大老爷对二太太和蔼地说道："辛苦弟妹操持。一川，扶我去吧。"

大房没有主母，逢年过节，都是二太太出面待客。只是今年不同往常，开了祠堂后，林二老爷就要暂代林家家主之位，二太太满面春风，迭声应了。林二老爷尴尬地收回手，干脆插进了貂皮手笼里。不待见他又如何？今天还不是得把家主之位交给自己？

林氏族人已候在主宅东面的祠堂院子里，林一川护着暖轿将父亲送到门口，这才扶着他下来。林大老爷回首望了眼，林家的男丁以辈分排得整整齐齐，黑压压的一片看不到头。林家立足扬州百年，已成了泱泱大族。想到东厂的觊觎，林大老爷有些悲伤，他就快死了，家族的担子他挑不起来了。他看了眼扶着自己的儿子，有些不舍地拍了拍他的手，朝辈分最高的九老太爷道："九叔，请吧。"

林大老爷比九老太爷还小两岁，此时瞧着却比须发皆白的九老太爷还要苍老。九老太爷想起自己答应了二老爷要帮他夺了林一川任家主的事，便有些不忍心了，但转念又想到二老爷帮忙买回来的祖产和祖宗定下的规矩，九老太爷就又心安了。

林一川扶着父亲领着族人上香行礼，父亲的行动几乎全靠他的两只胳膊撑着，他心里的不安越发浓烈："爹，别硬撑着。"

待到礼毕落了座，祠堂里的族人不约而同地望向了林大老爷。林大老爷扫视了一圈，目光终于落在下手坐着的林二老爷的脸上，他缓缓开口道："林氏一族聚居扬州也有一百多年了，嫡长房唯元德不肖，年过花甲，膝下仅有一根独苗。老夫这病已经没得治了，借着今天开祠堂，族人都在，就将林家的下一任家主定下。照规矩，老夫死后家业和家主之位都该由我的儿子继承。长二房从此分出嫡长房，搬出林家老宅……"

林二老爷与林一鸣的脸上顿时都露出愤愤之色。不等他们闹腾出声，林大老爷又道："那天九老太爷与几位族中长辈来过，说起先祖曾定下的规矩：未及弱冠者不能接任家主，以免林氏家业败于小儿之手。"

林二老爷的眼中闪过一缕喜色，嘴角噙着笑低下了头。

"规矩确实有，只是唯独到了老夫这里，才出现嫡长房儿孙年幼未及弱冠的情形……一川年幼，继承家业尚可，但任一族之长未免太过年轻。老夫去后，便暂由我二弟仲清任林氏一族的族长。"

"大哥此言差矣。"林二老爷听得高兴，可突然反应过来，大哥这是想把族长和家主区分开来。他要的是林家嫡长房的家业，若由林一川继承产业，他只担个空头虚名的族长能有什么用？还不是要搬出林家老宅去，"林氏一族素来唯嫡长房马首是瞻，家主与族长从来都是一人。大哥这么说，是不把祖宗规矩放在眼里了？"说着，他给族人使了个眼色。

"咳！"九老太爷清了清喉咙道，"林家素来只有家主能行族长之职。南北十六行的生意，虽然长大房占了七成股子，但长二房也有三成股子。既然一川未及冠，做不得家主，由仲清暂代家主，那生意自然也该由长二房管着。待一川及冠后，再把家主之位还他便是。不过是暂管一年罢了，长二房又没说要占了长大房的股子。"

"九太老爷说得对，南北十六行的生意我二房也有份儿，凭什么我爹就不能管了？"林一鸣按捺不住，大声叫道。

"长辈说话，没你插嘴的份儿，下去！"林二老爷瞪了儿子一眼，冷笑道，"大哥，我可是你的亲兄弟，今天你如此待我，也莫要怪兄弟无情！有件事在弟弟心里埋了快二十年了，看在咱们是兄弟的情分上，我才一直没有说出来，今天是你逼弟弟的……"他的声音陡然提高，"林一川是你抱回来的野种！他根本不是我林家子孙！"

林一川气得笑了起来："二叔，你这吃相也委实难看了点儿吧？"

林二爷的声音震得众人耳朵嗡嗡作响，九老太爷蹙紧了眉道："仲清，不可胡言乱语！"

"我自然是有真凭实据在手！"林二老爷站起身来，逼视着林大老爷："林家家主一直都由林家嫡长房的嫡子继承，大哥你在，弟弟我自然没有资格争家主之位。但大哥你若走了，林家的家主怎么也轮不到他这个来历不明的野种来做！"

祠堂里一片哗然。林大老爷的精神在祭祀完后就被消耗得干干净净，此时他像一截包裹在锦缎毛皮中的枯树，似是风一吹就会倒下，林氏族人顿时心生同情。

"呸！"林大老爷将一口带血的黏痰吐到了地上，心仿佛也轻松了许多，他冷笑道，"老二啊老二，一川是我的继承人，林家未来的家主，你若拿不出真凭实据，借着今天开祠堂，我会以污蔑家主之罪，让你出族！"

"大哥！你是我亲大哥啊！一鸣、一航都是你的亲侄子！你不把家业传给我们，却要给一个野种！还想驱我们出族，你对不住林家祖宗！"林二老爷也怒了，喊叫着扑通跪在了地上，朝祖宗牌位猛磕着头，"列祖列宗在上，我若有半句假话，叫我死后进不了林家祖坟！"

林二老爷连当个孤魂野鬼的毒誓都发了，祠堂里轰的一声就炸开了，难道林二老爷的话是真的？林一鸣跟着大喊道："诸位长辈，我爹自然有真凭实据！林一川，他是大伯从外头捡回来的野种！"

他憋了这么久，终于大声喊了出来，林一鸣有说不出的得意："大家仔细想想，自我大伯母过世后，我大伯纳了二十几个妾，可曾有过一儿半女？他怕断了大房的香火，才在京城捡回了个野种冒充亲生儿子。林一川可有半分长得像我大伯，像他那个从京城买回来的姨娘？"

众人一看，只见林一川面容俊朗，一双眼睛的眸色显得比常人更黑，格外有神。而林大老爷、林二老爷和林一鸣，还有二房的小儿子林一航都是单眼皮，众人不由得有了几分相信。

"一川长得不像我，那也是我儿子，想把他赶出林家？狼心狗肺的东西！我还没死呢！"林大老爷气得随手将笼着的手笼朝跪在地上的林二老爷砸了过去，顿时又喘气不已。

林一川看得着急，给他抚背顺着气道："爹，我扶您回去歇着。"就在这时，祠堂外响起一个声音："林大老爷，少安毋躁，东厂已在横堂找到了人证，可证明林一川确实并非林家大老爷的亲生儿子。"

东厂？林一川微眯起了眼，为了林家的产业，东厂还真是"用心良苦"。

闻听东厂，林家的族老们不由自主地哆嗦了下，望向林二老爷的目光中充满了惊惧与恼怒之意：怒的是林二老爷为了争产竟引来了东厂；惧的是东厂插手，谁还敢和二老爷作对？

林大老爷转头看向林一川，柔声问道："一川，你怕不怕？"

怕？林一川笑了："怕啊，怕我不是您儿子。"

这句话却让林大老爷的眼里蒙上了一层泪意。林一川想说他不惧东厂，可这句玩笑话并不好笑。林大老爷突然有些后悔了，他喃喃说道："你不要怨爹……"

林大老爷的声音极小，林一川没有听见，他盯着祠堂门口出现的两个人，心里涌起了切齿的恨意。林二老爷见到来人，腰杆立刻挺得笔直："谭公子与东厂的梁大档头是我请来做证的！大哥若心中无鬼，怕什么？"

林大老爷不再言语。

谭弈和梁信鸥施施然进了祠堂，谭弈团团揖首道："在下谭弈，是一鸣兄在国子监的同窗好友。在下此来是为一鸣兄父子做证的，林二老爷所言非虚。"

林氏族人面面相觑，东厂的证词能信吗？九老太爷咳嗽了声道："这究竟是怎么回事？"

"大家请看。"林二老爷从袖中取出了一幅绢画来，画中女人脸如满月，神态温柔。林一川垂下眼睑，母亲在他幼时便病逝了，只留下这一幅画像。林一鸣父子这是预谋了许久，这幅画像一直保存在他的书房里，二叔手里竟然还有一幅。

林二老爷说道："画中女子便是林一川的娘，大哥，你不否认吧？"

林大老爷点了点头："是谨娘。"

林二老爷道："当年大哥在京城待了两年。听媒婆说此女能生儿子，大哥求子心切，于是纳采求娶。过门后才一个月，这位谨姨娘果真就怀了身孕。大哥担心有所闪失，便让她在京城生下了林一川。大哥带着他们娘儿俩从京城回来时，林一川已经快满百天了。大哥膝下空虚，过了不惑之年总算有了儿子，我自然替大哥感到高兴。各位宗亲当然也忘不了，林家为此大办了三天流水席，轰动了整座扬州城。"

当年的热闹与繁华，大家都记忆颇深，纷纷点头。九老太爷接口道："何止百天宴，一川周岁时，你兄长搜罗了世间奇珍给他抓周。流水席足足开了七天七夜，全扬州城的人都过来凑热闹呢。"

回想起当年情形，林大老爷也有些感慨："一川，你当时左手抓了枚印章，右手抓了个金算盘，那可真是好兆头啊！本来只打算宴开三日，后来又多开了几天。"

"早知道您会这么高兴，我就该多抓几样吉祥东西。"林一川哄着老爹说道。

见父子二人其乐融融，林二老爷冷笑道："这些都是大哥说的，谁知道是真是假？那位谨姨娘来了林家，只过了三年好日子就病逝了。林一川长大后，他与大哥和谨姨娘根本就没有半分相似之处。我动了疑心，查访了这么多年，终于发现了真相！"

林一川心中微动，穆澜曾经夸他娘亲一定极为美貌，当时他美滋滋的，觉得穆澜其实在拐弯抹角地夸自己俊俏，他没有告诉穆澜，他的娘亲不过是温婉可人罢了。二叔其实没说错，他和爹娘长得都不像。可那又如何，天底下的子女难道就一定要和父母长得像吗？也许他长得像外祖父、外祖母呢？又或者像林家的哪位长辈，比如出嫁的姑姑？

林大老爷只是笑道："就因为一川长得不像我和他娘？老二，你手中的证据怕是不够吧？不如让你请来的二位说说？"

梁信鸥看着依然冷静的林一川，心里低声叹了口气，谁叫你不肯投奔东厂，督主已失了耐心，原以为将来还能是自家人，真浪费当初在国子监对你的一番拉拢亲热。他起身道："经东厂查明，这位谨姨娘姓言，苏州横堂人氏，其父病逝后她去京城投亲，但没有找到她的那位亲戚，只得卖身求一个活路，大老爷就买下了她，衙门留下的买卖文书上的日期显示，其实她过门时，林一川就已经出生了。"

林一川愣了愣，低头看向父亲。林大老爷没有任何表示，林一川心想，有东厂在，伪造份旧档文书又有什么稀奇的？

那纸文书立时被林二老爷拿了出来，传递给林氏宗亲观看："她就成了林一川的娘，卖身契在她过世那年就被大哥烧了，也在衙门里备了档，这是东厂从京城衙门旧档里查到的买卖文书案档。大家看看这上面的日期，大哥分明是在林一川生下来没多久才买的她。不难判断，大哥不知从哪儿抱回个男孩儿，为冒充是自己的亲生儿子，就买下了谨姨娘让她假装怀孕，然后故意把买她为妾的时间提前了一年。"

谭弈接口笑道："此事东厂已找到了人证，谨姨娘父母双亡，远亲虽没找到，近邻却还尚在。"

他的话音刚落，祠堂门口又走进来两个人，他们面相憨厚，衣着朴实。这两个人早已被东厂告诫了一番，他们先说了自己的籍贯、来历以及姓氏，面相忠厚的男子说道："言家姑娘的父亲去世后，言姑娘便卖了家当葬父，之后就去了京城寻亲。她家的房子便是小人的父亲买下来的，小人记得那一年是癸丑年。"

另一个看起来老实巴交的老妇人仔细辨认过画像后道："画的是言谨丫头，那年是癸丑年，年还没过完，大冬天的，言老头就去了。是我和我相公帮着谨丫头料理了言老头的后事，她在京城还有个很多年都没有联系过的姑姑，她戴着孝收拾了个包袱就上船去京城寻亲了，后来就再也没有她的消息。"

林一鸣大笑道："都听清楚了吧？谨姨娘在癸丑年正月才进京寻亲，而林一川是当年二月出生的，正是谨姨娘寻亲不遇被大伯买下的日子，她根本不可能是林一川的亲娘！大伯父的二十几位妾室都生不出一子半女，谨姨娘摸了遍五百罗汉就怀上了林一川？笑话！"

不知为何，林一川的脑中突然闪过灵光寺的五百罗汉壁。离地二三十丈的绝壁如刀削斧凿，山道不过尺余，险要处需拉拉岩石中镶嵌的铁链走过。娘亲那样柔弱的女子，需要怎样的胆识才能摸那五百罗汉祈福怀上自己？不过，这世间还有娘亲骗自己的孩儿说是拜了送子观音或是喝了瓢寺中的净水才怀上他们的呢。他的娘亲或许只摸过几个罗汉，后来故意逗他说摸完了五百罗汉壁呢？他为什么要听这些人胡言乱语？

"说完了？"林一川见父亲一副从容不惊的样子，冷冷地道，"人是你们找来的，东厂想要指鹿为马，谁敢说不是？"

文书以及所谓的证人，并不能让所有的林氏宗亲都信服。

梁信鸥的团脸上始终挂着笑容，可瞧在林一川眼里却没那么和蔼，只听梁信鸥道："东厂办事，素来以证服人，想必大家都会想，旧年的文书可以是东厂伪造的，证人也是我东厂找来的，取信度不够。那么这个人呢？林大老爷应该很熟悉吧？"

林大老爷望向佝偻着背走进祠堂的老人，目光不禁闪了闪。

"是林大！"有认出来人的宗亲喊出了声道。

在林家，能被称作"林大"的人，是林家曾经的大管事，是林家南北十六行中，资格最老、权力最大的一位管事。

"老爷！老奴给您请安了。"林大一进祠堂，就冲着林大老爷跪下了。他望着林大老爷，眼里有两行混浊的泪淌了下来。

林大老爷注视着他，终于发出一声叹息："林大，有事为何不来寻我？"

林二老爷叫了起来："看大哥这话说的，就像林大是受了逼迫来做伪证一般。林大，我问你，当年你在京城做管事，林一川是什么时候被大老爷抱回来的？谨姨娘是什么时候被买下来的？"

林大抹了把泪，喃喃地说道："十九年前，大老爷来京城查看生意，闲时就四处游玩。二月底的一天，老爷突然抱回了大公子，说是与自己有缘。为了不让扬州老家的人起疑，老爷又起了善心，买下了走投无路的谨姨娘，让她冒充大公子的亲娘。后来大公子承欢老爷膝下，老爷将他视为己出……"

"林大，老夫不怪你，你起来吧！"

听到林大老爷的话，林大猛然抬起头，整个身体都颤抖起来。他颤颤巍巍地起了身，佝偻着身子慢吞吞地往祠堂外走去，眼看就要出去时，他突然扭头大喊了声："老爷，老奴先走一步，到了地下再侍候您！"说罢，他一头撞在了旁边的墙上。

"一川！快，快去看看！快叫郎中来！"林大老爷没有想到他竟然撞墙自尽，急得直喊。

林一川快步跑了过去，林大抓紧了他的手。从林大额头淌下来的血模糊了他的眼睛，他嘴唇颤抖着似乎想说些什么，但喉间只发出嘶嘶的声响，老半天才吐出一口气来："莫要怪老爷……"尾音随风而散，林大已断了气。

"大哥，你还不肯承认吗？"林二老爷得意扬扬地问道。

连跟了父亲一辈子的林大都被东厂胁迫了！林一川愤怒地回头，与谭弈讥笑的目光碰到了一起。

祠堂里的林氏族人因震惊而沉默着，沉默之中的林大老爷悠然开口道："一川，的确是我抱回来的，那又如何？"

林大老爷的话让林一川惊诧地望了过去，父亲为何要这样说？他没听错吧？

"老二，你费尽心思找来这么多证人，又有什么用呢？一川已上了族谱，他就是我的儿子，有权利承继我大房的香火。等一年后他及冠，家主之位还是他的！我膝下无子，却有养子如亲子。诸位宗亲，哪条祖宗规矩说我不能把家主之位传给他了？"林大老爷讥诮地说道。

众人一愣，却又无从辩驳。林二老爷险些气疯了："大哥，他身上没有林家的血脉，凭什么能继承你的家业？！"

"有朝廷律法规定。我无亲子，却有嗣子，一川上了族谱，他就能继承我的家业！"林大老爷掷地有声地说道。

林二老爷叫道："我把一鸣、一航都过继给你！不！这林家所有的男孩儿都任你挑选！"他终于聪明了一回。此话一出，连九老太爷都心动了："一川虽然被你养了十九年，可是他毕竟没有林家的血脉。这家主之位，你是否再考虑考虑？"

林大老爷充耳不闻，睃了梁信鸥与谭弈一眼又道："戏看完了，便散了吧。一川，送我回去。"

在众目睽睽下，父子俩离开了祠堂。林一川条件反射地扶着父亲离开，身后林二老爷和林一鸣的愤怒质问声，像是从极远的地方传来。他，真的不是爹的亲儿子？他，是父亲抱养的？谭弈的声音像根刺扎在了林一川的心上，这是有意说给他听的："鸠占鹊巢，还以为自个儿多能耐呢。能上得了族谱，也能从族谱上除名，法子多的是……"

这一刻林一川问自己，如果他不是林家的大公子，他还能在十六岁接管林家产业，令南北十六行的管事信服吗？他想起了从前，几百两精工绣作的衣裳，脏了一点儿就马上扔掉。如果他不是扬州首富林家的大公子，还能这样豪奢吗？林一川迷茫了。

不知不觉回到了银杏院中，软轿落了地，林一川却久久没有想起应该去掀轿帘。守在一旁的林安叫了他一声，他有点儿茫然地望着林安。林安又叫了他一声，林一川才猛然回过神来，上前掀开了轿帘，只见林大老爷双目紧闭，脸色蜡黄，已是不省人事。

"叫郎中来！"林一川不禁脸色大变，弯腰将父亲抱了出来。他的脑袋嗡嗡作响，搂紧了父亲，却像搂住了一根轻飘飘的稻草。

林家请来的郎中在林一川的眼前晃动着，大管事呼喝着下人，仆从川流不息，林一川呆愣地望着躺在拨步床上昏迷不醒的父亲，只感觉自己正在做梦。

"林大老爷也许会醒，也许就……"郎中的话撕开了蒙在林一川耳朵上的那层膜，眼前的一切变得异常清晰起来。

内堂里的人潮水般退了出去，林一川回过头，林安正站在隔扇间门口，他朝林一川微微低下了头，以一种谦卑的姿态传递着他的忠心。一股说不清的疲倦感涌了上来，林一川喃喃地说道："我想陪会儿我爹，别让人进来打扰。"

隔扇间的门轻轻被关上，为父子俩隔出了安静的空间。林一川无力地坐下，握住了父亲的手。祠堂里的一幕幕不停地在脑中回放着，让林一川感到阵阵眩晕。他握紧了父亲的手轻声地说道："您说过，我娘摸过五百罗汉壁，佛祖显灵，这才有了我。爹，其实东厂找的证人、证词都可不信，为何您要承认呢？也对，您是生意人，不会做亏本的买卖……"他把脸埋了下去，发出含糊的声音，"您只要醒过来……我什么都答应您。"

燕声欲言又止，朝内堂张望着。雁行睃了眼站得如标枪般笔直的林安，揪住燕声的衣领就将他拉了出去。进了两人住的厢房后，雁行关上了房门："放心吧，有林安在，等歇好了再去换他也不迟。"

"他们说少爷不是老爷亲生的！老爷还承认了，这怎么可能？！"燕声急不可待地说道。

雁行给自个儿倒了杯热茶，又递给了燕声一杯，他悠闲地吹了吹杯中冒出的热气道："是又怎样？大明律规定家业全归嗣子，亲兄弟、亲侄儿都甭妄想。"

燕声急了："唉，我不是说家产，我是说……"

雁行打断了他的话："东厂说少爷不是老爷亲生的，就是真的？老爷说少爷是抱养的，他就不是你的少爷了？"

那究竟少爷是不是老爷亲生的啊？不对，他不是想说这个，燕声脑袋有点儿蒙："少爷当然是少爷……"

"那不就结了？"雁行悠悠地说道，"好戏才刚开始呢。"

燕声瞪着他许久，怒得拍起了桌子："雁行，你不是个好人！眼下都什么情形了？你竟然还在看戏！不行，我要守着少爷去。"任由他夺门而出，雁行翻了个白眼，抖开包袱皮，收拾起东西来。

第五十八章
自请出族

　　林家的这场戏才开场，太多的人不愿意它这么快就落幕。接到林大老爷昏迷不醒、药石无灵的消息后，以林二老爷为首的林氏族人纷纷从祠堂赶了来。不消多时，银杏院待客的正堂就黑压压地坐满了人。

　　林二老爷和二太太出面张罗着，带着管事安排族人用饭、歇息。留在银杏院的族人虽然多，倒也有条不紊。银杏院旁边的花厅里开了十几桌席，用过饭，这些德高望重的族人又陆续回到正堂中继续等待。

　　燕声听着林氏族人谈论着大老爷的病情，感叹着大老爷做过的善事，他竟傻傻地有些感动："以前都不知道族里有这么多人关心着老爷！"

　　林安忍不住扯动了下嘴角，上下仔细打量着燕声，老爷怎么选了个二傻子在少爷身边？他轻声说道："豺和狼是不同的，豺更凶残狡猾，捕食时最喜欢以多取胜。"

　　燕声呆了呆，没听明白。林安望向窗外的天空："受伤的羚羊其实并不害怕被豺狼咬断喉咙，它最大的恐惧是倒地死亡前看到四周围满了秃鹫。它知道当死亡降临后，这些秃鹫就会一拥而上，将它啃成一副白骨。"他转过头望向正堂的方向，"豺、秃鹫。"

　　燕声恍然大悟，气得额头暴出了青筋，令林安忍不住失笑。想到少爷的精明，他似乎有些明白燕声为何会成了少爷的贴身伴当，他拍了拍燕声道："肉烂了也还在锅里，林家的族人会抱成团想办法赶走少爷。你若一心想跟着他，我劝你还是赶紧去收拾包袱，多拿点儿值钱的东西带着。"

"凭什么？"燕声下意识地反问道，"家业是嫡长房一脉传承下来的，到了老爷手中林家才成为扬州首富，那些族人有什么资格来抢？"

林安懒得和这傻乎乎的小子解释。这时，内堂里突然传出了林一川的声音，显得含糊而疲倦："爹，您醒来吧，您这是躲着我才不肯醒来吗？"

燕声和林安一愣，不约而同地竖起了耳朵。

"抱养来的儿子也是您的儿子啊，您死后总归是我给您摔盆捧灵……可是您就这样走了？一句交代也没有，对我也太不公平了吧？"

林大老爷依旧没有半点儿苏醒的迹象。

"从小到大我从没听您说过我是抱养的，临到要死了，您这样说，您让我怎么办啊？醒来说一句行不行？！"

……

里面再没了声音，燕声抹了把眼泪，小声对林安嘀咕道："少爷肯定气疯了。"

隔了一会儿，林一川的声音猛然提高："您再不醒过来，林家的产业我就全都不要了，由着二房败了去！"燕声和林安被吓了一跳，声音戛然而止，两人悄悄把脸凑近了门。这时，门突然被拉开，林一川幽深的双瞳里飘着两簇火苗，脸色苍白如纸，他突然吼道："还不去叫郎中来！"

他的声音有点儿大，正堂里的嗡嗡议论声骤然消失，无数人探头朝内堂方向望去。林二老爷扶着九老太爷径自跟在郎中身后走了进去。林二老爷盯着郎中放在林大老爷鼻端的羽毛，生生咽了口唾沫，不敢错开一眼。隔了良久，羽毛纹丝不动。郎中又探了探脉，终于起身摇了摇头。

父亲没有一句交代就走了，林一川闭上眼睛，使劲儿压下眼里涌现的酸涩，缓缓跪了下去。林二老爷却心头一松，扑通跪在了地上，拍着踏脚板号啕大哭："大哥！你怎么就这么去了啊！"

"老爷！"

银杏院里的悲哭声刺穿了夜空，将林大老爷过世的消息传遍了整座林家老宅。

"一川还小，震惊自己的身世又伤心我大哥过世，外头的事就由我这个当叔叔的照应着吧。"林二老爷当着族人的面将办丧事的活儿揽上了身。

林大老爷的病拖了不止一年，林家早已有准备。林二老爷悠闲地坐在银杏院的正堂里，林家能干的管事们就将丧事井井有条地张罗起来了。

"由他去吧，他只会把老爷的丧事办得更加风光。"林一川披麻戴孝跪在灵堂里烧着纸钱元宝，看了一眼灵幡香案后的棺木，不用去应酬，能安静陪着父亲也不错，他也正需要时间好好地想一想。

"丧期二老爷不会作妖，去安排吧。"

林安低声应了。

满城喜庆过年节，唯独扬州首富林家被素白灵幡覆盖。腊月三十的清晨，扬州城几乎所有有头有脸的人家都接到了消息。因为年节，大多数人家只遣了管事前来，但林家老宅并未显得冷清，登门吊唁的族人比林大老爷在时还多。

林一川冷眼看着林二老爷夫妇以林园主人的身份热情招待着族人，比过往十几年都要出奇的大方。但凡家中有困难的族人登门，不等主动开口，林二老爷便早早令管事备了大盘金银相赠，用的都是他自己的银子。

如林一川所料，丧礼期间林二老爷并没有折腾。待七七四十九天的道场办完，林大老爷出殡的前一天，林一川终于等来了该来的人。

看到披麻戴孝的林一川，梁信鸥就想起了杜之仙丧礼上的穆澜。可惜林一川不是穆澜，没有装出弱不禁风的稚嫩模样。还礼后，林一川就将梁信鸥请进了银杏院叙话。

"梁某还记得，头一回来银杏院做客时，席面就摆在这银杏树下。大公子风姿绰约，令梁某一见忘俗。"梁信鸥没有进房，站在银杏树下感叹道。

林一川望着树下的一池清水，扯出了一个讥讽的笑容来："转眼梁大档头就逼在下宰了林家的百年镇宅龙鱼当下酒菜，在下对大档头的印象也深得很。"

"呵呵！"梁信鸥负手笑了，笑声一顿，他的眼神就冷了，"如果谭公子未回京城，大概今天你已被东厂擒拿入狱了。梁某与大公子好歹有些交情，并不想这样做。"

林一川"哦"了声道："在下是否该感谢大档头手下留情？"

"东厂有这个权力不是？"

"梁大档头没这样做，自然另有打算。无论如何，一川都承了这份人情。"

聪明人哪，梁信鸥心里赞叹道。谭弈恨不得将林一川踩进泥里，可出面当恶人的却是他，他和林一川又有什么仇？只需达到目的即可。梁信鸥喜欢凡事留一线，将来好相见。他环顾四周道："这里风景不错。"

林一川招手让人在树下摆了桌椅，上了茶："梁大档头第一次来的时候，也喜欢坐在树下。"

梁信鸥叹道："想起林大老爷，在这里追思一番也是梁某的一番心意。"

当初他们父子就是在银杏树下宴请的梁信鸥，也是在那时父亲应允了投靠东厂。听他提起父亲，林一川就明白了他的意思，随后反问道："为何东厂会改变主意帮我二叔？"

林一川想，他在暗中转移林家资产做得极为隐秘，东厂应该不会知道。

梁信鸥手指蘸着茶水在桌上写了三个字，似笑非笑地说道："我家督主从来都不喜欢脚踩两只船的人。"

林一川看见"锦衣卫"三个字后，就暗松了口气，讥讽道："身世之说连我都是头一回听到，东厂暗中找来诸多人证，赶在腊月二十九林家开祠堂时打了林家一个措手不及，是担心锦衣卫会插手相助？"

"是啊。"梁信鸥叹道，"锦衣卫若提前着手布置，林家的产业就未必能成为东厂的囊中之物。"

"不是我瞧不起我二叔，他虽然有经商天分，却远不是别人的对手。东厂不怕扶他上位后，得到一个千疮百孔的林家？"

"扶个傀儡，至少忠心。"梁信鸥冷笑道，"大公子想左右逢源，实乃不智！大公子难道就没想过自己的处境？真以为上了族谱就能坐稳林家家主之位？"

林一川"嗯"了声道："我若被东厂抓走，以我的罪名、劣迹，为了不让我祸及林家，二叔势必会以此为借口将我逐出族去。因惧怕东厂，族人又有谁敢反对？更何况在东厂的诸多人证嘴里，我不过是抱养来的。等我从族谱上被除了名，林家的家业更与我没有半点儿关系，东厂轻松就能扶了我二叔当家主，掌控林家，大档头是这样打算的吧？"

"不到万不得已，东厂并不想那样做，你二叔会落下个勾结东厂巧取豪夺的恶名，我家督主却是要名声的。"梁信鸥笑呵呵地说道，"梁某的来意，大公子心里清清楚楚，这是大公子最后的机会，梁某言尽于此。大公子只有一天时间考虑，告辞。"

一天的时间，他最后向东厂投诚的机会。投靠了东厂，那么一年后家主之位还会是他的，但从此就成了谭诚的狗。林一川最后只问了一句话："那些证人、证言，是真的？"

梁信鸥怜惜地望着他道："梁某也没想到，是真的。"

梁信鸥走出银杏院时，听到身后茶壶被砸得粉碎的响声，他摇头叹息，他很理解林一川的心情。

林大老爷出殡的这天，林家的族人来得很整齐。

眼看快到吉时，见林一川捧起了灵位，林二老爷忽然趴在棺材上拍着棺木放声痛哭起来："大哥啊！我可怜的大哥啊！你死后都没有亲生儿子给你捧灵摔盆啊！你让小弟如何舍得你孤零零地就这么走了啊！我愿意把一航过继给大哥！他是我的嫡亲儿子，是和你血脉最近的人！大哥，让一航给你摔盆捧灵，给你侍奉香火！一航，过来给大伯磕头！"

七岁的林一航被亲大哥林一鸣推到了棺材前，他怯生生地看了林一川一眼。

"不许跪！"林一川简单地说道。林一航吓得飞快地甩掉了林一鸣的手，转身扑进了二太太的怀里。林二老爷找到了借口，跳脚大骂道："我大哥拿你当养子，我不过是想让我大哥多个有血亲的儿子侍奉，你凭什么阻拦？"

林一鸣也跟着叫道："你别以为自己上了族谱就能独吞大房的家业，我大伯能收你当儿子，也能过继任何一个林家的子弟！"

笑容从林一川的唇角显露出来，又慢慢扩大，他看向人群，目光从沉默不语的九老太爷等族中长辈的脸上扫过，也看到了人群中的梁信鸥，他仰天大笑起来："今天该来的、不该来的都来了，都听清楚了，我爹今天出殡下葬，谁敢作妖别怪我不客气。"随着他的话，上百林家护院手执棍棒杀气腾腾地护住了棺木与林一川。

林二老爷看了看梁信鸥与东厂番子，胆子立时又壮了："林一川，你还敢当街殴打叔伯长辈不成？"

林一川充耳不闻，继续说道："给我爹做完头七，我林一川就自请出族，离开扬州。林家的财产，我分文不取，到时林家与我再无干系！"

"真的？！"林二老爷险些不敢相信自己的耳朵。

林氏宗亲的脸上都露出了不忍之意，但想到林二老爷许下的好处，又想到林一川并非林大老爷亲生，由一个毫无血脉关系的养子继承家业，就算律法能容，也过不了林家人心中那道坎，所以众人都纷纷保持了沉默。

"现在，没有人再阻止我为我爹捧灵摔盆了吧？"林一川说完，目光毫不退缩地盯住了梁信鸥，嘴角上钩，露出嘲弄的笑容。

梁信鸥眉头微蹙，想起了那天林一川砸碎茶壶的响声，直到此时他才反应过来，那道响声就是林一川给他的答案：宁为玉碎，不为瓦全。他为了不投靠东厂，宁肯自请出族，净身出户。梁信鸥叹了口气，锦衣玉食的林大公子大概从来都不知道身无分文的滋味吧？这幕戏已成了鸡肋，再无看头，不是林家继承人的林一川，对东厂来说毫无用处。扶林二老爷上位的任务已经完成，梁信鸥干脆利落地带着番子离开了林家。

林一川目送着东厂之人离开，他知道，这才是最好的选择——父亲为自己做出的选择。转过身，他捧起了灵位："可以起灵了吗？"

林二老爷没想到林一川竟主动自请出族，不禁大喜过望，他便不再阻拦，神清气爽地喊道："吉时到了没？到了就起灵！"

"起灵！"

听到这一声，林一川抱紧了手中的灵牌，仰天大喊："爹，儿子送您最后一程！"

林园的哭声骤起，声音与撒落的纸钱被风吹向了空中，无声地飘荡着。

有一种悲伤无须眼泪，却更令人心碎。

大老爷死了，大公子又自请出族，再也不是林家的人了。没有了主人，就失去了主心骨，林家老宅大房所居的东院人心惶惶。偌大的东院一等管事就有十八人，家奴、仆人加在一起近三百人。林大老爷做完头七的法事后，林一川就将所有人都召集在了前堂大厅里。正堂中，二十四位姨娘浑身缟素，有哭得浑身瘫软的，也有平静淡漠。林一川坐在正中主位上，望着这满堂缟素，心里不是不难过的。

"大家都知道，我是老爷抱养的，虽然我不是他的亲骨肉，但他仍然是我爹。"林一川缓缓开口道，"二老爷攀上了东厂，我若不走……胳膊也拧不过大腿，更护不住你们。"

姨娘们已隐忍许久，听到这句话后都哭了。姨娘们跟着林大老爷过了半生好日子，本以为这一生都会在美丽的林园里安稳地度过。可林大老爷刚过世，她们的生活就要面临着巨大的改变。林一川叹了口气，扫了眼姨娘们，猛然提高了声音："都别哭了！"

姨娘们吓了一跳，强忍着变成了小声啜泣。

"我离开林家之前，好歹也要把你们安顿妥当。"林一川没有再看她们，他走到了正堂外，扫视着满院的下人，提气说道，"明天，我就要离开林家了，将来这里的主人就不再是我了。大房所有雇用的短工午时前结清工钱，子时前离开。工钱之外多领五两银子，作为年节红包。所有雇用的长工提前解约，工钱之外再多领五十两银。将来你们还想来林家做事，再重新签订契约，账房已经准备好了，都去吧。"

丰厚至极的酬劳让雇工们惊喜交加，纷纷跪下给林一川磕头。长工们在林家做得时间久的，一时不舍，又哭了起来。

"去吧。"林一川摆了摆手。自有管事催促着这些人离开前堂。但堂前仍站着两百余名有身契的下人，这些人中有林家的世仆，也有买来的家奴。

"不管是世仆还是买来的家奴，只要想走，都还给身契。世仆每人二百两，家奴每人一百两，管事会去衙门替你们销了卖身契。不愿意走的，也拿银子，将来就看你们自己的造化了。酉时前走或留，都需在管事那里登记。要离开的，戌时前离开。"

更为丰厚的打赏让这些家仆喜出望外。几番处置下来，长房的下人已走得七七八八。最后来向林一川请辞的人是林家的几位管事，林一川睃了背着小包袱的林安一眼，点了点头道："都去吧。"

待林一川回到厅中，姨娘们不约而同地望向他，他叹了口气道："二老爷也要名声，想来也不会薄待留在林家的姨娘们；想投亲的，我安排车马送归；将来想改嫁的，皆随心意。这是爹的意思，也早与姨娘们说过了。"

雁行和燕声抬了只大箱子进来，林一川亲自从箱子里拿出早写有姨娘姓氏的匣子，送到了每一个姨娘手中。

"每人一个一百亩田庄、三千两傍身银。姨娘们的嫁妆、贴己、服侍的丫头都可以带走。"林一川朝姨娘们团团揖首，"这些年，辛苦你们了。"

"大公子！"大姨娘年纪最大，已经五十多岁了，她扶着丫头的手站起了身，神色安详至极，"妾身跟了老爷近四十年，妾身哪里也不想去，总不能让老爷魂归时，这宅子里一个人都不认得了。"

一席话让堂中所有人都红了眼睛，林一川沉默地朝大姨娘弯腰，揖首。

忙碌过后，如鸟离林，长房陷入了让人心悸的安静之中。这一晚，林一川提着灯笼在院子里转悠着，一步步将自己生活了近十九年的家印在了心里。

天色终于大明，东院的大门沉沉开启。林氏族亲陆续到来，将宽敞的前厅正堂挤了个满满当当。属于林大老爷的上首正位空着，林一川坐在了右首主位上，连九老太爷都顺位坐在了他的下首。林一鸣瞧着心里就不大痛快，可连九老太爷都没有吭声，林二老爷也只能忍了，坐在了左边首座。林一川见人齐了，微笑道："今天之前，大房所有的家仆、雇工，我都已安置妥当，遣散费走大房的账，想必二老爷和诸位叔伯不会有意见吧？"

"这是我家的银子！"林一鸣心疼得要死。林一川出手大方，西院昨晚得了消息后，林二老爷气得摔了茶碗。

林一川似笑非笑地反问道："你家的银子？"

"一川，别和你弟弟一般见识，这件事我没有意见。他们在长房多年，林家是积善人家，应该的。"心疼归心疼，但只要林一川肯离开，不过都是些小钱罢了。就当买个名声，免得节外生枝，林二老爷生生忍下了。林二老爷这话说得漂亮，族人纷纷点头称是。

林一川继续说道："姨娘们服侍了爹一辈子了，我爹在两年前就已安排好了。愿意留在林家的，给她们养老送终；想走的，各随其愿；嫁妆、私房、服侍的奴婢都可由其带走。所赠的田地、金银也是爹在世时就置办妥当的，族中也无意见吧？"

能有意见吗？兄长刚过世，嗣子就被赶出家族，失去继承权，林二老爷还敢苛待兄长的姨娘？想到兄长纳了二十四位姨娘，赠送的财物得有多少？林二老爷心中不禁又是一痛。他告诉自己，只要能赶走林一川，那些都是……小钱！

"一川处置得妥当，应该的。"九老太爷代表族人表了态。

该安置的都安置妥当了，剩下的就只有林一川了，他该不会也要带走一大笔财产吧？说是不取分文，谁信哪？林二老爷紧张了起来。

"老管家，把账本和对牌都交给二老爷吧！"林一川吩咐了声。只见选择留在老宅的管事们搬出了八只箱子，老管事们将装着对牌的箱子放在了林二老爷旁边。

"这是大房东院所有的账本，二老爷请收好。"林一川说着站了起来，"需要去祠堂吗？"

"不必了！"林二老爷心情激动，直接将族谱拿给了林一川看。林一川看到上面父亲一栏的下面已写上"养子林一川自请出族"，于是他干净利落地按下了手印。

林二老爷将族谱递给了旁边的管事后，语气也变了："林一川，从今以后，你就再也不是扬州林家的人了。"

"不是林家的人，你就再也不能拿走林家的一文钱！"林一鸣马上补上了这句话。

"从……我爹过世起，我就再也没有出过家门。有人盯着，你们自然知道这些天没有一两银子流出过东院。"林一川摊开了双手，"我没拿包袱，现在可以走了吗？"

自己被林一川欺负了这么多年，总算等到将他赶出家门扬眉吐气的这一天了。就这样让他走了，也太便宜他了。林一鸣眼珠转了转，道："你说分文不取，我可记得你身上的这件银丝绣白鹤袍子是江南纤巧阁做的，值四百多两银子呢。走也要把衣裳脱了再走！"

"欺人太甚！"燕声愤怒地大叫起来。

"一鸣。"林二老爷瞥见族人难堪的脸色，也觉得儿子过分了。

林一鸣急了，低声在林二老爷耳边说道："连包袱都没带，您就相信他身上没藏着银票？给了下人、姨娘们一大笔，别都掏空了……"

"这件衣裳林公子瞧得上，那就给你了。"林一川听得分明，讥笑着解开衣带，脱下了那件价值四百多两的银丝绣鹤锦袍，露出里面的白色中衣来，"林公子不嫌弃，就拿去穿吧，我记得你一直很喜欢这件衣裳。"

衣裳扔到林一鸣手中，他半晌才反应过来，气得扔在了地上："谁稀罕穿你的旧衣裳！"

"穿不穿随你，我不过是还给林家罢了。"林一川再次潇洒地摊开双手，"还需要我脱光搜身吗？"

"够了！一鸣，别再胡闹了！"九老太爷实在看不过去了，冷了脸道，"燕声，去给你家少爷取件袍子来，别冻着了。"

"不用了。"林一川示意燕声打开包袱，拿了件他的外袍穿上了，"诸位林氏族亲在场见证，我林一川没拿林家一文钱离开。将来若有谁反口污蔑，说不定老天爷会罚他没了舌头、丢了性命。"

兔子急了还咬人，谁知道林一川被逼急了会怎样？林氏族人面面相觑。

燕声见林一川极自然地穿上了自己的旧衣，眼泪就流了下来。从前他家少爷的衣裳沾上一个泥点都会换件新衣服，何曾穿过别人的旧衣。他怎么看自己的那件袍子怎么都觉得难受，抹着眼泪道："少爷，衣裳燕声洗得很干净。"

　　"蠢！嫌脏我会穿吗？"林一川笑骂了他一句道，"把包袱收拾好走吧。"

　　"等等！"林一鸣拦住了燕声，他不敢再找林一川的碴儿，还不能对付一个小厮？他坏笑道，"林一川没拿包袱，说不定把银票都藏在你的包袱里了。明修栈道，暗度陈仓，啧啧。"

　　燕声大怒道："你当少爷和你一样不要脸？"

　　林一鸣恶狠狠地说道："你是林家的家生子，敢对你主子我这样说话？"

　　"燕声早除了奴籍，雁行也从未签过身契，他二人都不是林家的人！"林一川淡然地说道。

　　林一鸣翻了个白眼道："所以啊，本公子怀疑你暗中掏空了东院，自己声称分文不取，却把银票藏在了他二人身上。"

　　燕声不受激，将包袱皮一下子就摊开了，愤怒地说道："你找！"

　　林一鸣还真的厚着脸皮上前翻了翻，笑眯眯地拎出个蓝布小包掂了掂："我记得林家少爷身边的小厮一个月只拿二两月例，这里少说也有百来两吧？这不吃不喝得攒多少年啊？"

　　月银是只有二两，但林一川平时出手大方赏赐多，燕声气极道："你拿走，我不要了！"

　　百来两银子，还不如林一川身上的一件锦袍贵，林氏族人瞧着都觉得林一鸣吃相太过难看了。可是林一鸣存了心要出气，对众人的目光视而不见："那本公子就不客气了。"他拿起钱袋随手扔给了身边的小厮，"拿给下人们分了！"

　　燕声没见过这么不要脸的，气得把头扭到了一边。

　　"林二公子，这是在下的行李。"雁行主动打开包袱，拎起自己的钱袋将里面的银子倒出来摊在了掌心，快速地说道，"在下不吃不喝攒下了十三两七钱银子，二公子若敢抢在下的银子，在下马上就去扬州知府衙门击鼓鸣冤！"

　　"谁抢你银子了？本公子瞧得上吗？"若真被雁行告到衙门，他就成大笑话了。林一鸣冷哼了声，不再纠缠。

　　"二少爷讲道理，在下也嫌去衙门打官司麻烦。"雁行笑眯眯地把包袱收拾好。

"一鸣！别胡闹了！"见林一川果真没有私藏夹带走大房的巨额金银，林二老爷这时才开口喝止林一鸣，假意道，"一川，好歹你叫我了十几年二叔，穷家富路，二叔赠你三百两盘缠。"

望着端来的金银，林一川哈哈大笑起来，看也不看林二老爷，便扬长而去。

"呸！"林一鸣啐了口道，"等你饿死在路上看你再傲气不？林家养了你十九年，你花了多少银子！一件衣裳四百多两，不是大伯大方，你穿得起吗？"

"好了。"林二老爷喝住儿子，感叹道，"一件衣裳四百多两，少穿一件衣裳，族里能多添多少族产啊！老夫决定给族里再添一千亩田，嫡长房有银子，焉能不关心族人？"

听到这句话，林氏族人对林一川的同情就淡了。可不是吗？一个抱养的，凭什么穿件衣裳都要上百两银子？比他们这些林家人过得还富贵！听到林二老爷要添一千亩族产，族人开始激动起来，围着林二老爷奉承着。已无人再去想刚过了头七的林大老爷和离开林家的林一川了。

主仆三人离开林家后，径自去了码头，打算坐船进京。这时，雁行拎起钱袋在林一川和燕声面前晃了晃："此去京城，一个人的船资就要十两，我付了船资后，剩下的银子仅够我自己啃烧饼，还得节约着吃，没多余的银两分给你俩用了。"

林一川一脚就踢了过去，骂道："你攒的老婆本呢？别跟我说你在我家好吃好喝、月钱赏钱拿着，就攒了这么点儿银子！"

雁行往旁边跳开，望天长叹道："我本想着同门一场，跟着扬州首富的儿子好歹能吃香的喝辣的，但现在你身无分文，还想让我拿出娶媳妇的老本来养你？林一川，我把你解雇了，以后甭想再想使唤我了。"说着，他就上了船，付清了船资，站在船头跟两人挥手道别。

燕声看得目瞪口呆，眼看着船解了缆绳要起航了，他急得跳脚大喊："雁行，你失心疯了不成？你怎么能扔下我和少爷不管啊？"

雁行笑吟吟地喊道："没钱雇得起我吗？燕声，等我挣够了钱，我雇你来当小厮啊！"

"你，你，你……"燕声直接被呛得结巴起来。

船扬帆起航，雁行真的就扔下他们走了？燕声抱着包袱急得蹲在了地上：

"少爷，早晓得你就不要脱那件衣裳了嘛，好歹也能当个几十两银子！"

"出息！"不提衣裳还好，提起衣裳，林一川想到此时穿的是燕声的旧衣就浑身不自在。他都忍了，燕声还敢嘲笑他？林一川寒着脸骂道，"你家少爷那叫有骨气！你呢？林一鸣激了你几句，平白就把积蓄扔了，你怎么这么蠢啊？蹲这儿丢人现眼做什么？起来！"

"我，我……"燕声嘴笨，被骂得回不了嘴，他哭丧着脸站起身来道，"少爷，咱们没钱坐船，现在去哪儿啊？"

林一川朝码头来往的人群扫了一眼道："没船坐就走路，靠自己的脚走到京城也不用花钱，走吧！"

"走到京城？"燕声瞪圆了眼睛，见林一川朝官道的方向走去，赶紧抱紧包袱跟了过去，他绞尽脑汁想办法道，"少爷，要不我悄悄回去和老宅的人借点儿钱……"

"少给我丢人！"

主仆二人灰溜溜地走了，码头上数双眼睛将这一幕看在了眼底。

京城这个年关过得异常平静，无涯派禁军抄没三十万两库银的雷霆之举，像被寒风卷动的大雪，末了，只是悄无声息地落下。

"一拳头揍在了棉花上。"无涯望着案头已被整理过再次递上来的奏折，神情黯然道。以为抓住了许德昭的把柄，能给他沉重一击，让他的手从朝政中缩回去一点儿，甚至让胡牧山浮出水面站在自己身边。然而却被许德昭轻松化解，还摆出一副忠君为国的姿态……

"可恨！"无涯一拳击在了案桌上，此时回想起许德昭和谭诚那似笑非笑、意味深长的神色，简直就是明明白白地讥讽嘲笑。他真的斗不过他们，拿不回皇权吗？天空积压着铅灰色的云层，沉重地压在皇宫之上，檐下新悬出的大红灯笼也丝毫化解不开他心头的阴霾。

亲舅舅狂妄奸诈，谭诚滑不溜秋，这两人的阴影压在无涯的心头，让他时时刻刻都想将这片阴影撕碎。然而此时，他找不到出手的时机。

风依然冷冽，却将枝头的老皮吹裂，露出属于春天的新芽。开春之后的三月，各地的秀女就该进宫了。他已行过冠礼，一国之君，后宫不能空虚。穆家班消失了，穆澜也踪影全无。选秀之时，他若找不回穆澜，他又该以什么理由推却立后纳妃？

无涯烦躁地起身，出了御书房。春来赶紧跟了上去，见皇上顶着寒风站在丹陛之上，他赶紧抱起大氅给他穿上。

"叫上秦刚。"无涯自己系好带子，吩咐了声。春来愣了愣，这是打算出宫？他不敢多问，叫了个小太监去禁军叫秦刚来，便跟着无涯往宫外走去。

马车在天香楼外停了停，春来几次欲开口相劝，但又咽了回去。皇上故地重游，这是想冰月姑娘了。可惜那位冰月姑娘无福，不肯留在宫里，这会儿也不知道去了何地……

无涯沉浸于与穆澜在天香楼里的缱绻回忆中，心里分外失落。他恨不得回到那时，永远互不揭穿身份，可惜不能。

东厂查到穆家班班主其实是陈皇后的亲妹妹陈丹沐，她化名穆胭脂，成立了刺客组织——珍珑。不仅杀了东厂数人，同时还指使金瓜武士陈良击毁河堤致水淹一县。而陈良更是被已逝的大儒杜之仙收留，做了他十年的哑仆。

陈氏为百年大族，昔日与朝堂的牵连千丝万缕。陈家虽然已式微，未必没有人在暗中支持珍珑。就一个杜之仙，在朝中便有门生无数。难道陈皇后难产真与母后有关？无涯脑中浮现出母后温柔的面容，下意识地否认了这个想法。当年父皇尚在世，母后仅仅是贵妃，陈氏一族在朝中为官者众，许家只不过是一门新贵。若反过来说是陈皇后打压母后，无涯还能相信，他实在想不明白母后如何能在宫中人不知鬼不觉地害得陈皇后难产。

母后身边昔日的女官梅红，牵出了灵光寺老妪被杀案与国子监监生苏沐被杀案。锦衣卫丁铃查到山西于家寨，寨子便被大火焚尽。是谁在杀人灭口？梅红已经死了十几年，她又能藏有什么秘密？无涯隐隐感觉到模糊的事件背后，隐藏着一件惊天动地的大事，此时却怎么也猜不到真相。

马车再次前行，春来道："主子，到了。"

无涯掀起车帘的一角，对面的穆家面馆已经被东厂查封。经过一冬雨雪，封条上满是污渍，凄惨无比地黏在门上。或许是因为天冷，也或许是因为这座宅院被查封了，显得不祥，穆家曾经居住的这条街巷现在空寂无人，围墙上有几只麻雀叽叽喳喳地叫着跳来跳去。

无涯有些愣怔："穆家班的人一个都没有抓到？"

先皇后的亲妹妹组建了刺客组织——珍珑，忠于陈家的金瓜武士陈良凿开了河堤，致使水淹山阳县，起因却是许德昭和谭诚卖了个破绽，让穆胭脂上了当，以为凭借捅出了库银调包案，就能借皇帝之手除掉许德昭和谭诚。

　　为了复仇，穆胭脂敢毁坏河堤，这般不择手段，还有什么事情是她不敢做的？许德昭一手策划了库银调包案，虽然没有将珍珑一网打尽，却让无涯对珍珑生出了忌惮之心。穆胭脂的珍珑究竟是怎样的一盘棋？她最终的目的又是什么？顺着这个思路想下去，无涯想，自己或许是这盘棋里穆胭脂也想吃掉的子儿。

　　他是皇上，他还没有立后，也没有皇嗣，他一人的安危关乎江山社稷，珍珑和穆胭脂必须铲除掉。唯一令无涯宽心的是，穆澜只是穆胭脂的养女，他绝不相信穆澜会听令穆胭脂，成为珍珑的刺客、杀手。

　　秦刚知道皇上是在问自己，赶紧答道："锦衣卫也在暗中追查，穆胭脂应该早有防备。东厂的海捕文书未下之前，便已派人盯着了，但在去年中秋，穆家班的人突然全部消失得无影无踪，东厂的眼线第二天被发现死在了城外十里坡。"他停顿了下又道，"那时候穆澜还在扬州，穆胭脂估计连穆澜也瞒着。"

　　无涯暗想，算她还有点儿良心。穆澜是池起良的女儿，是被穆胭脂抱养来的，身边有个女儿，扮寡妇行走江湖不易引人注目。穆胭脂对穆澜不过是利用罢了。

　　离三月选秀的日子越来越近了，无涯心里唯一希望的是看到穆澜出现在秀女之中。穆澜选择做回邱家女，她才真正和穆胭脂再无关系。

　　因为知晓穆澜的身世，他强令谭诚收回了对穆澜的通缉，把穆澜与穆家班割裂开来。如今穆澜消失不见了踪影，无涯又有点儿担心。毕竟穆胭脂养大了她，生恩哪及养恩，如果穆澜为报养恩，坚持和穆胭脂共进退，他怎样才能保护她，让她从珍珑一案中全身而退？

第五十九章
逼至绝境

离京城三十里地的山坡上矗立着一座废弃的破庙,庙很小,两扇庙门早就被附近的村民拆走了,露出光溜溜的门洞。坡后山高林深,经常有野兽出没。自从庙里的最后一个和尚离开后,除了猎户偶尔经过在这里歇息,连乞丐都不肯借宿于此——多走三十里就进京城了,何必留在这里,讨个饭都只能问山里的野兽肯不肯。

这个地方叫三十里坡,山坡下却不荒凉,开着一家客栈、一家饭馆和一家茶寮。每月逢十,周围的百姓都会来三十里坡赶集,这是进京前最后的歇脚处。林一川和燕声走到三十里坡时,正逢集市散去。他们经过尚算热闹的客栈与饭馆,在茶寮中客人们好奇的注视下踏上了山道。

"哎,公子,那山上的庙早就荒废了!"有客人好心地喊了一嗓子。

燕声背着包袱回头道:"谢您哪!我们正是去庙里投宿的!"

客人们恍然大悟,原来这二位是兜里光呢,很快,他们就对消失在山道上的主仆二人失去了兴趣,继续交流着佐茶的八卦。这么多茶客聚在一起,下一次得是十天后了。

茶寮建在山道旁,客人们口沫横飞,风将笑声吹送而来,其中夹杂着一句:"没货才是正常,林家南北十六家商行的老东家死了,少东家竟然是抱来的嗣子,自请出了族。商行掌柜们没了主心骨,大年初一竟然没有放鞭炮开业,京城的物价都生生涨了两成呢。"

燕声听到后高兴极了:"二老爷定会愁得揪光了胡子!"

林一川停了停脚步，嘴角微微翘了翘，眼睛盯着树间灌木丛中跳跃鸣叫的麻雀问道："晚饭吃什么？"

燕声顿时蔫儿了，嘟囔道："还能有什么？烤麻雀呗。"

天色渐沉，林一川和燕声躲在破庙里的墙角处生火，一阵寒风突然从洞开的庙门直吹进来，瞬间草灰飞扬。燕声急于护着火堆，吸了一鼻子灰，呛得大声咳嗽起来。

灰黑色的草灰撒在林一川身上，他皱眉拍打了两下，青布袄上就被手掌擦出了几道黑色的灰痕。他愣了愣，掀起一片衣襟看了又看，是脱了薄袄去外头溪水里清洗干净，还是视而不见呢？林一川盯着这几道黑色的灰痕认真地思考着。

这件青布薄袄还是在扬州时从燕声的包袱里拿的，两人的荷包比脸还干净，风餐露宿，根本没有余钱置办新衣。一路上这件袄子已经洗过很多回了，染的靛青已经洗脱了色，布料更是洗得轻薄如纸，再洗的话估计有些地方就要露棉花了。燕声不会缝补，林一川更不会，难不成他还要穿打补丁的衣裳？在灰痕和打补丁的衣裳之间艰难选了半天，林一川喃喃地说道："也不是很脏……"

燕声埋着头往火堆里添着柴，小声说道："少爷不是还有二两银子？几百文就能买件粗布新衣了，肉烧饼也就五文钱一个，不买衣裳买烧饼吃也行啊。"

林一川大怒道："一路上你念经似的惦记着我这二两银子，以前怎么没看出来你这般贪嘴？你家少爷的定情信物，你好意思花吗？"

大概这两个月同甘共苦，燕声的胆子大了不少，竟然学会了和自家少爷抬扛："少爷，就算你喜欢男人，穆公子也从来没有说过喜欢你。"

男女不分的蠢货！林一川双手往袖里一插，踢了他一脚道："你懂个屁！别把麻雀烤煳了！"

燕声往旁边缩了缩，也不敢还手，气呼呼地嘟囔着："少爷怎么不自己烤？"

林一川理直气壮地说道："你最多烤煳，我会烤成焦炭，你晚饭不想吃了？"

少爷怎么说话都有道理，自己说不过他，燕声只能认命地将两串洗剥好的麻雀架在了火堆上。不多会儿，一股肉香就弥漫开来。

燕声偷眼瞥着自家少爷坐在石头上，穿着那件洗得发白的青布棉袄，抄着手闭着眼睛陶醉在烤麻雀肉香中的模样，他突然就感觉浑身不对劲儿。他的少爷已经不是从前那个穿四百两一件精绣锦衣，处处讲究、爱洁如命的少爷了。

一股酸楚在心里翻腾着，燕声脱口而出："小的打死都不信，少爷您会穿旧衣裳，住破庙，就连蟑螂都不怕了！"

"本少爷我怕过蟑螂？不过是讨厌这种长得丑陋的脏虫子罢了。"林一川傲慢地说着，仿佛还坐在自家那张用一块紫檀木精雕而成、嵌云石的八仙桌旁，"上菜！"

燕声正想将烤好的麻雀递给他，却眼尖地看到一只蟑螂从墙角的破席子下面钻了出来，爬向了林一川："少爷，你脚边有只蟑螂……"

燕声只觉眼前有道影子闪过——林一川嗖地离地跃起，落在了他身边。燕声吓了一跳，随手就拔出了长剑，警觉地朝庙外看去。

"踩死不就行了，你的剑是用来砍蟑螂的？"林一川骂了他一句，睃了眼烤得黑乎乎的麻雀，顿时没了胃口，"我出去溜达溜达，看看能不能遇到只昏了头的野兔。"

踩死……用剑砍蟑螂……燕声盯着自己手中的剑半晌都没有回过神儿来。林一川溜达着离开破庙老半天了，燕声才反应过来，他走过去，大脚板啪地就将那只探着须四处乱爬的蟑螂踩死了："还说不怕呢，都怕得用轻功跳起来了，喊！"

燕声移开脚，看着蟑螂内脏破裂凄惨无比的残尸，眼泪都快流出来了。他的少爷几时受过这样的罪啊？明知道少爷爱清洁，自己还说蟑螂去恶心他，燕声自责地打了自己一个嘴巴。他看了眼凌乱的破庙，随后跑到庙门口折了几根松枝扎成了扫帚，趁着林一川还没回来认真地打扫了起来。扫着扫着，燕声又想起了雁行。如果雁行还在，他一定不会让少爷穿旧衣、住破庙。望着那两串烤得黑乎乎的麻雀，燕声难受极了："我真没用，烤串麻雀都烤不好。"

忽然，一个东西戳了戳他的背。"谁？"燕声警觉地回头，只见从庙门口伸进来一根长长的树枝，上面挂着个布包。布包被他撞得晃晃悠悠，热气和香气从里面冒了出来。燕声瞪圆了眼睛，朝着庙外喝道："什么人？"

庙外的人探出了头，火堆的光慢慢移到了他脸上，雁行的酒窝刺痛了燕声的眼睛，他不禁揉了揉，以为自己看错了。雁行笑眯眯地进来，从树枝上取下布包冲燕声招手道："饿了吧？赶紧趁热吃。"

打开布包，里面有五个开口大烧饼，烤得黄黄的壳上撒满了芝麻，里面塞满了酱红色的卤肉。燕声的口水涌了上来，但咕咚一声又咽回了嘴里，他盯着雁行，没有吭声。

雁行穿着件碧水青的缎面窄袖长袍，用一条精绣着大雁的腰带束着，显得格外精神。领口缀着一圈出锋的黑貂毛，让他清秀的五官多了几分贵气。燕声突然想起少爷身上穿的那件洗得都快露棉花的青布旧袄。对比如此强烈，强烈得让他愤怒。

雁行仿佛没看出燕声的情绪变化，脸上挂着一如既往的笑容，上下打量着燕声，戏谑地说道："天上掉馅儿饼，不相信是吧？快点儿吃！"

燕声的眼睛越来越红，突然冲过去，一拳就揍了过去："你还来做什么？"

这一拳带着燕声近来所有的愤怒与委屈，他早就后悔没在扬州码头揍雁行了，这般无情无义之人，该打！对付雁行，燕声极有信心，他脑子虽比不过雁行灵光，但砂钵大的拳头总比雁行硬。

啪的一声轻响，燕声呆住了——他砂钵大的拳头被一只清秀的手轻轻抵住，曾被他嘲笑长得像女人般秀气的手掌，轻轻松松拍在了他的拳头上，就像拍蚊子一般轻松。燕声瞪大了眼睛，大喝出声，拳头往外疾送出去。

雁行掌心往外吐劲儿，一股大力从拳头上传来，推得燕声噌噌地后退了两步。燕声瞪着雁行，脑子又快转不过来了。少爷身边两个小厮，素来分工明确——自己负责护卫，雁行负责打听消息，替少爷跑腿做事。他不是就轻功好一点点，脑子好用一点点吗？他怎么会……

"好哇，原来你和东厂是一伙的！装得功夫差，潜伏在我家少爷身边害他！"燕声愤怒地大叫起来。

雁行无语望天："不就是没和你打过架，你就认定我的功夫一定比你差？燕声，人笨就少动脑子胡思乱想，趁热吃东西吧。"

"对，我就是个傻子！"燕声气得直捶打自己的胸口，"你滚！老子不稀罕吃你的东西！"

雁行欲言又止，好一阵才叹了口气："这个比烤煳的麻雀好吃吧？"

"滚！"

雁行没有生气，他将布包包好，走得干脆利落。

燕声越想越生气，跑到门口对着雁行的背影大大地啐了口唾沫骂道："我和少爷死都不会吃你送来的东西！没银子我们照样走到京城！狼心狗肺的东西，还敢跑来看笑话！雁行，我跟你义绝！还有啊，你身上的衣裳是少爷给你买的！你还好意思穿？真不要脸！"

雁行充耳不闻，头也没回地消失在了树林里。燕声怔怔地在破庙门口站了好一阵儿，转过头又看那两串烤得黑乎乎的麻雀，雁行递过来的肉馅儿蟹壳黄芝麻烧饼的香气仿佛还没有散，他不禁后悔了："他送的东西怎么都该吃！活该吃穷了他！我真是个傻子！"说着，他心里又阵阵失落，"他怎么就比我功夫好呢？少爷定也被他骗了！"

天色渐暗，燕声倚着庙门望眼欲穿，林子边缘忽然有了声响，燕声大喜过望奔了出去："少爷！"

林一川拖着猎物笑容满面地朝他走来："燕声，看我打到什么了？"

燕声仔细一看，高兴得跳了起来："少爷，你太厉害了！"他围着死去的黑熊转了好几圈，掰着手指头算计着，"熊皮没有损毁，定能卖上一大笔钱。熊胆、熊掌都是好东西。少爷，咱们进京城有钱住店了！呀，还有个蜂巢，晚上能吃蜜汁熊肉了！"

燕声的喜悦让林一川大笑起来，他看着燕声剥着熊皮，心里有了主意："要不咱们在这山里再打两天猎，多攒点儿银子再进京？"

"不用啊，等少爷回了国子监，吃住全免。卖了这头熊，够我在外头花销很长时间了。京城好找活，饿不着我，少爷可不能耽搁了学业。"看到这头熊，燕声早把雁行来过的事抛到脑后去了。少爷现在已经不是扬州首富林家的大公子了，唯一的路就是回国子监读书。将来入仕为官，还能为自己奔个前程。燕声越想越开心，似乎已经看到自家少爷做了大官，衣锦回乡后吓瘫二老爷和林家族人的场景了。

他们离开扬州来京城，燕声一直以为他是要回国子监的，但国子监要读四年，林一川并不打算耗费时间在国子监里。他突然想起最初被梁信鸥逼得宰了龙鱼后，其实是父亲拐弯抹角地激他去捐了监生。那时候，是杜之仙出手给爹续了两年命。知道自己时日无多，老父亲是想让他进京寻亲的吧？可是他怎么知道自己定会去寻亲生父母呢？

"林二老爷勾结东厂，我若回了国子监会被谭弈和林一鸣整死。京城机会多，你家少爷找机会做生意东山再起也不错，你说呢？"

"对哦，少爷将来一定会挣很多很多银子，气死林一鸣去。"燕声转念想着这样也不错，高兴得哈哈大笑起来。燕声的这副模样也逗得林一川忍俊不禁，他笑着朝山下望去。山脚下的茶寮白天被树林遮挡了，所以看不见，但夜色里，灯光在黑黢黢的山中显得格外醒目。一路行来，两人身后的尾巴就没有断过。他自请出族，林二老爷也许放心了，但是东厂的人并没有放松过对他们的监视，毕竟舍得下万贯家财的人太少。

林一川未曾想过，自己竟会过上这种穷困潦倒的日子。想来，林二老爷也没料到。东厂的人会盯到几时呢？

山脚下的茶寮已经打烊，小二上好最后一块门板，提着灯上了楼。掌柜正站在二楼窗户旁，朝破庙的方向望去。树林遮住了庙里的火光，连庙顶的飞檐都与夜色中的树林融在了一起，他眼里生出几分忧色来。

听到小二上楼的脚步声，掌柜没有回头，问道："山上没有人？"

小二将灯放在桌上，躬身答道："这山上只有野兽，本就无人烟，林一川主仆武艺都不弱，放钉子太容易被他发现。"

"那我们岂不是很难发现他是否翻过了那座山，继而消失？"掌柜回过头，阴狠地说道，"就算被他发现又如何？盯丢了人会是什么结果？"

小二顿时吓出一身汗来，转身就走："属下这就让人上山去。"

"回来，先把信送回去。"掌柜拿出今天的记录交给了小二。

"一路上都是破庙栖身，农家借宿，林中打尖，林大公子吃的苦头不少啊。"谭诚笑了笑。

梁信鸥继续禀道："前些天他主仆二人运气不错，打到了一头黑熊，大概能卖三四十两银子。那山上的野物倒也丰盛，看两人的意思是想多打点儿野味，攒些银子再进城。"

"那座山咱家记得离猎场不远吧？"

那座山离皇家猎场足足有几百里地，梁信鸥迅速明白了谭诚的意思："都是同一条山脉，应该是猎场里的野兽跑了过去。"

谭诚没有继续探讨林一川主仆打猎攒钱的事，他轻描淡写地说道："君子之居丧，食旨不甘，闻乐不乐，居处不安。林一川虽自请出族，却仍是林大老爷的儿子，风餐露宿吃点儿苦头，算不得什么。"

梁信鸥毕竟是武夫，没听明白，一旁的谭弈却清楚这句话出自《论语》。谭诚眼神闪了闪道："林一川当初告假是要回扬州照顾重病的林大老爷，如今林大老爷死了，他在孝期内自然是不能回国子监读书的。"

林一川来京城，是为了回国子监读书，督主这是要断了他这条路。梁信鸥恍然大悟道："属下这就去办。"

等梁信鸥走后，谭弈这才开口问出了心中疑惑："义父，林一川已自请出族，林家的产业已是我东厂的囊中之物，为何还要让梁大档头盯着林一川？"

不仅仅是盯着，还摆出副痛打落水狗的模样，不准他在林中行猎攒钱，还不准林一川回国子监有瓦遮头，有地栖身。虽说林一川无路无走，谭弈乐见其成，但他想不明白为何义父还如此关注林一川。谭诚没有回答，负手往外走去："随义父出去走走。"

这是京城最贫穷的地方，低矮的棚户连绵不绝，房屋之间的巷道狭窄处仅容一人侧身走过，墙角的石头上长出的都是黑色的苔藓，处处弥漫着一股发霉腐烂的气息。醉酒的汉子摇摇晃晃地走过，毫不避人，对着墙根解开了裤腰带，一股尿骚味扑面而来，谭弈忍不住抬袖掩住了鼻子，眼里一片厌恶之色。他不明白，义父为何带自己到这种肮脏污秽的地方来。

身侧有风声掠过，谭弈下意识地侧身闪开，挡在了义父身前。一个六七岁的小孩儿摔倒在谭弈面前，没等小孩儿爬起来，头发凌乱的妇人跑了过来，扯着小孩儿的衣领将他从地上揪了起来，用力揍着他，尖声骂道："天杀的下作坏子，叫你偷老娘的馍！"

孩子的脖子被衣领勒得紧了，小脸儿憋得通红，手却用力往嘴里塞着一块黑乎乎的东西，使劲儿往下咽着，却噎得直翻白眼。那妇人急了，掐着他的下巴用手去抠："狗娘养的，怎么不噎死你！"那孩子呛咳着吐出嘴里的馍，喷了一地。

"糠皮麦麸加高粱面、野菜做成的团子，吃着刺喉。不用水顺着，很容易噎着。"谭诚不带一丝感情地说道，又继续前行。谭弈回望，妇人见抢不回馍，骂骂咧咧地走了，那孩子正趴在地上捡着掉落的团子往嘴里送着。这样的日子……谭弈摇了摇头，他过不了。

没走几步，前头的木门忽然哐当作响，一个男人拿着只银手镯夺门而出，回头骂道："老子赢了就给她买药！赔钱货死也就死了……头发长见识短，再哭老子把你卖了！"

门虚掩着，里面传来一声绝望的号哭声。穿着寒酸的妇人满脸是泪，颤抖着将捆柴的麻绳挂在低矮的梁上，一个面色青白的小丫头动也不动地躺在炕上。不难猜测，这家的男人夺走了妇人唯一值钱的首饰去了赌坊，女儿病重，没了钱买药，妇人绝望之下想投缳自尽。

谭诚视而不见，脚步并未停下。谭弈迟疑了下，手腕抖动，一锭碎银击中了妇人拉扯绳套的手。眼角余光瞥见妇人跌坐在地，谭弈偷偷勾了勾嘴角，快步跟上了义父。

"那妇人为何想要扔下重病的女儿自尽？"

自己的小动作被义父看在眼里，谭弈有些不好意思地低下了头。丈夫嗜赌如命，女儿病重等死，还有什么原因？他简短答道："她没了盼头。"

谭诚感叹道："是啊，没了盼头，所以心生死志。林一川突然知晓身世，又自请出族，放弃了家业。身无分文，他算不算从云巅跌进了烂泥地里？"

谭弈一怔，嘲笑道："对曾经的林家大公子来说，是够惨的。"

谭诚停了下来："受了这么大的打击，林一川可有半点儿情绪失控？棚屋虽破，这些百姓尚有瓦遮头。他身无分文，连船资都付不起，一路风餐露宿走到京城。瞧着凄惨落魄，咱家瞧着，他怎么像是在游山玩水？"

谭弈愣了愣，隐约明白了义父带自己来这里的用意："义父觉得林一川放弃的只是林家明面上的产业？南北十六行已经成了一个空壳？可是咱们没有查到异常，林家的账目也是清清楚楚的。再说了，他已经不是林家的人了，林家的管事们还能听他的？"

"许是咱家多疑，且再看看吧。"谭诚眯缝着眼望向天空，层层阴云被大风吹来，晴了几天的碧空又变得阴沉起来。谭弈问出了心里的另一个疑惑："林一川不是攀上了锦衣卫？他家出了这么大的事，锦衣卫为何没有动静？"

谭诚微笑道："自是有原因的。"

累死了两匹马，丁铃终于赶回了京城，他顾不得回家，纵马直接冲进了锦衣卫衙门。此时，他面对锦衣卫指挥使龚铁，双手撑着桌子，没有半分对上司的尊敬："林家出事的时候，您故意将我支去了边城。林一川是我的下属，锦衣卫对他不闻不问，我需要一个解释。"

"放肆！"龚铁啪地放下手中的笔，冷着脸骂道，"这是你对上司的态度？

林一川自己自请出族，放弃了家业，锦衣卫凭什么为他出头？"

"就算不为他出头争家产，也不至于让他身无分文，落魄得连住店的钱都没有吧？咦，不对，林家暗中入了通海钱庄六成股子，还送了一成干股给锦衣卫，这笔产业他不会也交出去了吧？"丁铃想起来了。

"林家在扬州的事情传到京中后，本座就命人查了通海钱庄。去年林家借了大笔流水给通海钱庄周转，钱庄以六成股子作抵。去年年底，通海钱庄把林家的钱还清后，这六成股子也就不存在了。林家去年孝敬的金银不过是钱庄给的利息！"龚铁大骂道，"锦衣卫的一成干股是和林家签的契约，林大老爷死了，林一川自请出族。为了这成干股，锦衣卫就卖给了他林一川任他驱使？本座的脑袋被驴踢了不成？你把他的腰牌收回来，暗卫簿子上，他的名字已经被勾掉了！"

丁铃倒吸了口凉气："林家人做生意真他妈的绝了！用一成干股吊着咱锦衣卫，胆子真够大的啊！"那双小绿豆眼滴溜溜地转动着，他舍不得每年分到手的一千两银子，"凭什么让东厂独吞林家这块肥肉？林大老爷死了，可林二老爷还在，凭这张契约，林家敢不认这一成干股的红利？"

"这成干股已经折成了三倍金银，送到了锦衣卫衙门。林二老爷没这魄力，谭阉狗倒是大方。"龚铁哼了声。

所以锦衣卫不方便为林一川出头了。

林一川连这笔财产都交出来了，看来的确是净身出户变成穷光蛋了。丁铃想到林一川的惨样，有些于心不忍："看在从前的交情上，属下想私人资助他点儿银子，给他找点儿活干，也算全了从前的交情。"

"不行。"

私底下帮点儿忙，送他点儿银子都不行？丁铃蹙眉道："老大，这也太过分了吧？属下会被人说薄情寡义、做人不地道的。"

龚铁板着脸道："你帮他就等于锦衣卫帮他，这是命令，违者……家规处置。"

他妈的！连锦衣卫的家规都搬出来了？！丁铃吃惊之余，歪着头露出了一个颠倒众生的媚笑："大人晓得不？东厂的人背地里都喊您铁乌龟，铁打的缩头乌龟。"

"乌龟长寿，没什么不好。"龚铁面不改色道。

丁铃气结："锦衣卫都被东厂笑话死了！"

"你不还活得好好的？"

丁铃被气得拂袖就走，离了衙门，他想起一个人来，心里的烦躁就去了大半，而后兴冲冲地打马走了。

天难得放晴了，风里带着春天的暖意，破庙里的气氛却有些肃杀。林一川拦着燕声，冷眼看着当地的衙役将两人猎到的皮子卷了起来。

"这山上的野兽都是从皇家猎场那儿过来的，再发现你们打山上的野物，当心吃牢饭！"衙役凶神恶煞地警告了一番，而后扛着皮子扬长而去。

"少爷！"燕声气得咬牙切齿，实在不明白林一川为何要拦着自己。

"民不与官斗，你真想去吃牢饭？"

主子不是林家的少爷了，连这些京郊的衙役都敢来踩上一脚。燕声不甘心却又没办法，愁得不行："不能打猎，就攒不下银子，咱们进了京城住店都没钱，怎么办？"

林一川自嘲道："虎落平阳被犬欺，落毛凤凰不如鸡。进了城自然有去处，走吧。"

两人也没行李收拾，趁着天色尚早，径自下山进城。他们路过山脚下的茶寮时，锅里正蒸着馒头，小二笑容可掬地招呼着他俩："刚出锅的大馒头！三文钱一个！客官买几个吧！这一路去京城，就只有咱三十里坡这处有卖吃食的了。"

林一川犹豫了下，让燕声取下了包袱，他将那件洗得发白的布袄拿了出来："小哥，这件袄子的布是细布，虽然洗得旧了些，里头却是上等丝棉，能换些馒头不？"

"去去去，我们开的是茶点铺子，不是当铺！"小二立马变了脸，嫌弃地将林一川的手推开了。

"怎么对客人说话的？"掌柜闻言从里面走了出来，诚恳地说道，"公子，虽然这两天放了晴，却怕遇上倒春寒，袄子还是留着御寒吧！小二，拿两个馒头过来。"

小二不情愿地拿蒲叶包了两个热馒头，眼睛都长到了头顶上："喏，拿去！"

"公子，咱们走！进了城这件袄子少说也能当二百文呢！"燕声被小二的态度臊得满脸通红，抢过袄子塞进了包袱里，直扯着林一川走。林一川站着没动，眼睛直勾勾地望着冒着白气的蒸笼迟疑着："进城还有三十里路，路上没有卖吃食的了……"

小二嗤笑了声，将馒头扔到了林一川手中："他不吃你吃吧，我家掌柜送的，不要钱。"

"谢谢。"林一川收下了。燕声气得扭过了头，心里难受得想一巴掌把林一川手上的馒头打掉，他家少爷怎么连这样的馒头都吃？他瓮声瓮气地说道："小的不饿，少爷你吃吧！"

林一川边吃边哄着他："等进了城有了银子，少爷我给你买肉烧饼吃……"

小二望着两人在官道上渐行渐远，摇头叹息道："没想到林家昔日的大公子，为了两个馒头还没他的小厮有骨气。"

茶寮的掌柜站在他的身后幽幽地问道："是加料的馒头？"

小二笑道："大人放心，揉面时加了双倍的巴豆粉。这是担心官道上他们走太快了，咱们的人跟不住？"

掌柜"哼"了声道："他们身无分文，上头是想知道，林一川如果拉肚子拉得止不住，他们怎么弄钱看郎中、吃药？"

燕声扶着林一川跌跌撞撞地进了城，他急得把包袱里所有的衣裳都当了，雇了辆车直奔丁铃家。丁铃见着满头虚汗、挂在燕声胳膊上的林一川时也大吃一惊。半年不见，当初玉树临风的林大公子此时满脸菜色、瘦骨嶙峋，这也太惨了点儿吧？他没想到两人来得这么快，让他有点儿措手不及。这会儿他是听命令将两人拒之门外，还是偷偷塞点儿银子过去？不等他想好，林一川呻吟了声，捂着肚子痛苦地叫道："茅房在哪儿？"

茅房？丁铃下意识地抬手指了指，林一川踉踉跄跄地就冲了进去。

"丁大人，快请郎中来啊！"燕声哭叫起来，"我家少爷吃坏了肚子，大半天已经拉得走不动路了！"

丁铃愣了愣，哈哈大笑起来："林大公子也有今天啊！你跑趟路去请郎中来！"

这可怨不得他不听命令，他总不能不让林一川进门，让他蹲自己家门口拉肚子吧？

丁铃的家不大，进了大门，绕过刷得雪白的照壁，正房就在眼前。院子宽敞方正，墙角有口甜水井。厢房外支着个炉子，燕声正坐在小板凳上认认真真地扇着火，药锅里的药咕嘟咕嘟响着，整座院子都能闻到药香味。

丁铃斜坐在炕沿上，盯着林一川啧啧摇头。

"我瞧上去很惨？"林一川从温暖的被窝里伸出手，摸着自己瘦下去的脸，有点儿好奇地问道。

"不是很惨，是惨不忍睹啊。"丁铃来了兴趣，甚至有些幸灾乐祸，"说起来本官还挺佩服你的，那么大的家业说不要就不要了，直接勾了族谱，两袖清风就走了。就算你是林大老爷抱养的嗣子，但有朝廷律法在，你就有林家长房的继承权。你到底怎么想的？连银子都不要了？现在知道一文钱难倒英雄汉的意思了吧？哈哈，林大公子，你也有今天！"

"你当我想啊？"林一川似被丁铃说得恼了，"我若不答应，东厂就会随便捏个罪名将我抓了，那时谁给我爹捧灵摔盆？二老爷家的小崽子？那会把我爹从棺材里气得跳起来，想都甭想！"

丁铃撑着下巴设身处地地想了想："一旦下了狱，就可以随便弄死你。即使有了罪名，不弄死你，林家也能借着罪名将你赶出去。唉，你还真是倒霉，过年节的节骨眼儿上，突然由亲儿子变成了抱来的嗣子。还没弄明白呢，老爹就病死了，还差点儿被东厂抓了，财产也没了……这么说你真的变成荷包比脸还干净的穷光蛋了？"他话锋忽然一转，一双小绿豆眼盯着林一川不错眼地看着。

"丁大人不信？"林一川笑了。丁铃点头："确实难以让人置信，素来用银子砸人玩儿的林家大公子，竟然穷得连换洗衣裳都没有了。"

林一川反问道："那怎样才能让人相信呢？"

丁铃眼珠转了转："不如……我把你赶出去，你在街头卖个艺、码头扛扛包什么的挣口饭钱，看见的人多了，自然就信了。"

"我能做的事很多。"林一川面无表情地反驳道，"我可以投个豪门当掌柜的，帮忙打理一下生意，也可以自荐做个账房先生，还可以投镖行当武师、进高门做护院，哪怕在当铺当个朝奉也行，在下赏过的好东西多，眼力也不差。用不着街头秀肌肉耍飞剑，码头卖力气叫燕声去做就行了。"

窗外传来燕声兴奋的声音："少爷，我去码头卖力气，肯定比别人扛的包多两倍！"

"有你插嘴的份儿吗？药熬好就端进来。"林一川骂道。

"呵呵。"丁铃一阵干笑，撇嘴道，"既然你这么能干，病好了就自个儿走吧，我可养不起你。"

　　"真要赶我走？"

　　"嗯。"

　　林一川也不说话，就这样看着他。丁铃似乎也觉得不太地道，小声说道："我家大人觉得为了你和东厂对着干划不来。他下了死令，不让我帮你，连你的暗卫牌子都要收回来。"

　　丁铃的话刚一落音，就见被窝里扔出一面锦衣卫腰牌，林一川撇嘴道："我不是林家的大公子了，锦衣卫也拿不到一成干股的红利了。不想帮我，那我留在锦衣卫也没意思了，拿去吧。不过，咱俩还有私交吧？丁大人就这样把我赶走，心里过意不去吧？"

　　丁铃想到那一成干股就来气："你还想用那一成干股吊着锦衣卫？实话告诉你吧，林家已经折算成三倍现银送到锦衣卫了。拿钱办事，锦衣卫不会再插手林家的事。林一川，你现在不急着跑茅厕了，澡也洗了，衣裳也换了，还吃了顿饱饭，你可以走了。"

　　端着药碗进屋的燕声听到这句话后气道："丁大人，你当初来扬州，我家少爷是好吃好喝招待你，我家少爷现在还虚着呢，你就赶人？你也太不讲情面了！"

　　丁铃翻了个白眼。

　　林一川利索地掀被下床，从燕声手里拿过药碗一饮而尽："燕声，我们走。"

　　丁铃追到门口，大骂道："打秋风打到本官头上了！什么玩意儿！滚蛋！"

　　丁家的大门哐当一声关上了。

　　"少爷，咱们就不该来这儿，丁大人太薄情寡义了！"燕声后悔了。

　　丁铃的话是说给外头的眼线听的，林一川睃了眼四周叹道："穷居闹市无人问，富在深山有远亲。人情冷暖，不外如斯。"或者，他应该走遍所有可能投奔的地方，登门求一求他能够求的人。东厂一直监视着他，不就想看这些吗？

　　被丁玲赶出门后，林一川因为喝了药终于止了泻，下午又赶去了国子监，结果被考官员搬出孝道来训斥了一通，让他守一年孝再回来。于是，管吃管住的监生之路也走不通了。主仆二人离开国子监时，天色已经暗了下来，京城宵禁，坊门关闭，他们只得和一群乞丐挤睡在大桥下面。燕声坚持将外袍铺在林一川身下，心里仍难过得要死。老爷在天有灵，看到这一幕，不知会有多伤心啊。他恨自己没用，都快愁死了。

林家在京城的掌柜，少爷是绝不会去找的。老爷那些故交好友，少爷更抹不下脸。能帮少爷的人还有谁呢？燕声只想起雁行穿的那身镶毛皮的锦衣和他送来的芝麻肉烧饼。雁行一定后悔死了，一定是来向少爷赔罪的，自己干吗要把雁行赶走呢？凭雁行的聪明，他一定能想得出办法来的。燕声吞吞吐吐地告诉林一川道："那天雁行来了，他送了肉烧饼来，小的都扔了没有吃，还骂了他一顿。少爷，我总觉得他不会不管咱们的。"

林一川黑了脸："你忘了他把咱俩扔在码头上的事了？以后别提他。"

燕声叹了口气，雁行在码头扔下他们时，他也好恨他。他小声说道："少爷，要不明天我去码头找点儿活干吧？我肯定能养活你。"

码头是个宽敞亮堂的好地方啊，真去码头扛活，能见到哪些熟人呢？捏着从穆澜那儿偷来的二两银子，林一川笑着摸了摸他的头："少爷和你一起去。"

"那怎么可以！"燕声叫了起来。

"我是少爷，连一碗饭都管不起，我还是少爷吗？就这么定了。"

他的少爷，竟然要去码头找活干，燕声闭上眼睛，眼泪无声地流了下来。

京城外的码头依然很热闹，站在这块空地上，林一川想起了初到京城时，穆家班卖艺的场景。他朝旁边的酒楼望去，层层竹帘后头不知道有几双眼睛盯着自己。

穆澜一定在京城，但穆家班早就不卖艺了，她还会来码头吗？林一川收回搜索的目光，对燕声说："还记得穆家班卖艺时怎么吆喝的吗？"

"少爷，真……真要卖艺啊？"燕声心虚地左瞄右看，他宁肯去当苦力。

"穆澜从小就走江湖卖艺，本少爷想知道卖艺是什么感觉，给本少爷喊场子助威！"林一川紧了紧腰带，突然翻起了筋斗。天空与大地在眼前交替转动，往事走马灯似的涌上心头。许多没有留心的小事，分外清晰地出现在他的脑中。

燕声呆呆地看着，难过得红了眼睛。他以手圈口，嘶哑着嗓子喊了起来："初登宝地，微末技艺求大伙赏碗饭吃。一口气能翻三百个筋斗，绝无虚言！各位老少爷们、叔伯兄弟，看得好，就赏两个大子；看着无趣，就捧个人场。小人在此谢过了！"

没有行头，也无锣声，开始只有一些人好奇地看上两眼，渐渐地，有人停住了脚步，直到有人叫了声："哎哟喂，都翻了两百个了！"

"真的？"

"我没事数着玩儿，不知不觉就数到两百了。"

"看看去！"

不知不觉，四周已围满了人。

燕声大声数着数："二百二十三，二百二十四……"

好奇的看客跟着数着数，数到三百时，叫好声轰然响起。第一枚铜钱扔到了地上，叮当的声响敲在了燕声心里，喜悦中带着丝丝酸楚，他的声音越发大了起来。叫好声渐渐响成了一片，铜钱落地的声音时而如急雨，燕声的声音却弱了，他喃喃地说着："少爷，可以了，不要再翻了。"

林一川没有停，他像是不会疲倦的木头人似的，继续一个接一个地翻着筋斗。

"谢谢各位父老乡亲！明儿我们再接着……"燕声道，这时一个声音打断了他："哟，从前扬州首富林家的大公子竟翻筋斗卖艺挣饭钱，这可真新鲜啊！快五百个了吧？继续，不要停，翻到八百个，爷赏你十两银子！"

燕声怒而抬头，只见林一鸣和谭弈挤进了人群，林一鸣手里托着十两的大银锭，随着林一川的筋斗上下抛着玩儿："五百九十三，五百九十四，不错嘛！"

"少爷！"燕声冲林一川喊了声。

"好生计着数！"林一川突然开了口，"十两银子的赏钱，不少呢。"

"哈哈！"林一鸣大笑道，"本公子说话算话，翻到八百，这十两银子就赏你。"

"少爷！燕声求您别做了。"燕声跪了下去，眼泪滴在了地上，怎么能要林一鸣的赏钱呢？那是把你赶出家门的仇人啊！

"六百零二，六百零三……"林一川自己喊起了数，他的喘息声让燕声泪如泉涌，燕声跳起来冲过去就抱住了林一川，两人同时摔倒在了地上。

"燕声！"林一川大怒道，燕声仰起脸哽咽着道："少爷，燕声有力气有武艺，能干活！咱不卖艺了！"

卖艺的感觉就是这样吗？穆澜卖艺时，也会有人在旁边嘲笑她吗？怪不得一开始她对自己就有着淡淡的敌意。他现在不是有钱人家的少爷了，她可知道？林一川疲倦地闭上眼睛，天空与大地不再旋转，他轻声说道："少爷也累了，不翻筋斗了。"

"我以为离开林家你有多能耐呢?还是只能跑到码头来混下九流!林一川,我大伯的脸都被你丢尽了,你现在的样子真让我失望。"林一鸣望着躺在地上喘息的林一川,奇怪地涌出股愤怒来,就像林一川丢了他的脸似的。

谭弈从林一鸣的手里拿过银锭扔到了林一川脚下:"磕个头谢赏,这银子还是你的。"

燕声紧张地望着林一川,生怕他为了十两银子就向谭弈和林一鸣下跪。林一川喘息渐止后,他从地上站了起来,弯腰捡拾起地上的铜板,只当两人不存在。林一鸣一只脚踢了过来,将林一川面前的铜板扫开了。

见林一川站直腰,林一鸣吓了一跳,飞快地躲到了谭弈身后,讨嫌地探出脸来:"你来打我呀!"

林一川直视着谭弈的脸:"指着个小丑跳来跳去,有意思吗?"

谭弈的眼神无比认真:"有意思,你可以愤怒,可以发火,可以来揍我们呀!"

不是扬州首富继承人的林一川敢吗?他敢在京城打东厂督主的义子吗?话音刚落,林一川的拳头已经出现在谭弈的眼前,他下意识地后退躲闪,谁知身后还站着个林一鸣。谭弈只来得及偏开头,林一川的拳头揍在了他的腮帮子上,一拳将他连同他身后的林一鸣打翻在地。谭弈捂着脸,往外吐了口带血的唾沫,有点儿不敢相信自己真的被林一川揍了。

"犯贱,找打。"林一川眼神略显凌厉,轻蔑地望着地上的那两个人,"燕声,走了!"

燕声心里痛快起来,飞快地收拢地上的铜板,昂着头跟在林一川身后就走了。

"谭兄,就让他们这么走了?"林一鸣不甘心,可又不敢追上去。

"当然不能就这样算了,他会非常后悔打了我一拳。"谭弈冷笑道。

揍了谭弈,他们在京城还能待下去吗?

第六十章
此地等待

倒春寒终于来了，天空飘着雨雪，落在地上化为了泥泞的水渍。山里的天气更为阴寒，山风呼啸，像小刀子似的扎透了单薄的夹衫，把寒冷直钉进人的骨头里。

林一川清楚地记得，去年此时，灵光寺风和日丽，春光明媚，踏春的游客络绎不绝。但今天的灵光寺几乎没有游客，五百罗汉壁只有他与燕声二人。他伸手抚摸着面前的罗汉，飘落的雨雪沾满了掌心，沁凉而湿润。他把额头抵在罗汉上，眼泪不禁涌了出来。

在祠堂里听到林大亲口说自己是父亲抱养的，他没有惊惧；父亲亲口承认他不是亲生儿子，他没有伤心；就连父亲再没有醒来，他也没有哭过。抱着灵牌送葬，他也不过是红了眼睛。谁叫他躲着自己，都不肯醒来呢？林一川觉得自己该恨父亲的，他就这样轻轻松松地撒手走了，凭什么他以为自己就能接受他的安排？可是他仍想念着他，想念着过去父子俩相依为命的每一天。

当林一川感觉到冰冷的泪水从脸上奔泻而下时，甚至生出种惊奇的感觉来。他想不起来自己上一次落泪是什么时候，大概那时他还是不懂事的孩童。

燕声整个人都傻了，他的少爷是在哭吗？

林一川摆了摆手，燕声懂了，他退到了一侧的小门外。听着山风吹来一阵压抑的哭声，燕声感觉心都要碎了，他趴在墙上也哭了起来："少爷，你哭吧，谁没有哭过啊？你为什么不能哭？哭过就好了……燕声一辈子都会陪着你的。"他狠狠地擦去脸上的眼泪，握紧了手里的剑。他盯着后院的院门想，他家少爷想哭的时候，谁敢进五百罗汉壁打扰他家少爷，就得先从他身上踏过去。

　　五百罗汉沉默地在绝壁上注视着林一川，天地间只有他一个人了，他终于放开心防，额头抵着罗汉，把所有的委屈都哭了出来。他不是爹的亲骨肉，那他又是谁？他心里一直在对自己说不要去在意，不要去想，可谁又能真的做到不去想呢？他从来没有怀疑过林大老爷不是自己的亲爹，然而林大的证词却坐实了东厂的证言，由不得他不去深想。那是林大，选择撞壁自尽到黄泉去侍候爹的忠心老仆。

　　林一川清楚地记得腊月二十四那天，林大拎着两条自家做的酱肉来了老宅，他走的时候并没有像平时那样笑眯眯地看着自己——他哭过。当时林一川以为林大是因为父亲活不了几天才哭的，并没有放在心上。此时回想，林大一辈子无儿无女，东厂能拿什么去威胁他？他开口做证，只能是受父亲指使。

　　父亲早就知道了二叔与东厂勾结，知道自己死后也保不住他，就干脆揭了底，让他脱离林家，脱离东厂的控制。父亲是那样疼他，就算让林家败了，也毫不在乎。父亲的安排让他的心都要碎了。

　　林一川的哭声渐弱时，从绝壁之顶跳下来一个人，那雪白的披风在风里飘荡着，像空中落下的一片雪，轻盈无声。

　　"有人告诉我，去年你在绝壁顶上不眠不休冻了两晚，只为了还一枚残缺的云子给我。"穆澜走到了他身边，"所以，我也在这里等了你两天。"

　　林一川浑身一震，却没有转过身来，高大的身躯散发出拒人于千里之外的气息。

　　他背对着自己，是害怕让自己看到他满面泪痕、狼狈不堪的模样？她却偏偏要揭他的短，揶揄道："呀，刚才我没听错吧？林一川，你是在哭吗？"

　　不戳穿自己就会死啊？林一川怒不可遏地转身瞪着她。

　　"瞪着我做什么？去年咱俩在灵光寺打了一架，今天是不是又想和我再打一架？不过好像每次咱俩打架，你都是被我收拾了。"

　　在脑中出现过无数次的如画容颜，让林一川瞬间失神。而那张脸上，竹叶似的眉微微上挑，露出一个挑衅的神情，看着真是可恶！他没想到再次见到穆澜，会是在自己最软弱、最狼狈、最不想见到她的时候。她可恶得让他连转过身的勇气都没有，所有的思念与柔情都被她的言语打击得消散于无形。他真的很想揍她，真以为他打不过？林一川握紧了拳头。

"我请你喝酒，敢不敢来？"穆澜在他犹豫着是否出手时先开了口，脚尖一点，便朝着绝壁上方攀缘而上。

　　林一川悻悻地看着她的身影越来越小，拳头却渐渐松开，他喃喃地说道："谁说我不敢？"手掌在罗汉头顶一拍，他也跟着跃向了高处。

　　转眼间，两人已登上了绝壁。岩顶上有一个用竹竿和牛皮撑起的小小窝棚，做得颇是精巧，乍看之下，还以为是块山岩。穆澜弯腰坐了进去，随后拿出了个酒葫芦来。

　　她为了等自己，在这里待了两天？回想去年自己和雁声睡在岩顶等她出现时的情形，他嘀咕了句："算你还有良心。"——他心里不禁生出了一片暖意和一点儿期待。

　　葫芦里的酒太烈了，林一川猝不提防，辣得捂着嘴咳嗽了起来。火辣的酒从胃里开始燃烧，不消片刻，浑身都暖和了。许久没有喝过酒了，他还真有点儿想喝。林一川大口地喝着酒，穆澜也不劝，她又拎出个包袱打开，拿出一包油炸花生米和一包卤肉给他佐酒。

　　小小的窝棚、安静的绝壁之巅，还有心里爱慕的女人正陪着他饮酒，林一川闷在心里的话极自然地就说了出来："今天是我生辰。"

　　真巧。穆澜扬了扬眉，给自己倒了杯酒，举杯贺他："否极泰来！"

　　林一川饮尽杯中酒："在扬州，每年的这天，我爹都会悄悄地陪我吃碗寿面，三天后才会大宴宾客，遍邀亲朋为我庆生。我爹说，生辰八字不能让人知晓，免得被人算命改变。其实呢，他也不知道我是哪天生的，估摸着捡到我时，我也就刚出生两三天。那时他来灵光寺踏春，为求子来摸五百罗汉，下山时，在山沟里捡到了我。他觉得是菩萨把我送给他的，就抱了我回去当他的儿子。"

　　雨雪下得更急了，才过午时，天空已阴沉如夜。穆澜的眼睛亮了，她盯着林一川似是想看出点儿什么来。

　　"不相信吧？我爹生前从来都没有和我说过这些。他过世后，给我留了一封信，在信里写了这些。"林一川认真地说道，"我真不在乎自己是不是抱养来的，我就认他这一个爹，我根本不想去找十九年前将我遗弃在山沟里的亲生父母。穆澜，你信吗？"

　　也许找到了也不见得是件好事，如她这般，找回了记忆，也找回了痛苦与仇恨。但她和他是不同的。林一川有个爱他如命的养父，可穆胭脂收养她不过是利用罢了。穆澜的后肩又隐隐疼痛起来,穆胭脂的那一刀斩断了她们之间所有的亲情。

穆澜再敬林一川道:"你运气比我好。"

"从能继承家业的扬州首富的大公子,到身无分文的穷光蛋和东厂眼中的落水狗……一夜之间,没了父亲,没了家产,没了家族,成了无根之萍。我这叫运气好?"林一川自嘲道。

穆澜上下打量着他,目光被他腰间的荷包吸引了:"东厂为什么还盯着你?"

林一川实话实说道:"因为他们不相信我真的把家业全都交出来了。"

"那你真的全都交出来了吗?你家假山底下的那个秘库也交出去了?"

"你觉得呢?"

两人对视了半刻,穆澜指着他的荷包笑了:"至少我知道你并非身无分文。"

那荷包略鼓的形状如此熟悉,穆澜隐约地猜到了。林一川解下荷包,将那二两碎银子倒在了掌心里。

果然……穆澜垂下了眼睛。

"如果我拥有它,就不算是一无所有。"林一川一语双关,眼中情深。他想拥有的不仅仅是掌心里的这二两碎银子。

他吃了那么多苦头,也没舍得花这二两银子。穆澜的心弦被轻轻拨动了下,她有些艰难地说道:"毕竟是银子,一路上风餐露宿,买烧饼也能吃好些天的。"

林一川察觉到她神色的变化,便鼓足勇气道:"穆澜,你为何来灵光寺等我?"

是因为担心,因为思念,因为她心里也有他吗?

林一川不知道,他去国子监时,她便看到他了。他穿着单薄的夹衫,形销骨立,胡子拉碴的,简直像变了一个人。在她的记忆中,林一川一向纤尘不染,爱洁如命。她的目光扫过他夹衫下摆溅上的泥点,竟生出一丝心疼。

京中眼线太多,她本不该冒险出来见他,可在灵光寺等了他两天,她并不后悔。她貌似轻松地调笑道:"好歹我也赚过你不少银子,你如今只是穷一时但不会穷一世,我这叫眼光放得长远。等将来你发达了,定会记得我曾雪中过炭,多好的事啊。"

她的话里多少还是透露出她的关心,林一川知足了。不过,她对他的消息和行踪知道得如此快,难道她一直在暗中盯着自己?他问道:"你知道我被丁铃赶走的事?"

"丁铃的嘴巴和他的铃铛一样响。"穆澜说了句俏皮话，"恨不得人人都知道他对你已经仁至义尽。说你当初不过是在国子监帮他查了案子而已，你来京生病后去找他，他给你请郎中开药，又请你吃饭，结果呢，却被身无分文的林大公子顺杆儿爬——赖上了。林大公子变成了无赖，他就只能将你赶走了呗。"

嗯，很好，说自己无赖，还赖上了他。林一川心想，丁铃难道不知道自己也很记仇的吗？这些话，他都记下了。

"身无分文，没钱住店，就只能找寺庙栖身。我想了想，京郊灵光寺你曾来过，所以就来这里碰碰运气。没想到等了两天，你才来。"

"我们身无分文，就跑到码头卖艺去了。"林一川颇有些得意道。如他所愿，听了他的话后，穆澜那双清灵的眼睛都瞪大了，他哈哈大笑道："怎么，只准你走江湖卖艺，我就不行吗？"

穆澜看着他也大笑起来："林一川，你肯定惹祸了！"

猜得这么准？林一川抿紧了嘴。穆澜摆出副老江湖的样子教训他道："你以为走江湖卖艺，身手好就行了？码头上三教九流，都是有地盘的。初来乍到，瞅着块空地就能卖艺挣银子？遇到恶霸挑刺砸场子那是常有的事，你能忍？"

"确实……不能忍，所以我把挑刺砸场子的恶霸打了。"林一川用手指点了点脸颊，"一拳揍在他这里，差点儿没打落他半副牙齿。"

穆澜又是一阵大笑。

"我打的那个恶霸叫谭弈。"

穆澜笑声顿止。

"怕了？"林一川玩味地看着她变了脸色。

谭弈绝不可能会善罢甘休，找到林一川是迟早的事，她来等林一川也许等来的会是更大的危险。

"你知道东厂正在找我，所以我得在谭弈和东厂的人来找你麻烦之前离开。"穆澜坦诚地说道，"我不觉得你揍谭弈是件明智的事情，如果你还想在京城重新立足的话。"

"大丈夫有所为而有所不为，打就打了。我已经失去了太多东西，不能再窝囊地活着了吧？"

"说得，真好。"林一川的这句话勾起了穆澜的心事，她也失去了太多的东西，她是可以改头换面过日子，可是她做不到。

"尽快离开京城吧！"

"你离开京城吧！"

两人几乎异口同声道。他想做的事，不希望涉及她；她想做的事，也不愿意被林一川看见。两人彼此的眼中都藏着自己的秘密，还是穆澜先开了口："你知道我是为了查我爹的事才留在京城，那你呢？你的理由是什么？"

林一川望向京城的方向："天下名商会集京都，我想行商立业，京城的机会更多一些。"

穆澜有些不信："京城是东厂的地盘，你揍了谭弈一拳，只怕以后你在京城摆个豆腐摊都会被砸个稀烂。"

"那就想办法不让他砸喽！"林一川半开玩笑地说着，他想了想又道，"也许，我还是想找一找我的父母家人，哪怕不相认都行。"

"我记起幼时回忆，找到松树胡同时，也如你一般想法。"穆澜不想再说下去，她拿出了那枚蓝宝石戒指递给林一川道，"你爹说过，这是林家的信物，可以随意提取林家柜上的金银，我想你现在需要这个。"

"你在这里等了我两天，就为了把这个信物给我？"

"不仅是这个。"

林一川的心又提到了嗓子眼儿，紧张地看着她。

穆澜并没有说出他想听的话，她拿出了一个荷包："不只这枚戒指，还有这些——这些年我攒下的积蓄。将来你若赚了钱，记得连本带息还我。"

爱财如命的穆澜，想尽办法从自己手里抠银子的穆澜，在他身无分文的时候却把她所有的积蓄都给了他。林一川接过荷包紧紧地捏在了手里，他不相信，穆澜心里没有自己："如今，我已经没有什么可以被拖累的了。"

他已经离开了林家，如今孤身一人，他不怕被她拖累，如果她一再拒绝自己是因为不想连累他的话，他希望她能明白，他愿意陪她涉险。林一川相信穆澜明白他的意思，穆澜却仍然装着不懂，她将戒指放进了他手中："没有拖累好，反正林家你最在意的人已经去了，林二老爷又投了东厂，离开林家正是海阔凭鱼跃，天高任鸟飞。"

她终究还是回避了他的心意。林一川心中暗叹一声，他握住了她的手，轻轻地将戒指合拢在她的掌中："林家家主现在是林家二老爷，这个信物已经废了，提不出一两银子，但它仍然是我的信物。如若有一天，你心里有了我，就戴上它，我就懂了。"

　　戒指硌着掌心，也仿佛硌着穆澜的心，有着浅浅的疼痛。她要走的路九死一生，情爱离她太过遥远了。她沉默了许久，收好戒指后道："我该走了！"

　　山风猛烈，她走向了绝壁临悬崖的一面。

　　此一别，也许很长时间再也不方便见面，林一川叫住了她："穆澜，以后我要怎么联系你？"

　　穆澜清楚，以后，他们怕是再也见不到面了。她转过身来，对着他回眸一笑。她的笑容一如既往的灿烂，瞬间耀亮了阴霾的天空。但和以往不同的是，那双清亮至极的眸子极为柔和地看着他，又带着丝别离的意味。林一川的心紧了紧，下意识地伸手想去拉她，而她已踏出了悬崖。素白的披风在风雪中展开，如鸟翅一般托着她飘向雾气弥漫的山谷。

　　明知穆澜轻功极好，林一川仍然被眼前的一幕惊得屏住了呼吸。他站在绝壁之巅，看着那片素白消失在视线里，他伸手按住了狂跳不已的心，喃喃地说道："我怎么觉得再也见不到你了似的。"

　　进入三月，整个京城的目光都只盯着一件事，世嘉帝亲政三年，终于大开宫门选秀。

　　皇上年轻，儒雅俊秀，性情温和，而后位虚悬，后宫无妃。他就像散发着诱人气息的蜜糖，令举国上下的闺中女子皆趋之若鹜。

　　很多人都还记得十三年前先帝在位时宫里的最后一次选秀。因先帝病重，多少人家生怕将女儿送进火炕里，所以街上抢新郎的事层出不穷。而今年，多少人家恨不得卖房卖地，也要把女儿塞进采女名单中。当然，不论是想从名册上刷下来，还是添上一个名字，都只会肥了从宫里奔赴各州选秀的采选使。

　　三月初八，这个由钦天监算出来的日子，天气极好，春天温暖的阳光铺满了大地，被二月寒风逼得窝在家里的百姓终于走出了家门，将通往宫城的街道挤了个水泄不通。长长的车马队伍，载着各地赴京的采女们，驶向了那座金碧辉煌的宫殿。

　　车辘辘如同转动的命运之轮，谁都不知道眼前经过的车中是否就坐着将来的皇后，或是受宠的妃嫔。也正因为如此，京城的百姓们发挥着居于天子脚下信息灵通的优势，口沫横飞地评点着京城的名媛、朝中重臣的千金。偶尔听人说起，那从眼前经过的车中，坐的或是北方某位倾城的佳丽，或是名震江南的闺秀，百姓们热辣辣的目光就恨不得刺破那一面面车帘，亲眼见识一番。各种议论声像蜜蜂同时扇动着翅膀，伴随着热切的目光飞进了车中。采女们忐忑不安，又激动万分。还未飞上枝头，就已经感受了一把万人瞩目带来的无尽满足感。

彭采玉捏紧了手中的帕子，她屏住呼吸，将轿帘掀开一道缝。街道两旁密密麻麻看热闹的百姓吓了她一跳，她红着脸匆匆往前看了一眼，各式各样的马车、骡车、轿子，一眼望不到头。她喃喃地说道："有这么多人啊。"

彭采玉不是美人，容貌最多算中人之姿。采女云集，让她心里没了底。

穆澜一身婢女装扮，坐在了彭采玉的下首，新梳的刘海儿遮住了她光洁的额头，绾起的双螺髻让她显得有些稚嫩。新叶般挺拔的眉经过修剪之后，化成了时下流行的弯月眉。原本属于穆澜的爽朗消失了，取而代之的是少女的柔美。

"园子里的花若都是美的，贵人定也会挑花了眼，反而不及翠竹、青荷来得更养眼。"穆澜伸手掩住了轿帘，倒了杯热茶，递给了彭采玉。

以色侍人者，色衰而爱弛，这个道理彭采玉当然明白，但是谁又不爱貌美之人呢？未曾听说皇上的妃嫔有不美的。

"姑娘这眉生得好，定得贵人欢喜。"

彭采玉下意识地摸了摸自己的眉，有些不解地问道："别人都说女人眉如弯月或似远山，则更添柔美。奶娘从小就念叨我的眉毛太浓不够柔美，想让我剃了重画，我的眉真的好看？"

正因眉浓才好修剪。穆澜的目光扫过彭采玉微微修剪便如新叶般秀美挺拔的眉，她压下心里那股说不清道不明的情绪，点头道："泯然众人，反而不好。"

自己就算和别的采女一样都画弯月眉或远山眉，也不能和别人一样美，别出心裁，反而与众不同。彭采玉并不蠢，她抿嘴笑道："霏霏，你说得对。"

彭采玉的父亲曾是蜀中资州县令，父母在她十岁时就过世了，她也因此变成了孤女，虽有亲族照顾，可毕竟是寄人篱下，个中滋味，一言难尽。因父亲的官职，虽然她也能参加选秀，但是族里的人并不看好她能飞上枝头，故无人肯资助盘缠，甚至打算给她在乡下说门亲事。对彭采玉来说，进宫选秀是她唯一能改变际遇的机会。

在彭采玉的记忆中，父亲与祭酒大人是同科，交情不错。父亲过世时，祭酒大人还不远千里遣了管事前来吊唁。于是彭采玉鼓起勇气给陈瀚方写了封信，没过多久，陈瀚方就命人接她进了京，将她安置在一处别院中。

跟在彭采玉身边的只有一个奶娘，于是陈瀚方便将扮成婢女霏霏的穆澜送去侍候她。初见穆澜时，彭采玉很是吃惊，亏得奶娘见多识广，私下提点她道："这是祭酒大人对姑娘的照拂，如果姑娘真能留在宫中，身边有这等容色的婢女，也更容易固宠。"

彭采玉顿悟，她能攀附的只有陈瀚方这棵大树。祭酒大人念着父亲的情，指了霏霏来侍候自己，定然也是信得过她的。虽然霏霏生得比自己貌美，可她只是个奴婢，出身太低。自己真心待她，让她凭着貌美得了宠，若是将来她有了更大的造化，在宫里头也能照应自己一二。毕竟，自己并无太大的贪念，只想远离乡下老家，不想嫁个粗野的农汉罢了。

彭采玉接过茶杯，努力笼络着穆澜："霏霏，你待我真好。"

十六岁少女的眼神轻易就透露出她的心事，穆澜柔声说道："老爷对奴婢有恩，奴婢会尽力帮助姑娘。"

穆澜伸手替彭采玉拢了拢发髻上的碎发。看见她的眉，穆澜又发怔起来。陈瀚方原本建议穆澜用邱氏女的身份进宫，但她拒绝了，她并不想以采女的身份进宫，在选秀场上面对无涯。正巧彭采玉来信求助，陈瀚方一方面可怜同科的孤女，另一方面也觉得出现了将穆澜送进宫的机会。

当接来彭采玉后，穆澜发现她的浓眉经过修剪之后和自己的眉极为相似，穆澜说不出亲手替彭采玉修眉时的心情。她盼着无涯能因此注意到彭采玉，继而可以不动声色地将无涯引来相见。可一想到无涯会真的因此关注彭采玉，想到他对自己的感情，又让她分外难受。心思百转千回，她竟不知哪样才是最好。

人群里，林一川将斗笠压得更低，挡住了英俊的脸。他望着长长的车队，捏紧了手里的荷包。这是穆澜全部的积蓄，他甚至能认出其中一张银票是自己给她的。看到秀女进宫的这一幕，林一川仿佛明白了穆澜回眸微笑，却笑而不答的含义。她没有给自己留后路，所以才把全部积蓄都给了自己。

透过车轿，林一川眼前又晃动着穆澜贪财的模样，每次穆澜从他手中抠银子时，神情都是那么生动可爱。以后，再也见不到了吗？这个念头让林一川心悸。他很想冲出禁军的阻拦，掀起轿帘，将穆澜从车里拉出来。可惜他不能。她背负着全家的命，他无力去阻止她，也阻止不了。他也，无能。别说他现在不再是扬州林家的继承人，就算他仍然坐拥金山银海，此时闯进车队，也只应了那句话：螳臂当车——自不量力。

林一川望向遥远的宫城，阳光下那一抹庄严的红墙刺痛了他的眼睛，他移开目光，看向了天空，云朵在春风的吹拂下缓慢地变幻着形状，像极了银杏院浅水池中优雅摆尾的龙鱼。再看远处的宫墙，却感觉是用那两尾百年龙鱼的血染出的红，令他愤怒。

风吹过，浅黄轻衫的下摆起伏不定，如同无涯的心，起起落落。他站在皇城城墙的角楼上，注视着陆续停下的车队。这是选秀的前一天，各州府进献的佳丽都将在皇城进行初审，只有过了初审的采女才有机会走进宫城。

采女们在各自婢女、嬷嬷的服侍下款款下车，由太监引领着踏向了采选的第一关。穆澜扶着彭采玉的手，轻巧地将一枚青玉戒指戴在了她指间："今晨才收到消息，姑娘莫怕，下面的人不敢为难姑娘。"

彭采玉的眼睛亮了，祭酒大人都已为她打点好了，她摩挲着指间的戒指点了点头，一步三回头地去了。

初审是由宫里的太监担任的，采女们百人一批，太高、太矮、太胖、太瘦的，甚至说句话也让内廷太监感觉不舒服的，都会被直接从名册上剔除，送回原籍，连宫城城门都见不到。

内廷太监也不愿意得罪人，为防止将有身家背景、得罪不得的采女误删了名，采选之前他们就已忙着打听，或是收下各种包袱暗中留名。陈瀚方任国子监祭酒多年，朝中学生无数，彭采玉戴的这枚青玉戒指，便是礼部一名官员今晨悄悄嘱人送来的。

众所周知，采选由礼部总领，而如今的礼部尚书正是皇上的亲舅舅。许德昭于公于私都会将自己人送到皇上身边，彭采玉就被那名礼部官员夹在了名册之中。

穆澜抬头看了眼高大的皇城城墙，平静地回到车中等候着。她并不知道，自己和无涯的距离是如此近，近到她若喊一嗓子，无涯就能听见她的声音。

无涯只是看了几眼繁闹的车马队，就移开了脚步，转头望向了采女集中的地方。他穷尽目力，在姹紫嫣红、衣香鬓影中努力想找到那张令他深深思念的脸。这时，身后有脚步声急促地响起，春来擦着汗爬上角楼，喘了两口气平复了下，这才上前禀道："主子，打过招呼了，只要是姓邱的姑娘一律留下。"

无涯按捺着性子没有去向礼部讨要各地汇总的采女名册，是不想让舅舅许德昭过早地关注。此时人已进了皇城，他便忍不住了："名册呢？"

春来苦着脸回道："皇上，共计七百多名采女，昨天才汇总至礼部。"

无涯瞪了他一眼："就没有抄一份？还没查到？"

查是查了，只是不敢说啊。春来被他的目光逼视着，额头不禁见了汗："没查到有邱明堂之女。许是……许是看漏了？"

无涯听后，心不禁疼了疼，生出了酸涩感。穆澜没有参加选秀，她忘记和自己的约定了。或者说，她悔约了。无涯闭了闭眼，感觉今年的春天来得太迟了，吹来的风将他的心都吹凉了。她不肯相信自己，不信他能给她一个真相。他睁开眼睛，眼底已是一片怒火："既然没有，你还去打什么招呼？难不成要让朕的后宫全塞满了姓邱的女子？"

春来顿时语塞，又感觉很委屈。这不是才得了消息吗？之前为防止被太监们漏选，才先过去打招呼留人的，这能怪他吗？没等他想好怎么回话，无涯已拂袖离开，他赶紧跟了上去。

春来不太明白，皇上除了对一个冰月姑娘动过心，什么时候又喜欢上了邱明堂的女儿？不知道秦刚是否知道。他又犯愁起来，就算秦刚知道，自己也不敢去打听。喜欢八卦的春来小公公只能再一次遗憾地叹息。不过，皇上总算要立后纳妃了。后宫多了那些美人，皇上大概就不会再想着穆公子了吧？春来在这一刻给自己定下了目标，将来他要做乾清宫的总管大太监，像素公公那样，服侍了皇上，再侍候太子、太孙……他仿佛已经看到自己只是轻扫一眼，所有的人便都恭敬地弯腰低头的模样，他的眉梢眼角忍不住全是得意。

"朕看你很是高兴？"无涯突然停住，转头问了句。

春来来不及收敛笑容，眼珠转了转道："奴婢天生生得讨喜了些。"

一股邪火从无涯心头蹿起，他弯下腰轻声说道："春来，若是被人知道那些邱姓女子是你放进宫的，朕就让你天天去刷马桶，看你脸上那时是否还带着喜。"

春来扑通一声跪在了地上，想着天不亮就要起身去刷马桶的滋味，他哭丧着脸差点儿哭出声来："奴婢知错了！"

"错了就改！"无涯抛下这句话便扬长而去。

春来跪坐在地上，好半天才爬起来，默默为邱氏采女们喊了声冤，之后就奔去找总领筛选审查的太监，邱氏女能不留的，一个也不准进宫。

后宫与前朝息息相关，谭诚默许了许家选立自己中意的皇后，而他只插手几位妃嫔的人选。不过，许德昭与太后也没想着后宫中只有一位皇后是自己人。

年轻而无妃嫔的皇上实在太抢手了，无数的势力正在这场选秀中暗中博弈，而无涯已经对这场声势浩大的选秀失去了兴趣。

初审与二审之后，有三百名采女得到了皇太后终审的资格。除去一后数妃以及各种品阶的贵人，其余的采女都将进入后宫六局任女官或宫女。她们都将是皇上的女人，能否受宠踏上后宫的妃位，只能看各人的造化。如今，各方势力博弈的重点都聚焦在能得到位分的采女中。

待无涯回到宫中，许德昭已等候他多时。许德昭是礼部尚书，借着送名册的由头，堂而皇之地对年轻的皇上提了些建议。无涯很认真地听完，点了点许德昭送来的名册，温和地说道："朕心中有数，辛苦许尚书了。"

自从秦刚带禁军以雷霆之势查抄芝兰馆后，许德昭再见到无涯柔若春风的笑容后，便心生警惕。可如今的皇上有什么呢？有胡牧山那根墙头草的内阁？别忘了内阁中还有几位大学士，并非胡牧山的一言堂。有直隶京畿大营的兵权，有礼亲王不偏不倚把持的五军都督府，有秦刚掌控的禁军？可六部三司都不在皇上的掌控之中，地方总督也都不是他的人。江南水师、地方府军、边关驻军，他也指挥不动。他在军方的势力全部压缩在皇城周围，且这个皇城还非铁打的皇城，许德昭自然有理由嚣张。

他直截了当地挑明了道："皇上，兵部侍郎之女阮心媛温柔贤淑，堪为皇后。"

无涯咬紧了牙关，脸上却依旧一片平静，只是话里带着些许不满："承恩公这是在帮朕拿主意？"

皇上不叫他尚书，也不喊舅舅，却叫他承恩公？皇上这是在提醒他，他不过是靠着太后光耀了许氏门楣。

外戚不可专权？这可是他的母族！自己是他唯一的亲舅舅！许德昭心里腾地燃起了一片怒火：是谁将你这个黄口小儿扶上了皇位？又是谁殚精竭虑地为你们孤儿寡母稳定朝政？没有权力，你早被谭诚骑到头上当傀儡了！皇后不选自己定下的人，难不成还便宜谭诚去？

兵部尚书业已老迈，年前就已经卧病在床，他之后定是阮侍郎接任尚书之位。兵权何等重要，许德昭无论如何也不会放弃拉拢阮侍郎的机会。许德昭毫不退让道："听皇上的意思，已有了主意？不妨说出来参详一番。"

他这是硬要自己点头立阮心媛为后了。无涯沉默了会儿，突然叹了口气，垂下眼眸，幽幽地说道："朕是舅舅看着长大的，年少慕艾，朕已有了心上人。难道贵为天子，不求千古垂名，想立心上人为后也不能吗？"

心上人？！许德昭来不及得意皇上放软了态度，便脱口说道："皇上喜欢上了哪家女子？莫要中了谭诚的奸计！"

无涯垂下的眼眸里藏着一片冷意，他的姻缘在自己亲舅舅的眼中不过是朝堂权力的交换品罢了。六部中都有许德昭的人，他为何独独对兵部感兴趣？无涯想起山西于家寨的大火，又想起侯继祖夫妇进京时为钓珍珑调动的京郊大营。这个问题深想下去，让无涯很想问许德昭一句，你一个礼部尚书、一个国舅，想控制兵部做什么？

无涯却没有质问许德昭，只是抬头望着他，眼神中有着淡淡的忧伤："采女三百，皆为各地的佳丽，如果朕遇到了可心的女子，也非要立阮侍郎之女为后不可吗？朕许她四妃之位如何？"

无涯的语气中甚至透露出丝丝哀求之意，但他还是抵触自己相中的皇后，许德昭心里有些鄙夷这个年轻的皇上。他不过是明白自己手中的权力不够，这才放低姿态恳求，可立后这种大事能随意答应他吗？幼稚！许德昭以长辈的口吻劝道："天子事乃国事，皇上若有喜欢的女人，八妃……许不了，可封嫔，多加宠爱便是。"

原来除了皇后，连八妃之位也都早就定下了。无涯真想大笑三声，真欺他软弱无能吗？许久，他才将激荡的心情抚平，轻声答道："好，容朕考虑考虑。"

许德昭如愿以偿道："臣，告退。"说完，他行礼，转身，出殿，脚步轻快。

无涯端坐着望着他的背影，唇角隐约有笑容浮现，静美如兰，却散发着丝丝冷意。

第六十一章
应约而来

　　"少爷，那两个小崽子一直在跟着咱们！"燕声低声提醒着林一川。

　　两人在灵光寺没等到谭弈来寻仇，进了京城，身后就一直跟着东厂的眼线。躲避，终究不是办法，林一川也不想再躲了，他拉了燕声一把："甩掉尾巴。"

　　燕声兴奋起来，这么长时间，少爷一直对身后的尾巴不闻不问，今天终于要甩掉尾巴了！他头一低，就跟在林一川身后挤进了人群。

　　三个月来，林一川主仆似乎从来没有发现过眼线，更别提溜走的事了，东厂的眼线已麻木到懒得伪装，直接跟在了两人身后。他们忘记了，林一川虽然年轻，却已经是收服林家南北十六行的少东家，他带着燕声轻松就甩掉了他们。

　　林一川与燕声再次藏身在街角，回头看了一眼，扮成百姓的两名东厂番子正拼命地拨开行人寻找着他们，主仆二人不由得会心一笑。随后，林一川带着燕声在街巷中穿行，径自走向了那座在京城中极为有名的酒楼。

　　"少爷，这是会熙楼啊。"燕声有些不安，悄悄扯了扯林一川的袖子。虽然少爷曾包下整层会熙楼请同窗吃饭，可现在他俩连客栈都住不起了，怎么还敢上会熙楼啊？

　　林一川拍了拍腰间的荷包，悄声说道："少爷我有银子。"

　　二两银子找家便宜的客栈住也能住好几天，买烧饼能买一筐，可来会熙楼吃一桌席面就能银子花光。燕声咽了咽口水，迟疑道："您不是说这是……是穆公子给你的那啥……信物吗？"他突然惊喜，少爷该不会转了性子，不再惦记穆公子了？他碎碎念道："花掉好，俗话说能花才能挣，花了那二两银子，咱们就能转运了！"

　　林一川听得拼命忍住笑，上了三楼，对伙计道："雅间侍候！"

　　燕声倒吸了口凉气，伙计满面堆笑地将两人请了进去。才关上房门，燕声就急了："少爷，会熙楼三层的雅间，叫桌最次的席面也要五两银子！咱们那二两银子根本不够使啊！"

　　没等林一川开口，从里间走出一个人，平凡无奇的脸，却让燕声越看越觉得面熟。他惊叫起来："林安？你怎么在这里？"

　　林安摸了摸唇上新蓄的胡须，微笑道："来请你吃饭，不行吗？"

　　燕声伸手指着他，嘴巴张了又闭，闭了又张，瞧得林一川直乐。

　　"燕声，你就安心吃吧！"林安很喜欢燕声，拉着他就入了席。

　　满桌珍馐，燕声瞧着瞧着眼圈就红了："林安，你人真好，混出头了还记得旧情，不像雁行，他……"这时，门被推开，进来一个戴着帷帽的男子，燕声看着他取下帷帽，后半句话就忘了，他拍案而起，"你来做什么？"

　　雁行将帷帽放在旁边，掀袍入席："你说谁不记旧情来着？林安是会熙楼的东家，我自是来吃白食的呗。"

　　"林安是会熙楼的东家？"燕声被他说蒙了。

　　林安接口道："少爷不方便出面，由我替他打理。"

　　少爷连客栈都住不起，只能借宿灵光寺吃免费的斋菜，他怎么可能是会熙楼的东家？燕声想不明白。林一川却有点儿头痛，不知道该怎么告诉他。

　　林安接过了话："燕声，这一切只是一个局。"

　　"是啊，就你这傻大个儿被蒙在鼓里。"雁行夹了块红烧肉放进燕声碗里，没好气地说道，"偷偷送吃的还不要，硬要啃没二两肉的煳麻雀。看着这满桌子菜你不馋啊？还不赶紧吃？！"

　　燕声看看自家少爷，又看看林安和雁行，他再傻也明白了过来，顿时委屈得不行："少爷！你，你们……"

　　林安和声说道："燕声，你高兴、生气时都会写在脸上。如果告诉你了，别人估计早就看出来了。少爷没有把你当外人，明白吗？"

　　燕声耷拉着脑袋不说话。

　　"燕声，不告诉你，本来就是计划中最重要的一环。没有你，不会有人相信你家少爷会落魄到吃烤野味、睡破庙、在码头卖艺，厚着脸皮吃扔来的馒头，靠灵光寺布施的斋菜果腹。这一路辛苦你了，我敬你。"林一川双手敬酒道。

燕声被针扎了似的跳了起来："这怎么使得！小的只是没有想到……"

他没想到这一切都是少爷有意为之，更没想到，他家爱洁如命的少爷能倒在尘埃里生活。回想这三个多月的日子，燕声忍不住鼻子发酸。他辛苦，可能有少爷辛苦吗？他脑子笨，少爷没有告诉他实情，可是少爷却陪着他一起吃苦，他还能抱怨什么呢？燕声绽放出灿烂的笑容，一口饮完了酒："少爷，我真的没有露馅儿坏你的事啊？"

林一川笑道："没有！少爷我都忍不住吃了雁行翻山越岭偷偷送来的肉馅儿饼，你却能忍住。燕声，好样的！"

燕声憨厚地咧嘴笑了，一股香气袭来，他不禁张开了嘴，雁行夹着块红烧肉就塞进了他嘴里，嘴一抿就化，他将肉汁连同口水咕咚一声都吞了下去。

"哈哈！"桌旁的三人同时大笑起来。燕声没有着恼，只觉得满心踏实。有雁行和林安在，他终于可以放心了："少爷，我还是不太明白，为什么要这样做啊？"

"我爹过世前写了封信让林安转交给我。他说，二老爷勾结东厂，林家财产的三成股子就是二房付出的代价。这么多年来，嫡长房给族里添了多少良田当族产，他们却贪心不足，那么将来也用不着再顾虑他们。"林一川想起父亲留下的书信，仍然难过万分。

不过俗话说得好，跑得了和尚，跑不了庙，林家基业在扬州，无论林大老爷和林一川转走多少资产，摆在明面上的东西却都动不了。等林大老爷一死，林二老爷勾结东厂，再联合林氏族人，为了利益，势必会将林一川赶出林家。林大老爷思来想去，就顺水推舟证实了林一川是抱养的嗣子。林一川被逼出族，看着凄惨，却因此甩掉了林氏家族的拖累。

燕声的眼睛不禁又红了："老爷对少爷真好。"

"吃菜！"林一川夹了块肉放进燕声的碗里，"现在不生气瞒着你了吧？"

燕声使劲儿摇头道："是我蠢，少爷知道我有一百多两银子的私房，如果我不交出去，也不会连累少爷只能和我走路到京城。雁行、林安，你们也真是的，避开眼线，偷偷塞点儿银子给我们也好啊！"

三人又是一阵大笑。林一川无奈地道："路上一直有尾巴盯着咱们，就算有银子也不能花，你就别再和雁行置气了。"

"你们还好，走到哪儿就在哪儿歇，一路还有野味吃。我坐船去京城，足足啃了一个月的干馍，想吃根咸菜都要厚着脸皮向船老大讨。唉，这辈子我都不想再吃馍馍了。"雁行苦着脸，掰了根卤鸡腿大嚼起来，"没盐没味的日子，简直生不如死！"

原来雁行坐船也过得不好，燕声的气便又消了大半，他故意炫耀道："进京前少爷打了头熊，又摘了个蜂巢。蜜汁熊肉好吃得不行，肉脆脆的，带着焦甜香，比这会熙楼的蜜汁肉脯还好吃呢！"

那头熊是小爷我杀的！以为你家少爷随便出去逛一圈就能找到头熊？雁行斜眼瞅着林一川，林一川回以一笑。雁行故意叹了口气道："说得我口水都流出来了，下次打头熊来，你烤给我吃。"

"行！"燕声大方地应了。

雁行轻松就哄好了燕声，转眼间两人就和好如初，分享起一路的际遇。

"少爷，计划有变动？"林安轻声问道。

照计划，林一川身无分文离开林家后，会蛰伏在暗处，新成立的商行会慢慢将林家的南北十六行搞垮，将林家的资产蚕食掉，让东厂白费工夫。林一川到京之后，却提前发出信号来到会熙楼，林安和雁行都有些意外。

整个京城都在议论哪家姑娘会被立为皇后，林一川想到穆澜，他不能再等下去了："从扬州到京城，东厂一直在盯着我。不管我和燕声过得有多惨，身边的眼线从来没有消失过。林家南北十六家行的流水已经抽空，以二老爷的才能，用不了多久，商行就会周转不灵。三个月也没有让谭诚打消疑心，与其等到那时被动地等他找上门来，不如主动出击，砍了大树，免得老鸹叫。"

一声春雷乍响，春雨稀里哗啦地落下，每逢阴雨天，谭诚的心情都不太好。整个东厂都战战兢兢，唯恐触了督主的霉头。无形的肃杀、高压感随着大雨远远散开，东厂衙门前的大街上空无一人。对这个能止小儿夜啼的凶险之地，人们能躲多远就躲多远，能绕道绝不选择从东厂大门口经过。

细密的雨被风吹着，像一片片白色的轻纱飘过，衙门外长街上的石板被雨水冲刷出沉闷的深青色。雨水慢慢聚集在屋檐的瓦当上，一点点变得晶莹饱满。水滴终于脱离了束缚，从高处飞坠而下，碰到地面，惨烈地摔得粉碎，开出一朵小小的白色水花。

东厂衙门的守卫有些无聊地盯着水花出神，此起彼伏的水花看得久了，他觉得眼前都出现了幻觉。

一双崭新的靴子踏上了这条街，褐色的鹿皮上用金线绣着虎头，须发翮栩如生，蚕豆大小的猫儿眼镶嵌出老虎的眼睛。单从靴子的做工来看，不难猜出主人的富贵，而他就这样随意地踏进了雨水中。来人撑着一把深红色的油纸伞，伞遮住了他的脸。能看到撑伞的手修长细腻、骨节均匀，指间戴着枚蓝宝石戒指。他脚步坚定地走向东厂衙门，在守卫惊奇的目光中站在了檐雨下。一阵风吹过，他身上的披风色泽交替现出深深的蓝、茉莉的紫，以及点点金银碎光。这是以公孔雀的尾翎揉捻成线，夹以金银丝织就。

这是什么人啊？把银子穿身上，嫌别人不知道他有钱吗？想着自己可怜的月俸，守卫心里暗骂着，用呵斥发泄着心里的嫉妒："什么人？"

林一川收起伞，抬起了头。

年轻俊美的公子，一身的富贵逼人，守卫又为之一愣。

林一川微笑道："还请入内禀告督主，林一川应约而来。"

听清楚他说的是应约而来，守卫只迟疑了一瞬，态度就变得恭敬异常："公子稍候。"

不过半盏茶的时间，就有小太监前来请林一川进去。走进传闻中的东厂，林一川颇有些好奇地四下打量着。可惜在这样的雨天里，东厂的人也不喜欢出来走动。一路走来，他竟没见着几个人。小太监领着他进了一个院子，在正堂前停了下来。门帘掀起，林一川看到了梁信鸥——老熟人了，他笑了笑。

林一川的这一身打扮让梁信鸥暗骂了声娘。他亲自去的扬州，亲眼看着林一川变得身无分文、风餐露宿，穷得都吃不起馒头。谭诚的命令他忠实地执行着，但并不等于他心里没有质疑。林一川在灵光寺借宿了七八天，餐餐吃斋菇素。他的人盯得很紧，没有发现任何异常，连谭弈都觉得追到寺里痛打落水狗没有什么意思。

等到林一川下山进京，转眼消失不见，他恨不得再找到人直接扔大牢里去，没想到人就主动上了门。不仅如此，还换了身奢侈到令人痛恨的衣裳。梁信鸥觉得自己的脸被打得啪啪作响。多年的经验告诉他，林一川必有所倚仗。这让梁信鸥强行压下怒火，客客气气地问道："林公子，你不会是来行刺的吧？"

进东厂行刺，他有这么蠢吗？他不是鱼腹藏剑的专诸，也不想当图穷匕见的荆轲，林一川笑着抬起了胳膊，梁信鸥不客气地搜着他的身。

当指尖传来上等锦缎柔滑厚实的质感时，让梁信鸥又压下了想弄死林一川的念头。说起来，林一川与他并无仇恨，在扬州，他也没有听从谭弈的建议，将林一川抓进大牢，林一川应该承他的情才对。

　　和谁过不去，也不能和银子过不去，梁信鸥的声音压得极低："今天天气不好，话说得不好听，心情就更不好。"

　　林一川朝他点点头，表示收到了他的提醒，梁信鸥很满意。林一川整了整衣襟，便走了进去。通往后庭园子的雕花木门敞着，露出一条宽阔的木廊。谭诚正负手立于廊下，留给林一川一个略显单薄的沉默背影。

　　林一川在谭诚身后三步的位置停住了脚步。三步，与死神打招呼的距离。他的拳能打死一头四百斤重的壮牛。三步，足够他欺近谭诚——至少他从未听说过东厂的这位督公武功高强。

　　弓马娴熟与会武功是两码事，一位将军或许能指挥千军万马，但单独面对一个武林高手时，绝无反抗之力。

　　园子里的绿树被雨水洗得油亮干净，迎春花抽出嫩叶，在寒风中绽开了数朵娇嫩的小黄花。院落恬静自然，并无埋伏。杀死谭诚的诱惑让林一川双手有点儿发痒，然而他却收拢了五指，紧捏成拳，将这种疯狂的念头死死压回了心底。

　　自东厂看中扬州林家的产业后，双方在这一年里虽然打过数次交道，但林一川还是第一次见到这位权倾朝野、掌控东厂的大太监。林一川最早接触的是死在凝花楼的朴银鹰。名列十二飞鹰大档头的朴银鹰给了林一川极深的印象：稳重、谨慎、一丝不苟。在接待薛公公的宴席上，朴银鹰并不入席，仅以茶代酒。他巡视各处布置时不见丝毫懈怠，完全推翻了林一川对东厂中人只会巧取豪夺、暴戾贪婪的看法。

　　之后，紧随而至的梁信鸥心思细腻，狡猾如狐。在林园之中他只以言语为剑，半是提点半是威胁，便逼得林一川宰杀了两尾镇宅龙鱼。事后，林一川还不得不承认，林家养的龙鱼就是养了个灭族的祸端。

　　林一川见过并交过手的第三位飞鹰大档头是李玉隼。在扬州总督府里，李玉隼劈下的那如鹰隼般锐利的一刀，让林一川印象深刻，他甚至没有把握单独对上李玉隼时能够全身而退。

　　这三位东厂大档头都有自己的独到之处，都能独当一面，而他们都忠心于谭诚。窥一斑而知全豹。哪怕，谭诚离他仅有三步，林一川也不敢贸然动手。

更何况，这里是东厂。杀谭诚，必以命换之，林一川还舍不得自己的这条命。

谭诚终于转过了身，林一川的装扮似乎在他的意料之中，他的目光没有从林一川的脸上移开过半分："杀气一现而隐，你恨东厂，恨不得杀了咱家。"

谭诚容貌清癯，若非略高的眉弓下那极有神的眼睛，他看来更像一个斯文的书生。他的语气舒缓，并没有给人丝毫的压迫感。然而林一川分明感觉到他的目光直刺自己的内心，窥视着自己的真实想法，一层冷汗从林一川的后背沁了出来。冷风吹过，林一川险些打了个寒战。

"有点儿，但还不至于恨到那个地步。"林一川很满意自己的声音听起来如此镇定。

"哈哈！"谭诚大笑。他的笑声比常人怪异，竟让人听不出他的笑是真心的愉悦，还是有别的心情。林一川心想，太监的笑声大概都带着丝丝阴寒之气。

"起点决定了一个人的见识与风度。"谭诚说道。

这句话是什么意思？林一川不太明白，所以他保持着沉默。

"居移气，养移体。甭说扬州知府，就算是江浙总督见着你也是客客气气，是以面对咱家，你亦能平常待之，难得。"这话颇有几分高处不胜寒，连平常对话之人都没有的感慨。

林一川仔细一想，处在谭诚的位置，那便是一人之下，万人之上，偏那"一人"还羽翼未丰，朝中重臣公卿纵然心中再恨谭诚，面上也只能对他客客气气。而下面的人又战战兢兢，能和谭诚自然说话的人确实找不出几个来。虽身有残缺，但心如常人，谭诚当然也会寂寞。林一川心思微动，或许自己还能充当、填补这么个角色。

说话间，谭诚已收回观园中风景的目光，转身步入了内堂。林一川也跟了过去。

"坐吧。"谭诚平和的态度超出了林一川的想象，但他没有惶恐，极自然地坐在了下首。

小太监奉了热茶过来，谭诚慢条斯理地啜了口茶道："咱家记得去年你爹已经应允投靠东厂，为何又反悔了？"

"一川年轻，血热，并非反悔，实乃不忿。"

林一川生于豪富之家，又有经商天分，可以说是上天的宠儿。因为他年轻热血易冲动，是以不忿东厂高高在上的姿态，才攀上锦衣卫想反抗东厂。但林

237

家总要在朝中找点儿靠山，东厂和锦衣卫对林家来说其实都一样。林家厌恶东厂，可锦衣卫的名声也没好到哪儿去。林一川的这个解释，谭诚接受了。

"咱家不记得与你有约，年轻人，胆子很大。"

"我迫不得已自请出族，放弃了继承权。如果我已无用，东厂就不会一路跟随，盯着我不放了。一川思忖，督主应另有期许，所以应约而来。"

林一川的一席话说得不卑不亢，明明是已到穷途末路，却仍然高昂着头。谭诚觉得他真的很有意思，谭诚打量了他片刻道："咱家为何对你竟有一见如故之感？"

几乎没有人能像林一川，初次见面就能和他随意聊天儿，他对林一川生出一丝熟悉的感觉，这让谭诚分外诧异。林一川机敏地答道："许是在下与督主有缘。"

这个回答再次逗笑了谭诚："阿弈是我的义子，你打了他，我这个当爹的，总不好不护短，给我个说法吧。"

如果说任由处置，就失了风骨；但如果不认错，谭诚明确表示要护着自己的十儿子。林一川沉默了会儿道："再来一回，我照打不误。"

哐当！谭诚将手中的茶盏扔到林一川的脚下，摔得粉碎。就像是指令，四名番子执刀冲了进来，立在门口虎视眈眈，只等谭诚一声令下，就要拿下林一川。

"年轻、热血，不是什么坏事，只是有时候坏了事，想要悔改已再无机会。"似是没有看到林一川的慌乱之色，谭诚挥了挥手，番子无声退出。等小太监躬着身进来收拾干净后，谭诚想了想道，"你向阿弈磕个头赔个礼，这事就算揭过去了。"

林一川坚定地摇了摇头："他若有本事，我可以让他打回来。"

谭诚缓缓地说道："如果我让你跪，你也不肯吗？"

迎着谭诚的目光，林一川再次摇头。谭诚眼瞳微缩，眸子里有寒意闪烁。

"您不缺使唤的狗。"

很有意思的年轻人。谭诚没有说话，气氛就此凝固。

林一川浑身的毛孔都收缩了起来，他感觉到了危险与杀意。人的直觉说不清道不明，甚至没有缘由，但他就是感觉到了，这一刻，谭诚想杀了他。他极力不让自己露出丝毫破绽，不在谭诚面前露出怯意。但林一川知道，自己已经在谭诚的注视中紧张得心扑通扑通地狂跳着。就在他差点儿绷不住的时候，谭诚开口道："没有林家基业支撑，你不过只是个有经商天分的人才。天下人才何其之多，他们都心甘情愿做咱家的狗，咱家为何要用你？"

谭诚一开口，紧绷的气氛终于慢慢缓和下来。林一川看似在思考如何回答，其实他是在暗暗调整自己，直到他确信自己开口后不会让谭诚看出破绽，这才回道："不是每个人才的爹都是林家大老爷。"

谭诚哈哈大笑起来，笑声透过门帘传了出去，让站在院子里的梁信鸥不禁愕然，他下意识地抬头看了看天，天并未放晴，雨下得更密了。这样的天气，能让督主展颜大笑，林一川当真是个人才。

内堂中，谭诚正笑着看着林一川："看来你真的给林二老爷留了个空壳子。"

林一川拂了拂衣袍，沉水缎的质感极好，没有一丝褶子："就算是空壳，那也是金子打的。"林家的南北十六家商行，无数的店铺、田庄，那也是一笔惊人的财富。

谭诚笑着问道："那你为何还要装出一副穷困潦倒的模样？"

林一川老实地回道："树大招风，没有靠山，无疑像一个小孩抱着块金砖，谁都能抢走。而且，不也没瞒过督主？您若信了，也不会让东厂的人一直盯着我。老实说，这三个月来，在下实在受够了有钱不能花的滋味，还真不如没钱。"

林一川费尽心思逃离东厂，却还是没能逃脱，所以他转回东厂衙门，认输、投诚！如果把林二老爷现在掌控的财富喻为一个空壳，那么林一川手中的财富就令人咂舌了。皇上不差饿兵，可东厂却要养人养狗，谭诚当然需要钱。似乎林一川所有的行为都符合常理，他没有道理拒之门外。

"既然知道你身藏巨富，进了东厂就由不得你不吐出来，咱家不需要和你谈条件。"

"可钱是死的，有人会经营，才能钱生钱，利滚利。"林一川早料到了这种可能，他左右看了看，拎起茶壶走到了谭诚面前，稳稳地给他续着茶水，"好比这碗茶，总有饮尽的时候，总要有人细心侍候着往里续水。"

林一川把茶壶轻轻搁在旁边，端起了这盏茶，而后就掀袍跪在了谭诚面前。重新续入热水的茶盏冒着热气，林一川的手稳稳举着茶，不高不矮，正是谭诚伸手可拿的位置。谭诚没有言语，透过缥缈的水雾看着林一川。他仿若才发现林一川有着极其俊秀的眉眼，不禁想起京中女子对许玉堂和谭弈的评语，接着又想到俊美温润的年轻帝王，他似乎看到了一个能与之比肩的美男子。

谭诚的这一沉思显然时间过长，好在林一川习武，手中的茶盏仍然端得很是稳当，只是茶水渐渐地凉了，他心也跟着沉了下去，谭诚依旧不会接受他？这时，手中蓦然一轻，谭诚竟取走了茶盏，浅啜了一口。林一川似是没有料到，竟有些发愣。他的反应消除了谭诚的些许疑心，眼里的冷漠化开了："怎么还愣着？"

"一川叩见督主。"林一川深吸了口气，眼睛闭了闭又睁开，之后掌心贴地，以额触地，行了认主的大礼。

"阿弈是咱家的义子，相当于你半个主子，此时咱家让你向他跪地致歉，你可跪得？"谭诚老话重提。

林一川抬头挺直了腰，依然倔强地道："任他打骂，绝不还手，属下……只跪督主！"

数息之后，谭诚爆发出今天的第三次大笑："起来吧。"

林一川微松了口气，算是过了最难的头一关。

雨不知不觉地停了，大风将堆积在京城上空的阴云悉数吹散，天空有了几分舒朗的模样。梁信鸥听着里面的笑声，望着突变的天色，生出些许感慨来。自朴银鹰死后，东厂十二飞鹰大档头就少了一位，看来，今天又凑齐了。

皇宫仿佛也被春天的雷雨影响，显得并不平静。早朝时分，年轻的皇上突然毫无预警地下了一道圣旨：此次采选，一后数妃皆从五品以下家世的采女中选出，五品以上人家的采女全部遣返归家，即日起昭告全国。圣旨一出，朝野震动。

散朝之后，胡牧山走出大殿，瞥见许德昭沉着脸站在汉白玉栏杆处，一看就是在候着自己。他拂了拂袍角，含笑走了过去："承恩公。"

听到这声"承恩公"，许德昭就觉得自己成了上门的女婿——憋屈得紧。

皇上突然下达的旨意自然受到了百官的劝阻，但年轻的皇上心意已决，且态度温和如初。面对出出进进谏言反对的大臣，无涯体贴而幽默："众卿都想把女儿嫁与朕，实乃一片忠心。然，朕却不舍众卿辞官，让朕坐在这空空的大殿之中真成了寡人。"

大臣们不禁被皇上说糊涂了，什么时候有了女儿进宫，就得辞官的说法？不等大臣们想好如何奏对，皇上继续说道："朕读史书，历朝历代都有外戚权大，祸乱朝纲之事。如众卿爱朕，愿送女入宫，相信也能体恤朕的苦衷，上表辞官避嫌。"

想让女儿进宫为后为妃，皇上也不反对，但为避免外戚干政，就请辞官避嫌吧。

皇上占了先机，先用话堵死了大臣们的进谏。谁好意思这时候站出来对皇上说，我家女儿要做妃嫔，我还要当个有实权的外戚？

朝堂上正站着最有权的外戚——礼部尚书、承恩公许德昭，他被百官的目光刺得老脸火辣辣的，心头恼意顿生。许德昭抬头望向高坐在金銮殿上的皇上，舅舅与外甥的目光在空中无形相遇——皇上幽深的目光让许德昭瞬间恍然大悟。前些天皇上的软弱让步不过是麻痹他罢了，待皇上想好了应对之策，然后才在今天早朝时突然下旨。当时自己有多么得意，今天皇上就有多么满意。如果不是在这大殿之上，许德昭真想指着皇上的鼻子骂一声："装得好一副乖巧模样！"

无涯并没有和许德昭以目光为刀剑，拼个高低。他是皇上，他的目光当然要比许德昭看得更多，也看得更远。他很快就将目光转向大殿之上的朝臣，甚是为难地说道："礼部呈上来的名册之中，内阁学士家的千金有三位，六部尚书侍郎家的千金有七位，地方州府总督家的闺秀也有十来个，勋贵家的姑娘也有七八个，而朕这后宫的主位不过一后八妃九嫔。位分有高低，朕手中的这碗水无论如何也是端不平的，更不愿意看到众爱卿伤了和气，因此才有了这道旨意。"

大臣们被说得一愣，这么多勋贵、高官家的闺秀要如何排位？后宫主位是有数量规定的，凭什么你家闺女能被册封为八妃九嫔，我的女儿就只能当个美人、才人对你家女儿屈膝？老夫的官位还比你高，难不成将来还要因为女儿的位分低了就对你低三下四？低品阶的官员细细思量也暗暗叫苦，如果皇上存心打乱朝中秩序，册立自己的闺女为妃，上司的女儿为嫔。明明自己女儿的位分更高，却要因为自己这个做爹的品阶低了，就对人屈膝不成？

无涯将百官众态看在眼中，他放松了姿态，戏谑道："将来朕的后宫佳丽们争风吃醋打起架来，诸位爱卿也会因拳拳爱女之心吵闹着让朕雨露均沾。如此，后宫不安，前朝不宁，叫朕还能躲到哪里去？"他的态度异常鲜明：你们能够不理会朕的家事，朕就接纳你们的女儿进宫为妃。

前朝与后宫向来息息相关，谁敢应承下皇上的要求？百官无言以对。

许德昭突然发现，明明中书门下、六部三司都有自己的人，他却无法当着满朝文武的面站出来把册立之事揽上身。立谁为后，册谁为妃嫔，终究有个位分高低的问题。得罪了人，就等于让政敌白捡了便宜。当初他恨不得皇上的后宫都是自己人的闺女，现在却恨报上去的人名太多了。所以，他再恼火，也只能愤愤地闭嘴不言。

胡牧山这位内阁首辅大人又一次发挥了墙头草的精神，像一块连接木器的楔子，准确地在大殿安静的瞬间出列，带头表明了内阁的态度。翰林院又有几个老不死的清流紧随而出，三呼陛下英明，终让皇上得了逞。

许德昭恨皇上对自己虚与委蛇，可更恨的人却是胡牧山。他已经想明白了，若无胡牧山在背后撑着，皇上不见得会有直接下旨的底气。想当初胡牧山在自己面前如何低声下气，口呼大人，许德昭觉得不羞辱胡牧山一番，着实气不过。是以退朝之后，他就特意在殿前等着。

此时胡牧山口呼承恩公，明显是用早朝的事讥讽于他。许德昭阴冷地盯着胡牧山道："终年打雁，反被雁啄了眼，胡首辅真是好本事！"

"若没本事，也做不得帝师、当不了首辅啊。"胡牧山感叹道。

他以前怎么不知道胡牧山的脸皮竟然这样厚？许德昭听着胡牧山的自吹就来气。不是他与谭诚相争，能把这个首辅的位子争来给胡牧山？原以为风吹墙头草——两边倒，但没想到胡牧山最终倒向的竟然是年轻的皇上。

"首辅大人可看仔细了，想要再站上墙头观风向可就难了！"

胡牧山微笑道："墙头那点儿土也就够长出一丛狗尾巴草，胡某不才，还指望在脚下这片沃土中更长高一点儿、壮实一点儿。"

许德昭讥讽道："莫要事到临头才发现，你所选择的地方不过只有一层浮土，根本扎不下根，到头来反而无处容身。"

胡牧山"呀"了声道："听承恩公这么一讲，本官甚是惶恐，看来只能努力四处挖点儿土，免得枯死了。"

四处能挖什么土？胡牧山这明明是在告诉他，要挖他的墙脚、抢他的地盘！许德昭恨极道："朝中五品以上官员哪家都没有闺女参加采选，胡首辅得罪的可不是老夫一个人！"

胡牧山望着许德昭气呼呼离开的背影，他摇了摇头，喃喃说道："选谁不选谁，都要得罪人，不如通通不入选，皇上这招甚是高明啊。"

许德昭想羞辱胡牧山，可胡牧山的厚脸皮却让他一拳落了空。而与谭诚的相会，更令他愤怒。

依然是那条空寂无人的窄巷，依然是在初春时节，只不过下轿走过来的谭诚身边还跟了个俊朗挺拔的年轻人。许德昭微微蹙眉，他与谭诚交谈时，从来没有东厂的人能踏近三丈之内，包括谭诚宠爱的义子谭弈。

跟着谭诚一起走过来的年轻男子，让许德昭很是不高兴，他很讨厌对方的眼神。那男了的瞳色似比寻常人更深，幽幽望不到底，仿佛最近在哪儿见过，竟有一丝熟悉感。

"生意上的事，咱家是外行。"谭诚的话打断了许德昭的思绪，他朝林一川说道，"咱家新收了名大档头，将来与承恩公府的生意往来便都交给林一川打理了。"

林一川上前半步，抬臂揖首，态度恭敬又不失谦卑："一川见过大人。"

与谭诚的生意……许德昭的目光闪了闪，他对林一川这个名字并不陌生，只是并无更多了解。他不置可否地点了点头。

林一川再次向谭诚抱拳行礼："属下告退。"他没有多余的话，更没有过多打量许德昭，便利落地转身退到了数丈开外，站在谭诚的轿子旁静静地等着。

许德昭瞥了眼谭诚："你放心？"

"让你放心的朴银鹰死了，咱家就放心了。"谭诚淡淡地说道。

许德昭被呛得无言以对，朴银鹰最早是许德昭的人，为处理两人之间的生意与往来，朴银鹰才进了东厂做大档头。后来因一颗金珍珠被谭诚发现他暗中已成了皇上的人，这才借了珍珑之手将他除去。

许德昭不想再提朴银鹰，他将今天的怒意发泄了出来："督主眼瞧着皇上任意妄为，却在朝堂上不发一言，难不成你甘心将来的后宫妃嫔中没有自己的人？你可别忘了，太监能依附的只有这座皇宫。"

谭诚背在身后的手不禁握紧成拳，当面被骂太监是无根之人，对他来说，这就是最大的羞辱。可哪怕怒极，谭诚也没显露出丝毫情绪，他的语气依旧淡然："去年咱家就说过，雏鹰已经迫不及待想要飞上蓝天，可惜承恩公自视太高，把鹰当成了鸡。如今又得一个胡牧山助他肋下生风，可见承恩公的眼力已远不如当年。"

这是去年二月两人在巷中相会时谭诚的提醒，但许德昭自认为是皇上的亲舅舅，在朝中早已架空了皇上，所以他不仅没有想办法折断皇上的双翅，反而想借其势和谭诚争权。

提起胡牧山投向皇上，许德昭又是一阵恼怒："你就说如今怎么办吧？"

谭诚尖声笑了起来："咱家虽然讨了一个妃、两个嫔，但也没指望着送去的人会得皇上宠爱。如今落了空，咱家也没觉得多可惜。只是承恩公喜欢把鸡蛋装在一个篮子里，难怪会如此心浮气躁。"

许德昭眼瞳收缩，这么说谭诚并非全荐的高官之女。

"说起来咱家是无根之人，不懂男女情爱很正常，可承恩公妻妾成群，怎也不懂男人的心思？"谭诚自嘲的话中含着无尽的讥讽，"硬塞给皇上的，即使长得再美，皇上也会失去兴趣，何况明知是你我所荐，皇上还会宠幸吗？承恩公荐了阮侍郎的千金做皇后，想要拉拢于他，可等他心疼女儿独守空闺时，究竟会谢承恩公举荐有力，还是会恨你将他的独女推进了火坑？再等到他因女儿为后做不成兵部尚书，仕途之路断绝时，亲家兴许就成了仇敌。咱们这位皇上聪明得很，知道如何以后宫控制朝堂。不过，宫里头还有一位太后娘娘，咱家言尽于此，告辞。"

许德昭在无人的巷子里站了许久，回府之后他便称病，将选秀的一切事宜悉数扔给了礼部侍郎，之后放任不管。

在这场皇上与众臣的博弈中，唯一得利的人是许太后。她绝不希望皇后出身名门，并成为后宫之主。她才四十岁出头，正是年富力强、精力旺盛的年纪。让她静居慈安宫，和心如死水的老太妃们一样跪着菩萨，念着佛经度过余生，那该多么寂寞。

雨过天晴，御花园的花争先恐后地结蕾绽放。心情大好的许太后下了懿旨，要在园中办赏春宴。但所有人心里都清楚，赏春宴赏的不是御花园的春色，而是借机让年轻的皇上赏一赏由太后终选定下的十八位佳丽。宫人们的态度无比谦卑，都好奇地猜测着，这些出身不高的采女谁会鱼跃龙门，成为未来的皇后。

出身不高的采女中仍然有自己人，许太后在心里默想着兄长许德昭递来的名单，目光从姑娘们的脸上掠过，最终落在右边末桌的一位采女身上。

自从听无涯提过之后，许太后就上了心。她暗中嘱人远赴邱明堂老家探访，没想到就真找到了邱明堂的妻儿。邱田氏在三年前就已过世，邱莹守了三年，因此耽搁了她的婚事。许太后将十八岁的邱莹接到了京城，直到今天才让她入园赴宴。

邱明堂死后，邱莹就随母亲回了老家生活，从来没有离开过河南，她也根本不认得皇上。无涯究竟打哪儿喜欢上这位姑娘的？许太后万分疑惑。难道是皇上出于对杜之仙的尊崇，想替过世的杜之仙补偿一下被无辜连累的邱明堂？

无论如何，心疼儿子的许太后也不想违了儿子的心意，后宫多一位妃子也不是多大的事情。只是，以邱莹之姿委实配不上皇后之位。就算自己能轻易掌控她，这样的皇后也难以服众。许太后想，等皇上见到邱莹后，她要好好和他谈一谈了。

赏春宴上，采女们坐得端庄，以最淑女的姿态欣赏着歌舞，不过各自心头都另有一番思量。彭采玉坐在最末一桌下首，与邱莹同桌。面对这一席繁华，她如坠梦中。圣旨筛下那些高官之女时，彭采玉幸运地赢了一半的对手。又因陈瀚方那位礼部学生的暗中动作，她幸运地成了能入园赴春宴的十八位佳丽之一。

自从父母过世之后，她便回到老家依附族人生活。一开始，她只想着进宫哪怕做个宫女，也比嫁个农汉强。如今她却在采女们羡慕的目光中走进了御花园，与太后、太妃们坐在了一起。自己若能得到一个哪怕最低的位分，也可一跃成为宫里的贵人，便不用再做宫女了……

她恍惚的时间太久，又有歌舞助兴，竟然没有听到皇上到来的声音。直到衣袖被邱莹轻轻扯了扯，她才回过神来，猛然一抬头，就看到了一张谪仙般的脸。他是……皇上？一股血直涌上面颊，彭采玉手忙脚乱，都不知道自己是怎么行完礼的。

无涯摆了摆手，示意采女们免礼，让歌舞继续。他走了几步，忍不住回头看了彭采玉一眼。末座的那位采女正红着脸低头坐着，分明是一张极为陌生的脸，他心里不禁一阵黯然。采女中并无邱明堂之女，无涯自嘲地想，他怎么还抱着一丝幻想？

"皇儿。"许太后偏过脸，示意他看邱莹，低声笑道，"邱家的那个女孩儿邱莹，母后给你接来了。"

无涯大吃一惊，险些站了起来。

儿子的表现让许太后得意地笑了笑，又有些忧虑，儿子分明对邱莹进宫极为上心，她意有所指道："你仔细瞧瞧。"

无涯顺着太后的示意望过去，目光显得有些茫然。左边一排全是陌生的脸，难道母后说的是那个眉如新叶的姑娘？她的眉和穆澜的眉太相似了，乍一看几乎令他恍了神。

"认出来了吧？"许太后试探着问道。

"母后，您瞒得倒紧。"无涯似是而非地回着话。他嘴里有些发苦，没想到母后竟然找到了邱明堂的亲生女儿，还偷偷接进了宫。他心里突然激动起来，难道是因为这样，穆澜才无法用邱氏女的身份进宫选秀？那她现在在哪儿？无涯一时竟坐不住了。

无涯的表现落在许太后眼中，却让她觉得儿子太过在意邱莹了。她暗暗叹了口气，邱莹随母返乡后，因家道中落，只靠着几亩良田过活，完全就是个乡下村姑，这样的女子无论如何也不能成为皇后。

"无涯，宴后送母后回宫可好？"许太后望着眼前的这十八位佳丽，想着朝中的人脉关系，决定要和儿子好好聊一聊如何定下这些女子将来的位分。

无涯听着就站起了身来："母后既然乏了，朕就送您回宫吧。"

许太后愕然，不过皇上既已开了口，许太后还是从善如流地起了身。

不知母子俩回宫后是如何商议的，第二天赐封的旨意就下来了。令众人惊愕的是，圣旨一共册封了十七位女子，却没有皇后，也没有妃，连一位嫔都没有。位分最高的是一位婕妤和一位昭仪，剩下的都是美人和才人。

晓得皇上的容貌不输许玉堂和谭弈，且就是那位曾经在街头引人追逐观看的谪仙般的男子后，京城的深宅大院中不知有多少位千金哭闹折腾着要进宫当宫女，比之当年礼亲王之女苦苦追杜之仙还要来得猛烈、疯狂，愁得大臣、勋贵们被家中的夫人揪断了无数根胡须。因此皇上的这道圣旨，让五品以上的大臣、勋贵们竟没来由得觉得熨帖。那些身份平庸、出身低微的女子若被封了后宫高位，被送回家中的女儿们又该如何自处？只是百官们仍然觉得此次选秀没有选出一位皇后，不怎么妥当，但似约好了一般，竟没有官员进谏。

这些大臣心想，大概人心生来就长得不平，虽然自家女儿没那福分，但又怎能便宜了别家女儿？他们转念又想，皇上想让这些女子从低品阶开始，以此磨炼其心性，择出皇后人选，那就如此吧。哪一个官员不是从低品阶做起，朝着内阁奋斗一生的？

也或许是这次参加选秀的高官女子太多了，皇上一碗水实在端不平。那就等到明年，不以选秀之名送女儿进宫，皇上也没说不可以。一后八妃九嫔不是都还空着吗？这道旨意同时也带给了大臣、勋贵们新的希望。

于是，朝堂中因为选秀掀起的波澜如同浪潮拍在礁石上，势头虽猛，却终碎成无数泡沫，最后了无痕迹。这场选秀的大戏也终于落了幕。

第六十二章
深宫危机

　　彭采玉深一脚浅一脚地踏进永寿宫的偏殿，妆镜中的自己头戴九翟冠，身着鞠衣，显得陌生而华丽。

　　"昭仪，彭昭仪。"她喃喃地念着。她从将被族人说亲给农汉到成为皇上的女人，不过数月时间。而今又在十八位佳丽中位分排在第二，这真是另一重惊喜。

　　美人以上的品阶就能从家中带一名服侍的婢女进宫，穆澜迈过了宫廷的门槛，随彭采玉一起来到了永寿宫。

　　被册封的采女虽然不少，但位分都不高。六品翰林院侍读家的千金才艺美貌双全，被封了婕妤，住进了储秀宫。而永寿宫里只有彭采玉一人居住，但因为她的身份只是昭仪，所以就住进了偏殿。而那些美人与才人仍旧挤住在一起。

　　永寿宫，穆澜来过。核桃以冰月的身份进宫之后，就是住在这里的。旧地重来，她和彭采玉一样感慨万分。她已经不需要再揣度，彭采玉能封昭仪，住进永寿宫，都是无涯的意思。只因为彭采玉的眉修剪得和自己一样，无涯就如此。穆澜不敢再想下去，无涯的深情沉重得让她喘不过气来。

　　他会很快来见彭采玉，是想仔细瞧她的眉。那么，自己很快就能见到他了？穆澜收拾好情绪，认真扮演着贴身侍女的角色。穆澜走到彭采玉身旁，服侍她卸妆。彭采玉伸手拦住了她："霏霏，让我再看一会儿，我觉得像是在梦里。"

　　在极短的时间里，生活发生剧烈的变化，难免会让人生出不知所措的情绪来。彭采玉久久凝视着镜中的自己，直到真的相信镜中神态端庄大方的人就是自己：

一个前县令的孤女，一个被祭酒大人接到京城后，才有实心金钗插戴的穷姑娘。她的手摸到了鬓旁，慢慢抽出一支镶珍珠的金质掩鬓。将掩鬓握在手中，珍珠冰凉圆润，金子沉甸甸的，终于让她有了实质的感觉。

"母亲过世之后，只有奶娘陪着我。三叔待我已经极好，过年的时候曾给我买了对银丁香的耳塞，有米粒大小，是背着三婶塞给我的。"彭采玉的眼泪哗地就流了下来，"母亲曾偷偷留了一套金头面给我，说是给我准备的嫁妆。那些年一点儿一点儿地让奶娘铰了，换成了银子……寄人篱下，衣裳短了，自己买布镶个绲边就又能穿一年，嘴馋了想吃碗米粉都要自己花钱。等到及笄，没有嫁妆，只有曾是县令女儿的身份。三婶说这身份不值一文钱，能找个有几亩田的乡下殷实人家，就对得起我爹娘的嘱托。我让奶娘去打听，对方只给了十两银子的聘礼……"她受不了那样的屈辱，便怀着万分之一的希望给陈瀚方寄去了一封信。

穆澜也是走江湖卖艺长大的，穷的时候荷包比脸还干净，几文钱吃碗馄饨就开心得不得了。她心里明白彭采玉的苦楚，轻声安慰道："娘娘如今已进了宫，封了昭仪。"

是啊，她已经是昭仪娘娘了，她的年俸有几百两银子，拿着十两银子聘礼的乡下汉子再也娶不到她了。彭采玉破涕为笑："让你见笑了。"

在御花园和皇上无意中目光相撞的情景，蓦然出现在彭采玉的脑海中。他生得真美，叫她都看直了眼。彭采玉"呀"了声，顿时晕生双颊。她进了宫，封了昭仪，这么说，她很快就会服侍皇上了？她捉住了穆澜的手，忐忑不安道："霏霏，我的容貌还不及皇上……我长得不够美，皇上会喜欢我吗？"

毕竟彭采玉还只是个十六岁的少女，从前全部的希望是摆脱寄人篱下的生活，不愿嫁给婶娘嘴里的农汉。而现在进了宫，所有的情感和生活都将依附宫里那个唯一的男人。穆澜完全能理解彭采玉的心思，但是彭采玉的问题，她无法回答，她已经完成了和彭采玉的交易——助彭采玉进宫。无涯的感情，穆澜无法做主。她委婉地说道："娘娘，如今这后宫之中，您仅次于郭婕妤，已是极瞩目的一位，我家大人已经竭力相助了。"

陈瀚方怜惜同年留下的孤女无依无靠，接了她进京，又请了名师在别院教她礼仪，还助她进宫当上了昭仪。他却不能，也无法再帮着她去赢得一位帝王的心。彭采玉愣了愣，马上就明白了过来。她敢写信给陈瀚方，就不是个柔弱认输的性子："我明白，在这后宫要靠我自己努力。"

这深宫里得了位分的年轻少女已经有十几个了，可一后八妃九嫔还尚空着位置，如果她和无涯之间没有隔着满门血仇，如果她也成了其中之一……穆澜无法想象自己会和彭采玉一样，走进后宫争宠的战场。不是她争不过，而是不屑为之，总不能拿出珍珑刺客的手段去除掉情敌吧？如果两个人之间的情感需要靠和别的女人争斗来维系，又有什么意思呢？

"彭昭仪接旨！"外头传来太监异于常人的声音。

彭昭仪才进宫，皇上就要宠幸，传旨的太监很诧异彭昭仪最多只能称得上清秀的容貌。他心里虽犯着嘀咕，态度却无比和气，细细吩咐交代了各种事情，最后柔声提醒道："戌中时分承恩车会来接娘娘，莫要误了时辰。"

承欢之地不会在永寿宫，今晚不会见到无涯，穆澜却松了口气。她心头蓦然警醒，暗暗问自己怎么会是这般反应？在拿到父亲留书之后，她明明已经下定决心，进宫就是为了与无涯兵戎相见，为何此时竟然盼着见面不要来得太快？

穆澜服侍着彭采玉香汤沐浴，随后彭采玉换上了软薄长裙，少女曼妙的身段在轻纱薄绸中若隐若现。穆澜后知后觉反应过来，今晚彭采玉将要被响着铃铛的承恩车接去被无涯临幸。替彭采玉上妆时，她用螺黛扫过彭采玉的眉，看着彭采玉粉嫩中带着红晕的脸颊，露出无限娇羞之色，她的心软了。

"娘娘，今晚您已令众人瞩目，无论如何，娘娘在人前都要注意仪态。"

穆澜的话将沉浸在幸福幻想中的彭采玉喊醒了，她容貌平凡，得封昭仪已出尽风头，又越过了那位婕妤，头一个被临幸，她不禁拧紧了帕子，心里忐忑不安。但她终是心智坚定之人，静坐下会儿便开口道："霏霏，你提醒得对，我太过忘形了。"

待送走彭采玉，穆澜坐在灯影的暗处，苦笑着想，她话里的真实意思并非彭采玉所想，她只是不想让彭采玉今晚因伤心而失态。

因为，无涯头一个临幸彭采玉，最大的可能只是想再仔细看看她的眉毛罢了。

重重帷帐被侍候的女官带着宫女们无声挽起，灯影绰绰，照亮了跪伏在床前的女子的身影。隔着最后一重轻纱，无涯打了个手势，服侍的宫人便躬身退下，将空间留给皇上和昭仪娘娘。

彭采玉跪在厚厚的地毯上，心如擂鼓。皇上的脚步就停在那一重纱帐后，她甚至能感觉到他的目光如有实质般地落在自己身上。然而皇上站得时间太长了，他为何迟迟不进来？彭采玉好奇地悄悄抬起了头。这时，无涯正好掀开了帷帐，如同在御花园中一般，两人的目光撞在了一起。彭采玉像受惊的兔子，飞快地低下了头。

一眼，只需一眼，无涯就确定跪在自己脚下的女子长着和穆澜一样的美丽眉毛，像大树在春日舒展筋骨抽出的新叶，像雨后的竹枝上被洗净的清新绿叶，极有精神。

"起来吧。"

"是。"彭采玉盈盈起身，不知所措地揉捏着腰间的衣带，再不敢抬头与皇上对视。

无涯静静地看着她，转身坐下道："朕还有奏折要看，饮了这碗羹，你先就寝，不用等朕。"

"是。"彭采玉这才注意到一旁的桌上放着两碗消夜，甜羹散发着热气，彭采玉端起碗又偷偷睃了皇上一眼。橙黄的灯光勾勒出一张线条极优美的脸，无涯优雅的吃相让彭采玉看得出神。

注意到她的目光，无涯和声问道："怎么不吃？"

彭采玉回了神儿，几乎把脸埋进了碗里，几口便喝完了甜羹。

"朕看着你睡。"

皇上竟然要先看着自己睡下，再去批阅奏折，这是何等的宠幸！彭采玉感到浑身轻飘飘的，都不知道自己如何上的床，最后的印象只停留在皇上站在床前，温和地注视着自己。

看着彭采玉陷入昏睡，无涯轻呼了口气："方太医给的药果然有效。"他在床沿旁坐下，随手捡起彭采玉的手帕覆在了她脸上，只露出了饱满的额头与那两道眉。

在无涯的眼中，那两道精神的眉毛下，是穆澜清亮如秋水的眼眸、精致如画的容颜。少年的爽朗、英气以及灿烂的笑容，照亮了他久在深宫阴云密布的心。

"那时，朕以为喜欢上了一个少年。"

他以为自己喜欢上了一个少年，所以痛苦地挣扎过。但知晓她是女子后，又担心戳穿两人身份后再不能平等相对，所以即便他们相恋，也带着忧伤。直到了解她的身世，横亘在两人之间的是他的父皇、她全家人的性命，虽然他们依旧相爱，可亦伴随着无奈、难过与苦涩。

深宫安静，直到此时，无涯才卸掉了所有的防备："如果可以，我宁肯不认得你。"

不相识，就不会相恋；不相恋，就不会相思。相思是毒，他却寻不到解药。穆澜没有进宫，而他必须选秀立妃。赐封的旨意一下，他感觉是自己在挥刀斩断穆澜最后进宫的路。

"我没有想到，邱明堂的妻女尚在世间，是我的错。"无涯想起赏春宴上被母后突然带来的邱莹，苦笑起来，"我给了她两个选择，给她择门好亲事或是留在宫里。她去了尚衣局，说手中有活儿过得踏实，我会嘱人照顾她。"

无涯对穆澜不是没有怨："如果是因为邱莹的存在，让你无法冒名顶替进宫，可为何要消失？为什么不来找我？穆澜，你究竟是无法进宫，还是不愿意和我在一起？我要听你亲口告诉我。"可是他去哪儿找她？他坐拥江山，却被这座宫城禁锢着脚步。

无涯将脸埋进了手中："你不会再来了，哪怕我没有立后立妃封嫔，你也都不会进宫了。"掌心渐渐湿润，他深深呼吸着，想拼命控制住自己，却无能为力。只有未熄灭的宫灯沉默地看着年轻的皇上在深夜里独自落泪。

良久，他才抬起头，微红着眼睛望向昏睡中的彭采玉，他手指颤抖着轻触着她的眉，缓慢地勾勒着。心事如溃堤之水在这安静至极的寝宫里喷涌而出："我都明白的，不给池家一个交代，不查明当年的真相，你永远都无法和我一起。那是你的父母亲人，你过不了那道坎儿，也没办法迈过去。可是，你能不能先来我的身边？我的父皇就该饮下那碗虎狼之药吗？不是我做的事，为何要让我来背负？逝者已矣，我们为什么不能一起携手往前看？"

无人回答他。他的手指碰触着彭采玉的眉，仿佛穆澜就在眼前，他的声音渐柔："这次选秀没有见到你，我真不知道该怎么办。那么多勋贵、高官之女，我一个也不敢册立。我不想册立，也不敢册立。她们不是我心之所爱，所以一个也不想要。更担心册立之后，她们尊贵的身份会给我带来无尽的烦恼。你看，我还是做到了。人人都说皇上有三宫六院七十二妃嫔，可从前朝至今，并非都如此，仅有皇后相伴的皇上不止一个，而我只想娶你。"

熟睡中的彭采玉毫无反应，无涯的手指一颤，从她的眉上收了回来。他俯身低头看着，仿佛那两道眉是世间最美的风景，令他难以移开目光。

"再相似，也不是你。"他轻叹一声，拿开了手帕，看了眼彭采玉陌生的容颜，然后便起身离开。这一夜，御书房的烛火垂泪不止。

"娘娘，该起身了。"女官的声音从极远的地方传来，渐渐地近了。彭采玉嘤咛了声，茫然地睁开了眼睛。明黄的帐子、宽大的床让她想起自己此时睡在何处，她扭头四望，却不见皇上的身影，不禁吓得脸色大变。她竟然睡着了！彭采玉强自镇定着，忐忑不安地被女官们服侍着起身，一步三回头地离开。

天还黑着，承恩车的铃铛悠悠地在宫巷中响起，将头一位承恩的彭昭仪送回了永寿宫。流水般的赏赐被送了来，永寿宫里的宫人们齐声道贺，让彭采玉应接不暇。直忙到天色微明，终于能安静坐下，彭采玉才将穆澜拉进了内室。

见她神色慌乱，穆澜暗暗叹息着，问道："昨晚可有什么不妥？"

彭采玉拼命地摇着头，沮丧极了："我……我竟然一个人睡着了！一觉睡到被女官叫醒，我没有侍奉皇上。你说，皇上还送来这么多赏赐，是好还是坏啊？"

"娘娘不知不觉就睡着了？一个人睡到被女官叫起？"穆澜眼里闪过古怪的情绪。无涯，他该不会看彭采玉看了一晚上吧？

彭采玉重重地点了点头。

只为了一对相似的眉，无涯就令彭采玉昏睡了整晚，然后看了整晚，一抹突如其来的疼痛从穆澜的心间席卷而来。她想过为彭采玉修剪出与自己相似的眉会引起无涯的注意，然而此刻从彭采玉的嘴里知晓后，她却很想哭。

"霏霏，有什么不对吗？"彭采玉见穆澜皱紧了眉，不由得有些紧张。

穆澜微喘了口气，硬挤出一丝笑来："没有，皇上若不满意，就不会有这么多赏赐了。"

彭采玉高兴起来："我也是这样想的。"希冀的光在她眼中闪烁着，下一次承恩，她一定会好好侍奉皇上。

这一刻，穆澜只盼着无涯能早点儿来，来得迟了，她怕自己会承受不住心被凌迟的痛楚。

诚如穆澜所言，被册封昭仪、皇上的第一次宠幸让彭采玉成了后宫所有人谈论的话题。可她在侍寝时扔下皇上一觉睡到天亮，也无可避免地成了一个笑话，但不是没有好处的，第二天向太后请安时，贵人们向她投来的目光少了几分刀剑之意。

许太后心里清楚，彭昭仪是孤女，送她进宫的人是礼部的一名低阶官员。这名官员和彭昭仪的父亲有交情，因怜惜孤女，才帮了她。而当许德昭所荐的高官之女被圣旨刷下去之后，彭昭仪却意外成了许家可用之人。

能为许家所用，又是孤女，太后很满意彭采玉，所以不动声色地为她争来了昭仪的位分。皇上很自然地就接受了，并且第一个宠幸了她，这让许太后对彭采玉格外看重。

彭采玉以为自己会受到太后的责备，太后却殷殷教导勉励她，称她是可爱的小姑娘。彭采玉毫不掩饰自己对太后的孺慕，许太后很是欣慰，双方皆大欢喜。

相对于彭昭仪的幸运，郭婕妤的日子就难过了。在进宫的头一批贵人中，郭婕妤的位分最高。她年方十七，容貌清丽，素有才名，父亲是清贵的翰林，人们觉得这才是皇上应该喜欢的女人。然而，皇上第一个宠幸的人却不是她，对郭婕妤来说，这是种无言的羞辱。

当皇上第二天下朝之后驾临储秀宫，太过年轻的郭婕妤一个没忍住，竟哭得山崩地裂。性情温和的皇上并没有因此恼怒不喜，而是在储秀宫中与郭婕妤下棋消磨了一整天，直至掌灯时才离开。

郭婕妤的眼泪教会了无涯从另一个角度去思考问题。年轻的皇上从后宫女子身上似乎感觉到了前所未有的存在感，他好像突然开了窍，不再像从前那样专注于政务。今天约人赏花，明天听人弹琴，新晋的贵人一个也没有冷落。

文武百官皆心照不宣，会心而笑。皇上正值血气方刚的年纪，这很正常不是吗？且从上一代起，皇家便子嗣单薄，绵延子嗣是皇上肩头的重任。至于政务，有内阁，有朝臣，足矣。

仿佛又回到了皇上亲政之前，许德昭和谭诚分外满意，美中不足的是胡牧山统领的内阁隐隐有了鼎立之势。

皇上流连后宫，彭昭仪再没有得到召见。彭采玉最初的激动在等待的时间里渐渐平息，接着又化为无限的惶恐。自己这是失宠了吗？那才十六岁的娇嫩容颜，便已染上了憔悴之意。

"就好比十几盘没吃过的菜同时摆上桌，每盘菜不夹一筷子尝尝，怎知自己喜欢吃哪道菜？"穆澜浅显直白地比喻给彭采玉听，彭采玉噗地被她逗笑了："霏霏，你真是个妙人，只可惜身份低微，还是个奴身。不过你这般美丽，终有出头之日的，本宫不会亏待了你。"

她羡慕地看着穆澜，想起了奶娘的话。现在皇上的新鲜感还没过，就将霏霏推出去固宠，是否太早了点儿？皇宫能让人迅速地成长，只短短半个月，彭采玉已经能自然地自称本宫了，女人的本能让她很快就学会了争宠的心机。

穆澜没有接话，她转开了话题："奴婢去打听打听？"

算着时间已经过去半个月了，皇上每天召见一位新贵人，也该转完一轮了。彭采玉顿时露出了期盼之色，小声叮嘱道："本宫进宫时间不长，若被人知晓反倒成了笑话，你小心一点儿，哪怕打听不到消息，也没有关系。"

"奴婢知晓，遇到人就说为娘娘折几枝花插瓶。"

彭采玉满意地笑了："机灵。"

在太后娘娘面前，彭采玉没有提起陈瀚方半个字，这是进宫前陈瀚方亲口向她交代的。时至今天，她终于明白自己的好运来自哪里。在她嘴里，礼部的那名官员取代了陈瀚方成了她感激的长辈。彭采玉敏感地察觉到，太后娘娘听完之后待自己更亲切了，她对祭酒大人的感激便又深了几分。只是出于女子独特的心态，她对美貌机灵的婢女霏霏始终怀有戒心。或许祭酒大人更相信，凭借霏霏的美丽更能赢得皇上的宠爱。彭采玉想得颇为长远，她很担心一旦将霏霏推到皇上面前，让霏霏一跃龙门成了宠妃，自己会不会被祭酒大人抛弃？彭采玉这个令陈瀚方和穆澜没有料到的念头，让她决定握紧太后伸出的手。

出了偏殿，外面阳光极好。穆澜沿着宫门往御花园行去，找个舒服自在的地方晒太阳睡懒觉，也好过留在永寿宫里。她的耳力异于常人，轻松就避开宫人绕进了御花园中。

核桃曾经荡过的秋千还在，穆澜不禁停住了脚步。那时无涯认出了假扮侍卫的她，故意踏上秋千架，他越荡越高，张开双臂满面笑容地从高处跳了下来。结果接住他的人是秦刚，他的脸比臭豆腐还臭。穆澜回忆着，忍俊不禁地笑了起来。

"如果我是你，我绝不会站在这么空旷的地方任人打量。"

后背没来由得绷紧，穆澜没有回头，她望着空荡荡的秋千，唇边的笑容更浓了："原来您藏在宫里。"她转过身，拉着秋千坐了上去。两条腿轻轻地晃着，看起来就像是贪玩的宫女。

秋千后面的树林中，一位宫人正弯腰清扫着落叶，三四十岁的年纪，一张极陌生的脸。

穆澜脚尖点地，秋千轻轻荡悠着，她神态悠闲。穆胭脂将落叶扫进竹簸箕中，捶了捶佝偻的腰，微微直起了身。以二人的耳力，心里都清楚，附近空寂无人。

"流水何太急，深宫尽日闲。殷勤谢红叶，好去到人间。"穆胭脂拄着扫帚悠悠吟道，"这深宫里的宫人太多，总有活到现在的。"

陈皇后虽已死，但宫里总有忠心于她的宫人；陈氏家族虽已覆灭，但朝中总有与陈家有故之人，穆胭脂能扮成宫人藏于深宫里也不足为奇。

"还记得在梅村时我对你说过的话吗？"

相伴十年，穆胭脂不需要多说什么，穆澜就听懂了："记得。"

无涯在灵光寺摔进潭水之中，不幸染上风寒。穆胭脂命人在药中放了大量的人参，想以补令他体虚。穆澜发现后，就将药泼了，又另煎药，治好了无涯。那时穆胭脂戴着面具扮成面具师傅在树林中出现，告诉她说："你会后悔救他。"

穆胭脂望向穆澜，纵然她易了容，眼神却没有改变："你有接近他最好的机会。"

接近无涯最好的机会，什么机会？自然是杀了他的机会。穆澜莞尔道："我为什么要听你的？以为我还是你手下的珍珑刺客吗？"

为一姓的私仇杀死皇上，让江山无主，天下动荡。北方的异族一直虎视眈眈，无涯死后，他们将得到挥兵南下入主中原的好时机。穆澜没有穆胭脂那么自私，她更不想当穆胭脂手中的棋子。

穆胭脂没有生气，她提着扫帚、挎着簸箕蹒跚离开："看来你没有记住我说过的话。"

秋千微荡，穆澜陷入了沉默。在梅村树林中，化身面具师傅的穆胭脂还说过一句话："……你再坏我的事，我不会对你留情。"

穆胭脂以为她知晓了池家血案，恢复女装进宫是想复仇，可她却拒绝行刺皇上。那么，穆胭脂将会自己寻找机会对无涯下手，并且，穆胭脂再一次警告她别再救无涯。

御花园里的人不多，偶尔也能看到如穆澜一样的宫女在园中剪着花。远处的亭阁中隐隐能看到衣饰华丽的贵人出来游玩，是想在早朝之后偶遇皇上，还是真的赏景就不得而知了。穆澜避开了人多的地方，看到小径一侧怒放着一丛连翘。明黄色的连翘极其灿烂，仿佛感觉不到这深宫中流露出的杀机。

她机械地剪着花枝，琢磨着无涯的处境和穆胭脂的手段，直到小径的另一头传来了脚步声。她皱了皱眉，这是今天第二次出神时没有察觉到四周的动静了。许久不做刺客，她的感官降低了。身在宫廷之中，这并不是件好事。穆澜边想边收拾好花篮，缓步往另一头行去。因为不想让人察觉到丝毫异样，所以穆澜走得并不快，步履十分从容。

来人的声音被风吹进了她耳中："……一川，这皇家的花园，可比得过号称江南第一园的林园？"

极强的克制力才让穆澜没有因为吃惊而回头。一川？她所熟悉认识的，只有一个林一川。

她转过小径，闪身藏于一株粗壮的罗汉松后，缓步行来的两人令她颇为诧异。走在林一川身前半步的男子头戴泥金沙帽，腰束玉带，身着遍绣云纹的圆领曳撒。能随意进入御花园，闲适如同自家园子的人，没有别人，只能是谭诚。

穆澜想起在灵光寺绝壁之巅与林一川的对话，她担忧林一川揍了谭弈，他以后在京城摆个豆腐摊都会被东厂砸得稀烂，而林一川则回她道："那就想办法不让他砸喽！"

当时她以为那仅是他的一句玩笑话，所以并未放在心上，可如今他竟然站在了谭诚身边。这……就是他所说的那句"那就想办法不让他砸喽"的真实含义？穆澜绝不相信林一川会真的投靠东厂，成为谭诚脚下的一条狗。但是谭诚指使林二老爷发难，将林一川赶出了林家，谭诚为什么还会信任林一川，将他带在身边？

或许，一个是入虎穴想得虎子；一个则是顺水推舟，虚网以待。林一川是在与虎谋皮。

穆澜觉得命运甚是神奇，她在意的两个男人，同时处于这座深宫之中，同时身边都伴有危险，难不成还要她选择一个去救？

"林园虽美，却无皇家大气雍容。"林一川的回答中规中矩，随即话锋一转，就有了几分锋利，"再说，林园已经不是属下的家了。"

谭诚微笑道："只要你愿意，随时都可以回去。"只要你愿意为咱家所用，想拿回林园不过是一句话的事。

林大老爷当初被梁信鸥威胁，除了为保住林家资产，也是不忍让林氏族人因为嫡长房而被东厂抄家灭门。他顺水推舟让林一川摆脱了林氏家族，如今林一川又怎肯再将上千条族人的性命背在自己身上？林一川摇了摇头道："将来属下定能再建一座更美的林园。"

"咱家拭目以待。"谭诚笑道。可就在他回头对林一川说话的瞬间，忽然从花丛藤蔓的后面闪出一抹黑影，直击他的脑袋。黑影速度奇快，出现的瞬间，丝丝的破风之声才传来。

谭诚背对着花丛藤蔓，林一川却看得清清楚楚。犹豫与出手几乎是同时发生的，他的脚步往前踏出了半步，身体侧转，就将谭诚挡在了身后。他的手掌拍出去时，目光却紧盯着花丛之后："什么人？"

一击不中，花丛后面就没有了动静。与此同时，小径上响起了东西落地的声响。谭诚低头看去，青石板砌成的石径上躺着一枚黑色的棋子。他弯腰拾了起来，翻过棋子的另一面，上面刻着两个熟悉的字：珍珑。笑容从谭诚的唇边浮现："搜！"

林一川迟疑了下，他一离开，谭诚身边就没有人了。见谭诚点了点头，他才朝着花丛后面跃了过去。

藏身在罗汉松后的穆澜在林一川拍飞那枚棋子后，果断地转身离开。她还是不太习惯穿裙子，刺啦一声，裙子就被树枝钩住扯破了。她暗骂了声倒霉，挽起裙角，直奔向围墙，提着花篮轻巧地翻出了御花园。她刚离开，大批禁军与东厂的番子便合力围住了御花园。

林一川站在花丛后面，看到泥地里印着一双浅浅的鞋印。脚不大，是个女人。他的心没来由地紧了紧，会是穆澜吗？他下意识地站在了脚印上。

"有什么发现？"谭诚隔着花丛，开口问道。

林一川脚下用力，将那双脚印踩得面目全非，随后遗憾地摇头道："没有，人已经跑了。"

"能这么容易追到就不是珍珑了。"谭诚拿起那枚棋子对着阳光看着，"咱家不信她还能飞出宫城去！来人，传令搜宫！"

穆澜以为自己不会救谭诚，所以才出手击杀谭诚吗？林一川心乱如麻。他有些后悔，如果他继续犹豫，不拍落那枚棋子，谭诚或许已经死去。但是，他不相信谭诚对自己毫无防备。或许，这只是谭诚的一次试探呢？

谭诚在御花园遇刺，激起了东厂强烈的反应，也引起了禁军和锦衣卫的重视。梁信鸥接到信后火速赶到了宫中，正好和丁铃撞上了。曾有过心结的师兄弟两人，似乎将这次搜查又当成了一次比试。二人互相一拱手，都没带下属，命人守在御花园外后，一起钻进了御花园中。

梁信鸥在树丛中拈起了几缕纠缠的细线，青色的线，大概寸许长。他用手指搓了搓，和气的团脸上露出了笑容。与此同时，丁铃正站在林一川站过的花丛后，看起来似乎一无所获。

两人再碰面时，梁信鸥摊开手掌，亮出找到的细线道："宫女们今春新换的裙子。"

丁铃眼皮都没眨一下道："封园前进园的宫人、内侍一共有二十四人，以及入园赏春的三名美人和一名才人，现在都被圈禁在了凉亭处。"

梁信鸥摇了摇头道："小师弟退步了，能被树枝钩破裙子，定是走得匆忙，咱们要找的人不在园子里。"

当他是白痴吗？丁铃翻了个白眼："看来我要先找到那名逃走的宫女，才能扳回一局了。走！"

丁铃带着下属离开，直想把林一川从东缉事厂衙门里揪出来揍一顿。他追刺客，有必要用脚在地上狠踹吗？只能说明林一川认识这个刺客，而丁铃却没办法和梁信鸥分享这个信息。丁铃隐隐觉得林一川走投无路投靠谭诚是另有隐情。只是如此一来，自己就在梁信鸥面前丢了脸。丁铃与秦刚会合后，便开始搜宫。

此时，彭采玉并不知晓御花园里发生的事情。在穆澜以剪花插瓶为借口去打探皇上的消息时，无涯来到了永寿宫。彭采玉满脸羞红，手紧紧地捏着帕子，大气也不敢喘，垂下的眼睛只瞅到皇上衣裳上彩绣的金龙。感觉到他的呼吸扑在脸上，还带着龙涎香的味道，直令她眩晕。

无涯略带凉意的手指从她的眉间滑过，头顶响起他温和的声音："你这眉略修剪一番就好，朕拿着螺黛竟不知从何下手。"说着，他坐正了身，随手将一枚螺黛放了妆镜旁。

彭采玉眼波流转，皇上那张谪仙般清美的脸就近在眼前，她再一次看得移不开眼去，下意识地接话道："奶娘常说我这眉太过浓黑，不如剃掉用螺黛画，显得更柔美。皇上若想画眉，臣妾便剃掉好了。"

一点儿火星在无涯眼底迸射而出，他用手指勾起了彭采玉的下巴，柔声问道："那为何没有剃掉？"

两人离得这样近，彭采玉不敢直视他的眼睛，声如蚊蚋："臣妾貌不如人，便不想泯然众人，也画时兴的弯月、远山……"

无涯松了手，笑道："朕看得厌了，倒是极喜欢你这天然不画的眉。"

彭采玉惊喜交加，摸着眉毛道："原来皇上真的喜欢臣妾这眉毛，以后臣妾便不改了。"

"你的奴婢倒是手巧，给你修的眉极让朕喜欢，赏！"

皇上叫了赏，被赏的奴婢就得前来谢恩。彭采玉便吩咐宫人道："叫霏霏来谢恩。"

霏霏？无涯眉头微动，蹙起一道极浅的褶子，像是心抽痛了一下，但瞬间就消散了。

门帘挑起，进来一个宫女打扮的女子，她低着头，进门就跪下磕头："奴婢谢皇上赏赐。"

多么熟悉的声音啊！无涯盯着数步外跪伏于地的她，喉间蓦然干涩肿胀。他愣愣地看着她，长长的黑发随着她的弯腰披散在单薄的肩背之上，身影婀娜。他脑中却浮现出她的脸，扮成冰月时浓妆艳极的脸，洗净铅华，素雅如翠兰的脸。无涯贪婪地看着她，她离他这样近，只要他站起身，走两步，就能触手可及。他用尽了全力才控制住自己，目光却怎么也无法从她身上移开。

皇上久久的凝视让彭采玉心生不悦，她有些嫉妒地看着穆澜，心情复杂至极，不由得脱口说道："下去吧。"

穆澜没有动，反而抬起了头："奴婢还有一事要回禀娘娘。"

那张脸猝不及防地出现在了无涯的眼前，让他能清楚地看到她腮旁被阳光照亮的毫毛，他不禁抓紧了椅子的扶手。那薄薄的刘海儿下是两道画出的如月浅眉、秀气的鼻子和淡粉色的唇，她用了宫粉，扫出了浅浅的腮红。她的脸几乎再也看不出曾属于穆澜的英气俊秀，浑身上下都流露出少女的妩媚秀美，让人难以把她和一个男人联想到一处去。无涯绽开了笑容，她真是聪明，她完全改变了自己，却给彭昭仪修剪出相似的眉，不动声色地告诉他，她来了。

她没有弃约，她进宫来了！他柔柔地看着她，心里有着无限喜悦。

"没有看见皇上在这里吗？有什么事回头再禀。"彭采玉嫉妒了，恨不得穆澜马上从自己的眼前消失。

穆澜有话要对自己说，无涯自然不会放她离开："无妨，万一是紧要事呢？说吧。"

"奴婢奉命去剪花枝时，远远瞧着御花园中来了许多禁军，于是就折了回来。"

彭采玉没好气地想，剪花插瓶本来就是借口，皇上都已经来了，是否剪得花枝插瓶还有什么要紧的，还要特意回禀。她不耐烦地说道："本宫知道了，下去吧。"

"是，奴婢告退。"穆澜起身，低着头退了出去。

御花园出事了？无涯马上反应过来，唤了春来进来："去看看。"

春来根本不用去打听了，搜宫找刺客，当务之急是要保护好皇上。皇上在永寿宫，秦刚和丁铃第一时间来了这里，梁信鸥自然也来了。

"珍珑刺客出现在御花园，行刺谭公公未果已经逃走了。禁军、锦衣卫和东厂正在搜宫，秦大人、丁大人和梁大人都在外面，请皇上移驾回宫。"春来禀道。

"有刺客？！"彭采玉吓得哆嗦了下，可怜兮兮地望着皇上。有皇上在，永寿宫就是最安全的地方。皇上回了宫，刺客若来了永寿宫该怎么办？

"叫他们进来回话。"想起穆澜刚才的话，无涯已经能确定，谭诚遇刺和穆澜有关。既然是谭诚遇刺，三方搜宫，自己更不能离开永寿宫了。

"是。"

趁着人还没有进来，无涯盯着彭采玉道："永寿宫今天无人外出，记住朕的话。"

彭采玉心头一紧，后知后觉反应了过来，怪不得霏霏刚才坚持回禀。是她叫了婢女去御花园折花，而谭公公正好在御花园里遇刺……她拍着胸口直点头："幸亏霏霏去得迟了，没有进园子。"

"记住朕的话，谭诚是东厂督主，你若被牵连进去，朕也保不住你。"无涯冷声说道。

"臣妾记住了。"彭采玉颤声回道。

秦刚、丁铃和梁信鸥同时进来。见过礼后，秦刚简短地将御花园的事禀了："如今刺客还没有找到，还请皇上移驾回宫。"

击向谭诚的是一枚刻有"珍珑"字样的棋子，无涯心头微紧，穆澜究竟知道多少有关珍珑的事情？他一直认为穆胭脂收养穆澜，只是为她的寡妇身份做掩饰，穆澜对穆胭脂和珍珑并不知情。然而事实让他不得不承认，那是他一厢情愿的想法。如此，他更不能离开永寿宫了。

"刺客就藏在宫里，如果珍珑的目标是朕，朕移驾回宫，谁又能保证刺客没有躲在乾清宫里？朕就在这里，待清宫之后再回。"

三人顿时语塞，请走皇上，当然是为了方便搜查永寿宫。乾清宫守卫森严，刺客如果躲在乾清宫里，早就对皇上下手了。梁信鸥躬身说道："皇上，永寿宫不如乾清宫安全。"

无涯不置可否地道："朕下了早朝就进了永寿宫，并未发现此处有任何异样，遵朕旨意办吧。"

皇上为永寿宫作保，梁信鸥心思只转转就道："既然皇上不肯移驾回宫，请容臣等先查永寿宫，以防刺客混入宫中，对皇上不利。"

"梁大档头该不是想连朕都盘查一番吧？或是想把朕身边的人都拿去东厂盘问？"无涯冷冷地说道。

怀疑刺客与皇上有关，其心可诛！查皇上身边的人，就是和大内禁军过不去，秦刚怒目而视。

督主遇刺，就算是查了皇上身边的人又能怎样？但梁信鸥却做不得这个主。他躬身请罪道："臣不敢。"

无涯呵斥道："下去！"

三人行礼后默默地退了出去。

"本官要留在永寿宫保护皇上，搜查刺客之事就拜托二位了。"秦刚将两人送至宫门，领着禁军将永寿宫守得严严实实。

"梁大人，宫中房舍众多，不如分头查之，你意下如何？"丁铃并不想和梁信鸥一起查案。梁信鸥同样也无兴趣，两人便各自带着东厂番子和锦衣卫分头行事。

将人遣走之后，无涯按捺住性子吩咐传膳。饭后照例午睡，彭采玉饮完春来亲自端进来的茶后，又一次陷入了沉睡。

窗户放下了细竹帘，将最强烈的阳光滤掉了。属于春天的明媚影影绰绰地透进来，屋里的光线像一匹抖散的柔软丝绸。黄色龙袍上浮着一层光，让穆澜想起今晨看到的连翘，一蓬一蓬争先恐后地开着，美得灿烂。

无涯眼里无限的欢喜倏地刺痛了穆澜，让她无法再与之直视。

"今天在御花园里刺杀谭诚的人是你？我吓了一跳，就特意留在永寿宫里掩护你。"无涯愉悦地说道。

穆澜摇了摇头："不是我，我见着有人行刺，马上就回来了。"

射出那枚棋子的人其实是穆胭脂。是机会太好，还是穆胭脂想向谭诚示威，穆澜就不得而知了。可留下来的人定会受到盘查，虽然她已改换为女装，但如梁信鸥这种心细如发的人，定会因她的容貌与穆澜相似而生疑。一个宫女，被东厂怀疑，会很难再被放出去，她不能冒险。

"是珍珑里的人？或是……穆胭脂？"无涯试探地问道。

"看手法是穆胭脂。"

穆澜的话让无涯松了口气，如果穆澜与珍珑有关，且受穆胭脂的指使，就不会说出她来了。穆胭脂潜进了宫中，她想刺杀的人不仅仅是谭诚吧？望着眼前亭亭玉立的穆澜，无涯将珍珑与穆胭脂都抛到了脑后："谭诚遇刺，正在搜宫，你留在永寿宫，要当心一点儿。过来，让我瞧瞧你的新模样！真像变了个人似的。"

再没有旁人在侧，无涯微笑着朝着穆澜伸出了手。他的手在阳光下如白玉般无瑕，穆澜却后退了一步，站在了阴影之中。两人就像阳光与黑暗，泾渭分明。

"我说过，我只想娶你。"无涯以为穆澜在意他新册封的十七位贵人，不禁有些黯然，却依旧勇敢地开口道，"我是皇上，我有我的无奈，但我至今没有临幸过她们中的任何一人，我在等你。"

穆澜没有说话。

"那晚我第一次见到彭采玉，我摸着她的眉毛，摸到了眉楂，很浅。我当时就在想，她那与你一样的眉，定是有人故意修剪出来的。而那个人，只会是你。只有你知道，我有多喜爱你的眉。我知道所有人都在盯着她，我只能忍着，每天召见不同的女子，以示雨露均分，直忍到今天才来永寿宫找你。穆澜，你能理解我吗？"

穆澜如果选择要与他并肩，她就不能再用普通男人的标准来要求他。可她和他的想法却南辕北辙。他满心欢喜，以为她是为他进宫。她的心里一片凄然，她冒险进宫只为了求一个公道，而这个公道是她与他之间的深壑。一滴泪从她眼中坠落，她缓缓跪在了无涯面前。

"你这是做什么？"无涯皱起了眉，伸出手拉住她的胳膊，"这里没有外人……"

穆澜的手坚定地盖在他手上，而后轻轻拨开他的手："皇上，民女池霏霏有冤情上诉！我爹只是遵先帝旨意开出药方，他从未谋害过先帝。"

无涯沉默地注视着她，心里的失望越来越浓烈。可他应该理解她的，她不可能隔着池家满门的性命与自己谈情说爱，他叹了口气："你起来，别和我这样生分。我答应过你，定会给你一个交代。"

穆澜没有动。无涯蹲下了身，轻声说道："我也很想知道，如果你爹是冤枉的，为何我父皇会饮下那碗虎狼之药？穆澜，你讲点儿道理，你全家因我父皇而死，可是我父皇也死在了那一碗药里，他可是我的亲爹。素公公死了，当年真相如何，总需要查一查才能知道。你跪我又有什么用呢？起来吧，咱们一起查，可好？"

"我爹写下了真相。"穆澜从怀中拿出书信递到了无涯手中。无涯疑惑地接过信，字是工整的馆阁体，密密地写在绵韧的宣纸上。无涯一目十行地看完，额头已是一片冷汗。薄薄的宣纸从他手中飘落，落在地毯上，是那般刺目。

"不可能，母后怎么可能会做这种事？！朕还有一个弟弟？不，不可能！"

任何人看了这封都会觉得难以相信，无涯的反应并不出穆澜的意料。她捡起地上的信，站了起来。明明阳光温暖，可她的话却让无涯生出阵阵寒意来。

"数年之后，先帝病重，我爹因为先帝诊治，便夜宿乾清宫。那晚先帝痰疾发作，险之又险，最后好歹是缓过了气。他自知时日无多，竟念叨起陈皇后来，自觉对陈皇后过于凉薄。家父一片忠心，一时没有忍住，就告诉先帝，陈皇后死后，他曾冒险留在坤宁宫中为皇后接生，皇子命大，竟然活了下来。陈皇后怀上妖孽怪胎的真相让先帝痛苦万分，但他已无力起卧，说话都难以成句，先帝便命家父为他开一碗回春汤，家父遵旨照办。饮下这碗汤药后，先帝强聚精神，竟如常人。而药效过后，先帝就此驾崩。"说到这里，穆澜低声咆哮道，"太后以我爹私自为先帝开虎狼之药为名，命东厂抄斩我全家！十九年前，于红梅坠井身亡。十九年后，梅于氏于灵光寺被杀，山西于家寨被大火焚烧成一片白地！苏沐因看到凶手行凶，在国子监被花匠老岳灭口！这一切都是许氏为了掩盖当年暗害、诬陷陈皇后所做的。这就是真相！"

她的双眸中燃烧着熊熊烈焰，令无涯五内俱焚。他握紧了拳，看着穆澜将那封信放在了自己旁边。她喘着气，却没有再说话，只用那双眼睛看着他。

这就是真相吗？可这真相为何让他难以接受？无涯望着穆澜，目光涣散。他想起那个热闹的端午，穿着狮子戏服的穆澜举着狮子头从人群中挤过。狮子头撞在了他身上，穆澜笑嘻嘻地向他赔着礼，骄傲地说让他瞧好了，她定能夺了头彩。他想起她摆地摊，卖考试包过符时，被自己逮了个正着。他想起，她带着他逛青楼，她冒险换上女装，只为让他知晓，他喜欢的人并不是少年。

无涯用手掩住了脸，悄悄将涌上来的泪意拭干："所以……其实你没有用邱莹的身份进宫，并不是因为邱莹还活在人间，你是根本就没有想过来我的身边。"

他的满心欢喜、他的思念，都是他一厢情愿。

"你找到了你父亲的留书，所以才会消失，是吗？"

穆澜走到了窗边，望着窗外明媚的春光，缓缓地说道："我没有六岁之前的记忆，当你告诉我，穆胭脂不是我的亲生母亲时，我从她嘴里知道了我的身世。我踏进松树胡同，近乡情怯，我告诉自己，只偷偷去看上一眼，看池家人和和睦睦，知晓我的家人过得尚好便罢。反正这么多年来，我一直都没有儿时的记忆，对池家人也没有半点儿感觉。我走到门口，看到了一座废宅，野草丛生，一片荒凉……我找回了记忆，那天是我的六岁生辰，我躲在书房等爹爹回来为我庆生，我以为我睡着了，只是做了个梦。"

穆澜顿了顿，再一次从记忆中翻出了那个噩梦："我亲眼看到东厂的番子一刀斩下了我爹的头，他的头咚的一声摔在地上，滚向了我。我吓得缩进了柜子里，拼命告诉自己，我是在做梦，一觉睡醒，爹爹就回来了。后来，我醒了，家里一片漆黑，我连滚带爬地跑出书房……我站了一大片尸首中，我的母亲在我的脚边，我的奶娘在我的身旁，就连我儿时的玩伴——几岁大的核桃都没有活下来。"她转过身笑了，笑得无比凄凉，"无涯，你告诉我，我如何还能来你身边？是你的亲生母亲，为了皇权谋划了这一切！是她下的懿旨，抄斩了我全家！"

她说话的时候，无涯全身僵硬地听着，他的脑中嗡嗡作响。穆澜的遭遇让他心疼，真的心疼，可是他无能为力。

"现在你告诉我，你会给我一个交代，你如何给我一个交代？"穆澜终于将无涯不愿去想的事摊开摆在了他面前。无涯沉默了许久，缓缓地说道："我为池院正平反昭雪，那碗药，是素公公喂我父皇饮下的。"

只有这样，才不会揭开当年的秘事，也能让池家再不背负谋逆之罪。

穆澜笑出了声来，讥讽道："素公公是先帝离世那晚唯一的知情人，他为何宁死都不说出真相？他是为了你，为了他心目中的好皇帝——你！把罪都推到护你到死的素公公身上，为我爹平反昭雪，这就是你给我的交代？你的母后、当今的太后就能继续享受无尽的荣光？"

"穆澜，我母后当年也是哀痛父皇离世，这才下旨抄斩池家满门。至于她与陈皇后之间的事情，作为儿子，我没有向她问罪的权利。皇权本就是由鲜血凝成，即便当初陈皇后顺利产子，但为了皇位，只怕我跟那只比我小两岁的兄弟也会兵戎相见。"

她早就想到了，她想讨的公道，无涯给不了。

"如果杀许德昭、废太后为庶人，是先帝的遗诏呢？"

无涯浑身一震："你说什么？"

穆澜冷冷地说道："先帝饮下回春汤，不是想听家父讲如何医术了得，助死去的陈皇后生下皇子的传奇故事。他强聚片刻精神，只为了写下一纸衣带诏！"

衣带诏！三国时期，曹操迎奉汉献帝，造都许县，随后软禁了汉献帝。汉献帝以血写诏藏于衣带之中，秘密传给董承。史书称之为"衣带诏事件"。这是连陈瀚方都不知晓的秘密，穆澜却坦白地告诉了无涯。

父皇竟然留下了衣带诏！

"在哪里？我要亲眼看看。"

"藏在国子监的御书楼中。"穆澜叹了口气道，"无涯，每个人都有不同的立场，你我都无法让对方同意自己的观点。那么，就让先帝来评判吧。他是你的亲爹，对你宠爱有加。我想，他有这个资格吧？"

父皇的遗诏……要他灭了母族，将自己的母后送进冷宫？许德昭他可以杀，因为许德昭本就该死。可是母后呢？无涯的脑中闪现出母后宠溺的眼神，不禁心头大恸。而逼他这样做的人，是他最爱的女人。无涯站了起来，他朝外走去，背影显得孤单落寞："让朕想一想。"

第六十三章
复仇的棋

偌大的宫殿被翻了个遍，仍是没有找到刺客。禁军只管守护好宫里的主子们。仿佛又回到了当初珍珑连续刺杀东厂六人时，锦衣卫这次依旧隔岸观火——不同的是，无人敢当面嘲讽。毕竟，这次遇刺的人不是小番子或某个公公，而是司礼监掌印大太监、东厂督主——谭诚。

东厂的气氛如紧绷的弦，不发泄一通容易内伤。当天进了御花园的三位美人与一位才人，以及二十四位宫人、内侍，直接被番子们押进了东厂。

天色已暗，东厂大堂外宽敞的院子里点燃了火盆，火光映得谭诚的脸明暗变幻着。

梁信鸥细细地将搜宫的经过禀完，扫了眼瑟缩跪伏在院中的人，低声说道："不是这些人，定是穆胭脂早在宫里布下的棋子。刺客逃出御花园，便如沙沉河……"

"行刺咱家，胆子不小。"谭诚打断了梁信鸥的话，极平静地开了口，"敢做，就要付出代价，都杀了。"说完，他便转身走回大堂。梁信鸥张着的嘴还尚未闭上。

林一川迅速转过身，跟在了谭诚身边，耳中仍回荡着那句"都杀了"。他听得分明，这些人根本与珍珑无关，甚至还有三位美人和一位才人，她们都是皇上的女人，谭诚却轻飘飘地说，全杀了。他深深呼吸着，望着走在自己身前两步开外的谭诚，想动手的冲动又开始蠢蠢欲动起来。

谭诚蓦然停住脚步回头，望向林一川，脸上带着一丝笑："一川跟着进来，是不忍看？"那双鹰隼般的眼睛似乎又看穿了林一川的内心。在谭诚面前，林一川选择实话实说："不习惯。"

院子里的求饶声与哭叫声极短。谭诚一声令下，四周的番子挥刀就砍，羸弱的女人、内侍几乎毫无反抗之力。在那片哭叫声中，谭诚悠闲地坐了下来，望向几上的棋枰，那枚刻着"珍珑"字样的黑棋就夹在他的指间："明明梁大档头已经查明了这些人的身份，他们中断无珍珑刺客，咱家为何还要杀了他们呢？"

梁信鸥也跟了进来，垂手站在谭诚身前，认真聆听。

"一川，你说说看。"

林一川想了想道："暂时没找到刺客，督主和东厂需要震慑珍珑，警告那些欲对督主不利的人。"

"很简单。"谭诚没有评论他的回答是对是错，直截了当地说道，"因为皇上今天不听话。"

所以三个美人和一个才人，这四个皇上的女人，他想杀就杀了。

梁信鸥扑通跪了下去："属下无能，给督主丢脸了。"

"起来吧，不怪你，是咱们的皇上以为自个儿翅膀硬了，咱家敲打他一下罢了。"谭诚将棋子放在棋枰上，吩咐道，"宫里头都盯紧了，一个一个地筛。人只要在宫里，就跑不掉。"他顺手将吃掉的棋子捡了出来，又吩咐林一川道，"户部开春给军队新制夏衣，订单给了咱家，你去做吧。莫要以次充好，少赚一点儿也无妨。"

"是。"林一川应了。他与梁信鸥同时离开，刚在衙门口分手，就有两匹马咴咴叫着停在了他面前。林一鸣眼睛亮了："林一川！"

谭弈跃下马，将缰绳扔给守卫，恶狠狠地盯着林一川。

"督主曾经让我跪地向你赔罪。我答应他，任你打骂，绝不不还手，你现在要动手吗？"林一川慢吞吞地说道。

这算什么？鄙视自己打不过他吗？谭弈大怒道："谁需要你让？"

"那我就不让了？"林一川也不想当人桩任由谭弈发泄。

谭弈一拳揍了过去："你以为我打不过你？！"

啪的一声，与当初雁行一掌封住燕声拳头的招式一样，林一川的手掌也拍在了谭弈的拳头上，暗劲一吐，谭弈就噌噌后退两步。在他作势扑过来之前，林一川朝衙门里努嘴道："你不是听到督主遇刺的消息才从国子监赶过来的吗？"

是与林一川在东厂大门口打一架重要，还是进去看望义父重要，谭弈晓得轻重。他指着林一川点了点，扭头就进了衙门。林一川冲林一鸣瞪了一眼，吓得林一鸣连滚带爬地往东厂衙门里跑去。

"小爷我当了十几年的纨绔，还治不了两个小爬虫？"林一川下巴一扬，负着双手，悠闲地步进了旁边的巷子。大概是这条巷子离东厂太近，所以空荡荡的，没什么人经过，仅有的几户人家在入夜之后就关门闭户，连烛火都吹熄了。极淡的夜色笼罩着小巷，林一川的身影几乎与夜色融成了一体。忽然，一只手从黑暗中伸出来扯住了他的胳膊，将他拉了过去。

被人用胳膊肘抵在墙上，林一川轻笑了起来，他居高临下地望着眼前的人调侃道："丁大人，你个子矮了些，踮着脚站着不累啊？"

丁铃没想到从林一川的嘴里会蹦出这句话来，把矮了林一川半头的他气白了脸："你给本官老实交代，今天在御花园里行刺谭公公的人是谁？你与珍珑有何关系？"

"呀。"林一川诧异极了，他拨开丁铃的手道，"丁大人竟然怀疑我？怎不去向东厂告发我啊？"

"老子看笑话还来不及呢，帮东厂找刺客，老子吃饱了撑的没事干吗？"丁铃气呼呼地说完，小眼睛转得灵活至极，"可是本官却不想被蒙在鼓里，你若不说，我就写封匿名信投进东厂。"他用脚踢了踢林一川的靴子，"不是想替对方遮掩脚印，你使劲儿蹭那块泥地做什么？"

"笑话，我在御花园的地上站了站，就成帮凶了？"林一川打死也不认账。

丁铃凑近他道："反正本官是绝不会相信你投靠了东厂，你说，如果当初本官收留了你，你不是走投无路，还会投靠东厂吗？"

林一川"哈"了声道："想当初是谁冒死把你从山西背回京城的？一碗止泻的草药、一顿饭就把我和燕声赶出了门，还四处造谣说小爷要赖你家不走。丁小眼，还有比你更小气的人吗？"

"你叫本官什……什么？"丁铃努力瞪大了眼睛，惹得林一川扑哧一声笑了："丁大人，眼睛小，是父母生的，你再瞪也瞪不大，没事我就走了。"

丁铃貌似拿林一川没办法，在林一川走出两步后，他突然说道："本官去年走了趟边城，关外的鞑靼人偷袭了户部押运棉衣的队伍，今春边城外有三个寨子被屠了。本官见到一个没死的人，他躲在捉野兽的坑里，说屠村的人是咱们的军队。"

林一川回过头道："丁大人和我说这些做什么？还想让我帮你查案？"

"听说户部给军队做夏衣的订单被东厂拿走了。谭诚收下你，不就是想让你给他赚钱吗？"丁铃从黑暗中走出来，"本官想让你在这批夏衣上做点儿记号。"

林一川只当没听见，扭头就走。丁铃咬牙道："会的，你一定会帮本官的。"

陈瀚方在送穆澜进宫之后，每天入夜后依旧会登上御书楼。虽然待的时间不长，但已经变成了他的习惯。他能做的已经做完了，剩下的只能看穆澜自己了。

自从看到穆澜换上女装后，陈瀚方依稀有些明白，穆澜进宫去讨要"公道"倚仗的是什么。他懂得感情，也正因为如此，十九年来，他翻遍了国子监所有的杂书，拆了细察，再亲手装订好。今夜，他坐在御书楼顶层的书案后，竟有些惘然。当目光触及书案上的那个旧砚盒时，他的神情变得柔和起来。他轻轻抚摸着泛黄的竹面低语道："红梅，是我无能，从前不能想办法让你出宫，现在也只能听天由命。"

他眼中泪影浮现，杀死于红梅的人是太后，稳居九龙宝座上的人是她的亲生儿子。

"公道？"陈瀚方微嘲地扯了扯嘴角，"一个男人能为一个女人治亲娘的罪？更何况那不是普通男人，是皇上。"

心中的愤懑让陈瀚方打开了砚盒，他望着那方旧砚，小心地注入了一点儿水，研了磨。他提笔欲书，手腕突然抖了抖，浓墨滴落在了雪白的宣纸上。这方砚是他当年进京赴考时，于红梅买来送给他的，一直被他摆在案头。砚总有磨穿的时候，所以这些年这方砚也只是放在砚盒之中，极少使用，平时他使用的已是各种名砚。陈瀚方放下笔，拿起了砚台的盖子，上面雕着一枝梅。

遥知不是雪，为有暗香来。说的是梅，难道……指的这方砚？

他的手忍不住颤抖起来，他挽起衣袖，将那方砚台拿了出来。砚台是实心的，自然藏不了物事。拿出砚台后，陈瀚方细细研究着砚盒。竹木编制的砚盒，有上下两层，上层放砚，下层搁笔。里面的毛笔，他一直舍不得用，两支竹身的毛笔依旧照原样摆放着。陈瀚方拿起毛笔，用力扯掉笔头，就看到了里面的东西，他一时激动起来，紧握着笔身边哭边笑。

"十九年啊！红梅，十九年啊！"

众里寻他千百度，蓦然回首，那人却在，灯火阑珊处。苦苦寻找了十九年，却发现它就在身边，就在他的眼皮子底下。陈瀚方激动地捶胸道："我怎么这么蠢！这么蠢啊！"

他大口地喘着气，手抖得不行。他定了定神，从笔身中扯出来一条丝帕，帕子的一角还绣着朵红梅。上面寥寥数句话就让陈瀚方跌坐在椅子上，他伏案痛哭起来："如果早让我看到！如果早让我找到！姑姑傻了，那孩子……早找不回了！"

如果能早些勘破诗中含义，有皇子在手，彼时陈皇后虽死，但陈氏家族在朝中根深叶茂。若能让皇上认回这个儿子，再发动学生、文臣，以其嫡皇子的身份，今天坐在龙椅上的人未必就是许氏之子。自己替于红梅与梅于氏报仇，也不会似今日这般难如登天。

春风在夜里极为温柔地吹进来，陈瀚方拿着那条丝帕失神痛悔之时，灯光下忽然多了道黑影。黑影手中有剑，指向陈瀚方道："把东西给我。"

陈瀚方捏紧了那条帕了，做了十年的祭酒让他官威不小："你是何人？"

那人叹了口气道："祭酒大人，我是谁不重要，关键是我手中有剑，你的命都快保不住了，还死捏着那东西做什么？那不是你能拿得住的。"

如果是张纸条，陈瀚方肯定一口吞了。他突然伸出手，将丝帕悬于烛台之上："我虽没有武功，却离烛台近了些。"

风吹着丝帕飘动不定，黑衣人似没有想到陈瀚方敢毁了那条丝帕。两人一时间对峙起来，陈瀚方举着的胳膊渐渐地酸了，衣袖的颤抖表明他已坚持不了多久了。

"陈大人，如果你烧了它，在下马上就走，不伤你分毫。"黑衣人像是想明白了，轻松地将剑插进了负于后背的剑鞘之中。陈瀚方不禁愣了愣，身体也不由自主地放松了一些。但就这个空当，烛火倏地舔上了丝帕，丝帕转瞬间燃起一团火苗。两人都没有料到这种情况，竟眼睁睁地看着那条丝帕化为飞灰，簌簌飘落。

"再会。"黑衣人双手抬起，斯文地抱拳行礼，一个鹞子翻身，便从窗户翻了出去。

陈瀚方目瞪口呆，瘫坐在椅子上。他冷静了会儿，似想起了什么，拿了砚盒匆匆提灯下楼。离开御书楼后，陈瀚方回头看了一眼，那地方他再也不用去了。就在这时，风吹开云层，露出惨白的月光，一股青烟从御书楼里飘了起来，陈瀚方还以为自己看花了眼。一股火焰极其突兀地耀亮了他的双眼，他不禁打了个寒战，手里提着的灯笼砰的一声落在了地上。

"走水了！走水了！"铜锣声惊破了这个寂静的夜，也惊得陈瀚方跌坐在了地上。他哆嗦着从怀中摸出一根竹管，吹燃了火折子。在嗖的尖鸣声中，一道红色的信号直刺天际。他呵呵笑了起来，笑出了眼泪："男人，他不是普通的男人！"

遥远的皇宫之中，高高的鼓楼上，无涯面无表情地望向国子监的方向，那边的天空隐隐透着一丝诡异的红。与此同时，永寿宫屋顶之上，穆澜倚靠着翘起的飞檐，也望向了国子监的方向。看到天边那一闪而逝的红色亮点，穆澜打了个哈欠，似哈欠惹来了泪，她抹了把脸，便无声地跃下了楼。

"亲眼所见？"
"嗯。"
"辛苦了。"
"许德昭暗中安排的花匠在国子监待了十年，禁军也盯了两年，没想到在御书楼顶才睡了几晚，竟然就让属下撞见了。还好，陈瀚方烧了于红梅留下的东西，否则纠缠下去，明天楼上就会多出两具焦尸。属下的运气真的很不错呢。"

锦衣卫堂内的灯光一夜未熄，花白头发的龚铁负手在堂中踱着步，岁月在他脸上刻下道道深痕，就像他的心事，不知藏了多少年。窗外不时何时飘落起绵绵细雨，他走到窗边问道："你确定陈瀚方找到的东西是于红梅留下的？"

雁行极无形象地靠坐在椅子上，跷着二郎腿，正将一块点心塞进嘴里："陈瀚方捶胸哭喊着，红梅，红梅，十九年啊，我怎么这么蠢啊？那块丝帕的一角还绣着朵红梅，我眼睛没瞎。"

龚铁转过身，指着他道："瞧你那懒样儿，坐好回话！"

雁行充耳不闻，还不忘往嘴里再填一块点心："你生的儿子像你呗。"

"混账东西！"龚铁骂完，见雁行半点儿也不怕自己，又无奈地问道，"火是谁放的？"

"还能有谁？守御书楼的禁军呗！近水楼台好放火！"

龚铁陷入了沉思："会是许德昭？"

雁行嗤笑了声："许德昭如果要放火，早在他的人发现陈瀚方行为古怪时就放了，他心心念念想知道于红梅留下了什么秘密，不亲眼看到，就算放火烧了御书楼，他也不会放心。"

除了许德昭，能调遣禁军的人……龚铁深吸了口气："难道是皇上？"

"胡牧山这棵墙头草亮明阵营后，许德昭知道的，皇上自然也全知道了。两年前，皇上亲政之初将禁军遣去守卫御书楼，守楼的禁军听皇上的话，放个火没什么大不了的。"雁行坐直了，正色道，"穆澜随彭昭仪进宫，而那位礼部的大人却是陈瀚方的学生。顺着这条线，锦衣卫本意是想盯着陈瀚方，查看他是否也是珍珑中人，今晚却无意中见他找到于红梅的留书。他烧了也好，这事就当咱们不知道。至于皇上为什么今晚烧御书楼，或许是因为于红梅的事牵涉太后。久等陈瀚方找不到，就干脆一把火烧了，让秘密永远埋葬在火中。"

"今上温和正直，隐忍有谋，是位值得守护的明君，你说呢？"

"可是皇上放火却没有告诉咱们。"雁行站起了身道，"伴君如伴虎。除掉谭诚，将珍珑幕后的珑主抓了，您还是辞官归隐的好。卸磨杀驴听过吧？不过您甭担心，就算您死了，谁也不会知道您的外室还为您生了个儿子，龚家的香火断不了！丁铃该来了，我走了。"

国子监的御书楼里藏书万册，一夜烧毁，让文臣们痛心疾首。

京畿衙门已接手火场，却被锦衣卫赶了出来。龚铁亲自上了朝禀道："锦衣卫查明，昨天晚上负责看守国子监御书楼的谢百户照例进楼巡视。他应该是不慎摔了一跤，手中灯笼摔落，才引发了火灾。谢百户摔得昏迷过去，等他醒来时，火势已无法扑灭，他也因此没能逃生，葬身于火场之中。"

一跤摔出场大火，罪责却随着谢百户丧命无从追索，朝堂上一片叹息。

"着工部重建御书楼，拨专银从民间收集书籍以充实御书楼。传朕旨意，各地书院的藏书所在之地，入夜之后不得有明火。"

在百官高呼万岁英明的声音中，许德昭却在冷笑。这世间的事情最怕一个"巧"字，好巧不巧，那个倒霉地摔晕在御书楼里的禁军，就是他安插在禁军中监视陈瀚方的谢百户。他望向皇上之下的第一人——内阁首辅胡牧山，胡牧山张着口型，说出了四个字：蚍蜉撼树。

谢百户若是蚍蜉，那谁是参天大树？许德昭觉得不可思议。当看见胡牧山竟然是一副"不用谢我提醒"的神色时，他差点儿气晕过去。

下朝之后，许德昭进宫探望许太后。春来花盛，每天都有无数新鲜的花枝送来，许太后正在寝宫中教彭昭仪插花。见承恩公到来，彭采玉懂事地向太后福身，借口去御花园里再寻几枝开得好的桃花，便缓步退了出去。还未走出门，许德昭迫不及待的声音就透过垂下的纱帐传进了她耳中："皇上命人放火烧了御书楼。"

彭采玉的脚步停了停，皇上为何会命人放火烧御书楼？少女的心性让她对皇上的所有事情都充满了好奇，她左右睃了眼，宫女们都立在门口侍候，太后身边的梅青一早就出去办事了，她悄悄藏在了帐子后面。

"可惜陈瀚方早走了一步……"许德昭有些遗憾道，"太后娘娘，皇上应该早就从胡牧山那里知晓了陈瀚方行为古怪的事，但他一直没有动静，为何昨晚会突然令禁军放火？"不仅如此，还特意杀了自己的眼线。年轻的皇上是想警告自己吗？还是说皇上已经隐约知晓了当年的事情？

"烧得好，照哀家的意思，早就该一把火烧了，你偏好奇那贱婢给陈瀚方留了什么东西。"

寥寥几句对话让彭采玉的心都快蹦出来了，她不敢再偷听下去，快步离开。

承恩公对祭酒大人没能葬身火海分外遗憾，而太后更恨不得祭酒大人死。皇上火烧御书楼，难道也想要烧死祭酒大人？难怪进宫之前，祭酒大人一再叮嘱，莫要让人知晓送她进宫的人是他。还有那个令人惊艳的婢女霏霏，其举止与聪明，怎么看也不像是个普通人，一进宫就刻意露脸，让皇上移不开眼去。如果被查出送她进宫的人是祭酒大人，她会是什么下场？彭采玉白着一张脸在御花园外停住了脚步。

她心情复杂地扫了眼随行服侍的宫婢。她没有带穆澜随行，是因为陈瀚方曾意味深长地告诉过她，明珠藏于匣，时候不到，不宜过早显露光芒。奶娘和她都以为藏着霏霏，是为了将来她失宠时，推霏霏出来固宠。

那天霏霏去打听皇上的消息，借口去御花园剪花，结果谭公公就遇到了刺杀……皇上、太后和承恩公似乎都想让祭酒大人死，而自己却是他送进宫中的。这件事只要深查，她就一定瞒不住。彭采玉越想越害怕，再没有心情逛御花园剪桃花，带着宫婢便急步赶回了永寿宫。

彭昭仪照例去给太后请安，永寿宫里很清静。刚下朝，皇上就来了永寿宫等候彭昭仪。贵人们的第二轮雨露均分才轮到一半，皇上就又想起了彭昭仪。主子受宠，奴婢们的日子也会水涨船高，永寿宫宫人的脸上浮着喜色。皇上吩咐不用去太后处打扰昭仪尽孝，宫人们只得小心地服侍着。

无涯坐在寝殿中摆出品茶等人的模样，随口道："让那个手巧得了赏的宫人前来服侍。"

穆澜便托着茶在众人艳羡的目光中去了。待她行到门口，春来总算见到了她的真容，不禁吸了一口气，嘴巴张得比鸡蛋还大。他机械地打起帘子，激动得心被油泼了似的，滋啦作响。老天爷啊，皇上这么着急赶来永寿宫，原来是这里有个长得像穆澜的姑娘！那鼻子、那嘴巴，可不是一模一样吗？只差彭昭仪那样的眉毛……春来懂了。看看彭昭仪的眉，再看看霏霏的嘴、鼻，可不就凑出来了吗？春来猥琐地偷笑着，皇上艳福不浅哪，想一个来了一双，这事可得在秦刚面前显摆显摆了。

垂下的竹帘挡去了众人的视线，无涯出神地看着穆澜为自己沏茶，随着她的动作，她细细的手腕从窄袖里露出。无涯想起当初正是握着她的手，心里生了疑，可恨方太医老眼昏花，竟然没探出她的性别。她的手指搭在青色的瓷杯上，明明不够纤秀，却勾得他伸手去握。

"皇上当心。"她像是怕他被烫着，轻巧地避开了。

穆澜很好奇，他以为自己在深宫之中消息就不够灵通吗？昨晚烧了御书楼，今天就这般大大咧咧地来了永寿宫。或者这是他的试探，试探自己在宫里的力量？

"太后甚是喜欢彭昭仪，请安之后都会留她用膳。"无涯显然没有睡好，脸色有些苍白，他近乎哀求地望着穆澜道，"就像在天香楼那样，在我做出决定之前，我不是皇上，你也不是穆澜，可好？"

对无涯来说，这几天太过煎熬了。每次相见，他都感觉和穆澜在一起的时光就又短了几分。能避开耳目与穆澜难得独处，他真的很想像从前一样，抛开两人各自的坚持与难处，享受片刻的温情。

"嗯，我不是穆澜。"

无涯激动地站了起来。穆澜稳稳地往杯子里倒完茶，那双清亮的眼眸中是满满的嘲讽："我是池菲菲。"

无涯的心被狠狠地捏了一把，让他疼痛难忍："那是我的亲娘！穆澜，许德昭结党营私，我正在搜罗他的证据，可以如你所愿。至于太后，我可送她去别宫休养。我不可能将十九年前的事情昭告天下，你能不能站在我的角度为我想一想？"

如果遵先帝遗诏，废太后为庶人，那身为人子的他又该如何自处？将当年太后谋害先帝元后的事公布于世，他这个皇上如何还能坐稳江山？

"让我站在你的角度去想？"穆澜放下茶壶，略显诧异，"那让我想一想，如果我是你，我该怎么办呢？"

无涯舔了舔唇，有些紧张地看着她。穆澜将手放在了他的胸口，他的心在她掌下怦怦直跳，她的声音低了下去："我会……先放一把火烧了御书楼！"

心脏怦怦地加速了跳动，无涯握住了她的手："原来，你已经知道了。"

她的身边自然有他的眼线，可身处深宫之中，她的消息又从何而来？穆澜只是浅浅地笑着。

"昭仪娘娘回宫！"春来尽职地报着信。可惜沉浸在自己思绪中的春来还是报信报得迟了，彭采玉已经站在了门口。透过影影绰绰的竹帘，彭采玉看到皇上与霏霏的手正分开。皇上专注的凝视、穆澜的笑容让彭采玉心如刀绞。她怎么敢！她怎么敢在自己的寝宫里勾引皇上！

穆澜后退了几步，垂手站着。彭采玉踏进门来，努力让自己笑着："臣妾回得迟了，皇上恕罪！"

"平身。"无涯虚扶着彭采玉起身，目光却望向了穆澜。穆澜正缓步退出去，隔着彭采玉，两人四目相望。无涯的隐痛悉数藏于眼底，穆澜的眼中却是一片冷然。

隔了两天，清晨，穆澜送彭采玉出去给太后请安。彭采玉下了台阶停住了脚步，她眯缝着眼看着初升的朝阳，似是想起了一件事来，她转身望着廊下的穆澜笑道："这几天御花园里的樱花应该开了，霏霏，你速去折几枝来，本官路上走慢一点儿，等你送来。"

"是。"穆澜也正想去趟御花园，这些天穆胭脂一点儿动静都没有。那天穆胭脂一击不中，却惊了谭诚，宫里的禁军防备也随之加强。无涯再来永寿宫时，侍卫明显增加了不少。穆胭脂为何要冒险出手？用的还是珍珑的棋子？穆澜百思不得其解。她相信穆胭脂找过自己一次，还会再来找她，毕竟最能接近无涯的人就是她。

穆澜拿了花剪和竹篮，就匆匆去了御花园。四月暮春，御花园里的花品种更多了，比初春时更为艳丽。秋千架已完全被绿藤缠绕，开着粉白与浅紫的牵牛花。核桃现在应该过得很好吧？穆澜仿佛又看到核桃高高地荡起秋千，裙袂翻飞，似要飞出宫墙去的情景。核桃能离开这些是是非非，总是好的。

她绕过秋千走进了树林，穆胭脂曾经清扫过落叶的树林，正是一片樱花树林，此时，粉色的花朵挨挨挤挤地开满了枝头。风吹过，花瓣如雨飘落，铺了满地。她将半开的花枝剪下，琢磨着自己送去了花，是不是该跟着彭采玉一同去给太后请安。宫里隐藏的高手太多，无涯布在永寿宫外看似保护她的人，却成了障碍。好几晚，她欲夜探慈宁宫，但都有打草惊蛇的危险，只能半道又折回来。

林外有人声传来，穆澜瞅了眼篮子里的花枝，并不想和来人碰面，她提着花篮转身就走。

春天的风很大，来的女子在林外嬉笑着，放起了纸鸢。隐隐听到宫女欢呼地叫着公主的声音，穆澜自然地放缓了脚步，宫里只有一个未出嫁的公主——薛锦烟。张仕钊虽然已伏诛，可知晓自己一直叫着叔叔的人却勾结鞑靼人害死了自己的父母，也不知道那个娇美的公主会有多么伤心。不过，听着她现在的笑声，锦烟公主应该已经走出了阴霾与伤心。这样想着，穆澜抬头望向了天空。碧蓝的空中飞着两只纸鸢，一只上面画着一棵树，另一只上面画着一只兔子。好奇怪的纸鸢，定是古灵精怪的锦烟公主折腾出来的。穆澜摇头失笑。

"快跑啊！兔子！"不知为何，那边的宫女们齐声喊出了这句话。清脆的声音像钟声，令穆澜心头一震。明明是纸鸢，宫女们不喊飞高一点儿，却喊着兔子快跑。穆澜微眯起了眼，无论是守株待兔的意思，还是以树暗示她的姓氏，都意味着薛锦烟不知从哪儿知晓了消息，冒险前来示警。

宫里头知道她身份的人只有无涯和穆胭脂。是无涯吗？穆澜立时否定了。她喜欢的无涯还不至于阴险到如此地步，然而烧了御书楼后装着没事人似的无涯，又让穆澜不敢肯定了。那会是穆胭脂吗？可让人抓了自己，对她能有什么好处？穆胭脂尚未对无涯出手，穆澜也没有拦她的道去救无涯。

彭采玉临走前的情景在穆澜脑中重现，难道她是故意引自己来御花园？

"女人哪，谁能小觑一个女人的嫉妒与报复？"穆澜苦笑起来。

可彭采玉即便已向太后禀报，说她在谭诚遇刺那天去过御花园，那也不至于引来薛锦烟如此示警，这中间定还有她没想透的事情。虽然心里想着事，穆澜的脚步却没有停下，她奔出了樱花树林，踏上了那架秋千。秋千被她用力蹬起，越荡越高。身在空中，她看到御花园外严阵以待的禁军，十来个穿着东厂服饰的高手已经进了御花园，正朝着樱花树林冲来。她的身影蓦然从树梢蹿了出来，风吹起她的裙子，黑发飘扬。粉色的宫衣、青色的裙幅，像一朵被风吹散的樱花，直飞向碧蓝的天空。

被番子强行请到凉亭中的薛锦烟失声惊呼："我的天哪！"穆澜，是扮成宫女了吗？还是她眼花了？那披散及腰的黑发、那苗条的身段明明就是个女子！

"不，不，穆公子怎么会是个女子！一定是男扮女装！"薛锦烟忍不住朝凉亭外奔去。

番子伸手拦住她，黑着脸道："公主还是在亭中待着为好。"

自宫人看见穆澜走进御花园，禁军立时悄悄围住了御花园，进入御花园的都是东厂的精英。但谁都没想到锦烟公主竟然一大清早地就带着宫女进御花园放纸鸢，好在阻拦及时，没让穆澜擒了公主为质。番子们心头紧张万分，连凉亭的台阶也不许薛锦烟踏下一步，急得薛锦烟直跺脚，只得伸长了脖子张望着。

几乎所有攻进御花园的东厂高手看到了秋千上的穆澜，各种声音瞬间此起彼伏地响起。

"放箭！"

"砍索！"

就在两个东厂高手抢至秋千处挥刀砍下的瞬间，穆澜蹬离了秋千的踏板，像一只鸟一般朝着墙外飞跃而去。她的身姿那般轻盈，瞬间就将闯进御花园的东厂高手远远地甩在了后面。东厂的人面面相觑，一边朝着穆澜跃走的方向追了过去，一边只盼着外头的禁军能将她拦下。

李玉隼和曹飞鸠气得直跺脚："禁军都是猪啊！放箭！快放箭！"

可墙外的禁军早看傻了眼，眼睁睁地看着穆澜如仙子一般从头顶飞过。

"放箭啊！"

反应过来的禁军朝穆澜射出了箭。

身后的箭破空而至，穆澜大笑着凌空翻身，脚竟然点在了一支箭上，在众人惊艳的目光中，她直接跃过了最近的宫墙。腕间缠成镯子的银丝射出，带着她几个起落，眨眼间，她就已攀上了附近宫殿的屋顶。速度之快，让她转眼间就成了一道若有若无的影子。

"追！"精心布置的合围竟然让穆澜只借助一架秋千就逃脱了，无论是东厂还是禁军，脸上都热辣辣的，简直无地自容了。

东厂负责追捕的李玉隼听到身边的番子嘀咕着："珍珑刺客有那么好抓吗？"他狠狠瞪了眼下属，心想这次再让人从他手中逃脱，他还有脸见督主吗？他发狠地朝着穆澜消失的地方追去。

丁铃得到消息，从另一侧兜了过去。他只知道今天围捕的是珍珑刺客，却不知道自己追的人是穆澜，他也从来没见过穆澜的轻功。丁铃眼睁睁地看着穆澜的身影从不远处一闪即逝，不禁破口大骂道："见鬼了！长了翅膀啊？轻功比老子还强！"

此时，无涯正在上早朝，秦刚急得像热锅上的蚂蚁似的。禁军调动，与东厂联手在宫中围捕刺客。秦刚一想到这件事的后果，心一横就踏进了大殿："皇上，臣有事禀告。"

无涯正奇怪今天早朝鸡毛蒜皮的事也太多了，秦刚一进来，他立时就感觉到了异样。

"据线报，珍珑组织的少主正藏身于后宫。今晨，禁军与东厂正联手围捕，为皇上和诸位大人的安全着想，请留在殿内。"

一惊之下，百官议论纷纷。无涯噌地站了起来："珍珑组织的少主？"

秦刚硬着头皮道："臣也是才知晓详情，听说是乔装成彭昭仪的婢女进了宫。"

穆澜！无涯的心骤然紧张起来。秦刚是禁军统领，连他都才知道，那么是谁调动了禁军？无涯注意到谭诚并不在殿中，他看了眼神情不变的许德昭，便下旨道："诸位爱卿悉数留在殿内，待确认安全后再出宫，摆驾慈宁宫！"

慈宁宫已是戒备森严，无涯带着怒意进来，慈宁宫中却是祥和安宁，飘散着一股茶香。

"臣妾给皇上请安。"彭采玉壮着胆起身行礼。

无涯不耐烦地摆了摆手，将怒意与质问咽了回去："谭公公也在啊。"

谭诚起身，略躬了躬身："老奴见过皇上。"

"免礼。"无涯用了很大的力气才控制住自己的情绪，淡淡地问道，"为何朕不知道今晨禁军和东厂联手的围捕行动？究竟是怎么回事？"

"皇上下朝了？快来尝尝刚送来的明前新茶。"许太后一如既往地温柔可亲，招呼着儿子坐下，"禁军是哀家调动的，皇上政务繁忙，这点儿事哀家和谭公公商议一下就能办了，便没让人去打扰皇上。"

无涯有些不相信地望着太后，她仿佛与平时的模样有些不太一样了。在无涯的印象中，母后只是个后宫女人，从不过问政事，只晓得插花赏景，与太妃们闲聊，最在意的是端午节包什么馅儿的粽子……可她一旦插手政事，就果决地调遣禁军围捕。无涯不禁想起池起良的那封信，信中的母后手段阴狠毒辣，不仅害得陈皇后难产，还夜入坤宁宫，指使宫女用剥皮的狸猫尾巴去诬陷死后的陈皇后。他摇了摇头，无法将和蔼可亲的母后与信中的许贵妃重叠在一起。

无涯气道："这是小事吗？秦刚奏报说，今天围捕的是珍珑组织的少主！"

许太后将茶盏放下，悠闲地说道："既然皇上知道是珍珑组织的少主，那哀家调禁军和东厂围捕不是理所当然的事吗？皇上又为何生气？是气哀家调动禁军没有告诉你，还是心疼那个美人儿？"

无涯被问得无言以对，为何太后和谭诚联手要抓的人不是穆胭脂而是穆澜？是谁泄露了她的身份？他蓦然望向彭采玉，一腔怒火全发了她身上："听说那个珍珑刺客是你带进宫的婢女？"

正因是她带进宫来的，也正因霏霏是陈瀚方送来的，她才害怕！皇上、太后和承恩公都想杀了祭酒大人，只有越早供出他们投诚，自己才能有活路啊！彭采玉扑通一声跪在了地上，瑟缩着说："臣妾……臣妾也是被陈祭酒和霏霏蒙蔽了……臣妾左思右想，实在不敢隐瞒，就把她那天也去了御花园的事禀明了太后！"

他明明吩咐过她，不许说出永寿宫当天有人去了御花园。这个女人，容貌寻常，仗着修剪出与穆澜一样的眉才得封昭仪，她却害了穆澜！无涯气得手脚发颤："去过御花园就是珍珑少主？朕看你分明是嫉妒诬陷！"

彭采玉吓得直望向太后。

"皇上！"许太后淡淡地说道，"哀家与谭公公敢调禁军围捕她，自然是有证据的，彭昭仪做得很好。若非她报信，哀家还不知道行刺谭公公的珍珑少主竟然混进了后宫之中。陈瀚方狼子野心，哀家已下懿旨将他拿下了。"

"彭昭仪只提供了一条线索，事实上是东厂接到了密报，穆胭脂之女穆澜其实是珍珑组织的少主，她亲自动手杀了东厂七名下属。穆澜女扮男装混进国子监，与皇上结识，引得皇上对其赏识，继而又恢复女儿身，让皇上对她动了心。皇上，您上当了。您不用说她若要行刺早就动手了这类话，珍珑布局，杀人只是小事。她此番以婢女的身份进宫，是想利用您对她的情意，让她成为后宫之主，珍珑志在颠覆江山啊。"谭诚悠悠叹道。

许太后脸色难看至极，想起当初儿子说有心仪之人，想立她为后，没想到穆澜还假借过邱莹的身份，如果让她得逞，将来她的儿子就能接掌江山。许太后细思极恐，一巴掌拍在了案几之上："贱婢！好生毒辣的计谋！"

"陈丹沐"这个名字和这个人，让许太后蓦然想起十九年前的往事。她竟然养出了个貌美如花的女儿来勾引自己的儿子，还想让她的女儿成为皇后。陈家的女儿永远都是皇后吗？这是许太后心头的一根刺，不拔掉它，寝食难安。

以为每个人都会贪恋无上的权位吗？如果不是了解穆澜，无涯都快被谭诚说服了，他坚持地说道："穆澜是穆胭脂收养的女儿，她与穆胭脂的珍珑组织毫不相关。"

"无涯！"许太后动了真怒，"既然是穆胭脂的养女，那抓她也是理所当然。至于她是否是珍珑的少主，抓到人审过便知。"

谭诚笑了笑道："陈瀚方昨天已经被下了东厂大狱，正在审问中，相信他会供出很多事情。"他端起茶盏，啜了一口，"太后娘娘宫中的新茶味道真是不错。"

许太后闻歌知意，收敛了怒气，笑道："谭公公府上难不成还吃不到今春的明前茶？可别打趣哀家了。梅青，给谭公公府上包两斤送去。"

"咱家谢过太后娘娘。"

谭诚的态度已经摆明他根本不用理会无涯这个皇上的意见，而许太后则在这件事情上根本不愿意迁就儿子。两人谈笑风生，将无涯晾在了一旁。

无涯目瞪口呆，素来迁就宠爱他的母后竟听不进去他的话！手握东厂权力的谭诚视他为无物。这一刹那，他甚至怀疑自己究竟还是不是当今的天子。他狠狠地看了眼彭采玉，转身就走。

"无涯。"许太后叫住了他，"你还是坐下来品茶等候的好。"

谭诚也笑道："咱家遣了六位大档头出马，东厂可谓精锐尽出，更何况禁军已经封了宫城，她跑不了。"他话音刚落，殿外就传来禀报声。禁军副统领与东厂李玉隼同时踏入殿内，副统领咽了口唾沫，紧张得额头全是汗，李玉隼更为了解自家主公，直接禀道："禀督主，珍珑少主脱围逃走了。"

副统领赶紧补充道："禁军已经加强戒备，正在搜宫，她定逃不出宫去。"

无涯提到嗓子眼儿的心落了下去，穆澜会躲去哪里呢？他第一时间想到了自己的乾清宫。

"传哀家懿旨，挨着搜！所有宫室，包括皇上与哀家的寝宫，都细细地搜。"许太后大怒道。

谭诚慢悠悠地问道："可看清了她的身手？"

李玉隼沉声禀道："她与属下曾经在户部交过手，轻功卓绝，看身法的确是杀我东厂六人的刺客。"

谭诚挥了挥手，让两人下去，目光缓缓移向了皇上，一副"事实俱在，皇上，您就别再被情爱迷惑了"的神色。无涯呆若木鸡，穆澜，那样清爽干净的少年、妩媚柔美的女子，会是令东厂恨之入骨的刺客珍珑？她亲手杀过东厂六七个人？她是夜闯户部的飞贼？他们说的是穆澜吗？

"穆胭脂呢？"他听到了自己干涩的声音。

"迟早会抓到她的。"许太后冷冷地说道。

宫中殿宇数千，但最适合穆澜藏身的地方只有冷宫。她躲在一间废弃的房间中，看着日头苦笑。还未过午时，她不知道自己能否挨到黑夜。而能想到冷宫易藏身的，却不止穆澜。不到一炷香的时间，被她甩掉的东厂高手和禁军就冲进了冷宫。

待嘈杂纷乱的声音渐渐消失，穆澜才慢慢潜上水面，探出脸呼吸着。天空在她眼中只有井口那么大，阳光高悬在空中，泡在水里真不舒服，她叹了口气，任由身体继续浮在井中。

宫城戒备森严，才入夜就已落锁，除了禁军、东厂，锦衣卫也抽调人手加入了搜捕的行列。

送走搜宫的队伍后，清太妃吩咐宫人关门落锁，各自回房不得擅出，这才扶着身边宫人的手回了寝殿歇息。她坐在炕上，对服侍自己的老宫人叹息道："本宫等了快二十年，没想到你还真用得上这个身份。"

老宫人面容平凡，声音却是穆胭脂的："当年我和姐姐置气离宫，姐姐难产过世，我便觉得不对。杜之仙那时却迂腐不堪，被谭诚利用。当时我只是觉得，留个宫人的身份，更容易进宫，如今却正好用上了。"她朝清太妃跪下行了大礼，"这么些年辛苦你了。"

"二小姐快快起来吧。"清太妃抹了抹眼角，哽咽道，"若非皇后娘娘，小清哪儿能活到现在？只是每每奉迎许氏，瞧着她依然娇艳如花，坐享荣华，想着皇后娘娘与陈家的遭遇，心里就难过不已。"

穆胭脂站起身，恨恨地说道："我也是突然间才想明白，刺杀皇帝有什么意思？他既然对穆澜用情至深，那么被心上人厌弃的痛苦要胜过取他的性命。许氏不是最得意和小皇帝母子情深吗？她一定会逼着小皇帝亲自下旨砍了他的心上人，那时母子自然离心。小皇帝是不会放过许德昭的。那时，亲兄被儿子杀了，母族被儿子诛了，儿子也再不与她亲近，许氏的好日子也就到头了，她会天天像活在地狱里。"

清太妃拭着泪，轻声说道："穆澜毕竟是由你养大的，这般对她是否太过无情？"

穆胭脂冷冷地说道："她只是我复仇的一枚棋子，若没有我收养，她或许早已死去，她还我一命理所当然。"

第六十四章 自讨公道

夜色下的冷宫越发凄凉，如果有宫人看到从深井之中爬出一个披散着长发、穿着宫女服饰的女子，关于冷宫有女鬼的传说不知又会流传多少年。

永寿宫里，彭采玉蒙在被子里瑟瑟发抖着。今天在慈宁宫里，她听到了太多不该听的东西。她出卖了穆澜和陈瀚方，却惹上了连东厂都闻之色变的刺客珍珑。虽然太后护住了她，可是皇上冰冷的眼神让她绝望。离开慈宁宫时，皇上走到了她身边，极轻柔地告诉她："朕看上的不是你，想宠爱的人也不是你，是你那对眉毛的主人。"

不要紧，没有皇上的宠爱不要紧的，彭采玉拼命地告诉自己，她已经进了宫，住进了华丽的宫殿，成了昭仪娘娘。她现在是昭仪啊，每年都有俸禄可拿，不用再担心会嫁给乡下农汉，过着靠天吃饭的日子。宫里的女人那么多，没有皇上的宠爱也一样能过日子。可是，她才十六岁啊，还没被宠幸过，就已经失宠了。彭采玉嘤嘤哭了起来。

忽然，一个声音在她耳边轻轻响起："娘娘在伤心什么呢？"她吓得浑身的鸡皮疙瘩都冒了出来，她刚想开口大喊，一只手隔着被子捂住了她的嘴。被子往下滑了一点儿，让她露出了眼睛来。

彭采玉看到了一身黑衣的穆澜，只是她的长发绾成了男人的道髻，显得异常干练。她的弯月眉似被水洗掉了，刘海儿下的眼睛显得格外清亮。彭采玉的眼泪顺着眼角滴在了穆澜手上，她叹了口气，将匕首搁在彭采玉的喉间，便松开了手。

"你就算是无眉也这样美，如果我的眉就是你的眉……"彭采玉哽咽起来。皇上和霏霏，不，皇上和眼前的珍珑少主穆澜早就相识。原来她的眉才是自己精心修剪出来的模样，怪不得她说，皇上一定会喜欢那样的眉。

"你在家乡生活不易，为了十两银子要被婶娘嫁给乡下的农汉，你不甘心，是陈大人怜惜同年的孤女，接你进京，这本来就是一笔合理的买卖。你进宫还当上了昭仪，摆脱了原来的窘境。我借你进宫，从此两不相欠。"穆澜冷冷地说道，"你贪心没关系，你出卖我也情有可原，可是你不该出卖祭酒大人。进了东厂如进地狱，你如何忍心这般对待自己的恩人？"

"你们利用我！你们……"匕首自她喉间无情地抹过，穆澜抓起被子蒙在了她头上："我可以不杀你，这一刀是替祭酒大人送你的。"

没有人想到穆澜会回永寿宫，她潜到殿后的院中，撬开一块青砖，拿出了早就藏在这里的包袱，里面有杜之仙为她打造的所有装备。

即便宫中守卫再森严，也没有十步一哨。穆澜无声越过慈宁宫高大的宫墙，在黑暗的掩映下穿过长廊、殿堂，躲过一拨拨巡视的队伍，靠近了许太后寝宫。匕首无声划开了春季新蒙上的银红色窗纱，她像狸猫般轻盈蹿进了殿内。

墙角的羊角宫灯昏暗地照亮了一隅，映出软帐后正在睡梦中的太后的身影。穆澜站在阴影之中，看着榻前撑着手肘昏昏欲睡的女官。她知道门外至少有四个当值的宫女、太监，她没有走出墙角的阴影，而是从后背取下了一把手弩，扣在弦上的三支弩箭闪烁着冰冷的幽光，穆澜抬起胳膊，朝着睡着的太后毫不犹豫地扣响了机栝。锦被突然被掀了起来，无声接住了弩箭。

"有刺客！"床上的人尖声叫了起来，一听就是个太监。

一击不中，穆澜直接从来时的窗户翻了出去。弩箭再次搭上弓弦，朝着殿顶射出，尾端长长的绳索带着她直飞上了殿顶。第二支弩箭再次射出，箭头深深扎入远处的宫墙，穆澜从脚下蓦然灯火通明的宫殿上空一掠而过。然而就在她快要滑至宫墙时，墙外另一端的屋脊上闪出了一个黑影。弓似满月，箭羽连珠，一箭射断绳索，第二箭直射穆澜。隔着浓浓的夜，穆澜与穆胭脂的视线仍然撞到了一处。穆胭脂惊诧地看到穆澜脸上露出了笑容，然后消失在了她的视线中。

穆胭脂放下弓，转身离开。她射出的连珠箭，将穆澜逼得摔落在了慈宁宫内。不过瞬息而已，穆澜就再无逃走的机会。火把与灯笼将这一隅照得如同白昼，站在前面的是以李玉隼为首的东厂六名大档头。

"珍珑少主，候你多时了！"

穆澜站定，将背着的包袱放在了地上，言语轻慢至极："又来了六个？这数字很吉利？"

东厂六名大档头眼神如淬火了一般："杀我东厂六人，今天叫你插翅难飞。"

"不对，是七个，还有一个朴银鹰。虽然我去得迟了，但如果他不死，我也要动手的。"穆澜露出诧异的神色，"怎么还不动手？我都等不及把你们这些东厂的鹰当成鸡割喉放血了！"

她的嚣张令东厂六大档头气得咬牙，有两人回头望向了偏殿。穆澜的目光也自然移了过去，偏殿之门大开，禁军、内侍、宫女们簇拥着太后和皇上还有锦烟公主，立在了台阶之上。

"无涯，你之前很想回乾清宫是吧？以为她会逃到乾清宫，让你来保护。母后留着你，知道你心里很难受。如今你亲眼看到了，她不会去找你，更不会逃出宫去。她进宫，是来杀哀家的！"许太后指向穆澜，神色从容笃定，"刺杀皇太后，是什么罪名？！"

薛锦烟心虚地站在两人身后，心乱如麻，她心里在做着各种犹豫、挣扎。她在无意中偷听到太后调遣禁军欲捉拿穆澜，便制了纸鸢去御花园示警。她这样做究竟是对还是错呢？

重重包围下，穆澜一身黑衣，脸上没有丝毫惧色。她的目光越过围困自己的东厂番子和禁军，看向那道明黄色的身影。那道身影如此刺目，令她浑身的血都在沸腾。

为何都要逼他？无涯远远地望着穆澜，一步步走下台阶，直走到她的身前。

李玉隼挺身拦在了无涯面前："皇上，不可涉险。"他不能让没有武功的皇上走近穆澜身边，有被劫持的丝毫可能。

无涯停住了脚步，疲惫不堪地问道："以你的功夫，宫墙拦不住你……你为什么不远走高飞？！"最后一句话，他用尽力气吼了出来，眼里浮起了泪影。你就一定要杀我母后，不给我丝毫转圜的余地吗？

无涯的到来与质问，给了穆澜时间。她扔掉手弩，盯着无涯，手里不停地从包袱里取着东西："以前有人问我，最拿手的武器是什么？他以为我擅长用匕首，因为我总是用它收割东厂阉狗的性命；又以为我最擅长轻功，因为我逃命的功夫真的不错。其实我最擅长的武器是枪，器中之王。"

无涯嘶声再问："为什么？！"

他可以杀许德昭，可以送太后去别宫休养，为什么她要这样坚持？难道将十九年前的往事公布于众，池家满门就能活过来？为什么她不能理解他？他可以为她父亲昭雪，可以追封赏赐，让池家人死后拥有无限的荣光。为什么她不能往前看？为什么她要在无数双眼睛的注视下，背上刺杀太后这个罪名？让他连半分为她开脱的机会都找不到！为什么她非要逼得他无路可走？无数个为什么在无涯的胸口撞来撞去，心如被撕裂般疼痛着。

包袱中的精钢管在穆澜手中咔嚓连接，转眼就成了一杆长枪。

"张仕钊勾结鞑靼人，害死了薛神将夫妇，为什么呢？薛神将被喻为军中枪神，其实他最早是陈家的家臣，薛家枪本是陈家枪。薛神将不死，许氏如何灭陈氏一族？我师父是陈家的二小姐，所以我的枪也是薛家枪。"穆澜持枪一摆，雪亮的枪尖点在青石地面上，撞出一点儿火星，就像点燃了她的愤怒之火，"可惜薛神将夫妇对朝廷一片忠心，却死在了许氏争权夺利的腌臜手段中！家父更是对得起他的一身医术，为死后的陈皇后接生下活着的皇子！在那个深夜，他亲耳听见当年的许贵妃也就是如今的许太后是如何害死陈皇后的！"

薛锦烟脸色大变，伸手掩唇，挡住了自己的惊呼声。穆澜在说什么？她是不是听错了？

无涯脸色大变，穆澜竟然当着这么多人的面轻轻松松就说了出来。她知道她在做什么吗？无涯瞬间觉得心悸，不禁揪住了胸前的衣服。

许太后隐藏在内心深处的恐惧终于爆发，她扭头看向无涯，无涯沉默地站着，脸上只有难过却并不吃惊。皇上知道！她的儿子知道却没有告诉她。许太后的伤心与愤怒难以言表，她厉声喝道："妖女妖言惑众，还不赶紧动手！"

李玉隼一刀朝穆澜砍了去，精钢的枪身撞在刀下，瞬间火星四溅。穆澜身影飘忽，枪尖在夜色与火光的映照下划出点点银色的火花，逼得李玉隼步步后退。

"先帝弥留之际，家父不忍隐瞒，告之实情。先帝遗诏：杀许德昭！废太后为庶人！"穆澜的声音在夜空中回响着，震惊了所有人，"火烧御书楼？无涯，你以为先帝遗诏真的藏在御书楼吗？你这般急着毁去遗诏，是为了保护你的母后，还是害怕遗诏中连你的皇位也一并废去？"

遗诏没有藏在御书楼里，她没有信他。无涯觉得自己真蠢，竟然迫不及待地就烧了御书楼。他为何会那样做？他本是惜书之人，却狠心将一楼的珍本古籍付之一炬，只因为他信任她，他只想以最小的代价让事情平息下来。而她呢？她试探他，她行刺太后，她当着这么多人的面将埋藏多年的秘密揭了个底儿掉！

他没有回答，转过身，头也不回地朝宫门外走去。身后的一切，他不想再看，也不想再听。宽大的袍袖无力地垂在他的身侧，他的背影显得那么萧瑟无力。春来与秦刚对视一眼，赶紧追着他去了。

"先帝临终前，哀家就在他的身侧，根本没有什么遗诏。"许太后没有阻止皇上离开，她冷声下令，"抓活的！哀家要让她不得好死！"

走了好，穆澜大笑。她笑自己不到长城心不死，不撞南墙不回头。她笑无涯天真，他们之间本已是不共戴天之仇，他却还妄想着用爱情令她忘却仇恨。

他走了，将他许给她的交代抛了身后，将那个连枪手替考都难以忍受的正直的无涯也一并带走了。那是他的亲娘，为了让他得到皇位而心狠手辣；也是他的亲娘，杀了她全家。

"你问我为什么不远走高飞，问我为什么要逼你至此，因为我要问她！"穆澜的声音远远传来，"许氏，你真的是伤心先帝驾崩，才迁怒我爹，杀我池家满门吗？为何不明正典刑交三司法判？为何东厂进我家门，不问缘由挥刀便砍？为何连我家的一张纸都抄没得干干净净？先帝临终前，你说你在他身边，他对你说了什么？让你迫不及待下旨诛杀我池家满门？！那份没有被你找到的衣带诏是否是你夜夜的噩梦？！"

指甲深深地陷进了掌心，许太后浑身哆嗦着，她高声叫了起来："杀了她！"

宫门处，无涯扶着墙，身体剧烈地颤抖着，他把手伸给了秦刚，哑声道："回宫。"

宫墙内，喊杀声骤起。穆澜长枪摆动，凶狠地扎进了阻拦的队伍。枪尖如蛇吻，只取咽喉，一击便收。片刻间，冲至她身边的禁军就倒了一片。

扎刺点拨，精钢长枪在夜与火的照耀下，仿若抖散了一树雪白梨花。每一朵花出现之时，必然带起一道血雨。凭着长枪之强，穆澜硬生生地将东厂六大档头拦在了五尺开外。武器碰撞之声叮叮当当响个不停，东厂六大档头骇然发现在他们的围攻之中，穆澜的枪还能有余力将冲进战团的禁军刺翻。

枪仿若已有灵气，如臂驭使。穆澜踏着鲜血，一边抵御着东厂六大档头的进攻，一边强悍地朝着许太后所在的方向突进。

薛锦烟呆呆地站着，满脑子都响着穆澜的话。许家为了对付陈家，所以害了她的父母？她如痴如醉地看着那杆长枪在穆澜手中使得如同游龙一般。这就是父亲威震三军的薛家枪啊！不知不觉间，眼泪已经流了她一脸。

穆澜的虎口已经震裂，甚至没了知觉，鲜血浸透了红缨。众人的围攻与疯狂舞动精钢长枪，极速地消耗着穆澜的力气。但人活一口气，这口气撑着她朝许太后所在的方向步步逼近。

她要的公道皇上给不了，那她就自己讨。

一名后退的禁军突然被石阶绊倒在地，骇然发现自己已退无可退。隔着人墙，穆澜和许太后的距离不到三丈。

"太后娘娘，咱们进去吧。"梅青白着脸，欲扶许太后进殿。许太后死死盯着穆澜，似也被激起了傲气："哀家就站在这里！"她不相信一百多个禁军和东厂的六大档头联手，都杀不了这个妖女！

已经退无可退，再让穆澜持枪靠近，太后就危险了。六大档头相互使了个眼色，四人分别从四个方位齐攻穆澜。另一名大档头搭个手桥，李玉隼脚尖一点，便踏在手桥之上被高高地托起。他跃到了穆澜的上方，大喝出声，凝聚着他毕生功力的一刀，闪耀着匹练般的光芒，朝着穆澜砍去。

此时穆澜在东厂那四个大档头的抢攻下枪势已绝，整个人被笼罩在刀光之中。她眼睛微眯，双手猛地一抖，长枪倏地分成了两截儿。阻力一小，那围攻的四人便不可控地一齐朝着穆澜扑来。她狠狠地一踏地面，便凌空翻身而上，一只手里握的圆棍横击刀身，另一只手中的枪尖噗地扎进了李玉隼的胸口。

两人同时落地，李玉隼的刀直刺地面，人却被穆澜的枪挑在半空。远远望去，就像穆澜的个头凭空往上蹿了一截。

这是东厂武力最强的李玉隼！东厂的大档头们和四周的禁军被这一幕惊呆了。

咣当一声，李玉隼弃了刀，摔倒在地上。他的一只手紧紧握住枪身，瞪着穆澜，他怎么也想不明白，她怎么能躲开自己的刀刺中自己。

突然之间，东厂的大档头们从震惊中反应过来，大喝着："杀！"

所有人朝穆澜齐攻过去，穆澜只得撒了手，手中的半截圆棍舞得令人眼花缭乱，她瞄准不远处的许太后，圆棍便如标枪般脱手飞出。

"啊！"梅青下意识地叫了声。许太后吓得往地上一蹲，那根圆棍直刺进梅青的胸口，溅了许太后满身鲜血。

见穆澜失去了最后的武器，五个大档头顿时精神大振，冲过去和穆澜近身打斗起来。

在灯笼与火光的照耀下，许太后鬓发散乱，裙幅溅血，却仍被宫人们搀扶着站了起来。

真是可惜啊！穆澜心里叹息着，腕中的银丝射出，缠住了殿前的柱子。她用力一扯，身体就像纸鸢一般斜斜飘起，飞向了太后。后背传来一道又一道的凉意，一共有三刀划过了她的身体。而她攀着那根银丝已经越过了台阶前的禁军。她反手抽出腰间的匕首，从空中朝近在咫尺的许太后刺去。这一击迅疾如闪电，令众人目瞪口呆。

台阶下，禁军的目光随着穆澜的飞跃扭过头望向台阶之上。台阶之上的宫女、内侍早吓得抖如筛糠，连一声护驾都喊叫不出。许太后的脸上却没有多少恐惧之色，她狠狠地盯着穆澜，越发挺直了背。

穆澜分外诧异，甚至有些佩服许太后。望着离自己越来越近的许太后，不知怎的，她却想起了穆胭脂。穆胭脂与许太后差不多的年纪，许太后艳丽如花，可她却从穆胭脂的身上看不出从前倾国倾城的半点儿痕迹。杀了许太后，她也会死。可是这一刻想起穆胭脂，她的心里并没有太多的怨恨。都是可怜人呢。

人是很奇怪的动物，这一瞬，对穆澜来说似乎特别漫长。儿时的记忆、穆家班的卖艺生活、无涯站在人群中如青竹般清逸的身影，还有林一川，他待她好得让她无法正视……这一瞬，穆澜还来不及分清自己究竟在想什么时，本能地就将匕首刺向了许太后的咽喉。

忽然，一抹青色的身影像夜里飞来的蝙蝠，从殿内倏地闪出，悄无声息地挡在了许太后身前。此时，雪亮的刀尖已刺到他的面前，刺得他眼睛生痛，他闭眼挥袖。

胸口一闷，穆澜直接闭过了气去。落在地上时，她终于看清了那个人——谭诚！

她的嘴唇动了动，却怎么也发不出声音。她张大了嘴，像扔上岸的鱼，怎么也呼吸不了，直到一口血噗地从嘴里吐出来，她才听到自己发出了声音。她趴在地上呛咳着，仿佛要把心肺都吐个干净。

"找太医给她治伤，咱家要活的。"谭诚说完，亲自扶着颤抖不已的许太后缓缓往殿内行去。穆澜奋力抬起头，望着谭诚与许太后的背影，讥诮地笑出了声："想知道陈皇后的儿子在哪儿是吧？想要先帝遗诏是吧？舍不得我死就给我弄顶轿子来！把牢房收拾干净，布置得舒服点儿！"

一名大档头上前一脚端在穆澜身上骂道："进了东厂大狱，会让你舒服的！"

谭诚停住了脚步："对姑娘家温柔点儿，照她说的办。"

东厂的人不由得愣住了。穆澜笑至无力，仰天躺着喘息着。这时许太后握紧了谭诚的手，身体颤抖不已。谭诚安慰地拍了拍她的手，望向几名大档头："清场。"

五个大档头又是一愣，而动作已先于大脑。

紧绷的弦才松弛下来，禁军们没有想到东厂的刀又挥向了自己。不到片刻工夫，五名大档头浑身浴血地站在空寂的殿前，四周躺满了禁军和慈宁宫宫人的尸首。

殿前除了东厂五人和穆澜，只剩下了一个活人。薛锦烟睁着大大的双眼跪坐在廊柱下，她仿佛失去了灵魂，没有叫喊，也没有哭，只是睁着眼睛呆滞地着望着眼前的杀戮。

曹飞鸠走到她身旁蹲下了身，和声说道："公主殿下，您要听话，今晚听到的、看到的一个字都不能说，明白吗？"

刀尖在她面前滴着黏稠的鲜血，她清醒过来，颤抖地点着头，目光掠过穆澜满是血污的脸，她突然爬了起来，提起裙子哭着奔进了殿中："太后……"

寂静的殿前，大档头们提着武器围在穆澜身边，沉默地低头看着她。穆澜眨了眨眼睛，呵呵笑了起来："我迟早是要死的，但你们呢？听到了惊天的秘密，太后和你们的督主会放过你们吗？"

大档头们的心中生起阵阵寒意，曹飞鸠上前一脚将穆澜踢晕过去，而后长长地吐出一口气道："死到临头还想挑拨！"仿佛一脚踢飞了心中的恐惧，大档头们讥诮地笑了起来。

一天一夜了，东厂大狱中的陈瀚方已成了血人。梁信鸥疲倦地用毛巾敷在前额上，他有时候真不太明白这些读书人，手无缚鸡之力，怎么就能熬过东厂的酷刑？他将毛巾展开，抹了把脸，盯着木架上血肉模糊的陈瀚方道："宫里正在围捕穆澜，等她落网，你再说就迟了。"

一阵低沉嘶哑的笑声从陈瀚方嘴里发了出来："她进宫就没打算活着，我说了，你们就会放过我？说与不说有什么不同？我为何要便宜了你们？"

宫里的消息还没有传来，梁信鸥叹了口气道："早说少受罪，就这点不同。"

少受点儿罪？陈瀚方突然激动起来，四肢却无法动弹，他挣扎着，脖子上的青筋鼓胀："杀了我啊！你杀了我啊！"

梁信鸥摇了摇头，知道陈瀚方已到了忍耐的极限，再用刑人就会没命："带他回去。"

梁信鸥走了出去，他知道刑讯之道要讲究松弛有度。而且他也倦了，打算小睡一会儿再回来接着审。

沉沉的脚步声渐行渐远，一名站在阴影里的狱卒抬起了脸。林一川顺着地上滴落的血迹，走向陈瀚方的牢房。

东厂这些年的气势完全压过锦衣卫，不是没有原因的。谭诚驭下有方，称得上宽严并济。或许谭诚太过自信，收了林一川当大档头后，带东厂精锐进宫围捕穆澜的事也没有回避他，但终究还是没有带他进宫。就算如此，进宫前十二飞鹰大档头齐聚正堂时，谭诚也把话讲明了："一川，你功夫不错，不带你进宫是怕你为难，也怕最后让咱家为难。"

谭诚这话，是一语双关。如果一开始就投了谭诚，听到谭诚说这些话，林一川甚至会觉得心里很是熨帖。

没进宫的大档头们各有活干，林一川做户部军衣订单，梁信鸥审陈瀚方。

过道中桐油燃起的火光并不明亮，只照亮了眼前一隅。放眼望去，整条走道看不到尽头似的，像一条通往地狱的冥路。林一川踟蹰了下，这样冒险值得吗？一旦被人识破，就功亏一篑。然而禁军封锁了宫城，雁行不知所踪，丁铃也进了宫。燕声曾去从前林家喂熟的官员家打探，也没有丝毫消息。林一川感觉异常不安，他沉默地走进了过道。

浓浓的血腥臭味在阴暗的石牢里弥漫着，林一川不禁用手指堵住了鼻子。一只老耗子一点儿也不怕人，慢吞吞地从他面前爬过。他鼓着腮帮子呼出口气，硬着头皮从耗子身上跨了过去。

陈瀚方被单独关押着，这一排牢房中没有再关别的囚犯，林一川轻易就找到了他。昔日的祭酒大人此刻发髻散乱，趴在潮湿的稻草上一动不动。林一川走过他身边，走到牢房尽头，这才折了回来，停在了栅栏外。林一川蹲下身体，弹出一枚小石子打在了陈瀚方头上。

陈瀚方的眼珠动了动，看着一双崭新的布靴停在牢房外。

"祭酒大人，我是林一川，你还记得我吗？"

林一川？陈瀚方昏沉的脑中却想起了另外一个人。他眼前出现了幻觉，仿佛自己还在国子监与身边的官员们笑得前仰后合。他呓语着："写了满篇正字，草包也考取了监生。"

陈瀚方的声音细不可闻，林一川竖着耳朵才听清楚，他不禁苦笑道："我是林一川，不是林一鸣。陈大人，如果你很想死，在下可以帮到你。"

那名礼部的低阶官员也被抓进了东厂，陈瀚方送彭采玉进宫的事早已被查实。谭诚不知从哪儿知道了穆澜是珍珑少主的身份。林一川很好奇，为什么梁信鸥还审了陈瀚方一天一夜呢？看情形，如果不是陈瀚方快不行了，梁信鸥还会继续审下去。林一川觉得陈瀚方嘴里的东西一定对谭诚分外重要，或许这个秘密对他救穆澜会有帮助。他无法进宫，那他就需要做最坏的打算，想别的办法。

林一川手中捏着小小的碎石。陈瀚方受刑后伤势过重，用石头打死他，谁都查不出来。林一川相信，在东厂的酷刑下，陈瀚方会很感谢有人帮他速死。

陈瀚方恍惚听见林一川的声音从极远的地方飘来，但他丝毫没有在意。他快死了，他感觉自己的身体已经变成了一块腐肉。死了也好，这十九年对他来说极为煎熬。对于红梅的思念，梅于氏被杀带来的恐惧，那个秘密在梦里也让他疲倦不堪地寻找……快结束了……他喃喃出声："红梅，等着我。"

林一川诧异地蹙紧了眉，压低声音问道："于红梅？"

这三个字让陈瀚方的精神突然振奋起来，他颤抖着伸出满是血污的手指，在冰冷的地上一笔一笔地画着。就像当初他持着她的手，在白色的纸上勾勒出一枝梅花。她歪着头看他，脸如春桃绽放，层层绯色染红了面颊，眼里柔得几欲滴出水来。

林一川盯着他的手，渐渐看出了他在画梅花，不由得脱口而出："遥知不是雪，为有暗香来。"

这是六堂招考时陈瀚方出的题，当时林一川才从山西查于红梅回来，便胡乱编写了一篇文章。此时看到陈瀚方画梅，就像一盏灯瞬间照亮了他的思路，他肯定地说道："你认得于红梅。"

这个名字让陈瀚方的手抖了抖，他继续专注地画着。难道这就是梁信鸥用尽酷刑想知道的事情？往事快速地从林一川脑中过了一遍。当时丁玲查到宫中并无于红梅这个采女，线索也就断了。穆澜也从未和他提起过宫里的事情，所以林一川只晓得于红梅身上藏着一个秘密，甚至为她的老家于家寨引来了灭顶之灾。难道陈瀚方知道这个秘密？

林一川看出陈瀚方已是油尽灯枯，精神恍惚了，他快速地问道："陈大人，在下帮着丁铃查灵光寺一案时，曾去过于红梅的山西老家，她人在宫里？"

陈瀚方很冷，他似又回到了二十年前，他顶着鹅毛般的大雪艰难地行走着，冻昏在雪地里时，他模糊地看到一角粉色的衣裙，裙边绣着红色的梅花。梅花又带着他来到了灵光寺，他远远地望着痴傻的梅于氏，梅于氏坐在那一树红梅下喃喃念叨着："梅花红了……"

林一川急了，将手中的石头扔了过去，打在了陈瀚方的手上。陈瀚方甚至没有感觉到痛，他哆嗦着摸到那块石头，在地上刻了一横一竖。

他没有多少时间了，林一川贴着牢房栏杆用力向里面伸出了手臂，堪堪勾住了陈瀚方的衣袖："告诉我！"

陈瀚方被迫停止了在地上的划拉，林一川伸进里面的手臂从衣袖中露了出来，臂上的一颗红痣映入了陈瀚方的眼帘，他的眼睛一点点亮了起来："你是谁？"

"林一川，写正字的那个草包——林一鸣原来的堂兄。我和大人的第一次见面也在灵光寺，还有穆澜，大人想起在下了？"

陈瀚方的头脑瞬间一片清明，他的身体里仿佛重新注满了力量，他抓住了林一川的手："扬州首富的大公子林一川。林大老爷过世，林一川因是被抱养的嗣子，自请出族，放弃继承权，来国子监销假时，令其守孝一年后再归。"

林一川到国子监销假，因得了东厂暗示，国子监便以守孝为由将林一川拒之门外。陈瀚方很清楚这件事，他死死抓着林一川的手，嘶哑地问道："你不是林大老爷的亲子，他从哪儿捡到你的？灵光寺吗？"

林一川呆了呆："你怎么知道？"

陈瀚方望着他，眼泪不禁涔涔落下："别说出去，谁都别说。"他突然松了手，捡起石头狠狠地划去刚才所画的痕迹，语无伦次地念叨着："我知道了，红梅，我知道了，不是'梅'字的起笔……"那握着石块的手停在了半空，最后无力坠下——陈瀚方趴在地上，眼瞳变得黯然无光，已是气息全无。

"喂！"林一川再次努力伸手去拉陈瀚方，却又够不着了。他又气又急，眼看狱卒换班的时间将至，梁信鸥说不定也会马上回来，他只得匆匆离去。

随着林一川的离开，牢中一片静寂。片刻后，旁边的石墙悄然无声地滑开，梁信鸥正坐在石墙后的房间里。他慢悠悠地走出来，桐油灯将他的脸色照得晦暗不明。他低头看着死去的陈瀚方，弯腰捡起了那块小石头喃喃自语："不是'梅'字的起笔？"

他端详着地上散乱的线条，抬头望向林一川离开的方向，团脸上带着意味不明的笑容："偷了身旧衣，却不肯换上别人穿过的臭鞋，大公子果然爱洁如命。"

这一夜极其漫长，死在慈宁宫的禁军、宫女与内侍被一辆辆骡车拉走，粗使太监们在黑夜里沉默地将洒满鲜血的青砖换掉。新的一批宫人在睡梦中被叫醒，进慈宁宫服侍太后娘娘。

谭诚站在太后寝宫外的围墙处，曹飞鸠将箭与绳索收齐后递给他看："督主，是被人射断的。"

谭诚接过那支长长的翎箭，用手拨着雪白的箭羽，看着修剪的形状，他轻轻叹了口气。

"不知是什么人帮了咱们。"曹飞鸠很感谢那个射断绳子的人，否则以穆澜的轻功，逃出宫去就不好抓了。

穆澜伤重，就近送去了太医院诊治。今晚力战的几个大档头带着李玉隼的尸体回了东厂，只有曹飞鸠留在谭诚身边。

谭诚淡淡地说道："十一年前你抄池家时，一只鸡也没漏掉，就是漏掉了一个人。"

冷汗嗖地从曹飞鸠的后背沁了出来，他低着头，无话可说。他不仅漏掉了一个人，被漏掉的人还是池起良的女儿。

敲打了曹飞鸠后，谭诚吩咐道："人在宫里治伤，你去安排吧，咱家要万无一失。"

"是。"曹飞鸠知道自己这次若再办砸，掉的可能就是脑袋了。

薛锦烟从新来的宫人手中接过碗，服侍许太后喝下。

"把灯都点着。"许太后伤心地看了眼新来的宫人，想起被穆澜杀死的梅青，"脸太陌生了，哀家不习惯。"

安神汤舒缓了许太后的心神，让她在灯火通明的偏殿中沉沉睡去。

薛锦烟呆坐在锦杌上,一双手紧紧地交握在了一起。她的父母,在她身边服侍了多年的大乔、小乔,都因为这个妇人而死。新来的宫人不敢近前,都远远地站在门口,而她只要伸手掀起面前的帐子,扑过去,就能掐死睡着的太后。她的手不听话地颤抖着,心跳声敲着她的脑袋都快要爆掉了。今晚的一切都深深地烙印在她的脑中,她从来没有如此憎恨、惧怕着将她抚养长大的太后。终于,她的手伸出去触到了帐子。

"公主殿下。"

薛锦烟仿佛被烫着了一般,蓦然收回了手,用更惊恐的目光望着走进殿内的谭诚。仿佛她所有的心思都暴露在那双鹰隼般锐利的目光下,她哆嗦着起身,乖乖地跟在了谭诚的身后。

谭诚亲自提灯为她照着脚下的路:"公主十月及笄之后,就嫁给我的孩儿阿弈吧,他从小就爱慕着殿下,一心在等殿下及笄。他原想高中状元后能站在金銮殿上求皇上赐婚,是咱家挡了他的状元之路。阿弈如今在国子监读书,两年后就能进六部实习,前程定然极好。"他停住脚步,微笑道,"咱家老了,竟然吹嘘起自己的孩儿。殿下开始准备秋天的大婚吧,咱家会让工部尽早将公主府修葺一新。"

她不要嫁给谭弈!可谭诚根本没有问她是否愿意。

"忘了今晚发生的一切,回去好好睡一觉。"谭诚的话将薛锦烟好不容易提起的勇气又打散了,今晚发生的一切让她不禁打了个寒战,沮丧地低下了头。

谭诚将薛锦烟送到她住的殿外,看着新来的宫人上前服侍,便转身离开了。夜风传来薛锦烟崩溃的哭声,谭诚恍若未闻。

宫城高高的城门楼上,无涯望向东方,一颗极亮的星星浮现在天际,这是启明星,天就快亮了。风扑在他脸上,他闭眼感受着风的温度,喃喃自语道:"已是四月芳菲尽了。"

一顶轿子停在了城墙下,小太监打着灯笼为谭诚照明。秦刚神色复杂地站在甬道尽头,对谭诚抱拳施礼:"谭公公,皇上想一个人静一静。"

谭诚停了下来,看着城墙上那袭明黄的身影,他并未强行过去:"烦请秦统领转告皇上,三天后穆澜会被明正典刑,太后的意思是凌迟。"

秦刚悚然一惊。

安静的凌晨，谭诚的声音清楚地传到了无涯耳中："请谭公公过来。"

谭诚微微一笑，从秦刚身边走了过去。

最黑暗的黎明时分，一辆马车驶进了东厂。林一川亲眼看着番子们从车上抬了穆澜下来，接着从车上下来的人是方太医。他佝偻着腰，亲自背着沉重的医箱，与穆澜一起进了谭诚平时休憩的小院。

梁信鸥不知何时到了林一川身后："这个女人真不简单，女扮男装进国子监不说，她今晚还杀了李玉隼。"

"啊？没弄错吧？李玉隼都不是她的对手？"林一川胡乱地回答着，眼睛却盯着那辆马车离开，她伤得一定很重，所以才至今昏迷不醒，他转过头好奇地问道，"为什么不关进牢里？"

梁信鸥目光闪了闪，微笑道："还有比督主身边更安全的地方吗？"

这时曹飞鸠一脸倦色地走过来，听到两人的对话后，气呼呼地说道："这娘儿们要坐轿子，让把牢房布置得舒服一点儿，督主让照办。呸！真他妈的嚣张！老梁，陈瀚方招了没有？"

"受了一天一夜的刑，抗不住，才死。"梁信鸥负着双手，毫不在意地道，"反正他招不招供，穆澜都是他利用彭昭仪送进宫去的，这案子没有他的口供也照样能定他的罪。"

"也是。"曹飞鸠赞同道，不过又坏笑起来，"就怕国子监那帮酸腐又会闹起来，你还是做一份口供备着好。"

梁信鸥对陈瀚方的死不以为然，这让林一川有些诧异。他回想着谭诚小院的布置，想着救穆澜的法子，心不在焉地顺着两人的谈话插了句嘴："谭公子在国子监，还能让监生们闹起来给督主难看？"

三人正说着时，谭诚回来了，便都住了嘴，朝着谭诚躬身行礼，各自禀告着。待梁、曹二人说完，谭诚对陈瀚方的死并没怎么放在心上，叮嘱梁信鸥将消息透出去，免得那些不怕死的文官盯着东厂闹事。

林一川正要开口说户部军衣的事，谭诚摆了摆手，神色疲倦道："户部的订单你看着办就行了。"他停了停又道，"人接回了东厂，即日起，无手令擅入后院者，杀。"

穆澜被接回了东厂，那他该怎么办呢？林一川目送着谭诚走进已经戒备森严的后院，想着心事。

方太医站在院子里，抬头望天，院墙将天空割成了"井"字形，他抚着花白的胡须想，可能他再也出不去了。见到谭诚进来，他拱了拱手，平和地说道："蒙督主和皇上信任，老朽自会尽力治好她。"

"治好她的伤吧，让她完完整整地接受千刀凌迟。"谭诚淡淡地回道。

方太医心头一紧，顿时愤怒不已，也许，他能帮穆澜早点儿死。

谭诚朝着皇宫的方向拱了拱手道："这是太后与皇上的意思，咱家不过遵旨照办而已。因方太医心疼故人之女，咱家便请了你来诊治她，并未祸及你的全家。"

想起家中的妻子儿孙，方太医不禁颓然。

第六十五章
狱 中

　　人间四月芳菲尽，北方草原的绿意才覆盖大地。谢胜来到边城已经快半年了，少年的脸被边塞的寒风吹过，黑脸上被吹出了两颊红。他生怕边关将士看轻了自己，就刻意蓄着胡须，还未及冠的少年，瞧上去像三十岁的粗糙爷们儿。

　　户部的头一批夏制军衣已经送到了边城，前所未有的速度令边城的将士诧异不已。谢胜领了军衣换上，看到衣角上盖了方蓝色的钤记——林记。他蓦然想起了曾经同窗同舍的林一川，会是那伙吗？他询问了前来送货的人，还真是林一川的林记承担了户部订单，谢胜憨厚地笑了，顿时觉得这身夏衣穿在身上极为舒适。

　　听说后面的军衣正在陆续送来，谢胜越发替林一川高兴。林家发生的事情还没传到边关，谢胜仅从林一川能接到户部生意，就觉得他肯定过得很不错。

　　谢胜照例带了队士兵出巡，马踏出边塞，草原的风带着青草的香，谢胜胆子大，出巡的路线总会比别的校尉更深入草原一点儿。许是心里渴望遇上前来打草谷的鞑靼人好厮杀一番，谢胜又一次有意地带着下属朝草原深处走去，美其名曰：让马吃点儿今年新长出的草。

　　他觉得今天天气真好，运气则更好，离边城还不到二十里就遇到了鞑靼人。

　　这队鞑靼人抢的不是普通的商队，正好是户部押运的第二批军衣。押送的官兵遇到草原铁骑毫无还手之力，扔下几具尸体就一窝蜂地散了。虽然东西被抢了，但能保住命就是幸事。鞑靼人也懒得追，逼着车把式们赶着车马正要往草原深处行去。

"杀!"谢胜没有多余的话,铁枪平举,纵马就冲了过去。当他看到车马上的户部印记时,血就涌上了头。他想得很简单,杀鞑靼人理所当然,另外,这是同窗林一川的货,被他遇到了,就一定得抢回来。他的马跑得快,一骑绝尘,将率领的士兵都抛在了身后。

领队的鞑靼人首领诧异地发现身后有一骑突兀地跟来,便双脚站镫立于马上观察。当看清楚只追来了一名穿着校尉服饰的人时,他不禁哈哈大笑起来:"杀了他!"

有两骑从队伍中奔出,挥刀冲向了谢胜。谢胜速度未减,不过眨眼之间,便平枪戳翻一人,又横枪将另一人挑下了马。那首领脸色一变,打了个呼哨,让车队停了下来,队中的鞑靼人纷纷挥刀迎向了谢胜。

转眼间,那一人一马已冲到了车队前,谢胜不惧对方人多,越战越勇。这支鞑靼人小队不过十来个人,还不曾伤到谢胜,就已经被他杀了五六个。那鞑靼人首领被谢胜砸飞了手里的弯刀,心里不禁阵阵胆寒,打了个呼哨,扔下车队,带着剩下的人就跑了。

以一人之威救下了整个车队,谢胜露出了笑容:"掉转车头,跟我回边城。"

没有意料之中的欢呼声,车把式们都以一种奇怪的眼光看着他。谢胜不耐烦地说道:"都吓傻了?!"

"你叫什么名字?老子保证不打死你!"丁铃猛地掀起斗笠,站在车辕上破口大骂。精心安排的局竟然被谢胜搅和了,气得他将斗笠狠狠地扔到了车下。

丁铃没认出谢胜,谢胜却认出了他,谢胜吃惊地喊道:"丁大人?你怎么扮成车把式了?"

何止丁铃,这六辆马车的车把式全是锦衣卫所扮。

"谁啊你?军队巡视的路线有这么偏吗?你别告诉老子你刚好迷了路顺便搅了老子的好事!"丁铃还在破口大骂。

谢胜隐约感觉到不对劲儿,他讷讷说道:"我是谢胜,您来国子监查苏沐案时咱俩见过……"

谢胜?林一川的那个室友?那个和他母亲胆子大得敢去敲登闻鼓的家伙,百胜枪的儿子。丁铃想起来了,那股邪火被他憋了回去,但他又不甘心,拍了拍厚厚的衣包道:"这批货一定要送给鞑靼人,你在这边待的时间长,你想个办法?"

"凭什么啊？这可是林一川的货！"谢胜一根筋，不服气地嚷了起来。

丁铃叹了口气，人比人得死，货比货得扔！他跳下车，朝谢胜勾着手指头，悄悄在谢胜耳边嘀咕了起来。

军衣已经入了户部库房，正在陆续送往各处的军队。林一川新建的林记展现的能力令谭诚惊叹，更令他吃惊的是这批夏制军衣的利润。

"督主请看。"

摆在谭诚面前的夏布一共有四种，一模一样的颜色，手摸上去的感觉差异却很大。谭诚摸了摸布，示意林一川继续说。

"第一种是最好的细绒棉；第二种是长绒棉；第三种是粗绒棉；第四种是混织的棉布，质感不比细绒棉差，差价却达三成，去年江南有八成织坊开始织这种混纺棉布。督主正巧接了户部的单子，属下就命人在江南采买这种布送至京城，制衣则分散到户，所以一万件夏衣不到半个月就做好了。"

这话说得简单，中间的过程却极为繁复，但谭诚也没有兴趣知道。多了三成银子入账，他当然高兴："你去和户部结账吧，下一批军衣让户部先拨银给你，咱们总不能替朝廷垫银子。好好做，咱家还等着在你的新林园喝酒赏景。"

"是。"林一川也高兴地笑了起来，目光故意瞟向小院的厢房。他不怕让谭诚知道，他很关心穆澜，对她好奇得不得了。

谭诚的院子守卫森严，林一川绕着走了无数圈，也没发现进院子不会惊动守卫的机会。翻墙偷进不可能了，林一川只能借着送样布和银票的机会，正大光明地走进来。

"你和穆澜是同窗，以前在扬州还有着交情。咱家记得，是杜之仙让你爹多活了两年。"谭诚很喜欢林一川这种直白的表达，他平静地告诉林一川，"她的伤好得很快。伤好了，就该明正典刑了。这些天珍珑组织毫无动静，他们不想来踢东厂这块铁板，那唯一的机会就是闯刑场救人。"

穆澜又不是猪，养肥了就该被宰了。林一川心里暗骂着，脸上却堆满了恳求："属下想去看看她，无论是冲着以前的交情，还是杜之仙救治家父的恩情，一川都想和她再喝碗断头酒。"

"人非草木，孰能无情，去吧。"谭诚答应了，他想了想又道，"你告诉她，原本太后的意思是留着她也没钓出同党，准备这两天就送她上路，但是皇上说他初见穆澜时是五月端午，便择了七天后的端午行刑。"

皇上把行刑的时间定在了端午？只有七天的时间！林一川的心里有说不出的怪异感觉。他知道谭诚会轻易答应他去见穆澜，是因为他根本无法带着穆澜闯出小院、闯出东厂。也或许，这又是一次试探吧。

林一川提着小太监送来的酒，走向了一侧的厢房。正院与厢房只隔了四五丈的距离，他提着酒坛，脚步有些沉重，心情却是雀跃的，他很想她。

林一川出去后，谭弈从内堂走了出来，满脸不甘："义父，你现在很信任林一川？"

谭诚似乎很喜欢义子话里的醋劲儿，他微笑道："林一川从前犟着脖子不肯低头，如今没有了林家拖累，坐拥财富却对咱家屈膝，你觉得他另有所图，是吗？"

"孩儿不相信他。"谭弈答道。

"咱家也不信。"谭诚悠悠地叹道，"咱家也很好奇，他来咱家身边到底想干什么？他又能做什么？在看清他的意图前，让他先为东厂赚些银子。"

谭弈明白了义父的想法，但心中仍然不安："孩儿觉得林一川一定会救穆澜。"

"除非他想和她一起死在这里。"谭诚平静地答道。

厢房一明两暗，方太医正在明间里查阅医书，开方熬药。看见林一川进来，方太医不禁愣住了。方太医心里清楚，从前在国子监，有锦衣卫保着林一川。如今林一川能进谭诚的院子，他和东厂又是什么关系？

"林大档头！"站在门口的两名番子朝林一川行礼道，方太医惊得差点儿没握住手里的笔。林一川拎起了酒，一本正经地说道："方太医，以前承蒙您多加照顾。如今我是东厂的大档头，您有什么不方便的，我必知恩图报。今天我是来看穆澜的……和她喝顿断头酒。"

这人摇身一变，成了东厂大档头？方太医有点儿看不准林一川了，他朝里间看了眼："她好得很快，但是……"他本想说穆澜不适合饮酒，但转念想到林一川说的断头酒，他叹了口气，摆了摆手道，"去吧，去吧。"

"穆澜，我来看你了！"林一川像寻常看望朋友似的，叫嚷着推开了厢房的门。

窗户都被钉死了，光线从屋顶的两片明瓦中投射进来，白色的光柱中能看到细小的灰尘飘浮不定。穆澜就坐在光柱下，伸手和光柱里的灰尘玩着。她绾着双螺髻，一半的长发软软地在身后束成一束，整个人都沐浴在光影之中，美丽极了。林一川的心被重重地撞了下，看得如痴如醉。

一个瘦削的汉子从阳光照不到的阴影处站起了身，双手抱拳道："林大档头！"

林一川被这声音惊出了一身冷汗，这是什么地方？自己竟然走神儿了，竟没注意到屋里还有其他人。他的目光从汉子身上的大档头服饰扫过，暗想，这是他见过的第五个十二飞鹰大档头了。林一川呵呵笑着，将酒放下，还了礼："小弟我初进东厂，不知兄台如何称呼？"

"陈铁鹰。职司所在，林大档头莫要介意。"

"啊，金、银、铜、铁四鹰高手，失敬失敬。"

听说最早谭诚身边只有四个大档头，名字中皆有鹰。后来的大档头与他们凑成了十二之数，沿袭了飞鹰的称号。林一川暗想，除朴银鹰，另外三只鹰他从没在东厂里见过，看来这三只鹰是谭诚最信任的人，这段时间也是他们在看守穆澜。他抱起酒坛，冲笼中的穆澜笑道："我与她从前有交情，想请她喝碗酒。"

陈铁鹰不置可否，抱着朴刀坐了回去。

我去！这人怎么这么不识趣呢？房间里多出一个人，这还让他怎么约会？林一川不禁暗暗咒骂着。

两间厢房打通后，显得极为宽敞，房间正中放着一只铁笼子，里面摆着一张床，银钩挂起一面绣着游鱼牡丹的粉色纱帐，床后竖着一扇山水图样的屏风。与寻常人家一样，定是搁放马桶之处。靠着铁栏处摆着桌椅，天青色圆口大肚瓷瓶中插着粉白嫣红的玉兰，看上去像是今天才换的。另外，还有套紫砂茶具。

穆澜坐在里面唯一的太师椅上，铁栏外也摆着椅子，像是常有人进来与她隔着铁栏饮茶。她提壶倒了两杯茶放在桌上，宛若在自家闺房中待客一般自然："好久不见，坐。"

林一川在铁栏外的椅子上坐下，伸手进去从桌上拿起了茶杯，仿佛没有看到挡在两人中间的铁栏。他上下打量着她："你这样打扮，我差点儿都没认出你来。"

穆澜掩唇微笑，抬手给他看袖子上的绣花："江南纤巧阁的手艺，这裙子漂亮吧？"

林一川不由得感叹："我从没见过哪个囚犯日子过得如此惬意，连囚衣都是江南纤巧阁的绣娘做的。"

穆澜悠悠说道："从前我娘把我当男孩子养，我一直盼着有一天能穿花衣裳、花裙子。这些天换了无数件新衣裳、新裙子，连发髻都学会梳了，却又觉得不如一袭青衫、头绾道髻更自在舒服。对我来说，过把瘾也就行了。"

林一川坐下来后才发现陈铁鹰坐的位置很是巧妙，这笼子里的东西能当暗器的不少，但就算穆澜扔完，也打不中陈铁鹰。而他的视线却很好，能盯住两人所有的小动作。林一川无奈，只能朝穆澜使眼色。

穆澜看懂了他眼里的意思，谭诚如此待她，自然是有原因的，可是她不能把这个原因告诉他。他是父亲十九年前不顾危险从死去的陈皇后腹中接生的生命，既然来到了这个世间，他就该好好活下去。他对先帝、先皇后并无半分感情，他只认林大老爷一个父亲，那为什么还要将他拖进复仇的深渊呢？

"我也从不知道，你竟然投了东厂，还当上了大档头。你爹在天之灵晓得了，也要气得从棺材里跳出来抽你。"

"商人眼中只有利益。"林一川慢吞吞地和穆澜闲扯着，暗骂陈铁鹰坐的角度刁钻，在桌上写个字感觉都会被他发现，"不投东厂就要投锦衣卫，商人总要抱紧一条粗大腿才能赚银子。锦衣卫不肯帮我，我当然要投东厂了。不说别的，你瞧，你犯了事，我这个大档头还能进来请你喝顿送行酒。"他倒了两碗酒放在桌上，"听说你在宫里头大杀四方，把禁军和东厂高手杀得胆战心惊。不过，陈瀚方没撑过刑，已经死了。"

穆澜显然早已猜到了这样的结果，神色有些凄然，她拿起一碗酒慢慢地洒在地上："陈大人，您先行一步，穆澜随后就来，好叫你知晓，你想做的事，我在宫里头已经帮你做了。可惜我能力不够，没能亲手杀了太后，相信天理昭昭，自有报应。"

林一川很想跳起来大声问穆澜，陈瀚方和太后有什么仇？他是于红梅的什么人？于红梅和太后又有什么关系？谭诚如此优待你，究竟有什么把柄捏在你手中？

林一川脑中浮现出在狱中与陈瀚方的最后一面，什么"不是'梅'字的起笔"？陈瀚方还叮嘱他，别把他是被从灵光寺捡回林家的事说出去，为什么？

"既然是送行酒，有没有说什么时辰送我上路？"穆澜显然并没有和林一川聊陈瀚方的兴趣，转开话题问起了自己的死期。

"皇上定了端午，七天后。"林一川想了想又道，"谭公公让我转告你，太后本打算这两天就送你上路，可皇上说，初次见你是在端午，行刑的时间就定在了端午……只有七天时间了。"

无涯将行刑时间定在了端午，穆澜心里苦涩一片。也行吧，他想再让她活到端午那天，多一天也是好的。她不怕死，却也想多活。可林一川的眼神为何这般古怪？他为何不说你只能活七天，反而说只有七天时间了。只有七天时间了……这七天，他要忙着做什么？忙着策划劫刑场吗？

穆澜慢悠悠地喝着酒，目光却在林一川的脸上久久不曾离去。林一川都快被她弄疯了，她为何一点儿暗示都不给他呢？终于，穆澜饮完了这碗酒，她站起身，朝他大方地抱拳行礼："从前女扮男装，占你便宜时居多。如今我身无分文，欠你的银子也只能欠着。多谢你的一碗送行酒，我呢，就是一根筋太冲动，也没给自己留后路，所以才没有逃走，在宫里大杀四方。其实现在想想蛮后悔的，留得青山在，不怕没柴烧，早早露了底牌给人看，所以我败了。"

林一川也知道不能再继续待下去，他将穆澜的话刻在了脑中，转身离开。走到门口，他转过身问穆澜："端午那天你先见到的人是我，还是他？"

穆澜愣了愣，忽然一笑，阴暗的房间刹那得变得明媚灿烂："你。"

林一川的心里又是一阵酸涩，明明你先见到的人是我，为何你却先喜欢上了他？可是穆澜的这一笑，却灿烂得让他心疼。不忍再质问、为难她，只有七天，七天的时间足够救走她吗？

陈铁鹰睃了林一川一眼，就收回了目光，他心里没有那么多弯弯肠子，他只需盯着穆澜，不让她逃走。牢房布置成闺房，他都担心穆澜自杀是否太方便了。谭诚却笑道，她宁肯被人杀死，也不会自杀的。

厢房里的场景再次回到林一川进来之前，穆澜望着屋顶的明瓦，出神，手伸在光柱之中戏弄着灰尘。陈铁鹰像一座塑像，呆滞地静坐在阴暗的角落里。

七天，对蜉蝣来说，是几个轮回。七天，在陌生人的眼中，也就七个太阳的升落。对他们来讲，穆澜是谁并不重要，穆澜要被处以极刑也不是多大的事，或许只会在茶余饭后多一点儿类似于"哎呀妈呀，那女子的人头砰地滚到我的脚下，两只眼睛还在一眨一眨的哩"的谈资。可在意她的人，已经被这七天的期限逼得快要疯了。

时间在人们的淡漠中或焦虑中悠然走过，离端午已经没有七天了，离穆澜的生命结束只有两天了。仿佛老天感觉到京城里各种情绪堆积得太过复杂，哗啦啦的一场急雨就浇了下来。正在给无涯系披风带子的春来愣了愣，扭头往外看去："皇上，这么大的雨……"

无涯自己系好带子，走出了殿门。外头的雨下得又急又猛，乍然看去，仿佛一锅生滚米线从天而降，白色的水线砸起阵阵呛人的土腥味儿。

"为太后尽孝，天上下刀子都得去。"无涯面无表情地说道，春来还想再劝，无涯已经不耐烦了，"春来，你不用跟着了。秦刚，随朕出宫。"

转眼间就被秦刚夺了差使，春来心里却极欢喜这样的天不用出宫受罪，不过他表面上还得哭丧着脸装可怜。

无涯走之前想了想，吩咐春来道："锦烟最近心情不太好，公主若来寻朕，你就让她在书房看看杂书，别进去打扰她，待朕折了花便回。"

"是。"

送走皇上后，春来就成了老大，他惬意地坐下，接过小宫女递来的香茶喝着，又指挥粗使小太监们打扫御书房。他望着殿外珠帘般的雨嘀咕道："这天气，公主殿下不会出门的吧？"

话音刚落，一顶轿子就晃晃悠悠地过来了。春来把茶往小宫女手里一塞，快步过去，亲自打起了帘子。薛锦烟扶着他的手下了轿，见太监们正在扫尘，心里便有了数："这么大的雨，皇上还惦记着今日要去胡首辅家，为太后娘娘折花。本宫来得真是不巧，还以为皇上会另寻时间再去。"

"殿下，皇上吩咐过了，您来了就看看书打发一下时间，他折完花就回。"

春来赶走御书房里的洒扫太监后，亲自捧了今年的新茶给锦烟送去。

"也罢，我在这里看看书等皇上，不用服侍，都下去吧。"薛锦烟说着话时，目光控制不住地飘向了书案。皇上似料准了她会来，还叫她在书房里等着。皇上知道她的来意？他是故意放自己进御书房？可他怎么知道自己会来呢？

皇上改日出宫再去为太后折花也不是什么大事，胡首辅家的辛夷花要开到五月中去。皇上定了今天去，下这么大的雨也没让他改变行程，皇上这是在给自己机会？薛锦烟胡思乱想着，人却已经站在了书案前。

正悄悄探头进来的春来看到这一幕，心头不禁一咯噔，见公主殿下只是看了看，一颗心就又荡了回去。心想着，姑奶奶，您可千万别动奏折，否则小人的命就没了。

薛锦烟还没傻到在御案上用笔写圣旨，她盯着殿门，飞快地打开一张空白的五彩卷轴，直接用了大印，然后卷好轻松地藏进了袖中。

首辅胡牧山府上的辛夷花树每年都会从四月中旬陆续绽放，皇上年年都会去他府上折花枝孝敬太后。今年花开，皇上提前定在了今天去胡府。

"皇上就是孝顺！下这么大的雨都没耽搁出宫去为太后娘娘折花。"清太妃调着茶汤，没有掩饰脸上的羡慕，心里却在骂，年年都表演这场戏码，就不累吗？

每年到了皇上为太后折辛夷花的这天，慈宁宫总会把两位太妃请来赏花。许太后就喜欢在无儿无女的太妃面前显摆皇上是如何孝顺自己的。今年慈宁宫里多了十来位新册封的贵人，清太妃开口算是引出了话题，贵人们七嘴八舌的，终于把许太后哄得眉开眼笑。

还有两天，穆澜就要被明正典刑了，许太后觉得自己已经让了步，从凌迟改为斩首。皇上虽然没有说什么，但曾经亲密无比的母子都已感觉到彼此之间有了隔阂。不过今天雨下得这么大，无涯仍然出宫去了，这让许太后心里极为熨帖。

无涯坚持攀着竹梯，剪下了几枝品样优美的花枝，衣袍却被淋了个湿透。胡牧山早在后花园的小书房里备下了香汤，一行人簇拥着无涯入内沐浴。服侍无涯泡进热气腾腾的澡桶后，胡牧山便拉上房门退到了外间侍候。

自从胡牧山站在了皇上身边，曾经他与许德昭密会的密道就废了。许德昭早已弃之不用，然而就在无涯沐浴时，密道的门被推开了，走出来一个全身藏在斗篷里的人。

无涯并没有吃惊："你很准时。"

"天上下刀子我都会来。"来人脱掉了挡雨的斗篷，露出林一川俊俏的脸。

"以前朕曾经想招揽于你……但错过了。"曾经无涯看中林一川的潜质，却因为穆澜讨厌起他来，没想到兜兜转转，他仍为自己所用。

"年初的时候经由我师兄牵线，与皇上在灵光寺一会，定下我投靠谭诚进东厂卧底的计谋。朴银鹰被发现是皇上的人之后，断掉的这条线就由我接上了。

许德昭和谭诚长年供给军衣，但总有一批军衣会在途中被劫，这批军衣中藏着违禁的刀、铁等物。许德昭和谭诚长期与鞑靼人交换珠宝、皮毛，整条线和线上的人都理得很清楚，随时可以收网。皇上，答应你的事我办到了。"林一川在澡桶对面坐了下来，撑着下巴望着皇上。

无涯拿过布巾拭干了身上的水，取过轻袍披上："北边已经传来消息，那批军衣已经送到了鞑靼人手中。不出两个月，鞑靼人定会假冒我军，攻打边城。到时候将计就计，我军大捷，能保边关十年太平。另外，谭诚与鞑靼人私通的亲笔书信已经被找到了。林一川，朕许你的，你很快就能见到了，朕一定会除掉谭诚。"

林一川现在对这件事不感兴趣了："在下能和皇上再谈一笔买卖吗？"

无涯愣了愣，林一川很认真地说道："我一直在想，外面下着瓢泼大雨，今天你若不出宫的话，我是不是该想办法进宫。"

"先前就约好了今天，朕不会失约。"无涯微微一笑。

林一川反问道："因为我是个商人，所以陛下和我讲诚信守约？"

无涯想了想，道："是，每个人看重的东西都不一样。你是商人，朕和你谈交易，就需要诚信守约。"

"约好今天见面，除了听一听我的收获、谈一谈皇上的安排……还有两天，就是端午。皇上，您有什么安排？"

林一川现在并不想和皇上讨论如何对付谭诚，他满心只有穆澜。还有两天就是端午了，穆澜会被送上断头台。今天与无涯的约会对林一川来说极其重要，他不相信穆澜喜欢的这个男人会真的忍心砍了她的人头。

他眼中闪烁着希冀与企盼，谭诚已经说得极明白，这段时间没有人去救穆澜，是因为她面前挡着东厂这块铁板，唯一的机会是刑场，而刑场救人并不会比东厂更容易。功夫再高，也抵不过千军万马。林一川把希望寄托在无涯身上，只有他，才最有可能救走穆澜。

无涯任由湿透的长发披散在肩头，缓步行到窗边，雨形成一道道白色的轻纱从辛夷花树上飘过，雨雾中的粉白花蕾不知有多少被摧残、飘落："端午，你是想问穆澜？朕没有任何安排。"

林一川愣住了，他把所有的希望都寄托在无涯身上，他以为今天来见无涯能听到一个精心策划的救人计划。

"皇上，还有两天就是端午，穆澜就要上刑场了，她等不到谭诚和许德昭伏诛。"林一川再次说道，"您难道想看着她被砍头？"

"是她自己不想活了，她把路都走绝了，没有留一条路给朕！"无涯突然愤怒起来，"朕辛苦谋划了这么久，她却为了池家的公道不顾一切，朕能怎么办？谭诚大权在握，太后以孝道相逼，朝臣以罪行相议。要朕发道圣旨免了她的罪？以她犯下的罪……朕的圣旨连内阁都不会用印！"

林一川也怒了："就因为皇上在谋划如何一举除掉许德昭和谭诚，她来得不是时候，她不该在这节骨眼儿上报仇，所以，她就该死？她想为池家满门讨个公道，还要看时间、看皇上的心情？"

无涯盯着他缓缓说道："你可知，她想讨的公道，在朕眼中，并不公道。"

这间书房被胡牧山布置得舒适雅致，花园的风景被窗户框成了一幅美丽的画卷。被林一川从密道中拎来的那盏琉璃灯，就放在矮几上，将他的脸镀上了一层极柔和的光。无涯看着那张轮廓极为俊美的脸，忽然生出了好奇，林一川定是见过穆澜，她告诉了林一川多少？

这样的好奇缘于一个男人对女人的心思。如果穆澜全都告诉了林一川，就证明她信任他，也证明她没那么爱他。因为那一晚听见她说话的人，能死的都被灭了口。如果穆澜没有告诉林一川，是两人之间的交情不足以让林一川知晓皇家秘辛，还是穆澜想保护林一川？

林一川似乎在思考无涯的话，这话听起来有点儿费解。但只要略知内情，就很容易理解，因而他抬起头很认真地说道："池家是臣，君要臣死，臣不得不死。就算池院正没有谋害先帝，穆澜想为她爹求个公道，这个公道也该是由皇上确认池院正是冤枉的，再为他平反昭雪，而不是她进宫去刺杀当初下旨的太后。是以，在皇上眼中，她想讨的公道，对伤心先帝之死而迁怒池家的太后娘娘来说并不公道，尤其是在太后娘娘并不知道池院正没有谋害先帝的情况下。我这样理解皇上的话，对吗？"

显然，林一川只知其一，不知真实的内情。不知情也好，一个白身商贾，皇家的事情不是他应该知道的。无涯仿佛又听到那晚夜风传来的质问声，他痛苦地想驱离穆澜的声音："众目睽睽下，她在慈宁宫大杀四方，行刺皇太后。朕也不想让她死，除了劫狱，任何明面上的赦免都不可能。"

林一川的神色变得有些古怪："或者皇上嘴里的公道还有另一种解释，太后是皇上的亲娘，而穆澜只是一个臣女。太后杀她满门理所当然，而她行刺太后，就罪该万死！没有任何公道可言。"

无涯苦笑，皇家的威严自然是一个臣女不能冒犯的，他也无法为穆澜脱罪。

林一川站了起来，唇角微微翘起，带着明明白白的疑惑，突然就骂了起来："穆澜是头猪呢，竟蠢成这样！她不知道比起高高在上的太后，她只是一只随时可以被踩死的蚂蚁？她跟着杜之仙读了几斗书，连鸡蛋碰石头这样简单的道理都不懂。她读的书都读进猪脑子里去了！你说是吧，皇上？"

林一川一连串的痛骂让无涯蒙了，他下意识地点了点头。可不是蠢吗？当着众人的面犯下刺杀太后的重罪，让他怎么维护她？

"她那样喜欢你，喜欢到明知是太后下旨杀了她全家，她仍然觉得不是你的错。你那会儿还小呢，怎么能迁怒你呢？可是她进了宫后，明明知道皇上可以为池家平反昭雪，给她爹娘追封个官爵诰命，她为什么还要拧着性子去杀太后呢？她不知道太后是皇上的亲娘吗？她不知道这样做，就再不可能和喜欢的男人在一起了吗？你说她怎么就那么蠢呢？"

无涯微微张开了嘴，脸色也渐渐地变了。

"可是她明明不蠢啊！她是那么聪明机灵、有着水晶般心肝的人儿，她怎么就会去宫里杀心上人的亲娘呢？"一点儿泪影从林一川的眼里浮现，让他不禁蹙紧了眉毛，他吸了口气，平复着心情，然后无情地揭开了真相，"原因很简单，她找到了证据，证明她爹——前太医院院正池起良一片忠心，没有谋害过先帝。而太后也并非伤心先帝之死才迁怒池院正。太后灭她家满门，为的是寻找先帝遗诏！她那么贪财怕死，却不要命地去刺杀太后，是因为她知道，可能就算她死了，她都讨不回公道！"

无涯眼中闪过冰寒之色："穆澜告诉你的？"

林一川凝视着无涯，有些伤心地道："我见过她了，可是她什么都不肯告诉我。谭诚待她好得像自家闺女，那可是司礼监掌印大太监、东缉事厂的督主啊。谭诚给她买江南纤秀阁的衣裳，把囚笼布置得像千金小姐的闺房，为什么？我眼珠子都快瞪到地上了，她也不肯告诉我，直到我找到了这份先帝遗诏！"

一只荷包出现在林一川的手中，他爱惜地摩挲着它，苦笑道："那家伙爱钱如命，却把攒的所有身家都给了我，说我总有一天会用上它。什么时候我能用上它呢？大概是皇上想鸟尽弓藏的时候吧？这是穆澜留给我保命用的。"他拆开荷包，从内衬里扯出一块薄薄的黄绫："先帝遗诏，盖着玉玺，断无虚假。这份遗诏，能换她一条命吗？"

无涯的手动了动，又捏成了拳头："你不怕朕拿了它反悔？"

林一川随手将遗诏放在了拎来的琉璃灯上，无涯失口惊呼："不可……"

"不可？"林一川笑了起来，"皇上，留着它还有什么用处呢？你不惜烧了藏书万卷的御书楼，不就是想毁了它吗？我也不想留着它，这哪里是保命用的，明明是催命符！"

"朕想亲眼看看。"无涯紧张地咽了口唾沫。

"皇上不相信穆澜告诉你的话，还是不相信这份遗诏是真的？"林一川小心展开了黄绫的一角。

先帝的笔迹映入了无涯的眼帘："……废许氏为庶人，诛许氏九族……"看见了这句话，看见了先帝的落笔，以及那方鲜红的玉玺，无涯的呼吸为之一窒。不等他看清整篇遗诏的内容，林一川的手就放低了一点儿，火苗倏地蹿起，舔上了黄绫。眨眼工夫，先帝亲笔所书的遗诏就烧成了一团灰烬。

"遗诏上还写了什么？"无涯怒了。

林一川满脸无辜样："就是感叹、后悔、痛惜呗，总之，这世间再没有先帝遗诏了，太后也可以高枕无忧了。"

应该不止这些，难道父皇真想废了自己？无涯心情复杂至极，又觉得林一川说得对，这世间已再没有先帝遗诏，何必穷究内容让自己徒生烦恼？

林一川提起了灯："说好了用这份遗诏换穆澜一命，至于怎么救她，你想你的，我做我的。穆澜为她的家人做了她该做的事，我只想带她离开京城。"

无涯开口道："你和穆澜都看到了遗诏的内容。"

林一川苦笑着走进了密道："相信我，这是我这辈子最不想看到的东西！"

谁愿意被皇上猜忌成了心头刺？无涯了然，他仍然说道："若朕想要反悔，斩草除根呢？"

林一川的声音从密道里传了出来："等两天您一定会改变主意的。"

等两天……在他说话的语气中或许是指等一段时间、一些时候。但无涯知道，林一川话里的"等两天"，一定就是两天后穆澜赴刑场的时间。

第
六
十
六
章

最
后
一
局

　　五月初五，吃粽子、赛龙舟、煮艾沐浴、佩戴五毒，一年之中极为热闹的节日。初夏的阳光明媚又不灼人，外出游玩的百姓换上新衣走出了家门。

　　许是前不久慈宁宫死的人太多，许太后决定去什刹海观竞舸，怀念一番她与先帝的初遇。朝阳初升，新册封的贵人们簇拥着太后的凤驾欢喜地出了宫。

　　今天和什刹海同样热闹的地方是午门，穆澜女扮男装犯下欺君之罪，祸乱朝纲，将在午门斩首示众。在给她罗列的众多罪行中，只捡了这一条公布于众。但只这一条——女扮男装进国子监当监生，就成了当天茶余饭后赛过竞猜谁家龙舟夺彩的风头。

　　临时搭起的斩台四周挤满了好奇的百姓，旁边茶楼、酒肆里关于这个女子的传奇故事，已经编排了无数的版本供人消遣。

　　四面敞亮的御花园凉亭中，一枰棋正迎着初升的朝阳缓缓铺开。无涯一袭轻翠浅袍，披着素白的披风，宛若当初微服初访扬州时的富家公子哥儿打扮，他指间拈着的一枚白色云子稳稳地落在了棋盘中。对面的胡牧山微笑道："皇上最早的一颗棋落在了扬州。"

　　那时正逢五月初五扬州祭江大典，他带着春来与秦刚，带着上位者的心态来到沸反盈天的江岸。眉目如画的少年急着去踩索夺彩，手中的狮子头套撞到了他。

　　无涯盯着那枚云子道："朕借春猎之机南下扬州，进竹溪里访杜之仙。杜先生与朕手谈一局，他那一局棋已下了十年，棋子布在北疆边塞。他已时日无多，请朕将这局棋下完。"

城外十里亭，一个肤色黝黑的农汉挑着柴路过，他好奇地看了眼旁边的那一群人。挑着的箱子上画着京剧脸谱，有老有少，看起来是打算进京的戏班。他将柴换了个肩膀挑着，朝着城门走去。他交了城门税刚进城，身后就乱了，士兵们紧张地叫嚷着："抓钦犯！"他好奇地回头，看到了一只倒地散开的戏箱，路上偶遇的戏班已经和士兵打成了一团。农汉吓了一跳，挑着柴赶紧走了，离得城门远了，这才又停下来回过头去看。

"去年东厂发了海捕文书，穆家班的人扮成戏班被认出来了！"

"听说全是江湖刺客！"

"那么小的孩子也是刺客啊？"

农汉听了两耳朵，更关心自己今天的柴是否能卖个好价钱。他挑起柴走了一程，这才发现身边站着个七岁的小乞丐，抹着眼泪一直跟着自己。他没有在意，依旧挑着柴朝前走着，小乞丐抹着泪在后面跟着，两人一前一后走向了正阳门大街。

通州码头，从昨天子时起就候在码头上的商人们绝望地看着太阳升起。每天通过大运河源源不断直供京畿所需的货船，一艘也没有来。油盐柴米炭肉蛋鱼蔬，全断了。

第一缕阳光从屋顶的明瓦投进来，形成明亮的光柱。穆澜换上了一袭大袖青衫，利落地绾了个整齐的道髻。铁栏内的桌上摆好了丰盛的早餐，栏外的椅子上坐着谭诚。他穿着一袭玉兰白绣云龙纹的曳撒，腰束玉带，头发束在纱帽之中，精神矍铄。放下粥碗，谭诚有些抱歉地说道："咱家今天要去什刹海陪太后观龙舟赛，无暇分身，就不去午门送你了。"

穆澜夹了个龙眼包子蘸着醋，头也没抬道："如果我师傅来救我，您不怕错过她？"

谭诚有些不赞同地说道："今天很多人都想看看女扮男装进国子监的人长得如何，你应该穿裙子的。"

"不方便逃走啊。"穆澜将热气腾腾的包子放进了嘴里，顷刻满嘴肉香，她满足地嚼着，"不到砍刀落颈那时，我仍盼着能活下去的。您怎么就不信我师傅会来刑场救我呢？好歹我叫了她十年母亲。"

"你这枚棋是用来伤皇上的心，离间他与太后的母子情分。她既然一箭断了你的逃生之路，又怎会来救你呢？"谭诚怜惜地看着她道，"你还想拖着咱家，让她在众目睽睽下杀死太后？她是什么人，你难道还不清楚吗？真是个傻孩子。"他说完便起身离开。

厢房里不止陈铁鹰一个人，另外的金鹰与铜鹰也同时出现了。随着谭诚的离开，封闭已久的门窗大开，明亮的光线从四面八方涌了进来，让穆澜看清楚东厂是如何严阵以待的。

谭弈走了进来，他站在三名飞鹰大档头身边，朝笼中的穆澜拱了拱手："说起来，你我也算同窗一场，今天我要陪义父，故先来辞行。"

"不客气，我和你素来就无交情。"

谭弈望着穆澜有些感叹道："你换了男装，我就觉得女装的那个不是你。我很佩服你，可惜我没能见着你用枪的英姿，似乎也再没机会和你切磋一番。"

穆澜挑衅道："离午时砍头尚早，要不，在这儿给你个机会？你哪来的自信不会被我一枪挑死？"

谭弈哈哈大笑着摆手道："你还是留着挑死我的力气看有没有机会逃命吧。相信今天来救你的人会有不少，只是不晓得他们能否打得过把守刑场的五百士兵和神机营的一百火器。再见。"

"不送。"

调了五百士兵、一百持火器的神机营，还真看得起她啊，穆澜心里苦笑。她给自己倒了杯茶，就坐在明瓦的光柱下，慢悠悠地品着。

穆胭脂是断不可能来救她的，所以谭诚去了太后身边。

无涯再没忘情，也不可能发明旨饶她性命。他是皇上，他从来没有忘记过这一点。

林一川，他想来也不行的。他手中没有兵，带着那个傻燕声或是林家的十来位忠心家丁去劫刑场？他没那么蠢。

核桃？丁铃今天不绑着她也会关着她。

雁行……想到他的身份，穆澜不禁冷笑。她只盼着林一川能听懂她的话，防着点儿那位与他从小一起学艺，却不怀好意跟在他身边的师兄。

思来想去，穆澜叹了口气，有可能来劫刑场的人没有谭弈说的那么多呢？所以，她死定了。她摸了摸光滑纤细的脖子，喃喃自语道："应该留点儿银子打点刽子手的，听说刀法好的，一刀砍在关节处，头就削飞了，一点儿都不痛。"

"时辰到了。"

陈铁鹰与另外两位飞鹰大档头同时拿出钥匙，打开了这座关了穆澜近一个月的牢笼。精钢的锁链束住了她的手脚，谭诚给了她最大的尊重，让她看似大袖飘飘、风度翩翩地上了马车，在番子和三位飞鹰大档头的押送下缓缓驶向午门。

城门处的混乱并没有持续太长的时间。今天是端午，五城兵马司加强了京城的防卫，接到发现钦犯的消息后，他们赶到城门并没有花太长的时间。然而让五城兵马司吃惊的是，明明是东厂发出的海捕文书，可东厂连个大档头都没有出现，只来了四个下面的番子。

"督主与大档头们去了什刹海保护太后娘娘，另有三位大档头押送钦犯去了午门。东厂今天实在没有人了，还望诸位大力协助。"

跟太后的安危、女扮男装的钦犯明正典刑相比，这些化装成戏班入城的穆家班成员分量并不够重。

李教头目送着小豆子抹着眼泪消失在人群中，他有些失望地看着只被吸引而来的四个东厂番子。可蚊子再少也比没有好，他这样想着，就朝身边的得宝、六子等人使了个眼色，随后从怀里掏出一沓印好的单子扬手撒了出去。

李教头运足中气大喝道："许德昭勾结鞑靼人害死薛神将，证据在此！"

雪白的纸片纷纷扬扬撒向空中，被风一吹，四散飞舞，好奇的百姓纷纷争抢起来。

围住穆家班的士兵们目光随着传单移动的时候，旁边一家酒楼的后厨像是将水倒进了油锅中，砰的一声就爆炸了，火光与浓烟瞬间弥漫开来，混杂着一股辛辣的刺鼻味道，呛得人直流眼泪，城门口顿时就乱了。士兵们呛咳着四处乱跑地躲避着，五城兵马司的人根本懒得再去管东厂的犯人，只顾着不让火顺着整条街蔓延开去。

"莫叫钦犯跑了！杀！"四个番子的反应超过守城的士兵和五城兵马司的人，他们以袖掩鼻挥刀叫着冲了过去。

另一处茶楼上，周先生摇着折扇，像是顺着风将浓烟朝城门口扇了扇，他微笑着下了楼。

等到将百姓驱散，寻来水车灭掉火，城门处就只留下了那四个番子的尸体。

五城兵马司的人正调人沿街搜索钦犯时，城门处数骑八百里加急驿马飞奔进城，朝着六部与宫城飞驰而去。

此时，谭诚亲自扶着太后坐在了什刹海搭起的华丽彩棚之中。蓝如海水的水面上，数十艘五颜六色的龙舟正整装待发。彩棚前的平台上，命妇、大臣们正在欣赏着开赛前的舞狮杂耍。

御花园中，胡牧山正在研究皇上的另一枚棋子："锦烟公主没有与太后娘娘同行，听说镇国将军府设了家宴请她去做客。"

无涯颔首道："自从去年冬天谢将军的遗孀带着儿子谢胜击响登闻鼓后，昔日薛神将手下的几位将军都格外心疼锦烟，年节时的家宴都会请她去。"

胡牧山有些好奇地问道："陛下并未与锦烟公主通过气，如何确定她一定能照您的意思去做？"

无涯微微笑了笑："朕当天在案桌上放了两份奏折，一份是谭诚为其义子谭弈求娶公主的折子，另一份是镇国将军为其子求娶锦烟的折子。镇国将军如此疼她，锦烟向其求助也在情理之中，将军府有三百多个上过战场的亲兵。"

镇国将军府中门大开，迎公主鸾轿入府。前来赴宴的还有两位曾同是薛家军的骠骑将军及家眷，与镇国将军和夫人一起在二门候着公主。轿帘掀开，薛锦烟却是一身戎装出现在众人面前。

"殿下这是……"把她当成自家闺女看待的镇国将军夫人，在看到她身上这身薛夫人曾穿过的甲胄后，眼泪就涌了上来。

"将军、夫人。"薛锦烟才开口眼睛就红了，她心一横取出了盗取的圣旨，深吸口气道，"接旨吧！"

穆澜随手用锁链敲了敲马车，车厢壁传来厚重的回音，大概木板中夹了铁板。里面漆黑一团，只在车厢壁上打了些指头粗细的小孔通风。她摸着腕间冰凉的锁链，卷起裤腿往上摸索着，一根针从肌肤中被她缓慢地扯了出来。这是方太医唯一能为她做的事了，早在宫里为她治伤时，他就将这根针给了她，以她的灵巧躲过了一次次盘查，昨天被她埋进了肌肤里。

瞅瞅牢笼中花团锦簇，事实上今晨她换衣梳妆时，东厂就派了两个女番子眼也不眨地盯着她。连束发的发巾都是绸布，一根簪子都没给她。

穆澜坐在黑暗中，听着通风口里传来的各种声音，用针拨着手铐的锁孔。端午出行的人太多，让押送的队伍行走极为缓慢。但陈铁鹰与金鹰、铜鹰并不

315

着急，东厂到午门的距离并不远，就算乌龟似的挪，也一定能在午时前将穆澜押送到刑台之上。更何况，穆澜本身也是只诱饵，就看钓到的是什么样的鱼了。

　　背着八百里加急旗帜的驿马冲破了人流阻碍，终于到达了六部与宫城之外。端午休沐，衙门里没有人，然而驿使带来的消息让值守的官员感觉到了问题的严重性。他们一面急着找人去什刹海寻各部主事官员，一面遣人去京城各处打听消息。

　　太后与京城的达官显贵正等着龙舟竞舸的鼓声响起，内务府的太监总管们却都已经急得上了火，今天该送到宫中的新鲜鱼米菜蔬油面都比往日迟了。平时坐在宫里头等着勾册子的总管们早已坐不住了，各自带着小太监直奔各处商行。

　　京城中的商行里一片人声嘈杂，从商行批发货物的贩子们早已堵住了商行的门。

　　从驿使带来的消息与商行头目们声嘶力竭的叫喊声中，内务府的总管们听明白了一件事。大运河今天没有一条货船准时过闸，到达通州码头。从江南到京城的水路，今天不知何故竟断了。两座二级船闸、三座三级船闸都出了故障，将所有的大型货船全拦在了路上。全部疏通恢复航运，至少需要一天。

　　而京城能供皇宫的物资最多只能维持一天，听到这一消息，商家们纷纷以过节为名关了铺子，无法关铺的商家也开始上调价格。消息像烟花一样炸开，无须人推波助澜。

　　什刹海岸边鼓声骤响，数十条龙舟箭也似的划向终点，然而岸边围观的百姓在这一刻却没有欢呼与呐喊，反而如潮水般退开，匆忙离开了什刹海，如同此时发生了瘟疫一般。

　　"来了？"谭诚眼睛微眯，隐隐浮现出等待已久的兴奋。他稳稳地站在许太后身边，等待着穆胭脂的出现。

　　各家各府的管事满头大汗地寻找到自家的主子，一阵低语之后，贵人们皆目瞪口呆。怎么可能？短短半天，京城竟然罢市了？

　　五城兵马司和京畿衙门没有料到，他们一心防范的刺客没有出现，京城罢市、疯狂抢买货品的百姓却让他们焦头烂额。

　　消息终于传至御花园，无涯拈起一枚棋子放在了棋枰上，轻轻一叹："这枚棋，是林一川自己走的。他让朕等两天，却等来他能让京城大乱的消息。"

胡牧山蹙紧了眉："皇上，京城乱不得，今天休沐，衙门正巧无人，臣……"

胡牧山起身要去处理这件事，无涯止住了他："乱过自然就静了。只是朕真没想到，林一川竟能中断大运河漕运，让京城乱成一锅粥。"

京城乱了。民以食为天，当百姓们惊愕地发现京城的商铺要么关门，要么物价上涨的时候，看赛龙舟过节和看午门斩首，都抵不过去抢买粮食、物品回家。

谭诚以为是穆胭脂造成的骚乱，以为她即将出现刺杀太后，这个女人为了复仇已经疯狂。她要的是高调的刺杀，才能将她压抑了近二十年的痛苦发泄出来。所以，他没有动，依然安静地站在太后身边。

许太后也没有动，她知道，谭诚和东厂的伏兵已经做好了准备，她也做好了准备。许太后等着陈丹沐来刺杀自己，然后如同穆澜一样，像死狗一般被拖到刑场斩首。

许太后和谭诚安静地看着水上的龙舟冲向终点。陪同而来的官员和命妇们，自然也不会因为家里买不到鸭子过节就慌乱。虽然什刹海四周少了许多围观游玩的百姓，但依然平静。

许德昭今天也带着家人来了什刹海，不知为何，看着水面上的龙舟，他想起了十一年前先帝病重那会儿。那时，除了先帝的亲弟弟礼亲王全家都在京城，几位异母兄弟都分封在外，且留了一个儿子在京城王府中。所有人都心知肚明，这是质子。先帝病重，太子年幼，分封各地的王叔打着送年节礼的旗号令亲兵护送进京。这些亲兵全副武装，每家王府明面上都有三百多人。

皇位一定不能落入他人之手，许德昭那段时间过得很紧张，几乎是杯弓蛇影。

先帝驾崩前，池起良离开了皇宫，最先怀疑他的人是谭诚。那个时候，乾清宫没有别的太医在，池起良不应该在宫门刚开启时就匆忙离去。而素成稳稳地守着先帝，甚至不让谭诚靠近。许太后得到消息赶往乾清宫时，许德昭也得到了消息，便让人盯住了池起良。不过一个时辰，东厂的曹飞鸠就领了懿旨去了池家。东厂关门屠了池家满门后没有挪动尸体，等着许德昭亲自前去。那时先帝驾崩，许德昭被各种事情拖着，迟了一夜才去了池家。

许德昭不禁有些感慨，如果那时他信任掌着五城兵马司的礼亲王，让礼亲王先去池家，穆澜也就活不到今天了。

"爹，祭酒大人如何了？"许玉堂趁着机会小声地询问着父亲。

国子监祭酒被抓进了东厂，罪名是勾结珍珑欲行刺皇上和太后。不知内情的监生们群情激愤，都认定是东厂又一次无耻构陷，纷纷打算再跪一次宫门。而这次略知内情的荫监生们和以谭弈为首的举监生们，难能一致地没有响应。

陈瀚方已经死在牢中，这件事并没有传出去，就连处斩穆澜，用的都是她女扮男装进国子监祸乱朝纲的罪名。

"为父也不知道，这种事情你莫要管，皇上都没怎么过问。"

许玉堂只能悻悻地退下。自从出了户部假库银一事，他就感觉和无涯之间疏远了很多。他想劝父亲莫要在朝堂里把手伸得太长，可他是儿子，根本管不了自家老子。身边花团锦簇，前来承恩公府彩棚拜见的人络绎不绝，有不少人都对尚未娶亲的他扔来喜爱的目光，让许玉堂坐立不安。

朗朗晴空下，许玉堂心里竟生出几分寂寥之意。许氏已成烈火烹油之势，这般的富贵荣华能持续到几时？正这般想着时，他忽然听到惊吓声与怒喝声："你们是哪家的？！"

许玉堂闻声望过去，只见一队士兵直冲到了自家彩棚前，将四周团团围住。

"本将军奉旨擒拿礼部尚书许德昭！许大人，请吧。"镇国将军全副甲胄在身，浑身散发出冰凉的气息。

太后尚坐在不远处的彩棚中观看竞舸，镇国将军竟然声称奉旨擒拿她的亲兄弟、皇上的亲舅舅？！有许家的家仆想都没想就要前往太后处报信，可刚跑了两步，直接就被扑杀在地，鲜血与尸体令许家女眷吓得惊叫起来。

许德昭负手冷笑道："圣旨何在？"

镇国将军将那道五彩圣旨哗地展开。当许德昭看到无涯的笔迹与鲜红的玉玺时，眼瞳骤然收缩，不禁望向远处太后的彩棚。他忍不住咬牙切齿，他的亲外甥竟然真的下了旨！

"请吧！"想起薛锦烟的哭诉，镇国将军的脸比铁板还冷硬。

"三郎，好生陪着你祖母和母亲。你姑母正看着呢，为父便与他走上一遭，问一问皇上为何如此对待自己的舅舅。"许德昭一拂袖，便跟着镇国将军走了。

许家的动静落在了谭诚眼中，他没有动，许太后却是脸色大变，厉声喝道："那边出什么事了？！"

谭诚温言道："太后娘娘，不管这里出了什么事，您都不要急，一急就会乱。"

许太后心头慌乱道："承恩府处怎么会有那么多兵？"

"承恩公不会有事，一动不如一静。"

这是穆胭脂想要引开东厂的人吗？谭诚并不在意许德昭出了什么事，只要太后尚在，许德昭就出不了事。

"许德昭也是这样想的，所以，为了颜面，他一定不会过多地和镇国将军撕扯，而是想着镇国将军并不能将他怎么样。"胡牧山继续与皇上对弈，兴致勃勃地说道，"所有人都认为不可能，锦烟公主这一着是想将军。薛家军上下都已知道张仕钊背后之人就是许德昭和谭诚，皇上其实正等着薛家军闹起来。苦主若不说话，瞧在太后面上，皇上也不好大义灭亲。"

无涯手边放着一封信和半枚玉钩。

一个农汉和一个七岁的孩子正被人领着离开御花园。到达同一个目地后，担柴的农汉惊奇地发现，跟在自己身后的七岁小孩儿已抹干净了泪，从怀中拿出了一个蓝布小包。

"杜之仙命人进草原待了十年，终于从鞑靼人手中盗得这封信，乃谭诚亲笔。而这半枚玉钩是许德昭的信物，与信同时送出去的。送玉钩来的小孩儿是穆家班的人，穆家班成年男子多在海捕文书上，他们今晨在城门闹出动静，为的就是让小豆子混进城，将这半枚玉钩送进宫中来。"无涯轻声叹息道，"原来清太妃是陈家的人，传朕旨意，太妃诚心礼佛，赐封华清寺住持，蓄发修行，一应供奉加倍。"

后宫中，清太妃缁衣素容，望着被斩断的白绫惊愕着。她原以为自己做完这件事，定然活不成了。闻听皇上下旨放她出宫任华清寺住持，清太妃难掩惊喜，心悦诚服地跪下谢恩。她将离开皇宫，过自由的生活，可是穆胭脂呢？不杀太后，穆胭脂如何摆脱心里的恨？

京城乱了。

午门在望，囚车驶过热闹的大街时，疯狂抢购货品的百姓像蝗虫一般扑来。傲慢的东厂番子挥鞭便打，却反而被拥挤的人踩了两脚。陈铁鹰冷静地拔刀，砍杀两人后冷漠地说道："意欲劫囚，格杀勿论。"

似被眼前的尸体与鲜血吓着了，百姓们纷纷瑟缩着往街旁躲去。就在这时，一个声音响了起来："米面清仓！过了午时价格就涨了啊！"像烧红的铁扔进了水里，顿时街市大乱，东厂押送囚车的队伍被人潮挤得东倒西歪。

"警戒！"陈铁鹰大喝出声。

日头渐渐升高，无涯抬头望了望天，亭外一名禁军回报："正阳门大街发生骚乱，有家粮店清仓盘货，百姓拥抢，囚车被阻。"

胡牧山贼贼地瞥了眼皇上："都到正阳门大街了，离午门不远了，误不了时辰。"

无涯心头火起，毫不客气地落子，吃了他一片棋子："胡首辅操心钦犯，不如多看看自己的地盘。"

胡牧山亲手将自己被吃掉的棋子捡了出来，厚着脸皮道："棋谱上有招叫倒脱靴，欲取之，先予之。皇上您瞧，被吃掉了这一片，臣的棋路是否更宽了？"

无涯板着脸道："那也是朕的棋子帮了你。"

端午休沐，不是所有的官员都去了什刹海竞舸。户部右侍郎舒服地躺在贵妃榻上，享受着小妾喂来的粽子："这个做得好，红豆熬出了沙，香甜而不腻。"

不过婴儿拳头大的粽子，雪白的米粒上嵌着深红的红豆，清香扑鼻。见他喜欢，小妾又剥了一只喂进他嘴里。右侍郎这回啃了一口粽子，舌头顺势舔了舔妾室白腻的手指，心满意足。门帘外忽然传进一声笑，却是个男人的声音，右侍郎大怒道："谁在外头？"

丁铃用绣春刀支起门帘，小绿豆眼滴溜溜地在右侍郎和粽子之间转着，他笑嘻嘻地说道："锦衣卫奉旨擒拿。来人啊，侍郎大人这么喜欢吃粽子，把他也绑成粽子带走吧！"

右侍郎还未反应过来，门外一队锦衣卫就冲进了屋，将他捆了个结实提溜着走了。小妾吓得躲在了贵妃榻下，眼前忽然多了双靴子，她哆嗦着抬起头。先前发话的锦衣卫正色眯眯地看着她，小妾心一横，摸了支钗对准了自己的喉咙，她好歹是户部右侍郎的妾，不是小门小户能被随意欺凌的女子。

丁铃剥了个粽子吃着，随后眉开眼笑地将盘子里剩下的粽子都拎走了："手艺真不错！"

小妾愕然发了半天呆，这才想起老爷被锦衣卫带走了，她撕心裂肺地哭喊着往正院寻夫人去了。

同样的情形也发生在京城的各处坊间，与许德昭有关联的官员，在这一天

320

都被突然出现的锦衣卫带走了。

"京畿衙门和五城兵马司的人干什么去了？！"眼见午门在望，却被百姓拥堵在正阳门大街上，东厂的三位飞鹰大档头有说不出的烦躁。虽能杀人立威，却不能将这整条街的百姓都杀了。

"当心。"陈铁鹰与金、铜二鹰已成三角形围在了马车周围。越是这样的环境，三人就越发警醒。这时，街边高高的屋顶上突然站起一排青衣人，挽弓如月，箭嗖地朝马车射来。

"防御！"陈铁鹰高喝一声，随后拔刀砍向射来的箭。

箭雨太密，全朝着马车这一个目标。咚咚咚，声响如鸟儿啄木。马车外壁的木头被一下下撕出了白茬儿，像一只刺猬，好不凄惨。

穆澜听着声音心头阵阵发凉，如果马车没有夹这层铁板，恐怕早就裂了。她拎起细细的精钢锁链，慢条斯理地缠上了手臂，心中分外好奇。谭诚怎么就判断失误了呢？这样的箭，明明是穆胭脂的人射出来的。穆胭脂不是想看着自己被无涯砍头吗？怎么改了主意？

她正等着马车被打开的瞬间好冲出去时，身体陡然一沉，马车底部竟然整个儿都掉了。但她没有落在地上，而是直接下沉，一双有力的胳膊接住了她。地面的青石板在她落下去之后，又被迅速地合上了。

三位飞鹰大档头围在马车周围，全神贯注地抵挡着如雨般射来的箭，护卫的东厂番子已经冲向了对面的屋顶。穆胭脂箭无虚发，冲上来的番子在她的箭下变成了一地的尸体，番子们只好退到街角寻找着掩体。这时有人回头，就看到马车车底露出老大一个洞来，高声喊了起来："陈大档头！马车……"飞来的一箭直接刺穿了他的咽喉。

马车怎么了？这辆马车的车厢壁里夹了铁板，那些没能挡住的箭扎进了车壁，将外层的木头撕裂，早露出了黑黢黢的铁板。陈铁鹰这样想着，但仍抽空回头看了眼，却没有发现异状。然而因为躲避穆胭脂的箭，趴在地上的番子们却看到了："马车车底破了！"

陈铁鹰身体一矮就滚进了马车底，谁都没有想过在马车底装铁板，而对方偏偏对这点如指掌，将整个车底都切掉了。他站起身，捞起了一条被穆澜扔掉的脚镣，陈铁鹰望向脚下的地面。外头一声呼哨响起，令人瘆得慌的箭声消失了。陈铁鹰从车底出来，只看见屋顶上的箭手朝房屋的另一面跃了下去。另两只鹰几乎与他同样的心思，都没有去追。

这场箭雨将疯抢货品的百姓同样逼到了街道两边，曾经拥堵的正阳门大街令人惊异的清静了。番子们将马车移开，陈铁鹰一脚踢开木板，三只鹰同时望向了下面的青石板。

"这附近最近的下水道在哪儿？"

一名番子指向十丈外的一处巷口。

撬开青石板，下面是一条通向京城下水道的地道。新挖的地道，能并肩直立行走。陈铁鹰从怀中拿出一根烟火，嗖地在空中燃起一道长长的红烟。蔚蓝无云的长空中，这条红烟显得格外醒目。

御花园中，胡牧山啧啧称奇："这枚棋……啧啧，如果陛下走这一步的话，臣定输无疑。"

太阳正升到头顶，这局棋也下到了终盘。无涯微微一笑，并不后悔："江山如枰，顾此失彼。朕终究用了别的棋子走了别的路，胜负不过是迟早而已。"

皇上嘴里的那枚棋子，此时正回头看向身后的两人，终于没能忍住地道："我说，她的轻功在你之上，你一定要抱着她走得磕磕绊绊的？不怕回头被堵在下水道里成了阴沟里的耗子？"

林一川的胳膊紧了紧："她的伤还没好呢。"

穆澜扑哧笑出声来，用手指捅了捅林一川的胸："我的伤好了。"

让他多抱会儿不行啊？林一川大怒，讪讪地放下她，目光差点儿把雁行的背烧出一个窟窿来。

走了一程，雁行带着身后三人往上爬了出去。一辆马车停在出口处，燕声掀起车帘，三人上了车，马车朝着城门飞驰而去。

红色的烟火染在蓝天上时，什刹海的龙舟赛已经结束，禁军拱卫着太后和贵人们回宫。谭诚难得地蹙紧了眉："传令关闭城门，全城搜捕！走！"就在他转身的瞬间，一缕前所未有的危机感袭上心头。他深吸了口气，胸腹往后缩了两寸，出手如电地擒住了持刀刺向自己的那人的手腕。刀入体一寸，却再也不能前进半分。

直到这时，谭诚才发现对面持刀刺向自己的人是谁："阿弈？"他的声音与平时比起来多了几分感情，这是他从来没有想过的人——他养大的义子谭弈，在他毫无防备时持刀捅向了自己。

　　谭弈死命地握着刀，眼泪一滴滴地往下落着："是我，我要杀了你！"

　　咔嚓一声，谭弈的手腕被谭诚折断了。谭诚一掌拍在他的胸口，声音再一次变得毫无感情："看来你知道自己的身世了。"

　　谭诚一掌拍得谭弈生机全无，血从他嘴里涌了出来，被谭诚带到什刹海的七名大档头围在他身边，神情惊疑不定。

　　"我全知道了！"谭弈嘶吼着，指向谭诚，"你明明是个太监，你却杀了我爹，要娶我娘！因为，因为你……"

　　曹飞鸠伸开了双手——他腰间的佩刀被谭诚瞬间抽出刺进了谭弈的胸口，他吓得只能伸开双手，一动不动地站着。

　　没能说完话的谭弈瞪着眼睛，嘴唇无声地张合着："有……毒……"

　　噌的一声，谭诚将刀送进了曹飞鸠腰间的刀鞘中，看也不看谭弈："他们定会出城，着九门传讯！"中刀的地方传来阵阵麻痒，谭诚拿出一只瓷瓶，倒出几枚解毒丸嚼服了。

　　各种信号发出之后，城南的碧空再次出现了一道红痕。

　　"上马，追！"

　　东厂大档头们互递了个眼色，跟在谭诚身后上了马，带着番子朝城南飞驰而去。

　　御花园中，无涯落下了最后一枚棋子，感叹道："当年朴银鹰在谭诚身边打听到的最隐秘的事情，便是谭弈的身世。谁都没想到谭诚之所以收他为义子，是为了一段感情。"

　　胡牧山研究着这局棋，也叹道："皇上最后这枚棋，臣还真没想到，是陛下赢了。"

　　无涯起身，负手道："你知道吗？朕最初并不喜欢下棋，谭诚却很喜欢，他与穆胭脂的那局棋不知道结局会如何。"

　　正说着，龚铁与礼亲王同时出现在凉亭外，龚铁笑道："回禀皇上，名册上的官员已全部就擒。"

　　礼亲王禀的却是另一件事："水闸已经放行，第一批货船已经到了通州码头，城中的商户情绪已经稳定。"

听着他的回禀，胡牧山焦虑道："皇上，这能让京城大乱，臣始终不解。"

无涯看向了龚铁，龚铁垂下了眼睛："臣的下属莫琴正在竭力打探，臣猜想，可能是个巧合，林一川并无此能力。"

无涯沉默了一会儿，展颜笑道："午时都过了，众爱卿陪朕一同用膳吧。"

皇上再不提林一川半个字，君臣谈笑间离开了御花园。

掀起马车的车帘，穆澜回头望去，城门口赶着各种大车送货进城的队伍排起了长队。回想着今天一路上听到的各种嘈杂声，她心里充满了疑惑，是巧合吗？若非巧合，是谁有这么大的能耐让整座京城都乱起来？会是无涯吗？一想到他，穆澜就立时将心思转开了。无论如何，鬼头刀没有落在她脖子上，她还是想想将来吧。

"想什么呢？"林一川笑嘻嘻地望着她，他明明坐得四平八稳，手却拂了拂袍子，摆出一副"还不赶紧夸我、谢我"的得意模样来。雁行这会儿比穆澜积极，脸上的小酒窝都比平常更深："少爷，您怎么知道京城今天会乱成这样啊？掐指一算算出来的？"

穆澜看向林一川的腰间，他腰带上系着自己送他的那个装银票的荷包。荷包完整，他还不知道？那么她得想法子把这个荷包弄回来才行。看样子，林一川悟出了自己那天话里的一些意思，对雁行并没有完全交底。不过，听雁行话里的意思，京城的乱是林一川弄出来的，他怎么做到的？穆澜也好奇万分。

雁行问，林一川就没兴趣说了，他用脚踢了踢车壁："燕声，到地方了吧？"

"到了！"

说话间，马车停了下来，三人从车里出来，见马车刚偏离官道，进了一旁的小树林。林间停着几匹马，鞍旁系着革囊、水袋。

"走吧。"林一川率先上了马。

四人拐了个弯，往东方急驰而去，车夫照常赶着马车重新又驶上了官道。

穆澜抬头看向天空，城门方向那抹红色的烟火痕迹还在，只是不知道他们这般换马改了方向，还能否被追上。下午四人进了通州，码头上挤满了陆续送货进京的船只，他们登上了其中一条船，一刻不停地驶出了码头，顺着大运河南下。

一连两天货船夜宿江中，白天起航，一路顺畅无阻。望着大运河熟悉的景色，穆澜竟生出又回到穆家班卖艺时的感觉。现在回想起来，她竟觉得那十年的卖艺生涯是她长到这么大过得最安稳的日子。

林一川这两天没有来烦她，他像是累极了，倒在舱房里一直睡着觉。穆澜站在船头观景，雁行走了过去，她往他身后扫了一眼，左右无人，甚好。

"锦衣五秀里身份最神秘的莫琴。"穆澜眼神很冷，语气却是懒洋洋的，"如果我猜得没错的话，你打小跟在林一川身边是想杀了他吧？"

雁行没有否认："皇上是明君，林一川就算是先帝元后嫡子，谁知道是好笋还是孬竹？有权臣阉党把持朝纲，再来个嫡皇子夺位，这天下，就乱了。"

可怜的林一川。不过，他也防备着雁行，是他知道了，还是仍被蒙在鼓里呢？穆澜并不确定。她慢悠悠地说道："你挖地道帮他救我，这是改了主意呢，还是你发现林一川有你不知道的秘密？"

感觉到穆澜身上散发出的杀气，雁行笑嘻嘻地往船舷边上一坐："都有，都有。人非草木，我与他自幼相伴，下不了这个手。既是职司所在，也是我比较好奇。可惜，他不肯说，说了，让我回去复命，你俩逍遥江湖，岂不是皆大欢喜？"

穆澜嘴一撇："想让我帮你打听？我没兴趣。再说了，杀你灭口也不是很难的事。这样吧，秘密换秘密，你怎知晓他身份的？"

雁行凑近了她，道："当初于红梅带他出宫时，看守宫门的人正好是我家老……大。那会儿，他还不是指挥使呢。他心里起了疑，正值换岗，就跟上了于红梅，亲眼看到她将一个小婴儿送给了一个妇人。老大瞧得分明，那孩子手臂上有一点朱砂痣。我家老大绰号铁乌龟，最爱缩着头不动，就没有惊动任何人悄悄回了城。与宫里头的事一联系吧，当晚宫里头只有一位生产的主子。"

"你家老大真够能忍的，就没想着拿这事去向正当红的许贵妃邀功请赏？或是暗报了先帝……"穆澜心中电光石火般一亮，霎时通透不已，她抿紧了嘴，脸上神色似笑非笑，似哭非哭，老半天才化成一声冷笑，"原来先帝早知晓了。我爹他……他可真是白扔了全家的性命！"

昔日守城门的禁军小头目选择了禀报给先帝知晓，一路提升成锦衣卫指挥使，受帝命暗中看着那小小婴儿。待林一川稍大些，就将身边的莫琴弄到了他身边。

"先帝诏书，我家老大手中也有一份，保林一川富贵平安一生，若他万一知晓身份，起了反意，杀之。"雁行叹了口气道，"当皇上的，想的不一样。先帝肯给你爹衣带诏，自是知道了当年的细节，觉得愧对一川。"

"那就永远不要让他知晓，晓得了，又有什么好。"穆澜悠悠叹道，话锋一转，"我家的事和他无关，将来我想怎么着也是我的事。"

雁行明白她的意思，虽然她活下来了，但并没有放弃找太后、许家和谭诚报仇的念头。只是不想牵连林一川。

"京城变了天，许、谭二人怕是没什么好下场。穆澜，其实我觉得天高云淡，你已经尽力了，你的家人想必也想看到你快活地过日子。至于太后……宫里头伤心的人不止你一个，你也要为他想想，你想杀的毕竟是他的亲娘。一川再能干，将京城搅成一锅粥，但你真当他没能力平息这一切？他由着京城乱，也没有封城、调兵戒严，你心里真不懂吗？"

"莫要说了，将来的事，我现在想不了，我想的是怎么又来了这处地方？"穆澜抬头望向一侧的山崖，崖如刀砍斧削，崖下是一处良港。正是当初她与素公公奉旨南下，为杜之仙办周年祭遇大雨停靠的地方。在这里，无涯击沉了对方的战舰。那晚，他们二人依偎坐了一宿，第二天南下北上，各走了一端。

江面上横空出现了一条战舰，霸气的楼船俯瞰着迎面驶来的小货船，船头林立着衣着鲜明的东厂番子。隔着那么远的距离，穆澜仍眼尖地看到楼船二楼平台上，居中坐着身穿银白色曳撒的谭诚。他竟然亲自带人追来了。

货船来不及掉头，只能转舵驶向岸边。因去势太急，竟在岸边搁浅了。四人跳下沙滩，身后足音整齐，回头一看，他们已被东厂的番子围在了绝壁之下。

穆澜翻了个白眼道："我说什么来着？怎么就到了这插翅难飞的地方？"

林一川有些无奈道："这又不是我安排的。"

雁行半点儿也不着急，兴高采烈地看着两人斗嘴，全然没把被东厂重重围困当回事。至于燕声，他的心情完全可以忽略不计。他就一根筋，少爷在哪儿他在哪儿。

硕大的楼船靠了岸，谭诚的椅子移到了一楼甲板上，他居高临下地望着被包围的四人，轻轻咳了两声。肋间被谭弈刺中的伤口并不深，但因他走得急，仍有余毒未清。他用雪白的帕子擦着嘴，抬头望向对面的绝壁。

"督主？"梁信鸥低声请示着下一步该怎么办。

谭诚摆了摆手："让林一川和穆澜过来饮杯茶。"

正值黄昏时分，五月初夏的风温暖怡人，一轮红日远远地挂在平原的边缘。甲船上茶香袅袅，如果不看四周挎刀而立的番子、警惕肃立的几位大档头，林一川与穆澜坐在谭诚对面，就像久别重逢的老友，正在品茗叙旧。

"你们出京早，大概不晓得京城已变了天。皇上借着端午衙门休沐、什刹海节庆竞舸，让锦衣卫与五城兵马司同时行动，将许氏一脉的官员都请进了诏狱。头一个请去的人就是太后的亲兄、皇上的亲舅舅——许德昭。"谭诚慢条斯理地说着京中之事，"可叹许德昭还是昂着头、甩着袍袖去的，估计心里还在盘算着，怎么弄死去抓他的镇国将军。太后也亲眼瞧见了，当时还想钓出穆胭脂来，才忍着没有发作，估计回宫后会雷霆大怒地质问皇上。"

穆澜顿时笑了，谭诚温和地看着她笑："如了你的意，是该高兴。也是许德昭太过嚣张，总以为只要太后尚在，皇帝外甥就不敢拿他怎么样，他也是有拥立之功的。"他轻叹道，"皇上既然动了手，就不会虎头蛇尾收场，许德昭死定了。"

林一川开口道："您和许德昭不是一条船上的吗？督主就没有一点儿兔死狐悲的伤悲？"

"咱家一脉的官员，皇上没有动，咱家也篡权，皇上为何不动投靠咱家的官员呢？"谭诚温和地为二人解惑道，"当初太祖爷成立东缉事厂，任命司礼监大太监兼任东厂督主。东厂行监督百官之职，最大的作用就是牵制锦衣卫。皇上用锦衣卫将许德昭一脉的官员一网打尽，可如果灭了东厂，锦衣卫就会一家独大，所以皇上是不会这么做的。最多，撤了咱家，换一个他信任的太监，但谁又保证多年之后，那位新任督主不会比咱家更恋权呢？"

"不管怎样，皇上都不会让你再在督主这个位置上待了。"林一川说得更狠，"你不离京，或许皇上一时半会儿还动不得你，但你离开了京城，东厂督主就该换人做了。你和许德昭走私违禁品、与鞑靼人做生意的事证据确凿，是在下亲自把这条线挖出来的。"

"咱家不担心，有把柄被皇上捏着，他用咱家岂不是更放心？"谭诚不置可否道。

如果皇上这次真要杀他，他也不可能带着东厂大档头和这么多番子调战船追上他们了。谭诚怜悯地看着林一川道："咱家告诉你这些，只是想让你明白，你恨东厂逼迫你爹，恨咱家，都是没有用的，皇上不会撤了东厂，目前也不会杀咱家。如果回到京城，皇上自会将罪证摆在咱家面前，让咱家服软交权，从此老实做他的奴才。"

"督主其实是想说，你能追上我们，是奉了皇上的命令？"或许是与无涯相处的时间多一些，穆澜猜到了谭诚话中的真实意图。

"还伤心吗？"谭诚反问道。

这句反问让林一川也转过脸看向了穆澜，她那双清亮的眼眸中透出对他的无限歉意，她低声说道："我还是拖累了你。"

"我说过，我不怕被你拖累。"林一川斩钉截铁地回道，"若是怕了，我也不会去救你。"话是这样说，他的心却浮起淡淡的悲伤。他已经把衣带诏当面烧了，无涯为何还不肯放过穆澜呢？

"林一川，你若闯法场劫走穆澜也就罢了，但你怎么能让京城乱了呢？"谭诚轻叹道。

林一川与穆澜同时怔住，都以为无涯不肯放过的是穆澜，没想到却是林一川。林一川大笑起来，眉眼中透着无限欢喜："你瞧，原来是我拖累了你。"

穆澜也笑了起来，放在桌下的手已多出了一把匕首。林一川让京城大乱，他的能力让无涯忌惮，所以无涯不会让林一川活了。她突然很庆幸，林一川不知道自己的身世，不然，他得多伤心。

"咱家也很好奇，这可不是用银子就能办到的事。"

好奇的不只是你，林一川朝下面的河滩望去，雁行和燕声在番子的虎视眈眈下坐着，他含情脉脉地望着穆澜："我很听你的话，凡事留一线，握着的底牌没有提前翻开，不然咱们怎么能坐在这里喝着今年新贡的明前春茶呢？"

本就想好要搏命了，穆澜配合地嗔道："什么叫听我的话？我可不知道你有什么底牌。"

夕阳已经沉下了地平线，暮色呼啦啦地从江面铺陈过来，船上的灯一盏盏地亮了，照得下面的江水摇曳生姿。谭诚的眼神渐冷，他不再说话，无形的威压从他身上散发开来。

林一川粲然一笑："还记得那天一川去东厂投靠督主，你说，没有林家基业的支撑，我林一川不过只是个有经商天分的人才。天下人才何其之多，他们都心甘情愿做督主的狗，为何一定要用我。"

谭诚记性不差，接口说道："你回答我说，不是每个人才的爹都是林家大老爷。"

林一川深深地望着他，一字一句地说道："所以天底下只有一个林……一川。"

突然之间，谭诚像想到了什么，眉毛不受控制地抖了抖："哪一川？"

林一川捏着茶盏把玩着，轻声说道："一川运河水，一川珠江水。"

一条运河沟通南北，流淌着的不是水，而是财富；一条珠江河连通大海，舶来之物，一船赚十船的金银。

谭诚倒吸口凉气，穆澜的心扑通扑通直跳，林一川的底牌是漕运！

一天时间，大运河数座水闸同时出事，竟无一条货船抵达京城，只有掌控漕运的人，才能办到。两人瞬间明白了京城大乱的原因。穆澜也明白了无涯在这节骨眼儿上放过谭诚，让他带兵追赶他们的原因。

"天底下只有一个林一川啊。"谭诚重新打量着林一川，啧啧赞叹道，"没想到！没想到！你竟能让咱家如此意外！"

林一川的嘴角抽动了一下，浮起了浅浅的悲伤："家父那一年为我取名一川。"

"那一年……发生的事情真多。"谭诚似想到了什么，心情又低落下去，他明白林一川话里的意思。

林大老爷抱养林一川的那一年，正好坐上了漕帮头一把交椅，林家才是大运河漕运的真正霸主。林家的南北十六行，若没有漕运支撑，根本成不了大商行。林家的豪富不在于南北贩货，更不在于田庄出产、店铺上的买卖，而是来自漕运。而漕运却是和林家生意分开，独立运行的，所以林二老爷只晓得林家的南北十六家商行，眼中只有林家的田庄地产和满街的店铺。

林一川脸色一变，将茶盏摔到了地上，轻蔑地说道："谭公公可瞧得清楚了，这是什么地方！"

见惯了林一川吊儿郎当的模样，乍见他一身睥睨天下的嚣张样，穆澜还真不习惯。她起身站在林一川身边，突然有种狐假虎威的荒谬感："这可是运河！漕帮的地盘！你以为我们是随便找条路逃跑的？"

远远看到林一川起身摔盏，燕声不动声色地从怀里拿出只竹管，吹燃了火折子，嗖的一声，烟火从竹筒中弹射而出，在被暮色染透的天空中绚丽绽开。雁行懒洋洋地拍了拍屁股站起来，想起京中自家老爹还在辛苦地为皇上斗倒谭诚卖命，一时有些意兴阑珊："真不想回去啊。"

站在四周的东厂大档头和番子们哗地亮出了武器，谭诚摆了摆手："林一川，你这是想造反？"

"东厂换个人当督主，还是东厂；漕帮换个人当老大，还是漕帮。朝廷上百年来换了几个皇上，大运河还是大运河。河在，漕帮就在。"林一川低头看向谭诚，"督主解了惑，可以回京复命了。告诉皇上，我不想造反，那把椅子我不稀罕。我在意的，他以后也甭打主意。"

穆澜睫毛颤了颤，不禁看向林一川腰间的荷包，他是知道，还是不知道呢？

二人说话间，远处的江面上亮起了片片灯火，像两条带子横亘在江面之上。谭诚知道，每一盏灯下都有一条船。目光所及，这上下几十里的江面都被漕帮的船封锁了。东厂的人脸色渐渐变得难看起来，一旦开战，东厂的这艘楼盘战舰还真不够看的。

一叶轻舟从黑暗的江面上出现，顺流而下，顷刻间就驶近了东厂的楼船。

"告辞。"看到轻舟上摇曳的灯笼，林一川朝谭诚抱了抱拳，拉着穆澜便朝江面跳了下去。燕声和雁行一看，也朝着江边飞奔而去。

接上四人，撑舟人用力一点长篙，小舟瞬间顺水而下。谭诚望着小舟远去，眉毛剧烈地抖动着，突然开口道："回京城去，告诉皇上，再为东厂另择一位督主吧。"

几位大档头面面相觑，不明白谭诚的意思。

谭诚的身影从楼船上飞跃而下，手轻抽腰带，一把寒光闪烁的软剑就出现在了他手中。他一跃数丈，将要落在水面上时，手中软剑顺水一撩，身体便轻盈如水鸟一般再次跃起。

"督主！"楼船上的几位大档头看得目瞪口呆，同时惊呼出声。曹飞鸠与梁信鸥不约而同地跳上了楼船的备用小艇，划着船追了过去。

不过几个起落，谭诚就靠近了小舟，手中的剑撩起一片寒光，刺向船上的林、穆二人。

他人在空中，人随剑至。这一剑太过凌厉，空气中传来嗖嗖的剑气之声。穆澜和林一川几乎同时从船上跃起朝他击去，两人一左一右，谭诚的剑气虽笼罩住了两人，可最终也只能刺中一人。

林一川想都没想，一掌拍向了穆澜。穆澜心里清楚，林一川是想将自己推开。而她心里更清楚，谭诚若要杀她，根本不用等到现在，只能说明，谭诚要刺的人定是林一川。

啪！脆响声后，林一川吃惊地发现穆澜竟在空中翻了个身，她的手掌与自己的手掌相击。一推之下，她反而被他推向了谭诚。

"穆澜！"林一川眼睁睁地看着谭诚的剑刺向了穆澜的后背，他心悸地大喊出声，血直涌上了脑袋，瞬间一片空白。

她那样贪财惜命的人……林一川嘴唇翕动着，扑通摔坐在船上。

穆澜闭上了眼睛，等待那一剑刺穿她的身体。

这时，一片水花哗啦一声扑向了谭诚，他眼前突然出现一根竹篙，剑嗤地刺进了竹篙，轻轻一揽，竹身咔嚓裂开。

没有意料之中的痛楚，穆澜惊奇地睁开眼睛，看到了林一川放大的脸，咚地摔进了他怀里。林一川用力搂紧了她，手在她后背摸索着："刺中你哪儿了？刺到哪儿了？"

穆澜抖臂甩开了他："乱摸什么？"说着，她回过了头。

江面上横着一根竹篙，头戴斗笠的撑船人正与谭诚站在竹篙上打得激烈。江水托着竹篙起伏不定，而撑船人与谭诚却如同站在平地之上，来往自如。

太熟悉的感觉让穆澜低呼出声："娘！"

她的眼泪突然涌了出来，那一剑刺来时，穆胭脂还是出手救了她。一股热血涌上她心头，她噌地站了起来，握紧了匕首，只等着找到机会就去帮穆胭脂。

大概是谭诚的举动让东厂的人坐不住了，一叶小艇载着曹飞鸠和梁信鸥驶了过来。

雁行突然喊了声："跳船！"他扯着燕声往水里跳了下去。

黑暗中，东厂的楼船上一团火光闪了闪。林一川暗骂了声，见穆澜还目不转睛地盯着竹篙上的两人，他用力扑了过去，抱着她跳下了船。轰的一声，炮弹落在了小舟旁边，炸起数丈高的巨浪，直接将小船掀翻了。浪花落在水面，哗啦啦的水声不绝。浪头过后，只见那艘小舟晃晃悠悠地顺水而下，再也没见着林一川、穆澜等四人的身影。

而竹篙之上，谭诚与撑船人的打斗还在继续。他似乎根本不在意林一川等人的生死下落，他的眼中只有面前的撑船人。一剑刺过，撑船人戴的斗笠被剑气搅得粉碎，一绺长发散落下来，她抬起头，与谭诚平静地对视着。

"十九年了，师妹似乎变了许多。"谭诚右手持剑点着江面，目光落在了撑舟人的脸上，她不再是他记忆中那个灿若朝阳的红衣少女。眼前的穆胭脂，不，他所熟悉的陈丹沐已经是个满脸风霜的中年妇人了。

穆胭脂用的也是剑，与谭诚一模一样的软剑。她盯着谭诚，语气怨毒至极："十九年了，所幸你保养得极好，除了白了几根头发，没有丝毫变化。"

谭诚微微笑道："师妹这是庆幸我保养得很好，杀起来心头更痛快吗？自去年珍珑出现，只杀我东厂之人时，我便猜测着、期待着与师妹相逢。"

"谭青城！"穆胭脂叫出了他入宫前的名字，剑遥遥地指向他，"我原想杀尽东厂所有人，再来寻你。寻你问一句，为何在十九年前故意将我引至先帝面前，让我姐姐误会于我？！寻你问一句，为何要帮着许氏害死我姐姐，害死我陈家满门？！"

曹飞鸠和梁信鸥的船已接近了两人，江风猛烈，让他们将谭诚和穆胭脂的话听得清清楚楚。像是明白了督主为何会说出那番话，而后独自追来，他们不再上前，只操着舟，停在了不远处的江面上。

"师父门下大都是寒门子弟，突然飞来了一只金凤凰——陈家的二小姐、皇后的亲妹妹。家世好、容貌好、天分高，你是天之宠儿。门中师兄弟爱慕你者甚众，我也不例外，与你说话都会脸红。当年我与你一般年纪，十三岁的少年表达爱慕之心的方式，就是不停地苦练，想博你青眼。每次与你比试，都是爱慕你的少年能接近你的时候。我怕伤着你，因此才会被你所伤。"谭诚淡淡地说道，声音陡然变得尖厉，"你伤的却是我的命根子！轻飘飘的一声'对不起'、几包药材，就理直气壮地觉得我该原谅你？你可知道从此我成了门中被师兄弟们嘲笑的人，再也抬不起头来！谭家也因我而绝后！为什么？不就是因为你身份高贵，而我只是个孤儿吗？我就不能找你报仇了？"

"那你来找我啊！你为什么不来找我？理直气壮地和我比试，有本事你斩断我的手脚，我绝无二话！"穆胭脂厉声喝道，"你却曲意逢迎，让我心怀愧疚。我还告诉我姐姐，你是我的小师弟，宫中生活不易，请她多加照拂于你。若非如此，你怎能从寻常小太监调至乾清宫？我姐姐又怎会轻信你的话，误会先帝要纳我入宫为妃？！"

"哈哈哈……"谭诚尖厉地笑了起来，"不这样，我又如何能看到你坠下云端呢？我与许氏联手，让你的家族从这世间烟消云散，我却一直没有认真寻过你。我知道，等待的时间越长，你品尝的痛苦就越多。十九年了，看着你那灿若骄阳的容貌变成如今这副模样，我真的很高兴！"

"受死！"穆胭脂脚尖一点竹篙，软剑抖得笔直，朝谭诚刺了过去。

月从云层中探出头来，洒下一江清辉。两团银光在江中缠斗着，令曹飞鸠和梁信鸥眼花缭乱。两人互递了个眼神，悄悄靠了过去。

趁着穆胭脂背对他们的时候，曹飞鸠突然跃起，持着武器就扑向了她。穆胭脂偏头避开了曹飞鸠的刀，谭诚却从曹飞鸠身后出现，手中的剑瞬间刺进了她的腹部。她用力握住了那把剑，腕间银丝抖出，像毒蛇吐芯般刺向谭诚。那点银光在谭诚眼中闪烁着，近得他将将抓住了曹飞鸠的脚，将曹飞鸠扯到了面前。

曹飞鸠的喉间有一点儿凉意传来，那根银丝刺进了他的咽喉，随后穿透而出，又刺进了谭诚的胸口，三人奇异地串在了一起。

穆胭脂微微张了张唇："知道为什么今天我没去刺杀太后吗？"

谭诚一点点拔出胸口的银丝："养了十年，还是心软了？"

一抹笑容从穆胭脂的脸上浮现："我姐姐有儿子，我陈家有……后！你终会死的。"她咯咯笑着，突然就气绝了。

谭诚用力一摔，曹飞鸠和穆胭脂扑通掉进了水里。脚下的竹篙失去了平衡，谭诚用力跃起，刚好落在梁信鸥撑来的小船上。

"督主！"梁信鸥扔了船桨，上前扶起了他。

噗的一声，谭诚吐出了一口黑血，他无力地瘫倒在船上，呵呵笑了起来："陈丹沐，你终于死在我手里了！你终究还是打不过我！陈皇后有儿子，我会找到他杀了他的！"

"督主，让属下看看您的伤！"梁信鸥伸手去解谭诚的衣襟。

谭诚仍在笑："我的伤无事。阿弈，阿弈用的毒好烈！"

解开谭诚的衣襟，梁信鸥看到谭诚的胸口有一点儿鲜血涌出，而被谭弈刺伤处流出的却是黑色的血。他摸着伤口，眼神突然一变，手掌就重重地击了下去。

一股血从谭诚嘴里喷出，他抓住了梁信鸥的手，鹰隼般的眼睛直勾勾地盯着梁信鸥。

"我一直是二小姐的人，珍珑局中埋在您身边的一枚棋子。我的祖籍不在山东，是松江府人氏。"梁信鸥轻松挣脱他的手，退到了两步开外，"您报复二小姐也就罢了，为何连陈家的姻亲也都不放过？苏州蒋家、松江府梁家，都割了您的命根子吗？天理循环，二小姐没能手刃了您，您的命终由我取了去。"

"是谁？他是谁？！"谭诚嘶声叫了起来。

梁信鸥望向黑暗中滔滔远去的大运河，轻声说道："灵光寺中梅于氏临终前画了一个血'十'字。陈瀚方临死前说，不是'梅'字的起笔。不是'梅'字，自然就是'林'字。他不是告诉您了？他对那把椅子不感兴趣。"

林大老爷捡来的孩子。

"一川啊。"谭诚最后轻吐出三个字，再没了生气。

梁信鸥替他整理好衣襟，轻叹一声，划着桨驶回岸边的楼船。这局珍珑已经下完了所有的棋，他仍然是东厂的大档头，只是不知道下一位东厂督主会是谁了。

尾
声

　　嵌在铜盆里的桐油幽幽地燃着，光影在狱中闪烁不定。铁青色的石墙、深褐色的铁栏、霉烂的草席是诏狱的标配。只有几间上层的牢房在高处，开着不足盈尺的孔洞，依稀能透进一点儿光线。这已是锦衣卫诏狱最好的待遇了。

　　许德昭正痴痴地盯着小孔外露出的半个银月出神，牢房外，挂在腰间的钥匙发出的碰撞声离他越来越近，他慢慢回过了头，一袭明黄的衣裳映入了眼帘。在这阴暗晦气的大牢中，衣襟上精绣的五彩金龙像突破乌云的太阳，灿烂得刺痛了许德昭的双眼。

　　无涯亲自拎着一只食盒站在了铁栏外："舅舅。"

　　一声舅舅令许德昭目眦尽裂、胡须颤抖："舅舅？你还知道老夫是你的亲舅舅？！先帝驾崩时，你才十岁。黄口小儿、深宫弱妇，是我，是你的亲舅舅为你撑起了一片天！是老夫压下了你那些王叔的心思，扶你坐稳了帝位！皇上，你对得起老夫吗？！"

　　"朕能有今日，心里无时不感激着舅舅。"无涯放下食盒，长揖首道，"当年无涯年幼，若无舅舅扶持，未必能坐稳江山。这一礼，舅舅受之无愧。"

　　"哼！"许德昭拂袖，他做了多少，有多么辛苦，轻轻一揖首就想抹杀了他的功劳？

　　无涯站直，静美如莲的脸上骤然闪过一丝隐怒："指使张仕钊勾结鞑靼人、围边关杀薛神将夫妇，害死将士近万、百姓数千。走私违禁物，结党营私，买卖官爵，你无罪吗？！"

许德昭冷笑出声："皇上，若无臣除去拥兵自重的薛神将，连根铲除陈氏一脉，您的皇位还能坐得稳吗？陈氏一族一定会找到陈皇后之子，拥立他登基。以陈氏在朝中的力量，你以为他们做不到吗？甚至那个被他们找来的皇子是假的，也照样能夺走你的帝位。你替薛神将抱不平，替边关将士百姓抱不平，你以为顺畅得来的皇位，却是你亲舅舅用染满鲜血的手扶持你坐上去的！"

无涯闭了闭眼，再睁开时已是一片清明："朕四岁时被立为太子，十岁登基，自启蒙之日起就刻苦学习，从无一天懈怠。登基之后更是兢兢业业，勤学政务。朕不求开疆拓土，只求治下百姓安居乐业、世事太平。朕问心无愧。父皇临终时知晓当年真相，也未有要废除朕之太子身份的想法。就算陈皇后之子被找到，不过是空有身份，他又拿什么和朕比？朕并不惧之。自从知晓陈皇后在死后曾产下一子，父皇留有遗诏，朕便痛苦不堪，夜夜辗转反侧，难以入眠。更不惜火烧御书楼，为的是能遮掩旧事，对得起母后和舅舅从小到大对朕的照拂。朕亲政三年来，对舅舅苦苦隐忍、百般退让，可是舅舅您呢？嚣张跋扈，目无君主！天底下没有能容忍朝臣篡权之皇上。但即便如此，若舅舅肯辞官归隐，朕仍愿保舅舅一家富贵平安。"

让他辞官归隐？让他回老家当个土财主？让他受尽世人嘲笑？许德昭不禁怒极："皇上，要杀便杀，想要折辱老夫，恕难从命！"

这是在折辱他？他是舅舅，可也是臣子。他蔑视天子、逾矩犯上时，可知一个帝王心里的屈辱感？无涯转身离开："舅舅既然一意孤行，死不悔改，朕也无话可说了。"

赐他全尸？太后尚在，皇上敢杀他？！许德昭正惊愕时，龚铁亲自带着人捧着个托盘进来，盘中放着匕首、白绫与毒酒。

皇上离开，龚铁对许德昭并无多少客气，板着脸道："承恩公，选一样吧。"

"不……不……"许德昭摇着头，突然冲至铁栏旁，朝着远去的无涯大喊道，"皇上，你不能杀老夫！你要如何面对太后！如何面对与你一起长大的三郎！"

无涯脚步微滞，却又坚定地迈了出去。

慈宁宫宫门紧闭，将六月的明媚悉数关在了外头。

"皇上，太后娘娘说身体不适……"

听了太多次这样的借口，无涯迈步上前，不顾紧跟在身边的满脸惶恐的宫人，用力推开了宫门。一道道门被他用力推开，层层帷帐被他用力扯开，阳光直射进太后寝殿深处，照在了许太后身上。她没有梳头，任由夹杂着白发的青丝披在肩头。阳光的刺目让她抬起胳膊，用宽大的袍袖挡住了自己的脸："你杀了你舅舅，你流放了你的外祖母、舅母、表兄弟，你是来看哀家死了没有，是吗？！"

那带着怨恨的声音直刺入无涯的心里，他生平第一次站在母后面前，居高临下地看着瘫坐在地毯上的她，那丝丝斑白的头发让他转了头。

"这是朕最后一次来见您了。"无涯木然地说道。

许太后愕然地抬头看了过去。

"从小到大，您待朕如珠如宝，宠爱有加。朕从前听闻皇家无亲情，帝王无父子，朕一直窃喜，朕与母后尚如民间母子般亲昵，朕觉得欢喜、幸福。"无涯望着案几上插好的花，从中取出了一枝道，"前朝、后宫本是一体，若无母后撑腰，舅舅能笼络这么多朝臣，插手朝纲，肆意卖官鬻爵？承恩公不过礼部尚书之职，却能收三十万两银子卖一个入阁的名额！三十万两！朝廷一年税收才六百多万两！他卖掉的官位就值三百多万两！许氏一脉的官员供状触目惊心！他不该杀吗？但朕仍许他辞官归隐，保许氏一门富贵，但舅舅拒绝了。呵呵，母后，您的亲兄、朕的舅舅，说让他辞官是折辱他。他姓许！是外戚！当这江山也姓许吗？！朕还不够宽容？不够体恤、感恩？朕是您的儿子，为何不见您因承恩公篡权而斥责他？"

许太后张了张嘴，从地上站了起来："你当年那么小，几位皇叔虎视眈眈……"

"他扶持有功，朕就该任由他篡权，做个傀儡皇上吗？！"无涯打断了太后的话，他痛心地望着她，"一个月以来，您用身体不适为由不见朕，以为朕就会像从前一样认错恳求？母后，您已经不是许家女，是皇家媳！是太后！"

许太后掩面痛哭。无涯轻叹，缓缓转身。突然，许太后想起无涯刚说过的话，她嘶声叫道："就因为你舅舅，你就再不见母后了？"

"不是因为舅舅。"无涯停住脚步，回头看她，"不，母后，不要说穆澜。"

这个名字哪怕就这样说出来，无涯的心中都掠过一丝酸涩。他轻轻摇头，仿佛这样就能将那个眉如新叶、眼若秋水、笑起来能让他的心化掉的女子，从脑中摇晃出去："不是因为她，朕再喜欢她，也不至于为博她欢心而不顾自己的亲娘。当年若没有母后，朕就成不了嫡皇子，甚至也当不成太子，坐不了皇位，朕都明白的。甲之蜜糖，乙之砒霜，他人眼中的母后心狠手辣，在朕心中却是一片拳拳爱子之心。"

"为什么？为什么？无涯，你不是与母后最亲？最喜欢来母后这里用饭，陪母后插花……"许太后的心被无涯的一番话说得酸楚难当，眼泪涔涔落下。

"为了父皇。"无涯红了眼睛，"自无涯懂事起，父皇身体就不好。他病得再难受，也不忘抱着无涯教导。父皇真是因为池起良的那碗回春汤过世的吗？素公公为何死都不肯说出真相？为何他还能活着？母后，您告诉我。我知道，您都是为了我，为了我能顺利登基，可他也是我的父皇！"

许太后张了张嘴，眼泪像断线的珠子般往下掉着："池起良不在陛下身边，匆匆离宫，谭诚觉得有异便前来告诉哀家，哀家赶到乾清宫时，你父皇已知晓当年陈皇后产子真相，骂哀家是毒妇，说池起良已携诏书归家，他要废了哀家。你还那么小，几位皇叔的儿子正值盛年，废了哀家，你孤零零一个小儿如何坐得稳皇位？哀家乞求你父皇重新写诏书，他却昏了过去，哀家求素公公，看在江山社稷的分儿上……他熬了碗回春汤，你父皇有了片刻清醒，却不住地痛骂哀家，说若不是看在你的分儿上，定要杀了哀家。回光返照之后，你父皇便驾崩了。"

穆澜的脸不知为何突然出现在无涯脑中，她六岁那天的记忆那般惨烈。直到现在，她都不知道那碗回春汤根本不是她父亲熬制的。

"我对不住她。"无涯喃喃地说着，脚步沉重地出了慈宁宫。

"无涯！"许太后跌跌撞撞地奔了出去，她倚在寝宫门口，看着无涯垂着手走在烈日下。阳光那般强烈，像雪光一样洒在他身上，令他的身影显得无限萧瑟。许太后倚着宫门滑坐在门口，突然后悔起来。她突然想回到那个夜晚，让穆澜一枪刺死自己，或许，她的儿子就不会这般伤心绝望。

偏殿的回廊处，薛锦烟远远地看着这一幕，娇美的脸上没有丝毫表情。一名女官低着头来到她身边："殿下久等了。"

薛锦烟嘴唇微翘，偷瞥了她一眼，将手伸了过去："太后娘娘既然身体不适，本宫就不去打扰了，走吧。"

公主的銮轿缓慢地离开慈宁宫，往宫门行去，轿中传来薛锦烟低低的笑声："不杀也好，不值得脏了你的手。穆澜，你真的不想再见皇上一面？"

"不用见了，我放过他母亲，他也放过我，就这样吧。"

"那你以后还会来京城吗？"

"公主寻得如意郎君出嫁时，穆澜定有厚礼奉上。"

离珠江入海口不远的一处荒凉的港湾中，山崖包围掩映下停靠着一艘高大的楼船，林一川在甲板上焦急地张望着。

燕声手搭凉棚跟在他身后远眺着，最后手终于搭得累了，不知从哪儿摸了把蒲扇遮在了头顶："公子，穆澜肯定不会来了！都等了三天又三天！咱们走吧！被水军发现就麻烦了。"

"她凭什么不来？"林一川被初升的朝阳刺痛了眼睛，一把扯过燕声的蒲扇挡在了头顶。

"凭什么？凭不喜欢你呗！"燕声嘟囔道。

林一川回头狠狠瞪他："你说什么？"

"我，我……少爷，你看，来了条小船！不会是水军的哨子吧？"燕声指着远处喊了起来。林一川定睛一看，兴奋得直搓手："快快，赶紧叫姑娘们……不，姨娘们全部出来！"

待小船驶得近了，船上的穆家班的人都张大了嘴巴，仰起脖子看着眼前这艘巨大的楼船。船头，数十位衣着艳丽的女子簇拥着林一川，也好奇地望着下面的小舢板。

小船落下的帆上突然坐起来一位少年，吓了女子们一跳。林一川见到穆澜，双臂一张，左右各揽了一个姨娘入怀："海上有风暴，这才耽搁了几天，你们倒是运气好，马上就要开船了，正巧赶上了。"说罢，他理也不理穆澜，左拥右抱地就进去了。

"嘶！"穆澜发出一声牙痛似的吸气声，忍不住揉了揉自己的眼睛。

"别嘶、别揉啦。"燕声扇着蒲扇，大摇大摆地从她面前走过，"甭以为除了你，我家少爷就不喜欢别的女人似的！"

穆澜怔住了，她搓了搓下巴，朝主仆二人离开的方向不怀好意地笑了笑，而后转头招呼穆家班的人扛行李上船。

朝阳初升，照得海面一片金光灿烂。

穆澜顺着桅杆爬到了顶，望着波澜壮阔的大海，想着从此天高云阔，心情万般舒畅，不禁大喊出声："哦哦啊啊啊……"

舱房里主仆二人挤在门缝处往外瞧着。

"她在发什么疯？"

燕声悄声说道："大概是被姨娘们刺激到了。"

林一川大为兴奋道："起航！下个码头靠岸时再买些水灵点儿的来！"

"山有尽，海……无涯！"前面的话低声呢喃，最后两个字她却用尽力气喊了出来。

桅杆上传来穆澜的高呼声，林一川身体不禁僵住，他砰地拉开了舱门，仰头大骂："鬼叫什么？再喊，船资翻倍！"

穆澜一个倒挂金钩，晃荡着对他扮了个怪脸。林一川忍俊不禁，纵身跃到她身边坐下。

楼船朝着南方破浪前行。

　　扬州的仲秋是极美的。湖绿天蓝，层林尽染，五彩斑斓。林家老宅尽得江南园林之精华，一草一木、苔痕老砖中透出岁月沧桑。服侍的人尽管谦卑，神态中依旧掩饰不住那份属于世家的骄傲，哪怕他只是个下仆。这一切，于梁信鸥来说其实并不陌生。

　　望着金黄银杏树下穿着宝蓝外袍、玉树临风的林家大公子，他想起了年少时的自己。

　　林家摆了一桌鲁菜招待他。

　　在东厂的档案中，十二飞鹰大档头梁信鸥是山东青州府人士。原名梁信，孤儿，十五岁上泰山学艺。没有人知道，他本来叫梁青山，出身松江梁氏，曾经也是钟鸣鼎食的世家子。

　　当年梁家被满门抄斩，杜之仙在牢中寻了个替身救了他，从此松江梁青山变成了山东孤儿梁信。那一年与杜先生分别时，梁信鸥以为将来还有机会再见，没想到再见面，却是在他的灵前。

　　他并没有花太多心思去研究穆澜。杜之仙的关门弟子，在这场博弈的棋局中定会是极重要的一枚棋子。对已知的自己人，梁信鸥不想再花更多的心思，他关注的是未来的变数，林家那位掌了家业的大公子。

　　坐在银杏树下赏景，林家父子小心作陪，是极惬意舒适的。父子两都没看出梁信鸥和煦笑容、倨傲姿态下隐藏的伤感。

　　东厂看上了林家的产业，杜之仙得了梁信鸥的信，施恩于林家。将来，或许在东厂中，就又多了一个自己人。这么多年过去了，杜先生与陈二小姐不知费了多少工夫往东厂里撒棋子，也不知道牺牲了多少人，最终将梁信鸥推上了十二飞鹰大档头的位置。

杜先生说："所有的棋子都是过河卒。你不同，你是间者。"

《孙子兵法》云："欲素知敌情者，非间不可也。"

过河卒没有回头路，只能拼死往前，以命相搏。

拼命，很简单。想成为一个间者，却很难。想要复仇，梁信鸥首先要活着。活着成为双方博弈中己方的眼睛，成为谭诚的左膀右臂，成为他忠心的下属。

梁信鸥把自己吃胖了几十斤，包子般的团脸，富家翁似的身材。就算爹娘在世，怕也很难将他认出来。为得到谭诚的信任，他为东厂做事从未心软过。私底下，都说他是笑面虎，瞧着和气，其实心狠手辣，大档头们轻易都不敢招惹他。

梁信鸥云淡风轻地逼着林一川亲手宰了林家的镇宅龙鱼。林一川的眼神恨不得把他千刀万剐。梁信鸥并不生气，林家不肯坐以待毙，意味着林家的金钱流入东厂的速度不会快，谭诚想用这些钱去做事就不会太顺。

在东厂里待得久了，梁信鸥经常会有一种错觉，那个松江府的梁青山是另一个人。然而最初的仇恨成为执念之后，为复仇所做的一切都变成了本能。他离谭诚如此近，只需一伸手就能震碎对方的五脏六腑。他不知道谭诚武艺有多高，所以从未去试探过。杜先生说得很清楚，他是间者，不是刺客。

他没想到，自己从单纯的珍珑局中棋变成了另一个人手中的暗棋——皇上也要以他为间。

棋局最初，局势并不明朗，博弈之人在棋盘上各种落子，到了中盘，对手的思路便若隐若现了。从灵光寺梅于氏被杀之后，梁信鸥隐约觉得僵持了多年的形势发生了变化。当然，最大的变化来自他的身份。

"朕想说两件事情。第一件事与朴银鹰有关。朕布了个局，让朴银鹰唯一的弟弟欠下了大笔赌债被人绑了票，他急于筹钱赎人，所以他收了朕的金明珠，愿为朕所用。谭诚知晓后不久，朴银鹰在扬州被杀。"

谭诚在御花园遇刺，梁信鸥进宫追查线索，皇上从彭昭仪处回到乾清宫后召见他询问案情。然而，皇上却说起了死在扬州珍珑刺客之手的朴银鹰。殿外阳光明媚，跪在冰凉金砖上的梁信鸥后背沁出了冷汗。

朴银鹰是谭诚与许德昭之间的联络人，除掉他，会加深两人之间的矛盾。朴银鹰兄弟嗜赌的事是他有意透露给秦刚听的，那枚被抵押的金色明珠线索也是他巧妙盯住各大档头的钉子知道的。皇上不会随便和他谈论这件事。

"第二件事和朕有关。那年朕春猎病倒，在帐中养了一个多月的病，暗中南下扬州，谭诚却始终查不到朕是否真在大帐之中养病。"无涯面带笑意道，"梁大档头可否告诉朕，为何你不将你查到的事告诉谭诚？"

皇权羸弱，对付谭诚，他们需要皇上的助力。梁信鸥奉命查到了皇上春猎的行踪，却隐瞒了谭诚。这两件事只需摆在谭诚面前，他就是颗死棋。

"朕只问你，可否对朕忠心？"

他没有选择，深伏于地："臣万死不辞，吾皇万岁！"

擦去陈瀚方用石子划下的痕迹，梁信鸥笑了，像一个行走在无边黑暗中的人在等了许多年后，突然间看到了光。

他与林一川并肩走出东厂，他目送着林一川策马离开，他抬头望向檐下悬挂的大红灯笼。凌晨时分这场雨下得格外绵柔，被灯笼的光映着，像挂下来的一道细密的帘子。

"适合睡觉的好天气。"梁信鸥喃喃自语着，他结好了油衣的带子，在守门番子的谄媚目光中撑起油纸伞走进了黑暗寂静的长街。

丑时起，便有官员匆匆赶至宫门等待早朝。能饮着茶用着早饭，到了宫门开启的时辰慢悠悠地前去应卯，比起站在城门楼下吹寒风不知惬意多少。官员们上了朝，他们的客人就变成了管事长随，在此沏茶吃着点心候着主子下朝。因此，宫城对面街上十来家早茶肆的生意都极好。也方便了像梁信鸥这一类当差至凌晨的人。此时正是子丑相交之时，早朝的官员尚未到来，店铺已经开了门。他抬头看了眼一瓯茶坊的匾额，眼底闪过几分感慨。伙计认得他，轻车熟路地将他请至了楼上雅室。

最好的房间窗户面朝宫城，以便官员或管事长随能看到宫门处的动静。梁信鸥进的雅室正好相反，窗户朝着内院，站在窗旁望出去，早起的烛火映出一重重黑压压的屋檐。窗边站着个穿黑色绣暗纹绸衫的男子，外头罩着件黑色的披风。等伙计关上房门离开后，梁信鸥便跪了下去："卑职参见皇上。"

"平身。"无涯没有回头，声音里带着浓浓的疲惫，"谭诚没有让你留下来？"

梁信鸥摇了摇头："人送进了他所在的院子，今夜进宫的大档头他一个没留，他手里还有那三只鹰。"

"你没有暴露身份就好。"无涯略放下了心，轻声问道，"若是去救她，有几成把握？"

陈氏与许氏，谁坐江山都与他无关，他在意的只是松江府梁氏一族的八百多条性命。皇上一开始就聪明地让他保留了自己的秘密。他明白，皇上等着他自己选择坦诚。他一直没有说出珍珑的秘密。比起胡牧山，他才是真正的墙头草。

唯一不曾料到的是，陈氏与许氏的儿子居然都对穆澜生了情。

穆胭脂要穆澜死，谭诚根本不在意穆澜的生死，而这两位主子却都想救那个灵动的女子，可这都不是他这等小人物所能左右的事情。梁信鸥就事论事："一成也无。谭诚的东小院如同蜘蛛的巢穴，蛛网四布，如有人闯入，如同粘在网中的虫，难以挣扎。"

"杀谭诚有几成把握？"

留在谭诚身边这么多年，这个问题梁信鸥想了千百遍，回答得毫不犹豫："行刺于他，卑职没有把握。"

良久，无涯淡淡地说道："再严密的网也有漏洞，那个人可以动了。"

"是。"

无涯走到墙边，伸手推开了一扇木门。梁信鸥看着他，突然心血来潮地开口道："皇上，臣还有一事禀告。"

他看到皇上谪仙般的脸上露出一抹戏谑的笑容："如果你说你认得陈丹沐，是珍珑中人，朕既往不咎，只看你将来的忠心。"

梁信鸥扑通跪倒在了地上，心里苦笑不已，皇上早就猜到了。他不知道这算不算救了自己一命："臣谢皇上不杀之恩，臣想回禀皇上的是另一件事。"

一件关于陈瀚方与于红梅拼死相守的秘密。他找到了陈皇后的儿子。他跪在地上，看不见皇上的表情，屋里的空气因为久久的沉默变得静滞。梁信鸥开始后悔，这个消息也许会要了他的命吧？

"朕知晓了，朕会记得你的功劳。"无涯轻声说完，闪身离开。

再无动静之后，梁信鸥方扶着桌子起身。圆脸上浮起百年不变的笑容，他心里很是感激，他再不后悔自己的选择。皇上胸襟开阔，是明君。

胃口极好地吃完一整锅热气腾腾的砂锅面线后，他才骑马离开。长街上已经有官员上朝的轿子出现，他搓了搓脸，拍马驰向国子监的方向。能撕开那道口子的只有一个人：谭弈。

这么多年卧底东厂，梁信鸥查出最有价值的消息是，身为太监的谭诚曾经对一个女子动过情，而这个女子是有妇之夫，谭弈的亲生母亲。谁都不知道谭诚为何会杀了那对反抗不从的夫妻，却收养了她年幼的儿子谭弈。原因并不重要，梁信鸥只需要向谭弈揭露这个真相，让谭诚最信任的义子成为破局之人。

梁信鸥从来没有偷进过谭诚的密室，虽然他曾经无数次想进去一探究竟。或许他能活到今天没有被揭破身份，便是因为他忍住了。

说服谭弈的东西只有一张画像，谭弈生母的画像，她与年轻时的穆胭脂有着七分相似的容貌，让精于发现细节的梁信鸥略一调查谭诚收养谭弈时的细节，就探知了谭诚不为人知的秘密。

梁信鸥将画师精心画出的小像送给了谭弈，亲厚如待自家子侄："你一直想要你母亲的画像，成了。"

"多谢梁叔。"

谭弈的脸色由惊喜到惊疑到隐怒，梁信鸥知道他已经开始怀疑。只要谭弈再查当年被收养之事，就会知晓父母被杀的真相。

梁信鸥手抚在谭诚胸口的伤处，脸色依旧平静，他却分明感觉到一股血直冲入脑中，心跳如雷。掌力终于吐放，狠狠击碎了谭诚的心脉。这一刻，情绪如同冲毁河堤的洪流，倾泻而出，他终于手刃了仇人！

"我一直是二小姐的人……"梁信鸥如此告诉谭诚。

摇桨返回大船，月夜下的江面上只有他孤独的身影。望着灯火通明的东厂战船，他心情复杂至极。杜之仙已亡，穆胭脂也已死去，他再不是珍珑中人，将来，他只会是皇上的臣子。

起风了。

无涯伸出双手撑在城墙的垛口上，风将这里的沙尘吹得干干净净，掌心只余下数百年青石的沁凉。

风吹走了云层，星辰寥落。萤萤灯火在京城中跳动闪烁，都离他极远极远。他站在安静高大的城楼之上，俯瞰京城，高处不胜寒与江山尽在我手的感觉都同样真实。

石阶之下，秦刚与谭诚的说话声将"凭栏独望，睥睨天下"的感触坏了个干净。无涯意兴阑珊，摆手让谭诚上来。

说完太后对穆澜的处置，谭诚低眉顺眼地问道："皇上可有别的吩咐？"

吩咐？无涯忍不住挑了挑眉。在他的印象中，他亲政之前只会听从母后的吩咐、舅舅的教诲、谭公的劝告，亲政之后，他也无力去"吩咐"这位手握重权的东厂督主。

谭诚清癯面容下那双鹰隼般的眼睛闪动着了然的情绪："皇上重用锦衣卫制衡东厂，一心想收皇权，却不曾仔细想过，这世上也只有没根的人才会真心依附陛下，做皇上的奴才。东厂没了谭诚，也会有张诚、刘诚。或许，将来会有个春来、春大督主。"

受他眼风一撩，站在三步开外的春来腿一软就瘫跪在了地上："皇上，奴婢不敢！"

"下去，朕与谭公公说会儿话。"暗骂声没用，无涯不想再看到春来那副

346

脓包样，斥退了他。

只有他与谭诚站在这空寂的城墙之上，无涯方道："现在无人偷听，谭公公有什么话不妨直说。"

皇上细腻的心思、观察入微让谭诚感慨。他从小看着皇上长大，此时竟有些欣慰："穆澜才是天香楼那位真正的冰月姑娘吧？东厂的动作仍然比皇上慢了一步。"

穆澜杀进慈宁宫那晚后，谭诚就知晓宫中病亡的"冰月姑娘"的真身是谁了。

他以为自己在东厂动手之前将冰月调包了。无涯懒得为谭诚解疑，眼神淡然道："公公亲眼所见，难不成还以为朕与穆澜还能厮守？"

"纵是如此，皇上也不见得和太后一般心思，让她养好伤就受那千刀万剐之刑。"

无涯的心抽搐了下，难言的痛楚让他避开了谭诚的注视。他的手用力按着沁凉的青石，凹凸不平的石块硌着掌心。他知道，他绝不可能提起朱笔在条陈上签下一个"可"字。

他哂笑道："不如剐了朕。"

他的话脱口而出，让素来喜怒不形于色的谭诚也愣住了。

无涯笑了笑，道："公公本就想以穆澜和朕做交易，朕不忍心，公公应该高兴才是。"

"谁家少年不风流。"谭诚想到了自己，感慨变成了滔天恨意，"老奴欲以穆澜为饵，钓穆胭脂与珍珑一网打尽。只要皇上不阻拦，老奴保证，事后让穆澜死得毫无痛苦。"

谭诚将"死"字说得重了些，两人眼神相碰，无涯便懂了谭诚话里的意思。

对无涯来说，答应谭诚并不难。卧榻之侧岂容他人酣睡，没有人愿意时刻都被人盯着行刺。何况，还有一个人，他一直在等的那个人还没有出现。

"端午快到了吧？朕与她相识便在端午。那天处以绞刑，留她全尸。朕坚持如此，太后必会答应。"

话落在谭诚耳中，能留全尸便是答应了他的条件。皇上不会去救穆澜，坏了他的事，他负责事后让穆澜没有痛苦的"死"去。

这场博弈之中，穆澜的生死并不影响大局。将来惹出事非，也自有皇上承担。

话至此处，谭诚仍感叹了句："皇上经此情劫，是福非祸。"

过不了美人关的帝王，承受不起江山之重。

雨下得极大，十步开外，已是水雾成帘。一重重从空中垂落至地，层层叠叠，没个尽头。

无涯慢吞吞结着雨披的衣带，吩咐春来，若锦烟前来，让她进御书房等候。

春来嘀咕着雨太大了。他知道。

首辅家花园中的辛夷花或许已被这场大雨浇得零落，无涯望了眼慈宁宫的方向。母后在意的真是他能否折回最美的花枝吗？不，哪怕他折回一根空花枝，母后也是欢喜的。所有人在意的是他的心思。一个帝王的喜恶。

掀开这重重雨帘，他不知道等待他的是战争还是杀戮，是威胁还是妥协。

但，只有他去了，才能看见不是？

无涯毫不犹豫地出宫。

林一川很准时，无涯仿佛第一次见他，他仔细打量着这个站在他面前的高大俊朗的男人。因为用了心，他仍然从林一川脸上看到了一丝熟悉的影子。

他和他有着同一个父亲，却不约而同地生得不像先帝。原本男子偏似母亲就不容易看出父系的血统，林一川融合了陈氏与先帝的面容，是以没有被人认出他的身份。

这是上天对他的恩赐，让他平安长大。

命运太过调皮，不仅林一川变成了他同父异母的兄弟。他们俩还同时喜欢上了同一个女人。无涯现在都清楚地记得，在灵光寺看到两人说笑时，心中泛起的不适。在他还以为穆澜是个少年时，也许林一川就已经识破穆澜的真容。可她选择的人是自己，这让无涯面对林一川的俊脸时，暗生欢喜。

这个念头只从心头掠过就变成了绵绵如雨的痛楚。放过穆澜，就等于将她拱手送给面前的这个男人，杀念随之而起。

"约好今天见面，除了听一听我的收获、谈一谈皇上的安排……还有两天，就是端午。皇上，您有什么安排？"

林一川想救穆澜，无涯轻蔑地想，穆澜需要你去救？她的生死，在朕的一念之间。

他在他面前不称臣，不称小人，自称"我"，便是对皇权的蔑视。无涯敏锐地察觉到林一川的心态，他可是知道了什么？是他已知晓自己的身世，还是穆澜告诉了他？

无涯佯装愤怒，用愤怒和穆澜的生死去试探林一川。他想知道穆澜的心思，他也想知道穆澜说起的衣带诏是否真实存在，又是否已经交给了林一川。

他情愿没有试探，林一川的话像刀一样凌迟着他的心。可他却不能像他一样，大声说出心中所想、心中所怨。

他真不明白吗？穆澜为何会在慈宁宫大杀四方，断了所有的生路？是他辜负了她，但他能怎样？能为了池家的公道惩办一力将自己推上皇位的母后？这本就是一个死局。

谭诚的话说得真好，他历得是情劫，迈过去，才能做一个将江山社稷融入生命血脉的帝王。

让他骂吧，林一川骂得痛快，何尝不是他想对天咆哮的话语？

这是天命，他无法逆天改命。

林一川拿出了衣带诏，无涯只觉心中剧痛。为了将往事湮灭在尘埃中，他不惜火烧御书楼。他想起穆澜当时的讥讽，突然冲动地想要去问一问她。在她心中，除了与自己有情，是否也有着林一川的一席之地？

林一川随手将遗诏放在了拎来的琉璃灯上，无涯下意识地喊出了声："不可！"

他也很想看看那道遗诏，看看父皇是否真的要废了自己的太子之位。若真如此，他又何其无辜？

"不可？"林一川笑了起来，"皇上，留着它还有什么用处呢？你不惜烧了藏书万卷的御书楼，不就是想毁了它吗？我也不想留着它，这哪里是保命用的，明明是催命符！"

火苗舔着了遗诏，将他所有想知道的都烧成了灰烬。

林一川说："相信我，这是我这辈子最不想看到的东西！"

无涯忍不住扬眉，心里浮现出答案，林一川已经知晓了身世，他选择烧了遗诏让自己放心，他对穆澜已情深至此？无涯突然有些嫉妒，嫉妒林一川能为穆澜所做的一切。

就这样吧，他答应了谭诚不会出手，可管不着林一川出手。梁信鸥曾说过，救穆澜一成把握也无。无涯心中甚是好奇，还有两天就是端午，林一川有什么能力从谭诚手中救人。

雨仍没有停，林一川走后，胡牧山从暗室中出来。无涯懂得他的眼神，无涯轻轻地摇了摇头："若凭一纸遗诏，口说无凭的身世便能抢走江山，这皇上也当得未免太过儿戏了。"

胡牧山懂得他的意思。从三岁启蒙到十八岁亲政至今，他从未懈怠过学习如何做一个皇帝。

回宫时天色已黄昏，雨势没有减弱半分，马车在中途改了道，驶向了东厂的方向。

无涯坐着谭诚的轿子进了东厂。关上小院的门，谭诚亲手掀起轿帘。出了轿，无涯好奇地打量着梁信鸥形容如蛛巢的地方。

离端午还有两天时间，谭诚不明白无涯为何此时想见穆澜一面。

"见一见，免得朕心里一直惦记，反而不美。"

是了，端午一过，穆澜将会从世上彻底消失。哪怕活着，她也再不可能出现在皇上面前。到底年轻，总是放不下。皇上有这样的弱点，谭诚很高兴。他善解人意地亲自引路。

"谭诚待她好得像自家闺女，那可是司礼监掌印大太监、东缉事厂的督主啊。谭诚给她买江南纤秀阁的衣裳，把囚笼布置得像千金小姐的闺房……"无涯想起林一川的话。没有在东厂大狱中看到穆澜，让他煎熬的心得到些许安慰。他进去之前驻足对谭诚道："多谢。"

谭诚以为无涯是在谢他引路，浅笑道："老奴惶恐。"

得知皇上前来，守卫已经离开。无涯进去，谭诚亲手将房门拉上："不会有人打扰到皇上与穆姑娘叙旧的。"

木门关上时发出轻微的吱呀声，无涯站在外间良久，才推开了内室的门。正如林一川所说，如果无视那儿臂粗的铁栏，这里便是千金小姐的闺房。

房中无窗，下着大雨，屋顶的明瓦也没透进几丝光线来。靠近铁栏的桌上燃着蜡烛，温柔的烛光映出穆澜清美的容颜。

广袖宽衣，长发及腰，她正对着镜子梳发。纤细手指搭在弯月形的木梳上，一梳到底。柔软的绸袖轻轻飘动，像扇着翅膀的蝶儿，别有一种旖旎。在天香楼中，她常化华丽美艳的妆，无涯却极喜欢她不施脂粉时，清水芙蓉，美如画中人。

在天香楼的时候，他就觉得一定是场梦，只怕梦醒来。如今梦醒，才知最初的惶恐源于本心的直觉。

看见无涯进来，穆澜微微的错愕，却只在一瞬便涌出笑容。一笑之下，满室生辉。她继续梳着头发，慢条斯理地问道："皇上也要来与我饮一碗断头酒吗？"

无涯藏在袖中的手捏成了拳头，指甲深深地掐着柔嫩的掌心，好让自己的声音变得平静一些："朕初次见你便在想，江南地灵人杰，随便走索的杂耍班少年都眉目如画。穆澜，你笑起来极美。"

当众揭破秘密，当众刺杀太后，当众不肯让我给你活路……即使如此，我也想要你活着，继续拥有这样灿烂至极的笑容。可惜这番话永远不能告诉她。无涯苦涩地想，或许她已经不屑再瞧一眼他的心意。

啪！穆澜将梳子扔到了桌上："皇上是来瞧我这个阶下囚的笑话？"

无涯摇头。

穆澜瞥了他一眼，突然又笑了起来："皇上舍不得我死？"

无涯轻轻点头。

"那就下旨放了我啊。"穆澜竟然喜出望外，走到了铁栏边上，"我不想死。"

一脸急懒样让无涯想笑，可他不能。她杀进慈宁宫用枪挑断情思，那么他呢？他只能让她看见他只有一颗无情帝王心。

眼神微闪，无涯不再被她牵动情绪："朕来，是想问你一句。为何欺骗朕，将遗诏给了林一川？"

穆澜愣住了，林一川竟然把遗诏给了无涯？蠢货！这不是让他有朝一日保命用的吗？不，她紧张地思考着，林一川绝不会把遗诏给无涯看，他不会蠢到让无涯知晓他是陈后之子。那么，他是想用遗诏换她的命？她叹了口气道："被他毁了的东西不是遗诏，因为，根本就没有遗诏。人有心魔，我一说有衣带诏，皇上不是马上就放火烧了御书楼？"

无涯觉得指甲都快把掌心戳破了，心也被戳了好几个洞。她一番说辞，不过是怕他杀了林一川。再停留下去，他怕被她看穿心思："林一川想救你，朕等他自投罗网。穆澜，朕不能给池家一个公道，你便该明白，在朕心中，江山比你重要。朕来，便是想确定林一川是否知晓遗诏，朕已知晓答案。若他死，就是你害死了他。"

无涯连多余的眼神也没有，转身就走。

351

"无涯，他骗你的，没有遗诏！"穆澜失声叫了起来。

无涯猛然转身："你不想他死？跪下求朕！"

他的心提到了嗓子眼儿。几乎话音才落，笼中的穆澜已推金山倒玉柱般跪下了："我求你，放过林一川。"

潮湿直冲进无涯的眼眶，瞬间让他红了双眼，他听到自己的声音在发颤："你不肯给我留半点儿退路，却肯为了林一川下跪相求！好好好，穆澜，我本拿不定主意，你俩彼此有情有义，朕便成全了你们去黄泉做对鸳鸯！"

这番话有他的心思，也有他的故意。无涯猛然推开房门走了出去，门被他拉得"哐当"一声合上，隔开了他与穆澜。

天色已经晚了，外间没有点灯，昏暗寂静。无涯闭着眼，用力地捶打着自己的胸口。他深深呼吸着，上前拉开了门。门外没有人，雨将天地浇成了一片混沌。无涯沉默地站着，直到谭诚亲自提着灯笼从长长的回廊那头走来，是表示他并没有在门外偷听吧？无涯了然。

他沉默地上轿离开。

转眼端午便至。

无涯沐浴更衣，佩着五毒荷包，邀请他的首辅大人下棋。

世事的局已在棋盘之外，如他的布置——呈现。

日上竿头，林一川劫走了穆澜，无涯扔掉了棋子望向朗朗晴空。

从此山高水长，她和林一川在一起后会一直都有着堪比骄阳的笑容吧？

杀了许德昭，无涯终于走进了慈宁宫。慈宁宫宫门紧闭，将六月的明媚悉数关在了外头。他的母后怨恨他杀了亲舅舅，流放了许氏一族，并不愿意见他。

望着生出丝丝白发的母后，无涯不知道自己与母后竟会走到今天。母后恨的是他杀了舅舅吗？不，她恨的是失去了权柄。

从前他一直想集皇权在手，一直以为阻碍他亲政的人是谭诚与许德昭。现在他才明白，还有他的母后。

他宣布了对母后的惩罚。母后痛苦的质问在身后追着他的脚步，他硬下心肠离开。沉默地穿过重重帐幔走向殿外，一块白绢从他面前飘落。他霍地抬起头，高处隔扇透进的光线中有纤瘦的影子一晃而过。白绢上潦草地写着一句话：

你放过一川，我放过太后，江湖不见。

无涯知道那离去的身影必是穆澜。他放过了林一川，她见到太后如今的模样，也就此罢手，所以才会留给他一句彼此放过，江湖不见。

他的脑中又想起穆澜为林一川干脆利落的下跪，像是心中扎着的刺，碰一碰就会疼。

无涯心里明白，因为林一川，穆澜才肯放过他的母后。

她再不会进宫，忘掉了所有阴霾，她和林一川应该会很幸福吧？无涯遐想着，静美如莲的脸上浮起浅笑。

"可是穆澜，你却不曾放过我。"他轻声低语着，将白绢放进了怀里，走出了宫殿。

外面阳光浓烈，却没有将他的心晒得温暖起来。

番 外

两心悦之

香山的叶渐红，又到一年赏秋之时。京郊游人如织，做生意的小贩闻风而至，香山脚下一时间热闹非凡。

山路本不宽敞，车轿行到此处越发走得缓慢，就在这时，一辆黑漆平头马车不减速度地闯了进来，惊得人们抬头怒目而视。马车垂着轿帘，看不见主人面目。然而，护轿的数匹健马之上坐着的却是身着麒麟服、腰挎绣春刀的锦衣卫。众人由怒转惊，生怕惹祸上身，纷纷避让，由着马车冲过拥挤的路段，往山上去了。

"本宫又不赶时间，何至于如此嚣张惊扰路人？"薛锦烟不禁蹙眉，低声朝车外说道。

"如果刺客潜伏于人群中……恐怕伤及的无辜更多，违了殿下的慈悲心肠呀。下官职责所在，还请殿下见谅。"

不卑不亢的回答，又明明白白地让薛锦烟听出了满满的讥讽。她捏紧了轿帘的一角，硬生生没让自己掀起来。她就知道，这人，这人分明是心怀不满。他不高兴了，岂非正合自己的心意？心思数转，薛锦烟心头的火气烟消云散，双眸璀璨，对这趟行程充满了期待。

马车转过山道，路渐行渐窄，终于在路边停了下来。车里先出来个年轻丫头，灵活地搭好脚凳，恭敬地禀道："公主，到了。"

暗青色绣花的轿帘被掀起，露出薛锦烟娇美的脸。阳光将她的肌肤映得吹弹可破，高高绾起的宝髻上戴着一顶银丝冠，映得饱满的额头如珍珠般明亮。她朝远方睃了一眼，看到不远处半山的红叶深处若隐若现地露出一角飞檐。那

354

里是座极小的土地庙，谭弈就葬在那里。想起那个英气迫人的男子，她不由得生出几分伤感。一张天然带着笑窝的脸突然出现在面前，薛锦烟顿时收起了所有的情绪，傲慢地抬起了下巴："雁行……啊，不对，该叫莫琴莫千户了。带着你的人守在此处，不必跟来了。"

她说罢就要下车，莫琴的一只脚提前踩在了脚凳上。薛锦烟目瞪口呆，从小厮改头换面变成了锦衣卫千户，就敢对她这般无礼？

地面不平，莫琴脚下小小的木凳被踩着晃动。他收回脚，微笑道："殿下当心，别又崴了脚。"

他的提醒让小宫女感激莫名，赶紧上前重新摆放好脚凳，伸手去扶薛锦烟。

"哼！"薛锦烟没有扶住小宫女的手，径自稳稳地踩着脚凳下了车，挑衅地瞟向对方。以为这般示好就能让她忘记？皇上为了拉拢锦衣卫竟然将自己赐婚于他，凭什么？

莫琴的目光在她脚边打了个转，遗憾地叹了口气。他遗憾什么呢？遗憾自己没栽跟头、没崴了脚？

那时她从昏迷中醒来，身边只有浑身浴血的小厮雁行。她听说竹溪里刺客来袭，心中担心穆澜，她想跑回竹溪里看看，却被他百般阻拦。她便装着崴了脚，趁他去寻草药时离开，却被他粗暴地拖了回去，冷言威胁。

难不成他在遗憾没能像上次那般有机会轻薄自己……薛锦烟只是少经世事，人并不蠢。心思转了转，她瞬间明白了对方的遗憾之意。藏在心底深处的回忆如潮水般涌现，一层绯色迅速染红了雪白的面颊。不要脸的臭男人！她羞愤地别开了脸，一把将小宫女拎着的藤篮夺了过来，深吸口气道："在此等候本宫！"

"殿下……"小宫女不敢让她独自去半山的小庙，着急地唤了她一声，却被她的眼神瞪得缩了回去。薛锦烟翘了翘嘴角，端庄优雅地走向通往坡下的小径。才走得几步，莫琴已拦在了她面前，还是那张带着笑意的脸，无比讨厌地说道："下官需陪同殿下前往，职司所在，殿下见谅。"

仿佛引燃了火药，薛锦烟的端淑形象轰然碎裂，纤纤玉指直点向莫琴的鼻子，娇声斥道："一个小小的千户也敢驳了本宫的话？"

莫琴朝她身后看去，同来的四名锦衣卫极有默契地转过了身，一人还不忘将那小宫女拉走："卑职陪姑娘去取些山泉水煮茶。"

"呀，有人上山来了，卑职前去阻拦。"

"千户大人，卑职去林中放哨。"

片刻间，人就散了个干净。

所谓城门失火，殃及池鱼。准驸马与公主过招，谁还敢留下来？

薛锦烟错愕得小嘴微张。瞧着她蠢蠢的可爱模样，莫琴摸了摸光滑的下巴，忍住了笑。

秋风暖阳，鸟鸣山幽，此处竟然就只剩下了她和这个臭不要脸的男人！为了讨好上司的私生子，他们竟敢将她的侍女也一并拉走！她是公主啊！是金册宝印在手的堂堂公主！薛锦烟愤怒交加，一时间竟然愣住了。

"殿下不想去了？"莫琴微微挑起了眉，笑容更盛，脸上明晃晃地写着"不去再好不过了"。在某些事情上，活人总是争不过死人的，他总不可能把谭弈从墓中揪出来打一架。

锦烟公主及笄后，皇上着礼部为她选驸马。他是龚铁外室所生的儿子，又知晓诸多秘辛，皇上有意拉拢，令他继任指挥使一职，所以下旨赐婚的驸马人选正是他这位恢复了锦衣五秀身份的千户大人。薛锦烟先是拒婚不成，紧接着就以与谭弈有约为由，哭求将亲事拖后一年。念及谭弈迷途知返，重创谭诚有功，最主要的是皇上对薛家有愧疚之意，便允了。可这算什么？他未过门的媳妇要为别的男人服丧守贞？谭弈生前她不喜欢，死后却让她百般惦记着了？

明知道这丫头对那时两人逃亡途中发生的事耿耿于怀，有意报复，莫琴只能忍了。但忍是忍了，终究意难平。听说薛锦烟出宫祭祀谭弈，他还是没忍住，随行而至。

去，他必然同往。不去？凭什么不去？让他亲眼看着，气死他好了！薛锦烟两腮鼓得像包子似的，提着篮子就往前冲。

轻薄的绣鞋踩着山道上的石头，硌得脚疼。在公主殿下尊荣华贵与小女子娇美可爱之间，她坚定地选择了前者的装扮。直至这时，她才开始后悔为什么不换身轻便衣裳、换双厚实的靴子。她小心翼翼地走着，生怕摔倒被身后的男人看了笑话。却不知道自己这般小心让一身宫装襦裙勾勒下的苗条身影颤颤巍巍如风中柳枝，让莫琴好几次欲伸手去揽住她的细腰，又硬生生地忍了回去。

这条小路并不长，薛锦烟平安下到坡底，得意地回头："本宫没摔跤，没如你的意，可真是遗憾哪！"

"嗯。"莫琴认真地点了点头。

他眉间眼底表现出十足的憾意，薛锦烟呆了呆，顿时又羞又怒："我没摔着，你遗憾什么？"

那时两人自竹溪里逃亡，她哪次摔跤不是他当肉垫子？莫琴居高临下地睃了她一眼，意味深长地说道："你说呢？"

他的目光变得炽热浓烈，炙烤着她往后缩了缩，心头如鹿撞一般。心里不知啐了他多少口，骂了多少次不要脸，却总会下意识地想起被他抱在怀里的安全与温暖。薛锦烟红透了耳根。

阳光下，莫琴清楚地看到她白玉般的耳垂仿佛一枚通透的红翡。对他无情，缘何如此？他心中微动，毫不迟疑地朝她迈出了一步。薛锦烟猛然转过身，急步走向土地庙外的坟茔，略带夸张地喊了声："阿弈，我来看你了！"

莫琴："……"

他清楚地听到自己心里操了句祖宗！悻悻然磨着牙，牵着腮边肌肉一跳。

土地庙极小，山岩里雕着尊已看不清面目的菩萨，外头搭了间遮雨檐。庙外靠近山凹处堆着三座土坟，不过大半年，坟头已覆满青草，这是谭弈和父母的葬身之地。

本是躲避莫琴奔到坟前，当看到坟头青草时，薛锦烟的眼睛便红了。她轻轻从篮中拿出香烛纸钱祭品摆好。这一刻，她真的很想单独和谭弈说会儿话，可恨那人却死皮赖脸地跟来，真是可恶！

"本宫想要单独……"薛锦烟故意傲慢地说着，一回头却看到莫琴早已退到了远处。咽下半截话，她却有些失落。

他站在平台边缘，面临深壑，朝阳将他身上的千牛服映得璀璨夺目。他凭风而立，说不出的潇洒飘逸，薛锦烟不由得瞧得痴了。

仿佛感觉到了她的注视，莫琴嘴角扯出一个愉悦的笑容，转过脸去看她。薛锦烟像受惊的兔子似的转过身，脸上又烫起了一片红霞。她烧着元宝纸钱，嘟囔道："阿弈，对不住啦。我虽然没有喜欢过你，却从来不曾厌过你……"

风吹起纸钱的灰朝着山谷纷扬飘荡，薛锦烟想起最后一次见到谭弈。

薛锦烟像受惊的蜗牛，缩在寝宫之中，连宫人们想开窗透气，都被她尖叫着制止了。老天爷仿佛知晓了慈宁宫新增的杀戮，半个多月中接连降下数场大雨，可她仍然觉得吹进来的风带着血腥味。

那晚之后她就病了。只有生病，她才可以不用再踏进慈宁宫。

薛锦烟心里清楚，她躲不了一世，可她情愿就这样躺着病死，也不想再踏进慈宁宫，对着那个妇人卑躬屈膝。她杀不了太后，她再也不想卑微地变成太后脚下的尘埃。谭诚不是想让谭弈娶她吗？就这样抬着她的尸体过门吧。

然而，却有人不让她死。无数个昏沉沉的夜里，总有人撬开她的唇将苦涩的药汤渡进她嘴中，温暖柔滑的舌与她纠缠不休，苦涩的药汤在唇齿之间回荡。她仿佛陷入梦魇，用尽全力却无力挣脱。她努力睁开眼睛，那个轻薄她不让她死的男人是黑夜里的魔鬼，脸被重重黑影藏在了深处。

一闭上眼睛，她就能看到穆澜挥枪大杀四方的身影，她脑中总是回响着穆澜的话，可是她却无法为爹娘报仇。薛锦烟恹恹地躺在锦帐之中，眼泪顺着眼角不停地滑落。她无声讥讽地笑着。她活着，因为谭诚心疼他的义子，因为谭弈喜欢她很多年，他们竟然不让她死。

外头的雨下个不停，门窗紧闭的寝宫光线昏暗，薛锦烟虚弱地躺着，分不清这是白天还是黑夜。宫人轻巧掀起帐幔，烛火的光映了进来。她瞪着慢慢走近的人，心里一片凄凉。她是公主？不，在谭诚眼中，她什么都不是，所以谭弈一介白身才能这样肆无忌惮地走进她的寝宫，让服侍她的宫人回避，还这般无礼地坐在她的榻前。

“殿下，喝完药你的身体就会好了。”

是他！那些昏沉的夜晚是谭弈强喂她药汤，又轻薄于她。他还要娶她过门，让她生不如死！欺人太甚！薛锦烟猛地睁眼，挥拳……

纤细的手腕落在谭弈掌中，她无力挣扎，只得瞪着他大骂出声：“无耻！”

他的身影高大挺拔，像山一样笼罩着她，他的眼神充满了怜惜，脸上的神色复杂至极。

薛锦烟这才听到自己的声音不比奶猫大多少。

谭弈一只手轻轻拦下她的攻击，将手中的药碗放下，他突然将她拉进了怀里，在她用尽全力尖叫之前贴着她的耳朵说：“我去杀了谭诚，你会好一点吗？”

她伏在他怀中喘着气，虚弱的身体让她在激动之后眩晕不已。她一定是生出了幻觉，谭弈在说什么？他要杀了谭诚？

谭弈轻拢着她，她如此单薄，像一缕轻烟，让他不敢多用半分力气。他犹豫了下，终于将脸靠在了她鬓旁。他脑中飘过岁月与记忆，幼时初见失去父母被接进京的她，素衣素裙，红唇黑眸，像一朵小小的花。那时，他也没了爹娘，被谭诚收养，带去了边城接她。许是同病相怜，他不自觉地生出了保护之心。从那时起，他眼里就只有她了。看着她在宫中展露笑颜，像春天最粉嫩的花渐渐地快要盛放……

不知不觉中，他落下泪来，眼泪滴在她的颈窝里，烫得她回过了神儿。她惊恐不已，用力撑着他的胸膛，想要脱离他的怀抱。

"让我抱一次可好？锦烟，你是我唯一贪恋的人。"谭弈温柔地桎梏着她，在她耳边哽咽出声，"是谭诚杀了我的爹娘，我认贼作父这么多年，我真当他如亲生父亲一般敬爱……"

如果不是知晓真相，他会开心秋日待她及笄后与她成婚，会踏上朝堂尽抒所学，站上权力的高峰，他会感激义父对他的栽培与恩赐。如今，一切都已成泡影。

他的声音在颤抖，伏在他胸口，薛锦烟听到宽厚的胸膛深处传来的如闷雷一般的痛楚。谭弈的话让她放弃了挣扎，她的脑袋停止了转动，她已无力去分辨真假。也许，她还在梦中。

"好起来，锦烟，让自己快点儿好起来。你的父亲是赫赫有名的神将，你是将门之女，你不能如此娇弱。"他的心痛楚万分，她如此柔弱，将来怎么保护自己？"穆澜的时间不多了，你可还想救她？"

这句话让她瞬间清醒。

穆澜！

她曾经爱慕过的那个少年，哦，不，是那个如天神下凡般英气逼人的女子。她手中挥舞的薛家枪挑破了埋在尘埃与时光中的秘密，也挑起了薛锦烟的仇恨和勇气。她想起了慈宁宫那晚的画面。穆澜，受了重伤的穆澜被东厂抓走了。她不能这样死，她要救穆澜，要想办法报仇！

谭弈抬起她的脸，看到她眼中渐渐有了神采。他微微笑着，仿佛看到了花开。

"你现在不用信我，且看着吧。"他端起了药碗。她机械地喝完药，一粒糖塞进了她嘴里，苦涩的嘴里顿时生出了丝丝甜意。她望着他，嘶哑地说道："你不怕我告诉谭诚？"

谭弈拿出一方绢帕轻拭去她嘴角的药渍："死无所惧。"

他的世界已经完全崩塌，他唯一的心愿就是与她见上最后一面，他已无惧生死。

生恩不如养恩，谭诚的教养给他的一切如同烙印深刻在他的生命中，谭诚能留她性命都是为了他。可父母之仇不共戴天，养育之恩难以回报，他无路可走。

谭弈站起了身，轻声说道："如果我不是谭诚的义子，锦烟，你可会给我一个机会，去试着喜欢我？"

薛锦烟不知所措，这样的谭弈她太陌生。

最后他将绢帕塞进她手中，合拢了她的手，声音如风："锦烟，圣意难测，你多保重。"

他缓缓后退，最后给了她一个璀璨至极的笑容。这笑容让他英气勃发，丰神俊朗。她没来由得想起京中流行的那句话："羞杀卫玠解元郎。"

他离开时，有风吹进来，吹灭了桌上的烛火，层层帷帐包围中的寝宫幽暗如夜，薛锦烟低头看着手中的绢帕——如果不是指间的触觉，她会以为自己做了个荒诞的梦。

绢帕上画着囚禁穆澜的地图与守卫分布，被她找机会交给了林一川曾经的小厮雁行、今天的锦衣卫千户莫琴——他是她唯一能相信的人。

她能下床之后就常去找皇上。从小在宫中长大，但薛锦烟仍然看不透无涯目光深处的情绪。仿佛没有慈宁宫的那一晚，仿佛他并不知晓是自己的母族策划杀死了她的双亲。无涯仍然待她如同亲生妹子一般，是对她愧疚吗？薛锦烟顾不得去分辨皇上的真实心意，为了救穆澜，她不顾一切地从御书房盗走了空白圣旨。

莫琴的温暖笑容让她镇定，她全然信任着他，照着他所拟的计划行事。她不曾将谭弈的话告诉任何人，她害怕是圈套，她不敢相信。

穆澜行刑那天，她假传圣旨命镇国将军率领亲卫到什刹海抓走了许德昭。混乱之中，她亲眼看见谭弈一刀刺向谭诚。那一刻，她想起了谭弈在她耳边说的话，他真的做到了。

谭诚带人离开，太后被护送回宫。纷乱离场的人群里，只有她拼命挤向什刹海边那座高大华丽的看台。热闹如海水退潮，谭弈是滩涂上留下的小鱼，等待被阳光与干涸夺走最后一丝生命。

他的手断了，手腕以一种奇怪的角度弯曲着，一把雁翎刀将他死死地钉在木板上。薛锦烟奔了过去，许是她的脸遮住了阳光，给了他最后的清凉，谭弈的眼神动了动。他看到了她，嘴里冒出的汩汩鲜血让他再无力说话。

薛锦烟将手放在了他脸上，看到他像是笑了笑，眼中的神采骤然消失。

是因为看到了她，他心满意足地死去。

香烛在坟前被风吹得摇曳，薛锦烟往火里扔着纸钱，喃喃低语："阿弈，那间密室找着了，皇上拿到了谭诚、许德昭结党营私的账本。谭诚死了，穆澜没事了。皇上并非对她无情，若无他默许，林一川也救不走她。皇上……林一川的小厮是锦衣卫呢，皇上怎会不知他的计划？唉，不说他们了。我记得你说过，小时候你爹娘曾带你来此游玩，那是你最后一次和他们出游，我把你们都葬在这里，我想你会喜欢。"

纸钱烧完，她静静地看了会儿坟茔，悄悄地往山崖边睃了一眼，莫琴还站在那儿。她咬了咬唇，低声又道："皇上将我赐婚给了那个讨厌的家伙，是赏赐他当了那么多年的细作。他从小厮一跃升为锦衣卫千户，皇上大概也认为给我找了个好归宿。没有杀我灭口，还给我找了个千户当丈夫，对得起我了，可是我却好生难过。既然你逼我吃药让我活过来，我便要活个顺心如意。我来看过你便也要从宫里逃走啦，我想去找林一川和穆澜。知恩图报，想必他们也会收留我。只是，阿弈，我离京后不知什么时候能再来看你了，你安息。"

站在崖边的莫琴深吸了口气，有些讨厌自己的耳力了。

薛锦烟站起身，扭头往山坡上走去，根本没有向莫琴打招呼的意思，反正他会自己跟来……身体蓦然被扳转过去，撞得她鼻子发酸，没等她回过神儿，莫琴已圈紧了她的腰。

"你要干什么？！"薛锦烟吓得直用双手推他。

"嘘！"他撮唇打断了她的话，"想让所有人知道下官正在轻薄殿下，不妨声音再大一点儿。"

让同行来的锦衣卫看到他抱着自己，不如让她死了算了！薛锦烟深吸口气，傲慢地说道："你想说什么，本宫听着！"

他是她口中讨厌的家伙，连赐婚都想逃，可他怎么就不想放手呢？莫琴慢条斯理地说道："臣耳力不错，不想让殿下误会，所以想告诉公主殿下一件事。殿下病重的时候，是臣不顾宫禁，每晚翻墙给殿下喂药。"

梦里隐在黑暗中的影子，强侵入口的舌与苦涩的味道，不是谭弈，是他？他说完时，薛锦烟分明看到他的喉结动了动。她倒吸一口凉气，不会是她想的那样吧？他脸上的两个笑窝渐深："对，就是殿下所想的那般，以唇相辅，渡以药汤。"

啪！薛锦烟满面通红，一耳光扇在了他脸上。

"那时在竹溪里，你不也是这样喂我喝水的？"莫琴没有躲开，淡然地说道，"你当时救我一命，我如此照做也救你一命，哪里不对？"

哪里都不对！薛锦烟低吼："你不让我走，知不知道被你拖着走路，我的脚底都磨出了水泡！"

莫琴继续说道："所以那时我虽然重伤在身，但还是背着你走了几十里地，身上的血都快流干了，你怎不记得？"

"是，所以你把我摔山坡下去了！差点儿没摔死我！"

"你也是摔在了我身上，把我的伤口压得裂开，让我差点儿没命。"

"我不是去给你找水了吗？"

"所以，锦烟，你究竟为何讨厌我？"莫琴很是不解，"你拿到谭弈给你的地图，你只给了我，之后偷圣旨、假传旨意的行动也全然听信于我。如此大罪都置之不理，难道不是因为你信我？还是恨我不曾告诉你，我的真实身份？"

四目相对，薛锦烟渐渐地被他看得讪然。他是小厮时，她也不曾介意过他的低贱身份，她在意的不过是他的心罢了。她别扭地转开了脸嘟囔道："不就是皇上赐婚吗？反正你也不是喜欢我。"

原来如此。莫琴定定地看着她："慈宁宫那晚之后，我夜夜翻墙进宫，就为了一个不喜欢的女子？"

薛锦烟不假思索地反驳道："那也是为了报答我的救命之恩。"

唯女子与小人难养也！莫琴沉思了片刻，认真地说道："薛锦烟，你听好了，我喜欢你。如果谭诚未死，仍逼你嫁给谭弈，我定会将你抢走。"

薛锦烟又惊又喜，继而羞恼："我才不信！"

腰间一松，莫琴放开了手，看也不看她就往山坡上去："随你。"

他居然就这样走了？薛锦烟狠狠地跺脚，提起裙子就追："我说我不相信！我不会嫁给你！"

莫琴转过头道："既然殿下无论如何都不肯相信，下官这就回宫请皇上收回赐婚的旨意。不就是介意皇上将你赏给了我吗？下官不要这道赏赐，不用赐婚，下官去向皇上提亲，你可愿意相信我一次？"

他目光炯炯，让薛锦烟瞬间想起在竹溪里同患难的日子。他真的是喜欢她吗？她的贝齿狠狠地咬着下唇，仰头叫道："你再说句喜欢我，本宫就信！"

他敢说吗？薛锦烟恶狠狠地瞪着他，只要他稍露迟疑，她定潇洒放手。

这有何难？莫琴展颜："臣心悦殿下已久矣。"

他就这样轻易地说出了口，薛锦烟呆呆地望着他，瞧着他脸颊上的笑窝渐深，一颗心不听话地急跳起来。身体蓦然腾空，却是被他抱了起来。薛锦烟迟疑了下，双手绕上了他的脖子："你，你什么时候喜欢我的？"

"殿下偷鸡给臣吃的时候。"

"呀，不准说本宫的糗事。"

"是，殿下还跑掉了一只鞋，窘得不肯走路。"

"你，你一个大男人不过受了伤，晚上就哭着喊娘！"

"皇上不赐婚，你真的会去提亲？"

"你若不允，我便进宫将你偷走。"

薛锦烟啐他一口，却忍不住把脸埋在了他颈间，咻咻笑了起来。

愉悦的笑声被风吹得四散，山间道旁等候的锦衣卫们忍不住会心而笑。离开这会儿工夫，顶头上司与公主殿下终于和好了。

图书在版编目（ＣＩＰ）数据

珍珑·无双局. Ⅲ / 桩桩著. -- 北京 ：北京联合
出版公司，2018.8
　ISBN 978-7-5596-2119-1

　Ⅰ. ①珍… Ⅱ. ①桩… Ⅲ. ①长篇小说－中国－当代
Ⅳ. ①I247.5

中国版本图书馆CIP数据核字(2018)第094285号

珍珑·无双局Ⅲ

作　　者：桩　桩
出版统筹：新华先锋
责任编辑：昝亚会　夏应鹏
特约监制：林　丽
策划编辑：李　娜
封面设计：杨祎妹
版式设计：朱明月
封面绘画：violet
营销统筹：章艳芬

北京联合出版公司出版
（北京市西城区德外大街83号楼9层　100088）
天津旭丰源印刷有限公司印刷　新华书店经销
字数254千字　620毫米×889毫米　1/16　23印张
2018年8月第1版　2018年8月第1次印刷
ISBN 978-7-5596-2119-1
定价：39.80元

未经许可，不得以任何方式复制或抄袭本书部分或全部内容
版权所有，侵权必究
本书若有质量问题，请与本社图书销售中心联系调换
电话：010-88876681　010-88876682